Ueberreuter Großdruck

Nora Roberts

Töchter des Feuers

Aus dem Amerikanischen
von Uta Hege

UEBERREUTER

ISBN 3-8000-9223-9
ISBN 978-3-8000-9223-9

Titel der Originalausgabe: Born in Fire
Originalverlag: Jove Books, The Berkeley Publishing Group, New York

Umschlaggestaltung von Agentur C21 unter Verwendung eines Fotos von Jupiterimages
Druck: Druckerei Theiss, A-9431 St. Stefan i. L.
Gedruckt auf Salzer EOS 1,3 x Vol., naturweiß, 80g
1 3 5 7 6 4 2

www.ueberreuter-grossdruck.com
www.ueberreuter.at

Liebe Leserin,

mein Leben lang hatte ich schon immer einmal nach Irland gewollt. Meine Vorfahren kamen aus Irland und Schottland, und es reizte mich, die grünen Hügel mit eigenen Augen zu sehen und in einem verräucherten Pub zu sitzen und zu hören, wie dort die traditionelle Musik ertönt. Als ich schließlich in der Lage war, mir zusammen mit meiner Familie diesen Traum zu erfüllen, wußte ich in dem Augenblick, in dem ich auf dem Flughafen Shannon landete, daß ich zu Hause war.

Eine Geschichte zu schreiben, die in Irland spielt, war demnach eine natürliche Entscheidung für mich. Sowohl das Land als auch die Menschen haben so vieles zu erzählen, daß man durch sie geradezu ein Übermaß an Anregung erfährt. Meine Idee war, sowohl Irland als auch die Geschichte einer Familie in meine Erzählung einzubeziehen, da beides in meinem Herzen miteinander verwoben ist. In jedem Buch dieser neuen Trilogie ist die Hauptperson eine von drei Schwestern, die zwar durch Blutsbande miteinander verbunden, von ihren Charakteren her hingegen völlig verschieden sind. Jedes dieser Leben nimmt einen ganz eigenen Verlauf, doch wird der Werdegang der Frauen, ebenso wie bei mir, von ihrem Irisch-Sein geprägt.

In diesem ersten Band, *Töchter des Feuers*, geht es um Margaret Mary Concannon, die älteste Schwester, eine Glaskünstlerin, deren Streben nach Unabhängigkeit ebenso ausgeprägt ist wie ihr lebhaftes Temperament. Sie ist eine Frau, der die Familie einerseits Geborgenheit vermittelt, andererseits hingegen auch viel Schmerz bereitet, und die durch ihren Ehrgeiz sich selbst und ihre Talente entdeckt. Die Glasbläserei ist eine schwierige und mühevolle Kunst; und auch wenn sie die Herstellung zarter, zerbrechlicher Dinge als ihre Aufgabe sieht, ist Maggie doch eine starke und eigenwillige Frau, eine typische Bewohnerin von Clare, und sie verkörpert all das Ungestüm dieser faszinierenden westlichen Region. Ihre Beziehung zu dem kultivierten Dubliner Galeriebesitzer Rogan Sweeney wird alles andere als friedvoll sein, aber ich hoffe, daß sie Sie unterhalten wird.

Außerdem hoffe ich, daß Ihnen in diesem ersten Band meiner Irland-Trilogie die Reise in den County Clare, ein Land voller grüner Hügel, wilder Klippen und dauerhafter Schönheit, Vergnügen bereiten wird.

Herzlichst, Ihre Nora Roberts

I never will marry, I'll be no man's wife. I intend to stay single for the rest of my life.

(Irische Ballade aus dem 19. Jahrhundert)

1. Kapitel

Natürlich würde sie ihn im Pub finden. An welchem anderen warmen Ort sollte ein geselliger Mann an einem eisigen, windigen Nachmittag wohl sein? Auf keinen Fall zu Hause, an seinem eigenen Kamin.

Nein, Tom Concannon war ein geselliger Mann, dachte Maggie, und so wäre er sicher nicht daheim.

Ihr Vater wäre bei seinen Freunden im Pub, wo es immer etwas zu lachen gab. Er lachte gern und weinte gern und hing gerne unerfüllbaren Träumen nach. Mancher hätte ihn gewiß einen Verrückten genannt. Aber Maggie nicht, Maggie hätte das nie getan.

Sie lenkte ihren lärmenden Kleinlastwagen um die letzte Kurve in Richtung des Dorfes Kilmihil, und nirgends war auch nur eine Menschenseele auf der Straße zu sehen. Kein Wunder, denn schließlich war die Essenszeit lange vorüber, und wegen des Winterwindes, der wie aus einer eisigen Hölle vom Atlantik herüberdrang, war es nicht unbedingt ein geeigneter Tag zum Spazierengehen. Die Westküste Irlands erzitterte vor Kälte und sehnte den Frühling herbei.

Sie sah den klapprigen Fiat ihres Vaters neben anderen ihr bekannten Autos stehen. Bei Tim O'Malley herrschte heute Hochbetrieb. Sie parkte so nahe wie möglich am Eingang des Pubs, der inmitten einer Reihe kleiner Geschäfte zu kauern schien.

Als sie die Straße hinunterging, schlug ihr der Wind in den Rücken, und sie schmiegte sich in ihre mit Schaffell gefütterte Jacke und zog sich die schwarze Wollmütze tiefer ins Gesicht.

Farbe wurde ihr in die Wangen gepeitscht, als ob sie errötete. Durch die Kälte hindurch stieg ihr ein Geruch von Feuchtigkeit in die Nase, der ihr wie eine gemeine Drohung erschien. Noch vor dem Anbruch der Dunkelheit, dachte die Farmerstochter, gäbe es Eis.

Sie konnte sich nicht daran erinnern, daß je ein Januar eisiger oder fester entschlossen gewesen wäre, den County Clare mit einem beständigen frostigen Hauch zu überziehen. Der kleine Garten vor dem Laden, an dem sie gerade vorüberging, hatte bereits teuer bezahlt. Was von ihm übrig war, war von Wind und Frost geschwärzt und lag jämmerlich an den schlammigen Boden gedrückt.

Die Pflanzen taten ihr leid, aber die Neuigkeit, die sie herführte, war so dermaßen wunderbar, daß sie sich fragte, ob die Blumen nicht allein ihrer Glückseligkeit wegen vielleicht doch noch einmal die Köpfe heben würden, um in den Frühling hineinzublühen.

Sobald sie durch die Tür von O'Malley's trat, wurde sie von wohliger Wärme begrüßt. Sie roch den im Kamin brennenden Torf, dessen rotglühendes Herz fröhlich vor sich hinzuglimmen schien, und den Eintopf, der von O'Malleys Frau, Deirdre, zum Mittagessen serviert worden war. Außerdem war die Luft vom Geruch von Tabak, Bier und vom Dunstschleier fritierter Kartoffeln erfüllt.

Zuerst entdeckte sie Murphy, der, die Füße ausgestreckt, an einem der winzigen Tische saß und einem irischen Akkordeon eine Melodie entlockte, die der Süße seiner Stimme entsprach. Die anderen Gäste hörten ihm zu und träumten über ihrem Bier vor sich hin. Es war eine traurige Melodie, wie sie Irland am besten entsprach, melancholisch und lieblich wie die Tränen, die ein unglücklich Liebender vergoß. Es war ein Lied, das ihren Namen trug und in dem es um das Älterwerden ging.

Als Murphy sie erblickte, lächelte er sanft. Sein

schwarzes Haar fiel ihm unordentlich über die Brauen, so daß er den Kopf, um besser zu sehen, in den Nacken warf. Tim O'Malley stand hinter der Theke, ein Faß von einem Mann, um dessen Leibesfülle sich kaum noch eine Schürze binden ließ. Er hatte ein breites, runzliges Gesicht und Augen, die man, wenn er lachte, kaum noch zwischen den dicken Fleischpolstern sah.

Er war dabei, Gläser zu polieren, und obgleich er Maggie entdeckt hatte, unterbrach er sich nicht, da er wußte, sie wäre zu höflich, um sich mit einer Bestellung an ihn zu wenden, solange Murphys Lied nicht beendet war.

Sie sah David Ryan, der eine der amerikanischen Zigaretten paffte, die er allmonatlich von seinem Bruder aus Boston bekam, und die schmucke Mrs. Logan, die, während ihr Fuß den Rhythmus des Liedes klopfte, mit dem Stricken von etwas Pinkfarbenem beschäftigt war. Außerdem war da noch der alte Johnny Conroy mit seinem zahnlosen Grinsen, dessen knorrige Hand die ebenfalls vom Alter gezeichnete Hand seiner seit fünfzig Jahren Angetrauten hielt. Sie saßen wie zwei Frischverheiratete auf ihrer Bank, ganz verloren in Murphys Melodie.

Der Fernseher über der Theke lief ohne Ton, aber auf dem Bildschirm war eine in grellen, leuchtenden Farben inszenierte britische Seifenoper zu sehen. Menschen in prächtigen Kleidern und mit schimmerndem Haar saßen an einem massiven Tisch mit silbernen Kerzenständern und elegantem Kristall und stritten miteinander herum.

Der Glamour der Geschichte war viel, viel weiter als bloß ein Land von dem kleinen Pub mit der verkratzten Theke und den rauchgedunkelten Wänden entfernt.

Der Zorn, den Maggie angesichts der streitenden Gestalten in diesem von ungeheurem Reichtum zeugenden Raum empfand, traf sie so plötzlich, als hätte ihr jemand sein Knie in die Magengegend gerammt. Doch außer Zorn empfand sie, wenn sie ehrlich war, wohl auch eine Spur von Neid.

Wäre *sie* jemals so reich, dachte sie – obwohl es ihr eigentlich nicht allzu wichtig war –, dann fände sie mit Sicherheit eine sinnvolle Verwendung für ihr Geld.

Dann sah sie ihn, wie er ganz allein in einer Ecke saß. Nicht isoliert, o nein. Er war ebensosehr Teil des Raumes wie der Stuhl, auf dem er saß. Er hatte einen Arm über die Rückenlehne des Stuhls gelegt, und in der anderen hielt er einen Becher, von dem sie wußte, daß er starken Tee mit einem guten Schuß irischen Whiskeys enthielt.

Vielleicht war er unberechenbar, voller Überraschungen und voller verrückter Ideen, aber sie kannte ihn. Von allen Männern, denen sie je begegnet war, liebte sie keinen so wie Tom Concannon.

Ohne ein Wort zu sagen, ging sie zu ihm hinüber, setzte sich und ließ ihren Kopf an seiner Schulter ruhen.

Ihre Liebe zu ihm glich einem Feuer, das, ohne je niederzubrennen, ihr tiefstes Inneres zu wärmen schien. Er nahm den Arm von der Stuhllehne, zog sie dichter an sich heran und hauchte ihr einen Kuß auf die Stirn.

Als das Lied vorüber war, nahm sie seine Hand und küßte sie. »Ich wußte, daß du hier sein würdest«, sagte sie.

»Aber woher wußtest du, daß ich gerade an dich dachte, Maggie-Schatz?«

»Ich habe eben in genau demselben Augenblick an dich gedacht.« Sie lehnte sich zurück und lächelte ihn an. Er war ein kleiner Mann, aber kräftig gebaut. Wie ein Zwergochse, sagte er oft mit seinem stöhnenden Lachen über sich. Seine Augen waren von kleinen Fältchen umgeben, die sich vertieften und ausweiteten, wenn er das Gesicht zu einem Grinsen verzog. Was ihn in Maggies Augen noch attraktiver werden ließ. Sein einst leuchtendrotes, volles Haar war mit der Zeit ein wenig schütter geworden, doch die grauen Strähnen wirkten in dem Feuerrot wie sanfter Rauch. Maggie fand, ihr Vater war der schneidigste Mann der Welt.

»Dad«, sagte sie. »Ich habe Neuigkeiten für dich.«

»Aber sicher doch, das habe ich dir sofort angesehen.«

Er zwinkerte und zog ihr die Mütze vom Kopf, so daß ihr Haar in wilden roten Locken über ihre Schultern fiel. Er hatte ihre blitzende, knisternde Mähne schon immer gern gesehen, und er erinnerte sich noch genau daran, als er sie zum ersten Mal in den Armen gehalten hatte, das Gesichtchen zu einer zornigen Grimasse verzerrt, die winzigen Fäuste geballt, mit Haaren, die gleich einer frisch geprägten Münze schimmerten.

Statt daß er enttäuscht gewesen wäre, daß sie kein Sohn geworden war, hatte ihn das Geschenk einer Tochter mit demütiger Dankbarkeit erfüllt.

»Bring meinem Mädchen was zu trinken, Tim.«

»Ich nehme einen Tee«, rief sie. »Draußen ist es eisig kalt.« Nun, da sie hier war, wollte sie das Vergnügen, ihm die Neuigkeit zu unterbreiten, genußvoll in die Länge ziehen. »Ist das nicht auch der Grund, weshalb du hier sitzt und singst und trinkts, Murphy? Aber wer wärmt deine Kühe, solange du nicht bei ihnen bist?«

»Sie wärmen einander«, rief er zurück. »Und wenn das Wetter so bleibt, habe ich im Frühjahr bestimmt mehr Kälber, als ich bewältigen kann, denn die Rindviecher tun das, was auch jeder andere an einem langen Winterabend tut.«

»Oh, setzen sie sich mit einem guten Buch an den Kamin?« fragte Maggie, und die übrige Gästeschar brach in fröhliches Gelächter aus. Es war kein Geheimnis und schien Murphy auch nicht sonderlich peinlich zu sein, daß er eine regelrechte Leseratte war.

»Ich habe versucht, sie für Literatur zu interessieren, aber diese blöden Viecher sehen lieber fern.« Er tippte gegen sein leeres Glas. »Und was den Grund für mein Hiersein betrifft, so bin ich wegen der Ruhe gekommen, da mir dein verfluchter Ofen Tag und Nacht in den Ohren dröhnt. Warum bist du eigentlich nicht zu Hause und spielst mit deinem Glas herum?«

»Dad.« Als Murphy an die Theke ging, nahm Maggie ihren Vater erneut bei der Hand. »Ich wollte es dir als erstem erzählen. Weißt du, daß ich heute morgen mit ein paar von meinen Stükken in McGuinness' Laden in Ennis war?«

»Ach ja?« Er zog seine Pfeife hervor und klopfte damit auf den Tisch. »Das hättest du mir vorher sagen sollen. Dann hätte ich dir Gesellschaft leisten können auf der Fahrt.«

»Ich wollte das alleine machen.«

»Meine kleine Einsiedlerin«, sagte er und stupste sanft ihre Nase an.

»Dad, er hat sie tatsächlich gekauft.« Ihre Augen, so grün wie die ihres Vaters, schienen Funken zu sprühen. »Vier Stücke, mehr hatte ich nicht mit. Und er hat sie an Ort und Stelle bezahlt.«

»Was du nicht sagst, Maggie, was du nicht sagst!« Er sprang auf, zog sie mit sich hoch und wirbelte sie übermütig im Kreis herum. »Ladies und Gentlemen, hören Sie sich das an. Meine Tochter, meine Margaret Mary, mein eigen Fleisch und Blut, hat ihr Glas in Ennis verkauft.«

Es ertönte spontaner Applaus, und dann prasselte eine Reihe von Fragen auf sie herab.

»Bei McGuinness«, antwortete sie allen zugleich. »Vier Stück, und er will sich die anderen Sachen auch ansehen. Zwei Vasen, eine Schale und einen… ich nehme an, daß man es einen Briefbeschwerer nennen kann.« Sie lachte, als Tim ihr und ihrem Vater einen Whiskey über den Tresen schob.

»Also gut dann.« Sie hob ihr Glas zu einem

Toast. »Auf Tom Concannon, denn er hat an mich geglaubt.«

»O nein, Maggie.« Ihr Vater schüttelte den Kopf und sah sie mit tränenfeuchten Augen an. »Auf dich. Ganz allein auf dich.« Er stieß mit ihr an und leerte das Glas in einem Zug. »Setz die Quetschkommode in Gang, Murphy, damit ich mit meiner Tochter tanzen kann.«

Murphy erfüllte ihm den Wunsch, und unter den Rufen und dem rhythmischen Klatschen der anderen führte Tom seine Tochter auf die Tanzfläche. Deirdre kam aus der Küche, wischte sich die Hände an der Schürze ab und zog mit von den Küchendämpfen gerötetem Gesicht ihren Mann hinter der Theke hervor. Auf eine Gigue folgte ein Reel, nach dem Reel kam ein Hornpipe, und Maggie wirbelte mit verschiedenen Partnern herum, bis ihr schließlich die Beine weh taten.

Angezogen von der Musik oder von der Aussicht auf Gesellschaft kamen weitere Gäste in den Pub, und die Nachricht von Maggies erstem Verkaufserfolg breitete sich wie ein Lauffeuer aus. Bis zum Abend, das wußte sie, wüßte im Umkreis von zwanzig Kilometern jeder darüber Bescheid. Dies war der von ihr erhoffte Ruhm, auch wenn sie heimlich davon träumte, daß er sich vielleicht eines Tages noch steigern ließ.

»Oh, es reicht.« Sie sank auf ihren Stuhl und trank ihren inzwischen kalt gewordenen Tee. »Mein Herz zerspringt.«

»Genau wie meins. Vor Stolz.« Toms Mund zeigte ein strahlendes Lächeln, doch seine Augen waren ein wenig trüb. »Wir sollten es deiner Mutter erzählen, Maggie. Und deiner Schwester ebenfalls.«

»Ich erzähle es Brianna heute abend.« Ihre Mutter erwähnte sie nicht.

»Also gut dann.« Er beugte sich zu ihr hinab und strich ihr sanft über das Gesicht. »Dies ist dein Tag, Maggie Mae, und ich hoffe, daß du ihn dir durch nichts verderben läßt.«

»Nein, es ist unser Tag. Denn ich hätte niemals auch nur ein Stück Glas geblasen ohne dich.«

»Dann teilen wir uns das Vergnügen, wenn auch nur für einen Augenblick.« Einen Moment lang bekam er keine Luft, fühlte sich schwindlig und erhitzt. Er meinte, ein leichtes Klicken hinter den Augen zu spüren, doch schon war es vorbei. Luft, dachte er. Er brauchte nur ein wenig Luft. »Mir wäre nach einer kleinen Spazierfahrt. Ich würde gern ein bißchen Seeluft atmen. Kommst du mit?«

»Natürlich.« Sofort erhob sie sich. »Aber draußen ist es eisig kalt, und es weht ein teuflischer

Wind. Bist du sicher, daß du ausgerechnet heute auf die Klippen willst?«

»Es ist mir wirklich ein Bedürfnis.« Er griff nach seiner Jacke, warf sich einen dicken Schal um den Hals und wandte sich den anderen Gästen zu. Er hatte das Gefühl, als würden sich die dunklen, rauchigen Farben des Pubs vor seinen Augen drehen. Reumütig dachte er, daß er offenbar ein wenig angetrunken war. Aber warum auch nicht. Schließlich hatte er heute allen Grund dazu. »Morgen abend feiern wir dem Erfolg meiner Tochter zu Ehren ein Fest. Mit gutem Essen, feinen Getränken und schöner Musik. Ich hoffe, daß jeder meiner Freunde erscheinen wird.«

Maggie wartete, bis sie mit ihm draußen in der Kälte stand. »Ein Fest? Dad, du weißt genau, daß sie das nicht zulassen wird.«

»Noch bin ich ja wohl der Herr in meinem eigenen Haus.« Genau wie seine Tochter, wenn sie trotzig war, reckte er das Kinn. »Und ich sage, daß es bei uns ein Fest geben wird, Maggie. Das mache ich deiner Mutter schon klar. Würdest du jetzt bitte fahren?«

»Also gut.« Hatte Tom Concannon erst einmal einen Entschluß gefaßt, war es zwecklos, daß man noch länger über die Sache sprach. Er besaß einen Starrsinn, für den sie geradezu dankbar war, denn ohne ihn wäre sie niemals nach Venedig gereist und hätte niemals die Ausbildung zur Glasbläserin absolviert. Sie hätte das Gelernte und Erträumte niemals in die Tat umgesetzt und niemals ihre eigene Werkstatt gebaut. Sie wußte, ihre Mutter hatte Tom wegen der Kosten für die Ausbildung das Leben zur Hölle gemacht, aber dennoch hatte er nicht eine Sekunde lang geschwankt.

»Erzähl mir, woran du gerade arbeitest.«

»Tja, an einer Art Flasche. Sehr groß und sehr schlank. Weißt du, sie soll nach oben spitz zulaufen, und dann soll sie sich wieder öffnen. Ein bißchen wie eine Lilie vielleicht. Und ich versuche, ihr eine ganz zarte Farbe, wie das Innere eines Pfirsichs, zu verleihen.«

Sie sah das Kunstwerk bereits vor sich, so deutlich wie die Hand, mit der sie die Konturen beschrieb.

»Du siehst wunderbare Dinge in deinem Kopf.«

»Es ist leicht, sie dort zu sehen.« Sie lächelte. »Die Schwierigkeit besteht darin, dafür zu sorgen, daß es sie wirklich einmal gibt.«

»Du wirst es schaffen.« Er verstummte und tätschelte ihr liebevoll die Hand.

Maggie fuhr die schmale, gewundene Straße in Richtung der See. Vom Westen her segelten vom

Wind gepeitschte und vom Sturm verdüsterte Wolken herein. Hellere Flecken Himmel wurden von ihnen verschluckt, doch tapfer kämpften sie sich wieder hervor und lugten wie schimmernde Diamanten durch den bleiernen Vorhang hindurch.

In ihrem Kopf formte sie bereits eine Schale, breit und tief, deren Tönung dem Strudel dieser miteinander ringenden Farben entsprach.

Die Straße machte eine erneute Biegung, doch dann verlief sie gerade, und Maggie fädelte den ratternden Kleinlaster zwischen winterlich gelben, mehr als mannshohen Hecken hindurch. Ein wenig außerhalb des Dorfes stand am Straßenrand ein Marienschrein. Das Gesicht der Jungfrau war ernst, ihre Arme waren ausgebreitet wie zum herzlichen Empfang derer, zu deren Trost sie hier draußen in der Kälte stand, und zu ihren Füßen hatte irgend jemand kitschig leuchtende Plastikblumen niedergelegt.

Tom Concannon stieß einen leisen Seufzer aus, und Maggie sah ihn an. Er erschien ihr ein wenig blaß und angespannt. »Du wirkst müde, Dad. Bist du sicher, daß ich dich nicht lieber nach Hause fahren soll?«

»Nein, nein.« Er zog seine Pfeife heraus und klopfte sich geistesabwesend mit ihr auf die Hand. »Ich möchte das Meer sehen. Es braut sich ein

Sturm zusammen, Maggie Mae. Bestimmt bekommen wir vom Loop Head aus ein prächtiges Schauspiel zu sehen.«

»Bestimmt.«

Hinter dem Dorf wurde die Straße erschrekkend schmal, so daß Maggie das Fahrzeug lenkte, als schöbe sie einen Faden durch ein Nadelöhr. Ein aufgrund der Kälte dick vermummter Mann kam ihnen entgegen, und sein Hund trottete in stoischer Ergebenheit hinter ihm her. Beide drückten sich in die Hecke, als Maggie den Laster wenige Zentimeter an den Stiefeln des Spaziergängers vorbeisteuerte. Als sie ihn passierten, nickte er Maggie und Tom grüßend zu.

»Weißt du, was ich überlegt habe, Dad?«

»Was?«

»Wenn ich noch ein paar Teile verkaufen könnte – nur ein paar –, dann könnte ich mir einen zweiten Ofen leisten. Weißt du, ich will mit mehr Farben arbeiten als bisher. Wenn ich noch einen Ofen bauen könnte, könnte ich mehr schmelzen. Der Schamottestein kostet gar nicht so viel, aber zweihundert bräuchte ich bestimmt.«

»Ich habe etwas beiseite gelegt.«

»Nein, nicht schon wieder.« In diesem Punkt war sie hart. »Ich danke dir für das liebe Angebot, aber das muß ich alleine schaffen.«

Seine Miene umwölkte sich, und er sah mit gerunzelter Stirn seine Pfeife an. »Ich frage dich, wozu ist ein Vater da, wenn nicht, um seinen Kindern zu geben, wenn es ihnen an etwas fehlt? Du interessierst dich weder für modische Kleider noch für hübschen Schmuck, wenn du also Schamottesteine haben willst, dann kriegst du sie auch.«

»Allerdings«, erwiderte sie. »Aber ich kaufe sie von meinem eigenen Geld. Das sage ich ganz im Ernst. Es ist nicht dein Geld, was ich will, sondern dein Vertrauen in mich.«

»Du hast mir das, was ich dir in deinem Leben gegeben habe, bereits zehnfach zurückgezahlt.« Er lehnte sich zurück und öffnete das Fenster einen Spalt, so daß der Wind hereinzuziehen begann, als er seine Pfeife anzündete. »Ich bin ein reicher Mann, Maggie. Ich habe zwei wunderbare Töchter, jede von ihnen ein Juwel. Und obgleich ein Mann nicht mehr verlangen kann, habe ich auch noch ein schönes, solides Haus und Freunde, auf die ich mich verlassen kann.«

Maggie bemerkte, daß er ihre Mutter offenbar nicht als einen seiner Reichtümer betrachtete. »Und außerdem wartet immer noch der Schatz am Ende des Regenbogens auf dich.«

»Genau.« Wieder verstummte er. Sie kamen an alten, dachlosen und verlassenen Steinhütten und sich bis zum Horizont erstreckenden graugrünen Feldern vorbei, deren Anblick im dämmrigen Licht des vergehenden Tages von unglaublicher Schönheit war. Außerdem war hinter ein paar knorrigen, blattlosen Bäumen eine dem nun ungehindert pfeifenden Wind ausgesetzte Kirche zu sehen.

Statt traurig und einsam wirkte sie wunderschön auf Tom. Er teilte nicht Maggies Liebe zur Einsamkeit, aber bei einem Anblick wie diesem, wenn der tief hängende Himmel auf die leere Erde traf, ohne daß ein Zeichen menschlichen Lebens dazwischen lag, verstand er sie.

Durch den Spalt im Fenster drang der Geruch des Meeres herein. Es hatte eine Zeit gegeben, da hatte er davon geträumt, es zu überqueren, um nach Amerika zu gehen.

Es hatte eine Zeit gegeben, da hatte er von vielen Dingen geträumt.

Er hatte ständig nach dem Schatz am Ende des Regenbogens gesucht, und daß er ihn nicht gefunden hatte, war einzig und allein seine Schuld. Er hatte als Sohn eines Farmers das Licht der Welt erblickt, hatte allerdings nie eine besondere Neigung zur Bestellung der Felder gehabt. Und nun hatte er bis auf ein kleines Stückchen Land alles verloren, ein Stückchen, das gerade für die von seiner Tochter Brianna so erfolgreich betriebene Blumen- und Gemüsezucht ausreichend war. Ausreichend, um ihn daran zu erinnern, daß er auch auf diesem Gebiet ein Versager war.

Er hatte einfach immer zu viele Pläne gehabt, dachte er, und ein weiterer Seufzer drang aus seiner Brust. Seine Frau Maeve hatte recht gehabt. Er hatte immer zahllose Pläne geschmiedet, aber nie den Verstand oder das Glück gehabt, daß auch nur eins seiner Vorhaben gelang. Sie tuckerten an einer weiteren kleinen Ansammlung von Häusern vorbei und an einem Gebäude, dessen Eigentümer sich damit brüstete, es wäre der letzte Pub vor New York. Schlagartig besserte sich Toms Laune, wie immer, wenn er diese Kneipe sah.

»Wie sieht's aus, Maggie? Segeln wir rüber nach New York und trinken dort ein kleines Bier?« fragte er wie jedesmal.

»Nur, wenn du mich die erste Runde bezahlen läßt.«

Er grinste vergnügt, doch als sie ans Ende der Straße fuhr, von wo aus man über Gras und Steine an den Rand der Klippe ging und über die windgepeitschte See in Richtung Amerika sah, überkam ihn das Gefühl, vor ihm liege noch eine wichtige Aufgabe.

Sie traten in das Geheul des Windes und des

Wassers hinaus, das wütend gegen die Zähne und Fäuste schwarzer Felsen schlug, hakten einander unter und schwankten wie zwei Betrunkene lachend los.

»Es ist Wahnsinn, an einem Tag wie diesem hierherzukommen.«

»Ja, aber ein schöner Wahnsinn. Spür doch den Wind, Maggie! Spür ihn. Es ist, als wolle er uns von hier bis nach Dublin wehen. Erinnerst du dich noch an unsere Fahrt dorthin?«

»Wir haben einem Jongleur zugesehen, der bunte Bälle durch die Luft wirbeln ließ. Ich war so begeistert, daß du dir hinterher selbst das Jonglieren beigebracht hast.«

Sein Lachen dröhnte fast so laut wie das Meer, das gegen die Felsen schlug. »Himmel, die Unmengen von Äpfeln, die dabei Druckstellen bekommen haben.«

»Wir haben wochenlang nichts anderes mehr als Apfelkuchen und Pasteten zu essen gekriegt.«

»Und ich dachte, ich könnte mit meiner neuen Kunst ein oder zwei Pfund verdienen, und bin extra zum Markt nach Galway gefahren, weil es dort so viele Zuschauer gab.«

»Und dann hast du von dem ganzen Geld, das du verdient hast, Geschenke für mich und Brianna gekauft.«

Endlich hatte er wieder Farbe im Gesicht, und in seine Augen war das alte Leuchten zurückgekehrt. Willig ging sie mit ihm über die unebene Grasfläche, wobei ihr der Wind mit knirschenden Zähnen in die Wangen zu beißen schien. Dann standen sie am Rand des mächtigen Atlantiks, der seine kriegerischen Wogen gegen die gnadenlosen Felsen schleuderte. Das Wasser krachte gegen die natürliche Wand, wurde zurückgepeitscht und ließ Dutzende sich aus den Spalten ergießende Wasserfälle zurück. Über ihren Köpfen trieben schreiende Möwen im Wind, und ihre Rufe hallten wieder und wieder über das Donnern der Wellen hinweg.

Die Gischt stob an der hohen Felsenwand hinauf, unten schneeweiß, oben jedoch, wo sie sich perlengleich in der eisigen Luft ergoß, klar wie der reinste Kristall. Kein Boot war draußen auf den Wellen zu sehen. Allein die mit weißen Schaumkronen verzierten Wogen ritten auf dem Meer.

Sie fragte sich, ob ihr Vater so oft an diese Stelle kam, weil die Verschmelzung von See und Stein in seinen Augen ebensosehr das Symbol der Ehe wie das des Krieges war. Und seine Ehe hatte er seit Anbeginn als Kampf erlebt, in dessen Verlauf sein Herz durch die beständige Bitterkeit und den unablässigen Zorn seiner Frau ermattet war.

»Warum bleibst du bei ihr, Dad?«

»Was?« Er löste seinen Blick von Meer und Himmel und sah seine Tochter an.

»Warum bleibst du bei ihr?« wiederholte sie. »Brie und ich sind inzwischen erwachsen. Warum bleibst du bei ihr, wenn du bei ihr nicht glücklich bist?«

»Sie ist meine Frau«, war seine schlichte Erwiderung.

»Warum sollte das eine Antwort sein?« fragte sie. »Warum sollte das das Ende aller Dinge sein? Es gibt keine Liebe zwischen euch, ja, ihr mögt euch noch nicht einmal. Seit ich denken kann, hat sie dir das Leben zur Hölle gemacht.«

»Du bist ihr gegenüber zu hart.« Auch das ist meine Schuld, dachte er. Er hatte das Kind so sehr geliebt, daß er unfähig gewesen war, die bedingungslose Liebe abzuwehren, die sie für ihn empfand. Eine Liebe, so wußte er, die keinen Raum für Verständnis gegenüber der Frau, die ihre Mutter war, übrigließ. »Was zwischen deiner Mutter und mir vorgefallen ist, liegt ebensosehr an mir wie an ihr. Eine Ehe ist eine schwierige Angelegenheit, Maggie, in der es um den beständigen Ausgleich zweier Herzen und zweier Hoffnungen geht. Manchmal gewinnt eine Seite einfach zuviel Gewicht, und die andere Seite kommt nicht dagegen an. Das wirst du verstehen, wenn du erst einmal selbst verheiratet bist.«

»Ich werde niemals heiraten«, sagte sie mit einer solchen Vehemenz, als schwöre sie zu Gott. »Ich werde niemals einem Menschen das Recht geben, mich so unglücklich zu machen.«

»Sag das nicht. O nein.« Er drückte ihr ängstlich die Hand. »Etwas Kostbareres als die Ehe und die Familie gibt es nicht. Nirgends auf der Welt.«

»Wenn das so ist, wie kann die Ehe dann gleichzeitig ein solches Gefängnis sein?«

»Das sollte sie nicht sein.« Wieder kam die vorherige Schwäche über ihn, und mit einem Mal spürte er, wie ihm die eisige Kälte in die Knochen fuhr. »Deine Mutter und ich, wir waren kein gutes Beispiel für euch, und das tut mir leid. Mehr als ich dir sagen kann. Aber eins weiß ich, Maggie, mein Kind. Wenn du von ganzem Herzen liebst, dann gehst du nicht nur das Wagnis ein, unglücklich zu werden. Ebensogut kann die Liebe der Himmel auf Erden sein.«

Sie vergrub ihr Gesicht an seiner Jacke, sog Trost aus seinem Duft. Sie konnte ihm nicht sagen, daß sie schon seit Jahren wußte, wie wenig die Ehe für ihn der Himmel auf Erden war. Und daß er niemals im Gefängnis dieser Ehe geblieben wäre, wenn nicht ihretwegen.

»Hast du sie jemals geliebt?«

»O ja. Und unsere Liebe war so heiß wie einer deiner Öfen. Aus dieser Glut bist du entstanden, Maggie Mae. Du bist aus Feuer geboren, wie eine deiner schönsten und verwegensten Statuen. Auch wenn das Feuer inzwischen abgekühlt sein mag, es gab eine Zeit, in der es heller als alles andere gelodert hat. Hätte es weniger hell, weniger heftig gebrannt, dann hätten wir es vielleicht geschafft.«

Etwas in seiner Stimme ließ sie aufblicken und in sein Gesicht sehen. »Es gab einmal jemand anderen, nicht wahr?«

Wie eine in Honig getauchte Klinge war die Erinnerung schmerzlich und süß zugleich. Tom blickte erneut aufs Meer hinaus, als könne er über den Atlantik sehen und fände die Frau, die einst von ihm gegangen war. »Ja, es gab einmal jemand anderen. Aber es sollte nicht sein. Es wäre nicht rechtens gewesen. Ich sage dir eins. Wenn die Liebe kommt, wenn der Pfeil dein Herz durchbohrt, dann kommst du einfach nicht dagegen an. Und selbst das Blut, das du deshalb vergießt, schmerzt dich nicht. Also sag niemals nie zu mir, Maggie. Ich möchte, daß du das bekommst, was mir nicht vergönnt gewesen ist.«

Sie wollte es nicht sagen, doch es rutschte ihr einfach so heraus. »Ich bin dreiundzwanzig, Dad, und Brie ist kaum ein Jahr jünger als ich. Ich weiß, was die Kirche sagt, aber ich will verdammt sein, wenn ich glaube, daß es einen Gott im Himmel gibt, der Gefallen daran findet, einen Mann für den Rest seines Lebens dafür zu bestrafen, daß er einmal einen Fehler begangen hat.«

»Einen Fehler.« Mit gerunzelter Stirn schob sich Tom die Pfeife in den Mund. »Meine Ehe war kein Fehler, Margaret Mary, und ich möchte, daß du das nie wieder sagst. Wegen dieser Ehe seid ihr, du und Brie, auf der Welt. Ein Fehler – nein, mir kommt es eher wie ein Wunder vor. Ich war bereits über vierzig, als du geboren wurdest, und an die Gründung einer eigenen Familie hatte ich bis dahin nie gedacht. Wenn ich daran denke, wie mein Leben ohne euch beide verlaufen wäre, frage ich mich unweigerlich, wo stünde ich dann jetzt? Ein Mann von fast siebzig und allein. Ganz allein.« Er umfaßte ihr Gesicht und sah sie eindringlich an. »Ich danke Gott jeden Tag meines Lebens dafür, daß mir deine Mutter begegnet ist und daß wir etwas geschaffen haben, das bleibt, wenn ich gehe. Von allen Dingen, die ich je getan oder gelassen habe, waren du und Brianna mein erster und einziger Erfolg. Und jetzt will ich nichts mehr von Fehlern oder Unglück hören, ist das klar?«

»Ich liebe dich, Dad.«

Seine Miene wurde weich. »Ich weiß. Ich fürchte, du liebst mich sogar zu sehr, was ich allerdings nicht bedauern kann.« Wieder verspürte er ein Drängen, als flüsterte ihm der Wind ins Ohr, er hätte nur noch wenig Zeit. »Es gibt da etwas, um das ich dich bitten möchte, Maggie.«

»Was?«

Er musterte ihr Gesicht und fuhr mit seinen Fingern ihre Züge nach, als verspüre er mit einem Mal das Bedürfnis, sie sich so genau einzuprägen, daß er sie niemals mehr vergaß – das kantige, trotzige Kinn, die sanft gerundeten Wangen und die Augen, die so grün und rastlos waren wie die See, die unter ihnen gegen die Felsen krachte.

»Du bist stark, Maggie. Hart und stark, aber mit einem weichen Herzen unter all dem Stahl. Gott weiß, daß du clever bist. Ich verstehe nichts von all den Dingen, die du weißt, und ebensowenig verstehe ich, wie sie dir in den Kopf gekommen sind. Maggie, du bist mein leuchtender Stern, so wie Brie meine kühle Rose ist. Ich möchte, daß jede von euch dorthin geht, wohin ihr Traum sie führt. Das wünsche ich mir mehr, als ich es sagen kann. Und wenn ihr eure Träume verfolgt, verfolgt ihr sie ebensosehr für mich wie für euch selbst.«

Das Dröhnen der Wogen in seinen Ohren wurde leiser, und das Zwielicht des Sturms in seinen Augen wurde matt. Maggies Gesicht verschwamm, und dann verblaßte es.

»Was ist los?« Alarmiert umklammerte sie seinen Arm. Er war so grau wie der Himmel, und mit einem Mal wirkte er entsetzlich alt. »Bist du krank, Dad? Komm, ich bringe dich zum Wagen zurück.«

»Nein.« Aus Gründen, die er nicht wußte, war es unbedingt erforderlich, daß er hier, an der äußersten Spitze seines Heimatlandes, stehenblieb und das, was er begonnen hatte, beendete. »Es ist alles in Ordnung. Ein leichtes Stechen, mehr nicht.«

»Du frierst.« In der Tat fühlte sich sein drahtiger Körper unter ihren Händen wie ein Sack eisiger Knochen an.

»Hör mir zu.« Sein Ton wurde vehement. »Laß dich durch nichts davon abhalten, deinen Weg zu gehen und das, was du tun mußt, zu tun. Drück der Welt deinen Stempel auf, und zwar so fest, daß er nicht mehr auszuradieren ist. Aber...«

»Dad!« Panik wallte in ihr auf, als er schwankte und in die Knie ging. »O Gott, Dad, was ist los? Dein Herz?«

Nein, nicht sein Herz, dachte er durch einen Nebel verschwommener Schmerzen hindurch, da er sein hartes, schnelles Pochen laut und deutlich vernahm. Aber gleichzeitig hatte er das Gefühl, daß in seinem Inneren etwas zerbarst und ihm entglitt. »Verhärte nicht, Maggie. Versprich es mir. Verliere niemals, was in dir steckt. Du wirst dich um deine Schwester kümmern. Und um deine Mutter. Versprich es mir.«

»Du mußt aufstehen.« Sie zerrte an ihm herum, da es ihr schien, als könne sie nur auf diese Weise ihre Angst bekämpfen. Das Peitschen des Meeres klang wie ein Sturm, wie ein albtraummäßiger Sturm, der sie beide über den Rand der Klippe auf die spitzen Felsen schleudern würde, brächte sie ihn nicht zum Wagen zurück. »Hörst du mich, Dad? Du mußt aufstehen.«

»Versprich es mir.«

»Ja, ich verspreche es. Ich schwöre bei Gott, daß ich mich um die beiden kümmern werde, allezeit.« Ihre Zähne klapperten, und brennende Tränen rannen über ihr Gesicht.

»Ich brauche einen Priester«, keuchte er.

»Nein, nein, du mußt nur aus dieser Kälte raus.« Aber noch während sie sprach, wußte sie, daß es eine Lüge war. Egal, wie fest sie ihn umklammert hielt, glitt sein Innerstes davon. »Laß mich nicht einfach so zurück. Nicht einfach so.« Verzweifelt blickte sie über die Felder und die ausgetretenen Pfade, über die Jahr um Jahr eine Unmenge von

Menschen wanderte, um auf das Meer hinauszusehen. Aber es war niemand da, so daß sie auch nicht um Hilfe schrie. »Versuch es, Dad, los, versuch aufzustehen. Ich bringe dich zu einem Arzt.«

Er lehnte seinen Kopf an ihre Schulter und stieß einen erstickten Seufzer aus. Er spürte keine Schmerzen mehr, sondern fühlte sich vollkommen taub. »Maggie«, sagte er, dann sprach er noch einen Namen – den Namen einer Fremden –, und dann verstummte er.

»Nein.« Wie, um ihn vor dem Wind zu schützen, dessen Kälte er nicht länger empfand, schlang sie die Arme um ihn und wiegte ihn schluchzend hin und her.

Und der Wind posaunte aufs Meer hinaus und brachte die ersten Nadelstiche eisigen Regens mit zurück.

2. Kapitel

Über Thomas Concannons Totenwacht würde man sicher noch auf Jahre hinaus sprechen. Es gab gutes Essen und schöne Musik, wie es von ihm für das Fest zu Ehren seiner Tochter geplant gewesen war. Das Haus, in dem er seine letzten Jahre verlebt hatte, war über und über mit Besuchern angefüllt.

Tom hatte keine Reichtümer besessen, sagten manche von ihnen, aber er war immer reich an Freunden gewesen.

Sie kamen aus seinem und aus dem Nachbardorf. Von den Farmen, aus den Läden, aus den Cottages. Sie brachten etwas zu essen mit, wie es bei derartigen Anlässen Brauch war, und nach kurzer Zeit stand die Küche voller Brot und Fleisch und Kuchen. Sie tranken auf sein Leben und besangen seinen Tod.

Die lodernden Feuer in den Kaminen hielten den Sturm, der an den Fenstern rüttelte, und die Kälte der Trauer in Schach.

Aber Maggie war überzeugt davon, daß ihr nie

wieder warm würde. Sie saß neben dem Feuer in dem winzigen Wohnzimmer, als hätte sie mit den zahlreichen Besuchern nicht das geringste zu tun. In den Flammen sah sie die Klippe, die brodelnde See – und sich selbst, ganz allein, wie sie ihren sterbenden Vater in den Armen hielt.

»Maggie.«

Überrascht fuhr sie herum und sah den vor ihr kauernden Murphy an. Er drückte ihr einen dampfenden Becher in die Hand.

»Was ist das?«

»Vor allem Whiskey, und dann ein bißchen Tee, damit er wärmer ist.« Sein Blick war sanft und von Trauer erfüllt. »Nun trink schon. Sei ein braves Mädchen. Willst du nicht auch etwas essen? Es täte dir sicher gut.«

»Ich kann nicht«, sagte sie, aber sie tat, wie ihr geheißen, und trank. Sie hätte schwören können, daß sie spürte, wie ihr jeder einzelne feurige Tropfen durch die Kehle rann. »Ich hätte nicht mit ihm dorthin fahren sollen, Murphy. Ich hätte sehen müssen, daß etwas nicht mit ihm in Ordnung war.«

»Das ist Unsinn, und das weißt du ganz genau. Er sah wie immer aus, als er den Pub verließ. Und außerdem hatte er ganz schön eifrig getanzt, oder etwa nicht?«

Getanzt, dachte sie. Sie hatte mit ihrem Vater an seinem Todestag getanzt. Wäre ihr diese Tatsache eines Tages vielleicht ein Trost? »Aber wenn wir nicht so weit weg gewesen wären. So allein...«

»Der Arzt hat es dir doch erklärt, Maggie. Es hätte keinen Unterschied gemacht. Die Arterienerweiterung hat ihn umgebracht, aber Gott sei Dank ging alles so schnell, daß er wohl kaum etwas davon mitbekommen hat.«

»Ja, es ging wirklich schnell.« Ihre Hand zitterte, also hob sie den Becher erneut an den Mund. Es war die Zeit danach gewesen, die allzu langsam vergangen war. Die entsetzliche Zeit, in der sie seinen Leichnam vom Meer zurückgefahren hatte, vor Entsetzen keuchend, die Hände am Lenkrad wie erstarrt.

»Ich habe noch nie einen Mann gesehen, der auf irgend etwas oder irgend jemanden stolzer gewesen wäre als er auf dich.« Murphy blickte zögernd auf seine Hände hinab. »Er war wie ein zweiter Vater für mich, Maggie.«

»Ich weiß.« Sie strich ihm sanft eine Strähne aus der Stirn. »Das hat er genauso gesehen.«

Nun habe ich also zum zweiten Mal den Vater verloren, dachte Murphy. Und zum zweiten Mal lastete das Gewicht der Trauer und der Verantwortung auf ihm.

»Du sollst wissen, daß du es mir nur zu sagen brauchst, falls ich dir oder deiner Familie in irgendeiner Weise helfen kann.«

»Es ist nett von dir, daß du das sagst, und vor allem, daß du es auch so meinst.«

Er hob den Kopf und sah sie mit seinen wilden, keltisch blauen Augen an. »Ich weiß, es war hart, als er zum Verkauf des Landes gezwungen war. Und es war ebenso hart, daß gerade ich derjenige war, der es von ihm übernommen hat.«

»Nein.« Maggie stellte den Becher beiseite und griff nach seinen Händen. »Das Land war nicht wichtig für ihn.«

»Deine Mutter…«

»Sie hätte noch nicht mal einem Heiligen den Kauf der Felder verziehen«, sagte Maggie in brüskem Ton. »Obwohl auch sie von dem für das Geld gekauften Essen eine Zeitlang satt geworden ist. Ich sage dir, daß ausgerechnet du der Käufer warst, hat die Sache leichter gemacht. Brie und ich mißgönnen dir nicht einen einzigen Grashalm, Murphy, bitte glaub mir das.« Da sie es beide brauchten, setzte sie ein Lächeln auf. »Du hast getan, was er nicht konnte und auch nicht wollte. Du hast das Land fruchtbar gemacht. Also reden wir nicht mehr davon.«

Mit einem Mal blickte sie sich um, als wäre sie

gerade erst aus einem leeren Raum in dieses überfüllte Zimmer spaziert. Jemand spielte Flöte, und O'Malleys Tochter, hochschwanger mit ihrem ersten Kind, sang ein leichtes, verträumtes Lied. Vom anderen Ende des Raums drang lebendiges und freies Lachen an ihr Ohr. Ein Baby weinte. Männer standen in Grüppchen beisammen, sprachen über Tom, über das Wetter, über Jack Marleys kranke Stute und das Loch im Dach des Cottages der Donovans.

Die Frauen sprachen ebenfalls über Tom und über das Wetter, und außerdem über Kinder und Hochzeiten und Totenwachen wie die heutige.

Sie sah eine alte Frau, eine entfernte Cousine, in abgetragenen Schuhen und gestopften Strümpfen, die einen Pullover strickend in der Ecke saß und eine Gruppe großäugiger Kinder mit einer phantastischen Geschichte unterhielt.

»Weißt du, er hatte es immer gern, wenn er von Menschen umgeben war.« Der pochende Schmerz, den sie bei diesem Satz empfand, war ihrer Stimme deutlich anzuhören. »Wenn er gekonnt hätte, hätte er das Haus täglich mit ihnen gefüllt. Er hat nie verstanden, weshalb ich lieber alleine war.« Sie atmete tief ein und hoffte, ihre Stimme bekäme einen möglichst beiläufigen Klang. »Hat er dir je etwas von einer Frau namens Amanda erzählt?«

»Amanda?« Murphy runzelte nachdenklich die Stirn. »Nicht, daß ich wüßte. Warum fragst du danach?«

»Nur so. Wahrscheinlich habe ich mich einfach verhört.« Sie tat die Frage mit einem Schulterzukken ab. Sicher hatte ihr Vater im Sterben nicht den Namen einer fremden Frau erwähnt. »Ich sollte in die Küche gehen und Brie ein wenig behilflich sein. Danke für den Tee, Murphy. Und für alles andere.« Sie küßte ihn auf die Stirn und stand auf.

Natürlich dauerte es eine Ewigkeit, bis sie ans andere Ende des Zimmers kam. Immer wieder war sie gezwungen stehenzubleiben, sich Worte des Trostes oder eine kurze Geschichte über ihren Vater anzuhören oder, im Fall von Tim O'Malley, diejenige zu sein, die Trost und Beistand bot.

»Himmel, ich werde ihn vermissen«, sagte Tim, wobei er sich unverhohlen die Augen wischte. »Nie hatte ich einen teureren Freund, und nie wird mir ein Mann so wichtig sein wie er. Weißt du, er hat immer gewitzelt, er eröffne eines Tages seinen eigenen Pub. Meinte, dann bekäme ich ganz schön Konkurrenz.«

»Ich weiß.« Außerdem wußte sie, daß es kein Scherz, sondern ein weiterer Traum ihres Vaters war.

»Er wollte ein Dichter sein«, warf jemand anderes ein, während Maggie Tim tröstend in die Arme nahm. »Sagte, ihm fehlten nur die richtigen Worte dazu.«

»Er hatte das Herz eines Dichters«, sagte Tim mit gebrochener Stimme. »Das Herz und die Seele, jawohl. Auf der ganzen Welt hat es nie einen feineren Kerl als Tom Concannon gegeben, das sage ich euch.«

Maggie wechselte ein paar Worte mit dem Priester wegen der für den kommenden Vormittag angesetzten Trauerfeier, ehe sie endlich aus dem Wohnzimmer in die Küche entkam.

Hier war es ebenso voll wie überall sonst im Haus, denn zahllose Frauen bereiteten diverse Speisen zu. Zumindest jedoch kamen Maggie die Geräusche und Gerüche lebendig vor – das Pfeifen von Wasserkesseln und das sanfte Zischen köchelnder Suppen drangen an ihr Ohr, während ihr der Duft eines gebratenen Schinkens in die Nase stieg. Überall liefen Kinder herum, und die Frauen stiegen mit der nachtwandlerischen Sicherheit, die ihnen offenbar angeboren war, über sie hinweg oder hoben sie einfach aus dem Weg.

Der Wolfshundwelpe, der Brianna von Tom zu ihrem letzten Geburtstag geschenkt worden war, lag zufrieden unter dem Küchentisch. Brianna selbst stand mit gefaßter Miene am Herd und rührte mit geschickten Bewegungen in einem großen Topf. Maggie erkannte die subtilen Zeichen der Trauer in ihrem ruhigen Blick und auf ihrem sanften, nicht lächelnden Lippenpaar.

»Du ißt jetzt etwas.« Eine der Nachbarinnen hatte Maggie entdeckt und machte ihr einen Teller mit verschiedenen Köstlichkeiten zurecht. »Du ißt, oder du bekommst es mit mir zu tun.«

»Ich bin nur gekommen, um ein wenig behilflich zu sein.«

»Du hilfst uns schon genug, wenn du etwas von all diesen Sachen ißt. Wir haben genug für eine ganze Armee. Du weißt doch, daß dein Vater mir einmal einen Hahn angedreht hat. Behauptete, es wäre der beste Hahn im ganzen Bezirk und meine Hennen würden auf Jahre hinaus glücklich mit ihm sein. Er hatte so eine Art, der selige Tom, daß man einfach glauben mußte, was er erzählte, auch wenn man genau wußte, daß alles nur Unsinn war.« Während sie sprach, häufte sie eine riesige Portion auf einen Teller und tätschelte, ohne sich zu unterbrechen, einem Kind den Kopf. »Tja, und dann stellte sich der Hahn als schreckliches, gemeines Biest heraus, und in seinem ganzen elenden Leben hat er kein einziges Mal gekräht.«

Maggie lächelte und sagte, was von ihr erwartet wurde, obgleich ihr die Geschichte schon hundertmal erzählt worden war. »Und was haben Sie mit dem Hahn, den Dad Ihnen verkauft hat, gemacht, Mrs. Mayo?«

»Ich habe dem verdammten Vieh den Hals umgedreht und einen Eintopf draus gemacht. Auch deinem Vater habe ich einen Teller davon vorgesetzt. Er meinte, etwas Besseres hätte er in seinem ganzen Leben nicht gegessen.« Mit einem herzlichen Lachen drückte sie Maggie den Teller in die Hand.

»Und, stimmte das?«

»Das Fleisch war fasrig und zäh wie Schuhleder. Aber Tom hat den Teller bis auf den Grund geleert. Gott segne ihn.«

Also machte sich auch Maggie über ihren Teller her, denn es gab für sie nichts anderes zu tun als weiterzuleben wie bisher. Sie lauschte den Geschichten und wartete mit ein paar eigenen Erzählungen auf. Als die Sonne unterging und sich die Küche zu leeren begann, setzte sie sich, den Welpen auf dem Schoß, auf einen Stuhl.

»Er wurde geliebt«, sagte sie.

»Allerdings.« Brianna stand mit einem Geschirrtuch neben dem Herd, und in ihren Augen stiegen Tränen auf. Es war niemand mehr da, den sie versorgen konnte, nichts, das ihre Hände und ihre

Gedanken beschäftigt hielt, und die Trauer attakkierte ihr Herz wie ein zorniger Bienenschwarm. Um sich noch eine Weile abzulenken, begann sie, die gespülten und abgetrockneten Teller in den Schränken zu verstauen.

Sie war gertenschlank und bewegte sich auf eine kühle, beherrschte Art. Mit dem nötigen Geld hätte sie vielleicht eine Ausbildung als Tänzerin gemacht. Ihr goldblondes, dichtes Haar war zu einem ordentlichen Knoten zusammengesteckt, und eine weiße Schürze bedeckte ihr schlichtes schwarzes Kleid.

Maggies Haar hingegen fiel ihr in feuerroten Locken ums Gesicht, und sie hatte einen ungebügelten Rock und einen löchrigen Pullover an.

»Ich glaube nicht, daß das Wetter morgen aufklaren wird.« Brianna hatte die Teller in ihren Händen vergessen und starrte durchs Fenster in die stürmische Nacht hinaus.

»Wohl nicht. Aber trotzdem werden die Leute kommen, genau wie sie heute gekommen sind.«

»Und anschließend haben wir sie wieder alle hier zu Gast. Wir haben noch so viel Essen übrig, ich weiß gar nicht, was ich mit all den Sachen anfangen soll…« Briannas Stimme verklang.

»Ist sie überhaupt auch nur für eine Minute aus ihrem Zimmer gekommen?«

Einen Moment lang stand Brianna reglos da, ehe sie die Teller sorgfältig aufeinanderzustapeln begann. »Sie fühlt sich nicht wohl.«

»O Gott, komm mir nicht mit so etwas. Ihr Mann ist tot, und jeder, der ihn kannte, war heute hier. Und sie bringt es noch nicht einmal über sich, so zu tun, als ginge sie die Sache etwas an.«

»Natürlich nimmt Dads Tod sie mit.« Briannas Stimme klang angespannt. Eine Auseinandersetzung wäre in diesem Augenblick, in dem ihr Herz vor Schmerz wie ein Tumor angeschwollen war, einfach zuviel für sie. »Schließlich hat sie mehr als zwanzig Jahre mit ihm zusammengelebt.«

»Und sonst kaum etwas. Warum mußt du sie immer verteidigen? Sogar jetzt?«

Brianna umfaßte den Teller in ihren Händen so fest, daß sie sich wunderte, weshalb er nicht zerbrach. Ihre Stimme jedoch blieb vollkommen vernünftig und ruhig. »Ich verteidige niemanden, sondern spreche lediglich die Wahrheit aus. Können wir nicht Frieden wahren? Können wir nicht ein einziges Mal Frieden wahren in diesem Haus, wenigstens, bis er begraben ist?«

»In diesem Haus wurde noch niemals der Frieden gewahrt«, sagte Maeve aus Richtung der Tür. Ihr Gesicht wies nicht die geringste Spur von Tränen auf, sondern war wie immer von der ihr eigenen Kälte und Härte und Unerbittlichkeit geprägt. »Dafür hat er schon gesorgt. Er hat zu Lebzeiten dafür gesorgt, so wie er es immer noch tut. Selbst als toter Mann macht er mir das Leben schwer.«

»Sprich nicht über ihn.« Maggie hatte sich den ganzen Tag beherrscht, aber nun brach ihr Zorn sich Bahn, als schleudere man einen kantigen Stein durch dünnes Glas. Sie sprang so plötzlich von ihrem Stuhl, daß der Welpe erschrocken unter den Küchentisch floh. »Wag es ja nicht, schlecht von ihm zu sprechen, wenn ich in der Nähe bin.«

»Ich spreche von ihm, wie es mir gefällt.« Maeve zog ihr Umhängetuch fester um ihre Schultern. Es war aus Wolle, dabei hatte sie immer Seide gewollt. »Sein Leben lang hat er mir nichts als Kummer gemacht. Und nun, da er tot ist, ist es mit dem Elend immer noch nicht vorbei.«

»Ich sehe keine Tränen in deinen Augen, Mutter.«

»Das wirst du auch nicht, denn weder im Leben noch im Tod will ich eine Heuchlerin sein, sondern immer nur sagen, was die Wahrheit ist. Für das, was er mir heute angetan hat, wird er in die Hölle kommen, das schwöre ich.« Mit ihren verbitterten blauen Augen sah sie zuerst Maggie und dann Brianna an. »Und ebensowenig wie Gott ihm verzeihen wird, werde ich es tun.«

»Ach, weißt du inzwischen sogar schon, was Gottes Wille ist?« fragte Maggie sie. »Hat dir all das Lesen in der Bibel und all das Rosenkranzbeten vielleicht einen direkten Draht zum Herrn verschafft?«

»Du sollst nicht gotteslästern.« Maeves Wangen röteten sich vor Zorn. »Nicht in diesem Haus.«

»Ich spreche, wie es mir gefällt.« Maggie sah ihre Mutter mit einem boshaften Lächeln an. »Und ich sage dir, daß Tom Concannon deine dürftige Vergebung gar nicht nötig hat.«

»Es reicht.« Obgleich sie innerlich zitterte, legte Brianna Maggie eine beruhigende Hand auf die Schulter und atmete tief ein, um sicherzugehen, daß ihre Stimme ebenso beruhigend klang. »Ich habe dir gesagt, Mutter, daß du das Haus haben kannst. Mach dir also keine Sorgen deshalb.«

»Was sagst du da?« Maggie wandte sich ihrer Schwester zu. »Was ist mit dem Haus?«

»Du hast gehört, was der Notar vorgelesen hat«, setzte Brianna an, doch Maggie schüttelte nur den Kopf.

»Ich habe nichts davon mitgekriegt. Was interessiert mich das Gerede eines Notars? Ich habe einfach nicht zugehört.«

»Er hat es ihr hinterlassen.« Immer noch zitternd fuchtelte Maeve erbost mit der Hand durch die Luft. »Er hat das Haus ihr vermacht. All die Jahre des Leids und der Opfer, und dann nimmt er mir sogar noch das Dach über dem Kopf.«

»Sie wird sich schon wieder beruhigen, wenn sie erst begreift, daß sie ein Dach über dem Kopf und keinerlei Verantwortung dafür hat«, sagte Maggie, nachdem ihre Mutter gegangen war.

Das stimmte wohl. Außerdem war Brianna der Ansicht, es könnte ihr gelingen, den Frieden zu wahren, auch wenn es nicht einfach war. Schließlich hatte sie lebenslange Erfahrung auf diesem Gebiet. »Ich werde das Haus behalten, und sie bleibt hier. Auf diese Weise kann ich mich um beides kümmern.«

»Die heilige Brianna«, murmelte Maggie ohne jede Boshaftigkeit. »Aber gemeinsam schaffen wir es schon.« Der neue Ofen würde warten müssen, aber solange McGuinness ihre Ware kaufte, hätten sie zumindest für den Unterhalt beider Häuser Geld genug.

»Ich habe gedacht... Dad und ich haben uns vor kurzem darüber unterhalten, und ich dachte...« Brianna sah ihre Schwester zögernd an, und Maggie kehrte mit ihren Gedanken in die Gegenwart zurück.

»Nun sag schon«, meinte sie.

»Ich weiß, daß ein paar Reparaturen erforderlich sind und ich nur noch einen Teil dessen habe, was Gran mir hinterlassen hat – und dann ist da noch die Hypothek.«

»Die zahle ich zurück.«

»Nein, das ist nicht richtig.«

»Und ob das richtig ist.« Maggie stand auf und nahm die Teekanne vom Herd. »Er hat die Hypothek aufgenommen, damit ich nach Venedig gehen konnte, nicht wahr? Hat das Haus beliehen und Mutters Zorn über sich ergehen lassen, weil er mir eine dreijährige Ausbildung ermöglicht hat. Also bin ich diejenige, die für die Tilgung der Hypothek verantwortlich ist.«

»Das Haus gehört mir.« Briannas Stimme wurde fest. »Und die Hypothek habe ich automatisch mitgeerbt.«

Ihre Schwester wirkte sehr weich, aber Maggie wußte, wenn es ihr paßte, konnte sie stur wie ein Maulesel sein. »Nun, darüber können wir uns streiten, bis wir grün und schimmelig sind. Dann tragen wir die Schulden eben gemeinsam ab. Wenn du es mich schon nicht für dich tun läßt, dann laß es mich wenigstens für ihn tun, Brie. Es ist mir einfach ein Bedürfnis.«

»Wir werden sehen.« Brianna nahm die von Maggie vollgeschenkte Tasse Tee.

»Erzähl mir, was du dachtest.«

»Also gut.« Es schien töricht, und sie konnte nur hoffen, daß ihre Idee, wenn sie sie laut äußerte, weniger töricht klang. »Ich würde das Haus gern in eine kleine Frühstückspension umwandeln.«

»Ein Hotel!« Maggie war so verblüfft, daß ihr der Mund offenstehen blieb. »Du willst zahlende Gäste, von denen jeder in deiner Privatsphäre herumschnüffeln kann? Du wirst keinerlei Eigenleben mehr haben, Brianna, und du wirst von morgens bis abends schuften, so daß dir auch keine Freizeit mehr bleibt.«

»Ich habe gerne Menschen um mich«, sagte Brianna gelassen. »Nicht jede ist eine solche Einsiedlerin wie du. Und ich glaube, ich habe ein gewisses Geschick, wenn es darum geht, dafür zu sorgen, daß man sich irgendwo heimisch fühlt. Offenbar liegt mir dieses Talent im Blut.« Sie reckte trotzig das Kinn. »Grandad hatte ein Hotel, und Gran hat es nach seinem Tod weitergeführt. Ich bin mir sicher, ich könnte es ebensogut wie sie.«

»Ich habe nie behauptet, daß du es nicht könntest, ich verstehe nur beim besten Willen nicht, weshalb du dir so etwas antun willst. Jeden Tag Fremde im Haus.« Allein der Gedanke daran führte dazu, daß Maggie ein kalter Schauder über den Rücken rann.

»Ich kann nur hoffen, daß das Haus dann tatsächlich täglich von Fremden bevölkert ist. Natürlich ist vorher eine gründliche Renovierung der oberen Schlafzimmer erforderlich.« Briannas Blick wurde verträumt, als sie die Einzelheiten ihres Vorhabens vor sich sah. »Ein neuer Anstrich, neue Tapeten. Ein, zwei neue Teppiche. Und die sanitären Einrichtungen haben weiß Gott eine Erneuerung verdient. Wir bräuchten ein weiteres Bad, aber ich denke, daß die Kammer am Ende des oberen Flurs durchaus geeignet ist. Vielleicht wäre ein kleiner Anbau direkt neben der Küche für Mutter gut – auf diese Weise würde sie von den Gästen nicht gestört. Und dann würde ich den Garten ein bißchen verschönern und ein kleines Schild aufstellen. Es soll gar nichts Großartiges werden, weißt du, nur klein und geschmackvoll und gemütlich soll es sein.«

»Es ist dir ernst«, murmelte Maggie, als sie das Leuchten in den Augen ihrer Schwester sah. »Es ist dir wirklich ernst.«

»O ja, allerdings. Es ist mir wirklich ernst.«

»Dann tu es auch.« Maggie ergriff ihre Hände. »Tu es, Brie. Renovier die Räume, und richte ein neues Badezimmer ein. Stell ein hübsches Schild im Garten auf. Er hat es so gewollt.«

»Das glaube ich auch. Als ich ihm davon erzählt

habe, hat er auf die ihm eigene fröhliche Art darüber gelacht.«

»Ja, sein Lachen war wunderbar.«

»Und er hat mich geküßt und gescherzt, daß ich eben die Enkelin einer Gastwirtin bin und mein Wunsch somit der Familientradition entspricht. Wenn ich ganz klein anfangen würde, könnte ich schon in diesem Sommer aufmachen. Die Touristen kommen ja vor allem im Sommer hierher in die westlichen Counties, und dann brauchen sie nette, gemütliche Privatunterkünfte für die Nacht. Ich könnte...« Brianna machte die Augen zu. »Oh, hör dir nur mein Gerede an, und das, wo morgen die Beerdigung unseres Vaters ist.«

»Solche Dinge hat er immer gern gehört.« Endlich kehrte ein Lächeln in Maggies Gesicht zurück. »Ein so phantastisches Vorhaben hätte ihn über alle Maßen entzückt!«

»Wir Concannons.« Brianna schüttelte den Kopf. »Für verrückte Pläne haben wir offenbar ein ausgeprägtes Talent.«

»Brianna, draußen auf der Klippe hat er von dir gesprochen. Er hat dich seine Rose genannt. Er wollte, daß du erblühst.«

Und sie war sein Stern gewesen, dachte Maggie bei sich. Und sie würde alles tun, um so zu strahlen, wie es sein Wunsch gewesen war.

3. Kapitel

Sie war allein – was ihr immer am besten gefiel. Durch die Tür ihres Cottages blickte sie in den über Murphy Muldoons Felder peitschenden und an Gras und Steinen zerrenden Regen hinaus, während sich in ihrem Rücken in hoffnungsvollem Starrsinn die Sonne durch die Wolken zu schieben begann. Niemand wußte, welches Wetter sich in den verschiedenen Himmelsschichten verbarg, doch egal ob Regen oder Sonne, Hagel oder Sturm, der launenhafte Wettergott sorgte dafür, daß keine Erscheinung von Dauer war.

Dies war eben Irland.

Aber Margaret Mary Concannon war der Ansicht, daß Regen etwas Herrliches war. Meistens zog sie ihn sogar wärmenden Sonnenstrahlen und einem klaren, leuchtendblauen Himmel vor. Der Regen kam ihr wie ein weicher Vorhang vor, hinter dem sie sich nur allzugern vor der Welt verbarg. Oder, was noch wichtiger war, hinter dem sich die jenseits der Hügel und der Felder und der glänzenden, gefleckten Kühe liegende Welt vor ihr verbarg.

Denn auch wenn der Hof, die steinernen Mauern und grünen Gräser hinter dem Fuchsiengewirr schon lange nicht mehr im Besitz der Familie waren, so gehörte zumindest dieser Flecken Erde mit dem kleinen wilden Garten und der feuchten Frühlingsluft ihr.

Es stimmte, daß sie die Tochter eines Farmers war. Doch hatte sie deswegen noch keine bäuerlichen Interessen an sich entdeckt. In den fünf Jahren, seit ihr Vater gestorben war, hatte sie sich an die Schaffung ihres eigenen Zuhauses gemacht – hatte der Welt, wie es sein Wunsch gewesen war, ihren Stempel aufgedrückt. Vielleicht hatte sie die Welt noch nicht ganz so tief geprägt, aber immerhin verkaufte sie die Dinge, die sie schuf, inzwischen nicht nur in Ennis, sondern darüber hinaus auch in Galway und in Cork.

Mehr als das brauchte sie nicht. Vielleicht wünschte sie sich mehr, aber sie wußte, daß sich von einem Wunsch, wie tief verwurzelt und schmerzlich er auch war, keine Rechnung bezahlen ließ. Genau wie sie wußte, daß es ehrgeizige Ziele gab, deren Erreichung einen Preis forderte, den zu bezahlen sie weder willens noch in der Lage war.

Wenn sie hin und wieder frustriert oder rastlos war, dann brauchte sie sich nur daran zu erinnern, daß sie an dem von ihr gewählten Ort die von ihr gewählte Arbeit tat.

Aber an Vormittagen wie diesem, wenn der Regen mit der Sonne rang, dachte sie an ihren Vater und daran, daß kaum einer seiner Träume je in Erfüllung gegangen war.

Er hatte es nie zu Wohlstand und Erfolg gebracht und hatte selbst die Farm verloren, die vor ihm von Generationen von Concannons bewirtschaftet worden war.

Die Tatsache, daß ein Großteil ihres Erbes zur Begleichung von Steuern oder anderer durch die hochfliegenden Träume ihres Vaters entstandener Schulden verkauft worden war, störte sie nicht. Vielleicht dachte sie manchmal mit einer gewissen Wehmut an die Hügel und Felder, über die sie einst mit all der Arroganz und Unschuld der Jugend gestreunt war, doch alles gehörte der Vergangenheit an. Tatsächlich hätte sie nicht das geringste Interesse daran gehabt, den Hof zu bewirtschaften oder sich den Kopf zu zerbrechen, ob er finanziell weiterhin zu halten war. Die liebevolle Fürsorge, die ihre Schwester Brianna für alles Grüne empfand, war ihr fremd. Sie genoß zwar den Anblick der großen, geradezu herausfordernden Blüten und den süßen, schweren Duft, der ihr beim Betreten ihres Gärtchens in die Nase stieg, doch wenn die Blumen gediehen, dann taten sie es nicht als Dank für Maggies Pflege, sondern eher aus Trotz gegen ihre Nachlässigkeit. Sie hatte ihr Zuhause, und alles andere lag außerhalb ihres Zuständigkeitsbereichs und somit auch meistens außerhalb ihrer Gedankenwelt. Maggie zog es vor, niemanden und vor allem nichts zu brauchen, was sich nicht durch eigene Arbeit erlangen ließ.

Abhängigkeit, so wußte sie, und das Verlangen nach mehr, als man besaß, führte zu Unglück und Unzufriedenheit. Das hatte ihr das Beispiel ihrer Eltern deutlich vor Augen geführt.

Immer noch stand sie in der offenen Tür, blickte in den kalten Regen hinaus und atmete die feuchte Süße der Knospen der Schlehdornhecke zu ihrer Rechten und der früh blühenden Rosen zu ihrer Linken ein. Sie war eine zierliche Frau, deren wohlgeformter Körper auch unter den weiten Jeans und dem Flanellhemd deutlich zu erkennen war. Auf ihr schulterlanges, feuerrotes Haar hatte sie einen regengrauen Schlapphut gedrückt, und unter seinem Rand lugte ein Paar launenhafter, geheimnisvoll meergrüner Augen hervor.

Ihr regenfeuchtes Gesicht hatte sanft gerundete Wangen, ein entschlossenes Kinn und einen breiten, melancholischen Mund. Ihr wie bei den meisten Rothaarigen cremefarbener Teint und die goldenen Sommersprossen auf ihrer Nase wirkten wie von Tau benetzt.

Sie hob den selbstkreierten Glasbecher mit dem starken, süßen Frühstückstee an die Lippen und ignorierte das Klingeln des Telefons in der Küche. Sie hatte es sich zur Gewohnheit gemacht, lediglich an den Apparat zu gehen, wenn es ihr gefiel, und auch dann nur, wenn sie nicht auch nur im entferntesten mit ihrer Arbeit beschäftigt war. Und im Augenblick formte sich gerade eine Skulptur in ihrem Kopf, klar wie ein Regentropfen, rein und glatt, bei der zartes Glas ineinanderfloß.

Die Vision war allzu verführerisch, und ohne weiter auf das Läuten des Telefons zu achten, ging sie durch den Regen in ihr Atelier, wo sie das beruhigende Dröhnen des Schmelzofens empfing.

In seinem Dubliner Büro lauschte Rogan Sweeney dem Klingeln am anderen Ende der Leitung, ehe er fluchend den Hörer auf die Gabel warf. Er war Geschäftsmann und hatte viel zuviel zu tun, um seine Zeit mit einer unhöflichen, launischen Künstlerin zu vergeuden, die sich freiwillig eine derartige Gelegenheit, ihre Karriere voranzutreiben, entgehen ließ.

Er hatte tausend Geschäfte zu erledigen, Telefongespräche zu führen, Akten zu lesen und Berechnungen anzustellen. Solange der Tag noch jung war, sollte er in die Galerie hinuntergehen und sich die neueste Lieferung ansehen. Schließlich waren die indianischen Töpferwaren seine Idee gewesen, und schließlich hatte er Monate mit der Auswahl der besten Exemplare zugebracht.

Aber diese Herausforderung lag inzwischen hinter ihm. Ebenso wie alle bisherigen Ausstellungen würde auch diese Schau dazu beitragen, daß Worldwide eine der international führenden Galerien blieb. Nun, da die Lieferung eingetroffen war, dachte er nur noch an dieses verdammte, sture Weibsbild aus Clare. Obgleich er ihr noch nicht persönlich begegnet war, hatte er inzwischen ständig dieses bisher von der Kunstwelt unerkannte Genie im Kopf.

Natürlich würde er so viel seiner Fähigkeiten, seiner Energie und seiner Zeit in die neue Lieferung investieren, wie zum Gelingen der Ausstellung erforderlich war. Aber der Gedanke an die neue Künstlerin, von deren Arbeiten er regelrecht gefesselt war, rief eine ganz andere Art von Interesse in ihm wach. Die Aufregung einer Neuentdekkung war für Rogan ebenso wichtig wie die sorgfältige Entwicklung, Vermarktung und der umsichtige Verkauf der Werke eines Kunstschaffenden, der bereits für ihn tätig war.

Er wollte Concannon exklusiv für Worldwide Galleries. Und wie immer, wenn Rogan einen seiner Meinung nach durchaus vernünftigen Wunsch verspürte, würde er nicht eher Ruhe geben, als bis dieser in Erfüllung ging.

Er war dazu erzogen worden, erfolgreich zu sein – in dritter Generation einer wohlhabenden Handelsdynastie, die auf clevere Art Pennies in Pfund zu verwandeln verstand. Das Geschäft, das sechzig Jahre zuvor von seinem Großvater begründet worden war, hatte es unter Rogan Sweeney zu voller Blüte gebracht – unter anderem, weil er ein Nein als Antwort niemals gelten ließ. Bisher hatte er noch jedes Ziel durch den Einsatz von Schweiß, Charme, Hartnäckigkeit oder anderer seiner Meinung nach angemessener Mittel erreicht, und seine bisher vergeblichen Bemühungen, Margaret Mary Concannon und ihr ungezügeltes Talent für seine Galerien zu sichern, frustrierten ihn.

Es hätte ihn schockiert und beleidigt, hätte er gewußt, daß so mancher seiner Bekannten ihn als unvernünftig beschrieb, denn wenn er auch von seinen Angestellten lange Arbeitszeiten und unermüdlichen Eifer forderte, so erwartete er niemals weniger von sich selbst. Dynamik und Einsatzfreude waren in Rogans Augen nicht bloß Tugenden, sondern er sah sie bereits seit seiner Kindheit als unabdingbare Notwendigkeiten an.

Er könnte die Zügel von Worldwide einem Geschäftsführer übergeben, und die Gewinne würden ihm weiterhin ein Leben in Luxus garantieren. Er könnte zu seinem Vergnügen reisen statt der Geschäfte wegen, könnte die Früchte seines Erbes genießen, ohne selbst auch nur einen Tropfen Schweiß zu vergießen, ehe es zur Ernte kam.

Er könnte dies alles tun, doch seine Eltern hatten ihm Verantwortungsgefühl für das Familienunternehmen und Ehrgeiz mit in die Wiege gelegt.

Und die Entdeckung von M. M. Concannon, Glasbläserin, Einsiedlerin und Exzentrikerin, hatte seinen Ehrgeiz als Kunstmäzen geweckt.

Er würde Worldwide Galleries verändern, und zwar auf eine Weise, durch die seine eigene Vorstellung von Kunst, sein eigenes Land besser als bisher zur Geltung kam. M. M. Concannon war der erste Schritt dazu, und er wollte verdammt sein, wenn er nur durch ihre Sturheit ins Stolpern geriet.

Da sie, wie er grimmig dachte, einfach nicht zuhören wollte, wußte sie nicht, daß er sie als erste bedeutende von Worldwide herausgebrachte irische Künstlerin sah. Unter seinem Großvater und seinem Vater hatten sich die Galerien auf internationale Kunst spezialisiert, doch Rogan wollte, ohne die Bandbreite des Unternehmens einzuengen, für das Publikum vor allem das Beste aus seinem Heimatland.

Sowohl sein Geld als auch sein Renommee waren ihm bei diesem Vorhaben egal.

Wenn seine erste Künstlerin erfolgreich war – woran er nicht eine Sekunde zweifelte –, dann hätte sich die Investition gelohnt, dann hätte sich sein Instinkt als richtig erwiesen und er wäre der Erfüllung seines Traumes von einer neuen Galerie als Schaukasten ausschließlich für irische Künstler ein großes Stück näher.

Und als erste irische Künstlerin hatte er Margaret Mary Concannon auserwählt.

Wütend auf sich selbst stand er von seinem Platz hinter dem antiken Eichenschreibtisch auf, trat ans Fenster und sah hinaus. Unter ihm erstreckte sich die Stadt mit ihren breiten Straßen, ihren grünen Plätzen, ihrem silbrig schimmernden, von zahllosen Brücken überspannten Fluß.

Unter ihm, links und rechts des beständigen Fahrzeugstroms, bildeten Arbeiter, Angestellte und Touristen ein farbenfrohes, sonnenbeschienenes Bild. Mit einem Mal hatte er das Gefühl, als wären die entweder allein, zu zweit oder in Gruppen spazierenden Menschen kilometerweit von ihm entfernt. Er beobachtete ein junges Paar, das mit Rucksäcken beladen und dennoch mit fröhlichem Gesicht vor einem Schaufenster stand und einander spontan umarmte und küßte, und mit einem Mal wandte er sich neidisch ab.

Die Rastlosigkeit, die er im Augenblick empfand, war er nicht gewohnt. Sein Schreibtisch war mit Papieren übersät, und sein Kalender wies zahlreiche Termine auf, doch immer noch stand er reglos da. Seit seiner Kindheit hatte er sich den allgemeinen und auch seinen eigenen Erwartungen gemäß zielgerichtet von der Schule an die Universität, von der Universität ins Geschäftsleben, von Erfolg zu Erfolg bewegt.

Vor sieben Jahren hatte sein Vater während einer Geschäftsreise in London hinter dem Steuer seines Wagens einen Herzinfarkt erlitten, und das Fahrzeug war mit voller Wucht in einen Leitungsmast gekracht. Als wäre es erst gestern gewesen, erinnerte sich Rogan an die grimmige Panik und die traumgleiche Ungläubigkeit während des Fluges von Dublin, und an den entsetzlichen, sterilen Geruch des Krankenhauses, in das das verunglückte Ehepaar Sweeney eingeliefert worden war.

Sein Vater war auf der Stelle tot gewesen, und

seine Mutter war ihm eine knappe Stunde später gefolgt. Auf diese Weise hatte er keinen der beiden mehr lebend gesehen, und erst eine Ewigkeit später hatte er den Verlust zu begreifen gelernt. Doch vor ihrem Tod hatten sie ihm eine Menge beigebracht – über die Bedeutung der Familie und dessen, was von ihr geschaffen worden war, über die Liebe zur Kunst, die Liebe zum Geschäft und wie sich beides miteinander verbinden ließ.

Im Alter von sechsundzwanzig war er plötzlich zum Vorstandsvorsitzenden von Worldwide und sämtlichen Filialen avanciert, hatte ihm das Schicksal die Verantwortung für Angestellte, für wichtige Entscheidungen, für diverse Künstler und ihre Arbeiten in die Hände gelegt. Sieben Jahre lang hatte er nicht nur an der Erweiterung, sondern zugleich an der beständigen Verbesserung des Unternehmens gewirkt, und seine Arbeit hatte ihn stets ganz erfüllt.

Der Grund für die Rastlosigkeit, die er momentan empfand, war jener windige Winternachmittag, an dem er Maggie Concannons Werk zum ersten Mal begegnet war.

Er hatte das Kunstwerk während einer der obligatorischen Teestunden mit seiner Großmutter entdeckt, und seither verspürte er den unüberwindbaren, unglückseligen Drang, ihr Werk zu besitzen – nein, verbesserte er sich, da ihm die Wortwahl nicht gefiel – Herr zu sein über das Schicksal der künstlerischen Leistung, über die Karriere der Künstlerin selbst. Seit jenem Nachmittag war ihm der Kauf von nicht mehr als zwei ihrer Stücke geglückt.

Eins der beiden kam einem flüchtigen Tagtraum gleich, eine schlanke, beinahe gewichtslose, mit schimmernden Regenbogen durchsetzte Säule, nicht viel größer als seine Hand.

Das andere Stück, von dem er insgeheim erregt und geradezu besessen war, kam ihm hingegen wie ein gewalttätiger, von einem leidenschaftlichen Wesen in ein turbulentes Glasgebäude gezwängter Albtraum vor. Eigentlich hätte er den Eindruck haben müssen, daß das auf seinem Schreibtisch stehende Kunstwerk unausgewogen war. Er müßte der Ansicht sein, daß es aufgrund des wilden Kampfes von Farben und Formen, aufgrund der von dem gedrungenen Fundament aufragenden, klauengleichen Ranken häßlich war.

Statt dessen kam ihm die Figur faszinierend und auf beunruhigende Weise sinnlich vor. Und ließ ihn sich fragen, was für eine Frau zur Schaffung zweier so gegensätzlicher, doch gleichermaßen einzigartiger Werke in der Lage war.

Seit dem Kauf der Skulpturen vor etwas über

zwei Monaten hatte er in der Rolle des potentiellen Mäzens immer wieder Kontakt zu der Künstlerin gesucht, und zweimal hatte er sie telefonisch erreicht, doch sie hatte auf sein Angebot geradezu unhöflich reagiert. Sie brauche keinen Mäzen, hatte sie erklärt, vor allem nicht, wenn dieser ein mit zuviel Bildung und zuwenig Geschmack ausgestatteter Dubliner Geschäftsmann war.

Oh, damit hatte sie ihn getroffen.

Sie suchte sich, so hatte sie ihm in ihrem melodiösen westirischen Singsang erklärt, ihre Objekte, ihre Arbeitszeiten und ihre Abnehmer lieber selber aus. Sie brauchte weder seine Verträge noch jemanden, der ihr vorschrieb, was wann an wen zu verkaufen war. Es war schließlich ihr Werk, oder nicht? Warum also kümmerte er sich nicht einfach weiter um seine Bücher, von denen er sicher ein Übermaß besaß, und überließ ihre Arbeit weiterhin ihr selbst?

Überhebliche kleine Ziege, schoß es ihm durch den Kopf, und abermals verspürte er einen ihm bisher unbekannten Groll. Da stand er und bot ihr eine helfende Hand, eine Hand, die in den Augen zahlloser anderer Künstler unbezahlbar war, und sie wies sie ab.

Er sollte sie sich tatsächlich selbst überlassen, dachte er. Sollte sie sich selbst überlassen, damit sie bis in alle Zeiten weiterhin in der Versenkung blieb. Eins war gewiß – weder er noch Worldwide brauchten sie.

Aber, verdammt, er *wollte* sie.

Aus einem ihm selbst unerklärlichen Impuls heraus griff er nach dem Telefon. »Eileen, sagen Sie meine Termine für die nächsten Tage ab. Ich muß dringend verreisen.«

Rogan hatte nur selten geschäftlich in einem der westlichen Counties zu tun, aber er erinnerte sich daran, daß er einmal als Kind in der Gegend gewesen war. Normalerweise hatten ihn die Reisen seiner Eltern nach Paris oder Mailand, hin und wieder in die familieneigene Villa an der französischen Riviera, nach New York, London, Bonn, Venedig oder Boston geführt, aber einmal, als er neun oder zehn Jahre alt war, hatten sie sich mit ihm gemeinsam die wilde Pracht des Westens angesehen. An die schwindelerregende Aussicht von den Klippen von Moher, an die juwelengleich schimmernden Gewässer von Comemara, an die ruhigen Dörfer und das endlose Grün der Felder hatte er noch eine bruchstückhafte Erinnerung.

Es war schön. Doch zugleich war es alles andere als praktisch für einen Geschäftsbesuch, und er bedauerte bereits seinen spontanen Entschluß, vor allem, da ihn die im nahe gelegenen Dorf gewiesene Richtung auf etwas führte, das ihm wie ein lahmer Ersatz für eine ordentliche Straße erschien. Sein Aston Martin kam mit dem Meer aus Schlamm, in das der normalerweise wohl staubige Straßenbelag durch den endlosen Regen verwandelt worden war, gut zurecht, doch seine Stimmung glitt nicht so ebenmäßig wie sein Wagen über die zahllosen Schlaglöcher hinweg.

Einzig seine Sturheit hielt ihn von einer Umkehr ab. Bei Gott, die Frau würde noch zur Vernunft kommen. Dafür würde er schon sorgen. Wenn sie sich hinter Hecken aus Ginster und Weißdorn verstecken wollte, dann war das ihre Angelegenheit, ihre Kunst allerdings würde bald ihm gehören. Hoffentlich.

Er folgte der Richtungsangabe, die man ihm auf dem dörflichen Postamt erteilt hatte, und kam an der Blackthorn Cottage genannten Frühstückspension mit dem prächtigen Garten und den ordentlichen blauen Fensterläden vorbei. Es folgten ein paar windschiefe Steingebäude, Unterstände für Vieh, eine Scheune und ein schiefergedeckter Schuppen, vor dem ein Mann einen Traktor zu reparieren schien.

Als Rogan mit seinem Wagen um die Ecke bog, hob der Mann grüßend die Hand. Neben einigen

Kühen war der Bauer das erste Lebewesen, das er seit Verlassen des Dorfes sah.

Wie irgend jemand an diesem gottverlassenen Ort leben konnte, war ihm schleierhaft. Zur Hölle mit dem landschaftlichen Reiz. Er persönlich zog die überfüllten Straßen und Annehmlichkeiten Dublins dem unablässigen Regen und den endlosen Feldern vor.

Sie hatte sich wirklich gut versteckt, dachte er, denn beinahe hätte er das Gartentor und das gekalkte Cottage hinter den üppigen Liguster- und Fuchsienhecken übersehen.

Er drosselte das Tempo, obgleich er auch zuvor eher gekrochen als gefahren war, ehe er mit dem strahlend weißen Aston in die von einem halbverrosteten blauen Kleinlaster blockierte Einfahrt bog.

Er stieg aus dem Wagen, trat durch das Tor und ging den kurzen Weg zwischen den vom Regen schweren, leuchtenden Blüten hindurch. Er klopfte dreimal an die in einem verwegenen Magentarot gestrichene Tür, wartete kurz, klopfte erneut dreimal und stapfte dann ungeduldig los, um durch eins der Fenster ins Innere des Cottages zu sehen.

Ein kleines Feuer flackerte im Kamin, vor dem ein gemütlicher Sessel stand. In einer Ecke machte er ein altersschwaches, mit wilden rot-blau-purpurfarbenem Blumenmuster bezogenes Sofa aus. Beinahe hätte er angenommen, er hätte sich in der Adresse geirrt, doch die überall im Raum verstreuten gläsernen Kunstwerke verrieten ihm, daß er richtig war. Plastiken und Flaschen, Vasen und Schalen standen, lagen oder lehnten an jedem nur erdenklichen freien Fleck.

Rogan wischte die Regennässe von der Scheibe und sah sich den mehrarmigen Kerzenständer in der Mitte des Kaminsimses an. Er war aus so klarem, so reinem Glas, daß man hätte meinen können, er sei aus Eis. Die einzelnen Arme schwangen sich fließend in die Luft, als entsprängen sie dem Grund eines Wasserfalls. Rogan verspürte die plötzliche Erregung, das innere Klicken, das er immer kurz vor dem Erwerb eines bedeutenden Kunstwerkes empfand.

O ja, er hatte sie gefunden.

Hoffentlich kam sie bald an die verdammte Tür.

Er gab es vorne auf und marschierte durch das nasse Gras zur Hinterfront des Cottages, wo er weitere wie Unkraut oder vielmehr *inmitten* von Unkraut wuchernde Blumen fand. Offensichtlich brachte Miss Concannon nicht allzuviel Zeit mit der Pflege ihrer Beete zu.

Neben der Hintertür gab es einen kleinen Schuppen, unter dem neben einem alten Fahrrad mit einem platten Reifen und einem Paar bis zu den Knöcheln verschlammter Gummistiefel ein bescheidener Vorrat an Torfbriketts aufgestapelt war.

Gerade, als er die Hand zum erneuten Klopfen hob, vernahm er hinter sich ein Geräusch und wandte sich der neben dem Cottage stehenden kleinen Hütte zu. Das beständige, leise Rauschen erinnerte ihn an das Meer, doch aus dem Schornstein des Gebäudes stieg feiner Rauch in den bleiernen Himmel auf.

Die Hütte hatte mehrere Fenster, und trotz der Feuchtigkeit des Tages standen sie fast alle sperrangelweit auf. Er hatte zweifellos ihr Atelier entdeckt, dachte er, froh, sie aufgespürt zu haben, und, was das Ergebnis ihrer Unterhaltung betraf, voller Zuversicht.

Er klopfte, und obgleich er keine Antwort erhielt, öffnete er die Tür. Es dauerte einen Augenblick, doch dann wurde er durch die mit Hitze und beißenden Gerüchen geschwängerte Luft hindurch der kleinen Frau gewahr, die, ein langes Rohr in den Händen, auf einem großen Holzstuhl saß.

Unweigerlich mußte er an Feen und Zaubersprüche denken.

»Machen Sie die Tür zu, verdammt, es zieht.«

Er gehorchte automatisch, wobei er angesichts des Zorns in ihrer Stimme zusammenfuhr. »Ihre Fenster stehen doch ebenfalls auf.«

»Als gäbe es keinen Unterschied zwischen Belüftung und Zug. Idiot.« Mehr sagte sie nicht, und sie hob auch nicht den Kopf, um ihn sich wenigstens einmal anzusehen. Statt dessen legte sie ihren Mund an die Röhre und blies kraftvoll hinein.

Trotz der barschen Begrüßung beobachtete er fasziniert, wie eine Blase Gestalt annahm. Was für ein simples Verfahren, dachte er, außer ihrem eigenen Atem und etwas geschmolzenem Glas brauchte sie nichts. Ihre Finger bearbeiteten das Rohr, drehten es unablässig im Kreis, kämpften gegen die Schwerkraft oder nutzten sie, bis sie mit der Form zufrieden war.

Während sie arbeitete, verschwendete sie keinen einzigen Gedanken an ihn. Sie schloß die Blase, wobei sie direkt hinter dem Kopf des Rohres eine flache Vertiefung in das zarte Gebilde schlug. Bis zur Vervollkommnung des Kunstwerks waren noch Dutzende von Schritten zu tun, aber vor ihrem geistigen Auge sah sie den fertigen Gegenstand, als hielte sie ihn bereits abgekühlt und verhärtet in der Hand.

Sie trat an den Ofen und schob die Blase unter

das für die zweite Schicht dort erhitzte, geschmolzene Glas. An ihren Arbeitstisch zurückgekehrt, rollte sie das Gebilde zum Abkühlen und zur Bildung von »Haut« in einem Holzblock hin und her. Die ganze Zeit über bewegte sie das Rohr, wobei nun die Arbeit ihrer Hände, wie während des ersten Arbeitsschrittes ihr Atem, ruhig und sicher war.

Mit unendlicher Geduld wiederholte sie die Prozedur ein ums andere Mal, gänzlich in ihr Schaffen vertieft, ohne noch daran zu denken, daß sie nicht alleine war. Die Blase wuchs, die Zeit verging, sie sprach kein Wort, und schließlich legte Rogan unaufgefordert den nassen Mantel ab.

Der Raum war von der Hitze des Ofens erfüllt, und er hatte das Gefühl, als dampften die Kleider an seinem Leib. Sie jedoch achtete nicht auf ihn, war einzig auf ihre Arbeit konzentriert und griff hier und da nach einem neuen Werkzeug, wobei die Hand an der Röhre nicht ein einziges Mal in der Drehbewegung innehielt.

Der Stuhl, auf dem sie saß, war offensichtlich selbstgemacht, denn neben einer extrem tiefen Sitzfläche wies er überlange Lehnen mit zahllosen Haken auf, an denen ihr Werkzeug befestigt war. In der Nähe ihres Arbeitsplatzes hatte sie mit

Wasser, Sand oder heißem Wachs gefüllte Eimer deponiert.

Sie griff nach einer spitzen Zange und legte sie an den Rand des Gebildes, das sie gerade schuf. Rogan hatte den Eindruck, als schöbe sie das Werkzeug geradewegs durch die Kugel, die aussah, als wäre sie aus Wasser gemacht, hindurch, aber sie veränderte lediglich die Form, verlängerte, verjüngte sie.

Als sie sich abermals erhob, setzte er zum Sprechen an, aber auf ihr unverständliches Knurren hin zog er lediglich eine Braue hoch und klappte den Mund wieder zu.

Also gut, dachte er. Er konnte geduldig sein. Eine Stunde, zwei, solange es nun einmal erforderlich war. Wenn sie die Hitze ertrug, bei Gott, dann hielte auch er sie aus.

Sie spürte die Wärme nicht einmal, so konzentriert war sie auf ihr Werk. Sie tauchte eine Seite des neuen Kunstwerks in ein Gefäß mit geschmolzenem Glas, und als die Wand durch die Hitze weich geworden war, schob sie eine mit Wachs überzogene spitze Feile hinein.

Sanft, ganz sanft.

Flammen sprühten unter ihren Händen, als das Wachs zu brennen begann, und sie mußte sich beeilen, wenn sie nicht wollte, daß das Werkzeug am Glas kleben blieb. Um die gewünschte Wirkung zu erzielen, brauchte sie einen genau bemessenen Druck. Die innere Wand des Gebildes berührte die äußere Wand, verschmolz mit ihr, schuf die einem Engelsflügel gleichende innere Form.

Glas in Glas, flüssig und von durchscheinender Helligkeit.

Auf ihrem Gesicht zeigte sich fast so etwas wie ein Lächeln.

Vorsichtig blies sie erneut in die Form, bis sie schließlich den Boden mit einem Spatel flachzuklopfen begann. Anschließend machte sie das Gebilde an einem heißen Bindeeisen fest, tauchte eine Feile in einen Wassereimer und hielt sie über das Kunstwerk, so daß etwas Wasser auf die Vertiefung am Ansatz troff. Dann schlug sie mit einer Vehemenz, die Rogan zusammenfahren ließ, mit der Feile gegen das Rohr, schob das am Bindeeisen befestigte Gebilde zur Erhitzung des Randes in den Schmelzofen, trug es von dort zum Glühofen und klopfte mit einer Feile gegen das Bindeeisen, damit das Siegel brach.

Sie stellte die gewünschte Temperatur und Brennzeit ein und ging, ohne ein Wort zu sagen, zu einem kleinen Kühlschrank in einer Ecke.

Er stand so niedrig, daß sie sich bücken mußte,

und Rogan konnte feststellen, daß ihre Jeans an mehreren interessanten Stellen schon recht dünn geworden war. Sie richtete sich wieder auf, drehte sich zu ihrem ungebetenen Besucher herum und warf ihm eine der beiden Getränkedosen, die sie aus dem Kühlschrank genommen hatte, zu.

Instinktiv fing Rogan das Geschoß auf, ehe es auf seine Nase traf.

»Immer noch da?« Sie öffnete ihre Dose, setzte sie an ihre Lippen und nahm einen großen Schluck. »Inzwischen müssen Sie in Ihrem Anzug doch vor Hitze umgekommen sein.« Nun, da ihre Arbeit beendet und ihr geistiges Auge wieder frei geworden war, musterte sie ihn.

Groß, schlank, dunkel. Abermals setzte sie die Dose an ihren Mund. Eine ordentliche Frisur, rabenschwarzes Haar und Augen so blau wie einer der Seen in Kerry. Nicht unangenehm, dachte sie, klopfte mit einem Finger gegen die Dose und starrte ihn weiter unverhohlen an. Er hatte einen wohlgeformten, üppigen Mund, der allerdings nicht oft zu lächeln schien. Nicht bei einem solchen Augenpaar. So blau und so hübsch es auch war, wirkte sein Blick kühl, berechnend und allzu selbstbewußt auf sie.

Ein scharfgeschnittenes, feinknochiges Gesicht. Feine Knochen verrieten die feine Herkunft eines

Menschen, hatte ihre Granny immer gesagt. Und wenn sie nicht völlig danebenlag, dann wies dieser Typ außer feinen Knochen bestimmt noch ein paar Liter blauen Blutes auf.

Der wohl englische Anzug war maßgeschneidert, die Krawatte diskret, und an den Aufschlägen seines Hemdes machte sie kleine goldene Manschettenknöpfe aus. Er stand da wie ein Soldat – einer von der Sorte, der man ständig irgendwelche Orden verlieh.

Nun, da ihre Arbeit zu ihrer Zufriedenheit beendet war, setzte sie sogar ein Lächeln auf. »Haben Sie sich vielleicht verirrt?«

»Nein.« Mit ihrem Lächeln sah sie wie ein Kobold aus, ein Kobold, der stets auf irgendeinen Zauber oder irgendwelche Streiche sann. Das Stirnrunzeln, das sie während der Arbeit getragen hatte, paßte besser zu ihr. »Ich bin von weither gekommen, um mit Ihnen zu reden, Miss Concannon. Ich bin Rogan Sweeney.«

Nun kam ihr Lächeln eher einem verächtlichen Grinsen gleich. Sweeney, dachte sie. Der Mann, der ihre Arbeit wollte. »Der Schnösel.« Sie verwendete die nicht unbedingt schmeichelhafte Bezeichnung, mit der man im allgemeinen von den Dublinern sprach. »Tja, eins muß man Ihnen lassen, Mr. Sweeney, Sie sind ziemlich zäh. Damit all die Mühe nicht vergeblich war, hoffe ich nur, daß Ihre Fahrt ganz nett gewesen ist.«

»Sie war fürchterlich.«

»Schade.«

»Aber ich denke nicht, daß die Mühe vergeblich war.« Obwohl ihm eine Tasse starken Tees lieber gewesen wäre, machte er seine Dose auf. »Sie haben ein äußerst interessantes Atelier.«

Er betrachtete den Raum mit den diversen Öfen und Arbeitsbänken, dem Durcheinander an metallenen und hölzernen Arbeitsgeräten, den Stäben und Röhren und den Regalen und Schränken, in denen sie ihre Chemikalien aufzubewahren schien.

»Wie ich wohl schon am Telefon gesagt habe, komme ich durchaus zurecht.«

»Das Teil, an dem Sie gearbeitet haben, als ich hereinkam – es ist wunderbar.« Er trat an einen mit Skizzenblöcken, Bleistiften, Kohlestiften und Kreide übersäten Tisch und griff nach einem Blatt, auf dem die im Augenblick im Glühofen befindliche Glasskulptur zu sehen war. Sie wirkte wunderbar zart und fließend auf ihn.

»Verkaufen Sie Ihre Skizzen?«

»Ich bin Glasbläserin, Mr. Sweeney, und keine Malerin.«

Er sah sie an und legte die Skizze zurück auf

den Tisch. »Wenn Sie sie signieren würden, bekäme ich bestimmt hundert Pfund dafür.«

Sie stieß ein ungläubiges Schnauben aus und warf ihre leere Dose in den Mülleimer, der neben dem Kühlschrank stand.

»Und die Skulptur, die Sie gerade angefertigt haben? Wieviel verlangen Sie für die?«

»Weshalb interessiert Sie das?«

»Vielleicht will ich sie ja kaufen, was meinen Sie?«

Sie setzte sich auf eine der Arbeitsbänke, baumelte mit den Füßen in der Luft und dachte darüber nach. Niemand konnte sagen, welchen Wert ihre Arbeit besaß, noch nicht einmal sie selbst. Aber irgendeinen Preis verlangen mußte sie. Das war ihr klar. Denn, ob Künstlerin oder nicht, brauchte auch sie etwas zu essen auf dem Tisch.

Sie setzte die Preise für ihre Werke nach einer flexiblen Formel fest, die, anders als ihre Formeln für die Herstellung von Glas und das Mischen von Farben, nicht unbedingt wissenschaftlich zu nennen war. In ihre Berechnung bezog sie stets die in die Herstellung investierte Zeit, ihre Gefühle für den Gegenstand und ihre Meinung über den Interessenten ein.

Und ihre Meinung über Rogan Sweeney käme ihn teuer zu stehen.

»Zweihundertfünfzig Pfund«, sagte sie. Hundert davon schrieb sie seinen goldenen Manschettenknöpfen zu.

»Ich schreibe Ihnen einen Scheck.« Dann lächelte er, und Maggie merkte, wie dankbar sie war, daß diese besondere Waffe bei ihm offenbar nicht allzu häufig zum Einsatz kam. Tödlich, dachte sie, während sie beobachtete, wie sich seine Mundwinkel nach oben bogen und sein Blick an Tiefe gewann. Sein Charme senkte sich leicht und mühelos wie eine Sommerwolke über sie. »Obgleich ich in meiner Galerie ohne weiteres den doppelten Preis erzielen würde, füge ich das Werk meiner persönlichen – sagen wir gefühlsmäßig begründeten – Sammlung bei.«

»Wenn Sie Ihre Kunden derart ausnehmen, wundert es mich, daß Sie noch im Geschäft sind, Mr. Sweeney.« Sie bedachte ihn mit einem verächtlichen Blick.

»Sie unterschätzen sich, Miss Concannon«, erwiderte er ungerührt und ging zu ihr hinüber, als wisse er, daß seine Verhandlungsposition mit einem Mal gesichert war. Sie mußte den Kopf in den Nacken legen, um ihm weiterhin ins Gesicht zu sehen. »Und deshalb brauchen Sie mich.«

»Ich weiß genau, was ich tue.«

»Hier drinnen, ja.« Er betrachtete das Atelier.

»Das haben Sie eben auf höchst dramatische Weise unter Beweis gestellt. Aber der geschäftliche Teil ist etwas vollkommen anderes.«

»Der geschäftliche Teil interessiert mich nicht.«

»Genau«, sagte er und setzte erneut ein Lächeln auf, als hätten sie soeben ein besonders kniffliges Problem gelöst. »Ich hingegen bin gerade vom geschäftlichen Teil Ihrer Arbeit fasziniert.«

Sie war im Nachteil, solange sie auf der Arbeitsbank saß und er über ihr zu thronen schien. »Ich habe kein Interesse daran, mir von irgend jemandem in meine Arbeit pfuschen zu lassen, Mr. Sweeney. Ich arbeite, was ich will, wann ich will, und ich verdiene nicht schlecht.«

»Sie arbeiten, was Sie wollen und wann Sie wollen.« Er nahm eine Holzform von der Bank, wie um sich die Maserung genauer anzusehen. »Und Sie machen Ihre Arbeit gut. Was für ein Verlust es doch ist, wenn ein Mensch mit Ihrem Talent sich damit begnügt, daß er lediglich nicht schlecht verdient. Und was mein... Herumpfuschen in Ihrer Arbeit betrifft, so habe ich nicht die Absicht, etwas Derartiges zu tun. Obgleich es sehr interessant für mich war, Ihnen bei Ihrer Beschäftigung zuzusehen.« Sein Blick kehrte mit einer Plötzlichkeit von der Form zu ihr zurück, die sie zusammenfahren ließ. »Sehr interessant.«

Sie erhob sich von der Bank, da sie es besser fand, ihm gegenüberzustehen, und um ihm nicht allzu nahe zu sein, schob sie ihn ein Stück beiseite: »Ich will keinen Manager.«

»Aber Sie brauchen einen, Margaret Mary. Unbedingt.«

»Was wissen Sie schon, was ich brauche«, murmelte sie, wobei sie unruhig auf und ab zu gehen begann. »Ein Dubliner Geldgeier mit eleganten Schuhen wie Sie.«

Er bekäme doppelt soviel für ihre Arbeit, hatte er gesagt. Doppelt soviel. Und da waren ihre Mutter, die es zu versorgen, Rechnungen, die es zu begleichen und, gütiger Jesus, mörderisch teure Chemikalien, die es zu kaufen galt.

»Alles, was ich brauche, ist meine Ruhe. Und Platz.« Sie fuhr zu ihm herum. Allein durch seine Anwesenheit fühlte sie sich bereits eingeengt. »Platz. Ich brauche niemanden wie Sie, der hereinspaziert kommt und mir sagt, daß er für die nächste Woche drei Vasen oder zwanzig Briefbeschwerer oder ein halbes Dutzend Kelche mit pinkfarbenen Stielen braucht. Ich bin kein Fließband, Sweeney, sondern eine Künstlerin.«

Seelenruhig nahm er einen Block und einen goldenen Kugelschreiber aus der Tasche und schrieb sich etwas auf.

»Was machen Sie da?«

»Ich notiere mir, daß Ihnen niemand Aufträge über Vasen, Briefbeschwerer oder Kelche mit pinkfarbenen Stielen erteilen soll.«

Ihre Mundwinkel zuckten, doch dann hatte sie sich wieder in der Gewalt. »Ich nehme überhaupt keine Aufträge entgegen, egal, welcher Art sie sind.«

Er sah sie an. »Ich denke, das ist mir inzwischen klar. Ich besitze ein, zwei Fabriken, Miss Concannon, und kenne den Unterschied zwischen einem Fließband und Kunst. Zufällig verdiene ich mir nämlich mit beidem meinen Lebensunterhalt.«

»Wie schön für Sie.« Sie fuchtelte wütend mit den Armen durch die Luft und baute sich mit in die Hüften gestemmten Fäusten vor ihm auf. »Gratuliere. Wozu brauchen Sie dann mich?«

»Ich brauche Sie nicht.« Er schob Block und Stift in die Tasche zurück. »Ich will Sie, das ist ein Unterschied.«

Sie reckte trotzig das Kinn. »Ich will Sie nicht.«

»Nein, aber Sie brauchen mich. Und in diesem Punkt ergänzen wir uns wunderbar. Ich werde Sie reich machen, Miss Concannon. Und was noch wichtiger ist, nicht nur reich, sondern obendrein noch berühmt.«

Bei diesen Worten nahm er ein leichtes Flakkern in ihren Augen wahr. Ah, dachte er, zumindest weist sie so etwas wie Ehrgeiz auf. Woraufhin er den Schlüssel mühelos im Schloß zu drehen begann. »Arbeiten Sie nur, um Ihr Talent in den Regalen und Schränken Ihres Hauses zu verstecken? Genügt es Ihnen, hier und da ein Stück zu verkaufen und den Rest zu horten, ohne daß ihn außer Ihnen selbst jemals jemand zu Gesicht bekommt? Oder wünschen Sie sich vielleicht doch, daß Ihre Arbeit gesehen, gewürdigt und bewundert wird?« Seine Stimme bekam einen subtilen, sarkastischen Unterton. »Das heißt, vielleicht fürchten Sie sich ja auch einfach davor, daß gerade das nicht passiert.«

Sie blitzte ihn zornig an. »Ich fürchte mich vor nichts und niemandem. Meine Arbeit ist gut. Ich habe drei Jahre als Auszubildende in einer venezianischen Glasbläserei geschwitzt. Dort habe ich das Handwerk gelernt, nicht aber die Kunst. Die Kunst kommt aus mir selbst heraus.« Sie wies mit ihrem Daumen auf ihre Brust. »Sie ist in mir, und ich hauche sie in das Glas hinein. Und wer meine Arbeit nicht zu schätzen weiß, kann meinetwegen zum Teufel gehen.«

»In Ordnung. Ich organisiere eine Ausstellung Ihrer Werke in meiner Galerie, und dann sehen wir ja, wie viele Leute zum Teufel gehen.«

Verdammt, er forderte sie geradezu heraus. Überrumpelte sie. »Ich habe kein Interesse daran, daß ein Haufen champagnerschlürfender Snobs gelangweilt zwischen meinen Kunstwerken herumspaziert.«

»Sie haben Angst.«

Sie stieß einen wütenden Zischlaut aus und stapfte zur Tür. »Verschwinden Sie. Verschwinden Sie, damit ich nachdenken kann. Sie stören mich.«

»Also gut, setzen wir unsere Unterhaltung morgen fort.« Er nahm seinen Mantel vom Stuhl. »Vielleicht können Sie mir ja irgend etwas empfehlen, wo ich übernachten kann. Wenn möglich, nicht allzuweit von hier entfernt.«

»Blackthorn Cottage. Ein Stück die Straße zurück.«

»Das habe ich auf meiner Herfahrt gesehen.« Er zog seinen Mantel an. »Herrlicher Garten, sehr gepflegt.«

»Alles wie aus dem Ei gepellt. Die Betten sind weich, und das Essen ist gut. Die Pension gehört meiner Schwester, die einen ausgeprägten Sinn sowohl für das Praktische als auch für das Gemütliche hat.«

Angesichts ihres Tons zog er verwundert die Braue hoch. »Dann nehme ich an, daß ich dort richtig bin.«

»Nun verschwinden Sie schon.« Sie öffnete die Tür. »Falls ich noch einmal mit Ihnen sprechen will, melde ich mich morgen früh.«

»Es war mir ein Vergnügen, Sie kennenzulernen, Miss Concannon.« Obgleich sie sie ihm nicht reichte, ergriff er ihre Hand, hielt sie fest und sah sie an. »Und ein noch größeres Vergnügen war es, Ihnen bei der Arbeit zuzusehen.« Aus einem sie beide gleichermaßen überraschenden Impuls heraus hob er ihre Hand an seine Lippen und kostete sanft ihre Haut. »Bis morgen früh.«

»Warten Sie auf meinen Anruf«, sagte sie und warf verwirrt die Tür hinter ihm ins Schloß.

4. Kapitel

Im Blackthorn Cottage waren die Brötchen immer warm, die Blumen immer frisch und das Teewasser immer heiß. Obgleich die Saison noch nicht begonnen hatte, empfing Brianna Concannon Rogan auf dieselbe ernste und zugleich freundliche Art, mit der sie seit dem ersten Sommer nach dem Tod ihres Vaters jeden Gast willkommen hieß.

Sie servierte ihm Tee in einem aufgeräumten, blank polierten Wohnzimmer, in dessen Kamin ein sanftes Feuer flackerte und dessen Luft vom Duft eines Fresienstraußes durchzogen war.

»Wenn es Ihnen recht ist, Mr. Sweeney, serviere ich das Abendessen um sieben.« Sie überlegte bereits, wie sich das von ihr geplante Hühnchengericht für einen zusätzlichen Esser strecken ließ.

»Das wäre mir sehr recht, Miss Concannon.« Er nippte an seinem Tee und stellte fest, daß er köstlich war, ganz anders als das eisige, überzuckerte Dosengetränk, das ihm von Maggie hingeworfen worden war. »Sie haben ein wunderbares Haus.«

»Danke.« Ihr Heim war das einzige, das ihrem Leben ein wenig Freude verlieh. »Falls Sie irgend etwas brauchen, sagen Sie bitte einfach Bescheid.«

»Wenn ich vielleicht einmal telefonieren dürfte?«

»Aber sicher doch.« Gerade als sie den Raum verlassen wollte, hob er gebieterisch die Hand.

»Die Vase dort drüben auf dem Tisch – hat Ihre Schwester sie gemacht?«

Brianna verriet lediglich durch ein Zucken ihrer Brauen, wie überrascht sie über diese Frage war. »Ja. Sie wissen also, was Maggie macht?«

»Ja. Ich besitze selbst zwei Stücke von ihr und habe ihr soeben ein drittes abgekauft.« Wieder nippte er an seinem Tee, wobei er Brianna unauffällig musterte. Der Unterschied zwischen ihr und Maggie war ebenso groß wie der zwischen den verschiedenen Kunstwerken, die die Glasbläserin schuf. Was seiner Meinung nach bedeutete, daß es irgendwo unter der Oberfläche wahrscheinlich dem Betrachter verborgene Gemeinsamkeiten gab. »Ich komme gerade aus ihrem Atelier.«

»Sie waren in Maggies Atelier?« Nur die ehrliche Überraschung führte dazu, daß Brianna ihrer Frage einen derart ungläubigen Ton verlieh. »In ihrem Atelier?«

»Ja. Ist es etwa so gefährlich dort?«

Briannas Züge wurden von der Spur eines Lächelns erhellt. »Nun, offenbar haben Sie den Besuch überlebt.«

»Allerdings. Ihre Schwester ist eine äußerst talentierte Frau.«

»Das stimmt.«

Rogan vernahm den gleichen stolzen und zugleich verärgerten Unterton, mit dem Maggie auf ihre Schwester zu sprechen gekommen war. »Haben Sie noch andere Werke von ihr?«

»Ein paar. Wenn ihr danach ist, bringt sie mir manchmal ein Stück vorbei. Falls Sie im Augenblick nichts mehr brauchen, Mr. Sweeney, kümmere ich mich jetzt um das Abendbrot.«

Allein im Wohnzimmer, lehnte sich Rogan gemütlich mit seinem hervorragenden Tee zurück. Die Concannon-Schwestern waren wirklich ein interessantes Paar. Brianna war größer, schlanker und vor allem lieblicher als Maggie. Ihr Haar war goldblond statt feuerrot und fiel ihr in sanften Wellen auf die Schultern hinab. Ihre großen Augen waren von einem hellen, beinahe durchschimmernden Grün. Ruhig, dachte er, sogar ein wenig reserviert, wie die gesamte Person. Ihre Züge waren feiner, ihre Glieder weicher, und sie roch nach Wildblumen statt nach Rauch und Schweiß.

Alles in allem war sie eher der Typ Frau, der ihm gefiel.

Und doch kehrten seine Gedanken immer wieder zu Maggie mit ihrem kompakten Körper, ihrem launischen Blick und ihrem ungezügelten Temperament zurück. Wegen ihres übersteigerten Egos, das oft gepaart war mit einer gewissen Unsicherheit, brauchten Künstler eine feste Hand. Sein Blick wanderte zu der von gläsernen Strudeln durchzogenen rosenfarbenen Vase zurück. Maggie Concannon mit fester Hand zu führen war eine Aufgabe, der er bereits mit Freude entgegensah.

»Und, ist er hier?« Maggie glitt aus dem Regen in die warme, von diversen Düften erfüllte Küche hinein.

Brianna fuhr ungerührt mit dem Kartoffelschälen fort. Der Besuch ihrer Schwester war keine Überraschung für sie. »Wer ist er?«

»Sweeney.« Maggie ging an die Arbeitsplatte, griff nach einer gewaschenen Karotte und biß hinein. »Groß, dunkel, gutaussehend und reich wie die Sünde. So jemand fällt einem einfach auf.«

»Im Wohnzimmer. Nimm dir doch einfach eine Tasse und trink einen Tee mit ihm.«

»Ich will ihn nicht sehen.« Maggie setzte sich auf die Arbeitsplatte und ließ die Beine baumeln.

»Was ich will, meine liebe Brie, ist wissen, was du von ihm hältst.«

»Er ist höflich und redegewandt.«

Maggie rollte die Augen himmelwärts. »Das sind die Chorknaben in der Kirche ebenfalls.«

»Er ist Gast in meinem Haus –«

»Ein zahlender Gast.«

»Und ich habe nicht die Absicht«, fuhr Brianna fort, »hinter seinem Rücken über ihn zu tratschen, auch wenn meine Einstellung vielleicht eine Enttäuschung für dich ist.«

»Die heilige Brianna.« Maggie biß abermals in die Karotte und fuchtelte mit dem Rest in der Luft herum. »Was wäre, wenn ich dir erzählen würde, daß er die Absicht hat, meine Karriere zu fördern?«

»Zu fördern?« Briannas Hände zuckten kurz, doch dann fiel sie in ihren alten Arbeitsrhythmus zurück, und erneut fielen Kartoffelschalen auf das auf der Arbeitsplatte ausgebreitete Zeitungspapier. »Inwiefern?«

»Finanziell. Indem er meine Arbeiten in seinen Galerien ausstellt und reiche Kunden dazu überredet, sie für Unsummen zu kaufen.« Sie winkte noch einmal mit dem Karottenstumpen, ehe sie ihn verschlang. »Das einzige, woran dieser Mann denken kann, ist, wie man möglichst viel Geld verdient.«

»In seinen Galerien?« wiederholte Brianna. »Heißt das, daß er eigene Galerien besitzt?«

»In Dublin und Cork. Und dann hat er, glaube ich, noch Anteile an Galerien in London, New York und Paris. Wahrscheinlich auch in Rom. Die gesamte Kunstwelt weiß, wer Rogan Sweeney ist.«

Die Kunstwelt war von Briannas Leben ungefähr ebensoweit entfernt wie der Mond, doch bei dem Gedanken, daß ihre Schwester in dieser Welt zu Hause war, verspürte sie warmen Stolz. »Und er ist an deiner Arbeit interessiert.«

»Er bildet sich allen Ernstes ein, daß er seine edle Aristokratennase einfach in meine Angelegenheiten stecken kann«, schnaubte Maggie erbost. »Ruft an, schickt Briefe und verlangt, daß er die Rechte an all meinen Werken bekommt. Und heute taucht er plötzlich bei mir auf und erklärt mir, ich bräuchte ihn.« Sie stieß ein verächtliches Schnauben aus.

»Was du natürlich nicht tust.«

»Ich brauche niemanden.«

»Nein.« Brianna trug die Kartoffeln zum Spülbecken und öffnete den Wasserhahn. »Du brauchst niemanden, Margaret Mary.«

»Oh, du klingst genau wie Mutter. Ich hasse es, wenn du in diesem kühlen, überlegenen Ton mit mir sprichst.« Sie glitt von der Arbeitsplatte, stapfte zum Kühlschrank, spähte hinein und nahm ein Bier heraus. »Wir kommen doch auch so zurecht«, sagte sie, da sie wegen ihres Ausbruchs Schuldgefühle empfand. »Die Rechnungen werden pünktlich bezahlt, wir haben genügend zu essen auf dem Tisch und ein Dach über dem Kopf.« Sie sah die starre Haltung ihrer Schwester und stieß einen ungeduldigen Zischlaut aus. »Es wird nie mehr so werden, wie es einmal war, Brie.«

»Meinst du, das weiß ich nicht?« Briannas melodiöse Stimme wies eine gewisse Schärfe auf. »Meinst du, ich bräuchte mehr? Meinst du, ich wäre nicht zufrieden mit dem, was ist?« Mit einem Mal wallte unerträgliche Traurigkeit in ihr auf, und sie blickte starr aus dem Fenster auf die Felder hinaus. »Es liegt nicht an mir, Maggie. Es liegt bestimmt nicht an mir.«

Maggie runzelte die Stirn. Sie wußte, Brianna war diejenige, die unter der Situation am stärksten litt. Brianna war diejenige, die immer zwischen den Fronten stand. Und nun, dachte Maggie, bot sich ihr die Gelegenheit, dafür zu sorgen, daß ihrer aller Leben eine neue Richtung nahm. Sie bräuchte nur einen Teil ihrer Seele zu verkaufen, mehr nicht.

»Sie hat schon wieder rumgenörgelt.«

»Nein.« Brianna schob eine lose Strähne in ihren festen Knoten zurück. »Nicht richtig jedenfalls.«

»Ich sehe dir an, daß sie mal wieder ausgerastet ist – und daß sie es wie immer an dir ausgelassen hat.« Ehe Brianna etwas sagen konnte, winkte Maggie ab. »Sie wird nie glücklich sein, Brianna. Niemand kann sie glücklich machen, niemand auf der ganzen Welt. Und ich am allerwenigsten. Sie wird ihm nie verzeihen, daß er so war, wie er war.«

»Wie war er denn?« Brianna fuhr zu ihrer Schwester herum. »Wie war unser Vater, Maggie? Sag es mir.«

»Menschlich. Mit Fehlern behaftet.« Sie stellte ihr Bier auf den Tisch und ging zu Brianna, die immer noch an der Spüle stand. »Wunderbar. Erinnerst du dich noch daran, Brie, wie er den Maulesel gekauft hat, weil er ein Vermögen machen wollte, indem er ihn, mit einem komischen Hut auf dem Kopf und mit unserem alten Hund auf dem Rücken, von Touristen fotografieren ließ?«

»Ich erinnere mich noch genau.« Brie hatte sich abgewandt, aber Maggie hielt sie fest. »Und ich erinnere mich auch daran, daß ihn das Futter für dieses verdammte, übellaunige Biest mehr gekostet hat, als er je mit den Fotos eingenommen hat.«

»Ja, aber wir hatten unseren Spaß. Wir waren an den Klippen von Moher, und es war ein wunderbarer Sommertag. Überall liefen Touristen herum, und irgendwer hat Musik gemacht. Und mittendrin stand Dad mit dem dämlichen Maulesel, und der arme Hund, der gute alte Joe, hatte mehr Angst vor dem Vieh als vor sonst irgendwas auf der Welt.«

Briannas Miene wurde weich. »Ich weiß noch genau, daß der arme Joe vor Angst zitternd auf dem Rücken des Esels gekauert hat. Und dann kam dieser Deutsche und wollte unbedingt ein Bild von sich mit Joe und dem Vieh.«

»Woraufhin ihn der Maulesel einmal kräftig getreten hat.« Maggie grinste, griff nach ihrem Bier und hob es zu einem Toast. »Und der Deutsche ist auf einem Fuß durch die Gegend gehopst und hat in drei verschiedenen Sprachen rumgeschrien. Und Joe ist vor lauter Entsetzen vom Rücken des Mulis gesprungen, mitten in einen Stand, an dem es Spitzenkrägen zu kaufen gab, und der Maulesel ist durchgebrannt. Den Anblick vergesse ich nie. Überall rannten und brüllten Leute rum, und ein paar Frauen haben vor Angst geschrien. Weißt du noch, da war doch noch dieser Geigenspieler, der die ganze Zeit ungerührt einen Reel gefiedelt hat, als fingen wir alle jeden Augenblick zu tanzen an.«

»Und dieser nette Junge aus Killarny, der den Muli wieder eingefangen hat. Dad hat sofort versucht, ihm das Biest anzudrehen.«

»Und hätte es fast geschafft. Das ist doch eine wunderbare Erinnerung, Brie, findest du nicht?«

»Er hat dafür gesorgt, daß es viele lustige Erinnerungen gibt. Aber vom Lachen allein lebt es sich nun einmal ziemlich schlecht.«

»Ohne Lachen lebt es sich noch schlechter. Das sieht man ja an ihr. Er war lebendig. Ohne ihn hat man den Eindruck, als wäre die ganze Familie tot.«

»Sie ist krank«, war Briannas knappe Erwiderung.

»Seit über zwanzig Jahren ist sie das. Und sie wird so lange krank bleiben, wie sie dich hat, die sie durch die Gegend scheuchen kann.«

Es stimmte, aber dieses Wissen reichte nicht. »Sie ist unsere Mutter«, sagte Brianna in angespanntem Ton.

»Das ist sie.« Maggie leerte ihre Bierflasche und stellte sie fort. Der Hefegeschmack kämpfte gegen die Bitterkeit, die ihr auf der Zunge lag. »Ich habe ein weiteres Stück verkauft. Spätestens Ende des Monats haben wir also wieder Geld.«

»Wofür ich dir dankbar bin. Und sie ebenfalls.«

»Den Teufel ist sie.« Maggie sah ihre Schwester an, und ihr Blick verriet all die Leidenschaft, den Zorn und den Schmerz, den sie empfand. »Ich tue es nicht für sie. Wenn wir genug haben, besorgst du ihr eine eigene Wohnung und stellst eine Krankenschwester für sie ein.«

»Das ist nicht nötig.«

»O doch«, fiel ihr Maggie ins Wort. »So war es abgemacht. Ich stelle mich nicht hin und gukke zu, wie du für den Rest ihres Lebens nach ihrer Pfeife tanzt. Sie kriegt eine Wohnung im Dorf und eine Krankenschwester, Schluß, aus.«

»Wenn sie will.«

»Es ist mir egal, ob sie es will oder nicht.« Maggie musterte ihre Schwester mit schräggelegtem Kopf. »Sie hat dafür gesorgt, daß du letzte Nacht nicht zur Ruhe gekommen bist.«

»Sie konnte nicht schlafen.« Verlegen wandte sich Brianna dem Hühnchen zu. »Sie hatte einen ihrer Migräneanfälle.«

»Ah, ja.« Maggie erinnerte sich nur allzugut an die Migräneanfälle ihrer Mutter und daran, daß eine derartige Attacke immer zu einem Maeve genehmen Zeitpunkt gekommen war. Ein Streit, in dem sie auf der Verliererseite stand: Sofort ging das Pochen los. Ein Familienausflug, der ihr nicht gefiel: Umgehend fesselte sie der Kopfschmerz ans Bett.

»Ich weiß, wie sie ist, Maggie.« Allmählich fing Briannas eigener Kopf zu schmerzen an. »Aber deshalb ist und bleibt sie trotzdem meine Mutter, ob es mir nun paßt oder nicht.«

Die heilige Brianna, fuhr es Maggie erneut, doch dieses Mal voller Zuneigung, durch den Kopf. Ihre Schwester mochte mit ihren siebenundzwanzig Jahren ein Jahr jünger als sie sein, aber schon immer hatte sie das ausgeprägtere Verantwortungsbewußtsein an den Tag gelegt. »Ebenso wie du trotz aller Dinge du selber bleibst, Brie.« Maggie drückte ihrer Schwester einen Kuß auf die Stirn. »Dad hat immer gesagt, du bist der gute Engel und ich das schwarze Schaf. Nun, zumindest in diesem Punkt hat er recht gehabt.« Sie schloß kurz die Augen, doch dann sah sie Brianna wieder an. »Sag Mr. Sweeney, daß er morgen früh zu mir kommen soll.«

»Dann nimmst du sein Angebot also an?« fragte Brie.

Maggie fuhr zusammen, als hätte man ihr einen Schlag versetzt. »Ich werde mit ihm reden, das ist alles«, sagte sie, und mit diesen Worten trat sie aus der Küche in den Regen hinaus.

Wenn Maggie eine Schwäche hatte, dann ihre Familie. Und aufgrund dieser Schwäche hatte sie erst weit nach Mitternacht die Augen zugemacht und war noch vor Anbruch der kalten, düsteren Dämmerung wieder aufgewacht. Nach außen tat sie gerne so, als empfände sie nur sich selbst und ihrer Kunst gegenüber so etwas wie Verantwortungsgefühl, aber unter der rauhen Oberfläche verspürte sie eine beständige, inbrünstige Liebe zu ihrer Familie, und mit dieser Liebe gingen für sie oft bittere Verpflichtungen einher.

Es gab diverse Gründe, weshalb ihr Rogan Sweeneys Angebot mißfiel. Erstens aus Prinzip, denn in ihren Augen waren Kunst und Geschäft zwei Dinge, die man besser nicht verband; zweitens weil ihr der wohlhabende, allzu selbstbewußte, blaublütige Kerl nicht lag; und drittens, weil alles andere ein Eingeständnis gewesen wäre, daß sie zu eigenständigen Geschäftsabschlüssen nicht fähig war.

Oh, es war wirklich bitter für sie.

Sie würde sein Angebot annehmen. Diesen Entschluß hatte sie irgendwann im Verlauf der langen, ruhelosen Nacht gefaßt. Wenn Rogan Sweeney sie unbedingt reich machen wollte, dann sollte er.

Nicht, daß sie ohne ihn nicht genug bekam. Sie lebte von ihrer Arbeit und lebte nicht schlecht. Seit über fünf Jahren war sie eine finanziell unabhängige Frau, und auch Briannas Frühstückspension war ein solcher Erfolg, daß die Führung zweier Haushalte keine übermäßige Belastung für sie war. Doch für einen dritten Haushalt reichte es nicht.

Maggies Ziel, das hieß, ihr Heiliger Gral, war, daß ihre Mutter eine eigene Wohnung bekam. Und wenn Rogan ihr hinsichtlich der Erreichung dieses Ziels nützlich wäre, käme er ihr gerade recht.

Während draußen der Regen lautlos, aber beständig auf die Felder niederging, stand sie in ihrer Küche, kochte Tee und dachte darüber nach, wie er sich wohl am besten um den Finger wickeln ließ.

Sie mußte clever sein, dachte sie. Rogan Sweeney gegenüber legte sie am besten eine Mischung aus künstlerischer Herablassung und weiblicher Schmeichelei an den Tag. Die Herablassung wäre kein Problem für sie, aber was die Schmeichelei betraf, so wäre eine gewisse Überwindung erforderlich.

Sie stellte sich vor, wie Brianna kochte, den Garten pflegte, zusammengerollt mit einem Buch vor dem Feuer saß – ohne daß die wehleidige, fordernde Stimme ihrer Mutter dazwischendrang. Brianna würde heiraten und Kinder bekommen, was ihr heimlicher Wunschtraum war und das auch bliebe, solange sie die Verantwortung für ihre chronisch hypochondrische Mutter empfand.

Obgleich Maggie das Bedürfnis ihrer Schwester, sich an einen Mann und ein halbes Dutzend Kinder zu binden, nicht verstand, würde sie doch alles in ihrer Macht Stehende tun, um Brianna bei der Erfüllung dieses Wunsches behilflich zu sein.

Und nun bestand die vage Möglichkeit, daß Rogan Sweeney die dringend benötigte Rolle der guten Fee übernahm.

Es klopfte kurz und ungeduldig an der Tür. Diese gute Fee, dachte Maggie, während sie öffnen ging, kam nicht wie andere gute Feen in Engelsstaub und hellem Licht hereingeschwebt.

Als sie ihn sah, lächelte sie. Er war ebenso naß und ebenso elegant gekleidet wie am Tag zuvor, und sie fragte sich, ob er vielleicht sogar in Anzug und Krawatte schlafen ging.

»Guten Morgen, Mr. Sweeney«, sagte sie.

»Guten Morgen, Miss Concannon.« Eingehüllt in eine regenfeuchte Nebelschwade trat er durch die Tür.

»Geben Sie mir doch Ihren Mantel, damit ich ihn zum Trocknen aufhängen kann.«

»Vielen Dank.« Er schälte sich aus dem Kleidungsstück, und sie hängte es über einen Stuhl vor dem Kamin. Sie ist anders als gestern, dachte er. Richtiggehend nett. Doch ihre Verwandlung rief seinen Argwohn wach. »Sagen Sie, gibt es auch Tage ohne Regen in Clare?«

»Im Frühling ist es hier sehr angenehm. Keine Sorge, Mr. Sweeney. Normalerweise hält selbst ein Dubliner einen westirischen Schauer aus, ohne daß er sich auflöst.«

Sie setzte ein eiliges, charmantes Lächeln auf, doch ihr Blick verriet boshafte Belustigung. »Wie wär's mit einem Tee?«

»Sehr gern.« Doch ehe sie in die Küche gehen konnte, legte er ihr die Hand auf den Arm und nickte in Richtung der Plastik, die auf dem Flurtisch stand. Es war eine lange, gewundene Linie in eisigem Blau. In der Farbe eines arktischen Sees. Glas an Glas, das sich wie flüssiges Eis in Wellen von der Spitze der Skulptur über ihren Sockel ergoß.

»Ein interessantes Stück.«

»Finden Sie?« Seine kaum merkliche und doch besitzergreifende Hand auf ihrem Arm, der subtile holzige Duft seines Rasierwassers und seiner Seife irritierten sie, und als er mit einer Fingerspitze über die Rundungen der Plastik fuhr, erschauerte sie. Einen verrückten Augenblick lang hatte sie das Gefühl gehabt, als gleite sein Finger ihren Hals hinab.

»Sehr feminin«, murmelte er, und obgleich er

das Glas ansah, war er sich ihrer Nähe – ihres angespannten Arms, ihres kurzen Erschauerns, des dunklen, wilden Dufts ihrer Haare – sehr bewußt. »Kraftvoll. Eine Frau, die im Begriff steht, sich einem Mann sexuell hinzugeben.«

Die Bemerkung verblüffte sie, denn genau das zeigte die Skulptur. »Und in welcher Beziehung kann eine Hingabe Ihrer Meinung nach kraftvoll sein?«

Er sah sie mit seinen unergründlichen blauen Augen an. »Es gibt nichts Kraftvolleres als eine Frau in dem kurzen Augenblick, ehe sie sich einem Mann ergibt.« Ohne seine Hand von ihrem Arm zu nehmen, strich er mit den Fingern der anderen Hand erneut über das Glas. »Das ist Ihnen offenbar bewußt.«

»Und wie steht's mit dem Mann?«

Sein Mund wies die Spur eines Lächelns auf, und auch wenn sein Blick ein gewisses amüsiertes Interesse verriet, kam ihr sein Griff mit einem Mal beinahe zärtlich, beinahe fragend vor. »Das, Margaret Mary, kommt ganz darauf an, wie die Frau die Sache sieht.«

Nur durch ein unmerkliches Nicken gab sie ihm zu verstehen, daß der sexuelle Seitenhieb nicht vergeblich gewesen war. »Nun, dann sind wir uns also dahingehend einig, daß Sex und Kraft Sache der Frauen sind.«

»Das habe ich weder gesagt noch gemeint. Wie kommen Sie zur Schaffung eines solchen Werks?«

»Einem Geschäftsmann Kunst zu erklären ist schwer.«

Sie trat einen Schritt zurück, doch statt nachzugeben, verstärkte sich sein Griff um ihren Arm. »Versuchen Sie es.«

Mit einem Mal wurde sie ärgerlich. »Diese Dinge ergeben sich einfach so, ohne jeden Plan. Ich arbeite mit Gefühl und Leidenschaft und nicht aus praktischen oder finanziellen Erwägungen heraus. Wenn ich das wollte, würde ich kleine Glasschwäne für Andenkenläden produzieren. Himmel, allein der Gedanke ist absurd.«

Sein Lächeln verbreiterte sich. »Grauenhaft. Glücklicherweise habe ich kein Interesse an kleinen Glasschwänen. Aber eine Tasse Tee wäre tatsächlich nicht schlecht.«

»Kommen Sie mit in die Küche.« Wieder trat sie einen Schritt zurück, wieder verstärkte sich sein Griff, und wieder wallte Verärgerung in ihr auf. »Sie versperren mir den Weg.«

»Ich glaube nicht. Vielmehr ist das Gegenteil der Fall.«

Endlich ließ er von ihr ab, woraufhin sie sich schweigend in die Küche begaben.

Ihr Cottage bot das genaue Gegenteil der ländlichen Gemütlichkeit, die es im Haus ihrer Schwester gab. Die Luft war nicht von köstlichen Essensdüften erfüllt, nirgends waren flauschige Kissen drapiert, nirgends war ein Möbelstück auf Hochglanz poliert. Alles wirkte spartanisch, zweckmäßig und unaufgeräumt. Weshalb, so dachte er, ihre achtlos verteilte Kunst um so wirkungsvoller zur Geltung kam.

Er überlegte, wo sie wohl schlief und ob ihr Bett ebenso weich und einladend wie das Bett im Gästezimmer ihrer Schwester war. Außerdem überlegte er, ob er ihr Bett wohl zu sehen bekam. Nein, nicht ob, verbesserte er sich, sondern *wann*.

Maggie stellte die Teekanne und zwei dickwandige, getöpferte Becher auf den Tisch. »Hat Ihnen der Aufenthalt im Blackthorn Cottage gefallen?« fragte sie und schenkte ihnen beiden ein.

»Sehr sogar. Ihre Schwester ist äußerst charmant. Und eine ausgezeichnete Köchin obendrein.«

Maggies Miene wurde weicher, und fast vergnügt gab sie drei großzügig bemessene Löffel Zucker in ihren Tee. »Brie ist eine Hausfrau im besten Sinne des Worts. Hat sie heute morgen ihre Rosinenbrötchen gemacht?«

»Ich habe gleich zwei davon verdrückt.«

Maggie entspannte sich, lachte und zog einen

Fuß auf ihr Knie. »Unser Vater hat immer gesagt, Brie wäre aus Gold und ich wäre aus Messing gemacht. Ich fürchte, bei mir bekommen Sie keine selbstgebackenen Brötchen serviert, Sweeney, aber vielleicht habe ich noch irgendwo eine Dose Kekse versteckt.«

»Ich habe keinen Hunger, vielen Dank.«

»Tja, wahrscheinlich bringen Sie die Geschäfte lieber so schnell wie möglich hinter sich.« Den Becher mit beiden Händen umfaßt, beugte sich Maggie über den Tisch. »Was wäre, wenn ich Ihnen rundheraus erklären würde, daß mich Ihr Angebot nicht interessiert?«

Rogan nippte an seinem ungezuckerten Tee. »Dann wüßte ich, daß es eine Lüge ist.« Als er das zornige Blitzen in ihren Augen sah, grinste er vergnügt. »Denn wenn Sie kein Interesse hätten, hätten Sie sich nicht bereit erklärt, mich heute morgen zu sehen. Und vor allem hätten Sie mir keinen Tee serviert.« Ehe sie ihm widersprechen konnte, hob er abwehrend die Hand. »Aber ich denke, wir können uns darauf einigen, daß es Ihnen mißfällt, an meinem Angebot interessiert zu sein.«

Er ist ein cleverer Kerl, dachte sie immer noch leicht erbost. Und Cleverness bei einem Mann bedeutete Gefahr. »Ich möchte weder, daß man mich groß herausbringt, noch daß man mich managt, noch daß man mir sagt, was ich tun und lassen soll.«

»Nur in den seltensten Fällen möchten wir das, was erforderlich ist.« Über den Rand seines Bechers hinweg sah er sie an. Obgleich ihm die leichte Röte, die ihre seidige Haut überzog und das Grün ihrer Augen noch zu vertiefen schien, gefiel, dachte er weiter ans Geschäft. »Vielleicht habe ich mich bisher nicht klar genug ausgedrückt. Ihre Kunst ist einzig und allein Ihre Angelegenheit, und ich habe nicht die Absicht, mich in die Dinge einzumischen, die in Ihrem Atelier geschehen. Sie arbeiten, was Sie wollen und wann Sie wollen, genau wie bisher.«

»Und was ist, wenn Ihnen das, was dabei herauskommt, nicht gefällt?«

»Ich habe bereits eine Unmenge von Dingen, die mir nicht gefallen, ausgestellt und verkauft. Mir geht es lediglich ums Geschäft. Und ebenso wie ich mich nicht in Ihre Kunst einmische, mischen Sie sich nicht in meine Geschäfte ein.«

»Ich habe kein Mitspracherecht, was die Käufer meiner Objekte betrifft?«

»Nein«, sagte er. »Wenn Sie an einem Stück besonders hängen, müssen Sie Ihre Gefühle überwinden oder es behalten. Sobald ein Teil in meine Hände gelangt, gehört es mir.«

Sie biß die Zähne zusammen. »Und jeder, der gewillt ist, den von Ihnen geforderten Preis zu bezahlen, bekommt es dann.«

»Genau.«

Maggie knallte den Becher auf den Tisch, sprang von ihrem Stuhl und ging zornig im Zimmer auf und ab. Sie bezog ihren gesamten Körper in die Bewegung ein, stellte Rogan bewundernd fest. Beine, Arme, Schultern – sie alle wiesen denselben zornigen Rhythmus auf. Er leerte seinen Becher und lehnte sich genüßlich zurück.

»Ich investiere einen Teil meiner Selbst in einen soliden, greifbaren, realen Gegenstand, und dann kommt irgendein Idiot aus Kerry oder Dublin oder, Gott bewahre, London, in Ihre Galerie spaziert und kauft ihn seiner Frau zum Geburtstag, ohne daß er auch nur das geringste Verständnis für das Wesen oder die Bedeutung des Kunstwerks hat?«

»Haben Sie zu jedem eine persönliche Beziehung, der eins Ihrer Werke kauft?«

»Zumindest weiß ich für gewöhnlich, wer der Käufer ist.«

»Darf ich Sie vielleicht daran erinnern, daß ich zwei Stücke von Ihnen erworben habe, ehe wir einander zum ersten Mal begegnet sind?«

»Das brauchen Sie nicht. Sie sehen ja selbst,

in was für eine Bredouille ich deswegen geraten bin.«

Er stieß einen Seufzer aus. Obgleich er seit Jahren mit Künstlern zusammenarbeitete, hatte er sich immer noch nicht an ihre Launen gewöhnt. »Maggie«, begann er möglichst ruhig. »Genau um derartigen Schwierigkeiten aus dem Weg zu gehen, brauchen Sie einen Manager. Es sollte Ihnen ausschließlich um die Schaffung und nicht auch noch um den Verkauf Ihrer Werke gehen. Aber Sie haben recht, wenn jemand aus Kerry oder Dublin oder, Gott bewahre, London in eine meiner Galerien kommt, sich für eins Ihrer Stücke interessiert und den geforderten Preis bezahlt, dann gehört es ihm, ohne daß er erst irgendwelche Referenzen vorlegen muß. Auf diese Weise mache ich Sie innerhalb eines Jahres zu einer reichen Frau.«

»Denken Sie, das ist es, was ich will?« Beleidigt und wütend fuhr sie zu ihm herum. »Denken Sie, ich mache mich immer erst an die Arbeit, nachdem ich berechnet habe, welche Summe mir ein Werk vielleicht bringt?«

»Nein, das denke ich nicht. Und genau deshalb bin ich hier. Maggie, Sie sind eine außergewöhnliche Künstlerin. Und auch wenn ich Gefahr laufe, Ihr offenbar ohnehin nicht gerade allzu geringes Selbstbewußtsein noch weiter zu steigern, gebe ich zu, daß ich, als ich Ihre Arbeit zum ersten Mal sah, von ihr gefesselt war.«

»Vielleicht haben Sie einfach einen guten Geschmack«, stellte sie mit einem gereizten Schulterzucken fest.

»Das wurde mir bereits des öfteren gesagt. Was ich meine, ist – Ihre Arbeit hat mehr verdient, als sie von Ihnen bekommt. Sie selbst haben mehr verdient.«

Sie lehnte sich gegen die Arbeitsplatte und sah ihn mit zusammengekniffenen Augen an. »Und Sie sind aus reiner Herzensgüte bereit, mir behilflich zu sein.«

»Mein Herz hat nichts damit zu tun. Ich bin bereit, Ihnen behilflich zu sein, weil Ihre Arbeit eine Bereicherung für meine Galerien ist.«

»Natürlich auch finanziell gesehen.«

»Eines Tages müssen Sie mir erklären, weshalb Geld für Sie etwas so Abstoßendes ist. Bis dahin trinken Sie vielleicht erst mal Ihren Tee, ehe er gefroren ist.«

Maggie atmete langsam aus.

Sie durfte nicht vergessen, daß sie ihm hatte schmeicheln wollen, sagte sie sich und kehrte an den Tisch zurück. »Rogan.« Sie setzte ein Lächeln auf. »Ich bin sicher, Sie sind sehr gut in den Dingen, die Sie tun. Ihre Galerien sind für die Qualität Ihrer Exponate und für die Integrität Ihres Personals berühmt, was zweifellos auf Sie zurückzuführen ist.«

Sie ist gut, dachte er, während er sich mit der Zunge über die Zähne fuhr. Sehr gut. »Das hoffe ich.«

»Zweifellos ist es für einen Künstler eine große Ehre, wenn ein Mann wie Sie an ihn denkt. Aber ich bin es gewohnt, meine Angelegenheiten selbst zu erledigen, für sämtliche Aspekte meiner Arbeit selbst verantwortlich zu sein, von der Glasproduktion bis hin zum Verkauf des fertigen Stücks – oder zumindest, bis ich es in die Hände eines Menschen lege, dem bezüglich des Verkaufs mein Vertrauen gilt. Sie sind ein Fremder für mich.«

»Dem Sie nicht trauen.«

Sie hob die Hand, doch dann senkte sie sie wieder. »Wenn ich einem in der Kunst- und Geschäftswelt so bekannten Mann wie Ihnen nicht trauen würde, wäre ich verrückt. Aber mir Geschäfte dieser Größenordnung vorzustellen fällt mir schwer. Ich bin eine einfache Frau.«

Sein Lachen kam so plötzlich und klang so echt, daß sie blinzelte. Ehe sie sich erholt hatte, beugte er sich vor und griff nach ihrer Hand. »O nein, Margaret Mary, einfach sind Sie nicht. Sie sind gerissen, starrsinnig, brillant, übellaunig und schön, aber einfach sind Sie nicht.«

»Und ob.« Sie entzog ihm ihre Hand und bemühte sich, von seinem Kompliment nicht berührt zu sein. »Ich kenne mich besser, als Sie oder sonst irgendwer auf der Welt mich kennt.«

»Jedesmal, wenn Sie eine Plastik anfertigen, rufen Sie in die Welt hinaus, wer Sie sind. Zumindest haben Sie das bisher getan. Und genau das ist es, woraus wahre Kunst besteht.«

Sie konnte ihm nicht widersprechen. Dies war eine Feststellung, die von einem Mann mit seinem Hintergrund nicht zu erwarten gewesen war. Daß ein Mensch mit Kunst sein Geld machte, hieß nicht unbedingt, daß er sie auch verstand. Doch Rogan Sweeney schien nicht nur in der Finanzwelt, sondern auch in der Welt der Kunst bewandert zu sein.

»Ich bin eine einfache Frau«, wiederholte sie, als wolle sie ihn geradezu herausfordern, daß er ihr ein zweites Mal widersprach. »Und ich möchte, daß es so bleibt. Wenn ich mich bereit erkläre, mich von Ihnen managen zu lassen, dann nur, wenn die Sache gemäß meinen Regeln verläuft.«

Er hatte sie, und er wußte es, doch ein weiser Verhandlungsführer zeigte es nie zu früh, wenn er zufrieden war. »Und was für Regeln wären das?« fragte er.

»Es wird keine Werbung geben, außer wenn es mir paßt. Und ich kann Ihnen nicht versprechen, daß es mir jemals passen wird.«

»Auf diese Weise wird das Geheimnis um die Künstlerin noch verstärkt.«

Fast hätte sie gegrinst. »Wenn ich auf irgendeiner Ausstellung erscheinen soll, und falls ich überhaupt erscheine, trete ich auf, wie es mir gefällt, statt mich wie irgendeine dieser blöden Modepuppen anzuziehen.«

Dieses Mal biß er sich auf die Zunge, sonst hätte er laut gelacht. »Ich bin sicher, daß Ihr Stil Ihr Wesen als Künstlerin angemessen widerspiegeln wird.«

Vielleicht hatte er diese Feststellung als Beleidigung gemeint, aber sie konnte nicht sicher sein. »Und ich werde zu niemandem nett sein, zu dem ich nicht nett sein will.«

»Auch diese Seite wirkt sich, indem sie betont, was für eine eigenwillige Persönlichkeit Sie sind, sicher verkaufsfördernd aus.» Er hob seinen Teebecher zu einem Toast.

Statt sich anmerken zu lassen, wie belustigt sie war, setzte sie sich auf ihren Stuhl und kreuzte entschlossen die Arme vor der Brust. »Ich werde niemals ein Stück zweimal anfertigen oder irgend etwas herstellen, was jemand anders von mir verlangt.«

Er runzelte die Stirn, und dann schüttelte er den Kopf. »Dann kommen wir vielleicht doch nicht ins Geschäft. Ich hatte da nämlich diese Idee von dem Einhorn, mit ein bißchen Gold auf Hufen und Horn. Sehr geschmackvoll, finde ich.«

Sie kicherte verstohlen, doch dann gab sie auf und brach in lautes Lachen aus. »Also gut, Rogan. Vielleicht geschieht tatsächlich ein Wunder, und es kommt zu einer Zusammenarbeit zwischen uns. Aber wie sieht so etwas praktisch aus?«

»Ich werde die Verträge aufsetzen lassen, denen zufolge Worldwide die Exklusivrechte an Ihren Werken bekommt.«

Sie fuhr zusammen, denn sie hatte das Gefühl, als verlöre sie dadurch einen, vielleicht den besten, Teil von sich selbst. »Exklusivrechte an den Stükken, zu deren Verkauf ich mich bereit erkläre.«

»Genau.«

Sie sah an ihm vorbei durchs Fenster auf die Felder hinaus. Einmal, vor langer Zeit, hatten sie sich genau wie ihre Kunst wie ein Teil ihrer selbst angefühlt. Und nun boten sie ihr nur noch ein hübsches Szenario. »Und was steht sonst noch in den Verträgen drin?«

Er zögerte. Sie sah beinahe unerträglich traurig aus. »Durch die Verträge verändert sich weder Ihre Arbeit, noch machen Sie selbst irgendeine Veränderung durch.«

»Da irren Sie sich«, murmelte sie, doch dann zwang sie sich, statt der Felder wieder ihn anzusehen. »Also, was steht sonst noch in den Verträgen drin?«

»Innerhalb der nächsten zwei Monate möchte ich eine Ausstellung in meiner Dubliner Galerie. Natürlich muß ich mir dazu vorher Ihre fertigen Werke ansehen, und Sie müssen mich auf dem laufenden halten, was die von Ihnen im Verlauf der nächsten Wochen fertiggestellten Stücke betrifft. Ich werde den Transport der Sachen organisieren, wir werden die Preise festlegen, und die nach Beendigung der Ausstellung nicht verkauften Bestände verbleiben weiter in Dublin oder werden in einer der anderen Galerien gezeigt.«

Sie nahm einen tiefen, beruhigenden Atemzug. »Ich würde es zu schätzen wissen, wenn Sie meine Werke nicht als Bestände bezeichnen würden. Zumindest nicht in meiner Gegenwart.«

»Abgemacht.« Er legte beide Hände auf den Tisch. »Natürlich schicken wir Ihnen eine vollständige Liste der verkauften Stücke zu. Wenn Sie wollen, bekommen Sie ein Mitspracherecht, was die Auswahl der Fotos für unseren Katalog betrifft. Oder Sie überlassen die Angelegenheit einfach uns.«

»Und wie und wann werde ich bezahlt?« fragte sie.

»Wenn Sie wollen, kaufe ich Ihnen sämtliche Stücke an Ort und Stelle ab. Ich habe nämlich das vollste Vertrauen in Ihr Werk.«

Sie erinnerte sich daran, daß er am Vortag gesagt hatte, er bekäme für ihre jüngste Plastik ohne Problem den doppelten Preis dessen, was von ihr verlangt worden war. Sie mochte keine Geschäftsfrau sein, aber dumm war sie deshalb noch lange nicht.

»Welche anderen Möglichkeiten gäbe es?«

»Wir könnten die Werke in Kommission nehmen und behielten dann nach dem Verkauf einen bestimmten Prozentsatz des erzielten Preises zurück.«

Was ein größeres Risiko wäre, dachte sie. Doch Risiken hatte sie noch nie gescheut. »Wie groß wäre dieser Prozentsatz?«

Er sah sie an. »Fünfunddreißig Prozent.«

Sie stieß ein ersticktes Keuchen aus. »Fünfunddreißig? Fünfunddreißig? Sie sind ein Räuber. Ein Dieb.« Sie schob ihren Stuhl nach hinten und sprang auf. »Sie sind ein Aasgeier, Rogan Sweeney, jawohl. Zur Hölle mit Ihnen und Ihren fünfunddreißig Prozent.«

»Schließlich übernehme ich sämtliche Ausgaben und das gesamte Risiko.« Er nahm die Hände vom Tisch und legte sie zurück. »Außer daß Sie die Stücke kreieren, bleibt für Sie nichts mehr zu tun.«

»Oh, als bräuchte ich nur den lieben langen Tag hier herumzusitzen und darauf zu warten, daß mich die Muse küßt. Sie haben ja keine Ahnung, was zur Schaffung eines Kunstwerks alles erforderlich ist.« Wie zuvor stapfte sie in der Küche auf und ab, bis die Luft unter ihrem Zorn und ihrer unbändigen Energie zu vibrieren begann. »Aber vielleicht darf ich Sie daran erinnern, daß es ohne mich für Sie nichts zu verkaufen gibt. Die Leute bezahlen für meine Arbeit, mein Blut, meinen Schweiß. Ich gebe Ihnen fünfzehn Prozent.«

»Dreißig.«

»Sie sind nichts weiter als ein elender Gauner, Rogan. Aber bitte, ich gehe bis zwanzig rauf.«

»Fünfundzwanzig.« Er erhob sich ebenfalls von seinem Platz und baute sich dicht vor ihr auf. »Ein Viertel von Ihrem Schweiß und Ihrem Blut für Worldwide, Maggie, sonst kommen wir nicht ins Geschäft.«

»Ein Viertel.« Sie stieß einen zornigen Zischlaut aus. »Ein toller Geschäftsmann sind Sie – Sie beuten uns Künstler doch nur aus.«

»Ich biete Ihnen finanzielle Sicherheit. Denken Sie drüber nach. Ihre Arbeiten werden in New York, in Rom und in Paris zu sehen sein. Und niemand, der sie zu Gesicht bekommt, wird sie je wieder vergessen, das verspreche ich.«

»Oh, Sie sind wirklich clever, Rogan. Sie bilden sich ein, wenn mich schon das Geld nicht lockt, dann vielleicht der Ruhm.« Sie runzelte die Stirn, doch mit einem Mal reichte sie ihm die Hand. »Der Teufel soll Sie holen. Aber gut, wenn's sein muß, kriegen Sie Ihre fünfundzwanzig Prozent.«

Was von Anfang an von ihm geplant gewesen war. Zufrieden ergriff er die von ihr gebotene Hand und hielt sie fest. »Das Geschäft wird für uns beide von Vorteil sein, Maggie, das verspreche ich.«

Von so großem Vorteil, daß der Gewinn für eine Wohnung für ihre Mutter weit weg von Blackthorn Cottage ausreichend war, hoffte sie. »Wenn nicht, Rogan, werde ich dafür sorgen, daß Sie diesen Tag bereuen.«

Da ihm der Geschmack ihrer Haut gefallen hatte, hob er wie am Vortag ihre Hand an seinen Mund. »Das Risiko gehe ich ein.«

Seine Lippen verharrten gerade lange genug

auf ihrem Handrücken, daß ihr Puls schneller zu schlagen begann, doch sie bedachte ihn mit einem bösen Blick. »Falls Sie versuchen wollen, mich zu verführen, hätten Sie daran besser vor Abschluß unseres Geschäfts gedacht.«

Die Festsellung überraschte und verärgerte ihn. »Bisher habe ich Persönliches und Geschäftliches noch immer voneinander getrennt.«

»Ein weiterer Unterschied zwischen uns.« Es freute sie, daß sie seine bisherige Überlegenheit ins Wanken gebracht zu haben schien. »Ich habe Persönliches und Geschäftliches noch immer miteinander vermischt. Und ich fröne beidem, wann immer es mir gefällt.« Lächelnd entzog sie ihm ihre Hand. »Bisher habe ich noch nicht das Bedürfnis zur Entwicklung einer persönlichen Beziehung zwischen uns verspürt, aber wenn sich das ändert, sage ich Ihnen Bescheid.«

»Wollen Sie mich ködern, Maggie?«

Sie sah ihn an, als dächte sie ernsthaft über diese Frage nach. »Nein, ich erkläre Ihnen nur die Situation. Und jetzt gehe ich mit Ihnen ins Atelier, damit Sie gucken können, welcher Teil meiner Werke Sie für Ihre Ausstellung interessiert.« Sie wandte sich von ihm ab und nahm eine Jacke von einem Haken neben der Hintertür. »Vielleicht ziehen Sie lieber Ihren Mantel an. Wäre doch bedauerlich, wenn Ihr eleganter Anzug auch noch ein paar Regentropfen abbekäme.«

Er starrte sie einen Augenblick lang sprachlos an, während er überlegte, weshalb er derart beleidigt war, doch dann machte er auf dem Absatz kehrt und ging ins Wohnzimmer, wo sein Mantel hing.

Maggie nutzte die Gelegenheit und trat in den kühlen Regen hinaus. Es war einfach lächerlich, schalt sie sich, daß ihr Blut wegen eines Handkusses derart in Wallung geriet. Rogan Sweeney war glatt, aalglatt. Nun, zum Glück lebte er Hunderte von Meilen von ihr entfernt. Und zum Glück war er nicht ihr Typ.

Ganz und gar nicht ihr Typ.

5. Kapitel

Das hohe Gras neben der Ruine der Abtei war ein lieblicher letzter Ruheplatz. Maggie hatte darum gekämpft, daß man ihren Vater hier statt auf dem ordentlichen, kalten Friedhof in der Nähe der Dorfkirche begrub, denn sie hatte für ihn den Frieden und die Atmosphäre von königlicher Erhabenheit gewollt. Brianna hatte sich ihrem Wunsch zunächst mit überraschender Vehemenz widersetzt, bis schließlich ihre Mutter mit beleidigt zusammengepreßten Lippen hinausgegangen war und sämtliche Vorkehrungen für die Beerdigung ihres toten Gatten den beiden Töchtern überließ.

Maggie besuchte das Grab ihres Vaters nur zweimal im Jahr, an seinem Geburtstag und an ihrem eigenen. Auf diese Weise dankte sie ihm, daß ihr durch ihn das Geschenk des Lebens zuteil geworden war. Sie kam nie an seinem Todestag, und auch heimliche Trauer verbot sie sich.

Ebenso wie sie ihn auch jetzt nicht betrauerte, als sie sich neben ihm im Gras niederließ und die Arme um die angezogenen Knie schlang. Die

Sonne kämpfte sich durch die Wolken, bis sie den Gräbern einen goldenen Schimmer verlieh, und der Wind trug den süßen Duft von Wildblumen heran.

Sie hatte keine Blumen mitgebracht, wie sie es auch sonst niemals tat. Brianna hatte direkt über ihm ein Beet angelegt, so daß sein Grab, wenn der Frühling die Erde zu wärmen begann, in bunter Schönheit leuchtete.

Die Primeln reckten zaghaft ihre ersten Knospen in die Luft, und die zarten Köpfe der Akelei nickten sanft über den noch winzigen Schößlingen von roten Betonien und Rittersporn. Sie beobachtete, wie eine Elster dicht über die Grabsteine hinwegflog, ehe sie in Richtung eines der nahe gelegenen Felder abschwenkte. Eine einsame Elster bringt Traurigkeit, dachte sie und suchte den Himmel vergebens nach einem zweiten, Glück bringenden Vogel ab.

Schmetterlinge flatterten mit durchscheinenden, lautlosen Flügeln an ihr vorbei. Näher am Meer hatte es keinen Ort gegeben, an dem ein Begräbnis möglich gewesen war, aber diese Stelle, überlegte sie, gefiel ihm bestimmt ebenfalls.

Maggie lehnte sich bequem an den Grabstein ihres Vaters und machte die Augen zu.

Ich wünschte, du wärst noch hier, dachte sie,

dann könnte ich dir erzählen, welches sagenhafte Angebot mir unterbreitet worden ist. Nicht, daß ich auf deinen Ratschlag hören würde, o nein. Aber ihn zu hören täte mir trotzdem gut.

Wenn Rogan Sweeney hält, was er versprochen hat – und ich glaube, er ist ein solcher Ehrenmann – dann bin ich bald eine reiche Frau. Wie sehr gefiele dir das. Wir hätten genug Geld für deinen eigenen Pub, der immer dein Traum gewesen ist. Oh, was für ein schlechter Bauer du doch warst, lieber Dad.

Aber der beste Vater, den man sich denken kann. Der beste Vater der Welt.

Sie tat ihr möglichstes, um das Versprechen, das sie ihm gegeben hatte, zu erfüllen, dachte sie. Sie kümmerte sich um ihre Mutter und ihre Schwester und folgte ihrem eigenen Traum.

»Maggie.«

Sie öffnete die Augen und blickte zu Brianna auf. Ordentlich wie immer, dachte sie, während sie sie musterte. Ihre jüngere Schwester hatte ihr wunderbares Haar zu einem properen Knoten hochgeschlagen und steckte in einem perfekt gebügelten Kleid. »Du siehst aus wie eine Lehrerin«, sagte Maggie und lachte, als sie Briannas entgeisterte Miene sah. »Wie eine wunderbare Lehrerin.«

»Und du siehst aus wie eine Lumpensammlerin«, erwiderte Brianna und runzelte angesichts von Maggies zerrissener Jeans und dem fleckigen Pullover die Stirn. »Wie eine wunderbare Lumpensammlerin.«

Brianna kniete sich neben ihre Schwester und faltete die Hände, nicht zum Gebet, sondern weil es ordentlich war.

Schweigend saßen sie einen Augenblick nebeneinander, während der Wind durch die Gräser und über die schiefen Grabsteine blies.

»Ein wunderbarer Tag zum Grabsitzen«, stellte Maggie fest. Heute wäre er einundsiebzig geworden, dachte sie. »Seine Blumen sehen prächtig aus.«

»Ich müßte mal wieder Unkraut zupfen«, sagte Brianna und machte sich ans Werk. »Ich habe heute morgen das Geld auf dem Küchentisch liegen sehen, Maggie. Es ist zuviel.«

»Es war ein gutes Geschäft. Heb einfach einen Teil des Geldes für später auf.«

»Es wäre mir lieber, du profitierst selbst davon.«

»Das tue ich, denn ich weiß, daß sie mit jedem ersparten Pfund ihrer eigenen Wohnung näherkommt.«

Brianna stieß einen Seufzer aus. »Sie ist keine

Last für mich.« Sie zuckte mit den Schultern, als sie das Gesicht ihrer Schwester sah. »Keine so große Last, wie du denkst. Nur, wenn sie sich elend fühlt.«

»Was sie meistens tut, Brie. Ich hab dich sehr lieb.«

»Ich weiß.«

»Und Geld ist der einzige Weg, auf dem ich dir meine Liebe zeigen kann. Dad wollte, daß ich dich unterstütze. Und ich könnte weiß Gott nicht mit ihr zusammenleben, so wie du es tust. Entweder käme ich innerhalb kürzester Zeit ins Irrenhaus oder ins Gefängnis, denn an deiner Stelle hätte ich sie bestimmt bereits längst im Schlaf erwürgt.«

»Das Geschäft mit diesem Rogan Sweeney hast du doch nur um ihretwillen gemacht.«

»O nein.« Der Gedanke versetzte Maggie in Wut. »Ich habe es nicht um ihret*willen*, sondern höchstens ihret*wegen* gemacht. Sobald sie ihre eigene Wohnung hat und du wieder dein eigenes Leben leben kannst, wirst du heiraten und mich mit einem ganzen Haufen von Nichten und Neffen versorgen, hoffe ich.«

»Du könntest eigene Kinder bekommen.«

»Ich will nicht heiraten.« Wie vor der Ankunft ihrer Schwester schloß Maggie die Augen. »O nein. Ich ziehe es vor, zu kommen und zu gehen, wie es mir gefällt, ohne irgend jemandem gegenüber verantwortlich zu sein. Ich werde deine Kinder verwöhnen, und immer, wenn du zu streng mit ihnen bist, kommen sie zu Tante Maggie gerannt.« Sie öffnete ein Auge und sah Brianna an. »Du könntest Murphy heiraten.«

Brianna stieß ein perlendes Lachen aus. »Allein bei dem Gedanken bräche er bestimmt in blankes Entsetzen aus.«

»Er ist immer sehr nett zu dir.«

»Ja, das war er schon als Kind. Er ist ein wunderbarer Mann, und ich liebe ihn wie einen Bruder. Aber er entspricht nicht unbedingt meinem Traum von einem Ehemann.«

»Dann hast du also bereits alles sorgfältig geplant?«

»Ich habe gar nichts geplant«, widersprach Brianna in verlegenem Ton. »Und außerdem kommen wir mit diesem Gespräch vom Thema ab. Ich will nicht, daß du dich von diesem Mr. Sweeney managen läßt, weil du denkst, daß du mir gegenüber in irgendeiner Weise verpflichtet bist. Auch wenn es meiner Meinung nach für dich selbst vielleicht das Beste ist, möchte ich nicht, daß du dich unglücklich machst, weil du denkst, daß ich es bin. Denn ich bin es nicht.«

»Wie oft hat sie in diesem Monat schon verlangt, daß du ihr die Mahlzeiten im Bett servierst?«

»Darüber habe ich nicht Buch geführt.«

»Das solltest du aber tun«, sagte Maggie in erbostem Ton. »Und auf jeden Fall ist es für einen Rückzug jetzt zu spät. Vor einer Woche habe ich die Verträge unterzeichnet, so daß von nun an Rogan Sweeney in seiner Funktion als Geschäftsführer von Worldwide Galeries mein Manager ist. In zwei Wochen ist der Eröffnungstermin meiner Ausstellung in seiner Dubliner Galerie.«

»In zwei Wochen schon.«

»Offenbar gehört er nicht zu der Sorte Mann, die gern Zeit verliert. Komm mit nach Dublin, Brianna«, bat Maggie, wobei sie die Hände ihrer Schwester nahm. »Wir lassen uns von Sweeney ein nobles Hotelzimmer und Essen in teuren Restaurants bezahlen und kaufen irgend etwas Verrücktes, was keine von uns beiden braucht.«

Ein Schaufensterbummel. Essen, das nicht von ihr selbst zubereitet worden war. Ein von jemand anderem gemachtes Bett. Beinahe wäre Brianna schwach geworden, aber nur beinahe. »Ich käme liebend gerne mit, Maggie. Aber du weißt, daß ich sie einfach nicht alleine lassen kann.«

»Himmel, natürlich kannst du das. Ein paar Tage hält sie es ja wohl alleine aus.«

»Ich kann nicht.« Brianna zögerte, doch dann lehnte sie sich müde zurück. »Letzte Woche ist sie gestürzt.«

»Hat sie sich verletzt?« Maggies Griff um die Finger ihrer Schwester verstärkte sich. »Verdammt, Brie, warum hast du mir nichts davon gesagt? Wie ist es passiert?«

»Ich habe dir nichts davon gesagt, weil es keine großartige Sache war. Sie war alleine draußen, während ich oben im Haus mit Aufräumen beschäftigt war. Offenbar hat sie eine Stufe verfehlt und hat sich bei dem Sturz die Hüfte aufgeschürft und die Schulter verrenkt.«

»Hast du Dr. Hogan angerufen?«

»Natürlich habe ich das. Er meinte, wir bräuchten uns keine Sorgen zu machen, sie hätte einfach das Gleichgewicht verloren, mehr nicht. Außerdem meinte er, wenn sie sich mehr bewegen würde, besser essen und so, dann wäre sie auch kräftiger.«

»Das ist ja wohl klar.« Zur Hölle mit dieser Frau, dachte Maggie erbost. Und zur Hölle mit den beständigen, unablässigen Schuldgefühlen, die sie selbst empfand. »Ich wette, nach ihrem schweren Sturz hat sie sich umgehend ins Bett gelegt. Und sich natürlich bis heute nicht erholt.«

Brianna sah ihre Schwester mit einem müden

Lächeln an. »Ich habe sie nicht dazu bewegen können, daß sie auch nur ein einziges Mal probiert, aufzustehen. Sie behauptet, ihr Gleichgewichtssinn wäre gestört, und sie müßte unbedingt zu einem Spezialisten nach Cork.«

»Ha!« Maggie warf den Kopf in den Nacken und blickte mit gerunzelter Stirn zum Himmel auf. »Das ist mal wieder typisch für sie. Einen wehleidigeren Menschen als Maeve Concannon gibt es ja wohl nicht. Und dich läßt sie springen, als ob du eine Marionette wärst, mein liebes Kind.« Sie wies mit dem ausgestreckten Finger auf Brie.

»Das leugne ich ja gar nicht, aber die Fäden zu durchtrennen bringe ich einfach nicht übers Herz.«

»Ich schon.« Maggie stand auf und wischte sich die Knie ab. »Und zwar mit Geld. Das ist es, worauf sie ihr Leben lang versessen war. Sie hat ihm das Leben weiß Gott zur Hölle gemacht, weil ihm ständig das bißchen Geld, das er hatte, durch die Finger rann.« Wie um ihn nachträglich vor dem Zorn ihrer Mutter zu bewahren, ließ sie beschützend die Hand auf dem Grabstein ihres Vaters ruhen.

»Das stimmt, aber er hat ihr das Leben nicht weniger schwergemacht. Zwei Menschen, die weniger zueinander paßten, habe ich nie gesehen. Offenbar stimmt es nicht, daß eine Ehe im Himmel oder in der Hölle geschlossen wird. Manchmal steckt eine Beziehung offenbar für alle Zeit im Fegefeuer fest.«

»Und manchmal scheinen die Menschen zu dumm oder zu selbstgerecht zu sein, um dem Ganzen ein Ende zu machen, indem sie einfach gehen.« Sie strich einmal über den Grabstein, und dann zog sie die Hand zurück. »Wobei mir Narren immer noch lieber als Märtyrer sind. Leg das Geld zur Seite, Brie. Es dauert nicht mehr lange, dann kommt noch mehr dazu. Dafür sorge ich, wenn ich in Dublin bin.«

»Wirst du sie noch besuchen, ehe du fährst?«

»Das werde ich.«

»Ich denke, daß du sie mögen wirst.« Rogan gab einen Löffel Schlagsahne auf sein Gebäck und lächelte seine Großmutter an. »Sie ist eine interessante Frau.«

»Eine interessante Frau, soso.« Christine Rogan Sweeney zog eine ihrer schmalen, weißen Brauen hoch. Sie kannte ihren Enkel so gut, daß sie normalerweise jede noch so kleine Veränderung in seinem Ton oder seiner Miene zu deuten verstand. Was allerdings diese Maggie Concannon betraf, so gab er ihr Rätsel auf. »In welcher Beziehung interessant?«

Das wußte er selbst nicht so genau, so daß er, um Zeit zu gewinnen, in seiner Teetasse zu rühren begann. »Sie ist eine brillante Künstlerin mit einer außergewöhnlichen Sicht, aber sie lebt ganz allein in einem winzigen Cottage in Clare, dessen Einrichtung alles andere als geschmackvoll zu nennen ist. Sie widmet sich ihrer Arbeit mit ganzer Leidenschaft, doch zugleich gibt sie ihr Werk nur widerwillig preis. Sie ist abwechselnd charmant und unhöflich – wobei offenbar beides Teil ihres Wesens ist.«

»Dann scheint sie mir eine recht widersprüchliche Frau zu sein.«

»Allerdings.« Die Sèvres-Tasse in der Hand, den Kopf gegen das Brokatkissen eines antiken Stuhls gelegt, lehnte er sich genüßlich zurück. Im Kamin loderte ein gemütliches Feuer, und er genoß den frischen Duft nach Blumen und Gebäck, der das Zimmer erfüllte.

Die gelegentlichen Teestunden mit seiner Großmutter waren für ihn ein ebensolches Vergnügen wie für sie. Der Frieden und die Ordnung ihres Heims wirkten so beruhigend auf ihn wie ihre beständige Würde und ihre Schönheit, die trotz ihres Alters kaum verblichen war.

Sie war dreiundsiebzig und stolz darauf, zehn Jahre jünger auszusehen. Ihre Haut war alabasterrein. Von Falten durchzogen, ja, aber die sanften Furchen verliehen ihrem Ausdruck eine heitere Gelassenheit. Ihre Augen waren leuchtend blau, und ihr Haar war so weich und so weiß wie der erste Schnee.

Sie hatte einen scharfen Verstand, einen hervorragenden Geschmack, ein großes Herz und einen trockenen, manchmal bissigen Humor. Sie war, wie er schon so oft gesagt hatte, die ideale Frau für ihn – ein Kompliment, das ihr ebensosehr schmeichelte wie es sie sorgenvoll den Kopf schütteln ließ.

Er war nur in einer einzigen Beziehung eine Enttäuschung für sie, und zwar dergestalt, daß er in seinem Privatleben nicht dieselbe Erfüllung wie im Geschäftsleben zu finden schien.

»Wie kommst du mit den Vorbereitungen für die Ausstellung voran?« fragte sie.

»Sehr gut. Obwohl es einfacher wäre, wenn unsere Künstlerin die Güte hätte, hin und wieder mal an ihr verdammtes Telefon zu gehen.« Er winkte ab. »Aber die Teile, die bisher angekommen sind, sind einfach wunderbar. Du mußt unbedingt bald einmal kommen und sie dir selbst ansehen.«

»Das tue ich vielleicht.« Doch in diesem Fall war sie stärker an der Künstlerin als an der Kunst interessiert. »Wie alt, sagtest du, ist sie?«

»Hmmm?«

»Maggie Concannon. Sagtest du nicht, sie wäre noch ziemlich jung?«

»Oh, Mitte Zwanzig vielleicht. Gemessen an der Anzahl ihrer Werke ist sie bestimmt noch sehr jung.«

Himmel, weshalb nur mußte sie ihm jede Information einzeln aus der Nase ziehen? »Und temperamentvoll, ja? Ähnlich wie – wie hieß sie doch gleich? – Miranda Whitfield-Fry, die Frau mit den Metallskulpturen, die immer all den Schmuck und die bunten Tücher trug?«

»Sie ist ganz anders als Miranda.« Gott sei Dank. Mit einem Schauder erinnerte er sich daran, wie unerbittlich er von der Frau verfolgt worden war. »Maggie ist eher der Stiefel-und-Baumwollhemden-Typ. Ihr Haar sieht aus, als säbelte sie selbst hin und wieder mit der Küchenschere daran herum.«

»Dann ist sie also unattraktiv?«

»O nein, sie ist sogar sehr attraktiv – nur eben auf eine ungewöhnliche Art.«

»Männlich?«

»Nein.« Voller Unbehagen erinnerte er sich an den schmerzlichen sexuellen Stich, den er verspürt hatte, als er ihr begegnet war, an ihren sinnlichen Duft, an den schnellen, unfreiwilligen Schauder,

der, als er sie festgehalten hatte, in ihrem Arm spürbar gewesen war. »Weit davon entfernt.«

Aha, dachte Christine. Auf jeden Fall nähme sie sich Zeit, um die Frau zu sehen, die der Grund für die gerunzelte Stirn ihres Enkels war. »Sie scheint faszinierend zu sein.«

»Ja, natürlich, sonst hätte ich wohl kaum einen Vertrag mit ihr gemacht.« Er bemerkte Christines Blick und zog genau wie sie zuvor die Braue hoch. »Aber es geht mir nur ums Geschäft, Großmutter, nur ums Geschäft.«

»Natürlich.« Sie versorgte Rogan mit frischem Tee und sah ihn mit einem Lächeln an. »Und nun erzähl mir, was du sonst so in letzter Zeit getrieben hast.«

Am nächsten Morgen um acht erschien Rogan in der Galerie. Den Vorabend hatte er mit seiner gelegentlichen Begleiterin Patricia zunächst im Theater und dann in einem guten Restaurant verbracht, und wie immer hatte er sich prächtig mit ihr amüsiert. Allerdings sah er die Witwe eines alten Freundes nicht unbedingt als Flirtpartnerin, sondern eher wie eine entfernte Cousine an. Bei Lachs und Champagner hatten sie über das Stück von Eugene O'Neill diskutiert, und dann hatten sie sich mit einem platonischen Kuß auf die

Wange kurz nach Mitternacht voneinander getrennt.

Er war nach Hause gefahren, hatte sich ins Bett gelegt und kein Auge zugetan.

Allerdings war weder Patricias helles Lachen noch ihr dezentes Parfüm der Grund für seine Rastlosigkeit gewesen, sondern die verdammte Frau aus Clare.

Es war nur natürlich, fand er, daß ihn Maggie Concannon beschäftigte, denn schließlich investierte er augenblicklich einen Großteil seiner Zeit und Mühe in die Organisation der ersten Ausstellung ihres Werks. Da war es kein Wunder, wenn er an sie dachte – zumal es so gut wie unmöglich war, daß er sie zu sprechen bekam.

Wegen ihrer offensichtlichen Aversion gegen das Telefon hatte er sie mit regelmäßigen Telegrammen bombardiert, doch bisher hatte sie nur mit einem einzigen kurzen und prägnanten Gegentelegramm darauf reagiert: NÖRGELN SIE NICHT STÄNDIG RUM.

Das muß man sich nur einmal vorstellen, dachte Rogan und öffnete die eleganten Glastüren der Galerie. Da hielt sie ihm allen Ernstes vor, er nörgele wie ein verwöhntes, jammerndes Kind herum. Bei Gott, ihm allein hätte sie es zu verdanken, falls es zu ihrem kometenhaften Aufstieg kam, und sie machte sich noch nicht einmal die Mühe, ans Telefon zu gehen, wenn er es wegen eines vernünftigen Anliegens läuten ließ.

Er war Künstler gewöhnt. Himmel, er hatte es schon oft genug mit ihren Marotten, ihren Unsicherheiten oder ihren oft kindischen Vorstellungen zu tun gehabt. Dies war sein Job, und er war der Ansicht, daß er durchaus geschickt im Umgang mit diesen launischen Gestalten war, aber nie zuvor hatte ihn jemand auf eine Weise wie Maggie Concannon strapaziert.

Er machte die Türen hinter sich zu und atmete die dezent parfümierte Luft in der Eingangshalle ein. Der von seinem Großvater in Auftrag gegebene Bau war mit seinen gotischen Steinmetzarbeiten und seinen elegant geschwungenen marmornen Balustraden bereits ein prachtvolles, erhabenes Kunstwerk für sich, das aus Dutzenden von kleinen und großen, durch breite Bogentüren miteinander verbundenen Räumen bestand. Eine geschwungene Treppe führte in ein zweites Stockwerk hinauf, in dem es einen regelrechten Ballsaal und intime, mit antiken Sofas ausgestattete Nischen gab.

Hier sollte die Ausstellung von Maggies Arbeiten stattfinden. Im Ballsaal würde ein kleines Orchester spielen, und bei dezenter Hintergrundmusik, bei Champagner und Kanapees würden den Gästen die strategisch günstig plazierten Werke präsentiert. Die größeren, verwegeneren Stükke würden mitten im Saal, die kleineren, dezenteren hingegen in den intimen, kleinen Nischen postiert.

Er ging durch die untere Halle in Richtung der Büros, während er die Szene vor seinem geistigen Auge sah und sie verfeinerte. In der Kochnische traf er auf Joseph Donahoe, den Geschäftsführer der Galerie.

»Sie sind früh dran.« Joseph lächelte, und ein goldener Zahn blitzte auf. »Kaffee?«

»Ja, gern. Aber bevor ich an die Arbeit gehe, möchte ich noch sehen, welche Fortschritte oben gemacht worden sind.«

»Ich komme gleich mit.« Obwohl Joseph kaum älter als Rogan war, wurde sein Haupthaar bereits ein wenig dünn, doch den Verlust an Dichte kompensierte er durch einen langen, glatten Pferdeschwanz. Darüber hinaus hatte einmal ein eigenwilliger Poloschläger zum Bruch seiner Nase geführt, so daß diese ein wenig nach links zu streben schien, was ihm trotz seines maßgeschneiderten Anzugs aus einem Atelier in der Savile Row das Aussehen eines Piraten verlieh.

Die Frauen beteten ihn an.

»Sie wirken ein wenig erschöpft.«

»Schlaflosigkeit«, sagte Rogan und nahm seine Tasse schwarzen Kaffee entgegen. »Wurde die gestrige Lieferung schon ausgepackt?«

Joseph fuhr zusammen, als hätte er ihm einen Hieb versetzt. »Die Frage hatte ich befürchtet.« Er hob seine Tasse an den Mund und murmelte beinahe unverständlich in die Flüssigkeit. »Sie ist noch nicht da.«

»Was?«

Joseph rollte die Augen himmelwärts. Er war seit über zehn Jahren bei Rogan angestellt und kannte diesen Ton. »Gestern ist sie nicht mehr eingetroffen, aber ich bin sicher, daß sie heute morgen kommen wird. Deshalb bin ich selbst so früh hier.«

»Was treibt diese Frau? Ich habe ihr doch ganz einfache Anweisungen erteilt. Die letzte Lieferung sollte bis spätestens gestern abend hier eingetroffen sein.«

»Sie ist eine Künstlerin, Rogan. Wahrscheinlich wurde sie von der Muse geküßt und war einfach viel zu sehr in ihre Arbeit vertieft, um die Stükke rechtzeitig abzuschicken. Aber wir haben noch reichlich Zeit.«

»Eine derartige Schlamperei lasse ich nicht zu.« Außer sich vor Zorn schnappte sich Rogan das in der Küche stehende Telefon. Er brauchte gar nicht erst in seinem Adreßbuch nachzusehen, denn durch die häufigen Versuche, Maggie zu erreichen, hatte sich ihm ihre Nummer bereits eingeprägt. Er drückte die entsprechenden Tasten und lauschte dem Klingeln ihres Telefons. Natürlich ging niemand an den Apparat. »Verantwortungsloses Weib.«

Als Rogan den Hörer auf die Gabel warf, steckte sich Joseph eine Zigarette in den Mund. »Wir haben über dreißig Stücke«, sagte er und hielt sein reich verziertes emailliertes Feuerzeug in die Luft. »Das ist selbst ohne diese letzte Lieferung mehr als genug. Und von welcher Qualität ihre Arbeiten sind, Rogan. Selbst ein übersättigter alter Hase wie ich ist wie geblendet, wenn er sie sieht.«

»Darum geht es nicht.«

Joseph zündete die Zigarette an, inhalierte und blies den Rauch in die Luft. »O doch, das finde ich schon.«

»Wir hatten vierzig Arbeiten abgemacht, nicht fünfunddreißig, nicht sechsunddreißig, sondern vierzig. Und bei Gott, ich werde dafür sorgen, daß es bis zum Ausstellungstermin vierzig Stücke sind.«

»Rogan – wo wollen Sie hin?« rief Joseph ihm nach, doch da war sein Arbeitgeber bereits aus dem Raum gestürzt.

»In ihr gottverdammtes Atelier in Clare.«

Joseph zog erneut an seiner Zigarette und hielt wie zum Toast die Kaffeetasse in die Luft. »Na dann, gute Reise und viel Spaß.«

Der Flug war so kurz, daß sich an Rogans übler Laune bei der Landung des Flugzeugs immer noch nichts geändert hatte, und selbst die Tatsache, daß der Himmel leuchtend blau und die Luft von milder Wärme war, änderte nichts daran. Er schlug die Tür seines Mietwagens hinter sich zu, fuhr vom Parkplatz des Flughafens Shannon auf die Straße hinaus, und immer noch verfluchte er Maggie für ihre Nachlässigkeit.

Als er ihr Cottage erreichte, war seine Laune auf dem absoluten Tiefpunkt angelangt.

Die Frau hatte wirklich Nerven, dachte er und stapfte den Weg zu ihrer Haustür hinauf. Zerrte ihn einfach so mir nichts dir nichts von seiner Arbeit und seinen Verpflichtungen fort. Meinte sie etwa, sie wäre die einzige Künstlerin, die für ihn tätig war?

Er hämmerte gegen die Tür, bis seine Faust zu pochen begann, und als sich nichts rührte, warf er sein normalerweise gutes Benehmen über Bord und trat ungebeten ein. »Maggie!« rief er und sah sich in Wohnzimmer und Küche um. »Zur Hölle mit Ihnen.« Ohne stehenzubleiben, stürmte er durch die Hintertür in Richtung ihres Ateliers.

Er hätte wissen müssen, daß sie dort zu finden war.

Sie blickte von einer der Arbeitsbänke und einem Berg zerfetzten Papiers zu ihm auf. »Gut, daß Sie kommen. Ein bißchen Hilfe ist jetzt gar nicht schlecht.«

»Weshalb in aller Welt gehen Sie eigentlich nie an Ihr verdammtes Telefon? Weshalb haben Sie das Ding überhaupt, wenn Sie es doch nur ignorieren?«

»Das habe ich mich auch schon oft gefragt. Ach, seien Sie doch so nett und geben Sie mir den Hammer, der da drüben liegt.«

Er nahm das Werkzeug von der Bank und wog es einen Augenblick in der Hand, als überlege er, daß es eine durchaus geeignete Waffe war. »Wo zum Teufel ist meine Lieferung?«

»Hier.« Sie fuhr sich mit der Hand durch das zerzauste Haar, ehe sie nach dem Hammer griff. »Ich packe sie gerade ein.«

»Sie sollte gestern in Dublin sein.«

»Nun, das konnte sie schlecht, denn wie Sie sehen, habe ich sie bisher noch nicht abgeschickt.« Mit schnellen, geübten Bewegungen trieb sie ein paar Nägel in die Kiste, die vor ihr auf dem Boden stand. »Und falls Sie den ganzen weiten Weg gekommen sind, nur weil Sie wissen wollten, wo die letzten Teile sind, dann haben Sie offenbar nicht allzuviel zu tun.«

Er zerrte sie vom Boden und drückte sie mit einer solchen Wucht auf die Arbeitsbank, daß sie den Hammer fallen ließ. Ehe sie jedoch Luft holen konnte, um ihm ins Gesicht zu spucken, umfaßte er ihr Kinn und zwang sie, ihn anzusehen.

»Ich habe mehr als genug zu tun«, sagte er in gefährlich leisem Ton. »Und einer Verrückten ohne jeden Verstand und jedes Verantwortungsgefühl hinterherzulaufen, damit sie keinen Unsinn verzapft, gehört nicht dazu. Die Arbeitspläne der Angestellten in meiner Galerie sind genauestens durchdacht. Warum also haben Sie nicht einfach meine Anweisungen befolgt und die verdammten Stücke pünktlich abgeschickt?«

Sie schlug seine Hand von ihrem Kinn. »Die Arbeitspläne Ihrer Angestellten sind mir scheißegal. Mit mir haben Sie keine verdammte Angestellte engagiert, Sweeney, sondern eine Künstlerin.«

»Und welches künstlerische Vorhaben hat Sie davon abgehalten, eine derart einfache Anweisung zu befolgen, wenn ich fragen darf?«

Sie zögerte und überlegte, ob sie ihn schlagen

sollte, doch dann streckte sie die Hand aus und sagte einfach: »Das.«

Er blickte über die Schulter zurück und erstarrte. Nur die blinde Wut hatte ihn daran hindern können, das Gebilde gleich beim Betreten des Ateliers zu sehen.

Die Skulptur stand am anderen Ende des Raums, beinahe einen Meter hoch, blutig rot, eine verzerrte und gleichzeitig sinnliche Form. Ein Gewirr aus Gliedmaßen, dachte er, schamlos in seiner Sexualität, wunderschön in seiner Menschlichkeit. Er trat näher, um sich das Werk aus einem anderen Winkel anzusehen.

Beinahe, beinahe hätte er Gesichter erkannt. Sie schienen mit der Phantasie zu verschmelzen und ließen beim Betrachter nur das Gefühl vollkommener Erfüllung zurück. Es war unmöglich zu erkennen, wo eine Form endete und die andere begann, so vollständig, so perfekt war ihre Vereinigung.

Es war, dachte er, eine Huldigung des menschlichen Geistes und animalischer Sexualität. »Wie nennen Sie es?«

»Unterwerfung.« Sie sah ihn mit einem Lächeln an. »Offenbar haben Sie mich dazu inspiriert.« Von frischer Energie erfüllt sprang sie von der Bank. Ihr war schwindlig, und es war ein wunder-

bares Gefühl. »Es hat eine Ewigkeit gedauert, bis die Mischung der Farben richtig war. Sie glauben gar nicht, wie oft ich alles wieder eingeschmolzen und wieviel ich weggeworfen habe, bis es mir endlich gefiel.« Sie lachte, griff erneut nach dem Hammer und trieb einen weiteren Nagel in das Kistenholz. »Ich weiß nicht, wann ich zum letzten Mal geschlafen habe. Vor zwei, drei Tagen vielleicht.« Wieder lachte sie, wobei sie sich mit den Händen durch das wirre Haar fuhr. »Und ich bin kein bißchen müde. Es ist einfach ein unglaubliches Gefühl. Ich bin voller verzweifelter Energie, und wären Sie nicht aufgetaucht, hätte ich ewig weitergemacht.«

»Es ist einfach wunderbar.«

»Es ist das Beste, was ich je gemacht habe.« Sie studierte ihr Meisterwerk und klopfte sich nachdenklich mit dem Hammer auf die Hand. »Wahrscheinlich das Beste, was ich je machen werde.«

»Ich bestelle sofort eine Kiste.« Er warf einen Blick über die Schulter zurück und sah sie an. Sie war kreidebleich, auch wenn ihr überdrehter Körper ihre Müdigkeit noch nicht zu spüren schien. »Und ich kümmere mich persönlich darum, daß mit der Lieferung alles in Ordnung geht.«

»Ich wollte gerade eine passende Kiste bauen. Das geht ganz schnell.«

»Wer's glaubt.«

»Und ob Sie das glauben können.« Sie war so gut gelaunt, daß sie sich einfach nicht beleidigen ließ. »Und es ginge schneller, als wenn Sie den Bau einer passenden Kiste woanders in Auftrag geben würden. Ich kenne die erforderlichen Maße ganz genau.«

»Wie lange brauchen Sie?«

»Eine Stunde vielleicht.«

Er nickte. »Dann schwinge ich mich währenddessen ans Telefon und bestelle einen LKW. Ich nehme doch an, daß Ihr Telefon funktioniert.«

»Ein gewisser Sarkasmus steht Ihnen« – mit leisem Lachen trat sie neben ihn – »genau wie Ihre tadellose Krawatte gar nicht so schlecht.«

Ehe einer von ihnen beiden nachdenken konnte, hatte sie seine Krawatte gepackt und seinen Kopf in ihre Richtung gezerrt. Ihre warmen Lippen berührten seinen Mund, was ihn in derartiges Erstaunen versetzte, daß er reglos stehenblieb. Ihre freie Hand fuhr in sein Haar, und sie schob sich dicht an seinen Leib. Dann trat sie ebenso schnell, wie sie sich ihm genähert hatte, einen Schritt zurück.

»Mir war einfach danach«, sagte sie und lächelte ihn an. Ihr Herz raste wie ein verschrecktes Kaninchen in ihrer Brust, aber darüber dächte sie besser erst später nach. »Schreiben Sie es einfach dem Schlafmangel oder irgendwelchen unverbrauchten Energien zu. Und jetzt…«

Ehe sie sich abwenden konnte, packte er ihren Arm. So leicht würde sie ihm nicht davonkommen. So leicht lähmte sie ihn nicht, nur, um den Überfall anschließend mit einem Schulterzucken abzutun.

»Vielleicht ist mir ja ebenfalls einfach danach«, murmelte er, und als er sie an sich zog, meinte er, in ihren Augen Argwohn und Überraschung zu sehen. Statt sich zu wehren, bedachte sie ihn allerdings, als er sie zu küssen begann, mit einem geradezu amüsierten Blick.

Wobei die Belustigung in der Weichheit, Süße und Üppigkeit des Kusses bald unterging. So unerwartet wie der Duft einer Rosenblüte kühlte, besänftigte und erregte er sie, und verwundert vernahm sie, wie ein Geräusch, das ein halbes Wimmern und ein halber Seufzer war, aus ihrer Kehle drang.

Selbst als der leise, hilflose und gleichzeitig betörende Laut ein zweites Mal ertönte, löste sie sich nicht von ihm. O nein. Sein Mund war einfach zu clever, zu sanft und zugleich zu überzeugend, als daß ihr das gelang. Sie öffnete sich ihm und nahm ihn zugleich begierig in sich auf.

Es war, als löse sie sich unter seiner Berührung langsam, ganz langsam auf. Der erste Hitzesturm hatte sich gelegt, und statt zu verbrennen, wurde Rogan von einer niedrigen, doch beständigen inneren Flamme gewärmt. Er vergaß, daß er herausgefordert worden und wütend gewesen war, wußte nur noch, daß er sich lebendiger fühlte als je zuvor.

Sie schmeckte dunkel und gefährlich, und sein Mund war voll von ihr. Er dachte daran, sie zu nehmen, zu erobern, zu vergewaltigen. Der zivilisierte Mann in ihm, der gemäß einem strengen Ehrenkodex erzogen worden war, trat entsetzt einen Schritt zurück.

Ihr schwindelte, und als ihre Knie nachgaben, stützte sie sich eilig auf die Arbeitsbank. Ein langer Atemzug und dann ein zweiter, und sie sah wieder klar. Sah, daß er sie anstarrte, wobei in seinen Augen eine Mischung aus Begierde und Entsetzen zu lesen war.

»Nun«, stieß sie hervor. »Auf alle Fälle ist es eine Überlegung wert.«

Es wäre närrisch, sich für seine Gedanken zu entschuldigen, dachte Rogan. Lächerlich, sich Vorwürfe zu machen, weil seine Phantasie lebhafte erotische Bilder gezeichnet hatte, in denen er sie zu Boden warf und ihr Hemd und Hose vom Körper riß. Er hatte nichts Derartiges getan. Er hatte sie lediglich geküßt.

Am einfachsten wäre es natürlich, er gäbe ihr die Schuld daran.

»Unsere Beziehung ist rein geschäftlicher Natur«, setzte er mit angespannter Stimme an. »Und es wäre unvernünftig und vielleicht sogar von Nachteil, wenn wir zuließen, daß an diesem Punkt etwas dazwischenkommt.«

Sie wippte auf den Absätzen und sah ihn fragend an. »Miteinander zu schlafen brächte uns also aus dem Konzept?«

Sie schaffte es allen Ernstes, ihm das Gefühl zu vermitteln, wie ein Trottel dazustehen. Und vor allem, ein Verlangen in ihm zu wecken, das stärker war als er. »Wir sollten uns darauf konzentrieren, daß Ihre Ausstellung so gut wie möglich vorbereitet wird.«

»Hmmm.« Unter dem Vorwand, die Arbeitsplatte aufzuräumen, wandte sie sich ab. In Wahrheit jedoch brauchte sie einfach einen Augenblick, damit sie wieder zur Besinnung kam. Sie ging bestimmt nicht wahllos mit jedem Mann, den sie halbwegs anziehend fand, ins Bett, aber sie sah sich selbst als unabhängige, freie, gescheite Frau, der die sorgsame Auswahl ihrer Liebhaber offenstand.

Und nun erkannte sie, daß ihre Wahl offenbar auf den ihr gegenüberstehenden Rogan Sweeney gefallen war.

»Warum haben Sie mich geküßt?«

»Sie haben mich verärgert.«

Ihr breiter, voller Mund wurde von einem ironischen Lächeln umspielt. »Da das eine meiner Hauptbeschäftigungen zu sein scheint, bringen wir wohl von nun an ziemlich viel Zeit mit Küssen zu.«

»Das ist eine Frage der Selbstbeherrschung.« Er wußte, daß er steif und spröde klang, und er haßte sie dafür.

»Ich bin sicher, davon haben Sie mehr als genug. Ich allerdings nicht.« Sie warf den Kopf in den Nacken und kreuzte die Arme vor der Brust. »Wenn ich zu dem Schluß komme, daß ich Sie will, was werden Sie dann tun? Kämpfen wie ein Löwe, damit es nicht soweit kommt?«

»Ich bezweifle, daß es soweit kommt.« Die Vorstellung rief gleichzeitig eine gewisse Belustigung und ehrliche Verzweiflung in ihm wach. »Wir müssen uns beide auf die Ausstellung konzentrieren. Sie könnte der Wendepunkt in Ihrer Karriere sein.«

»Ja.« Es wäre vernünftig, nicht zu vergessen, worum es ging, dachte sie. »Also nutzen wir einander zunächst nur im geschäftlichen Bereich.«

»Wir *fördern* einander im geschäftlichen Bereich«, verbesserte er. Himmel, er brauchte frische Luft. »Und jetzt gehe ich los und bestelle den LKW.«

»Ich würde gerne mitkommen«, rief sie ihm hinterher.

»Nach Dublin? Jetzt?«

»Ja. Bis der LKW kommt, kann ich fertig sein. Und dann muß ich nur noch kurz bei meiner Schwester vorbei.« Sie hielt tatsächlich Wort, und als der LKW mit der wertvollen Fracht um die Ekke entschwand, war ihr Gepäck bereits im Kofferraum von Rogans Mietwagen verstaut.

»Ich brauche nur zehn Minuten«, sagte sie, als Rogan sie zum Haus ihrer Schwester fuhr. »Ich bin sicher, daß Brie eine Tasse frischen Tee oder Kaffee für Sie hat.«

»In Ordnung.« Er brachte den Wagen zum Stehen und ging mit Maggie die Einfahrt zum Blackthorn Cottage hinauf.

Statt zu klopfen, trat sie einfach ein und ging direkt in die Küche, die im hinteren Teil des Häuschens lag. Eine weiße Schürze vorgebunden und die Hände voller Mehl, stand Brianna am Küchentisch.

»Oh, Mr. Sweeney, hallo. Maggie. Ihr müßt das Durcheinander entschuldigen. Wir haben Gäste, und ich mache Pasteten fürs Abendbrot.«

»Ich fahre nach Dublin.«

»Heute schon?« Brianna griff nach einem Geschirrtuch und wischte sich die Hände ab. »Ich dachte, die Ausstellung finge erst nächste Woche an.«

»Tut sie auch, aber ich fahre lieber jetzt schon hin. Ist sie in ihrem Zimmer?«

Briannas freundliches Lächeln wirkte ein wenig angespannt. »Ja. Warte, ich gehe rüber und sage ihr, daß du gekommen bist.«

»Das sage ich ihr schon selbst. Vielleicht schenkst du Rogan solange einen Kaffee ein?«

»Aber natürlich.« Sie sah ihrer Schwester ängstlich hinterher, als diese von der Küche in das angrenzende Appartement ging. »Machen Sie es sich ruhig schon im Wohnzimmer bequem, Mr. Sweeney. Ich bringe Ihnen den Kaffee, sobald er fertig ist.«

»Machen Sie sich bitte keine Mühe.« Seine Neugier war geweckt. »Wenn es Sie nicht stört, trinke ich ihn einfach hier.« Er sah sie mit einem freundlichen Lächeln an. »Und bitte sagen Sie doch einfach Rogan zu mir.«

»Wenn ich mich recht entsinne, trinken Sie Ihren Kaffee schwarz, nicht wahr?«

»Sie haben ein gutes Gedächtnis.« Und Sie sind das reinste Nervenbündel, dachte er, während er beobachtete, wie Brianna nach Tasse und Untertasse griff.

»Ich versuche, mir die Vorlieben meiner Gäste zu merken. Möchten Sie vielleicht ein Stück Kuchen? Ich habe gestern einen Schokoladenkuchen gemacht.«

»Die Erinnerung an Ihre Kochkünste macht es mir schwer, nein zu sagen.« Er setzte sich an den blank geschrubbten Tisch. »Und Sie machen tatsächlich alles selbst?«

»Ja, ich…« Eine erhobene Stimme drang an ihr Ohr, und sie sah ihn verlegen an. »Ja. Ich habe den Kamin im Wohnzimmer angemacht. Sind Sie sicher, daß es dort drüben nicht vielleicht doch gemütlicher ist?«

Die Stimmen im Nebenraum wurden lauter, und Brianna war anzusehen, wie verlegen sie deswegen war. Rogan jedoch hob vollkommen ungerührt seine Tasse an den Mund. »Und, wen schreit sie nun wieder an?«

Brianna setzte ein Lächeln auf. »Unsere Mutter. Die beiden kommen nicht allzugut miteinander zurecht.«

»Kommt Maggie überhaupt mit irgend jemandem zurecht?«

»Nur wenn sie will. Sie hat ein wunderbares, großes Herz, auch wenn sie es sehr gut zu verbergen versteht.« Brianna stieß einen Seufzer aus. Wenn Rogan wegen des Geschreis nicht in Verlegenheit geriet, dann konnte es ihr ebenfalls egal sein. »Und jetzt schneide ich Ihnen ein Stück Kuchen ab.«

»Genau wie dein Vater. Du änderst dich nie.« Maeve starrte ihre älteste Tochter mit zusammengekniffenen Augen an.

»Wenn du dir einbildest, daß das eine Beleidigung ist, dann irrst du dich.«

Maeve schnaubte erbost und strich die spitzenbesetzten Ärmel ihres Nachthemds glatt. Die Jahre und die eigene Unzufriedenheit hatten ihrem Gesicht seine ursprüngliche Schönheit geraubt, und nun war es aufgedunsen und bleich, der schmale Mund war von tiefen Falten umrahmt, und ihr einst goldenes, doch inzwischen graues Haar hatte sie gnadenlos zu einem festen Knoten zusammengesteckt.

In einer Hand die Bibel, in der anderen eine Schachtel Konfekt, saß sie gegen einen Berg von Kissen gelehnt. Das Fernsehen am anderen Ende des Zimmers strahlte tonlose Bilder aus.

»Du fährst also nach Dublin, ja? Brianna hat mir bereits erzählt, daß du verreisen willst. Nun, ich hoffe nur, daß du nicht allzuviel Geld zum Fenster rauswerfen wirst.«

»Es ist mein Geld.«

»Oh, das ist mir klar. Schließlich erinnerst du mich oft genug daran.« Verbittert richtete Maeve sich auf. Ihr Leben lang hatte immer jemand anderes das Geld in den Händen gehabt, erst ihre Eltern, dann ihr Mann und nun, was am schlimmsten war, ihr eigenes Kind. »Wenn ich daran denke, wieviel er für dich verschwendet hat. Hat dir teures Glas gekauft, dich ins Ausland geschickt. Und wozu? Damit du die Künstlerin spielen und dich uns anderen überlegen fühlen kannst.«

»Er hat nichts für mich verschwendet. Er hat mir die Chance gegeben, etwas zu lernen.«

»Während ich auf dem Hof bleiben und mich krummlegen mußte, damit für uns andere wenigstens etwas zum Essen in der Speisekammer war.«

»Du hast dich in deinem ganzen Leben nicht einen einzigen Tag krummgelegt. Es war Brianna, die sämtliche Arbeiten verrichtet hat, während du mit einem Wehwehchen nach dem anderen im Bett geblieben bist.«

»Meinst du etwa, es gefiele mir, derart anfällig zu sein?«

»Allerdings. Ich meine sogar, daß du es in vollen Zügen genießt.«

»Es ist nun mal das Kreuz, das ich tragen muß.« Maeve griff nach der Bibel und drückte sie wie ein

Schutzschild an ihre Brust. Sie hatte für ihre Sünde bezahlt, dachte sie. Sie hatte hundertfach dafür bezahlt. Doch auch wenn ihr vergeben worden war, so empfand sie bei diesem Gedanken keinen Trost. »Nicht genug, daß ich mit einer undankbaren Tochter gestraft worden bin.«

»Wofür sollte ich dir denn dankbar sein? Dafür, daß du dich jeden Tag deines Lebens über alles und jeden beschwerst? Dafür, daß du deine Unzufriedenheit mit meinem Vater und deine Enttäuschung über mich mit jedem Wort und jedem Blick zum Ausdruck bringst?«

»Ich habe dich geboren!« schrie Maeve erbost. »Um ein Haar hätte ich dein Leben mit dem meinen bezahlt. Und nur weil ich dich in mir trug, habe ich einen Mann geheiratet, mit dem mich keine Liebe verband. Ich habe dir alles geopfert, was mir jemals wichtig war.«

»Was hast du denn alles geopfert?« fragte Maggie in erschöpftem Ton. »Was hast du geopfert, was dir vorher so wichtig war?«

Maeve hüllte sich in einen Mantel aus verbittertem Zorn und Stolz. »Mehr, als du je erfahren wirst. Und dafür wurde ich mit Kindern, die mich nicht lieben, gestraft.«

»Denkst du, weil du schwanger geworden bist und geheiratet hast, um mir einen Namen zu geben, müßte ich alles andere, alles, was du mir je angetan oder mir niemals gegeben hast, übersehen?« Du hast mich nie auch nur im geringsten geliebt, dachte Maggie, doch gnadenlos ignorierte sie den daraus resultierenden Schmerz. »Du hast damals die Beine breit gemacht, Mutter, nicht ich. Ich war nur das Ergebnis, nicht die Ursache deines Zusammenseins mit Dad.«

»Wie kannst du es nur wagen, so mit mir zu reden?« Mit vor Zorn puterrotem Kopf krallte sich Maeve zornig an der Bettdecke fest. »Aber du hast ja noch nie auch nur den geringsten Respekt, die geringste Freundlichkeit oder das geringste Mitgefühl gehabt.«

»Nein.« Maggies Augen brannten, und ihre Stimme klang wie ein Peitschenhieb. »Aber diesen Mangel habe ich von dir geerbt. Und heute bin ich nur gekommen, um dir zu sagen, daß du Brianna, solange ich fort bin, in Ruhe lassen wirst. Wenn ich merkte, daß du sie drangsalierst, bekommst du von mir keinen Penny mehr.«

»Du würdest mich verhungern lassen?«

Maggie beugte sich vor und klopfte auf die Schachtel mit dem Konfekt. »O ja. Da kannst du dir sicher sein.«

»Schon in der Bibel steht, daß du Vater und Mutter ehren sollst.« Maeve hielt das Buch eng an sich gepreßt. »Wenn du das nicht tust, übertrittst du eins der Gebote, Margaret Mary, wofür deine Seele in die Hölle kommen wird.«

»Lieber gebe ich meinen Platz im Himmel auf, als hier auf Erden eine Heuchlerin zu sein.«

»Margaret Mary!« kreischte Maeve, als sich Maggie umdrehte, um zu gehen. »Aus dir wird nie etwas Vernünftiges werden. Dafür bist du zu sehr wie er. Gott hat dich verdammt, Maggie, weil du außerhalb des Sakraments der Ehe empfangen worden bist.«

»In diesem Haus habe ich die Ehe nie als Sakrament gesehen«, gab Maggie erbost zurück. »Mir wurde immer nur die leidvolle Seite gezeigt. Und wenn bei meiner Empfängnis jemand gesündigt hat, dann bestimmt nicht ich.«

Sie warf die Tür hinter sich ins Schloß und lehnte sich einen Moment müde gegen die Wand.

Es war doch immer dasselbe, dachte sie. Sie konnten einfach nicht zusammensein, ohne daß es zu lautstarken gegenseitigen Beleidigungen kam. Seit sie zwölf war, wußte sie, weshalb ihre Mutter sie nicht mochte, weshalb sie ihr ein solcher Dorn im Auge war. Ihre bloße Existenz war der Grund dafür, daß Maeves Traum vom Leben der harten Realität gewichen war.

Einer lieblosen Ehe, einem Siebenmonatskind

und einer Farm, auf der es noch nicht einmal einen Farmer gab.

Diese Dinge hatte ihre Mutter ihr vorgehalten, als sie in die Pubertät gekommen war.

Und dies hatten sie einander nie verziehen.

Sie straffte die Schultern und marschierte in die Küche zurück. In ihrem bleichen Gesicht schienen ihre Augen noch immer zornig zu lodern. Sie trat neben ihre Schwester, gab ihr einen Kuß auf die Wange und wandte sich zum Gehen.

»Ich rufe dich aus Dublin an.«

»Maggie.« Es gab zu vieles zu sagen und zugleich auch wieder nichts, so daß Brianna wortlos nach ihren Händen griff. »Ich wünschte, ich könnte dich begleiten, damit du nicht alleine bist.«

»Wenn du wirklich wolltest, könntest du. Rogan, sind Sie bereit?«

»Ja.« Er erhob sich von seinem Platz am Küchentisch. »Auf Wiedersehen, Brianna. Und vielen Dank.«

»Ich bringe euch noch zur…« Doch als ihre Mutter rief, unterbrach Brianna sich.

»Geh ruhig zu ihr«, sagte Maggie, ehe sie eilig das Haus verließ. Als sie zornig an der Beifahrertür des Mietwagens zu zerren begann, trat Rogan hinter sie.

»Ist alles in Ordnung?« fragte er.

»Nein, aber ich möchte nicht darüber reden«, erwiderte sie, zerrte erneut an der Wagentür und kletterte hinein.

Er ging eilig auf die andere Seite und schob sich auf den Fahrersitz. »Maggie…«

»Sagen Sie nichts. Kein Wort. Nichts, was Sie tun oder sagen könnten, würde etwas an einer Situation ändern, die schon immer so gewesen ist. Wenn Sie mir einen großen Gefallen tun wollen, fahren Sie einfach los.« Bei den letzten Worten brach sie in leidenschaftliche, verbitterte Tränen aus, während er sich zwischen dem Bedürfnis, ihr beizustehen, und dem Wunsch, ihrer Bitte nachzukommen, hin- und hergerissen fühlte.

Am Ende setzte er den Wagen in Gang, doch zumindest nahm er tröstend ihre Hand. Kurz bevor sie den Flughafen erreichten, ebbten ihre Schluchzer schließlich ab, und ihre starren Finger wurden schlaff. Er sah zu ihr hinüber und stellte fest, daß sie eingeschlafen war.

Sie wurde nicht wach, als er sie ins firmeneigene Flugzeug und zu einem der Sitze trug, und auch während des Fluges schlug sie nicht ein einziges Mal die Augen auf.

Er sah sie an und fragte sich, was für ein Mensch sie war.

6. Kapitel

Maggie erwachte in vollkommener Dunkelheit, und das einzige, was sie während der ersten schlaftrunkenen Minuten mit Sicherheit wußte, war, daß sie sich nicht in ihrem eigenen Bett befand. Der Geruch der Laken, die Textur des Stoffs waren ihr fremd. Auch wenn sie für gewöhnlich nicht in feinstem Leinen schlief, erkannte sie doch das edle Material und bemerkte den schwachen, beruhigenden Duft von Verbena, der in dem Kissen hing, in das sie ihr Gesicht vergraben hatte.

Mit einem Mal kam ihr ein höchst unangenehmer Gedanke, und sie fuhr vorsichtig mit einer Hand über das Bett, um sicherzugehen, daß sie alleine war. Sie schwamm in einem regelrechten See aus glatten Laken und gemütlichen Decken, doch Gott sei Dank schien sie in diesem See keine Gesellschaft zu haben. Aufatmend rollte sie in die Mitte des Betts.

Das letzte, woran sie sich erinnerte, war, daß sie auf dem Beifahrersitz von Rogans Mietwagen in Tränen ausgebrochen und hinterher so leer gewesen war wie ein abgebrochenes Schilfrohr, das einen Bach hinuntertrieb. Aber offenbar hatte ihr das Weinen gutgetan, denn sie fühlte sich wesentlich besser als zuvor – gefestigt, gereinigt und erholt.

Der Gedanke, noch länger in der sanften Dunkelheit den Luxus der weichen, duftigen Kissen zu genießen, war verführerisch, aber sie beschloß, daß es besser wäre herauszufinden, wo sie sich befand und wie sie hierhergekommen war. Sie glitt mit der Hand über den Rand des Bettes hinaus, ertastete das weiche Holz eines Nachtschränkchens, fand eine Lampe und drehte sie an.

Das gedämpfte Licht verlieh dem großen Schlafzimmer mit der Kassettendecke, der feinen Rosenknospentapete und dem massiven Bett einen warmen, goldenen Glanz.

Noch nie hatte sie ein solches Zimmer mit einem derart königlichen Bett bewohnt, dachte sie, und ein Lächeln umspielte ihren Mund. Zu schade, daß sie zu müde gewesen war, um die Umgebung in der Weise zu würdigen, die ihr angemessen erschien.

Der Kamin am anderen Ende des Raums war blitzblank geschrubbt, und die ordentlich geschichteten Holzscheite verhießen prasselnde Gemütlichkeit. Langstielige pinkfarbene Rosen standen frisch wie ein Sommermorgen in einer Waterford Kristallvase auf einem majestätischen Ankleidetisch, auf dem ansonsten neben hübschen, bunten Fläschchen mit ausgefallenen Verschlüssen nur noch eine silberne Bürste lag.

Der Spiegel über dem Tisch zeigte Maggie, wie sie mit schweren Lidern auf den zerwühlten Laken lag.

Du wirkst ein bißchen fehl am Platz, mein Mädchen, dachte sie, während sie grinsend am Ärmel ihres Baumwollnachthemds zog. Irgend jemand hatte es ihr vernünftigerweise übergestreift, ehe sie auf dem königlichen Bett abgelegt worden war.

Ein Mädchen vielleicht, oder Rogan selbst. Doch eigentlich war es egal, überlegte sie, denn es war nun einmal geschehen, und auf jeden Fall hatte sie davon profitiert. Ihre Garderobe hatte man höchstwahrscheinlich in den mit Schnitzwerk verzierten Rosenholzschrank gehängt. Wo sie ebenso fehl am Platz war wie sie selbst in dem prächtigen See aus glattem Leinenstoff. Sie kicherte vergnügt.

Falls sie sich in einem Hotel befand, dann war es auf jeden Fall das eleganteste Hotel, in dem sie je zu Gast gewesen war. Sie schob sich aus dem Bett und stolperte über einen weichen Teppich zur nächstgelegenen Tür.

Das Bad war ebenso üppig wie das Schlafzimmer, ganz mit schimmernden rosen- und elfenbeinfarbenen Fliesen ausgelegt, mit einer riesigen Wanne und einer separaten Dusche aus wellengemustertem Glas versehen. Mit einem gierigen Seufzer streifte sie ihr Nachthemd ab und drehte das Wasser auf.

Es war himmlisch – das heiße Wasser prasselte auf ihren Nacken und ihre Schultern und entspannte sie, wie es sonst nur eine kunstvolle Massage tat. Dies war etwas gänzlich anderes als das zaghafte Tröpfeln, mit dem das Wasser aus ihrer eigenen Dusche zu Hause rann. Die Seife duftete nach Zitrone und glitt wie Seide über ihre Haut.

Belustigt stellte sie fest, daß die Ablage neben den muschelförmigen, pinkfarbenen Waschbekken ihre eigenen bescheidenen Toilettenartikel enthielt. Ihr Kleid hing auf einem Messinghaken neben der Tür.

Nun, irgend jemand kümmerte sich um sic, und im Augenblick fiel ihr tatsächlich kein Grund zur Beschwerde ein.

Nach dampfenden fünfzehn Minuten griff sie nach einem der dicken Handtücher auf dem Wärmestab. Es war groß genug, daß es sie von der Brust bis zu den Waden einhüllte.

Sie kämmte sich das nasse Haar aus dem Gesicht, trug die in einem Kristalltiegel enthaltene Creme auf und tauschte das Handtuch gegen ihren ramponierten Bademantel.

Barfuß und neugierig machte sie sich daran zu erforschen, wo sie sich befand.

Ihre Zimmertür führte in einen langen, breiten Korridor hinaus. Sanfte Lichter warfen Schatten auf den schimmernden Boden und den prächtigen roten Läufer, in dem man regelrecht versank. Sie vernahm nicht das leiseste Geräusch, als sie in Richtung der Treppe ging, die sich sowohl in ein tiefer gelegenes Stockwerk als auch in eine höher gelegene Etage schwang. Sie entschied sich dafür, nach unten zu gehen, wobei sie ihre Finger bewundernd über das blankpolierte Geländer gleiten ließ.

Ganz offensichtlich war sie nicht Gast in irgendeinem luxuriösen Hotel, sondern in einem privaten Haus. Wahrscheinlich Rogans Haus, überlegte sie mit einem neidischen Blick auf die im Flur und in der Haupthalle dezent zur Schau gestellte Kunst. Der Mann hatte tatsächlich einen van Gogh und einen Matisse.

Sie fand den vorderen Salon, dessen breite Fensterreihe der milden Nachtluft offenstand und auf dessen in gemütlichen Gruppen arrangierten Sesseln und Sofas es sich bestimmt nett sitzen und plaudern ließ. Auf der gegenüberliegenden Seite der Eingangshalle lag, was ihrer Meinung nach wohl das Musikzimmer zu nennen war, denn die wichtigsten Möbelstücke schienen ein prachtvolles Klavier und eine vergoldete Harfe zu sein.

Es war alles wunderschön, und es gab so viele Kunstwerke zu sehen, daß sich allein mit ihrer eingehenden Betrachtung bestimmt eine Woche verbringen ließ. Doch im Augenblick hatte Maggie andere Dinge zu tun.

Sie überlegte, wie lange sie wohl würde suchen müssen, bis sie die Küche fand.

Das Licht, das durch einen Türspalt in die Halle drang, lockte sie an. Als sie in das betreffende Zimmer sah, entdeckte sie Rogan, der hinter ordentlichen Papierstapeln an seinem Schreibtisch saß. Offenbar hatte sie sein Arbeitszimmer entdeckt. Der Raum war in zwei Ebenen unterteilt, wobei auf der unteren Ebene sein Schreibtisch stand und man über ein paar Stufen zu einer kleinen Sitzgruppe kam. An den Wänden waren Bücher aufgereiht.

Außer von Büchern war der Raum vom Geruch von Leder und Bienenwachs erfüllt, und das dunkle Holz und das warme Burgunderrot, in dem alles gehalten war, paßte ebensogut zu dem Mann wie zu all der Literatur.

Sie beobachtete ihn, denn die Art, in der er die vor ihm liegende Seite überflog und sich schnell und entschlossen Notizen zu machen schien, interessierte sie. Zum ersten Mal, seit sie einander kennengelernt hatten, sah sie ihn ohne Anzugjacke oder Schlips. Bestimmt hatte er diese Kleidungsstücke auch heute getragen, dachte sie, aber jetzt hatte er den Kragen seines Hemdes aufgeknöpft und die Ärmel bis zu den Ellbogen hochgerollt.

Sein dunkel schimmerndes Haar war ein wenig zerzaust, als hätte er es sich während der Arbeit ungeduldig gerauft, und auch jetzt fuhr er sich mit den Fingern über den Kopf und runzelte leicht die Stirn.

Er war ganz in seine Arbeit vertieft, und er legte sowohl bei der Lektüre als auch bei der Erstellung seiner Notizen einen beständigen, unerschütterlichen, auf eigenartige Weise faszinierenden Rhythmus an den Tag.

Offenbar war er nicht der Typ, der seine Gedanken abschweifen ließ, dachte sie. Was auch immer er tat, tat er sicher so konzentriert und so gut es ihm möglich war.

Rogan las die nächste Klausel des Vertragsentwurfs und runzelte erneut die Stirn. Die Formulierung war nicht ganz richtig. Eine kleine Änderung … Er machte eine Pause, dachte nach, strich einen der Sätze durch und formulierte ihn neu. Die Erweiterung seiner Fabrik in Limerick war von größter Bedeutung für seine Pläne, und es war unbedingt erforderlich, daß er sie noch vor Ablauf des Jahres durchbekam.

Hunderte von Stellen würden geschaffen, und durch den gleichzeitig von einer Worldwide-Tochtergesellschaft realisierten Bau billiger Wohnungen bekämen Hunderte von Familien ein neues Zuhause.

Beide Geschäftszweige hätten direkt miteinander zu tun, dachte er. Dies wäre ein kleiner, aber bedeutender Beitrag dazu, daß die irische Bevölkerung – die traurigerweise bisher der größte Exportposten des Landes war – in Irland blieb.

Seine Gedanken drehten sich um die nächste Klausel, doch ehe er sich ganz darauf konzentrieren konnte, merkte er, daß er mit seinen Gedanken woanders war. Irgend etwas lenkte ihn von seiner Arbeit ab. Rogan blickte auf und bemerkte, daß die Ablenkung nicht in irgend *etwas*, sondern in irgend *jemand* bestand.

Er mußte gespürt haben, daß sie barfuß, mit schläfrigem Blick und in einen ausgefransten grauen Morgenmantel gehüllt im Türrahmen stand. Ihr feurig schimmerndes Haar hatte sie auf eine

Weise zurückgestrichen, die hätte streng sein sollen, statt dessen aber einfach faszinierend war.

Ungeschminkt und frisch geduscht erschien ihm ihr Gesicht wie aus von einem rosafarbenen Hauch überzogenem Elfenbein. Ihre schlaftrunkenen Augen wurden von dichten, feucht blitzenden Wimpern eingerahmt.

Ihr Anblick rief eine schnelle, brutale und sehr menschliche Reaktion in ihm hervor, doch gnadenlos unterdrückte er den Hitzeschub.

»Tut mir leid, wenn ich störe.« Ihr keckes Lächeln quälte seine bereits hyperaktive Libido noch mehr. »Eigentlich habe ich die Küche gesucht. Ich bin halb verhungert.«

»Was nicht weiter überraschend ist.« Er war gezwungen, sich zu räuspern, denn die heisere, sinnliche Schläfrigkeit in ihrer Stimme war mehr, als er ertrug. »Wann haben Sie zum letzten Mal etwas gegessen?«

»Ich weiß nicht genau.« Lässig an den Türrahmen gelehnt, gähnte sie. »Gestern, glaube ich. Wissen Sie, ich bin immer noch ein bißchen verwirrt.«

»Nein, gestern sind Sie nicht ein einziges Mal aufgewacht. Sie haben den ganzen Tag verschlafen – von dem Augenblick an, an dem wir Ihre Schwester verlassen haben, bis jetzt.«

»Oh.« Sie zuckte mit den Schultern. »Und wieviel Uhr ist es jetzt?«

»Jetzt ist es Dienstag abend, kurz nach acht.«

»Tja dann.« Sie betrat den Raum, warf sich in den großen Ledersessel, der ihm gegenüber an seinem Schreibtisch stand, und zog die Beine an, als wäre sie es seit Jahren gewohnt, derart vertraulich mit ihm zusammenzusein.

»Schlafen Sie oft sechsunddreißig Stunden am Stück?«

»Nur, wenn ich zu lange aufgeblieben bin.« Sie räkelte sich, denn sie hatte einen steifen Hals. »Manchmal packt einen ein Stück, und man läßt nicht eher davon ab, als bis es fertig ist.«

Entschlossen löste er seinen Blick von dem Fleisch, das unter ihrem Morgenmantel hervorblitzte, und starrte blind auf das vor ihm liegende Papier. Seine teenagerhafte Reaktion auf sie entsetzte ihn. »Was bei einer Arbeit wie der Ihren nicht ungefährlich ist.«

»Doch, denn man empfindet keinerlei Müdigkeit. Man ist auf eine beinahe unerträglich angespannte Weise wach. Wenn man einfach nur zu lange gearbeitet hat, verliert man seinen Biß. Dann muß man aufhören und eine Pause einlegen, bis es einem wieder bessergeht. Aber wenn mich eine Sache fasziniert, ist es etwas anderes. Und wenn ich fertig bin, falle ich ins Bett und bleibe dort, bis ich ausgeschlafen habe.« Wieder umspielte ein Lächeln ihren Mund. »Die Küche, Rogan? Ich sterbe, wenn ich nicht gleich etwas zu essen bekomme.«

Statt einer Antwort griff er nach dem Telefon und gab eine Nummer ein. »Miss Concannon ist aufgewacht«, sagte er. »Bitte bringen sie ihr etwas zu essen in die Bibliothek.«

»Großartig«, sagte sie, als der Hörer wieder auf der Gabel lag. »Aber ich hätte mir einfach ein paar Eier in die Pfanne hauen können. Damit hätte ich ihren Angestellten die Mühe erspart.«

»Für diese Mühe werden sie bezahlt.«

»Oh, natürlich.« Ihre Stimme war so trocken wie Staub. »Wie schön muß es für Sie sein, daß Ihnen rund um die Uhr irgendwelche Bediensteten zur Verfügung stehen.«

Ehe er etwas erwidern konnte, winkte sie ab. »Am besten fangen wir eine solche Debatte nicht mit leerem Magen an. Aber sagen Sie, Rogan, wie genau bin ich in das große Bett gekommen, in dem ich vorhin wach geworden bin?«

»Ich habe Sie dort hineingelegt.«

»Ach ja?« Falls er gehofft hatte, sie erröten zu sehen, dann wurde ihm eine Enttäuschung zuteil. »Dann haben Sie vielen Dank.«

»Sie haben geschlafen wie eine Tote. Fast hätte ich Ihnen einen Spiegel über die Lippen gehalten, um zu sehen, ob Sie noch atmen oder nicht.« Nun allerdings bestand nicht mehr der geringste Zweifel daran, wie lebendig sie war. »Möchten Sie vielleicht einen Brandy?«

»Solange ich nichts gegessen habe, lieber nicht.«

Er erhob sich, trat an ein Sideboard und goß sich selbst aus einer kristallenen Karaffe ein. »Bei unserer Abfahrt waren Sie ziemlich erregt.«

Sie legte den Kopf auf die Seite und sah ihn an. »Da haben Sie sich aber ziemlich diplomatisch ausgedrückt.« Ihr Weinkrampf brachte sie nicht in Verlegenheit, denn sie betrachtete ihn als normalen Gefühlsausdruck, so real und menschlich wie Gelächter oder Lust. Aber daß er einfach ihre Hand gehalten hatte, ohne dem Sturm der Gefühle nutzlose Worte entgegenzustellen, rührte sie. »Falls ich Sie dadurch in Verlegenheit gebracht habe, tut es mir leid.«

Das hatte sie, und zwar nicht zu knapp, doch nun schüttelte er die Erinnerung an sein Unbehagen lieber ab. »Sie wollten mir nicht sagen, was Sie derart erschüttert hat.«

»Das wollte ich nicht, und das will ich auch jetzt noch nicht.« Sie atmete tief ein, denn nach all der Freundlichkeit ihr gegenüber hatte er die

Schärfe in ihrer Stimme nicht verdient. »Das Ganze hat mit Ihnen nichts zu tun, Rogan. Altes Familienelend, sonst nichts. Aber da ich gerade sanftmütig gestimmt bin, sage ich Ihnen, daß es sehr tröstlich war, Ihre Hand zu halten. Ich hätte nicht gedacht, daß Sie so mitfühlend sind.«

Er hob den Blick von seinen Papieren und sah sie wieder an.

»Offenbar kennen wir einander nicht genug, um beurteilen zu können, wie der jeweils andere ist.«

»Ich habe immer gedacht, daß ich andere Menschen recht gut beurteilen kann, aber vielleicht haben Sie recht. Also erzählen Sie, Rogan Sweeney« – sie stützte einen Ellbogen auf die Sessellehne und legte ihr Kinn in die Faust – »Was sind Sie für ein Mensch?«

Zu seiner Erleichterung kam er durch das Auftauchen eines adretten, uniformierten Hausmädchens um eine sofortige Antwort herum. Die junge Frau stellte ein Tablett vor Maggie hin, wobei außer dem leisen Rascheln ihrer Kleider und dem Klimpern des neben dem Teller liegenden Silberbestecks nichts zu hören war. Als Maggie ihr dankte, machte sie einen kurzen Knicks, und als Rogan erklärte, mehr bräuchten sie nicht, zog sie sich diskret zurück.

»Ah, was für ein Duft.« Zuerst machte sich

Maggie über die verführerisch sämige Suppe mit den dicken Gemüsestücken her. »Möchten Sie vielleicht auch etwas?«

»Nein, ich habe bereits gegessen.« Statt wieder auf seinen Schreibtischstuhl zurückzukehren, setzte er sich in einen Sessel neben sie. Es war seltsam gemütlich, bei ihr zu sitzen, während sie aß, und das Gefühl zu haben, ganz in die friedliche Stille des Hauses eingehüllt zu sein. »Da Sie nun wieder unter uns Lebenden weilen, würden Sie sich morgen vielleicht gern einmal die Galerie ansehen.«

»Hmmm.« Den Mund voll knusprigem Brötchenteig, nickte sie. »Und wann?«

»Sagen wir um acht. Am späten Vormittag habe ich noch ein paar Termine, aber wir könnten gemeinsam hinfahren, und Sie bekämen dann dort einen Wagen zur Verfügung gestellt.«

»Einen Wagen.« Sie brach in lautes Gelächter aus und hielt sich eilig die Hand vor den Mund. »An derartige Annehmlichkeiten gewöhnt man sich bestimmt recht schnell. Und was soll ich Ihrer Meinung nach mit einem mir zur Verfügung gestellten Wagen tun?«

»Was immer Sie wollen.« Ihre Reaktion ärgerte ihn, auch wenn er nicht wußte, weshalb. »Oder aber Sie spazieren zu Fuß in Dublin herum, wenn Ihnen das lieber ist.«

»Kann es sein, daß Sie heute abend ein wenig empfindlich sind?« Sie hatte den Suppenteller geleert, und nun wandte sie sich dem Hühnchen in Honig zu. »Ihr Koch oder Ihre Köchin ist ein Schatz, Rogan. Meinen Sie, daß er oder sie sich dieses Rezept für Brie entlocken läßt?«

»Er«, sagte Rogan. »Und Sie dürfen es gerne versuchen, wenn Ihnen danach ist. Er ist ein überheblicher, anmaßender Franzose, der zu gelegentlichen Wutanfällen neigt.«

»Wodurch er, abgesehen von seiner Nationalität, viel mit mir gemeinsam hat. Sagen Sie, ziehe ich morgen in ein Hotel?«

Er hatte bereits ausführlich darüber nachgedacht. Auf jeden Fall wäre es wesentlich bequemer für ihn, wenn sie in einer Suite im Westbury untergebracht wäre. Bequemer und langweiliger, dachte er. »Sie können auch gern im Gästezimmer bleiben, wenn es Ihnen dort gefällt.«

»Und ob es mir dort gefällt.« Sie pikste eine winzige neue Kartoffel auf und sah ihn an. Er wirkte entspannt. Wie ein selbstzufriedener König auf seiner Burg. »Leben Sie ganz allein in diesem großen Haus?«

»Allerdings.« Er zog eine Braue hoch. »Macht Ihnen das vielleicht angst?«

»Angst? Ach, Sie meinen, weil Sie eines lüsternen

Abends vielleicht an meine Tür klopfen könnten, ja?« Ihr vergnügtes Kichern erboste ihn. »Dann kann ich immer noch ja oder nein sagen, Rogan, ebenso wie Sie es können, falls mir der Sinn nach einem derartigen Antrag steht. Nein, ich habe nur gefragt, weil es mir für einen einzelnen Menschen ein bißchen groß erscheint.«

»Es ist mein Zuhause«, sagte er steif. »Ich habe schon immer hier gelebt.«

»Es ist schön.« Sie schob das Tablett zurück, stand auf und wandte sich dem Sideboard zu, wo sie prüfend die verschiedenen Karaffen an ihre Nase hob. Angesichts des angenehmen Whiskeydufts seufzte sie, schenkte sich etwas ein und kehrte, das Glas in der Hand, zu ihrem Sessel zurück. »Prost«, sagte sie und leerte das Glas in einem Zug, so daß sich die feurige Flüssigkeit einen Weg durch ihre Kehle zu brennen schien.

»Möchten Sie vielleicht noch einen?«

»Einer genügt mir, vielen Dank. Einer wärmt die Seele, ein zweiter das Hirn, hat mein Vater oft gesagt, und ich behalte lieber einen kühlen Kopf.« Sie stellte das leere Glas auf das Tablett und lehnte sich gemütlich in ihrem Sessel zurück, wobei sich ihr abgetragener Flanellmorgenrock über ihren Knien öffnete. »Sie haben meine Frage noch nicht beantwortet.«

»Welche Frage?«

»Wer Sie sind.«

»Ich bin Geschäftsmann, was mir von Ihnen ja bereits oft genug vorgehalten worden ist.« Fest entschlossen, nicht noch einmal in Richtung ihrer nackten Beine zu sehen, lehnte er sich zurück. »Und zwar bereits in der dritten Generation. Die Liebe und Ehrfurcht vor der Kunst wurden mir mit in die Wiege gelegt.«

»Und diese Liebe und Ehrfurcht wurden von der Aussicht auf fette Gewinne noch vertieft.«

»Genau.« Er schwenkte seinen Brandy, nippte daran und sah ganz wie der Mann aus, der er war. Mit dem Leben zufrieden und die Annehmlichkeiten des Reichtums gewohnt. »Natürlich erfüllt einen bereits das Erzielen fetter Gewinne mit einer gewissen Zufriedenheit, aber ich muß sagen, daß man durch die Förderung eines Nachwuchstalents auch noch eine andere, eine eher geistige Befriedigung erfährt. Vor allem, wenn es sich um einen Künstler oder eine Künstlerin handelt, an den oder die man von ganzem Herzen glaubt.«

Maggie kam zu dem Schluß, daß er allzu zuversichtlich war, allzu sicher, was ihn und seinen Platz in der Welt betraf. Und diese Sicherheit forderte geradezu dazu heraus, daß man sie ein wenig ins Wanken geraten ließ.

»Ich bin also hier, um Sie zu befriedigen, ja?«

Er begegnete ihrem Blick und nickte mit dem Kopf. »Und ich habe nicht den geringsten Zweifel daran, daß Sie genau das tun werden, Maggie. Und zwar auf jedem Gebiet.«

»Aha.« Sie hatte sich auf ein gefährliches Terrain vorgewagt, aber hier in diesem ruhigen Zimmer, so wach und ausgeruht, hatte sie einfach den unwiderstehlichen Drang verspürt, dafür zu sorgen, daß seine kühle Selbstgefälligkeit einen Dämpfer erhielt. »Und natürlich sind Sie derjenige, der die Zeit und den Ort bestimmt?«

»Ich glaube, daß der Tradition gemäß schon immer der Mann derjenige war, der über den richtigen Zeitpunkt für einen derartigen Vorstoß entschied.«

»Ha!« Wütend bohrte sie ihm einen Finger in die Brust. Bei diesem Satz hatte sich jeder noch so flüchtige romantische Gedanke in ihrem Hirn in Rauch aufgelöst. »Schieben Sie sich Ihre Traditionen doch sonstwohin. Mich jedenfalls haben sie nie auch nur die Bohne interessiert. Aber vielleicht interessiert es Sie ja zu erfahren, daß kurz vor Anbruch des einundzwanzigsten Jahrhunderts Frauen ebenfalls zu gewissen Entscheidungen in der Lage sind. In der Tat haben das diejenigen unter uns, die schlau genug waren, schon seit Anbeginn der Zeit getan, und die Männer holen lediglich ihren bisherigen Rückstand auf.« Sie lehnte sich wieder zurück. »Ich werde Sie bekommen, Rogan, und zwar, wann und wo ich es will.«

Es verwirrte ihn, daß er sich von einer so unglaublichen Aussage erregen und gleichzeitig einschüchtern ließ. »Ihr Vater hatte recht, Maggie. Sie sind tatsächlich aus Messing gemacht. Aber leider bin ich nicht allzusehr an Messing interessiert.«

»Na und? Oh, ich kenne Typen wie Sie.« Ihre Stimme hatte einen verächtlichen Unterton. »Sie wollen, daß eine Frau schweigsam schmachtend neben Ihnen sitzt, Ihnen jeden Wunsch von den Augen abliest, während ihr romantisches Herz voll Hoffnung darauf klopft, daß Ihr Blick ein zweites Mal in ihre Richtung geht. Diese Frau ist in Anwesenheit Dritter ein wahrer Ausbund an Tugendhaftigkeit, und über ihre rosigen Lippen dringt kein einziges böses Wort, aber wenn es Ihnen zustatten kommt, verwandelt sie sich in eine wahre Tigerin, die dieselben lüsternen Phantasien wie Sie genießt, bis Sie das Licht andrehen und ihre Rückverwandlung in einen Bettvorleger erfolgt.«

Rogan wartete ab, um sicher zu sein, daß sie fertig war, wobei er sein Lächeln in seinem Brandyglas verbarg. »Sie kennen mich erstaunlich gut.«

»Idiot.«

»Xanthippe. Wie sieht's aus, sind Sie an Nachtisch interessiert?«

Sie brach in vergnügtes Kichern aus. Langsam fand sie tatsächlich Gefallen an ihm. »Nein, verdammt. Ich zerre das arme Mädchen bestimmt nicht noch einmal vom Fernseher oder vom Flirt mit dem Butler oder von ihrer sonstigen Abendbeschäftigung fort, nur damit es mir einen Nachtisch serviert.«

»Mein Butler ist siebenundsechzig Jahre alt, so daß sein Interesse an Flirts erloschen ist.«

»Was wissen Sie schon?« Abermals erhob sich Maggie, und dieses Mal wandte sie sich den Bücherschränken zu. Nach Autoren sortiert, stellte sie fest und stieß ein verächtliches Schnauben aus. Sie hätte es wissen müssen. »Und wie heißt sie, wenn ich fragen darf?«

»Wie heißt wer?«

»Das Mädchen, das das Essenstablett hereingetragen hat.«

»Sie wollen wissen, wie mein Mädchen heißt?«

Maggie strich mit einem Finger über ein Buch von James Joyce. »Nein. Ich will sehen, ob *Sie* wissen, wie Ihr Mädchen heißt. Das ist ein Test.«

Er öffnete den Mund und klappte ihn, dankbar, daß sie ihm den Rücken zuwandte, wieder zu. Welche Bedeutung hatte es schon, ob er wußte, wie eine seiner Angestellten hieß? Colleen? Maureen? Die Bediensteten wurden immer von seinem Butler eingestellt. Bridgit? Nein, verdammt...«

»Nancy«, sagte er, wobei er sich fast sicher war. »Sie ist noch nicht lange hier. Fünf Monate vielleicht. Möchten Sie, daß ich sie zurückrufe, damit ich sie miteinander bekannt machen kann?«

»Nein.« Maggie ging weiter von Joyce zu Keats. »Ich war einfach neugierig, mehr nicht. Sagen Sie, Rogan, haben Sie auch noch etwas anderes als Klassiker hier stehen? Sie wissen schon, einen guten Krimi, mit dem man sich die Zeit vertreiben kann.«

Seine Erstausgabensammlung galt als eine der besten im ganzen Land, und sie kritisierte ihn, weil sich keine Trivialliteratur darunter befand. Nur mit Mühe gelang es ihm, sich nicht anmerken zu lassen, wie irritiert er war. »Ich glaube, daß irgendwo ein paar Bände von Dame Agatha zu finden sind.«

»Die Briten«, stellte sie mit einem Schulterzukken fest, »sind mir nicht blutrünstig genug, außer wenn es um die Erstürmung irgendwelcher Burgen durch die verdammten Anhänger Cromwells geht. Aber was ist das?« Sie beugte sich vor und sah sich eins der Bücher genauer an. »Dante auf italienisch.«

»Ich glaube, ja.«

»Können Sie das tatsächlich lesen, oder geben Sie nur damit an?«

»Ich würde sagen, die wesentlichen Punke verstehe ich.«

In der Hoffnung, etwas Modernes zu finden, setzte sie ihre Suche fort. »Ich habe nicht allzuviel Italienisch gelernt, als ich in Venedig war. Ziemlich viel Umgangssprache, aber von der korrekten Sprechweise keine Spur.« Sie blickte über ihre Schulter und sah ihn grinsend an. »Künstler scheinen in jedem Land ein bunt gemischtes Völkchen zu sein.«

»Das ist mir bereits aufgefallen.« Er stand auf und trat vor ein anderes Bücherregal. »Das hier entspricht vielleicht mehr Ihrem Geschmack«, sagte er und hielt Maggie eine Ausgabe von Thomas Harris' *Roter Drachen* hin. »Ich glaube, daß es darin mehrere übel zugerichtete Leichen gibt.«

»Wunderbar.« Sie schob sich das Buch unter den Arm. »Dann sage ich Ihnen jetzt gute Nacht und lasse Sie mit Ihrer Arbeit allein. Vielen Dank für das Bett und das köstliche Mahl.«

»Nichts zu danken.« Er setzte sich erneut hinter seinen Schreibtisch, griff nach einem Stift und sah sie an. »Ich möchte um Punkt acht fahren, wenn es möglich ist. Zum Eßzimmer gehen Sie durch die Eingangshalle und dann links. Frühstück gibt es jederzeit ab sechs.«

»So früh sitze ich garantiert noch nicht am Tisch, aber um acht werde ich fertig sein.« Spontan ging sie zu ihm, legte die Hände auf die Lehnen seines Stuhls und beugte sich dicht vor sein Gesicht. »Wissen Sie, Rogan, wir beide sind genau das, was der andere weder braucht noch will – auf der persönlichen Ebene, meine ich.«

»Wie schön, daß wir uns – auf der persönlichen Ebene – wenigstens in einer Sache einig sind.« Die weiche, weiße Haut an ihrem Hals verströmte einen herrlich sündigen Duft.

»Und ich denke, daß unsere Beziehung genau aus diesem Grund faszinierend wird. Kaum eine Gemeinsamkeit, meinen Sie nicht?«

»Kaum eine«, stimmte er ihr zu, wobei er ihren Mund einer eingehenden Musterung unterzog. »Wir befinden uns auf nicht ungefährlichem Terrain.«

»Ich liebe die Gefahr.« Sie beugte sich noch einen Zentimeter weiter vor und biß ihn leicht in die Unterlippe.

Die Berührung entfachte ein schmerzliches Feuer in seinem Unterleib. »Ich ziehe es vor, auf Nummer Sicher zu gehen.«

»Ich weiß.« Sie hob den Kopf und ließ ihn mit

prickelnden Lippen und erhitzten Lenden zurück. »Also probieren wir es erst auf Ihre Art. Gute Nacht.«

Ohne sich noch einmal umzudrehen, schlenderte sie aus dem Raum, doch Rogan wartete, bis er sicher sein konnte, daß sie verschwunden war, bevor er die Hände an die Wangen hob.

Großer Gott, diese Frau schlang ein magisches Band um ihn, ein magisches Band der reinen Lust. Dabei hatte er seit dem Ende seiner Adoleszenz nie mehr ausschließlich seiner Lust gefrönt. Schließlich war er ein zivilisierter, wohlerzogener Mann mit einem ausgeprägten Sinn für das, was geschmackvoll war.

Er respektierte und bewunderte das andere Geschlecht. Natürlich hatte er schon mit einer Reihe von Frauen das Bett geteilt, aber er hatte immer versucht, mit der körperlichen Liebe zu warten, bis eine Beziehung auf einem halbwegs festen Sockel stand. Einem Sockel aus Vernunft, gegenseitiger Achtung und Diskretion. Er war kein Tier, das sich einzig von seinem Instinkt leiten ließ.

Und er war sich noch nicht einmal sicher, daß ihm Maggie Concannon als Mensch gefiel. Was für ein Mann wäre er demnach, wenn er täte, wonach ihm im Augenblick jeder seiner Sinne stand?

Wenn er die Treppe erklomm, ihr Schlafzimmer stürmte und sie rücklings in die Kissen warf?

Ein befriedigter Mann, dachte er mit einem Anflug von grimmigem Humor.

Zumindest bis zum nächsten Morgen, wenn er ihr und sich selbst ins Gesicht sehen müßte und geschäftlich auch weiterhin mit ihr verbunden war.

Vielleicht war es schwerer, sich so zu verhalten, wie er es für anständig hielt. Vielleicht würde er tatsächlich so leiden, wie es offenbar ihrer Erwartung entsprach. Aber wenn der richtige Zeitpunkt, mit ihr zu schlafen, gekommen wäre, hätte er auf diese Weise die Oberhand.

Und das war ihm einiges wert.

Sogar eine elende Nacht, in der er wohl kaum ein Auge zubekam.

Wohingegen Maggie wie ein Baby schlief. Trotz der Horrorbilder, die sie aufgrund des von Rogan geliehenen Romans vor ihrem geistigen Auge sah, war sie kurz nach Mitternacht in einen traumlosen Schlaf versunken und erst um kurz vor sieben wieder aufgewacht.

Voll Energie und Tatendrang suchte sie das Eßzimmer, wo zu ihrer Freude ein reichhaltiges irisches Frühstück auf der Anrichte stand.

»Guten Morgen, Miss.« Dasselbe Mädchen wie am Vorabend kam aus der Küche herübergeeilt. »Kann ich irgend etwas für Sie tun?«

»Nein, vielen Dank. Ich bediene mich schon selbst.« Maggie nahm einen Teller vom Tisch und ging den verführerischen Gerüchen nach.

»Tee oder Kaffee, Miss?«

»Tee wäre wunderbar.« Maggie nahm den Dekkel von einem silbernen Warmhalteteller und sog genießerisch den Duft von gebratenem Schinken ein. »Sie heißen Nancy, nicht wahr?«

»Nein, Miss, Noreen.«

Durchgefallen, Junker Sweeney, dachte sie. »Würden Sie dem Koch bitte ausrichten, Noreen, daß ich noch nie in meinem Leben etwas Besseres gegessen habe als das gestrige Mahl?«

»Sehr gern, Miss.«

Maggie ging von Platte zu Platte und häufte sich den Teller voll. Zu Hause ließ sie oft ganze Mahlzeiten aus, denn mit ihren eigenen Kochkünsten war es nicht allzuweit her, aber wenn es Essen in solcher Menge und von solcher Güte gab, machte sie die übersprungenen Mahlzeiten wieder wett.

»Wird Mr. Sweeney mit mir zusammen frühstücken?« fragte sie und trug ihren Teller zum Tisch zurück.

»Er hat bereits gegessen, Miss. Mr. Sweeney frühstückt jeden Tag um Punkt halb sieben.«

»Ein Gewohnheitsmensch, was?« Maggie zwinkerte dem Mädchen zu und strich sich frische Marmelade auf den warmen Toast.

»Allerdings«, erwiderte Noreen, wobei sie leicht errötete. »Ich soll Sie daran erinnern, daß er um acht fahren möchte, Miss.«

»Danke, Noreen. Ich werde daran denken.«

»Bitte klingeln Sie, falls irgend etwas fehlt.«

Leise wie eine Maus zog sich Noreen in die Küche zurück, und Maggie machte sich über ihr königliches Frühstück her, wobei sie gemütlich in der ordentlich neben ihrem Teller liegenden *Irish Times* zu blättern begann.

Das Leben war ziemlich bequem, wenn man nur mit dem Finger zu schnippen brauchte, damit irgendein Dienstbote kam, dachte sie. Aber machte es Rogan nicht ab und zu wahnsinnig zu wissen, daß er niemals ganz alleine war? Allein bei der Vorstellung graute ihr. Sie selbst würde ohne gelegentliches Alleinsein verrückt, das wußte sie.

Sie musterte das Zimmer mit der dunkel schimmernden Vertäfelung, den glitzernden Doppellüstern aus Kristall, dem glänzenden Silber auf der antiken Anrichte, dem blitzenden Porzellan und Waterfordglas.

Ja, selbst in dieser luxuriösen Umgebung würde sie verrückt, wenn sie niemals allein wäre.

Sie nahm sich eine zweite Tasse Tee, wandte sich wieder der Zeitung zu und leerte ihren Teller, bis kein einziger Krümel mehr übrig war. Irgendwo im Haus schlug eine Uhr. Sie überlegte, ob sie sich noch einmal bedienen sollte, schalt sich einen Vielfraß und widerstand.

Ein paar Minuten lang sah sie sich die Kunstwerke an den Wänden an, von denen ein Aquarell ihr besonderes Gefallen fand. Nach einer letzten gemütlichen Runde durch den Raum trat sie schließlich in die Halle hinaus.

Rogan erwartete sie bereits. In seinem tadellosen grauen Anzug und der marineblauen Krawatte sah er elegant wie immer aus. Er sah sie an, und dann blickte er auf seine Uhr. »Sie sind zu spät.«

»Ach ja?«

»Es ist acht nach.«

Sic zog die Brauen hoch, merkte, daß die Kritik ernst gemeint war, und unterdrückte ihre Belustigung. »Dafür hätte ich natürlich ein paar Schläge verdient.«

Er musterte ihre halbhohen Stiefel, die dunklen Leggings und das bis zu ihren Schenkeln reichende und von zwei Ledergürteln zusammengehaltene weiße Männerhemd. Von ihren Ohren baumelten glitzernde, durchsichtige Steine herab, und zum ersten Mal, seit er sie kannte, hatte sie einen Hauch von Make-up aufgelegt. Eine Uhr hingegen trug sie nicht.

»Wenn Sie keine Uhr tragen, woher wollen Sie dann wissen, wie spät es ist?«

»Vielleicht ist genau das der Grund, daß ich es eben nicht weiß.«

Ohne den Blick von ihr abzuwenden, zog er seinen Stift und einen Block hervor.

»Was machen Sie da?«

»Ich schreibe mir auf, daß ich eine Uhr, einen Anrufbeantworter und einen Kalender für Sie besorgen muß.

»Das ist sehr großzügig von Ihnen, Rogan.« Sie wartete, bis er die Tür öffnete und ihr bedeutete, voranzugehen. »Aber warum tun Sie all das für mich?«

»Die Uhr bekommen Sie, damit sie in Zukunft pünktlich sind. Den Anrufbeantworter, damit ich wenigstens eine Nachricht hinterlassen kann, wenn Sie mal wieder nicht ans Telefon gehen, und den Kalender, damit Sie wissen, wann der Tag der nächsten Lieferung ist.«

Beim letzten Teil des Satzes klang seine Stimme, als kaue er an einem Stück zähen Fleisches herum, fand Maggie und sagte: »Da Sie heute morgen so guter Laune sind, wage ich es, Ihnen zu sagen, daß keins dieser Dinge mich auch nur im geringsten ändern wird. Ich bin einfach verantwortungslos, Rogan. Wenn Sie mir nicht glauben, fragen Sie einfach die Leute, die von meiner Familie noch übrig sind.« Sie drehte sich um, ignorierte sein ungeduldiges Zischen und betrachtete eingehend das Haus.

Es ging auf einen lieblichen, schattigen Park – St. Stephen's, wie sie später erfuhr – hinaus und ragte stolz, vielleicht sogar ein wenig hochmütig in einen strahlend blauen Himmel hinauf.

Obgleich das Mauerwerk bereits ein wenig verwittert war, wiesen die Konturen die Geschmeidigkeit eines jungen Frauenkörpers auf. Es war eine Mischung aus Würde und Eleganz, wie sie nur den Reichen möglich war. Die zahllosen Fenster glitzerten wie Diamanten im Sonnenschein, und der glatte, grüne Rasen führte in einen wunderbaren Vorgarten hinaus, der so ordentlich und zweimal so förmlich wie ein Kirchhof gehalten war.

»Nettes Gärtchen haben Sie da. Bei meiner Ankunft habe ich es gar nicht bemerkt.«

»Das ist mir bewußt. Aber falls Sie eine Führung wünschen, so üben Sie sich bitte noch ein bißchen in Geduld, Margaret Mary. Ich komme nicht gern zu spät.« Er nahm ihren Arm, und es hätte nicht viel gefehlt, da hätte er sie allen Ernstes zum Wagen gezerrt.

»Werden Sie, wenn Sie unpünktlich sind, etwa bestraft?«

Als er schwieg, lachte sie und lehnte sich gemütlich in den Polstern des Wagens zurück. »Sagen Sie, Rogan, könnte es sein, daß Sie ein Morgenmuffel sind?«

»Normalerweise nicht«, fuhr er sie an. Zumindest wäre er weniger schlecht gelaunt, dachte er, wenn er sich nicht die ganze Nacht schlaflos in seinem Bett herumgewälzt hätte. Wofür das verdammte Weib, das ihn jetzt auch noch verspottete, verantwortlich war. »Ich habe heute eine Menge zu tun.«

»Das denke ich mir. Es ist bestimmt anstrengend, wenn man ständig irgendwelche Imperien aufbauen und neue Reichtümer anhäufen muß.«

Das hätte sie besser nicht gesagt. Er wußte nicht, warum, aber als er die unüberhörbare Verachtung in ihrem Ton vernahm, war es um den letzten Rest seiner Beherrschung geschehen. Er lenkte den Wagen so abrupt an den Straßenrand, daß der Fahrer hinter ihm laut zu hupen begann, packte Maggie am Kragen, zerrte sie halb aus ihrem Sitz und küßte sie roh.

Sie war ehrlich überrascht, was allerdings nicht bedeutete, daß sie den Augenblick nicht genoß.

Wenn er nicht ganz so beherrscht, nicht ganz so herablassend wie gewöhnlich war, kam sie besser mit ihm zurecht. Ihr mochte schwindeln, aber trotzdem hatte sie in diesem Augenblick das Gefühl, ihm ebenbürtig zu sein. Hier ging es nicht um Verführung, sondern um schiere Leidenschaft, es war, als hielte man zwei blanke Leitungsdrähte aneinander, so daß sich ein wahrer Funkenregen über ihnen ergoß.

Er bog ihren Kopf zurück und ergriff von ihrem Mund Besitz. Nur ein einziges Mal, versprach er sich. Nur ein einziges Mal, damit sich die furchtbare Spannung lockerte, die seinen Körper vibrieren ließ.

Aber statt Erleichterung empfand er angesichts ihrer leidenschaftlichen Reaktion eine noch stärkere Anspannung als zuvor, eine Anspannung, die ihm vollständig den Atem nahm.

Einen Augenblick lang hatte er das Gefühl, als würde er in einen samtigen, luftlosen Tunnel gesaugt. Und er bekam furchtbare Angst, daß es ihm in diesem lichtlosen Raum allzugut gefiel.

Er riß sich von ihr los, klammerte sich verzweifelt am Steuer seines Wagens fest und lenkte das Fahrzeug auf die Straße zurück wie ein Betrunkener, der versuchte, sich nicht anmerken zu lassen, wie berauscht er war.

»Ich nehme an, daß das die Antwort auf irgend etwas war.« Ihre Stimme war unnatürlich ruhig, doch lag das weniger an seinem Kuß als vielmehr an der Abruptheit, mit der der leidenschaftliche Angriff von ihm beendet worden war.

»Ich hatte die Wahl – hätte ich Sie nicht geküßt, dann hätte ich Sie erwürgt.«

»Dann ist mir der Kuß doch lieber, obwohl es mir besser gefallen würde, wenn Sie nicht so wütend wären, nur weil Sie verrückt nach mir sind.«

Inzwischen hatte er sich so weit beruhigt, daß er wieder sah, was um ihn herum geschah, und er trat fester aufs Gaspedal, um die Zeit aufzuholen, die ihm ihretwegen heute morgen verlorengegangen war. »Ich habe es doch schon einmal gesagt. Dies ist einfach nicht der richtige Zeitpunkt für eine private Liaison.«

»Soso. Und wer entscheidet, wann der richtige Zeitpunkt gekommen ist?«

»Ich ziehe es vor, mit der Person, mit der ich schlafe, vertraut zu sein. Meiner Meinung nach sind gegenseitige Zuneigung und Respekt unerläßliche Voraussetzungen dafür, daß es auch auf dieser Ebene zwischen zwei Menschen funktioniert.«

Sie sah ihn mit zusammengekniffenen Augen an. »Mein lieber Sweeney, von einem Kuß bis zum

Beischlaf ist es ein weiter Weg. Und ich möchte Sie wissen lassen, daß auch ich nicht zu den Menschen gehöre, die es bereits nach einem einzigen vertraulichen Zwinkern auf die Matratze zieht.«

»Ich habe nicht gesagt…«

»Ach nein?« Sie war beleidigt, denn wenn sie ehrlich war, mußte sie sich eingestehen, daß sie bereits mit ihm ins Bett gegangen wäre, als sie ihm zum ersten Mal begegnet war. »Soweit ich sehe, haben Sie beschlossen, in mir einen Menschen mit ziemlich lockeren Moralvorstellungen zu sehen. Nun, ich sehe keine Veranlassung, Ihnen zu erklären, was für ein Mensch ich in Wahrheit bin. Und was Zuneigung und Respekt angeht, so haben Sie sich diese beiden Dinge noch lange nicht verdient.«

»Also gut, dann sind wir uns ja einig.«

»Wir sind uns insofern einig, als daß Sie der Teufel holen soll. Und außerdem heißt Ihr Mädchen Noreen.«

Dieser letzte Satz lenkte ihn so weit ab, daß er den Blick von der Straße nahm. »Was?«

»Ihr Mädchen, Sie idiotischer, hochnäsiger Aristokrat. Sie heißt nicht Nancy, sondern Noreen.« Maggie kreuzte die Arme vor der Brust und wandte sich entschlossen ab.

Rogan schüttelte den Kopf. »Ich bin Ihnen

dankbar, daß Sie diese Sache geklärt haben. Es wäre weiß Gott peinlich geworden, hätte ich sie den Nachbarn mit dem falschen Namen vorgestellt.«

»Blaublütiger Snob«, murmelte sie.

»Spitzzüngige Viper«, schnaubte er, und den Rest der Fahrt brachten sie in zornigem Schweigen hinter sich.

7. Kapitel

Von der Dubliner Worldwide-Galerie nicht beeindruckt zu sein war ein Ding der Unmöglichkeit. Die Architektur allein war es wert, daß man das Gebäude einmal betrat, und tatsächlich hatten bereits ein Dutzend Zeitschriften und Kunstbücher Fotos dieses strahlenden Beispiels des georgianischen Stils, der Teil des architektonischen Erbes der irischen Hauptstadt war, veröffentlicht.

Obgleich Maggie den Bau bereits auf Hochglanzpapier gesehen hatte, verschlug es ihr die Sprache, als sie die Pracht zum ersten Mal dreidimensional vor sich sah.

Während ihrer Ausbildung in Venedig hatte sie einen Großteil ihrer Freizeit mit dem Besuch zahlreicher Galerien verbracht, aber sie alle wurden durch die Herrlichkeit von Rogans Gebäude in den Schatten gestellt.

Und trotzdem sagte sie keinen Ton, als er die beeindruckende Eingangstür öffnete und sie in die Eingangshalle bat.

Beinahe hätte sie einen Knicks gemacht, so beeindruckt war sie von der kirchenähnlichen Ruhe, vom Spiel des Lichts und von der duftenden Luft, die sie umfing. Die momentan ausgestellten Kunstgegenstände der amerikanischen Ureinwohner – getöpferte Schalen, prachtvolle Körbe, rituelle Masken, Schamanenrasseln und Perlenketten – hatte man wunderschön und sorgfältig arrangiert, und an den Wänden hatte man primitive und gleichzeitig anspruchsvolle Bilder aufgehängt. Maggies Aufmerksamkeit und Bewunderung galten besonders einem cremefarbenen, mit Perlen und glatten, leuchtenden Steinen geschmückten Wildledergewand, das gemäß Rogans Anweisungen wie ein Wandbehang drapiert worden war. Am liebsten hätte Maggie das Kunstwerk vorsichtig berührt.

Statt dessen begnügte sie sich mit einem knappen Kommentar: »Beeindruckend«, sagte sie und wandte sich ab.

»Es freut mich, daß es Ihnen gefällt.«

»Außer in Büchern habe ich noch nie irgendwelche indianischen Arbeiten gesehen.« Sie beugte sich über ein tönernes Gefäß.

»Genau aus diesem Grund habe ich die Ausstellung organisiert. Wir konzentrieren uns allzu häufig auf die europäische Geschichte und Kultur und vergessen, daß es auf dieser Welt auch noch anderes gibt.«

»Es ist kaum zu glauben, daß die Menschen, die diese Dinge geschaffen haben, dieselben sind wie die Wilden, die es in den alten John-Wayne-Filmen zu sehen gibt. Aber andererseits« – lächelnd richtete sie sich auf – »waren meine Vorfahren auch nichts anderes als Wilde, die ihre nackten Körper mit blauer Farbe bemalt haben, ehe es ins Kampfgetümmel ging. Und von solchen Geschöpfen stamme ich ab.« Sie legte den Kopf auf die Seite und musterte ihn. »Genau wie Sie.«

»Man könnte sagen, daß derartige Neigungen im Verlauf der Jahrhunderte bei einigen Menschen ziemlich zurückgegangen sind. Ich zumindest habe schon seit Jahren nicht mehr das Bedürfnis verspürt, mich blau anzumalen.«

Sie lachte, aber statt weiter darauf einzugehen, sah er abermals auf seine Uhr.

»Ihre Arbeiten werden im zweiten Stock ausgestellt.« Er wandte sich der Treppe zu.

»Gibt es dafür einen speziellen Grund?«

»Mehrere.« Ungeduldig wartete er darauf, daß sie hinter ihm die Stufen erklomm. »Mir ist es immer lieb, wenn eine Ausstellung wie die Ihre eine Art gesellschaftliches Ereignis ist. Die Menschen entwickeln mehr Sinn für Kunst oder haben zumindest das Gefühl, einen besseren Zugang zur Kunst zu finden, wenn sie entspannt sind und sich amüsieren.« Oben angekommen, blieb er stehen und sah sie mit hochgezogenen Brauen an. »Gibt es da irgendein Problem?«

»Ich hätte es gern, wenn die Leute meine Arbeit ernst nehmen würden, statt sie als netten Hintergrund für eine Party zu sehen.«

»Ich versichere Ihnen, daß man Ihre Arbeit ernst nehmen wird.« Vor allem, wenn man erführe, wie teuer diese Arbeit war. »Aber davon abgesehen fällt die Vermarktung Ihrer Werke in mein Ressort.« Er machte kehrt, öffnete eine große Schiebetür und trat zurück.

Maggie betrat vor ihm den Raum, und mit einem Mal war es um sie geschehen. Durch das in der Mitte befindliche Oberlicht flutete helles Tageslicht in den wunderbaren, riesigen Saal, ergoß sich über den dunklen, polierten Boden und wurde von den von Rogan ausgewählten Stücken beinahe wie von Spiegeln reflektiert.

Selbst in ihren kühnsten Träumen hätte sie sich nicht vorstellen können, daß es einen derart dezenten und gleichzeitig prachtvollen Rahmen für ihre Arbeit gäbe.

An verschiedenen Stellen hatte man Sockel aus cremig weißem Marmor postiert, auf denen das Glas in Augenhöhe zur Geltung kam. Rogan hatte für den großen Raum nur zwölf Stücke ausgewählt. Ein cleverer Schachzug, wie sie zugeben mußte, denn auf diese Weise wurde die Einzigartigkeit der einzelnen Werke noch besonders betont. Und dort, in der Mitte des Saals, glitzernd wie durch ein inneres Feuer erhitztes Eis, hatte man Maggies *Unterwerfung* aufgebaut.

Als sie die Skulptur betrachtete, wurde ihr Herz von einem dumpfen Schmerz erfüllt. Jemand würde sie kaufen, das war klar. Es würde nicht lange dauern, und jemand wäre zur Zahlung des von Rogan geforderten Preises bereit und nähme das Kunstwerk vollständig und für immer von ihr fort.

Der Preis, den man bezahlte, wenn einem der Sinn nach neuen Dingen stand, schien der Verlust dessen zu sein, was man bereits besaß. Oder vielleicht dessen, was man war.

Die Hände in den Hosentaschen beobachtete Rogan, wie sie, ohne ein Wort zu sagen, von einem Werk zum nächsten ging. »Die kleineren Stücke werden in den Nischen ausgestellt. Durch die dort herrschende intime Atmosphäre werden die Leute zum genaueren Hinsehen angeregt.« In Erwartung einer Antwort verstummte er, doch immer noch sagte sie keinen Ton. Zur Hölle mit dem Weib, dachte er. Was wollte sie eigentlich von ihm? »Für die Vernissage habe ich ein Orchester engagiert. Und natürlich werden Champagner und Kanapees serviert.«

»Natürlich«, stieß Maggie hervor. Immer noch wandte sie ihm den Rücken zu und überlegte, warum ihr der Anblick dieses prachtvollen Raums die Tränen in die Augen trieb.

»Ich möchte Sie darum bitten, bei der Eröffnung anwesend zu sein, zumindest für eine kurze Zeit. Sie brauchen nichts zu sagen oder zu tun, was mit Ihrer künstlerischen Integrität nicht vereinbar ist.«

Ihr Herz klopfte so laut, daß sie den verärgerten Ton in seiner Stimme nicht mitbekam. »Es ist...« Ihr fiel einfach keine passende Bezeichnung ein, und so beendete sie ihren Satz mit einem lahmen »sehr schön. Es ist sehr schön geworden.«

»Sehr schön?«

»Ja, sehr schön.« Sie schluckte und drehte sich zu ihm um. Zum ersten Mal seit Jahren empfand sie panische Angst. »Offenbar haben Sie einen Sinn für alles, was ästhetisch ist.«

»Einen Sinn für alles, was ästhetisch ist«, wiederholte er, denn ihre dürftige Reaktion überraschte ihn. »Nun, Margaret Mary, es freut mich, daß es Ihnen zu gefallen scheint. Es hat auch nur dreier unglaublich mühseliger Wochen und der vereinten Bemühungen mehr als eines Dutzends hochqualifizierter Leute bedurft, um zu erreichen, daß es sehr schön und vielleicht sogar ästhetisch geworden ist.«

Sie fuhr sich unsicher mit der Hand durchs Haar. Sah er denn nicht, daß sie sprachlos war, daß sie sich auf einem ihr vollkommen fremden Terrain befand, daß sie sich fürchtete wie ein Kaninchen, dem mit einem Mal ein Jagdhund gegenüberstand? »Was soll ich denn sagen? Ich habe meine Arbeit getan und Sie mit der Kunst versorgt. Und Sie haben Ihre Arbeit getan und die Kunst präsentiert. Wir können uns gratulieren, Rogan. Und jetzt sehe ich mir vielleicht mal die intimeren Räumlichkeiten an.«

Sie wandte sich zum Gehen, doch er versperrte ihr den Weg. Angesichts ihrer Geringschätzung seiner Arbeit empfand er einen solch heißen Zorn, daß es ihn wunderte, daß ihr Glas nicht zu schimmernden Pfützen zerschmolz.

»Sie sind eine undankbare Landpomeranze.«

»Eine Landpomeranze, ja?« Widersprüchliche und erschreckende Gefühle wallten in ihr auf. »Da haben Sie ganz recht, Sweeney. Und wenn Sie denken, ich wäre undankbar, nur weil ich Ihnen nicht die Füße küsse, dann bin ich meinetwegen auch undankbar. Ich erwarte nicht mehr von Ihnen, als was in Ihren verfluchten Verträgen mit den verdammten Exklusivklauseln steht, und Sie bekommen von mir ebenfalls nur, was vertraglich zwischen uns vereinbart ist.«

Wieder stiegen Tränen in ihren Augen auf, und sie war sich sicher, käme sie nicht schnell genug aus dem Saal heraus, würde die Anspannung einfach zuviel für sie. In ihrer Verzweiflung stieß sie ihn einfach beiseite.

»Ich sage Ihnen, was ich erwarte.« Er packte sie bei der Schulter und drehte sie gewaltsam zu sich herum. »Und außerdem sage ich Ihnen, was…«

»Entschuldigung«, sagte Joseph aus Richtung der Tür. »Anscheinend störe ich.«

Er hätte nicht belustigter oder faszinierter sein können als in diesem Augenblick, in dem er seinen sonst so kühlen Vorgesetzten Gift und Galle sprühen sah gegenüber der kleinen, zornig blitzenden Frau, die mit geballten Fäusten vor ihm stand.

»Ganz und gar nicht.« Unter Aufbietung seiner gesamten Willenskraft ließ Rogan Maggie los und trat einen Schritt zurück. Im Bruchteil einer Sekunde war er die Ruhe in Person. »Miss Concannon und ich sprachen nur gerade über die Vertragsbedingungen. Maggie Concannon, Joseph Donahoe, der Kurator dieser Galerie.«

»Angenehm.« Joseph trat vor und ergriff Maggies Hand. Obgleich sie ein wenig zitterte, hob er sie an den Mund, ehe er diesen zu einem strahlenden Lächeln verzog. »Es ist mir ein wahres Vergnügen, Miss Concannon, den Menschen kennenzulernen, der sich hinter einem solchen künstlerischen Genie verbirgt.«

»Und mir ist es ein Vergnügen, Mr. Donahoe, einen Menschen kennenzulernen, der sowohl der Kunst als auch der Künstlerin gegenüber sensibel ist.«

»Ich lasse Maggie in Ihrer sachkundigen Gesellschaft zurück, Joseph. Ich selbst habe noch zu tun.«

»Es ist mir eine Ehre, Rogan.« Immer noch hielt Joseph Maggies Hand, eine Geste, die Rogan ebensowenig verborgen blieb wie die Tatsache, daß Maggie nicht den leisesten Versuch unternahm, sich ihm zu entziehen. Statt dessen hatte sie gegenüber Joseph sogar noch ein verführerisches Lächeln aufgesetzt.

»Wenn Sie den Wagen brauchen, sagen Sie einfach Joseph Bescheid«, sagte er steif. »Ich habe Anweisung erteilt, daß Ihnen der Chauffeur ganztags zur Verfügung steht.«

»Danke, Rogan«, sagte sie, ohne ihn anzusehen. »Aber ich bin sicher, daß mir in Josephs Gesellschaft nicht so schnell langweilig werden wird.«

»Das hoffe ich, Madam«, meinte Joseph schnell.

»Nun, Miss Concannon, haben Sie schon die Nischen gesehen?«

»O nein. Aber sagen Sie doch bitte Maggie zu mir.«

»Sehr gern.« Ohne sie loszulassen, ging er mit ihr zur Tür hinaus. »Ich glaube, daß Ihnen das, was wir dort gemacht haben, gefallen wird. Aber da es bis zur Vernissage nur noch wenige Tage sind, wollen wir sichergehen, daß Sie mit allem zufrieden sind. Sollten Sie irgendwelche Verbesserungsvorschläge haben, wenden Sie sich bitte einfach nur an mich.«

»Mit dem größten Vergnügen.« Maggie blieb stehen und blickte über die Schulter auf Rogan zurück. »Lassen Sie sich von uns nicht aufhalten, Rogan. Ich bin sicher, Sie haben noch jede Menge zu tun.« Sie warf den Kopf in den Nacken und wandte sich strahlend Joseph zu. »Ich kenne einen Francis Donahoe, der in der Nähe von Ennis lebt. Ein Kaufmann, der Ihnen um die Augen herum ähnlich sieht. Ist er vielleicht mit Ihnen verwandt?«

»Ich habe sowohl väterlicher- als auch mütterlicherseits Verwandte in Clare. Meine Mutter ist eine geborene Ryan.«

»Ich kenne Dutzende von Ryans. Oh.« Als sie durch eine Bogentür in ein mit einem Kamin und einem Zweiersofa ausgestatteten hübschen Raum von mittlerer Größe kam, blieb sie seufzend stehen. Auf antiken Tischchen waren mehrere ihrer kleineren Stücke einschließlich der Arbeit, die Rogan bei ihrer ersten Begegnung gekauft hatte, drapiert.

»Ein eleganter Rahmen für Ihre Werke, finde ich.« Joseph trat ein und machte Licht, wodurch das Glas zu pulsierendem Leben zu erwachen schien. »Der Ballsaal nimmt einem den Atem, während das Publikum hier behutsam an die Dinge herangeführt werden soll.«

»Wunderbar.« Wieder seufzte sie. »Macht es Ihnen was aus, wenn ich mich einen Augenblick setze, Joseph? Ehrlich gesagt hat mir der Ballsaal tatsächlich den Atem geraubt.« Sie setzte sich auf das Sofa und machte die Augen zu. »Einmal, als ich noch ein kleines Mädchen war, hat mein Vater einen Ziegenbock gekauft. Eines Morgens war ich mit dem Tier draußen auf dem Feld. Ich habe nicht aufgepaßt, und das dämliche Vieh hat sich losgemacht und mich derart schwungvoll auf die Hörner genommen, daß ich in hohem Bogen durch die Luft geflogen bin. Und genauso atemlos wie damals war ich, als ich in den Ballsaal kam. Als hätte mich irgend so ein blöder Ziegenbock gerammt, und als flöge ich vollkommen hilflos durch die Luft.«

»Sind Sie vielleicht ein bißchen nervös?«

Sie öffnete die Augen und begegnete Josephs verständnisvollem Blick. »Ich habe eine Todesangst. Aber ich will verdammt sein, wenn ich zulasse, daß er es bemerkt. Er ist so verdammt selbstsicher, finden Sie nicht?«

»Unser Rogan besitzt ein gesundes Maß an Selbstvertrauen, da haben Sie recht. Und zwar mit gutem Grund. Er hat einen untrüglichen Instinkt, wenn es um den Erwerb der richtigen Stücke oder um die Förderung der richtigen Künstler geht.« Joseph, der mit einer gesunden Neugierde und einem ausgeprägten Sinn für Klatsch und Tratsch ausgestattet war, setzte sich neben sie. Er streckte die Beine aus und kreuzte sie in einer Pose, die sowohl gemütlich als auch vertraulich war. »Ich habe den Eindruck, daß ich in einem Augenblick hereingeplatzt gekommen bin, als Sie beide im Begriff waren, einander auf die Hörner zu nehmen, habe ich recht?«

»Offenbar haben wir nicht allzu viele Gemeinsamkeiten.« Maggie lächelte. »Unser guter Rogan scheint mir ein ziemlicher Tyrann zu sein.«

»Das stimmt, obgleich er einen normalerweise auf eine so subtile Art tyrannisiert, daß man es nicht bemerkt.«

»Mir gegenüber war seine Vorgehensweise alles andere als subtil.«

»Das war offensichtlich. Interessant. Wissen Sie, Maggie, ich glaube, ich verrate Ihnen kein Geheimnis, wenn ich sage, daß Rogan bereits seit Monaten fest entschlossen war, Sie für Worldwide zu gewinnen. Ich arbeite seit über zehn Jahren für ihn, und noch nie habe ich ein derartiges Interesse an einem bestimmten Künstler oder einer bestimmten Künstlerin an ihm bemerkt.«

»Und nun soll ich geschmeichelt sein.« Seufzend schloß sie die Augen wieder. »Was ich auch bin, wenn mich seine überhebliche Art nicht gerade mal wieder in Wut versetzt. Er behandelt mich, als wäre ich sein Lakai.«

»Er ist es nun mal gewohnt, daß alles nach seinem Willen geht.«

»Nun, da beißt er bei mir auf Granit.« Entschlossen erhob sie sich. »Ich würde mir gerne noch die anderen Räume der Galerie ansehen.«

»Aber gerne doch. Und vielleicht warten Sie ja dafür, daß ich Sie herumführe, mit Ihrer Lebensgeschichte auf.«

Maggie legte den Kopf auf die Seite und musterte ihn. Mit seinem verträumten Blick und seinem piratenähnlichen Äußeren kam er ihr wie der geborene Unruhestifter vor, und sie hatte Unruhestifter schon immer gemocht. »Also gut«, sagte sie, hakte sich bei ihm ein und zog ihn in den Korridor hinaus. »Es war einmal ein Bauer, der wollte lieber ein Dichter sein…«

Es waren einfach zu viele Menschen in Dublin für Maggies Geschmack. Man konnte kaum einen Schritt gehen, ohne daß man mit irgendwem zusammenstieß. Aber mit der lieblichen Bucht und den in den Himmel ragenden Kirchtürmen war es eine hübsche Stadt. Maggie bewunderte die Pracht ihrer Architektur, all den roten und grauen Stein, den Charme und die leuchtenden Farben der Dinge, die es in den Schaufenstern zu sehen gab.

Ihr Fahrer, Brian Duggin, erklärte ihr, daß der Ordnungs- und Schönheitssinn der Dubliner beinahe ebenso sprichwörtlich wie ihr Sinn für Geschäfte war. Also, dachte sie, paßte die Stadt ebensogut zu Rogan wie er zu ihr.

Sie lehnte sich im Polster ihres Sitzes zurück und sah sich voller Bewunderung die schillernden Vorgärten und die kupfernen Kuppeln, die schattigen Parks und die von zahllosen Schiffen befahrene Liffey, die die Stadt in zwei Hälften teilte, an.

Ihr Puls beschleunigte sich, paßte sich dem Tempo der Menge, der allgemeinen Eile an. Aber das geschäftige Treiben erregte sie nur für kurze Zeit, ehe es sie zu ermüden begann. Die bloße Anzahl der Menschen in der O'Connell Street, wo alle Welt in verzweifelter Eile irgendwo anders hinzustreben schien, weckte die Sehnsucht nach den gemütlichen, ruhigen Straßen des Westens in ihr.

Dennoch genoß sie die spektakuläre Aussicht von der O'Connell Bridge auf die an den Flußufern vertäuten Schiffe und die majestätische in der Sonne blitzende Kuppel des Obersten Gerichtshofs, des Four Courts. Es schien ihrem Fahrer zu gefallen, ziellos durch die Gegend zu gleiten oder an den Straßenrand zu fahren und zu warten, während sie sich Parks und Plätze ansehen ging.

Sie unternahm einen Schaufensterbummel entlang der eleganten Läden in der Grafton Street, wo sie eine Anstecknadel, einen schlichten, mit Granaten besetzten silbernen Halbmond, für ihre Schwester erwarb. Das Schmuckstück paßte, dachte Maggie, während sie die Schachtel in ihre Handtasche schob, zu Briannas eher konservativem Geschmack.

Für sich selbst entdeckte sie ein Paar Ohrringe, lange, verflochtene Hänger aus Kupfer, Silber und Gold, sich nach unten verjüngend und von feurigen Opalen gekrönt. Natürlich ging es nicht an, daß sie gutes Geld für derart frivolen Tand ausgab. Natürlich nicht, denn schließlich wußte sie nicht, wann das nächste Kunstwerk einen Käufer fand.

Und natürlich kaufte sie die Ohrringe, zum Teufel mit ihrem Budget.

Um den Tag abzurunden, besuchte sie Museen, wanderte am Ufer des Flusses entlang und trank Tee in einem winzigen Café am Fitzwilliam Square. Die letzte Stunde ihres Ausflugs verbrachte sie auf der Half Penny Bridge und bannte die Reflexionen der untergehenden Sonne auf das Blatt eines Skizzenblocks, den sie in einem Laden für Künstlerbedarf erstanden hatte.

Erst nach sieben kehrte sie zu Rogans Haus zurück, wo ihr der Hausherr direkt entgegenkam.

»Ich hatte mich schon gefragt, ob Sie Duggin angewiesen haben, Sie nach Clare zurückzufahren.«

»Ein-, zweimal habe ich daran gedacht.« Sie schob sich das ungekämmte Haar aus der Stirn. »Es ist Jahre her, seit ich das letzte Mal in Dublin war.« Sie dachte an den Jongleur, den sie damals gesehen hatte, und natürlich an ihren Vater. »Ich hatte ganz vergessen, wie laut es hier ist.«

»Ich nehme an, Sie haben gegessen?«

»Nein, habe ich nicht.« Das Plätzchen, das ihr mit dem Tee serviert worden war, zählte nicht.

»Das Abendessen ist für halb acht bestellt, aber falls Sie vorher noch einen Cocktail mit uns trinken möchten, verschiebe ich es gern auf acht.«

»Mit uns?«

»Meine Großmutter ist da. Sie ist ganz versessen darauf, Sie kennenzulernen.«

»Oh.« Maggies gute Laune schwand. Noch ein Mensch, den es kennenzulernen, mit dem es zu reden, zusammenzusitzen galt. »Nein, meinetwegen müssen Sie das Essen nicht verschieben.«

»Das wäre kein Problem. Falls Sie sich noch umziehen möchten – wir sind im Salon.«

»Umziehen? Weshalb?« Resigniert schob sie ihren Skizzenblock unter den Arm. »Ich fürchte, meine elegante Garderobe habe ich zu Hause gelassen. Aber falls Ihnen meine äußere Erscheinung unangenehm ist, schicken Sie mir doch einfach etwas zu essen rauf.«

»Legen Sie mir nichts in den Mund, was ich nicht gesagt habe, Maggie.« Er nahm ihren Arm und schob sie entschlossen durch die Tür des Salons. »Großmutter«, wandte er sich an die auf einem der hochlehnigen, brokatbezogenen Stühle sitzende Frau. »Darf ich dir Margaret Mary Concannon vorstellen? Maggie, Christine Sweeney.«

»Es ist mir ein Vergnügen.« Christine reichte Maggie eine schmalgliedrige Hand. An einem Finger steckte ein glitzernder Saphir, der das Gegenstück ihrer Ohrringe war. »Daß Sie hier sind, verdanken wir ausschließlich mir, meine Liebe, denn ich habe das erste Ihrer Kunstwerke gekauft, von dem Rogan so begeistert war.«

»Vielen Dank. Sie sind also eine Sammlerin?«

»Das liegt bei uns im Blut. Bitte nehmen Sie doch Platz. Rogan, versorg die junge Dame mit einem Drink.«

Rogan trat vor die Anrichte, auf der eine Reihe blitzender Karaffen stand. »Was möchten Sie, Maggie?«

»Was immer Sie dahaben.« Schicksalsergeben legte Maggie Skizzenblock und Handtasche neben sich.

»Es muß aufregend sein, wenn man kurz vor seiner ersten Ausstellung steht«, begann Christine. Das Mädchen ist entzückend, dachte sie. Cremig und feurig zugleich, und in dem Hemd und der Strumpfhose sah sie so hinreißend aus, wie es den meisten Frauen nur mit Diamanten und Seide gelang.

»Ehrlich gesagt, Mrs. Sweeney, kann ich es noch gar nicht richtig glauben.« Sie nahm das von Rogan hingehaltene Glas und hoffte, der Inhalt wäre stark genug, um mit seiner Hilfe einen Abend in Konversation durchzustehen.

»Sagen Sie mir, wie Ihnen die Galerie gefallen hat.«

»Sie ist wunderbar. Eine regelrechte Kathedrale der Kunst.«

»Oh.« Gerührt drückte Christine Maggie die Hand. »Das hätte mein Michael sicher gerne gehört. Genau das hat er gewollt. Wußten Sie, daß er selbst ein verhinderter Künstler war?«

»Nein.« Maggie bedachte Rogan mit einem vielsagenden Seitenblick. »Das wußte ich nicht.«

»Er wollte malen. Er hatte die Sicht eines Malers, aber nicht die Hand. Also hat er die Atmosphäre und die Räumlichkeiten geschaffen, um andere zu feiern, denen das Talent zum Malen gegeben war.« Mit einem Rascheln ihres rauchgrauen Seidenanzugs lehnte sich Christine zurück. »Er war ein wunderbarer Mann. Und Rogan schlägt ihm sowohl äußerlich als auch vom Temperament her nach.«

»Sie müssen sehr stolz auf ihn sein.«

»Das bin ich auch. Genau wie ich sicher bin, daß Ihre Familie sehr stolz ist auf Sie.«

»Ich weiß nicht, ob Stolz der richtige Ausdruck ist.« Maggie nippte an ihrem Drink, merkte, daß ihr Sherry serviert worden war, und bemühte sich, nicht das Gesicht zu verziehen. Glücklicherweise trat in diesem Augenblick der Butler durch die Tür, um zu verkünden, daß das Abendessen fertig war.

»Wunderbar.« Dankbar stellte sie ihr Glas neben sich. »Ich bin halb verhungert.«

»Dann begeben wir uns am besten umgehend zu Tisch.« Rogan bot seiner Großmutter seinen Arm. »Julien ist froh, daß Ihnen seine Kochkunst gefällt.«

»Oh, er ist ein wunderbarer Koch. Obwohl ich zugeben muß, daß ich selbst eine so erbärmliche Köchin bin, daß ich alles esse, was ich nicht selber zubereiten muß.«

»Wir werden es ihm nicht erzählen.« Rogan zog erst für Christine und dann für Maggie einen Stuhl zurück.

»Besser nicht«, stimmte Maggie ihm zu. »Vor allem, da ich versuchen möchte, ihn dazu zu bewegen, daß er ein paar seiner Rezepte gegen ein paar von Brie eintauscht.«

»Brie ist Maggies Schwester«, erklärt Rogan, als die Suppe kam. »Sie hat eine kleine Frühstückspension in Clare, und ich kann aus persönlicher Erfahrung berichten, daß sie eine hervorragende Köchin ist.«

»Dann übt Ihre Schwester ihre Kunst demnach statt im Atelier in der Küche aus.«

»Allerdings«, stimmte Maggie zu. Wider Erwarten war ihr Christine Sweeneys Gesellschaft alles andere als unangenehm. »Brianna hat regelrecht magische Fähigkeiten, wenn es um Dinge, die den Haushalt betreffen, geht.«

»In Clare also.« Christine nickte, als Rogan ihr Wein anbot. »Ich selbst komme aus Galway, und von daher kenne ich mich in der Gegend recht gut aus.«

»Ach ja?« Maggie war überrascht und erfreut. »Und woher aus Galway kommen Sie?«

»Galway City. Mein Vater hatte eine kleine Reederei. Über ihn habe ich auch Michael kennengelernt.«

»Meine eigene Großmutter mütterlicherseits kam auch aus Galway.« Obgleich Maggie normalerweise lieber aß als sprach, genoß sie in diesem Fall die Kombination aus hervorragendem Essen und Konversation. »Sie hat dort bis zu ihrer Heirat gelebt. Das muß vor ungefähr sechzig Jahren gewesen sein. Ihr Vater hatte dort ein Geschäft.«

»Ach ja? Und wie hieß Ihre Großmutter, wenn ich fragen darf?«

»Ihr Mädchenname war Feeney.«

»Sharon Feeney vielleicht?« Christines Augen leuchteten so dunkel und glitzernd wie der Saphirschmuck, den sie trug. »Die Tochter von Colin und Mary Feeney?«

»Allerdings. Sagen Sie nicht, Sie kannten sie.«

»O doch. Wir lebten nur ein paar Minuten

voneinander entfernt. Ich war ein bißchen jünger als sie, aber trotzdem haben wir uns regelmäßig gesehen.« Christine blinzelte Maggie zu, ehe sie sich an Rogan wandte, um ihn in die Unterhaltung miteinzubeziehen. »Ich war nämlich unsterblich in Maggies Großonkel Niall verliebt und habe Sharon damals schamlos ausgenutzt, um in seiner Nähe zu sein.«

»Aber du hast es doch bestimmt nicht nötig gehabt, irgend jemanden auszunutzen, damit du die Aufmerksamkeit eines Mannes bekamst«, stellte Rogan fest.

»Was bist du doch für ein Schmeichler.« Lachend tätschelte ihm Christine die Hand. »Ich warne Sie, Maggie, nehmen Sie sich ja vor ihm in acht.«

»Mir gegenüber hat er bisher noch nicht allzuviel von seinem Charme versprüht.«

»Mir kommt es eher so vor, als wären Sie mit Ihrem dicken Fell gegen jeden Charme immun«, erwiderte Rogan in freundlichem Ton.

Maggie beschloß, ihn zu ignorieren, und wandte sich erneut an Christine. »Ich habe meinen Onkel schon seit Jahren nicht mehr gesehen, aber ich hörte, daß er in seiner Jugend ein rechter Schwerenöter war.«

»Allerdings.« Wieder brach Christine in jugendliches, fröhliches Gelächter aus. »Als junges Mädchen habe ich seinetwegen manch schlaflose Nacht verbracht. Ehrlich gesagt« – sie wandte sich mit leuchtenden, schelmisch blitzenden Augen an ihren Enkelsohn – »wäre Michael nicht aufgetaucht, hätte ich wie eine Löwin um Niall gekämpft. Interessant, nicht wahr? Dann wärt ihr beide miteinander verwandt.«

Rogan sah Maggie an und hob eilig sein Glas an den Mund. Entsetzlich, dachte er. Grauenhaft.

Maggie kicherte. »Wissen Sie, daß Niall Feeney nie geheiratet hat und daß er immer noch in einer Junggesellenwohnung in Galway lebt? Vielleicht haben Sie ihm ja das Herz gebrochen, Mrs. Sweeney, wer weiß?«

»Ein netter Gedanke.« Die Schönheit von Christine Sweeneys Gesicht wurde durch die schmeichelhafte Röte, die ihr in die Wangen stieg, noch betont. »Aber die traurige Wahrheit ist, daß ich Niall niemals in irgendeiner Weise aufgefallen bin.«

»Dann muß er blind gewesen sein«, sagte Rogan und wurde von seiner Großmutter mit einem strahlenden Lächeln belohnt.

»Nicht blind.« Maggie seufzte, als ihr der verführerische Duft des zweiten Gangs, eines Fischgerichts, in die Nase stieg. »Aber vielleicht törichter als die meisten anderen.«

»Und er hat nie geheiratet, sagen Sie?« Christines Frage hatte, so stellte Rogan stirnrunzelnd fest, einen allzu beiläufigen Ton.

»Nie. Meine Schwester steht in Briefkontakt mit ihm.« Das Glitzern in Maggies Augen war nicht zu übersehen. »Ich werde sie bitten, in ihrem nächsten Brief zu erwähnen, daß ich Ihnen begegnet bin. Mal sehen, ob seine Erinnerung besser als sein jugendliches Urteilsvermögen ist.«

Obgleich sie verträumt lächelte, schüttelte Christine den Kopf. »Es ist fünfundfünfzig Jahre her, seit ich mit Michael von Galway nach Dublin gezogen bin. Gütiger Himmel, was für eine lange Zeit.«

Der Gedanke, daß die Zeit unweigerlich verging, weckte eine angenehme Traurigkeit in ihr, ähnlich der, die man empfand, wenn man ein Schiff aus dem Hafen segeln sah. Auch wenn ihr Ehemann bereits vor zwölf Jahren gestorben war, vermißte sie ihn immer noch, und in einer automatischen, in Maggies Augen rührenden Geste griff sie nach Rogans Hand.

»Sharon hat einen Hotelbesitzer geheiratet, nicht wahr?«

»Ja, er starb zehn Jahre früher als sie.«

»Das tut mir leid. Aber wenigstens hatte sie ja ihre Tochter. Das war gewiß tröstlich für sie.«

»Meine Mutter. Allerdings weiß ich nicht, ob diese Tatsache tröstlich für sie war.« Mit einem Mal wurde der zarte Geschmack der Forelle in Maggies Mund von einer gewissen Bitterkeit getrübt, die sie eilig mit einem Schluck Wein hinunterzuspülen trachtete.

»Nach Sharons Hochzeit standen wir noch jahrelang brieflich in Kontakt. Sie war stolz auf ihr Mädchen. Maeve, nicht wahr?«

»Ja.« Maggie versuchte, ihre Mutter als Mädchen zu sehen, doch es gelang ihr nicht.

»Ein wunderbares Kind, schrieb Sharon mir, mit schimmerndem, goldenem Haar. Die Kleine hat das Temperament einer Teufelin und die Stimme eines Engels, hat sie immer gesagt.«

Maggie schluckte und rang nach Luft. »Die Stimme eines Engels? Meine Mutter?«

»Nun ja. Sharon meinte, sie sänge wie eine Heilige, und ich glaube, sie hat sogar ein paar bedeutende Auftritte gehabt.« Christine machte eine Pause und dachte nach, und Maggie starrte sie verwundert an. »Ja, genau. In der Tat hat sie sogar mal hier oben in Gort gesungen, aber ich hatte leider keine Zeit, um sie mir anzusehen. Sharon hat mir hin und wieder irgendwelche Zeitungsartikel über sie geschickt, aber das ist inzwischen bestimmt dreißig Jahre her.« Sie sah Maggie mit einem interessierten Lächeln an. »Und heute singt sie gar nicht mehr?«

»Nein.« Maggie hatte die Stimme ihrer Mutter nur quengelnd oder kreischend im Ohr. Eine Sängerin? Eine Sängerin, die mit der Stimme eines Engels gesegnet war? Das konnte unmöglich ihre Mutter sein.

»Nun«, fuhr Christine fort. »Vermutlich war sie statt dessen mit ihrer Familie glücklich.«

Glücklich? Bestimmt nicht die Maeve Feeney Concannon, von der sie aufgezogen worden war. »Ich nehme an«, sagte Maggie in nachdenklichem Ton, »daß sie irgendwann eben einfach zwischen zwei Dingen entschieden hat.«

»Wie wir es alle tun. Sharon hat sich entschieden, als sie heiratete und Galway verließ. Ich muß sagen, ich habe sie schmerzlich vermißt, aber wenigstens hat sie ihren Johnny und ihr Hotel geliebt.«

Unter großen Mühen verdrängte Maggie den Gedanken an die Frau, die ihre Mutter offenbar einmal gewesen war. Sie würde sich später die Zeit nehmen und ausführlich darüber nachdenken. »Ich erinnere mich noch an Grans Hotel. Als junge Mädchen haben Brie und ich während der Sommerferien dort gejobbt. Die Zimmer aufgeräumt, Besorgungen gemacht. Allerdings lag mir diese Art der Beschäftigung nicht sonderlich.«

»Da hat die Kunstwelt großes Glück gehabt.«

Maggie beantwortete Rogans Kompliment mit einem Blick. »Vielleicht, aber vor allem habe ich selbst Glück gehabt.«

»Ich habe Sie noch nie gefragt, wodurch Ihr Interesse an Glas geweckt worden ist.«

»Die Mutter meines Vaters hatte eine Vase aus venezianischem Glas – trichterförmig, in einem blassen, rauchigen Grün. Die Farbe jungen Blattwerks, das noch in den Knospen steckt. Etwas Schöneres hatte ich nie zuvor gesehen. Sie sagte, die Vase wäre aus Atem und Feuer gemacht.« Maggie lächelte gedankenverloren, und ihre Augen wiesen denselben rauchigen Ton wie die von ihr beschriebene Vase auf. »Es kam mir wie ein Märchen vor, daß man mit Atem und Feuer etwas schaffen können sollte, das tatsächlich greifbar war. Also hat sie mir ein Buch mit Bildern einer Glasbläserei, Bildern von den Arbeitern, den Glasmacherpfeifen, den Öfen gezeigt. Ich glaube, von dem Moment an wollte ich nichts anderes mehr, als selbst Glas zu machen, so, wie es in dem Buch dargestellt war.«

»Rogan war genauso«, murmelte Christine. »Schon in ganz jungen Jahren hatte er sein Leben verplant.« Sie blickte zwischen Maggie und ihrem

Enkel hin und her. »Und nun habt ihr beide einander gefunden«, sagte sie.

»So sieht's aus«, stimmte ihr Rogan zu und läutete nach dem nächsten Gang.

8. Kapitel

Immer wieder zog es Maggie in die Galerie, und sie wußte keinen Grund, weshalb sie sie nicht aufsuchen sollte, sooft es ihr gefiel. Joseph und die anderen Angestellten waren immer sehr freundlich zu ihr, ja sie gingen sogar so weit, sie zu fragen, was sie von der Präsentation der einzelnen Werke hielt.

Allerdings fiel ihr, so sehr sie es auch bedauerte, nicht der kleinste Verbesserungsvorschlag ein, denn Rogans Blick fürs Detail und für die Plazierung jeder einzelnen Arbeit schien geradezu perfekt zu sein. Also überließ sie es den Angestellten der Galerie, seine Anweisungen auszuführen, und zog sich diskret mit ihrem Skizzenblock in die Ausstellung der indianischen Artefakte zurück.

Die Körbe, der Haarschmuck, die akribischen Perlenstickereien und die ausgeklügelten Muster auf den rituellen Masken faszinierten sie. Zahllose Ideen und Visionen sprangen gazellengleich in ihrem Kopf herum, und sie beeilte sich, damit sie sie, ehe sie wieder entschwanden, zu Papier bekam.

Sie war froh, daß sie ihre Arbeit hatte, denn immer, wenn sie zur Besinnung kam, kehrten ihre Gedanken zu dem zurück, was ihr von Christine über Maeve erzählt worden war. Wie viele Dinge, überlegte sie, lagen wohl unter der Oberfläche des Lebens ihrer Eltern verborgen, ohne daß es ihr je bewußt geworden war? Wie die Karriere ihrer Mutter und die Liebe ihres Vaters zu einer anderen Frau? Und sie beide – ihretwegen – in einer Ehe gefangen, aufgrund derer ihnen die Erfüllung ihrer größten Wünsche vorenthalten blieb.

Sie mußte mehr herausfinden, und zugleich fürchtete sie, daß, was auch immer sie erführe, die Erkenntnis vertiefen könnte, daß sie keine Ahnung hatte von dem Paar, von dem sie geschaffen worden, keine Ahnung von den Menschen, deren Tochter sie war.

Also verdrängte sie das Bedürfnis, mehr zu erfahren, und konzentrierte sich ganz auf die Galerie.

Wann immer es möglich war, benutzte sie Rogans Büro als Atelier. Das Licht war gut, und da der Raum im hinteren Teil des Gebäudes lag, wurde sie dort höchst selten gestört. Das Büro war winzig, denn offenbar vertrat Rogan die Ansicht, daß die Hauptbestimmung der Galerie nicht das Geschäft, sondern die Ausstellung diverser Kunstgegenstände war.

Eine Entscheidung, die ihre Zustimmung fand.

Sie bedeckte seinen schimmernden Walnußschreibtisch mit einer Plastikfolie und dicken Lagen Zeitungspapier. Die Kohle- und Bleistiftskizzen waren nur der Anfang gewesen, nun fügte sie bunte Farbtupfer hinzu. In einem Laden nahe der Galerie hatte sie ein paar Acrylfarben gekauft, aber oft führte ihre Ungeduld mit den unvollkommenen Materialien dazu, daß sie einfach nahm, was ihr zur Verfügung stand – daß sie ihren Pinsel in Kaffeesatz oder feuchte Asche tauchte oder breitere Linien mit Lippen- oder Augenbrauenstiften zog.

Ihre Skizzen betrachtete sie nur als ersten Schritt. Obgleich sie sich für eine adäquate Handwerkerin hielt, hätte sich Maggie nie als Meisterin mit Pinsel und Farben gesehen. Ihre Zeichnungen waren nur ein Weg, ihre Visionen zu bannen, bis ihr die Umsetzung in ein gläsernes Kunstwerk gelang. Daß Rogan ein paar ihrer Skizzen in die Ausstellung einbezog, war ihr eher peinlich, als daß es ihr gefiel.

Aber, so sagte sie sich, die Leute kauften eben alles, wenn man sie glauben machte, daß es qualitativ hochwertig und wertvoll war.

Ich bin eine elende Zynikerin, dachte sie, während sie sich mit zusammengekniffenen Augen ihr jüngstes Kunstwerk ansah. Und eine elende Erbsenzählerin dazu, die bereits die Gewinne zählt, ehe auch nur ein einziges Stück verkauft worden war. Großer Gott, sie hatte sich mitreißen lassen von Rogans Traum, und sie würde sich selbst noch mehr hassen als ihn, wenn sie gezwungen wäre, als Versagerin nach Clare zurückzugehen.

Lag ihr das Versagen vielleicht im Blut? überlegte sie. War sie wie ihr Vater, und erreichte sie vielleicht nie das Ziel, das ihr am allerwichtigsten war? Sie war so in ihre Arbeit und in ihre finsteren Gedanken vertieft, daß sie überrascht und verärgert zusammenfuhr, als jemand durch die Bürotür trat.

»Raus! Raus! Muß man die verdammte Tür etwa abschließen, damit man mal für fünf Minuten seine Ruhe hat?«

»Genau das habe ich mich eben auch gefragt.« Rogan sah sie fragend an. »Was in aller Welt machen Sie hier?«

»Experimente in Atomphysik«, schnauzte sie. »Wonach sieht's denn Ihrer Meinung nach aus?« Immer noch verärgert, weil sie in ihrer Arbeit unterbrochen worden war, blies sie ihren Pony aus der Stirn und blitzte ihn wütend an. »Was wünschen Sie hier?«

»Ich glaube, diese Galerie und somit auch dieses Büro gehören mir.«

»Das habe ich nicht vergessen.« Maggie tauchte ihren Pinsel in ein auf einem alten Brett angerührtes Farbgemisch. »Denn schließlich ist das erste, was hier jedem über die Lippen kommt, Mr. Sweeney dies und Mr. Sweeney das.« Von diesem kleinen Wortgefecht angeregt, verstrich sie die Farbe auf dem dicken Papier, das auf einem zweiten Brett befestigt war.

Sein Blick wanderte von ihrem Gesicht zu ihren Händen hinab, und einen Augenblick starrte er sie sprachlos an. »Gütiger Himmel, was machen Sie denn da?« Er war ehrlich verblüfft. Sein unbezahlbarer, geliebter Schreibtisch war mit farbverspritztem Zeitungspapier, mit Pinseln, Stiften und – wenn ihn seine Nase nicht trog – Terpentinflaschen vollgestellt. »Sind Sie denn wahnsinnig? Ist Ihnen klar, daß das ein Georg-II.-Schreibtisch ist?«

»Ein robustes Stück«, erwiderte sie, nicht ohne Respekt für den toten englischen König. »Sie stehen mir im Licht.« Geistesabwesend fuchtelte sie mit einer farbverkleckten Hand in der Luft herum. »Und gut geschützt«, fügte sie hinzu. »Außer mit Zeitungspapier habe ich ihn noch mit einer Plastikfolie abgedeckt.«

»Oh, dann ist ja alles in Ordnung.« Er nahm eine Handvoll ihres Haars und zwang sie, ihn anzusehen. »Wenn Sie eine Staffelei brauchen, warum haben Sie dann nichts gesagt?« fragte er und starrte sie zornig an. »Ich hätte Ihnen eine besorgt.«

»Statt einer Staffelei brauche ich einfach, daß man mich in Ruhe arbeiten läßt. Wenn Sie sich vielleicht wieder genauso dünn machen könnten, wie es Ihnen in den letzten beiden Tagen so hervorragend gelungen ist…« Sie versetzte ihm einen leichten Stoß, und beide blickten auf die leuchtendroten Flecken an den Aufschlägen seines Nadelstreifenjacketts.

»Oh«, sagte sie.

»Idiotin.« Er kniff die Augen zu gefährlichen Schlitzen zusammen, als sie zu kichern begann.

»Es tut mir leid. Ehrlich.« Aber die Entschuldigung wurde durch ihr ersticktes Lachen Lügen gestraft. »Wenn ich arbeite, bin ich immer ziemlich verschmiert, und ich habe einfach nicht an meine Hände gedacht. Aber soweit ich weiß, haben Sie ja ein ganzes Anzugsortiment, so daß Ihnen diese eine Jacke nicht besonders fehlen wird.«

»Das denken Sie.« Blitzschnell tauchte er seine Finger in einen der Farbtöpfe und fuhr ihr damit über das Gesicht. Ihr überraschtes Quietschen war eine große Genugtuung für ihn. »Die Farbe steht Ihnen gut.«

Sie wischte sich mit dem Handrücken über die Wange, wodurch sie die Farbe noch stärker verschmierte als zuvor. »Sie wollen also spielen, ja?« Lachend nahm sie eine Tube Kanariengelb in die Hand.

»Wenn Sie das tun«, sagte er, wobei er nicht wußte, ob er verärgert oder belustigt war, »dann stopfe ich Ihnen die Tube samt Inhalt in den Mund.«

»Eine Concannon hat noch nie eine Herausforderung gescheut.« Grinsend hielt sie die Tube hoch, doch ehe sie drücken konnte, trat abermals jemand durch die Tür.

»Rogan, ich hoffe, du… –« Die elegante Frau in dem Chanelkostüm unterbrach sich und starrte die beiden mit großen, blaßblauen Augen an. »Oh, Verzeihung.« Verwirrt strich sie sich ihr weiches, sandfarbenes Haar zurück. »Ich wußte nicht, daß du… beschäftigt bist.«

»Du bist gerade zur rechten Zeit hereingeplatzt.« Rogan riß ein Stück Zeitungspapier ab und wischte sich die Farbe von den Fingerspitzen. »Ich glaube, sonst hätten wir uns hier ziemlich zum Narren gemacht.«

Vielleicht, dachte Maggie und legte die Tube mit einem lächerlichen Gefühl des Bedauerns auf den Tisch zurück. Sie hätten sich bestimmt ziemlich amüsiert.

»Patricia Hennessy, darf ich dir Margaret Mary Concannon vorstellen, unsere neue Künstlerin?«

Die, dachte Patricia, auch wenn ihrem zarten, edlen Gesicht nichts als höfliches Interesse anzusehen war. Diese farbverschmierte, zottelige Frau sollte M. M. Concannon sein? »Es freut mich, Sie kennenzulernen.«

»Ebenfalls, Miss Hennessy.«

»Missus«, sagte Patricia und setzte ein dezentes Lächeln auf. »Aber bitte sagen Sie doch Patricia zu mir.«

Wie eine einzelne Rose hinter Glas, dachte Maggie, war Patricia Hennessy lieblich, zart und perfekt. Und unglücklich, dachte sie, als sie das elegante, ovale Gesicht ihres Gegenübers sah. »Ich räume sofort das Feld. Ich bin sicher, daß Sie lieber mit Rogan allein sprechen wollen.«

»Lassen Sie sich meinetwegen ruhig Zeit.« Patricias Augen blieben von ihrem Lächeln unberührt. »Eben hat mir Joseph Ihre Arbeiten gezeigt. Sie haben ein unglaubliches Talent.«

»Vielen Dank.« Maggie zerrte Rogans Taschentuch aus der Brusttasche seines Jacketts.

»Lassen Sie…« Der Befehl erstarb auf seinen Lippen, denn schon hatte sie das irische Leinen in Terpentin getaucht. Mit einem Knurren entriß er ihr das Tuch und schrubbte erbost an seinen Händen herum. »Es scheint, als würde mein Büro augenblicklich als Atelier mißbraucht.«

»Sonst gibt es hier ja keinen Raum, in dem man mal fünf Minuten seine Ruhe hat«, sagte Maggie, wobei sie bewußt in ihren gedehnten westirischen Akzent verfiel. »Wissen Sie, offenbar habe ich hier heiligen Boden betreten, was ihn ziemlich verärgert hat. Wenn Sie Rogan schon länger kennen, wissen Sie ja, wie pingelig er ist.«

»Ich bin nicht pingelig«, stieß er zwischen zusammengebissenen Zähnen hervor.

»Oh, natürlich nicht«, erwiderte Maggie und rollte die Augen himmelwärts. »Sie sind ein ganz Wilder, so unberechenbar wie die Farben eines Sonnenaufgangs.«

»Im allgemeinen wird ein gewisser Ordnungssinn nicht als Fehler gesehen, das Fehlen dieses Bedürfnisses hingegen schon.«

Wieder hatten sie sich einander zugewandt und schlossen Patricia, wenn auch unabsichtlich, aus. Patricia spürte die Spannung zwischen den beiden und dachte an die Zeit zurück, in der sie selbst von ihm begehrt worden war. Dachte daran zurück, denn sie begehrte Rogan immer noch. »Es tut mir leid. Offenbar bin ich zu einem unpassenden Zeitpunkt aufgetaucht.« Sie haßte die steife Förmlichkeit, mit der sie sprach.

»Ganz und gar nicht.« Rogans gerunzelte Stirn glättete sich, und er setzte ein charmantes Lächeln auf. »Es ist mir immer ein Vergnügen, dich zu sehen.«

»Ich kam zufällig vorbei und dachte, du hättest vielleicht gerade nichts zu tun. Ich bin auf einen Drink bei den Carneys eingeladen und hatte gehofft, du kämst vielleicht mit.«

»Tut mir leid, Patricia.« Rogan blickte auf sein ruiniertes Taschentuch und warf es verächtlich auf das auf dem Tisch ausgebreitete Zeitungspapier. »Aber da morgen die Ausstellungseröffnung ist, habe ich noch hundert Dinge zu erledigen.«

»Unsinn.« Maggie sah ihn grinsend an. »Ich halte Sie bestimmt nicht von Ihrer wohlverdienten Mittagspause ab.«

»Es ist nicht Ihretwegen – ich habe einfach noch zu tun. Bitte entschuldige mich bei Marion und George.«

»Das werde ich.« Patricia hielt Rogan die Wange hin, doch der zarte Blumenduft ihres Parfüms drang kaum durch den beißenden Terpentingeruch, der wie ein schwerer Vorhang zwischen ihnen hing. »Es hat mich gefreut, Ihre Bekanntschaft zu machen, Miss Concannon. Ich freue mich schon auf die Vernissage.«

»Patricia«, sagte sie mit einer Wärme, die daher

rührte, daß sie die Gefühle der anderen Frau instinktiv verstand. »Es hat mich ebenfalls gefreut, Sie kennenzulernen. Was die Ausstellung betrifft, hoffe ich, daß alles klappen wird, und ich freue mich, falls wir uns dort sehen. Bis morgen dann.« Summend tauchte Maggie ihre Pinsel in das Terpentin. »Eine reizende Person«, sagte sie, nachdem Patricia gegangen war. »Eine alte Freundin von Ihnen?«

»Ganz recht.«

»Eine alte verheiratete Freundin?«

Er zog fragend die Brauen hoch. »Eine alte verwitwete Freundin, um genau zu sein.«

»Aha.«

»Was soll das heißen, aha?« Aus ihm unbekannten Gründen fühlte er sich in die Defensive gedrängt. »Ich kenne Patricia seit über fünfzehn Jahren.«

»Himmel, dann sind Sie aber ziemlich langsam, Sweeney.«

Sie setzte sich auf den Schreibtisch und legte nachdenklich einen Bleistift an ihren Mund. »Eine schöne Frau, ganz offensichtlich mit gutem Geschmack – eine Frau aus derselben gesellschaftlichen Schicht wie Sie, wenn ich so sagen darf, und in all den fünfzehn Jahren haben Sie es nicht gebacken gekriegt.«

»Nicht gebacken gekriegt?« Seine Stimme bekam einen eisigen Unterton. »Eine höchst unschöne Formulierung, aber selbst wenn ich im Augenblick ihre unglückselige Ausdrucksweise außer acht lasse, woher wollen Sie wissen, daß es so ist?«

»Solche Dinge sieht man.« Mit einem Schulterzucken sprang Maggie auf die Füße zurück. »Intime Beziehungen und platonische Beziehungen basieren auf vollkommen unterschiedlichen Signalen.« Ihr Blick wurde weich. Schließlich war er eben doch nur ein Mann. »Ich wette, Sie denken, daß Sie und Patricia furchtbar gute Freunde sind.«

»Natürlich denke ich das.«

»Sie Trottel.« Eine Woge des Mitgefühls für Patricia wallte in ihr auf. »Sie ist unsterblich in Sie verliebt.«

Die Vorstellung und der beiläufige Ton, in dem Maggie darüber sprach, erschütterten ihn. »Das ist doch absurd.«

»Das einzig Absurde ist, daß es Ihnen bisher offenbar nicht im mindesten aufgefallen ist.« Abrupt sammelte sie ihre Sachen ein. »Mrs. Hennessy hat mein Mitgefühl – obwohl ich zugeben muß, daß ich schließlich selbst nicht uninteressiert an Ihnen bin und daß mir die Vorstellung, daß Sie von ihrem Bett in meins weiterhüpfen, nicht unbedingt gefällt.«

Sie war, dachte er erschöpft, schlicht unglaublich. »Dieses Gespräch ist einfach lächerlich, und ich habe noch eine Menge zu tun.«

Der förmliche Tonfall, den seine Stimme manchmal bekam, war geradezu liebenswert. »Lassen Sie sich nur nicht aufhalten«, sagte sie. »Ich werde die Zeichnungen zum Trocknen in der Küche ausbreiten, wenn's in Ordnung ist.«

»Hauptsache, sie sind mir nicht im Weg.« Genau wie die Zeichnerin, dachte er, doch dann beging er den Fehler und sah sich eine der Skizzen genauer an. Er erkannte genau, wovon Maggie inspiriert worden war, wie sie die indianische Kunst benutzte und gleichzeitig etwas Kühnes, Einzigartiges, nie dagewesenes Eigenes schuf.

Egal, wie sehr oder wie oft sie ihm auf die Nerven ging, war er doch immer wieder aufs neue von ihrem Talent fasziniert.

»Wie ich sehe, haben Sie keine Zeit verloren.«

»Das ist eins der wenigen Dinge, die uns beiden gemeinsam sind. Aber vielleicht sagen Sie mir ja, wie Ihnen der Entwurf gefällt.«

»Ich muß sagen, Sie haben einen ausgeprägten Sinn für Schönheit und Stolz.«

»Das war aber mal ein nettes Kompliment.« Sie lächelte. »Sehr nett sogar.«

»Durch Ihre Arbeiten wird einem auch ein

Stück von Ihnen selbst offenbart, Maggie, und ich muß sagen, daß ich einfach nicht verstehe, was für ein Mensch Sie sind. Sensibel und arrogant, empfindsam und gnadenlos, sinnlich und reserviert zugleich.«

»Wenn Sie damit sagen wollen, daß ich launisch bin, widerspreche ich Ihnen sicher nicht.« Sie überlegte, ob es wohl einmal soweit käme, daß er sie so sähe, wie er bisher nur ihre Arbeit sah. Überlegte, was sich, käme es tatsächlich soweit, von ihnen beiden gemeinsam schaffen ließ. »Was in meinen Augen allerdings kein Fehler ist.«

»Nur, daß es das Zusammenleben mit Ihnen ziemlich schwierig macht.«

»Wozu niemand außer mir selbst gezwungen ist.« Sie hob eine Hand und überraschte ihn, indem sie ihm sanft über die Wange fuhr. »Ich denke daran, mit Ihnen zu schlafen, Rogan, und wir beide wissen es. Aber ich bin nicht so wie Ihre ehrenwerte Mrs. Hennessy, die nach einem Ehemann Ausschau hält, der sie durchs Leben führt.«

Er legte seine Finger um ihr Handgelenk, überrascht und erfreut, als ihr Puls unregelmäßig zu schlagen begann. »Und was suchen Sie?«

Normalerweise hatte sie auf diese Frage sofort eine Antwort parat, aber die Heftigkeit, mit der ihr Herz pochte, irritierte sie derart, daß sie die

Antwort für einen Augenblick vergaß. »Wenn ich es weiß, sage ich Ihnen Bescheid.« Sie stellte sich auf die Zehenspitzen und gab ihm einen sanften Kuß. »Fürs erste gefällt mir die Situation so, wie sie ist.«

Sie nahm ihm die Skizze aus der Hand und sammelte die anderen Blätter ein.

»Margaret Mary«, sagte er, als sie sich zum Gehen wandte. »Wenn ich Sie wäre, würde ich mir die Farbe von der Backe wischen.«

Sie verzog das Gesicht und sah schielend auf den roten Fleck. »Ach, was soll's«, murmelte sie, verließ den Raum und warf die Tür hinter sich ins Schloß.

Von diesem letzten Seitenhieb hatte er sich eine gewisse Genugtuung erhofft, aber statt dessen war er erbost, weil er sich von ihr so leicht aus der Fassung bringen ließ. Er hatte einfach keine Zeit, um sich mit den Schwierigkeiten auseinanderzusetzen, die sie in seinem Privatleben hervorrufen konnte.

Am liebsten hätte er sie in ein ruhiges Zimmer gezerrt und all seinen Frust, seine Lust und seine schmerzliche Begierde abreagiert. Hätte er sie oder zumindest die Situation erst einmal im Griff, dann fände er bestimmt sein inneres Gleichgewicht wieder.

Doch es gab wichtigere Dinge, und am wichtigsten war im Augenblick sowohl vertragsgemäß als auch aus moralischer Sicht die Verbreitung ihrer Kunst.

Er blickte auf eins ihrer Bilder, das noch auf dem Schreibtisch lag. Es sah aus, als hätte sie es eilig hingeworfen, mit schnellen Strichen und kühnen Farben, deren unüberlegte Brillanz die Aufmerksamkeit des Betrachters erzwang.

Die Zeichnung ließ sich ebensowenig ignorieren wie die Künstlerin selbst, dachte er, und auch wenn er eilig und mit entschlossenen Schritten den Raum verließ, blieben doch das Bild und der Geschmack ihrer Lippen lebendig in seiner Erinnerung zurück.

»Mr. Sweeney. Sir.«

Mit einem unterdrückten Seufzer blieb Rogan in der Eingangshalle stehen. Er kannte den mageren, grauhaarigen Mann, der ihm, eine zerfledderte Aktentasche in den Händen, schüchtern gegenübertrat.

»Aiman«, begrüßte er den ärmlich gekleideten Mann mit demselben freundlichen Ton, mit dem er auch seine in Seidenanzüge gehüllten Kunden empfing. »Ich habe Sie schon eine ganze Weile nicht mehr gesehen.«

»Ich habe gearbeitet.« Aimans linkes Augenlid schien ständig nervösen Zuckungen ausgesetzt zu sein. »Ich habe eine Menge neuer Bilder, Mr. Sweeney.«

Vielleicht hatte er tatsächlich gearbeitet, dachte Rogan. Getrunken hatte er auf jeden Fall. Das war seinen geröteten Wangen, den rot geränderten Augen und den zitternden Händen deutlich anzusehen. Aiman war kaum dreißig Jahre alt, aber der Alkohol hatte einen alten, schwachen und verzweifelten Mann aus ihm gemacht.

Um anderen Galeriebesuchern nicht im Weg zu sein, hatte er sich diskret abseits der Eingangstür postiert. Seine Finger öffneten und schlossen sich um die alte Aktentasche, und er sah Rogan flehend an.

»Ich hatte gehofft, Sie hätten vielleicht Zeit, um sich die Bilder anzusehen, Mr. Sweeney.«

»Ich eröffne morgen eine neue Ausstellung, Aiman. Eine ziemlich große sogar.«

»Ich weiß. Ich habe es in der Zeitung gelesen.« Aiman befeuchtete sich nervös die Lippen. Den letzten Rest seines mit Straßenverkäufen verdienten Geldes hatte er am Vorabend in einem Pub durchgebracht. Er hatte gewußt, daß es der reine Wahnsinn, daß es abgrundtiefe Dummheit war, denn nun brauchte er dringend hundert Pfund für die Miete, wollte er nicht innerhalb einer Woche auf der Straße stehen. »Ich könnte Ihnen die Bilder dalassen, Mr. Sweeney. Ich käme dann Montag zurück. Ich – ich habe ein paar gute Sachen dabei. Ich wollte, daß Sie der erste sind, der sie zu sehen bekommt.«

Rogan fragte nicht, ob Aiman in finanziellen Schwierigkeiten war. Die Antwort war offensichtlich, und die Frage brächte ihn nur unnötig in Verlegenheit. Er war ein vielversprechender junger Künstler gewesen, erinnerte sich Rogan, ehe er von seinen Ängsten und vom Whiskey kaputtgemacht worden war.

»Mein Büro ist im Augenblick anderweitig besetzt«, sagte er in freundlichem Ton. »Aber kommen Sie doch einfach mit rauf und zeigen Sie mir Ihre Arbeiten dort.«

»Vielen Dank.« Aimans blutunterlaufene Augen wurden von einem jämmerlichen Hoffnungsschimmer erhellt. »Vielen Dank, Mr. Sweeney. Ich werde Ihre Zeit nicht lange in Anspruch nehmen, das verspreche ich.«

»Ich wollte gerade einen Tee trinken.« Rogan nahm unauffällig Aimans Arm, damit er beim Erklimmen der Stufen nicht allzusehr ins Schwanken geriet. »Sie leisten mir doch sicher dabei Gesellschaft, während ich mir Ihre Bilder ansehe, nicht wahr?«

»Gerne, Mr. Sweeney, vielen Dank.«

Maggie trat eilig einen Schritt zurück, damit Rogan sie nicht sah. Sie war sich sicher gewesen, vollkommen sicher, daß er die schmuddelige Gestalt vor die Tür setzen würde oder daß er einem seiner Untergebenen diese schmutzige Aufgabe übertrug. Statt dessen hatte er den Mann eingeladen, mit ihm Tee zu trinken, und ihn wie einen gern gesehenen Gast die Treppe hinaufgeführt.

Wer hätte gedacht, daß Rogan Sweeney eine solche Freundlichkeit besaß?

Er würde ein paar Bilder kaufen, das war klar. Genug, daß der Stolz des Künstlers gewahrt war und er ein, zwei warme Mahlzeiten in den Bauch bekam. Diese Geste beeindruckte sie, und zwar mehr als all die Stipendien und Schenkungen, die Worldwide sicher alljährlich verteilen ließ.

Es kümmerte ihn, wie es anderen Menschen erging. Diese Erkenntnis beschämte und erfreute sie. Das Schicksal der kunstschaffenden Menschen war für ihn von ebensolcher Bedeutung wie die Kunst.

Sie kehrte in sein Büro zurück, räumte auf und dachte darüber nach, wie sich der neue Aspekt von Rogans Persönlichkeit mit all seinen anderen Seiten verbinden ließ.

Vierundzwanzig Stunden später saß Maggie auf dem Rand ihres Betts in ihrem Zimmer in Rogans Haus. Sie hatte den Kopf zwischen die Knie gelegt und verfluchte sich, weil ihr so unendlich übel war. Es war ihr peinlich, auch nur sich selbst gegenüber einzugestehen, daß sie von Lampenfieber geschüttelt war. Einem solchen Lampenfieber, daß sie sich bereits hatte übergeben müssen und unter heftigen Schüttelfrostattacken litt.

Es ist egal, sagte sie sich zum tausendsten Mal. Es ist vollkommen egal, was irgendwer von meinen Werken hält. Einzig meine Meinung zählt.

O Gott, o Gott, weshalb habe ich das nur zugelassen, daß man meine Arbeit derart auf die Probe stellt?

Langsam und vorsichtig hob sie den Kopf – und wurde von einer Woge der Übelkeit überrollt, die sie mit den Zähnen knirschen ließ. Der Spiegel am anderen Ende des Raums warf ihr jämmerliches Bild zu ihr zurück.

Ihre Haut hob sich gespenstisch weiß von der schwarzen Spitze ihrer Unterwäsche ab. Ihre blutunterlaufenen Augen standen in grausigem Kontrast zu ihrem käsigen Gesicht. Stöhnend wandte sie sich ab.

Sie sah einfach entsetzlich aus. Sie würde sich blamieren wie nie zuvor. In Clare hatte sie es doch immer gut gehabt, oder etwa nicht? Sie gehörte aufs Land, wo sie allein und unabhängig war. Wo es nur sie gab und ihr Glas, die ruhigen Felder und den Nebel, der sich allmorgendlich über dem Boden erhob. Und genau dort wäre sie jetzt, hätte Rogan Sweeney sie nicht mit all seinen schönen Worten in Versuchung geführt.

Er ist der Teufel in Person, dachte sie, wobei sie praktischerweise vergaß, daß sie ihn allmählich mit anderen Augen sah. Er war ein Monster, das unschuldige Künstler aus Habgier in ihr Unglück trieb. Er würde sie ausquetschen wie eine Tube Farbe, und dann würde er sie wegwerfen, wenn nichts mehr aus ihr herauszuholen war.

Am liebsten hätte sie ihn umgebracht, aber leider war sie zu schwach, um auch nur aufzustehen.

Es klopfte leise an ihre Tür, und sie kniff die Augen zu. Geht weg, schrie ihr Innerstes. Geht alle weg, damit ich in Ruhe sterben kann.

Abermals klopfte es, und eine ruhige Stimme drang durch die Tür. »Maggie, meine Liebe, sind Sie bereit?«

Mrs. Sweeney. Maggie preßte die Handballen in die Augen und unterdrückte nur mit Mühe einen Schrei. »Nein, bin ich nicht.« Sie bemühte sich, ihrer Stimme einen barschen, entschiedenen

Ton zu verleihen, doch mehr als ein elendes Wimmern kam nicht heraus. »Aber ich komme sowieso nicht mit.«

Mit einem Rascheln ihres Seidenkleids glitt Christine herein. »Ach, meine Liebe. Das ist nur das Lampenfieber, sonst nichts.«

»Ich habe kein Lampenfieber.« Doch mit einem Mal warf Maggie auch den letzten Stolz über Bord und klammerte sich wie eine Ertrinkende an Christine. »Aber ich komme nicht mit.«

»Natürlich tun Sie das.« Christine umfaßte Maggies Kinn und zwang sie, ihr ins Gesicht zu sehen. Sie wußte genau, welche Methode die erfolgversprechendste war, und gnadenlos sagte sie: »Sie wollen doch sicher nicht, daß die Leute denken, Sie hätten Angst.«

»Ich habe keine Angst.« Maggie reckte trotzig das Kinn, doch sofort wallte neue Übelkeit in ihr auf. »Ich habe einfach kein Interesse daran, zwischen all diesen Snobs herumzustehen.«

Christine lächelte und schwieg.

»Ich kann einfach nicht, Mrs. Sweeney«, platzte es schließlich aus Maggie heraus. »Ich bringe es einfach nicht über mich. Ich werde mich bis auf die Knochen blamieren, und das ist das Schlimmste, was ich mir vorstellen kann. Lieber würde ich sterben.«

»Ich verstehe Ihre Gefühle, aber Sie werden sich nicht blamieren.« Christine tätschelte Maggies eisige Hand. »Es stimmt, daß Sie heute abend ebenso auf dem Präsentierteller stehen wie Ihr Werk. Das ist das Verrückte an der Welt der Kunst. Man überlegt, wer Sie sind, man spricht über Sie, man stellt Spekulationen an. Na und?«

»Das ist es gar nicht so sehr – obwohl es natürlich damit zu tun hat. Ich bin es nicht gewohnt, daß man sich über mich Gedanken macht, und ich glaube auch nicht, daß es mir gefallen wird, aber vor allem geht es um meine Arbeit...« Sie preßte die Lippen zusammen. »Meine Arbeit ist das Beste, was ich zu geben habe, Mrs. Sweeney. Und wenn sie den Leuten nicht gefällt. Wenn sie nicht gut genug ist...«

»Rogan findet sie gut genug.«

»Na, er muß es ja wissen«, murmelte Maggie in trotzigem Ton.

»Stimmt. Er muß es wissen.« Christine kam zu dem Schluß, daß das Kind ein wenig bemuttert werden mußte. Und wenn man jemand bemutterte, durfte man nicht immer freundlich sein. »Wollen Sie, daß ich runtergehe und ihm erkläre, daß Sie sich nicht trauen, mitzugehen?«

»Nein!« Maggie warf sich entsetzt die Hände vors Gesicht. »Er hat mich in die Falle gelockt. Diese Schlange von einem Mann. Dieser verdammte – oh, Verzeihung.« Maggie erstarrte, und langsam sanken ihre Hände in ihren Schoß zurück.

Am liebsten hätte Christine laut losgelacht, doch statt dessen sagte sie in ernstem Ton: »Schon gut. Und jetzt warten Sie hier, und ich gehe runter und sage Rogan, daß er schon mal vorfahren soll. Vor lauter Ungeduld hat er bestimmt schon einen Pfad in das Parkett in der Eingangshalle getrampelt.«

»Einen schlimmeren Pünktlichkeitsfanatiker als ihn habe ich noch nie gesehen.«

»Das hat er von seinem Großvater geerbt. Mein Michael, Gott habe ihn selig, hat mich mit seinem Sinn für Pünktlichkeit fast wahnsinnig gemacht.« Abermals tätschelte sie Maggies Hand. »Ich bin gleich wieder da, um Ihnen beim Anziehen behilflich zu sein.«

»Mrs. Sweeney.« Verzweifelt klammerte sich Maggie an Christines Ärmel fest. »Könnten Sie ihm nicht einfach sagen, ich wäre tot? Dann könnten Sie aus der Vernissage eine wunderbare Totenwache machen. Außerdem macht man mit einem toten Künstler normalerweise immer mehr Geld als mit einem lebendigen.«

»Sehen Sie?« Vorsichtig löste sich Christine aus der Umklammerung. »Sie sind schon wieder ganz die alte. Und jetzt laufen Sie los und waschen Sie sich das Gesicht.«

»Aber…«

»Für heute abend übernehme ich die Rolle Ihrer Großmutter«, sagte Christine in bestimmtem Ton. »Ich bin sicher, Sharon hätte es so gewollt. Und wie ich schon sagte, jetzt laufen Sie los und waschen sich das Gesicht.«

»Sehr wohl, Ma'am. Mrs. Sweeney?« Mit zittrigen Knien stand Maggie auf. »Sie erzählen ihm doch nicht… ich meine, ich wäre Ihnen dankbar, wenn Sie Rogan gegenüber nicht erwähnen würden, daß ich…«

»An einem der wichtigsten Abende in ihrem Leben hat eine Frau wohl das Recht, sich ein wenig länger als gewöhnlich mit der Auswahl ihrer Garderobe zu beschäftigen.«

»Ich nehme an«, der Schatten eines Lächelns umspielte Maggies Mund, »daß er mich nach dieser Erklärung für eine frivole Idiotin hält, aber ich denke, das ist immer noch besser, als wenn er die Wahrheit erfährt.«

»Überlassen Sie Rogan einfach mir.«

»Nur noch eins.« Maggie hatte sich bisher um diese Bitte herumgedrückt, aber da ihr nun schon elender als je zuvor zumute war, kam es nicht mehr darauf an. »Meinen Sie, Sie könnten mir die

Zeitungsartikel heraussuchen, von denen Sie sprachen? Die, in denen es um meine Mutter geht?«

»Ich denke schon. Warum habe ich nur bisher selbst noch nicht daran gedacht? Natürlich interessiert es Sie, was man damals über sie geschrieben hat.«

»Allerdings. Ich wäre Ihnen wirklich dankbar, wenn Sie die Artikel finden würden – natürlich nur, wenn es nicht allzuviel Mühe macht.«

»Ich werde mein möglichstes tun. Und jetzt kümmern Sie sich um Ihr Gesicht, während ich Rogan sage, daß er schon mal fahren soll.« Mit einem aufmunternden Lächeln in Maggies Richtung trat sie in den Flur hinaus.

Rogan tigerte immer noch ungeduldig in der Eingangshalle auf und ab. »Wo zum Teufel ist sie?« fragte er, sobald er seine Großmutter sah. »Sie macht sich bereits seit zwei Stunden zurecht.«

»Natürlich tut sie das.« Christine sah ihn offen an. »Schließlich ist es von größter Bedeutung, daß sie heute abend einen guten Eindruck macht, oder etwa nicht?«

»Natürlich ist es das.« Wenn sie einen schlechten Eindruck hinterließe, wären nicht nur ihre, sondern auch seine Träume ausgeträumt. Er brauchte sie jetzt und hier, bereit, der strahlende Mittelpunkt des Abends zu sein. »Aber was in aller

Welt macht sie so lange? Sie braucht sich schließlich nur anzuziehen und dafür zu sorgen, daß ihr Haar vernünftig liegt.«

»Wenn du das wirklich glaubst, dann hast du schon zu lange keine Freundin mehr gehabt.« Liebevoll rückte sie seine bereits tadellos sitzende Krawatte zurecht. »Wie hübsch du doch in einem Smoking bist.«

»Großmutter, du versuchst Zeit zu schinden.«

»So ein Unsinn.« Mit einem strahlenden Lächeln klopfte sie an den makellosen Aufschlägen seiner Jacke herum. »Ich bin nur gekommen, um dir zu sagen, daß du schon mal vorfahren sollst. Wir kommen nach, sobald Maggie fertig ist.«

»Sie sollte längst fertig sein.«

»Aber sie ist es nun einmal nicht. Außerdem finde ich, daß es viel wirkungsvoller ist, wenn sie ein wenig später kommt. Du weißt doch selbst, daß das richtige Timing bei solchen Auftritten von größter Bedeutung ist.«

»Also gut.« Er sah auf seine Uhr und äußerte einen leisen Fluch. Wenn er sich nicht beeilte, käme er selbst zu spät, und egal, wie gern er Maggie persönlich in die Galerie begleitet hätte, mußte er als Organisator der Ausstellung dort sein, um dafür zu sorgen, daß die Eröffnung reibungslos verlief. »Ich lasse sie also in deiner Obhut zurück. Sobald ich die Galerie erreicht habe, schicke ich euch den Wagen zurück. Meinst du, du bringst sie dazu, daß sie spätestens in einer Stunde zur Stelle ist?«

»Du kannst dich auf mich verlassen, mein Lieber.«

»Das habe ich doch schon immer getan.« Er küßte sie auf die Wange, trat einen Schritt zurück und unterzog sie einer wohlwollenden Musterung. »Übrigens habe ich noch gar nicht erwähnt, wie wunderbar Sie aussehen, Mrs. Sweeney.«

»Nein, das hast du nicht. Ich war schon ganz bestürzt.«

»Du wirst wie immer die bezauberndste Frau des Abends sein.«

»Nett gesagt. Und nun fahr los und überlaß Maggie unbesorgt mir.«

»Mit dem größten Vergnügen.« Mit einem letzten, alles andere als wohlwollenden Blick ins Obergeschoß wandte er sich zum Gehen. »Ich wünsche dir viel Glück mit ihr.«

Nachdem die Tür hinter ihm ins Schloß gefallen war, stieß Christine einen Seufzer aus. Sie wünschte nur, sie wäre tatsächlich so zuversichtlich, wie sie zuerst der jungen Künstlerin und dann ihrem Enkelsohn gegenüber aufgetreten war.

9. Kapitel

Man hatte auch die kleinste Kleinigkeit bedacht. Die Beleuchtung war perfekt, spiegelte und brach sich in den Rundungen und Windungen jeder einzelnen Skulptur. Die Musik – im Augenblick ein Walzer – perlte mit der Leichtigkeit von Glückstränen durch den Raum. Gläser voll spritzigem Champagner wurden von livrierten Kellnern auf Silbertabletts herumgereicht. Durch das Klirren des Kristalls und die gedämpften Stimmen der Gäste wurde das Schluchzen der Violinen auf angenehme Weise untermalt.

In einem Wort, es war einfach perfekt, es fehlte nicht auch nur die kleinste Kleinigkeit. Außer, dachte Rogan grimmig, der Künstlerin selbst.

»Eine wunderbare Vernissage, Rogan.« In ihrem enggeschnittenen, weißen, mit schimmernden Schmelzperlen bestickten Kleid wirkte Patricia äußerst elegant. »Das Ganze scheint mir ein Riesenerfolg zu sein.«

Lächelnd wandte er sich ihr zu. »So sieht's aus.«

Sein forschender Blick ruhte gerade lange genug auf ihr, daß sie sich unwohl zu fühlen begann. »Was ist? Habe ich vielleicht einen Fleck auf der Nase?«

»Nein.« Eilig hob er sein Glas und verfluchte Maggie, weil sie durch ihre Bemerkung dafür gesorgt hatte, daß er mit einem Mal einer seiner ältesten Freundinnen voller Argwohn gegenübertrat.

Patricia, in ihn verliebt? Allein die Vorstellung war einfach lächerlich.

»Tut mir leid. Ich nehme an, daß ich in Gedanken gerade woanders war. Ich verstehe einfach nicht, wo Maggie bleibt.«

»Ich bin sicher, daß sie jeden Augenblick kommen wird.« Patricia legte ihm die Hand auf den Arm. »Aber ich habe den Eindruck, daß sich das Publikum auch so durchaus amüsiert.«

»Zum Glück. Sie schafft es einfach nie, pünktlich zu sein«, knurrte er. »Sie hat ein Zeitgefühl wie ein kleines Kind.«

»Rogan, mein Lieber, da bist du ja. Wie ich sehe, hat meine Patricia dich bereits entdeckt.«

»Guten Abend, Mrs. Connelly.« Rogan gab Patricias Mutter die Hand. »Es freut mich, Sie zu sehen. Ohne Sie ist eine Ausstellung einfach kein Erfolg.«

»Schmeichler.« Mit einem zufriedenen Lächeln

rückte sie ihre Nerzstola zurecht. Trotz ihres fortgeschrittenen Alters hielt Anne Connelly nicht nur an ihrer alten Eitelkeit, sondern ebenso an ihrer einstigen Schönheit fest. Ihrer Ansicht nach war es ebenso die Pflicht einer Frau, ihr Aussehen zu bewahren, wie ihrem Gatten ein Heim zu schaffen und die Kinder großzuziehen. Sie hatte bisher noch jede ihr auferlegte Pflicht erfüllt, und so hatte sie auch jetzt noch die geschmeidige Haut und die jugendliche Figur, mit der sie als junges Mädchen gesegnet gewesen war. Sie kämpfte beständig gegen die Jahre an, doch seit einem halben Jahrhundert ging sie aus diesem Kampf als Siegerin hervor.

»Und Ihr Gatte?« fragte Rogan sie. »Ist Dennis ebenfalls gekommen?«

»Aber natürlich, obgleich er sich bereits in irgendein stilles Eckchen verzogen hat, um eine seiner Zigarren zu rauchen und über Geldgeschäfte zu diskutieren.« Sie lächelte, als Rogan einem der Kellner winkte, damit sie ein Glas Champagner bekam. »Noch nicht einmal seine Sympathie für dich bringt ihn soweit, daß er sich endlich einmal für Kunst interessiert. Eine faszinierende Arbeit.« Sie wies auf die Skulptur neben sich, eine regelrechte Farbexplosion, die pilzförmig von einem gewundenen Sockel in den Himmel schoß.

»Großartig und beunruhigend zugleich. Patricia hat mir erzählt, sie hätte die Künstlerin gestern kurz getroffen. Ich sterbe vor Neugierde, sie endlich mit eigenen Augen zu sehen.«

»Sie ist noch nicht da«, Rogan ließ sich nicht anmerken, welche Ungeduld er empfand. »Aber ich denke, Sie werden feststellen, daß Miss Concannon ebenso widersprüchlich und interessant wie ihre Arbeit ist.«

»Und gewiß ebenso faszinierend. Rogan, wir haben dich in letzter Zeit viel zu selten gesehen, und dabei habe ich Patricia gnadenlos gedrängt, dafür zu sorgen, daß du endlich mal wieder kommst.« Sie bedachte ihre Tochter mit einem vielsagenden Blick.

Nun mach schon, Mädchen, sagte er. *Laß ihn dir nicht durch die Lappen gehen.*

»Ich fürchte, ich war so mit den Vorbereitungen für die Ausstellung beschäftigt, daß ich meine Freunde darüber vernachlässigt habe.«

»Wir verzeihen dir, allerdings nur, wenn du nächste Woche endlich einmal wieder mit uns zu Abend ißt.«

»Sehr gern.« Rogan bemerkte Joseph, der ein wenig abseits stand. »Entschuldigen Sie mich bitte für einen Augenblick.«

»Mußt du so direkt sein, Mutter?« murmelte

Patricia über ihrem Weinglas, während sich Rogan durch die Menge schob.

»Irgendwer muß es ja wohl sein. Gütiger Himmel, Mädchen, er behandelt dich wie eine Schwester.« Mit einem strahlenden Lächeln in Richtung einer Bekannten am anderen Ende des Raums fuhr Anne leise fort. »Kein Mann heiratet eine Frau, für die er brüderliche Gefühle hegt, und es ist an der Zeit, daß du wieder unter die Haube kommst. Eine bessere Partie machst du bestimmt nicht mehr, und wenn du noch lange zögerst, schnappt ihn dir bestimmt irgendeine andere Frau vor der Nase weg. Und jetzt setz bitte ein Lächeln auf. Mußt du denn immer so gucken, als ob du in Trauer wärst?«

Pflichtbewußt zwang sich Patricia, den Mund zu einem Lächeln zu verziehen. »Haben Sie sie erreicht?« fragte Rogan, sobald er Joseph gegenüberstand.

»Per Autotelefon.« Josephs Blick wanderte durch den Raum, traf auf Patricia und verharrte kurz auf ihr, ehe er weiterglitt. »Sie werden jeden Augenblick hier sein.«

»Mehr als eine Stunde zu spät. Typisch.«

»Sei's, wie es sei, es wird Sie freuen zu erfahren, daß bereits zehn Stücke verkauft und daß mindestens ebenso viele Angebote für *Unterwerfung* eingegangen sind.«

»*Unterwerfung* steht nicht zum Verkauf.« Rogan betrachtete die extravagante Figur in der Mitte des Raums. »Wir schicken sie zusammen mit den anderen ausgewählten Stükken an unsere Galerien in Rom, Paris und New York, aber auch dann steht sie nicht zum Verkauf.«

»Ganz wie Sie meinen«, sagte Joseph leichthin. »Obwohl ich Ihnen vielleicht zumindest mitteilen sollte, daß General Fitzsimmons fünfundzwanzigtausend Pfund für sie geboten hat.«

»Hat er das? Dann sorgen Sie doch bitte dafür, daß das die Runde macht.«

»Das tue ich ganz bestimmt. Ach ja, ich habe mich bereits mit einigen der Kunstkritiker unterhalten. Ich denke, Sie sollten...« Als Joseph sah, daß Rogan plötzlich mit leuchtenden Augen an ihm vorbeischaute, unterbrach er sich, drehte sich um, und stellte fest, wem der Blick seines Vorgesetzten galt. Er pfiff leise durch die Zähne. »Vielleicht kommt sie ein bißchen spät, aber dafür sieht sie einfach hinreißend aus.«

Joseph sah zu Patricia hinüber und bemerkte, daß ihr Rogans Reaktion ebenfalls aufgefallen war. Er hatte Mitleid mit ihr, denn er wußte aus persönlicher Erfahrung, wie elend man sich fühlte, wenn man einen Menschen liebte, der einen nur als Freund ansah.

»Soll ich sie ein bißchen herumführen?« fragte er.

»Was? Nein – nein. Das mache ich schon selbst.«

Rogan hätte nie gedacht, daß Maggie zu einer derartigen Wandlung fähig war – sie sah geschmeidig, phantastisch, sinnlich wie die Sünde aus. Das Kleid gewann all seinen Stil von dem Körper, an den es sich schmiegte. Es reichte vom Hals bis zu den Knöcheln, aber niemand hätte behaupten können, daß es bieder war, denn von den schimmernden, schwarzen Knöpfen hatte sie nur die mittleren zugemacht, so daß die sanfte Rundung ihrer Brust ebenso vorteilhaft wie die schlanke Geschmeidigkeit ihrer Schenkel zur Geltung kam.

Ihr Haar fiel in zerzausten, feurigen Locken um ihr Gesicht, und als Rogan sich ihr näherte, bemerkte er, daß sie sämtliche Anwesenden bereits mit prüfenden Blicken maß.

Sie sah furchtlos, trotzig und gleichzeitig gelassen aus.

Und genauso fühlte sie sich auch. Dem peinlichen Lampenfieber, von dem sie noch eine Stunde zuvor befallen gewesen war, hatte sie unter Aufbietung ihrer gesamten Willenskraft den Garaus gemacht. Und nun war sie hier und würde erfolgreich sein – was sonst?

»Sie kommen zu spät.« Die geflüsterte Beschwerde war sein letzter Rettungsanker, als er ihre Hand zur Begrüßung an seine Lippen hob. »Aber dafür sehen Sie hinreißend aus.« Er blickte sie an.

»Das Kleid findet also Ihre Zustimmung?«

»So hätte ich es nicht ausgedrückt, aber das tut es.«

Sie lächelte. »Sie hatten bestimmt Angst, ich käme in Stiefeln und zerrissenen Jeans hereingeschneit, nicht wahr?«

»Nicht, solange meine Großmutter in Ihrer Nähe ist.«

»Sie ist eine wunderbare Frau. Sie haben wirklich Glück, sie zu haben.«

Angesichts der emotionalen Kraft, die sich hinter dieser Feststellung verbarg, unterzog Rogan sie einer neugierigen Musterung. »Das ist mir bewußt.«

»Das kann es gar nicht sein, denn Sie haben es ja nie anders gekannt.« Sie atmete tief ein. »Tja, nun.« Inzwischen war sie den interessierten Blikken von mindestens einem Dutzend Galeriebesuchern ausgesetzt. »Dann woll'n wir mal. Aber keine Angst, ich werde mich schon benehmen. Schließlich hängt meine Zukunft davon ab.«

»Dies ist erst der Anfang, Margaret Mary«, sagte er, und als er sie in den hellen, farbenfrohen

Ballsaal zog, fürchtete sie, daß er mit dieser Behauptung vielleicht richtig lag.

Aber sie legte tatsächlich ihr bestes Benehmen an den Tag, schüttelte Hände, nahm Komplimente entgegen und ging auf die Fragen der Besucher ein. Die erste Stunde verging wie im Traum, und außer dem Prickeln des Champagners, dem Glitzern von Glas und dem Blitzen von Schmuck nahm sie kaum etwas wahr. Es war leicht, sich einfach treiben zu lassen, denn Maggie hatte ein Gefühl von Unwirklichkeit, als wäre sie gleichzeitig Zuschauerin und Schauspielerin in einem aufwendig inszenierten Theaterstück.

»Wunderbar, ah, wunderbar.« Ein kahlköpfiger, schnauzbärtiger Mann mit einem gekünstelten britischen Akzent wies auf eine ihrer Arbeiten, eine Reihe glühender, blauer Speere, die von einer durchsichtigen gläsernen Kugel umgeben war. »Sie nennen es *Gefangen*. Ihre Kreativität, Ihre Sexualität, die um ihre Freiheit kämpft. Das ewige Ringen der Menschheit gegen das, was sie gefangen hält. Triumphierend und melancholisch zugleich.«

»Es sind die sechs Counties«, stellte Maggie nüchtern fest, und der Kahlkopf sah sie blinzelnd an.

»Wie bitte?«

»Die sechs Counties, aus denen Irland besteht«, wiederholte sie, und in ihren Augen blitzte es boshaft auf.

»Ich verstehe.«

Fast hätte Joseph, der neben dem Möchtegernkritiker stand, laut losgelacht. »Mir fiel besonders die Auswahl der Farben auf, Lord Whitfield. Gerade die Durchsichtigkeit schafft eine ungelöste Spannung zwischen der Zartheit und der Verwegenheit des Objekts.«

»Genau.« Lord Whitfield nickte und räusperte sich. »Ganz außergewöhnlich. Bitte entschuldigen Sie mich.«

Maggie sah ihm lächelnd nach. »Nun, ich denke nicht, daß er es kaufen wird, was meinen Sie?«

»Maggie Concannon, Sie sind wirklich ein boshaftes Weib.«

»Ich bin eben eine echte Irin.« Sie blinzelte ihm fröhlich zu. »Auf die Rebellen.«

Mit einem fröhlichen Lachen legte er ihr einen Arm um die Taille und zog sie mit sich durch den Raum. »Ah, Mrs. Connelly.« Joseph zog Maggie ein wenig dichter neben sich. »Sie sehen heute mal wieder bezaubernd aus.«

»Joseph, Sie sind wirklich ein unverbesserlicher Schmeichler. Und das hier« – Anne Connelly lenkte ihre Aufmerksamkeit von Joseph, der in ihren Augen nichts weiter als das Mädchen für alles war, auf die Künstlerin – »ist bestimmt die kreative Kraft, die hinter all diesen wunderbaren Stücken steht. Ich freue mich, Ihre Bekanntschaft zu machen, meine Liebe. Ich bin Mrs. Dennis Connelly – Anne. Ich glaube, meine Tochter Patricia haben Sie bereits gestern kennengelernt.«

»Das stimmt.« Annes Händedruck war so zart und weich wie ein Hauch von Satin.

»Sie ist bestimmt irgendwo mit Rogan unterwegs. Ein wunderbares Paar, finden Sie nicht?«

»Wunderbar.« Maggie zog eine Braue hoch. Eine Warnung hatte sie bisher noch immer erkannt. »Leben Sie hier in Dublin, Mrs. Connelly?«

»Allerdings. Nur ein paar Häuser von Rogan entfernt. Meine Familie gehört bereits seit Generationen der Dubliner Gesellschaft an. Und Sie kommen aus einem der westlichen Counties, sagt man mir?«

»Aus Clare.«

»Herrliche Landschaft. All die charmanten, anheimelnden Dörfer mit den reetgedeckten Häusern. Und Sie selbst kommen von einem Bauernhof?« Anne zog amüsiert eine Braue hoch.

»Als Kind habe ich auf einem Bauernhof gelebt.«

»Dann muß das alles hier sehr aufregend für Sie sein. Ich bin sicher, daß Ihnen Ihr Besuch in Dublin gefallen hat. Sie fahren doch sicher bald zurück?«

»Ich denke schon.«

»Ich bin sicher, daß Ihnen die ländliche Umgebung fehlt. Dublin kann sehr verwirrend sein, wenn man das Stadtleben nicht so kennt. Fast wie ein fremdes Land.«

»Zumindest verstehe ich die Sprache«, sagte Maggie in ruhigem Ton. »Ich hoffe, Sie haben noch einen schönen Abend, Mrs. Connelly. Sie entschuldigen mich.«

Falls Rogan sich einbildete, er könnte dieser Frau irgend etwas verkaufen, was von Maggie Concannon geschaffen worden war, dachte sie, dann hatte er sich gewaltig geirrt.

Zur Hölle mit den Exklusivrechten, auf denen er bestand. Eher würde sie jedes einzelne Stück zertrümmern, als daß Anne Connelly eins von ihnen in die Hände bekam. Redete mit ihr, als wäre sie irgendein kuhäugiges Milchmädchen mit Stroh im Haar.

Nur mühsam beherrscht verließ sie den Ballsaal und wandte sich den kleineren Räumen zu. Überall drängten sich Menschen, saßen gemütlich herum, unterhielten sich, lachten, sprachen über sie.

Mit schmerzendem Kopf ging sie die Treppe hinunter. Sie würde sich aus der Küche ein Bier holen, dachte sie. Dort wäre sie bestimmt endlich für ein paar Minuten allein.

Sie trat durch die Tür und blieb stehen wie vom Donner gerührt. Eine Flasche Bier vor sich auf dem Tisch, saß da ein korpulenter, untersetzter Mann, der genüßlich an einer dicken Zigarre zog.

»Erwischt«, sagte er und setzte ein verlegenes Grinsen auf.

»Dann geht es uns beiden gleich. Ich habe mir genau wie Sie gedacht, ein Bierchen wäre vielleicht nicht schlecht.«

»Ich hole Ihnen eins.« Galant hievte er sich von seinem Stuhl. »Ich hoffe, die Zigarre stört Sie nicht?«

Angesichts seines flehenden Tons brach sie in fröhliches Lachen aus. »Nicht im geringsten. Mein Vater hat den schlimmsten Pfeifentabak der Welt geraucht. Das Zeug hat gestunken bis dort hinaus. Und ich habe es geliebt.«

»So ist's recht.« Er kehrte mit einer Flasche und einem Glas an den Tisch zurück. »Ich hasse diese Veranstaltungen.« Er wies mit dem Daumen hinter sich. »Aber meine Frau schleppt mich immer wieder hin.«

»Ich hasse sie ebenfalls.«

»Wobei mir das Zeug gar nicht mal so schlecht gefällt«, sagte er. »Die Farben und die Formen sind schön. Obwohl ich keine Ahnung davon habe, was als Kunst gilt und was nicht. Meine Frau ist die Expertin auf diesem Gebiet. Aber die Stükke sehen nett aus, und ich finde, das ist das einzig Wichtige.«

»Das finde ich auch.«

»Auf diesen verdammten Vernissagen versuchen immer alle, einem alles zu erklären. Was sich der Künstler gedacht hat, als er ein Stück geschaffen hat, und so. Die sogenannte ›symbolische Bedeutung des Werks‹.« Er ließ sich die Worte auf der Zunge zergehen, als wären sie ein fremdes, nicht sonderlich mundendes Gericht. »Keine Ahnung, was sie damit meinen.«

Maggie kam zu dem Schluß, daß der Mann ein wenig angetrunken war und daß er ihr sehr gut gefiel. »Das wissen sie selber nicht.«

»Genau!« Er hob sein Glas und nahm einen großen Schluck. »Das wissen sie selber nicht. Lauter Angeber sind das. Aber wenn ich das zu Anne sagen würde – das ist meine Frau –, dann würde sie mich bald wieder so ansehen.« Er kniff die Augen zusammen, zog die Brauen nach unten und runzelte die Stirn.

Maggie brach abermals in lautes Lachen aus. »Aber wen kümmert es schon, was diese Leute denken?« Sie stützte einen Ellbogen auf den Tisch und legte das Kinn auf die Faust. »Schließlich hängt niemandes Leben davon ab.« Außer meinem, dachte sie, doch diesen Gedanken schob sie lieber so weit wie möglich von sich fort. »Meinen Sie nicht, daß Anlässe wie dieser den Leuten nur als Entschuldigung dienen, sich elegant anzuziehen und sich wichtig zu machen?«

»Doch, genau das meine ich.« Als Zeichen seiner Zustimmung stieß er mit ihr an. »Wissen Sie, was ich heute abend eigentlich tun wollte?«

»Was?«

»In meinem Sessel sitzen, die Füße hochlegen, einen Whiskey trinken und stumpf in den Fernseher starren.« Er stieß einen Seufzer des Bedauerns aus. »Aber Anne – oder Rogan – derart zu enttäuschen, hätte ich einfach nicht übers Herz gebracht.«

»Dann kennen Sie Rogan also ziemlich gut?«

»Wie meinen eigenen Sohn. Er war noch keine Zwanzig, als ich ihm zum ersten Mal begegnet bin. Sein Vater und ich hatten geschäftlich miteinander zu tun, und der Junge konnte es kaum erwarten, endlich mitzumischen. Er war schon damals ein feiner Kerl, aber inzwischen ist er auch ein ganzer Mann.« Er machte eine ausholende Geste in Richtung der Galerie. »Und ich muß sagen, er hat wirklich Talent.«

»Und was machen Sie?«

»Ich bin im Bankgeschäft.«

»Verzeihung«, unterbrach ihn die Stimme einer Frau. Sie blickten auf und sahen Patricia im Türrahmen stehen.

»Ah, da bist du ja, meine Liebe.«

Maggie fielen beinahe die Augen aus dem Kopf, denn ihr Gesprächspartner sprang von seinem Stuhl und zog Patricia so kraftvoll an seine Brust, daß es ihr regelrecht den Atem verschlug. Doch statt ihn abzuwehren oder zumindest angewidert das Gesicht zu verziehen, brach Patricia in fröhliches Gelächter aus.

»Daddy, du brichst mir noch den Rücken.«

Daddy? dachte Maggie. Daddy? Dies sollte Patricia Hennessys Vater und Annes Gatte sein? Dieser angenehme Mensch sollte mit diesem – Eisblock verheiratet sein? Was nur wieder bewies, dachte sie, daß die Worte *bis daß der Tod uns scheidet* die dümmsten waren, die man Menschen je gezwungen hatte zu äußern.

»Darf ich Ihnen mein kleines Mädchen vorstellen?« Mit offensichtlichem Stolz wirbelte Dennis Patricia zu Maggie herum. »Meine Patricia ist eine wahre Schönheit, finden Sie nicht?«

»Allerdings.« Maggie erhob sich grinsend von ihrem Platz. »Schön, Sie wiederzusehen.«

»Das finde ich ebenfalls. Ihre Ausstellung ist offenbar ein Riesenerfolg.«

»Ihre Ausstellung?« fragte Dennis verwirrt.

»Wir haben uns gar nicht vorgestellt.« Lachend trat Maggie vor und reichte Dennis ihre Hand. »Ich bin Maggie Concannon, Mr. Connelly.«

»Oh.« Einen Augenblick lang überlegte er, ob er etwas gesagt hatte, von dem sie vielleicht beleidigt worden war. »Angenehm.«

»Allerdings. Ich danke Ihnen für die angenehmsten zehn Minuten, seit ich in die Galerie gekommen bin.«

Dennis lächelte. Dafür, daß sie eine Künstlerin war, kam ihm diese Frau auf angenehme Weise menschlich vor. »Wie gesagt, die Farben und die Formen gefallen mir«, wiederholte er hoffnungsvoll.

»Das ist das Schönste, was mir heute abend gesagt worden ist.«

»Daddy, Mutter ist auf der Suche nach dir«, Patricia zupfte eine Fluse von seinem Jackett, und die unbewußte Geste rührte geradewegs an Maggies Herz.

»Dann sorge ich besser dafür, daß sie mich auch findet.« Er drehte sich noch einmal zu Maggie um, und als sie grinste, grinste er ebenfalls. »Ich hoffe, daß das nicht unsere letzte Begegnung war, Miss Concannon.«

»Das hoffe ich auch.«

»Kommen Sie nicht mit?« fragte Patricia sie.

»Nein, noch nicht«, antwortete Maggie, der der Sinn nicht unbedingt nach einer erneuten Unterhaltung mit Patricias Mutter stand.

Ihr Lächeln erstarb, sobald das Geräusch der sich entfernenden Schritte verklungen war und sie alleine in der hell erleuchteten Küche saß. Hier war es ruhig, so ruhig, daß sie sich beinahe hätte einreden können, ganz allein zu sein.

Sie wollte sich einreden, daß sie alleine war. Und vor allem wollte sie sich einreden, daß die Traurigkeit, die sie mit einem Mal empfand, das Ergebnis ihrer Sehnsucht nach dem Alleinsein inmitten grüner Felder und ruhiger Hügel war, nach endlosen Stunden der Stille mit nichts als dem Röhren ihres eigenen Brennofens und ihrer Phantasie als einzigem Antrieb.

Aber das war es nicht nur. Vielmehr wurde ihr deutlich, daß sie heute, an einem der wichtigsten Abende in ihrem Leben, niemanden hatte, der zu ihr gehörte. Niemand von den plaudernden, strahlenden Menschen dort oben kannte sie, liebte oder verstand sie auch nur. Niemand dort oben erwartete sie.

Sie hatte sich selbst, dachte sie und erhob sich

von ihrem Stuhl. Was brauchte sie mehr? Ihre Arbeit kam gut an, das hatte sie aus all den elaborierten und aufgeblasenen Kommentaren herausgehört. Rogans Kunden mochten, was sie schuf, und das war der erste Schritt.

Ich bin auf dem besten Weg, sagte sie sich, als sie die Küche verließ. Sie war auf dem Weg zu Reichtum und Ruhm, auf dem Weg, den zu gehen es keinem Concannon während der letzten beiden Generationen gelungen war. Doch sie würde ihn gehen, und zwar ganz allein.

Von oben rieselten das Licht und die Musik wie Feenstaub auf sie herab. Sie stand am Ende dieses Regenbogens, die Hand auf das Geländer gedrückt, den Fuß auf die erste Stufe gestemmt, doch mit einem Mal machte sie kehrt und trat in die Dunkelheit der Straße hinaus.

Die Uhr schlug eins, und Rogan warf fluchend seine elegante schwarze Krawatte zurück. Diese Frau, dachte er und stapfte erbost durch den dunklen Flur, hatte mindestens den Tod verdient. Mitten auf einer Party, die einzig zu ihren Gunsten organisiert worden war, hatte sie sich einfach in Rauch aufgelöst. Hatte ihn zurückgelassen, dachte er und schäumte vor Wut, damit er lahme Entschuldigungen erfand.

Er hätte wissen müssen, daß er nicht darauf vertrauen durfte, daß sich eine Frau mit ihrem Temperament vernünftig verhielt. Und auf jeden Fall hätte er wissen müssen, daß es vermessen war, sie in seine ehrgeizigen Pläne bezüglich der Zukunft seines Unternehmens miteinzubeziehen.

Wie in aller Welt sollte er darauf hoffen, daß eine Galerie für irische Kunst erfolgreich war, wenn die erste von ihm ausgesuchte, aufgebaute und ausgestellte irische Künstlerin wie ein verzogenes Kind vor ihrer eigenen Vernissage floh?

Inzwischen war es mitten in der Nacht, und immer noch hatte er nichts von ihr gehört. Und so wie ihr kostbarer irischer Himmel regelmäßig hinter einem grauen Wolkenschleier verschwand, trübte ihr Verschwinden den Erfolg des Abends, seine eigene Zufriedenheit mit der hervorragenden Organisation. Und nun blieb ihm nichts als zu warten.

Und in Sorge zu sein.

Sie kannte sich nicht allzugut in Dublin aus. Bei aller Schönheit und allem Charme gab es immer noch Viertel, in denen es für Frauen gefährlich war. Oder vielleicht hatte sie einen Unfall gehabt? Der Gedanke trieb ihm den Schweiß auf die Stirn.

Er hatte gerade zwei Schritte in Richtung des

Telefons gemacht, um in den Krankenhäusern anzufragen, ob sie vielleicht eingeliefert worden war, als er das leise Quietschen der Haustür vernahm. Er machte auf dem Absatz kehrt und eilte in den Flur zurück.

Sie war zurückgekehrt, und soweit im Dämmerlicht des Leuchters zu erkennen war, auch unverletzt. Am liebsten hätte er sie erwürgt.

»Wo in aller Welt sind Sie gewesen?«

Sie hatte gehofft, daß er noch in irgendeinen Club gefahren war und dort einen Schluck mit seinen Freunden trank. Aber da er nun einmal vor ihr stand, setzte sie ein Lächeln auf. »Oh, überall und nirgends. Ihr Dublin ist auch bei Nacht eine wunderbare Stadt.«

Er ballte die Fäuste und starrte sie an. »Wollen Sie damit etwa sagen, Sie hätten bis ein Uhr morgens eine Besichtigungstour gemacht?«

»Ist es schon so spät? Ich habe gar nicht darauf geachtet, wie lange ich herumgelaufen bin. Nun, dann sage ich jetzt wohl besser gute Nacht.«

»O nein, das tun Sie nicht.« Er trat einen Schritt auf sie zu. »Sie schulden mir eine Erklärung dafür, daß Sie einfach sang- und klanglos aus der Galerie verschwunden sind.«

»Ich schulde Ihnen gar nichts, aber vielleicht mache ich eine Ausnahme und gebe Ihnen eine

Erklärung, wenn Sie mir sagen, weshalb Sie das, was ich tue, interessiert.«

»Ihretwegen waren heute abend beinahe zweihundert Gäste in meiner Galerie, und Ihr plötzliches Verschwinden war eine grobe Unhöflichkeit.«

»War es nicht.« Matter, als sie zugeben wollte, schleppte sie sich hinter ihm in den Salon, wo sie aus den unbequemen, hochhackigen Schuhen glitt und ihre müden Füße auf einen quastenverzierten Hocker hob. »Die Wahrheit ist, ich war so unglaublich höflich, daß ich das Gefühl hatte, mir fallen gleich die Zähne aus dem Mund. Ich hoffe nur, daß ich im nächsten Monat keinen einzigen Menschen mehr anlächeln muß. Und jetzt wäre mir einer Ihrer Brandys sehr recht, Rogan. Um diese Zeit ist es draußen ziemlich kühl.«

Erst jetzt fiel ihm auf, daß sie über dem dünnen schwarzen Kleid nichts trug. »Wo zum Teufel ist Ihr Schal?« fauchte er.

»Ich habe keinen. Am besten schreiben Sie sich in Ihr niedliches Buch, daß irgendwer für Maggie eine elegante Stola kaufen muß.« Sie griff nach dem Schwenker, den er ihr gab.

»Verdammt, Ihre Hände sind eisig. Haben Sie denn nicht auch nur einen Funken Verstand?«

»Sie werden schon wieder warm.« Mit hochgezogenen Brauen beobachtete sie, wie er sich zum Kamin begab, in die Hocke ging und ein Feuer zu schüren begann. »Wie, keine Bediensteten heute nacht?«

»Halten Sie den Mund. Nach allem, was heute abend vorgefallen ist, brauche ich mir wohl kaum noch Ihren Sarkasmus anzuhören. Allmählich habe ich von Ihrer Art wirklich genug.«

Flammen flackerten auf und fraßen sich gierig in das trockene Holz. Trotz des Dämmerlichts erkannte Maggie, daß er tatsächlich wütend war. Und am besten kam man ihrer Meinung nach mit einem zornigen Gegenüber zurecht, wenn man mindestens ebenso zornig war.

»Ich frage mich wirklich, welche Laus Ihnen jetzt schon wieder über die Leber gelaufen ist.« Sie nippte an ihrem Brandy und hätte angesichts der Wärme der Flüssigkeit am liebsten wohlig aufgeseufzt, doch dazu war wohl kaum der richtige Augenblick. »Ich habe mich auf Ihrer Ausstellung gezeigt, oder nicht? In einem angemessenen Kleid, ein angemessenes, dümmliches Grinsen im Gesicht.«

»Es war Ihre Ausstellung«, schoß er zurück. »Sie sind doch wirklich ein undankbares, selbstsüchtiges, rücksichtsloses Weib.«

Wie erschöpft sie auch immer war, konnte sie

doch nicht zulassen, daß er in einem solchen Ton mit ihr sprach. Also erhob sie sich und sah ihm ins Gesicht. »Da haben Sie recht. Genau das bin ich, genau das hat man mir zeit meines Lebens erzählt. Aber zum Glück für uns beide kann Ihnen das ja egal sein, denn schließlich ist für Sie ja nur meine Arbeit interessant.«

»Haben Sie eine Vorstellung von der Zeit, der Mühe und dem Geld, das mich diese Ausstellung gekostet hat?«

»Das ist nicht mein Problem.« Ihre Stimme stand ihrer Haltung an Steifheit in nichts nach. »Sie haben mir mehr als einmal zu verstehen gegeben, daß die Ausstellung Ihre Sache ist. Und ich war fast zwei Stunden dort und habe mit lauter Fremden schwachsinnige Gespräche geführt.«

»Es ist höchste Zeit, daß Sie lernen, daß ein Kunde kein Fremder und daß Unhöflichkeit keine Tugend ist.«

Ihr rauher Panzer wurde von seinem ruhigen, beherrschten Ton wie von einem Schwert durchbohrt. »Ich habe nie gesagt, daß ich den ganzen Abend bleiben würde. Ich mußte ein bißchen allein sein, das war alles.«

»Und zu diesem Zweck wandern Sie die halbe Nacht in den Straßen herum? Solange Sie hier sind, bin ich für Sie verantwortlich, Maggie. Um

Gottes willen, ich hätte fast einen Suchtrupp losgeschickt.«

»Sie sind nicht für mich verantwortlich. Schließlich bin ich eine erwachsene Frau.« Doch noch während sie sprach, erkannte sie, daß er nicht nur wütend, sondern zugleich in ehrlicher Sorge um sie gewesen war. »Falls Sie sich meinetwegen geängstigt haben, tut mir das leid. Ich habe einfach nur einen Spaziergang gemacht.«

»Sie haben Ihre erste wichtige Ausstellung verlassen und einen Spaziergang gemacht, ohne daß Ihrer Meinung nach wenigstens eine kurze Verabschiedung erforderlich war?«

»Genau.« Noch ehe sie wußte, was sie tat, schleuderte sie den Schwenker gegen den steinernen Kamin, wo er in tausend Scherben zersprang. »Ich mußte einfach raus! Ich habe einfach keine Luft mehr gekriegt. Ich habe es einfach nicht mehr ausgehalten. All diese Leute, die mich und meine Arbeit anstarrten, als hätten sie so etwas noch nie gesehen, all die Musik, all das Licht. Alles so perfekt, so wunderbar. Ich hätte nie gedacht, daß mich das alles derart erschrecken würde. Ich dachte, ich hätte mich inzwischen an den herrlichen Saal und an die traumhafte Art, in der meine Werke dort arrangiert wurden, gewöhnt.«

»Sie hatten also Angst.«

»Ja, ja, verdammt. Freut es Sie, das zu hören? Als ich zum ersten Mal in den Ballsaal kam und sah, was Sie dort bewerkstelligt hatten, bekam ich furchtbare Angst. Ich bekam kaum noch Luft. Das war alles Ihre Schuld.« Sie starrte ihn wütend an. »Sie haben diese Büchse der Pandora geöffnet und all meine Hoffnungen und Ängste und Bedürfnisse herausgeholt. Natürlich können Sie nicht wissen, wie es ist, wenn man Bedürfnisse hat, Sie denken wahrscheinlich, daß jedes Bedürfnis ein Makel ist.«

Er musterte sie, wie sie, ganz Elfenbein und Feuer in ihrem schmalen schwarzen Kleid, vor ihm stand. »O nein«, sagte er leise. »O nein. Sie hätten es mir erzählen sollen, Maggie.« Seine Stimme war sanft, und er ging vorsichtig auf sie zu, doch sie hob abwehrend die Hände vor die Brust.

»Nein. Ich würde es nicht ertragen, wenn Sie jetzt freundlich zu mir wären. Vor allem, da ich weiß, daß ich es nicht verdient hätte. Es war falsch, daß ich einfach so davongelaufen bin. Es war selbstsüchtig und undankbar.« Sie stand da, und mit einem Mal sah sie furchtbar klein und hilflos aus. »Aber dort oben in dem Ballsaal war niemand für mich da. Niemand. Und der Gedanke brach mir das Herz.«

Sie wirkte so zart, daß er tat, worum sie ihn bat, und einen Schritt nach hinten trat. Er hatte Angst, wenn er sie auch noch so zart berührte, zerbräche sie. »Wenn Sie mir gesagt hätten, wie wichtig es für Sie ist, hätte ich dafür gesorgt, daß Ihre Familie kommt.«

»Brianna läßt sich nicht einfach irgendwohin bestellen. Und meinen Vater bringt mir niemand zurück.« Ihre Stimme brach, und mit einem erstickten Keuchen hob sie die Hand vor den Mund. »Ich bin einfach übermüdet, das ist alles.« Verzweifelt versuchte sie, ihrer Stimme den normalen festen Klang zu verleihen. »Von all der Aufregung bin ich vollkommen überdreht. Aber ich muß mich bei Ihnen entschuldigen, weil ich einfach, ohne ein Wort zu sagen, verschwunden bin, und ich möchte Ihnen danken, weil Sie soviel Arbeit und Mühe in mich investiert haben.«

Ihr Zorn und ihre Tränen waren ihm noch lieber gewesen als dieser geschraubte, höfliche Ton, der ihm keine andere Möglichkeit ließ, als ebenso distanziert und höflich zu sein. »Hauptsache, die Vernissage war ein Erfolg.«

»Ja.« Ihre Augen glitzerten im Feuerschein. »Das ist die Hauptsache. Aber wenn Sie mich bitte entschuldigen wollen, gehe ich jetzt ins Bett.«

»Natürlich. Maggie? Eine Sache noch.« Er stand mit dem Rücken zum Kamin, und hinter ihm züngelten die goldenen Flammen auf. »Ja?«

»Ich war für Sie da, oben in dem Ausstellungsraum. Vielleicht erinnern Sie sich ja beim nächsten Mal daran und fühlen sich ein bißchen weniger allein.«

Statt einer Antwort hörte er nur das Rascheln ihres Kleides, als sie eilig durch den Flur in Richtung Treppe ging.

Er starrte ins Feuer, beobachtete, wie unter der Einwirkung der Hitze eins der Scheite brach, eine kleine Rauchwolke aus den Flammen stieg, ein wahrer Funkenregen gegen den Schutzschirm schlug, sich über die Steine des Simses ergoß und erlosch.

Sie war ebenso kapriziös, launenhaft und brillant, ebenso gefährlich und von einer ebensolchen Ursprünglichkeit wie das Feuer, in das er sah.

Und er war rettungslos in sie verliebt.

10. Kapitel

»Was meinen Sie, weg?« Rogan schob seinen Schreibtischsessel zurück und bedachte Joseph mit einem zornigen Blick. »Sie wird ja wohl kaum einfach so verschwunden sein.«

»O doch. Vor einer Stunde kam sie in der Galerie vorbei, um sich zu verabschieden.« Während er sprach, zog Joseph einen Umschlag aus der Jakkentasche hervor. »Sie hat mich gebeten, Ihnen das hier zu geben.«

Rogan nahm den Umschlag und warf ihn auf den Tisch, ohne ihn auch nur anzusehen. »Wollen Sie damit etwa sagen, daß sie nach Clare zurückgeflogen ist? Am Morgen nach ihrer ersten eigenen Vernissage?«

»Ja, und zwar hatte ich das Gefühl, daß sie ziemlich in Eile war. Ich hatte noch nicht einmal mehr Zeit, ihr all die positiven Kritiken zu zeigen, mit denen ihre Ausstellung aufgenommen worden ist.« Verlegen fingerte Joseph an seinem winzigen goldenen Ohrring herum. »Sie hat einen Flug nach Shannon gebucht. Meinte, sie hätte nur ganz kurz

Zeit, aber sie hätte sich noch verabschieden wollen, hat mir den Umschlag in die Hand gedrückt, mich auf die Wange geküßt, und schon war sie wieder weg.« Er lächelte. »Es war fast so, als wäre ein kleiner Wirbelsturm durch mein Büro gefegt.« Er zuckte mit den Schultern und sah Rogan an. »Es tut mir leid. Wenn ich gewußt hätte, daß Sie noch bleiben soll, hätte ich versucht, sie aufzuhalten. Ich schätze, es hätte nicht viel genützt, aber zumindest hätte ich es versucht.«

»Ach, egal.« Rogan sank auf seinen Stuhl zurück. »Welchen Eindruck hat sie auf Sie gemacht?«

»Ungeduldig, gehetzt, zerstreut. Eigentlich wie immer. Sie hat nur gesagt, daß sie nach Hause wollte, zu ihrer Arbeit zurück. Ich war mir nicht sicher, daß sie Ihnen ebenfalls Bescheid gegeben hat, deshalb dachte ich, am besten käme ich vorbei. Ich habe eine Verabredung mit General Fitzsimmons, und Ihr Büro lag gerade auf dem Weg.«

»Vielen Dank. Ich denke, ich bin so gegen vier in der Galerie. Grüßen Sie den General von mir.«

»Mache ich«, sagte Joseph und setzte ein breites Grinsen auf. »Übrigens, sein Angebot für *Unterwerfung* hat er noch mal um fünftausend erhöht.«

»Trotzdem verkaufe ich nicht.«

Nachdem Joseph gegangen war, nahm Rogan den Umschlag, der vor ihm auf dem Schreibtisch lag, und schlitzte ihn eilig mit seinem elfenbeinernen Brieföffner auf. In ihrer schnellen und trotzdem wunderschönen Schrift hatte Maggie ein paar Worte auf das cremefarbene Briefpapier aus seinem eigenen Gästezimmer geworfen, die er mit zusammengekniffenen Augen überflog.

Lieber Rogan,
ich nehme an, Sie sind verärgert, weil ich so plötzlich abgeflogen bin, aber ich kann es nicht ändern. Ich muß nach Hause, denn meine Arbeit wartet auf mich, und ich sehe keinen Grund, mich dafür zu entschuldigen. Statt dessen möchte ich Sie wissen lassen, daß ich Ihnen wirklich dankbar bin. Ich bin sicher, daß es nicht lange dauern wird, bis Sie mich wieder mit Faxen bombardieren, aber ich warne Sie – ich werde sie ignorieren, zumindest in der nächsten Zeit. Bitte grüßen Sie Ihre Großmutter von mir. Ach ja, ich hätte nichts dagegen, wenn Sie hin und wieder an mich denken würden.

Maggie

Eine Sache noch. Vielleicht interessiert es Sie zu erfahren, daß ich ein halbes Dutzend von Juliens Rezepten mit nach Hause nehme – Julien ist Ihr Koch, falls Ihnen der Name nichts sagt. Er hält mich für charmant.

Rogan überflog den Brief ein zweites Mal, doch dann legte er ihn entschlossen fort. Wahrscheinlich war es das beste, daß sie abgefahren war. Sie würden beide glücklicher und produktiver sein, wenn ganz Irland zwischen ihnen lag. Auf jeden Fall täte ihm der Abstand gut, denn in der Nähe einer Frau zu arbeiten, die man liebte, obgleich sie einen auf jede nur erdenkbare Art verärgerte, war ein Ding der Unmöglichkeit. Und mit ein bißchen Glück nähmen die Gefühle, die er für sie hegte, mit der Zeit und der Entfernung wieder ab.

Er war froh, daß sie zurückgeflogen war, zufrieden, weil der erste Teil seiner Pläne bezüglich ihrer Karriere verwirklicht worden war, glücklich, daß sie ihm, wenn auch unabsichtlich, Zeit gegeben hatte, sich darüber klarzuwerden, was er tatsächlich für sie empfand.

Ach zum Teufel, dachte er. Kaum daß sie abgefahren war, vermißte er sie bereits.

Der Himmel erstreckte sich in der Farbe eines Rotkehlcheneis und mit der Klarheit eines Gebirgsbachs über dem Land. Die Ellbogen auf die Knie gestützt saß Maggie auf der kleinen Veranda vor der Haustür und genoß die frische, unverschmutzte Luft. Hinter dem Gartenzaun und den üppig blühenden Fuchsien sah sie das satte Grün der Hügel und Täler, das bis zu den entfernten, dunklen Bergen ging.

Eine von Murphys Kühen muhte, und eine andere antwortete ihr. Aus der Ferne drang das leise Summen seines Traktors an Maggies Ohr, obgleich es im Röhren ihrer Öfen, die sie sofort nach ihrer Ankunft befeuert hatte, beinahe unterging.

Die Blumen in ihrem Garten schimmerten im Sonnenschein, leuchtendrote Begonien zwischen spät blühenden Tulpen und frischen Trieben sommerlichen Rittersporns. Sie roch Rosmarin und Thymian und den kräftigen Duft wilder Rosen, die sich in der milden, süßen Brise wiegten wie Tänzer eines Balletts, und sie hörte das melodiöse Klingeln eines Glockenspiels, das von ihr aus Glasresten gefertigt und über der Haustür befestigt worden war.

Dublin mit seinen belebten Straßen schien sehr weit entfernt zu sein.

Unten im Tal entdeckte sie einen roten LKW, der sich winzig und leuchtend wie ein Spielzeug über die schmale Straße schob, in ein noch schmaleres Sträßchen bog und die Anhöhe zu einem der vereinzelten Cottages erklomm.

Sie hörte das kehlige Bellen eines Hundes und das Rascheln von Blättern, das ihr verriet, daß ein Vogel aufgescheucht worden war, und direkt danach drang die amüsierte, sanftmütige Stimme ihrer Schwester an ihr Ohr.

»Laß den armen, kleinen Vogel in Ruhe, Con. Manchmal bist du wirklich ein richtiger Tyrann.«

Der Hund bellte ein zweites Mal, und als er Maggie erblickte, sprang er fröhlich hechelnd gegen das Gartentor.

»Komm da runter«, wies Brianna ihn an. »Willst du etwa, daß sie nach Hause kommt und feststellt, daß ihr Gartentor demoliert worden ist und… oh.« Sie blieb stehen und legte die Hand auf den massigen Kopf des Wolfshundes, als sie ihre Schwester sah. »Ich wußte nicht, daß du schon wieder zu Hause bist.« Lächelnd öffnete sie das Gartentor.

»Ich bin gerade erst gekommen.« Die nächsten Minuten verbrachte Maggie damit, daß sie sich stürmisch von Concobar begrüßen ließ, bis er auf Briannas Befehl reagierte und sich auf der Treppe niederließ. Allerdings legte er die Vorderpfoten auf Maggies Füße, als wolle er sichergehen, daß sie ihn nicht sofort wieder verließ.

»Ich hatte ein bißchen Zeit«, setzte Brianna an. »Und da dachte ich, ich komme vorbei und kümmere mich etwas um deinen Garten.«

»Ich finde, er sieht prächtig aus.«

»Das findest du immer. Außerdem habe ich dir etwas frisches Brot mitgebracht. Ich wollte es in deine Gefriertruhe legen, damit du nach deiner Rückkehr etwas zu essen hast.«

Ein wenig verlegen gab sie ihrer Schwester den Korb. Irgend etwas war anders als sonst, dachte sie. Irgend etwas, das Maggie hinter ihrem kühlen, ruhigen Blick nur unzureichend verbarg. »Wie war es in Dublin?«

»Voll.« Maggie stellte den Korb neben sich, doch der Duft, der durch das saubere Tuch an ihre Nase drang, war so verführerisch, daß sie es anhob und ein noch warmes Stück des braunen Brotes abbrach. »Laut.« Sie riß eine Ecke ab und warf sie Concobar zu, der sie ohne zu kauen verschlang. »Du bist ein ziemlicher Gierschlund, was?« Sie gab ihm einen zweiten Bissen, ehe sie sich erhob. »Ich habe dir etwas mitgebracht.«

Sie ging ins Haus und kam kurz darauf mit einer Schachtel und einem Umschlag zurück.

»Du hättest mir nichts…« setzte Brianna an, doch dann unterbrach sie sich. Sie hatte Schuldgefühle, und genau das schien Maggies Absicht zu sein. Zögernd machte sie die Schachtel auf. »Oh, Maggie, was für eine wunderbare Brosche. Etwas so Schönes habe ich noch nie gehabt.« Sie hielt die Anstecknadel in die Sonne und beobachtete, wie sie blitzte und schimmerte. »Aber du hättest dein Geld besser gespart.«

»Mit meinem Geld kann ich tun und lassen, was ich will«, war Maggies barsche Erwiderung. »Ich hoffe nur, daß du das Stück auf etwas anderem als deiner Schürze trägst.«

»Es gibt Momente, in denen habe ich keine Schürze an«, sagte Brianna in ruhigem Ton, ehe sie die Nadel in das Kästchen legte und dieses in ihre Tasche schob. »Danke, Maggie. Ich wünschte...«

»Du hast dir das, was in dem Umschlag steckt, noch gar nicht angesehen.« Maggie wußte, was ihre Schwester wünschte, doch dafür war es nun zu spät. Es nützte nichts mehr, wenn sie nachträglich bedauerte, nicht mit ihr nach Dublin gefahren zu sein.

Brianna sah ihrer Schwester an, daß sie immer noch böse war. »Also gut, dann.« Sie öffnete den Umschlag und zog eins der darin befindlichen Blätter heraus. »Oh! O nein.« Egal wie leuchtend und wunderbar das Schmuckstück gewesen war, war es doch nichts im Vergleich zu dem Schatz, den sie nun in den Händen hielt. Und sie beide wußten es. »Rezepte. So viele. Soufflés und Gebäck, und – oh, sieh dir nur dies Hühnchen an. Es muß köstlich sein.«

»Ist es.« Trotzdem schüttelte Maggie angesichts einer derartigen Begeisterung verständnislos den Kopf. »Ich habe es selbst probiert. Und die Suppe hier – das Geheimnis besteht in der Auswahl der Kräuter, sagte man mir.«

»Woher hast du die Rezepte?« Brianna nagte auf ihrer Unterlippe herum und musterte die handbeschriebenen Seiten, als wären sie ein unbezahlbarer Schatz.

»Von Rogans Koch. Einem Franzosen.«

»Rezepte eines französischen Küchenchefs«, sagte Brianna in ehrfürchtigem Ton.

»Ich habe ihm versprochen, daß du ihm im Austausch ein paar von deinen Rezepten schickst.«

»Von meinen Rezepten?« Brianna blinzelte, als wäre sie aus einem Traum erwacht. »Er ist ja wohl kaum an meinen Rezepten interessiert.«

»O doch, allerdings. Ich habe deinen irischen Eintopf und deine Beerentorte in den höchsten Tönen gelobt. Und ich habe ihm mein Wort gegeben, daß du ihm die Rezepte schickst.«

»Das mache ich, natürlich, aber ich kann mir nicht vorstellen, daß – tja, vielen Dank, Maggie. Das ist ein wunderbares Geschenk.« Brianna trat vor, um ihre Schwester zu umarmen, doch angesichts Maggies kühler Reaktion trat sie eilig wieder zurück. »Willst du mir nicht erzählen, wie es gelaufen ist? Ich habe die ganze Zeit versucht, es mir vorzustellen, aber ich glaube nicht, daß es mir gelungen ist.«

»Ich denke, daß es ziemlich gut gelaufen ist. Es waren eine Menge Leute dort. Rogan scheint zu wissen, wie man das Interesse potentieller Käufer weckt. Es gab ein Orchester und Kellner in weißen Jacken, die mit Tabletts voll Champagner und winzigen Schnittchen herumgelaufen sind.«

»Es war bestimmt wunderbar. Ich bin so stolz auf dich.«

Maggie maß sie mit einem kühlen Blick. »Ach ja?«

»Du weiß, daß es so ist.«

»Ich weiß, daß ich dich dort gebraucht hätte. Verdammt, Brie, ich hätte dich dort gebraucht.«

Con winselte und sah unglücklich zwischen Maggie und seinem Frauchen hin und her.

»Ich wäre mitgekommen, wenn ich gekonnt hätte.«

»Außer ihr gab es keinen Grund, es nicht zu tun. Ein Abend deines Lebens war alles, worum ich dich gebeten hatte. Ein einziger Abend, mehr nicht. Ich hatte niemanden dort, keine Familie, keine Freunde, niemanden, der mich liebt. Und das, weil du wie immer ihr den Vorzug gegeben hast. Für dich war sie schon immer wichtiger als ich, als Dad, ja sogar als du selbst.«

»Ich hatte keine andere Wahl.«

»Man hat immer eine Wahl«, sagte Maggie kalt.

»Du hast zugelassen, daß sie dein Herz zerstört, Brianna, genau wie sie auch sein Herz zugrunde gerichtet hat.«

»Es ist grausam, so etwas zu sagen, Maggie.«

»Das ist es. Und sie wäre die erste, die dir sagen würde, daß ich schon immer grausam gewesen bin. Grausam, sündig und für alle Zeit verdammt. Nun, ich bin froh, daß ich so schlecht bin. Schlecht zu sein und dafür in der Hölle zu landen erscheint mir wesentlich angenehmer, als ewig in Sack und Asche zu gehen und stumm zu leiden, so wie du es tust, auch wenn du dafür sicher eines Tages in den Himmel kommst.« Maggie trat einen Schritt zurück und umklammerte den Knauf der Eingangstür. »Nun, ich habe meine erste Vernissage ohne dich oder sonst jemanden erlebt, und trotzdem hat alles gut geklappt. Ich nehme sogar an, daß es zum Verkauf einiger Stücke kommen wird. In ein paar Wochen habe ich also wieder Geld für dich.«

»Es tut mir leid, daß ich dir weh getan habe, Maggie«, sagte Brianna förmlich, denn nun war ihr Stolz verletzt. »Das Geld ist mir egal.«

»Mir nicht.« Mit diesen Worten machte Maggie auf dem Absatz kehrt, betrat ihr Haus und warf rüde die Tür hinter sich ins Schloß.

Drei Tage lang war sie vollkommen ungestört. Weder klingelte das Telefon noch klopfte jemand an die Tür, und selbst wenn es so gewesen wäre, hätte sie nicht darauf reagiert. Sie brachte fast jede wache Minute in ihrer Werkstatt zu, verfeinerte, perfektionierte, formte die Bilder in ihrem Kopf und auf den Skizzenblättern zu Glas.

Auch wenn Rogan behauptet hatte, daß sie wertvoll waren, hängte sie ihre Zeichnungen nach wie vor mit Wäscheklammern auf oder befestigte sie mit Magneten, so daß eine Ecke ihres Ateliers einer Dunkelkammer glich, in der eine Reihe von Bildern zum Trocknen hing.

Vor lauter Eile hatte sie sich zweimal verbrannt, einmal so stark, daß sie ihre Arbeit unterbrechen mußte, um sich nach einem geeigneten Verband umzusehen. Nun saß sie auf ihrem Stuhl und verwandelte ihre Skizze des Brustharnischs eines Apachen in einen eigenständigen Traum aus Glas.

Es war eine schweißtreibende und anstrengende Tätigkeit. Bis zur endgültigen Verschmelzung der Farben und Formen waren Hunderte von Arbeitsschritten erforderlich.

Aber hier, in ihrem Atelier, konnte sie geduldig sein.

Weißglühende Flammen züngelten aus der offenen Ofentür und bliesen eine schier unerträgliche Hitze in den Raum. Die Lüftung brummte, damit das Glas – und nicht ihre Lungen – eine schillernde Schattierung bekam.

Zwei Tage lang arbeitete sie mit Chemikalien, mischte und experimentierte wie eine wahnsinnige Wissenschaftlerin herum, bis sie die gewünschten perfekten Farben erhielt. Kupfer für ein dunkles Türkis, Eisen für ein reiches, goldenes Gelb, Mangan für einen königlichen, beinahe bläulichen Purpurton. Mit dem Rubinrot hatte sie dieselben Schwierigkeiten wie jeder Glasbläser und jede Glasbläserin, aber am Schluß hatte sie es geschafft. Wie für das Türkis hatte sie Kupfer verwandt, wobei sie zwecks Erhalt einer reinen Farbe beim Schmelzen ein Reduktionsmittel benutzt hatte. Obgleich es giftig und selbst bei größtmöglicher Kontrolle gefährlich war, hatte sie Natriumcyanid gewählt, und immer noch war eine Schutzschicht aus durchsichtigem Glas erforderlich, damit das Rot nicht zu Rotbraun verlief.

Sie blies den ersten Teil, drehte ihn, löste ihn vorsichtig vom Eisen und zog das geschmolzene, taftgleiche Glas mit zwei langen Pinzetten in eine raffinierte Federform.

Schweiß tropfte auf das Baumwolltuch, das sie um ihre Stirn gebunden hatte, als sie den zweiten Teil der gleichen Behandlung unterzog.

Wieder und wieder ging sie zum Ofen und erhitzte das Glas, um es gegen thermische Belastung abzusichern, die eine Bedrohung für jede Form und somit auch für das Herz des Künstlers war.

Um sich nicht die Hände zu verbrennen, tröpfelte sie Wasser auf das Rohr. Nur die Spitze brauchte heiß zu sein.

Der Brustharnisch sollte dünn genug werden, daß noch Licht hindurchfiel. Dies machte weitere Erhitzungen und sorgfältiges, geduldiges Modellieren erforderlich, und erst Stunden, nachdem das erste Teil geblasen worden war, stellte sie die Skulptur in den Kühlofen und legte das Rohr zurück auf den Tisch.

Sie stellte Zeit- und Temperaturregler ein, und erst anschließend bemerkte sie, wie verkrampft jeder Muskel in ihren Händen, ihren Schultern, ihrem Nacken und vor allem wie hungrig sie war.

Heute abend würde sie nicht aus der Dose leben, dachte sie. Heute abend führe sie zu einer anständigen Mahlzeit und einem ordentlichen Bier in den Pub.

Maggie fragte sich nicht, weshalb ihr nach den Stunden der selbstgewählten Einsamkeit mit einem Mal der Sinn nach Gesellschaft stand. Sie war seit drei Tagen zu Hause und hatte außer zu

Brianna zu keiner Menschenseele Kontakt gehabt. Und selbst das Gespräch mit der Schwester hatte sie als kurz und nicht sehr angenehm in Erinnerung.

Jetzt tat es ihr leid, daß sie nicht versucht hatte, Brianna zu verstehen. Ihre Schwester saß immer zwischen den Stühlen, sie war das unglückliche zweite Kind einer Ehe, die bereits vor ihrer Geburt zerrüttet gewesen war. Statt ihr also an die Kehle zu gehen, hätte sie sich sagen sollen, daß Brianna, wenn es um ihre Mutter ging, eben schon immer übertrieben besorgt gewesen war. Und sie hätte Brianna erzählen sollen, was ihr selbst von Christine Sweeney erzählt worden war. Briannas Reaktion auf die Neuigkeiten bezüglich der Vergangenheit ihrer Mutter hätte sie durchaus interessiert.

Aber das mußte warten. Erst einmal wollte sie einen unterhaltsamen Abend mit Bekannten im Pub, eine heiße Mahlzeit und ein kaltes Bier. Dadurch würde sie bestimmt von der Arbeit, in die sie während der letzten Tage vertieft gewesen war, und von der Tatsache, daß Rogan noch nichts von sich hatte hören lassen, abgelenkt.

Da es ein milder Abend war und sie meinte, auf diese Weise nähme die Verkrampftheit ihrer Muskeln ab, nahm sie für den Weg ins fünf Kilometer entfernte Dorf nicht das Auto, sondern ihr Rad.

Endlich war der Sommer da. Die Sonne strahlte noch warm, weshalb auch lange nach der Essenszeit und auf den Feldern noch manch ein Bauer zu sehen war. Die gewundene, schmale Straße war zu beiden Seiten von hohen Hecken flankiert, und Maggie hatte das Gefühl, als führe sie einen langen, süß duftenden Tunnel hinab. Sie überholte einen Wagen, winkte dem Fahrer zu und spürte das Flattern ihrer Jeans.

Mehr aus Spaß denn aus Eile trat sie heftig in die Pedale, als sie am Ende des Heckentunnels die atemberaubende Schönheit des Tals zu sehen bekam.

Der goldene Schein, den die Sonne dem Blechdach eines Heuschobers verlieh, blendete sie. Die Straße war hier weniger holprig, aber um die Abendbrise und das verbleibende Sonnenlicht genießen zu können, verlangsamte Maggie ihre Fahrt.

Sie sog den Duft von süßem, frisch gemähtem Gras, Heu und Geißblatt ein, und ihr seit ihrer Rückkehr rastloses Gemüt besänftigte sich.

Sie kam an Häusern vorbei, in deren Gärten Wäsche flatterte und in deren Höfen fröhliches Kindergeschrei erklang, und sie passierte die Ruine einer Burg, deren majestätisches, graues Gemäuer Zeugnis von den längst verstorbenen Bewohnern und einer dennoch nicht gänzlich vergessenen Lebensweise gab.

Sie fuhr um eine Kurve, erblickte den sich zwischen hohen Gräsern windenden, schimmernden Fluß und lenkte ihr Rad die Anhöhe hinauf in Richtung des Dorfs.

Die Zahl und Dichte der Häuser nahm zu, doch beim Anblick einiger neuerer Gebäude stieß Maggie einen enttäuschten Seufzer aus. Sie wirkten klobig und unschön, wiesen triste Farben auf, und nur die üppigen, bunten Gärten bewahrten sie vor der vollkommenen Häßlichkeit.

Die letzte langgezogene Kurve führte sie mitten ins Dorf. Sie kam am Laden des Schlachters, an der Apotheke, an O'Ryans kleinem Lebensmittelgeschäft und an dem winzigen, sauberen Hotel, das einst ihrem Großvater gehört hatte, vorbei.

Beim Anblick des Gebäudes überlegte sie, wie ihre Mutter wohl damals gewesen war. Ein reizendes Mädchen, hatte Christine Sweeney gesagt, ein reizendes Mädchen, das mit der Stimme eines Engels sang.

Wenn das stimmte, weshalb hatten sie dann zu Hause so wenig Musik gehabt? Und warum, fragte sich Maggie, hatte niemand Maeves Talent jemals auch nur mit einer einzigen Silbe erwähnt?

Sie würde sich danach erkundigen, beschloß

Maggie. Und dafür gäbe es keinen besseren Ort als O'Malley's Pub.

Als sie ihr Fahrrad um die Kurve lenkte, bemerkte sie eine Touristenfamilie, die die Hauptstraße hinuntermarschierte und mit großer Begeisterung einen Videofilm über das malerische Dorf zu drehen schien.

Die Frau hielt die kleine hochmoderne Kamera ans Auge gedrückt und richtete sie lachend auf Kinder und Mann. Offenbar war Maggie ins Bild gefahren, denn die Frau hob die Hand und winkte ihr freundlich zu.

»Guten Abend, Miss.«

»Guten Abend.«

Wider Erwarten war Maggie höflich genug, nicht laut loszuprusten, als die Frau ihrem Mann zuflüsterte: »Hat sie nicht einen wunderbaren Akzent? Frag sie, wo es etwas zu essen gibt, John, sorg dafür, daß sie mir noch etwas in die Kamera spricht.«

»Ah… entschuldigen Sie.«

Tourismus ist bestimmt nicht schlecht fürs Dorf, dachte Maggie und drehte sich noch einmal um. »Kann ich Ihnen mit irgend etwas behilflich sein?«

»Das wäre nett. Wir haben uns nämlich schon gefragt, wo man in diesem Ort wohl am besten etwas zu essen bekommt. Vielleicht könnten Sie uns ja etwas empfehlen?«

»Aber sicher doch.« Da die Familie anscheinend sehr zufrieden mit ihr war, verlieh sie ihrer Sprache einen noch ausgeprägteren Akzent. »Tja, wenn Sie was echt Elegantes wollen, dann fahren Sie einfach die Straße rauf, und nach fünfzehn Minuten kriegen Sie im Dromoland Castle ein geradezu fürstliches Menü serviert. Sie werden 'n bißchen was berappen müssen, aber dafür werden Ihre Geschmacksnerven denken, daß sie im Himmel sind.«

»Für ein elegantes Restaurant haben wir nicht die passenden Kleider an«, meinte die Frau. »Eigentlich hatten wir gehofft, daß es vielleicht direkt hier im Dorf etwas gibt.«

»Tja, wenn Ihnen der Sinn mehr nach normalem Pubessen steht« – sie blinzelte den beiden Kindern zu, die sie anstarrten, als wäre sie direkt einem UFO entstiegen –, »dann bin ich sicher, daß Ihnen O'Malley's gefallen wird. Seine Chips sind mit das Beste, was es im Umkreis von fünfzig Meilen gibt.«

»Sie meinen, seine Pommes frites, nicht wahr?« übersetzte die Frau. »Wir sind erst heute morgen aus Amerika gekommen«, vertraute sie Maggie an, »und ich fürchte, wir sind mit den hiesigen Sitten und Gebräuchen noch nicht allzu vertraut. Ist Kindern der Zutritt in den Bars – den Pubs erlaubt?«

»Das hier ist Irland. Hier gibt es keinen Ort, an dem Kinder nicht willkommen sind. Das O'Malley's ist da drüben.« Sie wies in Richtung des niedrigen, dunkel verputzten Gebäudes, das nicht weit von ihnen lag. »Ich bin selbst gerade auf dem Weg dorthin. Ich bin sicher, daß sie sich freuen würden, wenn sie Sie und Ihre Familie bei sich begrüßen dürften.«

»Vielen Dank.« Der Mann strahlte, die Kinder starrten sich nach wie vor die Augen aus dem Kopf, und die Frau hatte immer noch die Kamera vor dem Gesicht. »Wir kommen bestimmt.«

»Dann wünsche ich Ihnen einen netten Abend und noch einen angenehmen Aufenthalt in unserem Land.« Maggie machte kehrt, schob ihr Fahrrad die Straße hinab und stellte es vor dem Pub ab. Im Innern des Lokals war es dämmrig, rauchig, roch nach gebratenen Zwiebeln und Bier.

»Hallo Tim, wie geht's?« fragte Maggie und setzte sich an die Bar.

»Ach nee, wen haben wir denn da?« Tim, der gerade ein Guinness zapfte, sah sie grinsend an. »Und wie geht's dir, Maggie?«

»Ich habe einen Bärenhunger.« Sie grüßte ein

Paar an einem briefmarkengroßen Tisch und die beiden Männer, denen ihr Bier an der Theke serviert worden war. »Machst du mir eins deiner Steaksandwichs und einen Berg Pommes dazu? In der Zwischenzeit trinke ich dann schon mal ein Bier.«

Der Eigentümer des Pubs schob den Kopf durch die Küchentür, gab ihre Bestellung auf und kehrte zu ihr zurück. »Und, wie war Dublin?« fragte er, während er ein Glas unter den Zapfhahn hielt.

»Das kann ich dir sagen.« Während die amerikanische Familie den Pub betrat, stützte sie die Ellbogen auf die Theke und setzte zu einer Beschreibung ihrer Reise an.

»Champagner und Gänseleber?« Tim schüttelte den Kopf. »Aber hallo. Und all die Leute sind nur gekommen, um dein Glas zu sehen. Dein Vater wäre stolz auf dich gewesen, Maggie. Stolz wie ein Pfau wäre er hier rumstolziert, jawohl.«

»Das hoffe ich doch.« Sie atmete den Duft des Essens ein, das Tim vor ihr über den Tresen schob. »Aber ehrlich gesagt sind mir deine Steaksandwichs lieber als alle Gänseleber der Welt.«

Er brach in herzliches Lachen aus. »Das ist unser Mädchen. So kennen wir sie.«

»Zufällig habe ich herausbekommen, daß die Großmutter des Mannes, der mich managt, eine Freundin meiner Oma, Gran O'Reilly, war.«

»Ach.« Seufzend rieb sich Tim den Bauch. »Na ja, die Welt ist klein.«

»So sieht's aus«, stimmte Maggie ihm möglichst beiläufig zu. »Sie stammt aus Galway und kannte Gran, als sie noch ein junges Mädchen war. Und nachdem Gran hierhergezogen war, standen sie noch jahrelang in Briefkontakt.«

»Das ist schön. Alte Freunde sind immer die besten, die man haben kann.«

»Gran hat ihr von dem Hotel geschrieben, von der Familie und so. Sie hat erwähnt, daß meine Mutter viel gesungen hat.«

»Oh, das ist inzwischen lange her.« Tim nahm ein Glas in die Hand und polierte versonnen daran herum. »Bevor du geboren warst. Aber tatsächlich, jetzt, wo ich darüber nachdenke, fällt mir ein, daß sie noch hier in diesem Pub aufgetreten ist, bevor sie die Singerei aufgegeben hat.«

»Hier? Sie hat hier gesungen?«

»Allerdings. Sie hatte eine wunderbare Stimme, unsere Maeve. Und sie hatte Auftritte im ganzen Land. Über zehn Jahre lang haben wir sie hier kaum zu sehen bekommen, aber dann kam sie zurück, weil die alte Missus O'Reilly gekränkelt hat. Also habe ich Maeve gefragt, ob sie nicht ein- oder zweimal bei mir singen will, auch wenn der Pub kein so großartiger Ort war wie ein paar der Hallen in Dublin und Cork und Donegal, in denen sie aufgetreten ist.«

»Sie ist aufgetreten? Zehn Jahre lang?«

»Tja, ich weiß nicht, ob sie am Anfang besonders erfolgreich war. Aber soweit ich mich erinnern kann, war Maeve schon immer ganz versessen drauf, was von der Welt zu sehen. Mit der Arbeit im Hotel deiner Großeltern in einem Nest wie dem unseren war sie nicht zufrieden, und das hat sie uns auch oft genug gesagt.« Um die Schärfe seines Tons ein wenig abzumildern, zwinkerte er Maggie zu. »Aber irgendwann hatte sie es tatsächlich geschafft und war eine ziemlich bekannte Sängerin. Und dann haben sie und Tom… nun, von dem Moment an, in dem er hier hereinspaziert kam und sie singen hörte, war es um die beiden geschehen. Sie hatten nur noch Augen füreinander, alles andere schien ihnen vollkommen egal zu sein.«

»Und nach der Hochzeit«, setzte Maggie langsam an, »hat sie mit dem Singen aufgehört?«

»Offenbar wollte sie nicht mehr. Obwohl sie nie darüber geredet hat. Tja, das Ganze ist inzwischen so lange her, daß ich es fast vergessen hätte, hättest du nicht die Sprache drauf gebracht.«

Maggie bezweifelte, daß ihre Mutter je vergessen hatte, daß sie einst eine vielversprechende Sängerin gewesen war. Wie würde sie selbst sich wohl fühlen, wenn sie durch irgendeine Wendung in ihrem Leben gezwungen wäre, ihre Kunst aufzugeben? überlegte sie. Wütend, traurig, voller Groll. Sie blickte auf ihre Hände und dachte, wie es wäre, wenn sie sie nie mehr benutzen könnte. Was würde aus ihr, wenn ihr plötzlich gerade in dem Augenblick, in dem sie der Welt ihren Stempel aufzudrücken begann, alles genommen würde, was ihr wichtig war?

Und wenn die Aufgabe ihrer Karriere auch keine Entschuldigung für all die bitteren Jahre war, die ihre Mutter ihr bereitet hatte, so war sie doch zumindest ein Grund.

Maggie brauchte Zeit, um darüber nachzudenken, um mit Brianna zu sprechen, zu erforschen, wie ihre Schwester die Sache sah. Sie spielte mit ihrem Bier herum, während sie die Frau, die ihre Mutter einst gewesen war, mit der Frau, die sie geworden war, zu verbinden versuchte – was ihr nur schwer gelang.

Wieviel von beidem, so überlegte sie, hatte Maeve ihr wohl vererbt?

»Das Sandwich ist nicht zum Angucken, sondern zum Essen da«, wies Tim sie zurecht, während er einem der beiden männlichen Gäste ein weiteres Bier über die Theke schob.

»Ich weiß.« Und wie zum Beweis ihrer Worte biß Maggie herzhaft in das Brot hinein. Im Pub war es warm und gemütlich, und morgen wäre auch noch Zeit, um den Schleier zu lüften, der über den alten Träumen ihrer Mutter lag. »Machst du mir auch noch ein Bier?«

»Aber sicher doch«, sagte er und hob die Hand, als abermals jemand durch die Pubtür trat. »Tja, das scheint der Abend der Fremden zu sein. Wo bist du die ganze Zeit gewesen, Murphy? Ich habe dich schon eine Ewigkeit nicht mehr gesehen.«

»Ich hoffe, du hast mich vermißt, alter Junge.« Als er Maggie erblickte, schob sich Murphy grinsend neben sie. »Ich hoffe doch, daß ich neben der Berühmtheit sitzen darf.«

»Ich nehme an, daß ich das erlauben kann«, erwiderte sie. »Zumindest dieses eine Mal. Also, Murphy, wann machst du nun meiner Schwester endlich den Hof?«

Es war ein alter Witz, aber trotzdem brachen die übrigen Gäste in vergnügtes Kichern aus. Murphy nippte an Maggies Glas und stieß einen Seufzer aus. »Meine Liebe, du weißt, in meinem Herzen ist nur Platz für dich.«

»Das einzige, was ich weiß, ist, daß du ein alter Schwerenöter bist.« Sie holte sich ihr Bier von ihm zurück.

Er war ein auf wilde Weise gutaussehender Mann, muskulös und stark und von Sonne und Wind wettergegerbt wie ein alter Eichenbaum. Sein dunkles Haar fiel in Locken über seine Ohren herab, und seine Augen waren so blau wie die Kobaltflasche in ihrem Atelier.

Nicht so elegant und gepflegt wie Rogan, dachte sie, sondern rauh wie ein Zigeuner, aber mit einem Herzen so groß und süß wie ein geliebtes Tal. Murphy war für sie der ideale Brudererersatz.

»Ich würde dich auf der Stelle heiraten«, behauptete er, und abgesehen von den interessiert zuhörenden Amerikanern brachen sämtliche Gäste in wieherndes Gelächter aus. »Aber du nimmst mich ja nicht.«

»Ich kann dich beruhigen, Männer wie du interessieren mich einfach nicht. Aber auch wenn ich dich nicht heiraten will, werde ich dich küssen, und dann wirst du bereuen, daß du mit diesem Thema überhaupt angefangen hast, du wirst schon sehen.«

Tatsächlich gab sie ihm einen langen, herzhaften Kuß, und dann schauten sie einander grinsend an. »Nun sag schon, hast du mich wenigstens vermißt?« fragte sie.

»Kein Stück. Ich nehme ein Guinness, Tim, und das gleiche wie unsere Berühmtheit hier.« Er stahl ihr eins ihrer Pommes frites. »Ich hatte schon gehört, daß du wieder im Lande bist.«

»Ach.« Ihre Stimme klang ein wenig kühler als zuvor. »Dann hast du also Brie gesehen?«

»Nein. Wie ich schon sagte, hatte ich *gehört*, daß du zurück bist«, wiederholte er. »Dein Ofen hat wieder geröhrt wie wild.«

»Ah.«

»Meine Schwester hat ein paar Zeitungsausschnitte aus Cork geschickt.«

»Mmm. Und wie geht es Mary Ellen?«

»Oh, gut. Und Drew und den Kindern ebenfalls.« Murphy fuhr mit der Hand in die Jackentasche, runzelte die Stirn, klopfte an der anderen Tasche herum. »Ah, da sind sie ja.« Er zog zwei zusammengefaltete Zeitungsartikel hervor. »Der Dubliner Triumph einer Künstlerin aus Clare«, las er vor. »Am Samstag abend hat Margaret Mary Concannon mit einer Ausstellung ihrer Werke in der Worldwide Gallery, Dublin, auf die Kunstwelt großen Eindruck gemacht.«

»Laß mich sehen.« Maggie riß ihm das Blatt aus der Hand. »Miss Concannon, einer Glasbläserin, wurden Lob und Glückwünsche für ihre verwegenen und komplexen Skulpturen und Zeichnungen zuteil. Die Künstlerin selbst ist eine zarte – zarte, ha!« brachte Maggie ihre Meinung ein.

»Gib ihn mir zurück.« Murphy nahm ihr den Artikel wieder ab und fuhr mit seiner lauten Lektüre fort. »›Eine zarte junge Frau von außergewöhnlicher Schönheit und überdurchschnittlichem Talent.‹ Ha«, meinte Murphy und sah sie schnaubend an. »›Der Verfasser dieses Artikels war von dem grünäugigen Rotschopf mit der elfenbeinernen Haut und dem beachtlichen Charme ebenso fasziniert wie von der ausgestellten Kunst. Worldwide, eine der führenden Galerien der Welt, kann sich glücklich preisen, daß ihr die Übernahme von Miss Concannons Arbeiten gelungen ist.‹«

»›Ich glaube, daß sie erst am Anfang ihres künstlerischen Schaffens steht‹, meinte Rogan Sweeney, der Worldwide-Präsident. ›Daß gerade uns die Aufgabe zufällt, Miss Concannons Werk einem breiteren Publikum zugänglich zu machen, betrachten wir als Privileg.‹«

»Das hat er gesagt?« Abermals streckte sie die Hand nach der Zeitung aus, doch Murphy hielt sie so, daß sie sie nicht zu fassen bekam.

»Allerdings. Hier steht es, schwarz auf weiß. Und jetzt laß mich zu Ende lesen. Die Leute wollen schließlich wissen, was über dich in der Zeitung geschrieben wird.«

Und tatsächlich lauschten alle wie gebannt, während Murphy die Kritik zu Ende las.

»›Einige von der Künstlerin und Mr. Sweeney persönlich ausgewählten Stücke werden von nun an dauerhaft in Dublin zu sehen sein, und diverse andere Werke der Künstlerin werden im kommenden Jahr in den anderen Worldwide-Galerien ausgestellt.‹« Mit einem zufriedenen Grinsen legte Murphy das Blatt auf die Theke, so daß auch Tim es sah.

»Es sind sogar Bilder dabei«, sagte er und nahm sich den zweiten Artikel vor. »Von Maggie mit der Elfenbeinhaut und irgendeinem eleganten Teil aus Glas. Und, hast du nichts dazu zu sagen, Maggie-Schatz?«

Sie stieß einen langen Seufzer aus und zupfte verlegen an ihrem Haar herum. »Ich schätze, am besten lade ich erst mal all meine Freunde zu etwas zu trinken ein.«

»Du bist so ruhig, Maggie Mae.«

Maggie lächelte, als sie den Spitznamen vernahm, mit dem sie manchmal von ihrem Vater gerufen worden war. Mehr als zufrieden saß sie in Murphys LKW, dessen Motor wie eine Katze wohlig zu schnurren schien. Ihr Fahrrad hatten sie sicher auf der Ladefläche verstaut.

»Ich glaube, ich bin ein bißchen betrunken, Murphy.« Sie räkelte sich und stieß einen behaglichen Seufzer aus. »Aber es ist ein sehr schönes Gefühl.«

»Nun, das hast du dir auch verdient.« Sie war mehr als nur ein bißchen betrunken, weshalb er auch ihr Fahrrad auf den LKW geworfen hatte, ehe es ihr in den Sinn gekommen war, mit ihm herumzustreiten, weil sie lieber alleine zurück nach Hause fuhr. »Wir sind alle stolz auf dich, und ich werde die Flasche, die du mir mal gemacht hast, mit größerem Respekt behandeln als bisher.«

»Ich habe dir schon tausendmal gesagt, daß es eine Vase und keine Flasche ist. Sie ist dazu da, daß man sie mit hübschen Zweigen oder Wildblumen schmückt.«

Weshalb irgend jemand Zweige, ob hübsch oder nicht, ins Haus schleppen sollte, war ihm schleierhaft. »Dann fährst du also wieder nach Dublin zurück?«

»Keine Ahnung – aber in nächster Zeit wohl kaum. Ich kann dort nicht arbeiten, und genau das ist es, was ich im Augenblick will.« Mit gerunzelter Stirn blickte sie auf einen im Mondlicht silbern schimmernden Ginsterstrauch. »Weißt du, er hat mir nie das Gefühl gegeben, als sähe er die Ausstellung meiner Werke als besonderes Privileg.«

»Was?«

»O nein, er hat immer so getan, als genösse *ich* ein Privileg, weil er sich überhaupt die Mühe macht, meine Sachen anzusehen. Der große, mächtige Sweeney, der der armen, am Hungertuch nagenden Künstlerin die Chance zu Ruhm und Reichtum gibt. Nun, habe ich es je auf Ruhm und Reichtum abgesehen, Murphy? Ich frage dich, habe ich ihn je darum gebeten, etwas für mich zu tun?«

Er kannte diesen kämpferischen, defensiven Ton, so daß er bei seiner Antwort Vorsicht walten ließ. »Das weiß ich nicht, Maggie. Aber willst du es denn nicht?«

»Natürlich will ich es. Denkst du etwa, daß ich vollkommen ab von allem Weltlichen bin? Aber darum gebeten habe ich ihn nicht. Ich habe ihn nie auch nur um die kleinste Kleinigkeit gebeten, außer, daß er mich in Ruhe läßt. Und, hat er das? Ha!« Sie kreuzte die Arme vor der Brust. »Statt mich in Ruhe zu lassen, hat er mich in Versuchung geführt, und der Teufel persönlich hätte es wohl kaum schlauer angestellt. Und jetzt hat er mich in der Tasche, weißt du, und es gibt kein Zurück.«

Murphy spitzte die Lippen und lenkte den LKW neben ihrem Gartentor an den Straßenrand. »Willst du denn noch mal zurück?«

»Nein. Aber genau das ist es ja, was mich so

stört. Ich will genau das, von dem er behauptet, daß es möglich ist, und ich will es so sehr, daß mir allein der Gedanke daran das Herz brechen läßt. Aber eigentlich will ich nicht, daß irgend etwas in meinem Leben anders wird. Ich will, daß man mich in Ruhe arbeiten und nachdenken und leben läßt. Und ich weiß einfach nicht, wie ich diese beiden Dinge miteinander verbinden soll.«

»Du schaffst es bestimmt, Maggie. Schließlich bist du viel zu stur, als daß du dich mit weniger zufriedengibst.«

Sie lachte, sah ihn an und gab ihm einen rührseligen Kuß. »Ich liebe dich, Murphy. Warum kommst du nicht mit mir aufs Feld und tanzt mit mir im Mondschein herum?«

Grinsend zerzauste er ihr das Haar. »Ich denke, es ist das beste, wenn ich dein Fahrrad in den Schuppen stelle und dafür sorge, daß du in die Falle kommst.«

»Das kann ich auch allein.« Sie kletterte von ihrem Sitz, aber er war schneller als sie, nahm ihr Rad von der Ladefläche und stellte es auf der Straße ab. »Danke, daß Sie mich nach Hause gebracht haben, Mr. Muldoon.«

»Es war mir ein Vergnügen, Miss Concannon. Und jetzt gehen Sie auf der Stelle ins Bett.«

Sie schob ihr Rad durch das Tor, als er zu singen begann, und auf dem Weg zum Haus blieb sie stehen und lauschte seinem kraftvollen, süßen Tenor, der sich leise in die Nachtluft erhob, ehe er verklang.

»Alone all alone by the wave wash strand, all alone in a crowded hall. The hall it is gay, and the waves they are grand, but my heart is not here at all.«

Lächelnd beendete sie das Lied: *»It flies far away, by night and by day, to the times and the joys that are gone.«*

»Slievenamon«, »die Frau vom Berg«, war ein altes Lied. Nun, sie stand nicht auf einem Berg, und dennoch verstand sie die in der Ballade besungene, schmerzliche Einsamkeit. Wie in der im Lied erwähnten Halle hatte auch im Ballsaal der Worldwide-Galerie in Dublin fröhliches Treiben geherrscht, und wie im Lied hatte sie sich nicht dazugehörig, sondern alleine gefühlt. Elendiglich allein.

Sie schob ihr Rad ums Haus herum, doch statt durch die Hintertür hineinzugehen, wandte sie sich den Feldern zu. Es stimmte, ihr war schwindlig und sie schwankte, aber es wäre eine Schande, verbrächte sie eine so herrliche Nacht ganz allein im Bett.

Und ob betrunken oder nüchtern, ob bei Tag oder bei Nacht, auf den Feldern, die ihr einst gehört hatten, fand sie sich immer zurecht.

Sie hörte den Schrei einer Eule und das Rascheln eines Tieres, das im hohen Gras zu jagen oder gejagt zu werden schien. Über ihr setzte der volle Mond in einem Meer von Sternen ein schimmerndes Fanal. Um sie herum flüsterte die Nacht, und zu ihrer Linken gluckste wie zur Antwort ein kleiner Bach.

Dies alles war Teil dessen, was sie wollte. Die herrliche Einsamkeit inmitten wogender grüner Felder, denen das Licht von Mond und Sternen einen silbrigen Schimmer verlieh, das heimelige Gefühl, das sie mit dem schwachen Schimmer der Lampe in Murphys Küche verband, waren ebenso wichtig für sie wie die Luft zum Atmen.

Sie erinnerte sich daran, wie sie, ihre kleine Kinderhand fest in die große, warme Hand ihres Vaters gepreßt, über die Felder gewandert war. Er hatte nicht vom Säen, Pflügen oder Ernten, sondern von Träumen erzählt. Immer nur hatte er von seinen Träumen erzählt.

Ohne daß sein eigener Traum jemals wahr geworden war.

Und noch trauriger war, dachte sie, daß ihre Mutter ihren Traum gefunden hatte, nur damit sie ihn wieder verlor.

Wie war es, überlegte sie, wenn man das, was man begehrte, unmittelbar vor sich sah, nur um erleben zu müssen, daß es einem sofort wieder entglitt? Ohne daß man es jemals wiederbekam.

War es nicht genau dieser drohende Verlust, vor dem ihr so angst und bange war?

Sie legte sich auf dem Rücken ins Gras, denn von all dem Alkohol und all den Träumen schwindelte ihr. Die Sterne wirbelten in ihrem Engelstanz über ihrem Kopf, und der silbrig schimmernde Mond blickte sanft auf sie herab. Die Luft war vom süßen Lied einer Nachtigall erfüllt. Und die Nacht gehörte ihr allein.

Lächelnd schloß sie die Augen und fiel in einen sanften Schlaf.

11. Kapitel

Am nächsten Morgen sah sich eine von Murphys Kühen die schlafende Gestalt mit großen, glänzenden Augen an. Eine Kuh dachte an kaum etwas anderes als an ihr Futter und daran, wann es Zeit zum Melken war, und so schnüffelte sie ein-, zweimal an Maggies Wange und schnaubte, ehe sie friedlich zu grasen begann.

»Großer Gott, was ist das für ein Lärm?«

Mit dröhnendem Schädel rollte sich Maggie auf den Bauch, stieß gegen eins der Vorderbeine der Kuh und riß die verschlafenen, blutunterlaufenen Augen auf.

»Himmel!« Maggies Schrei hallte in ihrem Schädel wie ein Gong, so daß sie sich entgeistert die Ohren zuhielt. Die Kuh war ebenso überrascht wie sie, so daß sie zu muhen und mit den Augen zu rollen begann. »Was machst du denn hier?« Die Hände immer noch gegen den dröhnenden Kopf gepreßt, rappelte sie sich mühsam auf. »Das heißt, was mache ich überhaupt hier?« Sie ging in die Hocke, und sie und die Kuh sahen einander zweifelnd an. »Ich muß eingeschlafen sein. Oh!« Vom grellen Tageslicht geblendet, nahm sie die Hände von den Ohren und hielt sich die Augen zu. »Oh, das ist die gerechte Strafe, wenn man einen über den Durst getrunken hat. Wenn es dir nichts ausmacht, bleibe ich einfach noch eine Minute hier sitzen, bis ich wach genug bin, um aufzustehen.«

Mit einem erneuten Augenrollen wandte sich die Kuh wieder ihrem Frühstück zu.

Der Morgen war hell und warm und von zahlreichen Geräuschen erfüllt. Das Dröhnen eines Traktors, das Bellen eines Hundes, das fröhliche Zwitschern eines Vogels hämmerten in Maggies Kopf. Sie hatte einen widerlichen Torfgeschmack im Mund, und in ihren Kleidern hing der feuchte Tau.

»Tja, wirklich nett, wenn man wie irgendein betrunkener Landstreicher mitten in einem Feld das Bewußtsein verliert.«

Sie rappelte sich auf, schwankte und stöhnte, doch zumindest blieb sie stehen. Die Kuh wedelte mitfühlend mit dem Schwanz, und vorsichtig streckte sich Maggie. Als ihre Knochen nicht zerbarsten, bewegte sie auch die restlichen Körperteile und sah sich mutig die nähere Umgebung an.

Eine ganze Reihe von Kühen stand, ohne sich für die menschliche Besucherin zu interessieren, grasend um sie herum, und auf dem Nachbarfeld sah Maggie den Kreis aus uralten, aufrecht stehenden Steinen, der bei den Einheimischen Druidenmark hieß. Sie erinnerte sich daran, daß sie sich gestern abend mit einem Kuß von Murphy verabschiedet hatte und daß sie, das von ihm gesungene Lied im Ohr, im Mondschein losgewandert war.

Und mit einem Mal erinnerte sie sich mit einer solchen Macht an ihren Traum, daß sie das Pochen ihres Schädels und das Schmerzen ihrer Glieder vergaß.

Der Mond erstrahlte in pulsierender Helligkeit, überflutete den Himmel und die Erde unter sich mit kaltem, weißem Licht. Dann brannte er, heiß wie eine Kerze, bis er in so wunderbaren blauen, roten und goldenen Tönen zerfloß, daß sie im Schlaf zu schluchzen begann.

Sie streckte die Hände nach ihm aus und reckte die Arme, bis sie ihn zu fassen bekam. Glatt und fest und kühl lag er in ihren Händen. Maggie sah darin sich selbst, und irgendwo ganz tief im verschwommenen, farbigen Inneren der Kugel erkannte sie ihr Herz.

Diese Vision machte jeden Kater wieder wett, und von ihr getrieben, rannte Maggie nach Hause, überließ die Wiese den Kühen und den Morgen dem Vogelgesang.

Innerhalb einer Stunde war sie in ihrem Atelier, verzweifelt darauf aus, ihrer Vision Gestalt zu verleihen. Sie brauchte keine Skizze, denn das Bild hatte sich ihr in leuchtenden Farben eingeprägt. Sie hatte nichts gegessen, brauchte nichts. In die Erregung der Entdeckung wie in einen Umhang eingehüllt, schuf sie das erste Stück Glas.

Zum Abkühlen und Zentrieren glättete sie es auf einer Marmorunterlage, ehe sie ihm mit ihrem Atem seine Form verlieh.

Sie erhitzte den Ball ein zweites Mal, wälzte ihn in Farbpulver und hielt ihn erneut in die Flammen, damit sich die Farbe mit der Wand des Gefäßes verband.

Sie wiederholte die Prozedur ein ums andere Mal, gab Glas, Feuer, Atem und Farbe hinzu, drehte und drehte das Rohr hin und her, glättete die glühende Kugel mit hölzernen Spateln, damit sie ihre Form behielt.

Nachdem sie die Form vom Rohr auf das Hefteisen gegeben hatte, erhitzte sie sie noch stärker als zuvor, und dann hielt sie einen nassen Stab an die Öffnung des Gefäßes, das durch den Druck des entstehenden Dampfes eine Ausdehnung erfuhr.

Sie war ganz auf ihre Arbeit konzentriert, denn es bestand die Gefahr, daß die Wand der Kugel durch den Druck zerbarst. Jetzt hätte sie einen Helfer gebrauchen können, jemanden, der ihr seine Hände lieh, der ihr Werkzeuge reichte, der weiteres Glas schmolz, falls es erforderlich war.

Doch noch nie in ihrem Leben hatte sie einen Assistenten gehabt, und so machte sie sich unter zornigem Murmeln selbst auf den Weg zum Ofen, zurück an den Tisch und von dort zurück zu ihrem Stuhl.

Die Sonne stieg höher, strömte durch die Fenster und krönte sie mit einem regelrechten Strahlenkranz.

So sah Rogan sie, als er unvermittelt ihr Atelier betrat. Sie saß auf ihrem Stuhl, einen Ball geschmolzener Farbe in den Händen, von hellem Sonnenlicht eingerahmt.

Sie bedachte ihn mit einem kurzen, bösen Blick. »Legen Sie diesen verdammten Mantel und die blöde Krawatte ab. Ich brauche ihre Hände.«

»Was?«

»Ich brauche Ihre Hände, verdammt. Tun Sie genau, was ich Ihnen sage, und sprechen Sie nicht mit mir.«

Er war sich nicht sicher, daß ihm das gelänge, denn dies war einer der seltenen Momente in seinem Leben, in dem er aus dem Gleichgewicht geworfen war. Vor der Glut des Ofens und eingetaucht ins Sonnenlicht, sah sie wie eine leidenschaftliche, feurige Göttin aus, die neue Welten schuf. Er stellte seine Aktentasche ab und zog sich den Mantel aus.

»Sie halten das hier ganz ruhig«, sagte sie und glitt von ihrem Stuhl. »Und Sie drehen das Hefteisen so wie ich im Augenblick. Sehen Sie? Langsam und gleichmäßig. Wenn Sie zucken oder eine Pause machen, bringe ich Sie um. Ich hole nur mehr Glas und bin gleich wieder da.«

Daß sie ihm ihre Arbeit anvertraute, verblüffte ihn derart, daß er sich wortlos auf den Stuhl sinken ließ. Das Rohr lag warm und unerwartet schwer in seiner Hand, und sie führte ihn, bis sie meinte, daß er wußte, welcher Rhythmus der beste war.

»Hören Sie nicht auf«, warnte sie erneut. »Glauben Sie mir, Ihr Leben hängt davon ab.«

Das bezweifelte er keine Sekunde lang. Sie ging an den Ofen, tauchte ein zweites Rohr in das dort geschmolzene Glas und kam zu ihm zurück.

»Sehen Sie, wie ich das gemacht habe? Es ist nicht allzu schwer. Ich will, daß Sie mir beim nächsten Mal Glas holen gehen.« Sie nahm ein Werkzeug auf, um das weiche Material damit zu formen.

»Jetzt.« Sie nahm ihm das Rohr aus den Händen und fuhr mit ihrer Arbeit fort. »Falls Sie zuviel holen, streife ich es einfach ab.«

Die Hitze des Ofens nahm ihm die Luft. Er tauchte ein Rohr in das Glas und rollte es ihren knappen Anweisungen gemäß darin herum, bis das Material, heißen Tränen gleich, daran haften blieb.

»Und jetzt stellen Sie sich rechts hinter mich.« Sie griff nach einer Zange und nahm ihm das Rohr aus der Hand, schmolz Glas mit Glas, Farbe mit Farbe, bis sich ein wahrer Funkenregen über ihnen beiden ergoß. Als sie schließlich mit dem Inneren der Kugel zufrieden war, blies sie sie wieder zu ihrer alten Form und Größe auf.

Was Rogan sah, war ein perfekter, durchsichtiger Ball, in dem eine Vielzahl an Farben und Formen zu zerbersten, der zu bluten und zu pochen schien. Hätte er mehr Phantasie gehabt, hätte er gesagt, daß das Glas ebenso lebendig wie er selber war. Die Farben wirbelten auf eine unglaublich lebhafte Art im Ball herum, wobei ihre Grellheit in Richtung der Gefäßwand in immer sanftere Schattierungen überging.

Träume, dachte er. Das Gebilde kam ihm wie eine Kugel voller Träume vor.

»Bringen Sie mir die Feile«, fuhr sie ihn an.

»Die was?«

»Die Feile, Herrgott noch mal.« Sie trat bereits an eine mit feuerfesten Unterlagen bedeckte Arbeitsbank, und während sie das Hefteisen in einen hölzernen Schraubstock spannte, streckte sie, ähnlich einem Chirurgen, der ein Skalpell verlangt, ohne hinzusehen, ihre Hand nach der Feile aus.

Er hörte, wie sie mit angehaltenem Atem gegen das Hefteisen schlug, so daß die Kugel sanft auf die Unterlage fiel. »Handschuhe«, wies sie ihn an. »Die schweren neben meinem Stuhl. Beeilen Sie sich.«

Die Augen auf die Kugel geheftet, zog sie sich ungeduldig die Handschuhe an. Oh, sie konnte es nicht erwarten, sie in den Händen zu halten, sie mit bloßen Fingern zu umfassen wie in ihrem Traum. Statt dessen griff sie nach einer asbestüberzogenen Metallgabel, mit der sie den Ball zum Kühlofen trug.

Sie stellte die Uhrzeit ein und starrte eine Minute ins Leere.

»Wissen Sie, es ist der Mond«, sagte sie im Flüsterton. »Er sorgt sowohl im Meer als auch in uns für Ebbe und Flut. Wir richten die Jagd, die Ernte und die Nachtruhe nach ihm aus. Und mit ein bißchen Glück halten wir ihn manchmal in den Händen und träumen mit ihm.«

»Wie werden Sie es nennen?«

»Gar nicht. Jeder sollte das darin sehen, was ihm am besten gefällt.« Als wäre sie soeben aus einem tiefen Traum erwacht, fuhr sie sich zögernd mit der Hand an den Kopf. »Ich bin müde.« Sie schleppte sich zu ihrem Stuhl zurück, sank hinein und warf den Kopf auf die Lehne zurück.

Sie war kreidebleich, stellte Rogan fest, denn die energische Glut, von der ihr Gesicht während der Arbeit überzogen gewesen war, hatte sich gelegt. »Haben Sie wieder mal die ganze Nacht hier in Ihrem Atelier verbracht?«

»Nein, ich habe geschlafen.« Sie lächelte stillvergnügt in sich hinein. »In Murphys Feld, unter dem hellen, vollen Mond.«

»Sie haben die Nacht in einem Feld verbracht?«

»Ich war betrunken.« Sie gähnte, lachte und machte die Augen wieder auf. »Ein bißchen. Und es war eine so herrliche Nacht.«

»Und wer«, fragte Rogan, während er neben sie trat, »ist Murphy?«

»Ein Bekannter von mir. Der bestimmt ziemlich überrascht gewesen wäre, hätte er mich auf einer seiner Weiden schlafen sehen. Würden Sie mir etwas zu trinken holen?« Als sie seine fragend hochgezogenen Brauen sah, brach sie abermals in fröhliches Lachen aus. »Etwas Alkoholfreies. Aus dem Kühlschrank, der da drüben steht. Und nehmen Sie sich selbst etwas«, fügte sie hinzu. »Sie geben einen durchaus passablen Assistenten ab, Sweeney.«

»Es war mir ein Vergnügen«, sagte er, denn einen größeren Dank bekäme er wohl nicht, und als sie die Dose an die Lippen hob, überflog sein Blick eilig den Raum. Seit ihrer Rückkehr aus Dublin hatte sie einiges geschafft. In einer Ecke des Ateliers standen mehrere neue Stücke, ihre Interpretationen der in seiner Galerie ausgestellten Indianerkunst.

Eins der Teilc, einen flachen, breiten Teller, der in dunklen, matten Farben gehalten war, sah er sich genauer an. »Wunderbare Arbeit«, sagte er.

»Mmm. Ein gelungenes Experiment. Ich habe undurchsichtiges und durchsichtiges Glas miteinander vermischt.« Wieder gähnte sie. »Und dann habe ich es mit Zinnrauch glasiert.«

»Zinnrauch? Ach, egal«, sagte er, denn auf eine komplizierte Erklärung war er nicht sonderlich erpicht. »Ich würde es sowieso nicht verstehen. Chemie war noch nie meine Stärke. Es reicht mir, wenn mir das Ergebnis Ihrer Arbeit gefällt.«

»Sie sollten sagen, daß es genauso faszinierend ist, wie ich es bin.«

Er warf einen Blick über seine Schulter, und fast

hätte er gelacht. »Sie haben also die Kritiken gelesen, ja? Gott stehe uns bei. Warum ruhen Sie sich nicht ein bißchen aus? Wir können uns hinterher unterhalten. Ich führe Sie zum Essen aus.«

»Sie haben doch nicht den ganzen weiten Weg gemacht, um mit mir essen zu gehen.«

»Trotzdem wäre es nett.«

Irgend etwas war anders an ihm, bemerkte sie. Seine phantastischen Augen sahen sie anders an, und auch wenn er sich bemühte, ganz der alte, beherrschte Rogan Sweeney zu sein, brächte sie ihn bestimmt innerhalb weniger Stunden dazu, daß er die Hüllen fallen ließ, dachte sie und sah ihn lächelnd an.

»Lassen Sie uns rübergehen. Ich mache uns einen Tee und sehe nach, was noch an Eßbarem vorrätig ist. Und dann erzählen Sie mir, weshalb Sie gekommen sind.«

»Beispielsweise, um Sie zu sehen.«

Etwas in seinem Ton sagte ihr, daß es angebracht wäre, auf der Hut zu sein. »Nun, Sie haben mich gesehen.«

»Das stimmt.« Er nahm seine Aktentasche und öffnete die Tür. »Ein Tee wäre jetzt wirklich nicht schlecht.«

»Gut, dann kochen Sie uns einen.« Sie trat ins Freie und warf einen Blick über die Schulter zurück. »Das heißt, wenn Sie wissen, wie das geht.«

»Ich glaube, schon. Ihr Garten sieht herrlich aus.«

»Brie hat sich um alles gekümmert, während ich in Dublin war. Aber was ist das?« Sie stieß mit dem Fuß gegen einen an der Hintertür abgestellten Karton.

»Ich habe ein paar Sachen mitgebracht. Zum Beispiel Ihre Schuhe. Sie haben sie im Salon vergessen, als Sie in der Nacht nach der Vernissage so plötzlich in Ihr Zimmer geflüchtet sind.«

Er reichte ihr seine Aktentasche, trug den Karton in die Küche, stellte ihn auf den Tisch und sah sich suchend um.

»Wo ist der Tee?«

»Im Schrank über dem Herd.«

Während er Wasser aufsetzte, öffnete sie den Karton, und wenige Sekunden später sank sie lachend auf einen Stuhl.

»Ich schätze, Sie vergessen nie etwas. Aber wenn ich schon nicht ans Telefon gehe, warum sollte ich dann je daran denken, einen Anrufbeantworter abzuhören?«

»Wenn Sie es nicht tun, bringe ich Sie früher oder später um.«

»Aha.« Sie stand wieder auf, beugte sich erneut über den Karton und zog einen Wandkalender hervor. »Französische Impressionisten«, murmelte sie und sah sich die Bilder über den einzelnen Monaten an. »Nun, wenigstens ist er ganz hübsch.«

»Benutzen Sie ihn«, sagte er, während er den Wasserkessel auf die Herdplatte schob. »Und den Anrufbeantworter und das hier ebenfalls.« Er griff selbst in den Karton, zog eine längliche, samtbezogene Schatulle heraus, öffnete sie und reichte ihr eine schmale, goldene Uhr mit einem diamantbesetzten, bernsteinfarbenen Ziffernblatt.

»Gott, die kann ich unmöglich tragen. Das ist eine echte Damenuhr. Wie ich mich kenne, vergesse ich, daß ich sie umhabe, und dusche damit.«

»Sie ist wasserdicht.«

»Ich werde sie zerbrechen.«

»Dann kaufe ich Ihnen eine andere.« Er nahm ihren Arm und knöpfte die Manschette ihres Hemdes auf. »Was zum Teufel ist das?« fragte er, als er die Bandage sah. »Was haben Sie denn da gemacht?«

»Mich verbrannt.« Sie starrte immer noch auf die Uhr, so daß sie das zornige Blitzen in seinen Augen nicht zur Kenntnis nahm. »Ich habe einfach nicht aufgepaßt.«

»Verdammt, Maggie. Sie haben kein Recht, so achtlos zu sein. Soll ich mir jetzt vielleicht auch noch ständig Sorgen machen, weil Sie sich vielleicht verbrennen, wenn niemand in der Nähe ist?«

»Machen Sie sich doch nicht lächerlich. Man könnte meinen, ich hätte mir die Hand abgehackt.« Sie wollte ihm ihre Finger entziehen, doch sein Griff war eisenhart. »Rogan, ich bitte Sie. Es ist durchaus normal, daß sich eine Glasbläserin hin und wieder die Finger verbrennt. Daran stirbt man nicht.«

»Natürlich nicht«, sagte er in förmlichem Ton, unterdrückte mühsam den Ärger über ihre Achtlosigkeit und legte ihr die Uhr ums Handgelenk. »Es gefällt mir eben einfach nicht, wenn Sie unachtsam sind.« Er ließ sie los und vergrub seine Hände in den Taschen seiner Jacke. »Dann haben Sie sich also nicht ernsthaft verletzt?«

»Nein.« Sie sah ihn argwöhnisch an, als er den pfeifenden Kessel holen ging. »Soll ich uns ein Sandwich machen?«

»Wie Sie wollen.«

»Sie haben noch gar nicht gesagt, wie lange Sie bleiben.«

»Ich fliege noch heute abend zurück. Ich dachte, ich rede lieber persönlich mit Ihnen, als zu versuchen, Sie dazu zu bewegen, daß Sie mal ans Telefon gehen.« Er hatte sich wieder unter Kontrolle, goß den Tee auf und kam damit an den Tisch zurück. »Ich habe die Zeitungsartikel mitgebracht, um die Sie meine Großmutter gebeten haben.«

»Oh, die Artikel.« Maggie starrte seinen Aktenkoffer an. »Nett von ihr, daß sie sie Ihnen mitgegeben hat. Ich werde sie später lesen.« Wenn sie alleine war.

»In Ordnung. Und dann ist da noch etwas, das ich Ihnen persönlich geben wollte.«

»Noch etwas.« Sie schnitt eine dicke Scheibe von Briannas Brot. »Womit habe ich bloß so viele Geschenke verdient?«

»Es ist kein Geschenk.« Rogan öffnete die Aktentasche und zog einen Umschlag heraus. »Den öffnen Sie vielleicht lieber gleich.«

»Also gut.« Sie klopfte sich die Hände ab und riß den Umschlag auf. Als sie die auf dem Scheck verzeichnete Summe sah, klammerte sie sich haltsuchend an der Stuhllehne fest. »Großer Gott.«

»Wir haben sämtliche ausgezeichneten Stücke verkauft.« Sie sank auf den Stuhl, und er war mehr als zufrieden mit ihrer Reaktion. »Ich würde sagen, daß die Ausstellung ziemlich erfolgreich war.«

»Sämtliche Stücke«, wiederholte sie. »Für so viel Geld.«

Sie dachte an den Mond, an ihre Träume, an die Möglichkeit der Veränderung, und vollkommen ermattet legte sie den Kopf auf den Tisch. »Ich ersticke. Meine Lunge macht nicht mehr mit.« In der Tat brachte sie kaum noch einen Ton heraus. »Ich kriege keine Luft.«

»O doch.« Er trat hinter sie und massierte ihre Schultern. »Atmen Sie ganz ruhig ein und aus. Geben Sie sich eine Minute Zeit, um die Neuigkeit zu verdauen.«

»Es sind fast zweihunderttausend Pfund.«

»Fast. Aber ich schätze, daß sich durch die Ausstellung Ihrer Werke in unseren verschiedenen Galerien und dadurch, daß nur ein paar der Stükke zu verkaufen sind, das Interesse der Leute und somit der Preis noch steigern läßt.« Als er ihr ersticktes Röcheln vernahm, lachte er. »Meine liebe Maggie, atmen Sie immer schön ruhig aus und ein. Konzentrieren Sie sich aufs Ausatmen, das Einatmen kommt von allein. Die Organisation des Transports der neuen Stücke übernehme ich. Da Sie schon wieder so viel geschafft haben, setzen wir die Eröffnung der Ausstellung in Frankreich am besten bereits für Ende des Sommers an. Bis dahin haben Sie vielleicht gern ein bißchen frei. Machen Sie doch einfach einen netten Urlaub.«

»Urlaub.« Sie richtete sich kerzengerade auf. »Darüber kann ich jetzt nicht nachdenken. Ich habe das Gefühl, daß ich im Augenblick überhaupt nicht denken kann.«

»Lassen Sie sich Zeit.« Er tätschelte ihr den Kopf, und dann trat er mit der Teekanne um sie herum. »Gehen Sie zur Feier des Tages heute abend mit mir in irgendein Restaurant?«

»Meinetwegen«, murmelte sie. »Ich weiß einfach nicht, was ich sagen soll. Ich hätte niemals wirklich geglaubt… ich habe es mir nicht vorstellen können.« Sie hielt sich die Hände vor den Mund, und einen Augenblick lang fürchtete er, sie finge vielleicht zu weinen an, doch statt dessen brach sie in wildes, jubelndes Gelächter aus. »Ich bin reich! Ich bin eine reiche Frau, Rogan Sweeney.« Sie sprang von ihrem Stuhl, gab ihm einen Kuß und wirbelte herum. »Oh, ich weiß, für Sie ist das nur ein Tropfen auf den heißen Stein, aber für mich – für mich bedeutet es Freiheit. Endlich sind die Ketten gefallen, ob sie es nun will oder nicht.«

»Wovon reden Sie?«

Sie dachte an Brianna und schüttelte den Kopf. »Von Träumen, Rogan, von wunderbaren Träumen. Oh, ich muß es ihr erzählen. Sofort.« Sie schnappte sich den Scheck und stopfte ihn in die Hosentasche. »Bitte warten Sie. Trinken Sie Tee, machen Sie sich etwas zu essen. Benutzen Sie das Telefon, das Ihnen so gut gefällt. Tun Sie, was Sie wollen.«

»Wo wollen Sie hin?«

»Ich bin bald zurück.« Mit Schwingen unter den Füßen wirbelte sie erneut zu ihm herum und gab ihm noch einen Kuß, wobei sie in ihrer Eile allerdings sein Kinn statt der Lippen traf. »Gehen Sie nicht weg.« Und schon war sie aus der Tür und über die Felder gestürmt.

Sie schnaufte wie eine Dampflokomotive, als sie über die Steinmauer kletterte, die Briannas Garten umgab, aber schließlich hatte sie schon vor ihrem Lauf Schwierigkeiten zu atmen gehabt. Fast wäre sie auf die Stiefmütterchen ihrer Schwester getreten – eine Sünde, die sic teuer zu stehen gekommen wäre –, doch dann schlingerte sie den schmalen Weg entlang, der sich zwischen den samtigen Blumen hindurchwand.

Sie wollte gerade rufen, aber dann sah sie Brianna mit einem Korb nasser Wäsche neben der Leine stehen.

Wäscheklammern im Mund, nasse Laken in den Händen, blickte Brianna versonnen in die nickenden Akeleien und Tausendschönchen, ehe sie das Tuch mit Schwung über die Leine warf.

Maggie bemerkte, daß ihre Schwester immer noch verletzt und verärgert war, doch zugleich wies Briannas Gesicht die für sie typische Mischung aus Stolz und Selbstbeherrschung auf. Als ihr Wolfshund mit einem fröhlichen Bellen auf die Beine sprang, brachte sie ihn mit einem ruhigen Befehl dazu, daß er bei ihr blieb. Mit einem bedauernden Blick in Maggies Richtung legte er sich wieder hin, und sie nahm ein weiteres Laken aus dem Korb, schlug es aus und machte es ordentlich an der Wäscheleine fest.

»Hallo, Maggie.«

Die Stimmung ist also immer noch frostig, dachte Maggie, während sie die Hände in den Gesäßtaschen ihrer Jeans vergrub. »Hallo, Brianna. Du hast Gäste?«

»Allerdings. Im Augenblick sind sämtliche Zimmer besetzt. Ein amerikanisches Paar, eine englische Familie und ein junger Mann aus Belgien.«

»Bei dir geht's ja wie bei den Vereinten Nationen zu.« Sie schnupperte. »Du hast Pasteten im Ofen.«

»Sie sind schon fertig und stehen zum Abkühlen auf dem Fensterbrett.« Da ihr jede Art der Auseinandersetzung zuwider war, sprach Brianna, ohne Maggie anzusehen. »Ich habe über das, was du gesagt hast, nachgedacht, und ich möchte mich bei dir entschuldigen. Ich hätte für dich da sein sollen. Ich hätte einen Weg finden sollen, um bei dir in Dublin zu sein.«

»Warum hast du es dann nicht getan?«

Brianna rang hörbar nach Luft, was das einzige Zeichen ihrer Erregung war. »Du machst es einem wirklich nicht leicht.«

»Warum sollte ich?«

»Ich habe Verpflichtungen – nicht nur ihr gegenüber«, fuhr Brianna, ehe Maggie noch etwas sagen konnte, fort, »sondern auch gegenüber meiner Pension. Du bist nicht die einzige, die von Ehrgeiz oder Träumen angetrieben wird.«

Mit einem Mal kam Maggie die hitzige Erwiderung, die ihr auf der Zunge brannte, unangemessen vor, und sie betrachtete nachdenklich das Haus. Es wies einen frischen weißen Anstrich auf, die geöffneten Fenster glitzerten im nachmittäglichen Sonnenschein, und die Spitzengardinen blähten sich, romantischen Brautschleiern gleich, im sanften Sommerwind. Rund ums Haus waren herrliche Beete angelegt, und als wäre diese Pracht noch nicht genug, waren die Fenstersimse und die Stufen zur Haustür noch mit zahlreichen bepflanzten Töpfen und Blecheimern geschmückt.

»Du hast wunderbare Arbeit geleistet, Brianna. Gran wäre stolz auf dich.«

»Aber du nicht.«

»O doch.« Wie, um sich ebenfalls zu entschuldigen, legte Maggie ihrer Schwester die Hand auf den Arm. »Ich behaupte nicht, daß ich verstehe, wie oder warum du das alles machst, aber das ist einzig deine Angelegenheit. Wenn die Pension dein Traum ist, Brie, dann hast du dafür gesorgt, daß dieser Traum in Erfüllung gegangen ist. Es tut mir leid, daß ich dich so angefahren habe.«

»Oh, das bin ich gewöhnt.« Trotz ihres resignierten Tons war klar, daß sie halbwegs besänftigt war. »Wenn du wartest, bis ich hier fertig bin, mache ich uns einen Tee. Ich habe noch einen Rest Biskuitauflauf, der bestimmt dazu paßt.«

Trotz des begeisterten Knurrens ihres leeren Magens schüttelte Maggie den Kopf. »Keine Zeit. Rogan sitzt bei mir zu Hause und wartet auf mich.«

»Warum hast du ihn denn nicht mitgebracht? Du kannst doch einen Gast nicht einfach so sich selbst überlassen.«

»Er ist kein Gast, sondern ein... nun, ich weiß nicht, wie ich es nennen soll, aber egal. Ich bin nur gekommen, weil ich dir etwas zeigen will.«

Obgleich sie der Ansicht war, daß Maggies Benehmen alles andere als schicklich war, nahm Brianna wortlos die letzte Kissenhülle aus dem Wäschekorb. »Also gut, dann zeig mir, was es ist, und dann kehr zu Rogan zurück. Falls du nichts zu essen im Hause hast, bring ihn einfach her. Schließlich hat der Mann den ganzen Weg von Dublin gemacht und...«

»Hörst du vielleicht mal auf, dir um Sweeney Sorgen zu machen?« fiel ihr Maggie ungeduldig ins Wort, während sie den Scheck aus der Hosentasche zog. »Und siehst dir lieber das hier an?«

Eine Hand an der Wäscheleine blickte Brianna auf das Papier. Mit einem Mal allerdings klappte ihr die Kinnlade herunter, die Wäscheklammer fiel ihr aus der Hand, und die Kissenhülle segelte hinterher.

»Was ist denn das?«

»Bist du blind? Das ist ein Scheck. Ein dicker, fetter, wunderbarer Scheck. Er hat tatsächlich sämtliche Stücke, die er verkaufen wollte, verkauft.«

»Für so viel?« Brianna rang verzweifelt nach Luft, als sie all die Nullen sah. »Für so viel? Wie kann das sein?«

»Ich bin eben ein Genie.« Maggie packte Brianna bei den Schultern und wirbelte sie übermütig herum. »Hast du etwa die Kritiken nicht gelesen? Ich weise eine bisher unerforschte kreative Tiefe auf.« Lachend tanzte sie mit Brianna im Kreis herum. »Oh, und dann stand da noch irgendwas über meine Seele und meine Sexualität. Ich habe noch nicht alles auswendig gelernt.«

»Maggie, warte. Mir wird schwindlig.«

»Na und? Wir sind reich, ist dir das klar?« Als sie stolperten, kreischte Maggie vor Lachen auf, und

Con sprang in wilden Sätzen um sie herum. »Jetzt kann ich die Drehbank kaufen, die ich schon so lange haben will, und du bekommst den neuen Ofen, von dem du immer behauptest, daß du ihn nicht brauchst. Und wir werden Urlaub machen. Irgendwo, wo es uns gefällt, egal, wie weit es ist. Und ich kaufe mir ein neues Bett.« Sie warf sich ins Gras und rang mit Con. »Und du kannst anbauen, wenn du willst.«

»Ich fasse es nicht. Ich fasse es einfach nicht.«

»Wir werden ein Haus für sie suchen.« Maggie richtete sich auf und schlang einen Arm um Cons Hals. »Eins, das ihr gefällt. Und dann heuern wir jemand zu ihrer Betreuung an.«

Brianna schloß die Augen und kämpfte gegen ihre mit Schuldgefühlen vermischte Erleichterung an. »Vielleicht will sie nicht…«

»Sie wird wollen, verlaß dich drauf.« Maggie drückte Briannas Hand. »Sie wird gehen, Brie. Und es wird ihr gutgehen. Sie wird bekommen, was immer sie will. Morgen fahren wir nach Ennis und reden mit Pat O'Shea. Er ist im Immobiliengeschäft. Wir besorgen ihr so schnell wie möglich eine phantastische Unterkunft. Ich habe Dad versprochen, daß ich mich so gut wie möglich um euch beide kümmern würde, und dieses Versprechen halte ich.«

»Habt ihr schon mal was von Rücksichtnahme gehört?« Trotz der Wärme der Sonne in ein Umhängetuch gehüllt, stand Maeve mit einem Mal auf dem Gartenweg. Unter dem Tuch trug sie ein, zweifellos von Brianna, gestärktes und gebügeltes Kleid. »Kreischt und tobt hier draußen herum, während jemand anders zu ruhen versucht.« Sie zog das Tuch fester um ihre Schultern und fuchtelte tadelnd mit einem Finger vor ihrer jüngeren Tochter herum. »Steh sofort vom Boden auf. Was ist nur mit dir los? Benimmst dich wie ein ausgelassenes Gör, und dabei haben wir Gäste im Haus.«

Brianna erhob sich und strich sich die Hose glatt. »Es ist ein so schöner Tag. Wie wäre es, wenn du dich ein wenig in die Sonne setzt?«

»Vielleicht. Aber ruf erst diesen widerlichen Hund zurück.«

»Platz, Con.« Wie um ihn vor ihrer Mutter zu schützen, legte Brianna dem Hund eine Hand auf den Kopf. »Möchtest du vielleicht einen Tee?«

»Ja, aber ich hoffe, daß du ihn dieses Mal nicht so lange ziehen läßt.« Maeve schlurfte zu der Sitzgruppe, die von Brianna im Garten aufgestellt worden war. »Dieser Junge, der Belgier, ist heute schon zweimal die Treppe raufgerannt. Du mußt ihm sagen, daß er keinen solchen Lärm machen soll. Das kommt davon, wenn Eltern ihren Kindern erlauben, einfach so planlos durch die Gegend zu ziehen.«

»Ich bringe dir sofort den Tee. Maggie, du bleibst doch sicher noch?«

»Nicht um Tee. Aber ich werde noch ein paar Worte mit Mutter wechseln«, sagte sie, wobei sie ihrer Schwester mit einem stählernen Blick zu verstehen gab, daß Widerspruch zwecklos war. »Meinst du, daß du es einrichten kannst, morgen früh gegen zehn Uhr fertig zu sein?«

»Ich... – ja.«

»Was soll das heißen?« fragte Maeve, als Brianna in Richtung der Küchentür verschwand. »Was habt ihr beiden denn nun schon wieder ausgeheckt?«

»Wir fahren nach Ennis. Deinetwegen.« Maggie zog sich einen Stuhl heran, setzte sich und streckte die Beine aus. Eigentlich hatte sie die Sache ganz anders angehen wollen. Nachdem ihr von der vereitelten Karriere ihrer Mutter berichtet worden war, hatte sie gehofft, sie fände vielleicht einen neuen, friedlicheren Zugang zu ihr, doch schon wieder nagten derselbe Zorn und dieselben Schuldgefühle wie zuvor an ihr. Sie dachte an den Mond der vergangenen Nacht und an ihre Gedanken über verlorene Träume und setzte leise an: »Wir sind auf der Suche nach einem Haus für dich.«

Maeve stieß ein verächtliches Schnauben aus und zerrte erbost an ihrem Tuch herum. »Unsinn. Ich bin zufrieden hier, wo sich Brianna um mich kümmern kann.«

»Ich bin sicher, daß du hier zufrieden bist, aber trotzdem ist es mit dem schönen Leben hier vorbei. Oh, keine Angst, ich stelle eine Gesellschafterin für dich ein. Du brauchst keine Angst zu haben, daß du mit einem Mal allein zurechtkommen mußt. Aber Brie nutzt du nicht länger aus.«

»Brianna ist sich der Verantwortung bewußt, die ein Kind für seine Mutter hat.«

»Mehr als das«, pflichtete Maggie ihr bei. »Sie hat alles in ihrer Macht Stehende getan, um dafür zu sorgen, daß du zufrieden bist, Mutter. Aber es war nicht genug, und vielleicht verstehe ich allmählich auch, warum es nicht genug gewesen ist.«

»Du verstehst überhaupt nichts.«

»Vielleicht, aber ich würde gern verstehen.« Sie holte tief Luft, und obgleich sie ihrer Mutter bisher weder körperlich noch gefühlsmäßig näher gekommen war, wurde ihre Stimme weich. »Ich würde es wirklich gern verstehen. Es tut mir leid, daß du soviel aufgegeben hast. Ich habe erst vor kurzem erfahren, daß du einmal gesungen…«

»Schweig«, unterbrach Maeve sie in eisigem Ton und wurde durch den Schock eines nie vergessenen und nie vergebenen Schmerzes kreidebleich. »Ich verbiete dir, über diese Zeit zu sprechen.«

»Ich wollte nur sagen, wie leid es mir tut.«

»Ich will dein Mitleid nicht.« Mit zusammengekniffenen Lippen wandte sich Maeve von ihrer Tochter ab. Sie ertrug es nicht, daß man ihr die Vergangenheit entgegenschleuderte, daß man sie bedauerte, weil sie gesündigt und dadurch das verloren hatte, was ihr im Leben das Wichtigste gewesen war. »Sprich nie wieder davon.«

»Also gut.« Maggie beugte sich vor, und Maeve wandte sich ihr wieder zu. »Nur das sage ich noch: Du gibst mir die Schuld daran, daß du diese Dinge verloren hast, und vielleicht ist dir das ein Trost. Ich kann mir nicht wünschen, nicht geboren zu sein, aber ich tue, was ich kann. Du bekommst ein Haus, ein schönes Haus, und eine respektable, kompetente Frau, die sich um dich kümmert, die dir eine gute Gesellschafterin ist und dir vielleicht eines Tages sogar eine Freundin werden kann. Ich tue es für Dad und für Brie. Und für dich.«

»In deinem ganzen Leben hast du noch nie etwas für mich getan, sondern mir immer nur Scherereien gemacht.«

Maggie erkannte, daß ihre Mutter nicht bereit

zu einer Versöhnung, zu einem neuen Anfang war. »Das hast du mir schon x-mal gesagt. Wir werden ein Haus für dich suchen, das nahe genug ist, damit Brie dich besuchen kann, wenn sie meint, daß es nötig ist. Und wir werden die Wohnung so einrichten, wie es dir gefällt. Du bekommst monatlich einen bestimmten Betrag für Essen, Kleider und was du sonst noch brauchst. Aber ich schwöre bei Gott, daß du noch vor Ende des Monats aus diesem Haus verschwunden bist.«

»Hirngespinste«, tat Maeve ihre Ausführungen ab, doch hinter ihrem scharfen Ton spürte Maggie eine Spur von Angst. »Genau wie dein Vater hast du nichts als verrückte Träume und närrische Pläne im Kopf.«

»Weder verrückt noch närrisch«, sagte Maggie, zog abermals den Scheck hervor und beobachtete zufrieden, wie ihre Mutter schockiert die Augen aufriß. »Tja, er ist echt, und er gehört mir. Ich habe das Geld verdient. Ich habe es verdient, weil Dad an mich geglaubt und mir die Möglichkeit zum Lernen gegeben hat.«

Maeve bedachte Maggie mit einem berechnenden Blick. »Was er dir gegeben hat, gehörte nicht nur ihm, sondern auch mir.«

»Das Geld für Venedig, für die Ausbildung und für das Dach über meinem Kopf, das stimmt. Aber alles, was er mir darüber hinaus gegeben hat, hatte nichts mit dir zu tun. Keine Angst, ich werde dafür sorgen, daß du deinen gerechten Anteil an dem Geld bekommst. Aber danach schulde ich dir gar nichts mehr.«

»Du verdankst mir dein Leben«, keifte Maeve sie zornig an.

»Ein Leben, das dir nie allzuviel bedeutet hat. Vielleicht weiß ich inzwischen auch, weshalb, aber dieses Wissen ändert nichts daran, daß mir deine Gleichgültigkeit immer weh getan hat. Versteh mich richtig, ich erwarte, daß du gehst, ohne dich zu beschweren, und daß du Brianna während der letzten Tage, die du in ihrem Haus verbringst, das Leben nicht unnötig zur Hölle machst.«

»Ich denke gar nicht daran zu gehen.« Maeve suchte in der Tasche ihres Kleides nach einem spitzenbesetzten Taschentuch. »Eine Mutter hat die Fürsorge ihres Kindes verdient.«

»Du liebst Brianna ebensowenig wie mich. Das wissen wir beide, Mutter. Vielleicht denkt sie, daß es anders ist, aber laß uns wenigstens jetzt, da wir alleine sind, ehrlich sein. Du hast ihre Gutmütigkeit ausgenutzt, und dabei hätte sie, weiß Gott, jedes bißchen Liebe verdient, das du in deinem kalten Herzen hast.« Maggie holte tief Luft und zog das As aus dem Ärmel, das sich seit bereits fünf Jahren darin befand. »Oder soll ich ihr vielleicht erzählen, warum Rory McAvery so plötzlich nach Amerika gegangen ist und ihr das Herz gebrochen hat?«

Maeve fuhr zusammen, als hätte man ihr einen Schlag versetzt. »Ich weiß nicht, wovon du sprichst.«

»O doch, das weißt du ganz genau. Du hast ihn beiseite genommen, als du sahst, daß er Brianna ernsthaft den Hof zu machen begann. Und du hast ihm erzählt, du könntest unmöglich zulassen, daß er sein Herz deiner Tochter schenkt. Nicht, nachdem sie sich bereits einem anderen hingegeben hatte. Du hast ihn davon überzeugt, daß sie mit Murphy geschlafen hat.«

»Das ist eine Lüge.« Maeve reckte trotzig das Kinn, aber zugleich bedachte sie Maggie mit einem furchtsamen Blick. »Margaret Mary, du bist ein schlechtes, verlogenes Kind.«

»Du bist die Lügnerin, und was noch viel, viel schlimmer ist, du hast das Glück deiner eigenen Tochter zunichte gemacht, nur weil du selbst nicht glücklich bist. Murphy hat es mir erzählt« – Maggies Stimme war angespannt –, »nachdem es zu einer widerlichen Schlägerei zwischen ihm und Rory gekommen war. Rory hat ihm nicht geglaubt, als er sagte, zwischen ihm und Brianna hätte sich niemals etwas abgespielt. Und warum sollte er auch, nachdem ihm die Geschichte schließlich von Briannas eigener Mutter mit tränenerstickter Stimme erzählt worden war?«

»Sie war zu jung, um zu heiraten«, warf Maeve eilig ein. »Ich wollte nicht, daß sie denselben Fehler wie ich begeht und sich auf diese Weise ihr Leben ruiniert. Glaube mir, der Junge war nicht der richtige für sie. Er hätte es nie zu etwas gebracht.«

»Sie hat ihn geliebt.«

»Von Liebe allein wird man nicht satt.« Maeve ballte die Fäuste und zerrte verzweifelt an ihrem Taschentuch herum. »Warum hast du es ihr bisher noch nicht erzählt?«

»Weil ich dachte, daß es ihren Schmerz nur unnötig verstärkt. Ich habe Murphy gebeten, ebenfalls nichts zu sagen, da ich weiß, wie stolz Brianna ist, und da ich nicht wollte, daß ihr auch noch dieser Stolz genommen wird. Vielleicht war ich auch wütend, weil er dir geglaubt hat, weil seine Liebe nicht stark genug war, um die Lüge zu erkennen, die ihm da von dir aufgetischt worden war. Aber wenn du jetzt nicht tust, was ich dir sage, erzähle ich es ihr. Ich marschiere geradewegs in die Küche und erzähle es ihr. Wenn nötig, zerre ich auch noch den armen Murphy mit. Dann hast du niemanden mehr.«

Sie hatte nicht gewußt, daß der Geschmack von

Rache so bitter war. Er lag ihr kalt und widerlich im Mund, als sie weitersprach. »Wenn du allerdings tust, was ich dir sage, schweige ich wie ein Grab. Und ich verspreche dir, daß ich für dich sorgen werde, solange du lebst, und daß ich alles in meiner Macht Stehende tun werde, damit du zufrieden bist. Ich kann dir nicht zurückgeben, was du besessen oder wovon du geträumt hast, ehe du mit mir schwanger warst. Aber ich kann dir etwas geben, was dich vielleicht wenigstens etwas zufriedener als in all den letzten Jahren macht. Dein eigenes Heim. Du brauchst nur mein Angebot annehmen, und schon bekommst du alles, was dir immer so wichtig war – Geld, ein hübsches Haus und eine Angestellte, die dir stets zu Diensten ist.«

Maeve sah ihre Tochter mit zusammengekniffenen Lippen an. Oh, mit diesem Mädchen zu verhandeln kränkte ihren Stolz. »Woher weiß ich, daß du dein Wort halten wirst?«

»Du mußt mir eben glauben. Und außerdem schwöre ich diese Dinge bei der Seele von Dad.« Maggie erhob sich von ihrem Stuhl. »Damit mußt du dich wohl zufriedengeben, ob es dir nun reicht oder nicht. Sag Brianna, ich hole sie morgen um zehn Uhr ab.« Und mit diesen Worten machte sie auf dem Absatz kehrt und marschierte, ohne sich noch einmal umzudrehen, davon.

12. Kapitel

Für den Rückweg nahm sie sich Zeit, wobei sie wieder die Strecke über die Felder statt über die Straße nahm. Während sie ging, pflückte sie einen Strauß aus zwischen den Gräsern wachsenden Mädesüß und Baldrian. Murphys wohlgenährten Kühe, deren prall gefüllte Euter verrieten, daß es bald Zeit zum Melken war, hoben noch nicht einmal die Köpfe, als sie die steinernen Mauern zwischen Weiden und Feldern und zwischen Feldern und Wiesen voller Sommerheu erklomm.

Dann sah sie Murphy selbst. Er saß auf seinem Traktor und erntete zusammen mit Dougal Finnian und dem jungen Brian O'Shay einen Teil des wogenden Heus. In Gälisch wurde diese Art der Zusammenarbeit *comhair* genannt, aber Maggie wußte, daß die Bedeutung des Wortes hier im Westen viel mehr als die reine Übersetzung »Hilfe« war. Es war ein Begriff, der Gemeinschaft verriet. Niemand war hier allein, weder beim Heuen noch wenn es um das Stechen von Torf oder im Frühjahr um die Aussaat ging.

Heute bearbeiteten O'Shay und Finnian Murphys Land, und morgen oder übermorgen war es umgekehrt. Der Traktor oder Pflug oder zwei kräftige Hände und ein starker Rücken wären zur Stelle, und die Arbeit würde getan.

Vielleicht waren die Felder der Menschen durch Steinmauern getrennt, aber die Liebe zum Land vereinigte sie.

Maggie hob eine Hand und erwiderte den Gruß der drei Bauern, während sie Blumen pflückend in Richtung ihres Hauses ging.

Eine Dohle schwebte laut jammernd über ihr, und einen Augenblick später erkannte Maggie den Grund für ihren Unmut, als Con fröhlich hechelnd über die Wiese gesprungen kam.

»Und, hilfst du Murphy, alter Junge?« Sie bückte sich und zerzauste ihm liebevoll das Fell. »Ein feiner Bauer bist du. Nun lauf schon zu ihm zurück.«

Mit einem wichtigtuerischen Gebell rannte Con in Richtung des Traktors davon, während Maggie stehenblieb. Sie betrachtete das goldene Heu, die grüne Wiese mit den faulen Kühen und die Schatten, die die Sonne auf den Steinkreis warf, der von Generationen von Concannons und nun auch von Murphy in Ruhe gelassen worden war. Sie sah das dunkelbraune Land, das mit Kartoffeln bepflanzt gewesen war, und über allem sah sie den Himmel, dessen Blau dem einer voll erblühten Kornblume glich.

Ein Lachen stieg in ihrer Kehle auf, und sie rannte fröhlich los.

Vielleicht war es die reine Freude über den Tag, verbunden mit der schwindelerregenden Aufregung über ihren ersten bedeutenden Erfolg, die ihr Blut in Wallung geraten ließ. Vielleicht war es der Gesang der Vögel, der klang, als bräche ihnen beim Jubilieren das Herz, oder der Duft der Wildblumen in ihrer Hand. Aber als sie vor ihrer Haustür stehenblieb und in ihre Küche sah, war sie nicht nur wegen des schnellen Laufs über die Felder atemlos.

Er saß am Tisch, und in seinem englischen Anzug und mit den handgenähten Schuhen sah er elegant wie immer aus. Seine Aktentasche lag geöffnet auf dem Tisch, und er hatte einen Füller in der Hand. Sie mußte lächeln, als sie ihn inmitten des Durcheinanders an einem rohen Holztisch, der von ihm zu Hause wahrscheinlich als Feuerholz verwendet worden wäre, arbeiten sah.

Die Sonne strömte durch die Fenster und die offene Tür, und sein goldener Füller blitzte, als er sich etwas auf einen Zettel schrieb. Dann tippten seine Finger auf den Tasten eines Taschenrechners herum, zögerten, tippten erneut. Sie sah sein Profil, die feine Furche zwischen den kräftigen dunklen Brauen, die seine Konzentration verriet, das feste, zusammengepreßte Lippenpaar.

Er nahm seine Teetasse und nippte daran, während er nachdenklich auf die Zahlenreihe sah. Stellte die Tasse wieder ab, schrieb und las.

Er war wirklich elegant. Und schön, dachte sie, auf eine so einzigartig männliche Art, und zugleich so herrlich kompetent und präzise wie die praktische kleine Maschine, die bei seinen Berechnungen Verwendung fand. Er war kein Mann, der über sonnige Felder rannte oder träumend im Mondlicht lag.

Aber er war mehr, als sie zunächst vermutet hatte, viel mehr.

Mit einem Mal verspürte sie den überwältigenden Drang, die sorgsam geknotete Krawatte zu lockern, den ordentlichen Kragen zu öffnen und den Mann zu finden, der dahinter verborgen war.

Und Maggie widerstand nur sehr selten einem Drang.

Sie glitt durch die Tür, und im gleichen Moment, als ihr Schatten auf seine Papiere fiel, setzte sie sich rittlings auf seinen Schoß und versiegelte seine Lippen mit einem Kuß.

Schock, Vergnügen und Lust durchbohrten ihn wie ein dreispitziger Pfeil, und noch ehe er den nächsten Atemzug nehmen konnte, glitt ihm der Stift aus der Hand und vergruben sich seine Hände in ihrem Haar. Durch einen Schleier des Verlangens hindurch bemerkte er, daß sie an seiner Krawatte zog.

»Was?« stieß er krächzend aus, und sein Bedürfnis, Würde zu bewahren, führte dazu, daß er sich räusperte und sie von sich schob. »Was soll das?«

»Das weißt du ganz genau…« Sie unterstrich jedes Wort durch einen federleichten Kuß auf sein Gesicht. Die feine Seife, mit der er sich wusch, und das gestärkte Leinen, das er trug, verströmten einen teuren Duft. »Ich fand Krawatten schon immer lächerlich, als sollten mit ihr die Männer dafür bestraft werden, daß sie Männer sind. Schnürt dir das Ding nicht die Kehle zu?«

Nur, wenn er einen Kloß im Hals hatte wie jetzt.

»Nein.« Er schob ihre Hände fort, aber es war bereits zu spät. Unter ihren eiligen Fingern hatte sich der Knoten gelöst, und auch dem obersten Kragenknopf hatte sie den Garaus gemacht. »Was tun Sie da, Maggie?«

»Das sollte selbst ein Dubliner verstehen, ohne daß man es ihm extra erklärt.« Sie lachte, und ihre grünen Augen blitzten ihn boshaft an. »Ich habe dir Blumen mitgebracht.«

Gerade jetzt wurden die Blumen zwischen ihnen zerquetscht, und Rogan blickte betrübt auf die zerdrückten Blütenblätter hinab. »Sehr hübsch. Aber ich denke, ein bißchen Wasser täte ihnen ganz gut.«

Sie warf den Kopf in den Nacken und brach in übermütiges Lachen aus. »Du machst die Dinge immer der Reihe nach, nicht wahr? Aber Rogan, da wo ich sitze, spüre ich ganz genau, daß dir der Sinn nicht nur nach einer Vase für die Blumen steht.«

Seine offensichtliche und durchaus menschliche Reaktion auf ihren Überfall zu leugnen hätte keinen Zweck. »Sie würden selbst einen toten Mann noch zum Leben erwecken«, murmelte er und legte seine Hände um ihre Hüften, um sie fortzuschieben. Doch sie steigerte seine Folter, indem sie sich noch dichter an ihn schob.

»Das ist mal ein nettes Kompliment. Aber du bist noch lange nicht tot, nicht wahr?« Sie küßte ihn erneut, wobei sie an seiner Lippe zu nagen begann, um ihm zu beweisen, wie lebendig er noch war. »Denkst du vielleicht gerade an deine Arbeit, die nicht warten kann?«

»Nein.« Seine Hände lagen immer noch an ihren Hüften, doch inzwischen kneteten seine Finger unbewußt an ihr herum. Sie roch nach Wildblumen und Rauch. Das einzige, was er von ihr sah, war ihr Gesicht, der zarte, rosafarbene Hauch auf ihrer weißen Haut, die goldenen Sommersprossen, das unendliche Grün ihrer Augen, und er unternahm einen heldenhaften Versuch, seiner Stimme einen ruhigen Klang zu verleihen. »Aber ich denke, daß das hier ein Fehler ist.« Ein Stöhnen drang aus seiner Kehle, als er ihre Lippen an seinem Ohr spürte. »Das hier ist wohl weder die rechte Zeit noch der rechte Ort.«

»Nein, denn schließlich hast du keins von beiden ausgewählt«, murmelte sie, während sie sein Hemd weiter aufknöpfte.

»Ja… – nein.« Großer Gott, wie sollte ein Mann nachdenken, wenn eine Frau ihn einer derartigen Folter unterzog? »Ich denke, daß wir beide die Zeit und den Ort auswählen sollten, nachdem die anderen Dinge erledigt sind.«

»Im Augenblick habe ich nichts anderes zu erledigen.« Ihre Hände glitten seine Brust hinauf und zerdrückten ein paar Blütenblätter auf seiner Haut. »Ich will dich haben, Rogan, und zwar jetzt.« Wieder stieß sie ein leises und zugleich herausforderndes Lachen aus, ehe sie ihre Zähne in seiner Unterlippe vergrub. »Na komm schon, schmeiß mich doch runter.«

Ich will sie nicht berühren, dachte er, ehe er seine Hände an ihre Brüste hob. Ihr kehliges Stöhnen füllte seinen Mund wie aromatischer, betörender Wein.

Dann riß er ihr das Hemd vom Leib und stemmte sich gleichzeitig vom Tisch zurück. »Zur Hölle mit meinen guten Vorsätzen«, murmelte er an ihrem gierigen Mund und hob sie hoch.

Sie schlang ihre Arme und Beine wie seidige Taue um seinen Leib, und ihr Hemd hing lose von einem Handgelenk herab. Darunter trug sie ein schlichtes Baumwolleibchen, das ihm so erotisch wie elfenbeinfarbene Spitze erschien.

Sie war klein und leicht, aber er war von einer solchen Kraft erfüllt, er hätte auch einen Berg versetzt. Ihr eifriger Mund schob sich von seiner Wange zu seinem Kinn zu seinem Ohr und zurück, wobei sie auf erregende Weise lustvoll zu wimmern begann.

Er stolperte über einen Teppich, so daß sie mit dem Rücken gegen den Türrahmen stieß, doch sie lachte nur und schlang ihre Beine noch fester um seinen Leib.

Wieder verschmolzen ihrer beider Lippen zu einem rauhen, verzweifelten Kuß. Der Türrahmen und ihre eigenen Glieder hielten sie, und er löste sich von ihrem Mund, beugte sich zu einer ihrer Brüste hinab und saugte durch den dünnen Baumwollstoff hindurch gierig daran.

Das dunkle, heiße Vergnügen, von ihm gekostet zu werden, bohrte sich wie die Spitze eines Speers in sie hinein. Dies war mehr, dachte sie, als das Blut, das durch ihre Adern schoß, wie ein kraftvoller Motor zu summen begann. Dies war mehr, als sie erwartet hatte. Mehr als wofür sie bereit gewesen war. Aber nun war es für einen Rückzug zu spät.

»Schnell«, war alles, was sie sagen konnte, als er sie in Richtung der Treppe trug. »Schnell.«

Ihre Worte beschleunigten noch seinen bereits rasenden Puls. *Schnell, Schnell*, hatte sie gesagt. Das wilde Klopfen ihres Herzens kam ihm wie eine Antwort auf das dröhnende Pochen seines eigenen Herzens vor. Maggie, die wie eine Klette an ihm hing, dicht an sich gepreßt, rannte er beinahe die Treppe hinauf, wobei er eine Spur aus zerdrückten Blütenblättern auf den Stufen hinterließ.

Als kenne er ihr Haus genau, wandte er sich mit untrüglichem Instinkt nach links und trug sie in ihr Schlafzimmer, wo die Sonne golden durch die von der duftenden Brise geöffneten Vorhänge fiel.

Inzwischen wurden sie beide von einem heißen Wahnsinn beherrscht, und so warf er sie auf die zerwühlten Laken des ungemachten Betts. Keiner von ihnen dachte an sanfte Streicheleien, liebevolle Worte oder langsame Zärtlichkeit. Keiner von ihnen wollte sie. Gedankenlos wie die Tiere traten sie sich die Schuhe von den Füßen, zerrten einander die Kleider vom Leib und bedeckten einander gierig mit Küssen, deren Härte beinahe gewalttätig zu nennen war.

Sie bäumte sich auf, rollte herum, reckte sich und stieß keuchende Atemstöße aus. Nähte platzten, während sie vor Verlangen nach ihm zerbarst.

Seine Hände waren weich, und zu einer anderen Zeit hätte sich seine Berührung vielleicht wie sanft perlendes Wasser angefühlt, doch jetzt packte, quetschte und plünderte er sie, rief ein unaussprechliches Vergnügen in ihr wach, das wie der Blitz über den nächtlichen Himmel durch ihre angespannten Nerven fuhr. Wieder füllte er seine Hände mit ihren Brüsten, und nun, da die letzte Hülle gefallen war, nahm er die festen Spitzen gierig in den Mund.

Die Herrlichkeit des ersten harten, wilden Orgasmus traf sie wie ein Peitschenhieb, und über ihre Lippen drang ein lusterfüllter Schrei.

Die schnelle und heftige Erfüllung überraschte sie ebenso wie die vollkommene Hilflosigkeit, die sie nach dem Sturm empfand. Ehe sie jedoch darüber nachdenken konnte, wallte neues Verlangen in ihr auf.

Sie sprach gälisch, halbvergessene Worte, von denen sie nicht einmal gewußt hatte, daß sie sie kannte. Niemals hätte sie an eine derart überwältigende Begierde geglaubt, doch nun lag sie zitternd vor Sehnsucht, verletzlich, mit wächsernen Knochen und schwindelnd unter ihm, nachdem sie von der Gewalt ihres Höhepunktes in die vollkommene Unterwerfung getrieben worden war.

Er jedoch spürte nichts von dieser Veränderung. Er wußte nur, daß sie wie ein gespannter Bogen vibrierend unter ihm lag. Daß sie naß und heiß und unerträglich erregend war, daß sie ihm ihren geschmeidigen, weichen, biegsamen Körper mit all seinen herrlichen Vertiefungen und Rundungen zur gründlichen Erforschung bot, und von einem verzweifelten Eroberungs- und Besitzwunsch beseelt, ergötzte er sich am Geschmack ihres Fleischs, bis er meinte, daß ihre Essenz wie sein eigenes Blut durch seine Adern schoß.

Er drückte ihre schlaffe Hand und ergriff voll Leidenschaft von ihr Besitz, bis sie abermals schrie und schluchzend ihren Namen rief.

Schwindelnd entzog sie ihm ihre Hände, vergrub ihre Finger in seinem Haar, und wieder wallte gieriges Verlangen in ihr auf, so daß sie ihm ihre Hüfte entgegenwarf.

»Jetzt!« befahl sie mit rauher Stimme. »Rogan, um Gottes willen…«

Aber er füllte sie bereits mit seiner Härte an, so daß sie den Kopf in den Nacken warf und sich ihm entgegenschob, während eine neue Woge der Lust über ihr zusammenbrach. Stoß um verzweifelten Stoß paßten sich ihre Rhythmen in der Vereinigung ihrer Leiber aneinander an, und ohne die Schärfe ihrer Nägel in seinem Rücken zu spüren, beobachtete er ihr entrücktes Gesicht. Es ist nicht genug, dachte er, doch noch während er diesen schmerzlichen Gedanken hegte, öffnete sie die Augen und rief seinen Namen ein zweites Mal.

Woraufhin er in der grünen Tiefe ihres Blikkes versank, das Gesicht im Feuer ihrer Haare begrub und sich ihr vollständig unterwarf, während er gleichzeitig mit einem letzten Aufblitzen herrlicher Gier tief in ihrem Innern die letzte Erfüllung fand.

In jedem Krieg gibt es Verluste. Die Herrlichkeit, das Leid oder der Preis eines Kampfes waren den Iren bestens bekannt, dachte Maggie, und wenn ihr Körper, wie sie im Augenblick befürchtete, als Folge dieses wunderbaren kleinen Krieges für alle

Zeiten gelähmt bliebe, so nähme sie es billigend in Kauf.

Die Sonne schien immer noch, und nun, da das Pochen ihres Herzens etwas ruhiger geworden war, hörte sie das Zwitschern der Vögel, das Dröhnen des Ofens und das Summen einer Biene, die durch das offene Fenster hereingekommen war.

Sie lag quer über dem Bett, ihr Kopf hing über die Matratze hinaus und wurde von der Schwerkraft in Richtung Boden gezerrt. Ihre Arme taten ihr weh, vielleicht, weil sie sie immer noch wie Schraubstöcke um den reglos wie ein Toter über ihr liegenden Rogan schlang.

Wenn sie den Atem anhielt, nahm sie den quecksilbrigen Schlag seines Herzens wahr. Daß sie einander nicht umgebracht hatten, dachte sie, kam einem Wunder gleich. Zufrieden mit seinem Gewicht auf ihrem Leib und mit dem leichten Schwindelgefühl in ihrem Kopf, beobachtete sie einen über die Decke tanzenden Sonnenstrahl.

Langsam erwachte auch er aus dem roten Nebel der erfüllten Bewußtlosigkeit, und allmählich nahm er das gedämpfte Licht und Maggies kleinen, warmen Körper wahr. Sofort und ohne sich zu rühren machte er die Augen wieder zu.

Was sollte er sagen? überlegte er. Weshalb sollte sie ihm glauben, wenn er behauptete, daß er sich zu seiner eigenen Überraschung bereits vor Tagen seiner Liebe zu ihr bewußt geworden war? Ein solches Geständnis in einem Augenblick, in dem sowohl er als auch sie noch vom Sex gesättigt waren, wäre wohl kaum dazu angetan, eine Frau wie Maggie zu erfreuen oder ihr die Augen dafür zu öffnen, daß es der Wahrheit entsprach.

Was gab es zu sagen, nachdem eine Frau von einem Mann auf animalische Weise genommen worden war? Oh, er bezweifelte nicht, daß es ihr gefallen hatte, aber das änderte nichts an der Tatsache, daß er die Beherrschung verloren hatte über seine Gedanken, seinen Körper und alles, was den zivilisierten Menschen vom Wilden unterschied.

Zum ersten Mal in seinem Leben hatte er sich mit einer Frau ohne jede Feinheit, ohne jede Rücksicht und ohne an die Folgen des Zusammenseins zu denken, vergnügt.

Er rührte sich, aber sie verstärkte ihren Griff und murmelte: »Geh nicht weg.«

»Ich gehe nicht weg.« Er merkte, daß ihr Kopf über die Bettkante hing, umfaßte ihn sanft mit einer Hand und rollte mit ihr herum, so daß sie auf ihm lag – und ihn beinahe über die gegenüberliegende Bettkante stieß. »Wie kann man in einem Bett von dieser Größe schlafen?« fragte er. »Das reicht ja kaum für eine Katze aus.«

»Oh, bisher hat es mir immer gereicht. Aber jetzt kaufe ich mir vielleicht ein neues, denn schließlich bin ich reich. Ich hätte gern ein schönes, großes Bett, so eins wie das, das in deinem Gästezimmer steht.«

Er stellte sich das massive Chippendalebett in ihrem winzigen Schlafzimmer vor und lächelte. Dann allerdings kehrten seine Gedanken zu seinen vorherigen Überlegungen zurück, so daß sein Lächeln verflog. »Maggie.« Ihr Gesicht glühte, und während sie ihn mit halbgeschlossenen Augen musterte, wurde ihr Mund von einem selbstgefälligen Grinsen umspielt.

»Rogan«, sagte sie in demselben ernsten Ton wie er, doch dann lachte sie. »Oh, du willst mir doch wohl jetzt nicht erzählen, wie leid es dir tut, daß du auf meiner Ehre herumgetrampelt hast oder so? Falls auf irgend jemandes Ehre herumgetrampelt worden ist, dann wohl eher auf deiner. Und es tut mir nicht das kleinste bißchen leid.«

»Maggie«, wiederholte er, wobei er ihr eine Strähne ihrer feuerroten Haare von der Wange strich. »Was für eine erstaunliche Frau du doch bist. Ich kann es wohl ebenfalls kaum bedauern, daß auf deiner oder meiner Ehre herumgetrampelt worden ist, wenn…« Er unterbrach sie, hob ihre Hand, küßte ihre Finger, und mit einem Mal fiel sein Blick auf die dunklen Flecken auf ihrem Arm. »Ich habe dir weh getan«, stieß er entgeistert aus.

»Mmm. Jetzt, wo du es sagst, merke ich es auch.« Sie hob vorsichtig ihre Schulter an. »Offenbar bin ich ganz schön heftig gegen den Türrahmen geknallt. Aber was hattest du sagen wollen?«

Er schob sie neben sich. »Es tut mir furchtbar leid«, stieß er mit eigenartig gepreßter Stimme hervor. »Es ist unverzeihlich. Eine bloße Entschuldigung reicht als Wiedergutmachung für mein Benehmen wohl schwerlich aus.«

Sie legte den Kopf auf die Seite und sah ihn an. Er muß wirklich sehr wohlerzogen sein, dachte sie. Was sonst konnte einem splitternackt auf einem zerwühlten Bett sitzenden Mann eine solche Würde verleihen? »Dein Benehmen?« fragte sie. »Ich würde sagen, es war wohl eher *unser* Benehmen, Rogan, denn schließlich ging es ja wohl von uns beiden aus.« Lachend richtete sie sich auf und schlang ihm ihre Arme um den Hals. »Denkst du, daß ich durch ein paar harmlose blaue Flekken kleinzukriegen bin, Rogan? Das bin ich nicht, keine Angst, vor allem, da es durchaus verdiente blaue Flecken sind.«

»Die Sache ist die...«

»Die Sache ist die, daß wir übereinander hergefallen sind. Und jetzt hör auf, mich zu behandeln, als wäre ich ein kleines, zartes Wesen, das nicht zugeben kann, daß es eine anständige, heiße Nummer genießt. Denn ich habe sie genossen, sehr sogar, ebenso wie du, mein Freund.«

Er fuhr mit einem Finger über den schwachen blauen Fleck an ihrem Handgelenk. »Den hätte ich dir lieber nicht verpaßt.«

»Nun, er ist ja kein Andenken, das mir ewig bleibt.«

Nein, das war er nicht, aber vielleicht hatte er ihr ja in seiner Achtlosigkeit ein anderes ewiges Andenken verpaßt? »Maggie, ich bin bestimmt nicht mit der Absicht aus Dublin hergekommen, mit dir ins Bett zu gehen. Es ist ein bißchen spät, um jetzt darüber nachzudenken, aber« – verzweifelt fuhr er sich mit einer Hand durchs Haar – »könnte es sein, daß du schwanger geworden bist?«

Sie blinzelte, lehnte sich zurück und schwieg. Sie erinnerte sich daran, daß ihr Vater erzählt hatte, sie wäre in Feuer geboren, als Kind einer heißen Leidenschaft. Offenbar hatte er eine Begegnung wie die ihre mit Rogan gemeint. »Nein.« Sie sagte es tonlos, denn sie traute ihren eigenen Gefühlen nicht. »Es ist der falsche Zeitpunkt. Aber davon abgesehen bin ich für mich selbst verantwortlich, Rogan, keine Angst.«

»Ich hätte es nicht soweit kommen lassen dürfen.« Er fuhr ihr mit den Knöcheln seiner Hand über das Gesicht. »Aber als du dich mit deinen Wildblumen auf meinen Schoß gesetzt hast, hast du mich vollkommen verwirrt. Und du verwirrst mich immer noch.«

Langsam kehrte das Lächeln in ihre Augen und auf ihre Lippen zurück. »Auf dem Weg vom Haus meiner Schwester hierher bin ich über die Felder gegangen. Die Sonne hat geschienen, Murphy hat das Heu eingeholt, und ich habe Blumen gepflückt. Seit dem Tod meines Vaters vor fünf Jahren habe ich mich nicht mehr so glücklich gefühlt. Und dann sah ich dich, wie du in der Küche gearbeitet hast. Vielleicht hast du mich ja ebenso verwirrt wie ich dich, wer weiß?« Sie ließ den Kopf an seiner Schulter ruhen. »Mußt du unbedingt schon heute abend nach Dublin zurück?«

Er ging im Geiste seinen Terminkalender durch, doch ihr mit seinem eigenen Geruch vermischter Duft senkte sich wie sanfter Nebel über alles, was noch vor wenigen Stunden von so großer Bedeutung gewesen war. »Ich könnte ein paar Verabredungen verschieben, dann hätte ich bis morgen Zeit.«

Sie lehnte sich lächelnd zurück. »Und statt ins Restaurant zu gehen, bleiben wir den ganzen Abend hier.«

»Ich muß den Flug umbuchen.« Er sah sich suchend um. »Hast du hier oben kein Telefon?«

»Wozu? Damit es mir in den Ohren klingelt, wenn ich schlafen will?«

»Warum habe ich überhaupt gefragt?« Er stand auf und zog sich seine zerknitterte Hose an. »Tja, dann gehe ich mal runter und telefoniere ein bißchen in der Gegend herum.« Er blickte auf das schmale, zerwühlte Bett zurück. »Aber ich beeile mich.«

»Die Anrufe haben doch bestimmt noch Zeit«, rief sie ihm nach, aber da war er schon aus der Tür.

»Ich erledige sie lieber gleich, dann sind wir bis morgen früh vollkommen ungestört.« Er eilte die Treppe hinunter, wobei er im Gehen sentimental ein zerdrücktes Mädesüß von einer der Stufen hob.

Oben wartete Maggie fünf Minuten, ehe sie das Bett verließ. Sie streckte sich, fuhr zusammen, als sie merkte, wie zerschunden ihr Körper war, blickte auf den achtlos auf einen Stuhl geworfenen Morgenrock und beschloß, ohne ihn hinunterzugehen.

Er war immer noch am Telefon, den Hörer zwischen Ohr und Schulter geklemmt, das Notizbuch in der Hand, die Füße in einen Kreis sanften

Sonnenlichts getaucht. »Verschieben Sie's auf elf. Nein, elf«, wiederholte er. »Ich bin gegen zehn im Büro. Ja, sagen Sie Joseph Bescheid, Eileen. Sagen Sie ihm, daß bald eine neue Lieferung aus Clare kommen wird. Concannons Arbeiten, ja. Ich...«

Er hörte ein Geräusch hinter sich und drehte sich um. Maggie stand wie eine flammengekrönte Göttin hinter ihm, ganz Alabasterhaut, schlanke Geschmeidigkeit, allwissender Blick. Die Stimme seiner Sekretärin drang wie das lästige Brummen einer Fliege an sein Ohr.

»Was? Das was?« Sein zunächst verhangener Blick wurde heiß und wanderte an Maggies Körper hinauf, bis er auf ihrem Gesich zu liegen kam. »Darum kümmere ich mich, wenn ich zurück bin«, sagte er. Sein Magen zog sich zusammen, als Maggie vor ihn trat und den Reißverschluß seiner Hose öffnete. »Nein.« Seine Stimme klang erstickt. »Sie erreichen mich heute nirgends mehr. »Ich bin...« Zischend atmete er aus, als Maggie seine Männlichkeit mit ihren langen Künstlerinnenfingern umfaßte. »Gütiger Himmel. Morgen«, stieß er mit dem letzten Rest von Selbstbeherrschung hervor. »Bis morgen dann.«

Er warf den Hörer mit einer solchen Wucht auf die Gabel, daß er wieder herunterfiel und auf die Arbeitsplatte schlug.

»Ich habe dich bei deinem Gespräch unterbrochen«, setzte sie an, doch als er sie an sich zog, lachte sie.

Wieder war es um ihn geschehen. Er hatte beinahe das Gefühl, neben sich zu stehen und zu beobachten, wie das Tier in ihm die Oberhand gewann, und mit einem verzweifelten Ruck zog er ihren Kopf zurück, ehe er abermals ihren Hals und ihren Mund zu erkunden begann. Das Bedürfnis, sie zu nehmen, war wie eine tödliche Droge, die sein Blut in Wallung geraten, sein Herz schneller schlagen und sein Hirn den Dienst versagen ließ.

Wieder täte er ihr weh. Doch selbst dieses Wissen bezähmte ihn nicht, und mit einem halb zornigen, halb triumphierenden Schrei warf er sie rücklings auf den Küchentisch.

Der Anblick ihrer weit aufgerissenen Augen erfüllte ihn mit einer dunklen, beinahe krankhaften Befriedigung. »Rogan, deine Papiere.«

Er riß ihre Hüften vom Tisch, hob sie mit seinen Händen an und drängte mit kämpferisch blitzenden Augen in sie hinein.

Ihre Hand warf die Tasse von der Untertasse, schob beides vom Tisch, und während das Porzellan in tausend Scherben zersprang, krachte auch sein geöffneter Aktenkoffer auf den Küchenboden hinab.

Maggie ergab sich ganz dem Delirium ihrer Lust, wobei sie vor ihren Augen Millionen von Sternen explodieren sah. Sie spürte das rauhe Holz in ihrem Rücken, den schweißigen Film, von dem ihre Haut überzogen war, doch als er ihre Beine höher zog und tiefer in sie stieß, hätte sie schwören können, daß er bis zu ihrem Herzen kam.

Dann allerdings spürte sie nur noch den wilden Wind, der sie höher und höher bis über den zerklüfteten Gipfel trug. Sie rang wie eine Ertrinkende nach Luft, stieß ein langes, sehnsüchtiges Seufzen aus, und irgendwann später schmiegte sie sich sanft in seinen Arm.

»Und, hast du alle Anrufe erledigt?« fragte sie, und lachend trug er sie aus der Küche und ins Schlafzimmer hinauf.

Früh am nächsten Morgen verließ er sie. Die Sonne und der Regen warfen einen ersten zittrigen Regenbogen an den Himmel, und da Maggie noch wie eine Tote schlief, ging er allein in die Küche hinab.

Im Regal fand sich ein elender Rest steinharten löslichen Kaffees, im Kühlschrank lag ein einzelnes verwaistes Ei, und mit resigniertem Gesicht bereitete Rogan sich ein kärgliches Mahl.

Als er mit dem Sortieren seiner verstreuten Papiere begann, schleppte sie sich mit verquollenen Augen und wirrem Haar herein und stellte grußlos den Wasserkessel auf den Herd.

Soviel also zu einem liebevollen Abschied, dachte er.

»Offenbar habe ich dein letztes sauberes Handtuch benutzt«, sagte er, doch immer noch schweigend nahm sie den Tee aus dem Regal. Auf die Beschwerde »und gerade als ich eingeseift unter der Dusche stand, gab es kein heißes Wasser mehr« gähnte sie, und auf sein »deine Eier sind alle« hin murmelte sie etwas, das wie »Murphys Hennen« klang.

Er schob seine verstreuten Papiere zusammen und steckte sie in den Aktenkoffer zurück. »Die Zeitungsartikel, die du haben wolltest, habe ich auf die Arbeitsplatte gelegt. Heute nachmittag kommt ein LKW vorbei, um die Lieferung abzuholen. Sieh also zu, daß bis ein Uhr alles in Kisten ist.«

Als sie abermals schwieg, warf er zornig seine Aktentasche zu. »Ich muß gehen.« Er trat vor sie, nahm ihr Kinn in die Hand, hob ihren Kopf und gab ihr einen Kuß. »Ich werde dich auch vermissen. Also dann, auf Wiedersehen.«

Noch ehe sie wußte, wie ihr geschah, war er aus der Tür. »Rogan! Um Himmels willen, warte einen Augenblick. Ich habe gerade erst die Augen aufgemacht.«

Er hatte kaum kehrtgemacht, da warf sie sich ihm so stürmisch an den Hals, daß er beinahe rückwärts in die Blumen fiel. Dann allerdings hatte er sie sicher umfaßt, und sie standen im sanften Regen und gaben einander einen atemlosen Abschiedskuß.

»Verdammt, ich werde dich vermissen.« Sie vergrub ihr Gesicht an seiner Schulter und sog ein letztes Mal den Geruch seiner Kleider ein.

»Komm mit. Pack ein paar Sachen zusammen und komm einfach mit.«

»Ich kann nicht.« Überrascht, wie leid es ihr tat, ihn nicht begleiten zu können, löste sie sich von ihm. »Ich habe hier noch zu tun. Und außerdem – kann ich in Dublin nicht richtig arbeiten.«

»Nein«, sagte er nach einer Ewigkeit. »Das kannst du wohl nicht.«

»Könntest du nicht zurückkommen? Nimm dir doch einfach einen oder zwei Tage frei.«

»Im Augenblick geht es nicht. Aber in ein paar Wochen klappt es vielleicht.«

»Nun, das ist ja keine Ewigkeit.« Auch wenn es ihr wie eine Ewigkeit erschien. »Bis dahin können wir alles erledigen, was zu erledigen ist, und dann…«

»Und dann.« Er beugte sich zu ihr hinab und gab ihr einen letzten Kuß. »Denk an mich, Margaret Mary.«

»Das tu ich.«

Sie sah ihm nach, wie er die Aktentasche zum Auto trug, den Motor anließ und rückwärts auf die Straße fuhr, und noch lange, nachdem das Geräusch des Wagens verklungen, nachdem der Regen abgezogen und die Sonne am Himmel erschienen war, stand sie reglos hinter ihrem Gartentor.

13. Kapitel

Maggie ging durch das leere Wohnzimmer, blickte aus dem Fenster und kehrte in den Flur zurück. Dies war das fünfte Haus, das sie innerhalb einer Woche besichtigte, das einzige, das zu diesem Zeitpunkt nicht mehr von den hoffnungsvollen Anbietern mit Beschlag belegt war, und das letzte, das auf ihrer Liste stand.

Es lag in einem Außenbezirk von Ennis, etwas weiter entfernt, als es vielleicht Briannas Vorstellungen entsprach – und für Maggies Geschmack zu nah. Es war ein neuer, kleiner, eingeschoßiger Bau in Würfelform.

Zwei Schlafzimmer, überlegte Maggie. Ein Bad, eine Küche mit einer Eßecke, ein Wohnzimmer mit viel Licht und einem ordentlich gemauerten Kamin.

Die Hände in die Hüften gestemmt, warf sie einen letzten Blick auf den Raum. »Das ist es.«

»Es hat bestimmt die richtige Größe für sie.« Brianna nagte an ihrer Unterlippe und sah sich in dem leeren Zimmer um. »Aber sollten wir nicht etwas suchen, das näher an ihrem alten Zuhause ist?«

»Warum? Sie hat ihr Zuhause doch sowieso immer gehaßt.«

»Aber…«

»Und außerdem hat sie es von hier aus nicht so weit, wenn sie einkaufen, in die Apotheke oder tatsächlich einmal essen gehen will.«

»Sie geht nie aus.«

»Dann ist es an der Zeit, daß sie es endlich tut. Und da sie dich nicht mehr rumkommandieren können wird, muß sie es wohl tun, meinst du nicht?«

»Ich lasse mich nicht rumkommandieren.« Mit steifen Schritten trat Brianna ans Fenster und blickte hinaus. »Und davon abgesehen denke ich, daß sie sich sowieso weigern wird umzuziehen.«

»Das wird sie nicht.« Nicht, dachte Maggie, solange ich die Axt über ihren Kopf schwingen kann. »Wenn du mal für einen Augenblick die Schuldgefühle ablegen könntest, in denen du dich so gern zu sehen scheinst, dann würdest du sehen, daß es für alle Beteiligten das beste ist. In ihrem eigenen Haus wird sie glücklicher sein – so glücklich, wie es einer Frau mit ihrem Wesen möglich ist. Wenn es dein Gewissen beruhigt, gib ihr doch einfach alles mit, was sie haben will, oder ich gebe ihr das

Geld, damit sie neue Sachen kaufen kann. Was ihr bestimmt lieber ist.«

»Maggie, dieses Haus hat nicht den geringsten Charme.«

»Genau wie unsere Mutter.« Ehe Brianna etwas erwidern konnte, trat Maggie neben sie und nahm sie in den Arm. »Du kannst ihr einen Garten anlegen, direkt hier draußen vor der Tür. Und wir werden die Wände streichen oder tapezieren lassen und alles tun, was sonst noch nötig ist.«

»Man könnte es ganz hübsch machen.«

»Genau. Und dafür ist niemand besser geeignet als du. Nimm einfach soviel Geld, wie erforderlich ist, bis ihr beide zufrieden seid.«

»Es ist nicht fair, daß du sämtliche Kosten übernimmst.«

»Fairer als du vielleicht denkst.« Es war an der Zeit, daß sie mit Brianna über ihre Mutter sprach. »Wußtest du, daß sie früher einmal gesungen hat? Daß sie eine professionelle Sängerin war?«

»Mutter?« Der Gedanke kam Brianna derart abwegig vor, daß sie zu lachen begann. »Wer hat dir denn diesen Floh ins Ohr gesetzt?«

»Es ist wahr. Ich habe es zufällig erfahren und habe es überprüft.« Während sie sprach, zog Maggie die vergilbten Zeitungsausschnitte hervor. »Lies selbst, es gab sogar ein paar Artikel über sie.«

Sprachlos überflog Brianna die Seiten und starrte die verblichenen Fotos an. »Sie hat in Dublin gesungen«, murmelte sie. »Sie hat davon gelebt. ›Eine Stimme so klar und süß wie österliches Glockengeläut‹, steht da. Aber wie kann das sein? Weder sie noch Dad hat je etwas davon erzählt.«

»Ich habe in den letzten Tagen ziemlich viel darüber nachgedacht.« Maggie wandte sich ab und sah zum Fenster hinaus. »Sie hat etwas verloren, das ihr wichtig war, und etwas bekommen, das sie nicht wollte. Und die ganze Zeit hat sie sich und uns alle dafür bestraft.«

Verwirrt ließ Brianna die Zeitungsausschnitte sinken. »Aber zu Hause hat sie nie gesungen. Keinen einzigen Ton. Niemals.«

»Ich denke, daß sie es nicht ertragen oder daß sie ihre Weigerung, je wieder zu singen, als Buße für ihre Sünde gesehen hat. Oder vielleicht beides zugleich.« Verzweifelt kämpfte Maggie gegen ein Gefühl der Erschöpfung an. »Ich versuche, eine Entschuldigung zu finden, Brie, mir vorzustellen, wie entsetzt sie gewesen sein muß, als sie erfuhr, daß sie mit mir schwanger war. Und da sie nun einmal so ist, wie sie ist, gab es für sie außer einer Heirat keine andere Möglichkeit.«

»Es war falsch von ihr, dir die Schuld daran zu

geben, Maggie. Das war es schon immer und ist es heute noch.«

»Vielleicht. Aber zumindest verstehe ich jetzt ein bißchen besser, weshalb sie mich nie geliebt hat und mich niemals lieben wird.«

»Hast du… hast du mit ihr darüber gesprochen?« fragte Brianna, während sie die sorgsam gefalteten Zeitungsausschnitte vorsichtig in ihre eigene Handtasche schob.

»Ich habe es versucht. Aber sie weigert sich, darüber zu reden.« Maggie drehte sich wieder zu Brianna um. Sie haßte die Last der Schuldgefühle, die sich einfach nicht abschütteln ließ. »Es hätte alles ganz anders kommen können. Warum hat sie nicht auch ohne ihre Karriere weiter Musik gemacht? Mußte sie sich und uns alles verweigern, nur weil sie nicht alles haben konnte?«

»Ich weiß es nicht. Offenbar können manche Menschen, wenn sie nicht alles bekommen, nicht zufrieden sein.«

»Tja, was geschehen ist, ist nun mal geschehen«, sagte Maggie in entschiedenem Ton. »Aber auf jeden Fall geben wir ihr und damit uns allen dieses Haus.«

Wie schnell einem das Geld doch durch die Finger rann, stellte Maggie ein paar Tage später fest.

Je mehr man besaß, um so mehr brauchte man. Aber inzwischen war das Haus auf Maeves Namen eingetragen, und nun kümmerten sie sich um die zahllosen Kleinigkeiten, die es im Zusammenhang mit der Einrichtung eines neuen Heims zu erledigen gab.

Schade, daß sich ihr eigenes Leben nicht so leicht regeln ließ.

Seit Rogan abgefahren war, hatte sie kaum mit ihm gesprochen, dachte sie, während sie schmollend an ihrem Küchentisch saß. Oh, seine Eileen und Joseph hatten regelmäßig mit ihr telefoniert, aber er selbst hatte bisher weder angerufen, noch war er wie versprochen nach Clare zurückgekehrt.

Dann eben nicht, dachte sie. Sie hatte sowieso zu tun. Auf ihrem Arbeitstisch lagen noch etliche Skizzen, die darauf warteten, daß sie sie in Glas verwandelte. Und wenn sie heute morgen noch nicht angefangen hatte, dann lag das nur daran, daß sie noch nicht entschieden hatte, welches ihrer Projekte als nächstes an der Reihe war.

Bestimmt lag es nicht daran, daß sie darauf wartete, daß das verdammte Telefon klingelte.

Sie stand auf und wandte sich zum Gehen, als sie durchs Fenster blickte und Brianna zusammen mit ihrem treu ergebenen Wolfshund kommen sah.

»Gut. Ich hatte gehofft, daß ich dich noch erwischen würde, bevor du dich an die Arbeit machst.« Brianna kam in die Küche und stellte einen Korb auf den Tisch.

»Da hast du gerade noch mal Glück gehabt. Und, klappt alles wie geplant?«

»Allerdings.« Brianna nahm das Tuch von den dampfenden Muffins, die sie mitgebracht hatte, und sofort wurde der Raum von einem verführerischen Duft erfüllt. »Lottie Sullivan ist das reinste Gottesgeschenk.« Bei dem Gedanken an die pensionierte Krankenschwester, die sie als Gesellschafterin für Maeve engagiert hatten, lächelte sie. »Sie ist einfach wunderbar. Es ist, als gehörte sie bereits zur Familie. Gestern, als ich die Blumenbeete im Vorgarten angelegt habe, hat Mutter die ganze Zeit lamentiert, es wäre nicht mehr die richtige Jahreszeit zum Pflanzen, und der Außenanstrich des Hauses wäre grauenhaft. Tja, sie war eben mal wieder ziemlich schlecht gelaunt. Und Lottie stand einfach da, lachte und war immer anderer Meinung als sie. Ich sage dir, die beiden haben sich köstlich amüsiert.«

»Das hätte ich gern gesehen.« Maggie brach ein Stück von einem Muffin ab. Der Duft und Briannas Beschreibung des Vortages machten die noch nicht erledigte Arbeit dieses Vormittags beinahe wieder wett. »Mit Lottie hast du einen wahren Schatz gefunden, Brie. Ich bin sicher, daß sie Mutter einigermaßen bei Laune halten wird.«

»Mehr als das. Ich habe den Eindruck, daß ihr die Arbeit wirklich gefällt. Jedesmal, wenn Mutter sich beschwert, lacht Lottie, blinzelt und tut so, als hätte sie nichts gehört. Ich hätte es nie gedacht, Maggie, aber allmählich glaube ich tatsächlich, daß es funktionieren wird.«

»Natürlich wird es das.« Maggie warf dem geduldig wartenden Con ein Stück ihres Muffins hin. »Hast du Murphy gefragt, ob er uns beim Transport ihres Bettes und der anderen Dinge, die sie mitnehmen will, behilflich ist?«

»Das brauchte ich gar nicht erst. Das ganze Dorf scheint zu wissen, daß du ihr ein Haus in Ennis gekauft hast. In den letzten zwei Wochen kam rein zufällig mindestens ein Dutzend Leute bei mir hereinspaziert, und Murphy hat mir längst gesagt, daß er uns sowohl seine Körperkraft als auch seinen LKW gern zur Verfügung stellt.«

»Dann kann der Umzug ja noch nächste Woche über die Bühne gehen. Ich habe schon eine Flasche Champagner gekauft, und wenn alles erledigt ist, saufen wir beide uns erst einmal gemütlich die Hucke voll.«

Brianna lächelte, doch ihre Stimme war ernst. »Das ist kein Grund zum Feiern.«

»Dann komme ich eben rein zufällig bei dir hereinspaziert«, sagte Maggie und sah ihre Schwester mit einem listigen Grinsen an. »Und zwar mit einer Flasche Bitzelwasser unter dem Arm.«

Auch wenn Brianna immer noch lächelte, war sie doch nicht mit dem Herzen dabei. »Maggie, ich habe versucht, mit ihr über das Singen zu reden.« Es versetzte ihr einen Stich, als sie sah, wie die Glut in den Augen ihrer Schwester erlosch. »Ich dachte, ich sollte es tun.«

»Natürlich.« Maggie war der Appetit vergangen, und so warf sie Con auch noch den Rest des Muffins hin. »Und, hattest du mehr Glück als ich?«

»Nein. Statt mit mir darüber zu sprechen, hat sie einen Wutanfall gekriegt.« Es lohnte sich nicht, die verbalen Seitenhiebe wiederzugeben, die sie geerntet hatte, dachte Brianna, denn auf diese Weise würde Maggies Unglück nur noch verstärkt. »Sie ist in ihr Zimmer gegangen, aber die Zeitungsausschnitte hat sie eingesteckt.«

»Nun, das ist doch schon mal was. Vielleicht sind sie ihr ein Trost.«

Maggie fuhr auf, als das Telefon klingelte, und sprang so schnell von ihrem Stuhl, daß Brianna vor Überraschung die Kinnlade herunterfiel. »Hallo? Oh, Eileen.« Es war nicht zu überhören, wie enttäuscht sie war. »Ja, ich habe die Fotos für den Katalog bekommen. Sie sind sehr schön. Vielleicht sollte ich Mr. Sweeney persönlich sagen, daß – oh, in einer Sitzung… Nein, schon gut, Sie können ihm sagen, daß seine Auswahl in Ordnung ist… Gern geschehen. Bis dann.«

»Du bist ans Telefon gegangen«, stellte Brianna fest.

»Natürlich. Schließlich hat es geklingelt, oder nicht?«

Angesichts von Maggies gereiztem Ton zog Brianna erstaunt eine Braue hoch. »Hast du einen Anruf erwartet?«

»Nein. Warum fragst du?«

»Du bist aufgesprungen, als müßtest du ein Kind davor bewahren, daß es von einem Auto überfahren wird.«

Bin ich das? überlegte Maggie. Allmählich machte sie sich offenbar wirklich lächerlich. »Ich kann's nicht leiden, wenn einem das verdammte Ding die Ohren abklingelt, das ist alles. Und jetzt muß ich arbeiten.« Mit diesen Worten ließ sie ihre überraschte Schwester in der Küche stehen.

Es war ihr vollkommen egal, ob er anrief oder nicht, sagte sich Maggie. Es mochte drei Wochen her sein, daß er nach Dublin zurückgeflogen war, und vielleicht hatten sie seither nur zweimal miteinander telefoniert, aber was machte das schon?

Sie hatte viel zuviel zu tun, um ihre Zeit mit nettem Geplauder zu vergeuden oder damit, ihn zu bewirten, falls er kam. Was er ihr, verdammt noch mal, versprochen hatte, dachte sie und warf erbost die Tür ins Schloß.

Sie brauchte weder Rogan Sweeneys Gesellschaft noch die von sonst irgendwem. Sie hatte sich.

Mit diesem Gedanken schnappte sie sich die Glasmacherpfeife und machte sich ans Werk.

Das förmliche Eßzimmer der Connellys hätte Maggie an die Kulisse der prächtigen Seifenoper erinnert, die am Todestag ihres Vaters bei O'Malley's über die Mattscheibe geflimmert war. Alles blitzte wie auf Hochglanz poliert. In den teuren Kristallkelchen schimmerte erlesener goldener Wein, und die Eleganz des fünfarmigen Kronleuchters wurde durch die schlanken, weißen Kerzen bestens zur Geltung gebracht.

Die um den mit einer spitzengesäumten Dekke verzierten Tisch versammelten Menschen waren ebenso geschliffen wie der Raum. In ihrem saphirblauen Seidenkleid und mit den Diamanten ihrer Großmutter war Anne das Abbild der eleganten Gastgeberin, und der von dem guten Essen und der noch besseren Gesellschaft angeregte

Dennis strahlte seine Tochter an. Patricia wirkte lieblich und ebenso zart wie die pastellenen, rosa- und cremefarbenen Perlen, die sie trug.

Ihr gegenüber nippte Rogan an seinem Wein und kämpfte vergeblich gegen das Abdriften seiner Gedanken nach Westen, zu Maggie, an.

»Es geht doch nichts über eine ruhige Mahlzeit im Kreis der Familie.« Anne pickte an ihrer winzigen Portion Fasan herum. Ein Blick auf die Waage hatte ihr eine Gewichtszunahme von zwei Pfund vor Augen geführt, was sich unmöglich dulden ließ. »Ich hoffe, du bist nicht enttäuscht, weil außer dir niemand eingeladen ist, Rogan.«

»Natürlich nicht. Leider ist mir das Vergnügen, einen ruhigen Abend mit Freunden verbringen zu können, in letzter Zeit nur noch sehr selten vergönnt.«

»Genau das habe ich schon zu Dennis gesagt«, fuhr Anne eifrig fort. »Wir haben dich während der letzten Monate kaum noch gesehen. Du arbeitest einfach zuviel.«

»Ein Mann kann wohl kaum zuviel arbeiten, wenn er seine Arbeit liebt«, warf Dennis ein.

»Ah, du und deine männliche Arbeitsmoral.« Anne lachte leise auf, doch am liebsten hätte sie ihrem Mann unter dem Tisch einen Tritt versetzt. »Durch allzu viele Geschäfte wird ein Mann nur angespannt. Vor allem, wenn ihm keine Frau zur Seite steht, die seinen Streß lindern kann.«

Patricia wußte, worum es ihrer Mutter ging, und so fing sie eilig von etwas anderem an. »Mit der Ausstellung von Miss Concannons Arbeiten hast du einen wunderbaren Erfolg erzielt, Rogan. Und wie man mir erzählte, erfreuen sich auch die indianischen Artefakte beim Publikum großer Beliebtheit.«

»Das stimmt. Die amerikanischen Kunstwerke werden ab nächster Woche in der Galerie in Cork ausgestellt, und Maggies – Miss Concannons – Sachen gehen in Kürze nach Paris. Sie hat in diesem Monat schon wieder erstaunliche Dinge hergestellt.«

»Ein paar davon habe ich gesehen. Joseph scheint ganz begeistert von der Kugel zu sein. Die, in deren Innerem all die Farben und Formen zu sehen sind. Ein wirklich faszinierendes Stück.« Das Dessert wurde serviert, und Patricia faltete die Hände im Schoß. »Ich frage mich, wie sie es gemacht hat.«

»Ich war zufällig dabei.« Die Hitze, die blutenden Farben, die knisternden Funken hatten sich unauslöschlich in seine Erinnerung eingebrannt. »Und trotzdem kann ich es dir nicht erklären.«

Anne sah seinen verklärten Blick, und sofort

schaltete sie sich wieder ein. »Wenn man zuviel über die Vorgehensweise eines Künstlers weiß, empfindet man bei der Betrachtung unweigerlich ein geringeres Vergnügen, findest du nicht? Außerdem bin ich sicher, daß die Arbeit für Miss Concannon die reine Routine ist. Patricia, du hast uns noch gar nichts von deinem kleinen Projekt erzählt. Wie kommst du mit der Tagesstätte voran?«

»Sehr gut, vielen Dank.«

»Wenn ich mir vorstelle, daß unsere kleine Patricia eine Kindertagesstätte gründen will...« Anne setzte ein nachsichtiges Lächeln auf, und Rogan senkte schuldbewußt den Blick.

Schon seit Wochen hatte er Patricia nicht mehr nach ihrem Vorhaben gefragt.

»Dann hast du also passende Räumlichkeiten gefunden?« fragte er.

»Ja, nicht weit vom Mountjoy Square entfernt. Natürlich sind ein paar Renovierungsarbeiten erforderlich, aber ich habe bereits einen Architekten engagiert. Sowohl das Haus als auch das Grundstück sind bestens geeignet. Ich hoffe, daß es bis zum nächsten Frühjahr fertig wird.«

Sie sah bereits all die Babys und Kleinkinder vor sich, die sie betreuen würde, damit den Müttern die Möglichkeit, arbeiten zu gehen, gegeben war.

Und die älteren Kinder kämen nach der Schule, bis der Arbeitstag ihrer Mütter beendet war. Auf diese Weise würde vielleicht ein Teil des Schmerzes und der Leere in ihrem Inneren verbannt, dachte sie. Sie und Robert hatten keine Kinder gehabt. Sie waren sich sicher gewesen, daß es dazu noch ausreichend Gelegenheit gäbe. Zum Teufel mit der Sicherheit.

»Ich bin überzeugt, daß Rogan dir bezüglich des geschäftlichen Teils deines Vorhabens gerne behilflich ist«, sagte Anne. »Schließlich hast du keinerlei Erfahrung auf diesem Gebiet.«

»Sie ist doch wohl meine Tochter, oder nicht?« mischte sich Dennis augenzwinkernd ein. »Also kommt sie mit diesen Dingen sicher hervorragend zurecht.«

»Bestimmt.« Wieder hätte Anne ihrem Gatten am liebsten einen Tritt versetzt, doch statt dessen zog sie sich mit ihrer Tochter in den Salon zurück – eine Sitte, die Annes Meinung nach keineswegs veraltet war –, entließ das Mädchen, das mit dem Kaffee kam, und wandte sich erbost Patricia zu.

»Worauf wartest du? Wenn du nicht langsam etwas unternimmst, hat er sich eine andere Frau gesucht.«

»Bitte, fang nicht schon wieder mit diesem Thema an.« Das dumpfe, beharrliche Pochen in ihren

Schläfen verriet Patricia, daß eine Migräne im Anzug war.

»Offenbar willst du für den Rest deines Lebens die trauernde Witwe spielen.« Mit grimmiger Miene gab Anne Sahne in ihren Kaffee. »Aber ich sage dir, daß du inzwischen lange genug getrauert hast.«

»Das hast du auch schon ein Jahr nach Robbies Tod gesagt.«

»Und es stimmt.« Anne stieß einen Seufzer aus. Sie hatte es gehaßt, Patricias Elend zu sehen, hatte selbst über den Verlust ihres geliebten Schwiegersohns und über den Schmerz in den Augen ihrer Tochter lange und heftig geweint. »Liebling, so sehr ich mir auch wünschte, es wäre nicht so, Robert ist fort.«

»Ich weiß. Und ich habe es akzeptiert, und ich bemühe mich, in meinem Leben weiterzugehen.«

»Indem du eine Tagesstätte gründest, in der du die Kinder anderer Leute betreust?«

»Zum Teil. Aber ich tue es nicht für die Leute, sondern für mich, Mutter. Ich brauche eine Arbeit, ich brauche etwas, das mich zufriedenstellt.«

»Ich versuche ja gar nicht mehr, dir diese Sache auszureden.« Mit einer versöhnlichen Geste hob Anne die Hände. »Und wenn es wirklich das ist, was du willst, dann will ich es auch.«

»Dafür danke ich dir.« Patricias Gesicht wurde weich, sie beugte sich vor und gab ihrer Mutter einen Kuß. »Ich weiß, daß du für mich immer nur das Beste willst.«

»Allerdings, und genau das ist der Grund, weshalb ich Rogan für dich will. Nein, hör mir zu, mein Kind. Du kannst mir nicht erzählen, daß du ihn nicht ebenfalls willst.«

»Ich habe ihn gern«, sagte Patricia vorsichtig. »Sehr gern. Ich habe ihn schon immer gern gehabt.«

»Und er dich. Aber statt etwas zu unternehmen, was der Sache dienlich wäre, wartest du geduldig ab, daß er etwas tut. Und während du wartest, sieht er sich nach anderen Frauen um. Ein Blinder kann erkennen, daß er sich, was diese Concannon betrifft, nicht nur für ihre Kunst interessiert. Und sie wartet bestimmt nicht ab.« Anne fuchtelte drohend mit dem Zeigefinger vor ihrer Tochter herum. »O nein. Sie sieht einen Mann mit Rogans Hintergrund und schnappt ihn sich, ehe du auch nur geblinzelt hast.«

»Ich bezweifle, daß sich Rogan so einfach schnappen läßt«, stellte Patricia trocken fest. »Er weiß genau, was er will.«

»Meistens ja«, stimmte Anne ihr zu. »Aber Männer brauchen es, daß eine Frau sie führt, Patricia. Daß eine Frau sie verführt. Und das hast du bei Rogan Sweeney bisher noch nicht einmal versucht. Du mußt dafür sorgen, daß er nicht die Witwe seines Freundes, sondern die Frau in dir sieht. Du willst ihn doch, nicht wahr?«

»Ich glaube…«

»Natürlich willst du ihn. Also sorg dafür, daß er dich ebenfalls will, mein Kind.«

Patricia sagte nicht viel, als Rogan sie zu ihrer Wohnung fuhr. Zu der Wohnung, in der sie mit Robert glücklich gewesen und die aufzugeben ihr deshalb unmöglich war. Nun, zumindest betrat sie die Räume nicht mehr in der Erwartung, ihn dort sitzen zu sehen, und ebensowenig wurde sie noch von den plötzlichen Schmerzattakken heimgesucht, wenn ihr ein Augenblick ihres wunderbaren gemeinsamen Lebens in Erinnerung kam.

Inzwischen war es eine Wohnung, mit der sie angenehme Erinnerungen verband.

Aber wollte sie in dieser Wohnung für den Rest ihres Lebens alleine sein? Wollte sie ihre Tage damit verbringen, daß sie die Kinder anderer Frauen betreute, während es für sie selbst niemals die Freude eigener Kinder gab?

Vielleicht hatte ihre Mutter recht, vielleicht

wollte sie Rogan, vielleicht wäre eine Verführung nicht schlecht?

»Willst du noch einen Augenblick mit hereinkommen?« fragte sie, als er mit ihr vor ihre Haustür trat. »Es ist noch früh, und ich glaube nicht, daß ich jetzt schon schlafen kann.«

Er dachte an sein eigenes leeres Haus und an die Stunden, ehe sein Arbeitstag begann. »Wenn du mir einen Brandy versprichst.«

»Auf der Terrasse«, sagte sie und betrat den Flur.

Das Haus reflektierte die ruhige Eleganz und den tadellosen Geschmack seiner Eigentümerin, doch obwohl Rogan sich hier immer zu Hause gefühlt hatte, dachte er jetzt an Maggies vollgestopftes Cottage mit dem zerwühlten Bett.

Selbst der Brandyschwenker erinnerte ihn an sie, denn er dachte daran, wie sie einen seiner Schwenker gegen den Kamin geworfen hatte. Und an das Paket mit dem von ihr selbst gemachten Schwenker, das Tage später gekommen war.

»Ein wunderbarer Abend«, drang Patricia in seine abschweifenden Gedanken ein.

»Was? Oh, ja. Ja, allerdings.« Er drehte das Glas in den Händen, ohne daß er trank.

Am Himmel stand ein milchig weißer Halbmond, der zu leuchten begann, als eine Brise die vor ihm hängenden Wolken vertrieb. Die Luft war warm und duftig, und durch die Hecken drang der gedämpfte Laut des Straßenverkehrs.

»Erzähl mir mehr von der Tagesstätte«, setzte er an. »Welchen Architekten hast du gewählt?« Sie nannte eine Firma, die er schätzte. »Sie sind gut. Wir haben sie auch schon ein paarmal engagiert.«

»Ich weiß. Es war Joseph, der sie mir empfohlen hat. Er ist mir eine große Hilfe, obwohl ich inzwischen richtiggehende Schuldgefühle habe, weil er meinetwegen kaum noch zu seiner eigentlichen Arbeit kommt.«

»Er hat das Talent, ungefähr sechs Sachen gleichzeitig machen zu können, ohne daß eine von ihnen zu kurz zu kommen scheint.«

»Und obendrein gibt er mir immer, wenn ich in der Galerie vorbeischaue, das Gefühl, willkommen zu sein.« Wie um Rogan zu testen, schob sich Patricia näher an ihn heran. »Ich habe dich vermißt.«

»Es war alles ziemlich hektisch in letzter Zeit.« Er schob eine Strähne ihres Haars hinter ihr Ohr, eine alte Geste, eine alte Gewohnheit, die er selbst noch nicht einmal mehr wahrzunehmen schien. »Wir müssen unbedingt mal wieder etwas miteinander unternehmen. Es ist Wochen her, daß wir zum letzten Mal im Theater gewesen sind.«

»Allerdings.« Sie nahm seine Hand und hielt sie fest. »Aber ich bin froh, daß wir jetzt Zeit haben. Und daß wir alleine sind.«

Bei diesen Worten schrillten in seinem Kopf die Alarmsirenen los, doch er tat sie mit einem Lächeln ab. »Ich hoffe, daß wir uns jetzt wieder öfter treffen. Wenn du willst, sehe ich mir gerne das von dir erwähnte Grundstück ein bißchen genauer an.«

»Du weißt, daß mir deine Meinung schon immer sehr wichtig gewesen ist.« Ihr Herz machte einen Satz. »Genau wie du weißt, daß du mir schon immer sehr wichtig gewesen bist.«

Ehe sie es sich noch einmal anders überlegen konnte, hatte sie sich nach vorn gebeugt und ihre Lippen auf seinen Mund gepreßt. Falls sein Blick ihr eine Warnung war, so weigerte sie sich, diese zu sehen.

Dies war kein süßer, platonischer Kuß. Patricia vergrub ihre Finger in seinem Haar und wünschte sich sehnlichst, daß sie nach der Zeit der Leere endlich wieder etwas empfand.

Doch er schlang weder die Arme um sie, noch erwiderte er ihre Zärtlichkeit. Reglos wie eine Statue saß er da, und es war weder Vergnügen noch Verlangen, das sie erschauern ließ, sondern die eisige Kälte eines Schocks.

Sie löste sich von ihm, erkannte die Überraschung und, was noch viel schlimmer war, das Bedauern in seinem Blick und wandte sich getroffen von ihm ab.

»Patricia.« Rogan stellte sein immer noch volles Brandyglas auf den Tisch.

»Nein.« Sie weigerte sich, ihn anzusehen. »Sag nichts.«

»Natürlich sage ich etwas. Ich muß.« Seine Hände hingen zögernd in der Luft, doch schließlich senkte er sie sanft auf ihre Schultern herab. »Patricia, du weißt, wie sehr ich dich...« Welche Worte waren angebracht? überlegte er verzweifelt. Durch welche Worte verletzte er sie nicht noch mehr? »Wie sehr ich dich mag«, sagte er und haßte sich.

»Schon gut.« Sie verschränkte ihre Finger mit einer solchen Heftigkeit, daß das Weiß ihrer Knöchel deutlich zutage trat. »Ich habe mich auch so genug blamiert.«

»Ich hätte nie gedacht...« Wieder verfluchte er sich, und da er sich so elend fühlte, verfluchte er auch gleich Maggie, weil ihre Einschätzung von Patricias Gefühlen richtig gewesen war. »Patty«, stieß er hilflos hervor. »Es tut mir leid.«

»Ich bin sicher, daß es dir das tut.« Auch wenn er ihren alten Spitznamen verwandt hatte, war ihre

Stimme kühl. »Genau wie mir, denn schließlich habe ich dich in eine peinliche Situation gebracht.«

»Das ist alles meine Schuld. Ich hätte es erkennen müssen.«

»Warum?« Sie entwand sich seinen Händen und fuhr zu ihm herum. Ihre Augen waren leer, und sie wirkte zerbrechlich wie Glas. »Schließlich stehe ich dir zur Verfügung, seit du denken kannst. Ich komme ab und zu vorbei, leiste dir Gesellschaft, wann immer dir gerade danach ist. Die arme Patricia, die so wenig weiß, was sie mit sich anfangen soll, daß sie, nur um sich zu beschäftigen, von irgendwelchen lächerlichen kleinen Projekten träumt. Die junge Witwe, die sich mit ein paar liebevollen Tätschlern und einem nachsichtigen Lächeln zufriedengibt.«

»Das ist nicht wahr. So sehe ich dich nicht.«

»Ich weiß nicht, wie du mich siehst.« Ihre Stimme wurde lauter und brach, was ihrer beider Verlegenheit noch steigerte.

»Ich weiß noch nicht einmal, wie ich dich sehe, was du für mich bist. Ich weiß nur, daß ich möchte, daß du gehst, ehe wir Dinge sagen, durch die die Situation noch peinlicher wird.«

»Ich kann jetzt unmöglich gehen. Bitte komm mit rein und setz dich. Laß uns miteinander reden.«

Nein, dachte sie, dann bräche sie in Tränen aus, und ihre Demütigung wäre komplett. »Ich meine es ernst, Rogan«, stieß sie mit tonloser Stimme hervor. »Ich möchte, daß du jetzt gehst. Es gibt für uns beide nichts zu sagen außer gute Nacht. Ich denke, du findest alleine hinaus.« Mit diesen Worten fegte sie an ihm vorbei ins Haus.

Zur Hölle mit den Frauen, dachte Rogan, als er am nächsten Nachmittag die Galerie betrat. Zur Hölle mit ihnen für ihr unfehlbares Talent, einem Mann das Gefühl zu geben, schuldig, voll unerfüllter Bedürfnisse und obendrein ein vollkommener Idiot zu sein.

Er hatte eine Freundin verloren, die ihm sehr teuer war. Hatte sie verloren, dachte er, weil er ihren Gefühlen gegenüber blind gewesen war. Gefühlen, die, wie er sich mit wachsender Verärgerung erinnerte, von Maggie innerhalb von einer Minute gesehen und verstanden worden waren, obgleich sie der anderen Frau nie zuvor begegnet war.

Wütend auf sich selbst stapfte er die Treppe hinauf. Warum nur wußte er einfach nicht, welches der richtige Umgang mit zwei Frauen, die ihm soviel bedeuteten, war?

Er hatte Patricia das Herz gebrochen, aus reiner Achtlosigkeit. Und Maggie, zur Hölle mit ihr, hatte die Macht, mit ihm dasselbe zu tun.

Verliebten sich Menschen eigentlich nie in jemanden, der diese Liebe bereitwillig erwiderte?

Nun, auf jeden Fall würde er kein solcher Trottel sein, Maggie seine Gefühle vor die Füße zu legen, damit sie sie zertrat. O nein. Schließlich hatte er selbst gerade erst, wenn auch unabsichtlich, bei jemand anderem dasselbe getan. Er käme auch weiterhin sehr gut alleine zurecht, vielen Dank.

Er betrat die erste Nische und runzelte die Stirn. Sie hatten noch ein paar ihrer Arbeiten aufgebaut, auch wenn es nur ein Bruchteil dessen war, was in den nächsten zwölf Monaten in den anderen Galerien gezeigt werden sollte. Die Kugel, die sie vor seinen Augen geschaffen hatte, stand schimmernd da und schien alle Träume zu enthalten, von denen sie gesprochen hatte, Träume, von denen er nun, da er in die Tiefe der Kugel sah, regelrecht verspottet zu werden schien.

Um so besser, daß sie, als er sie gestern abend hatte anrufen wollen, nicht an den Apparat gegangen war. Vielleicht hatte er sie nur gebraucht, weil er wegen Patricia von geradezu überwältigenden Schuldgefühlen geplagt worden war. Er hatte ihre Stimme hören wollen, um sich besser zu fühlen, doch statt dessen hatte er, da sie nicht bereit gewesen war, das Band zu besprechen, nur seine eigene schneidende, klare Stimme auf ihrem Anrufbeantworter gehört.

Statt eines ruhigen, vielleicht sogar intimen nächtlichen Grußes hatte er ihr eine knappe Nachricht hinterlassen, die Maggie sicher ebenso verärgert hatte wie ihn selbst.

Gott, er wollte sie.

»Ah, genau der Mann, den ich gesucht habe.« Gut gelaunt kam Joseph hereinspaziert. »Ich habe *Carlotta* verkauft.« Josephs selbstzufriedenes Gesicht wich einem neugierigen Blick, als er Rogans Miene sah. »Oh, haben Sie einen schlechten Tag?«

»Ich habe schon bessere gesehen. *Carlotta*, sagen Sie? An wen?«

»An eine amerikanische Touristin, die heute morgen hier hereingestolpert kam. Sie war vollkommen hingerissen, als sie *Carlotta* sah. Wir schicken sie – das heißt, das Gemälde – nach Tucson oder so.«

Joseph setzte sich auf den Rand des Kanapees und zündete sich eine Freudenzigarette an. »Die Amerikanerin meinte, sie wäre eine große Bewunderin von primitiven Nackten jeder Art, und unsere *Carlotta* ist bestimmt primitiv. Ich selbst finde nackte Figuren ja ebenfalls durchaus nett, aber

Carlotta war irgendwie nie mein Typ. Um die Hüften herum ein bißchen voll – und dann noch dieser dicke Pinselstrich. Tja, sagen wir so, ich denke, daß es dem Künstler an Subtilität gemangelt hat.«

»Es war ein exzellentes Ölgemälde«, stellte Rogan geistesabwesend fest.

»Meinetwegen. Aber da mir persönlich das etwas Feinere besser gefällt, wird es mir nicht allzu leid tun, wenn *Carlotta* bald irgendwo in Tucson hängt.« Er zog einen kleinen, aufklappbaren Aschenbecher aus der Tasche und streifte seine Zigarette ab. »Oh, und die Aquarellserie von diesem Schotten kam vor einer Stunde an. Wunderbare Arbeit, Rogan. Ich denke, mit ihm haben Sie einen neuen Star entdeckt.«

»Das war einfach Glück. Hätte ich nicht in die Fabrik in Inverness gemußt, hätte ich die Bilder nie gesehen.«

»Ein Straßenkünstler.« Joseph schüttelte den Kopf. »Nun, nicht mehr lange, das garantiere ich. Seine Werke strahlen eine wunderbare Mystik aus, zerbrechlich und streng zugleich.« Sein Mund wurde von einem fröhlichen Grinsen umspielt. »Und um den Verlust von *Carlotta* wieder wettzumachen, hat er uns auch eine Nackte geschickt. Schon eher nach meinem Geschmack, wenn ich so sagen darf. Elegant, zierlich und mit genau dem richtigen Maß an Traurigkeit. Ich habe mich hoffnungslos in sie verliebt.«

Errötend unterbrach er sich, als er Patricia durch die Tür kommen sah. Sein Herz machte einen unverhofften Satz, und auch wenn er sich sagte, daß die gute Freundin seines Vorgesetzten mehr als eine Nummer zu groß für ihn war, erhob er sich mit einem strahlenden Lächeln von seinem Platz.

»Hallo, Patricia. Wie schön, Sie zu sehen.«

Rogan wandte sich verlegen ab. Er fand, dafür, daß er für die Schatten unter ihren Augen verantwortlich war, hätte er eine anständige Tracht Prügel verdient.

»Hallo, Joseph. Ich hoffe, ich störe nicht.«

»Keineswegs. Schönheit ist etwas, das in diesen Räumen jederzeit willkommen ist.« Er nahm ihre Hand, küßte sie und dachte, was für ein Idiot er doch war. »Möchten Sie vielleicht einen Tee?«

»Machen Sie sich bitte keine Umstände.«

»Einen Tee zu machen ist nicht das geringste Problem. Wir schließen sowieso gleich.«

»Ich weiß. Ich hatte gehofft…« Patricia holte entschlossen Luft. »Joseph, dürfte ich Sie bitten, mich einen Augenblick mit Rogan allein zu lassen? Ich müßte kurz etwas mit ihm besprechen.«

»Aber natürlich.« Trottel. Narr. Idiot. »Ich gehe schon mal runter und stelle den Wasserkessel auf. Vielleicht möchten Sie ja hinterher noch eine Tasse Tee.«

»Vielen Dank.« Sie wartete, bis er gegangen war, und dann schloß sie die Tür. »Ich hoffe, es macht dir nichts aus, daß ich so kurz vor Schließung der Galerie noch hier aufgetaucht bin.«

»Natürlich nicht.« Wie am Vorabend wußte Rogan einfach nicht, welches der richtige Ton im Umgang mit der alten Freundin war. »Ich bin froh, daß du gekommen bist.«

»Nein, das bist du nicht.« Wie um den Stich, den sie ihm mit dieser Antwort versetzte, zu mildern, setzte sie ein zögerndes Lächeln auf. »Du stehst vor mir und überlegst fieberhaft, was du sagen, wie du dich verhalten sollst. Ich kenne dich einfach zu lange, als daß du mir etwas vormachen kannst, Rogan. Könnten wir uns vielleicht setzen?«

»Ja, natürlich.« Er bot ihr seine Hand, doch dann ließ er sie sinken, woraufhin Patricia eine Braue verzog und sich mit im Schoß gefalteten Händen auf den Rand des Sofas fallen ließ. »Ich bin gekommen, um mich bei dir zu entschuldigen.«

Nun war er vollkommen am Boden zerstört. »Bitte tu das nicht. Dazu besteht keine Veranlassung.«

»O doch. Und bitte tu mir den Gefallen und hör mich zu Ende an.«

»Patty.« Mit schmerzhaft zusammengezogenem Magen setzte er sich neben sie. »Ich habe dich zum Weinen gebracht.« Nun, da er so dicht neben ihr saß, waren trotz ihres sorgfältig aufgetragenen Make-ups die Zeichen nicht zu übersehen.

»Ja. Und nachdem ich mich ausgeweint hatte, habe ich endlich nachgedacht.« Sie stieß einen abgrundtiefen Seufzer aus. »Ich habe nicht allzuviel Übung darin, selbst zu denken, Rogan. Das haben in den letzten Jahren immer Mutter und Daddy für mich getan. Und sie haben immer so hohe Erwartungen in mich gesetzt. Ich habe ständig Angst, in ihren Augen eine Versagerin zu sein.«

»Das ist absurd...«

»Ich habe dich gebeten, dir anzuhören, was ich zu sagen habe«, sagte sie in einem Ton, der ihn überrascht die Augen aufreißen ließ. »Und das wirst du jetzt auch tun. Du warst immer da, seit ich wie alt – vierzehn, fünfzehn – war? Und dann war da Robbie. Ich war so in ihn verliebt, daß ich nicht das Bedürfnis zu denken empfand. Mein ganzes Leben bestand nur aus ihm und aus dem Bestreben, ihm ein Heim einzurichten, damit er gern nach Hause kam. Als ich ihn verlor, dachte ich, ich würde ebenfalls sterben. Weiß Gott, das hätte ich gewollt.«

Unweigerlich nahm Rogan ihre Hand. »Ich habe ihn auch geliebt.«

»Ich weiß. Und du warst derjenige, der mir über die schrecklichste erste Zeit hinweggeholfen hat. Du hast mir geholfen zu trauern und schließlich einen Schritt weiterzugehen. Mit dir konnte ich über Robbie reden und lachen oder weinen, je nachdem, wonach mir gerade zumute war. Du warst der beste Freund für mich, so daß es nur natürlich war, daß ich dich liebte. Und es schien mir vernünftig, darauf zu warten, daß du mich statt als alte Freundin auch als Frau zur Kenntnis nahmst. Dann hättest du dich bestimmt in mich verliebt und mich gebeten, dich zu heiraten...«

Seine Finger spielten ruhelos mit ihrer Hand. »Hätte ich genauer hingesehen...«

»Dann hättest du immer noch nur das gesehen, was du hättest sehen wollen«, beendete sie seinen Satz. »Aus Gründen, über die ich lieber nicht sprechen möchte, kam ich gestern abend zu dem Schluß, es wäre an der Zeit, einen Schritt weiterzugehen. Ich dachte, wenn ich dich küssen würde, wäre das, als würde ich, oh, mit Sternenstaub und Mondstrahlen bestäubt. Ich habe mich in diesen Kuß gestürzt, weil ich dachte, dann würde ich wieder all diese wunderbaren Gefühle empfinden, all dieses herrlich schmerzende Zerren und Ziehen. Ich wollte es so sehr. Aber nein.«

»Patricia, es ist nicht so, daß...« Er brach ab und sah sie mit zusammengekniffenen Augen an. »Wie bitte?«

Als sie lachte, verwirrte ihn das noch mehr. »Nachdem mein wohlverdienter Weinkrampf vorüber war, habe ich über die ganze Sache nachgedacht. Du warst nicht als einziger davon überrascht, Rogan. Mir wurde klar, daß ich rein gar nichts empfunden hatte bei unserem Kuß.«

»Rein gar nichts«, wiederholte er nach einem Augenblick.

»Nichts außer Scham, weil ich uns beide so gräßlich in Verlegenheit gebracht hatte. Mir wurde klar, daß ich dich sehr gerne habe, ohne in dich verliebt zu sein. Ich hatte eben einfach meinen besten Freund geküßt.«

»Ich verstehe.« Es war lächerlich, aber er fühlte sich in seiner männlichen Ehre gekränkt. Na und? Er war nun mal ein Mann. »Was für ein Glück, nicht wahr?«

Sie kannte ihn gut, und lachend legte sie ihm die Hand auf die Wange. »Jetzt habe ich dich beleidigt.«

»Nein, das hast du nicht. Ich bin erleichtert, daß die Situation zwischen uns geklärt worden ist.« Als er ihren milden Blick bemerkte, fluchte er. »Also gut, verdammt, du hast mich beleidigt. Oder zumindest hast du meinen männlichen Stolz verletzt.« Nun grinste er ebenfalls. »Dann bleiben wir also Freunde, ja?«

»Für alle Zeit.« Sie atmete erleichtert auf. »Ich kann dir gar nicht sagen, wie erleichtert ich bin, weil diese Sache endlich erledigt ist. Weißt du, ich denke, ich nehme Josephs Angebot, einen Tee zu trinken, an. Kommst du mit?«

»Tut mir leid. Wir haben gerade eine Lieferung aus Inverness erhalten, die ich mir noch ansehen will.«

Sie erhob sich von ihrem Platz. »Weißt du, in einer Sache hat meine Mutter wirklich recht. Du arbeitest zu hart, Rogan. Und langsam sieht man es dir an. Du bräuchtest unbedingt ein paar Tage Urlaub.«

»In ein, zwei Monaten vielleicht.«

Sie schüttelte den Kopf, beugte sich zu ihm herab und küßte ihn auf die Stirn. »Das sagst du immer. Ich wünschte nur, dieses Mal wäre es dir ernst.« Sie legte den Kopf zur Seite und lächelte. »Ich denke, deine Villa in Südfrankreich ist ein hervorragender Platz, wenn man sich nicht nur entspannen will, sondern obendrein noch kreative Anregungen sucht. Die Farbe und die Beschaffenheit der Umgebung wären für eine Künstlerin genau das richtige.«

Er öffnete den Mund, doch dann klappte er ihn wieder zu. »Du kennst mich einfach zu gut«, murmelte er.

»Allerdings. Denk einfach mal drüber nach.« Sie ließ ihn grübelnd zurück und ging in die Küche. Da Joseph in der Hauptgalerie mit ein paar letzten Kunden beschäftigt war, stellte sie den Kessel selbst auf den Herd.

Gerade als sie die erste Tasse einschenkte, kam Joseph.

»Tut mir leid«, sagte er. »Sie wollten einfach nicht gehen. Und ebensowenig haben sie auch nur ein einziges Pfund lockergemacht. Und dabei dachte ich, ich beende den Tag mit dem Verkauf dieser Kupferskulptur. Sie wissen schon, die, die ein bißchen aussieht wie ein brennender Busch. Aber nein. Sie sind mir entwischt.«

»Hier, trösten Sie sich mit einem Tee.«

»Gern. Vielen Dank. Haben Sie…« Als sie sich umdrehte und er ihr Gesicht zu sehen bekam, unterbrach er sich. »Was ist? Was ist los?«

»Nichts.« Sie brachte die Tassen an den Tisch, und beinahe hätte sie sie fallen gelassen, als er ihren Arm ergriff.

»Sie haben geweint«, sagte er mit gepreßter Stimme. »Und Sie haben Ringe unter den Augen.«

Mit einem ungeduldigen Seufzer stellte sie die klirrenden Tassen auf den Tisch. »Warum nur sind Kosmetika so verdammt teuer, wenn man trotzdem alles sieht? Wie soll eine Frau mal ordentlich heulen können, wenn sie sich nicht auf ihren Puder verlassen kann?« Sie wollte sich setzen, aber er hielt sie zurück, und überrascht blickte sie zu ihm auf. Als sie seine Augen sah, wurde sie sichtlich nervös. »Es ist nichts – wirklich nicht. Ich habe mich ein bißchen töricht benommen, aber jetzt... jetzt ist alles wieder gut.«

Er war nicht der Meinung. Natürlich hatte er sie schon vorher in den Armen gehalten. Sie hatten miteinander getanzt. Aber jetzt gab es keine Musik. Nur sie. Langsam hob er eine Hand und fuhr sanft mit dem Daumen über die dunklen Stellen, die er unter ihren Augen sah. »Sie vermissen ihn immer noch. Robbie, meine ich.«

»Ja, und ich denke auch nicht, daß das je aufhören wird.« Aber das geliebte Gesicht ihres verstorbenen Mannes verschwamm vor ihrem geistigen Auge, denn mit einem Mal nahm sie nur noch Joseph wahr. »Ich habe nicht wegen Robbie geweint. Zumindest nicht wirklich. Eigentlich weiß ich gar nicht so genau, was der Grund für mein Elend war.«

Sie war so wunderbar, dachte er. Ihr Blick so sanft und verwirrt. Und ihre Haut – nie zuvor hatte er sie derart zu berühren gewagt – kam ihm wie Seide vor. »Sie dürfen nicht weinen, Patty«, hörte er sich sagen, und dann küßte er sie, preßte seine Lippen auf ihren Mund, vergrub seine Hand in ihrem weich fallenden Haar.

Er verlor sich, ertrank in ihrem Duft, wurde angesichts ihrer vor Überraschung geöffneten Lippen, die ihm eine lange, volle Kostprobe ihres köstlichen Geschmacks ermöglichten, von schmerzlicher Sehnsucht erfüllt.

Ihr Körper wurde weich, und ihre zarte Zerbrechlichkeit weckte unerträgliche und widerstreitende Bedürfnisse in ihm. Sie zu nehmen, sie zu schützen, sie zu trösten und sie zu besitzen.

Es war ihr halb schockierter und halb verwunderter Seufzer, der ihn wie ein Eimer kaltes Wasser traf.

»Ich – es tut mir leid.« Er suchte nach den passenden Worten, doch als sie ihn anzustarren begann, verstummte er und trat verlegen einen Schritt zurück. »Das war unverzeihlich.«

Er machte auf dem Absatz kehrt und ging davon, ehe sie wieder bei vollem Bewußtsein war.

Seinen Namen auf den Lippen, ging sie ihm nach, doch dann blieb sie stehen, preßte ihre Hand an ihr rasendes Herz und sank mit zittrigen Knien auf einen Stuhl.

Joseph? Ihre Hand fuhr von der Brust zu ihrer geröteten Wange hinauf. Joseph, dachte sie ein zweites Mal. Es war einfach lächerlich. Sie waren nichts weiter als flüchtige Bekannte, denen ihre Zuneigung zu Rogan und zur Kunst gemeinsam war. Er war… nun, so etwas wie ein Bohemien. Und auf jeden Fall charmant, wie sicher jede Frau, die ihm auch nur einmal begegnet war, bestätigte.

Und es war nur ein Kuß gewesen. Nur ein Kuß, sagte sie sich, während sie nach ihrer Tasse griff. Aber ihre Hände zitterten so sehr, daß sie ihren Tee auf der Tischplatte vergoß.

Ein Kuß, wurde ihr zu ihrer Überraschung klar, bei dem sie von den erhofften Mondstrahlen und dem Sternenstaub, von all den ersehnten wunderbaren Gefühlen und dem gräßlichen Zerren und Ziehen in ihrem Inneren überwältigt worden war.

Joseph, dachte sie erneut und rannte auf der Suche nach ihm in den Flur hinaus.

Sie erblickte ihn und stürzte ohne ein Wort an Rogan vorbei.

»Joseph!«

Mit einem leisen Fluch blieb er stehen. Hier stand er nun und bekäme sicher gleich eine ordentliche Backpfeife verpaßt, noch dazu – da er nicht schnell genug gewesen war – in aller Öffentlichkeit. Resigniert drehte er sich um und warf sein glattes Haar über die Schultern zurück.

Nur wenige Zentimeter vor ihm kam sie zum Stehen. »Ich…«, und mit einem Mal war ihr Hirn wie ausgelöscht.

»Sie haben jedes Recht, wütend zu sein«, sagte er. »Es ist wohl kaum von Bedeutung, daß ich niemals die Absicht hatte – das heißt, daß ich nur… ach verdammt, was erwarten Sie? Sie kommen hier hereingeschneit, traurig und wunderschön zugleich. Verloren. Ich habe mich vergessen, und ich habe versucht, mich dafür zu entschuldigen.«

Sie hatte sich tatsächlich verloren gefühlt, und sie überlegte, ob er verstehen würde, wie es war, wenn man wußte, wo man stand, wenn man meinte zu wissen, wohin man ging, und wenn man sich trotzdem verloren fühlte. Vielleicht verstand er es tatsächlich.

»Wollen Sie mit mir zu Abend essen?«

Blinzelnd trat er einen Schritt zurück. »Was?«

»Wollen Sie mit mir zu Abend essen?« wiederholte sie. Ihr schwindelte, und sie verspürte ein Gefühl der Verwegenheit. »Nachher?«

Er wirkte so verblüfft und zugleich so begierig, daß sie zu lachen begann. »Ja. Das heißt, nein, eigentlich will ich etwas ganz anderes«, sagte sie.

»Also gut dann.« Er nickte steif und wandte sich zum Gehen.

»Ich will kein Abendessen«, rief sie ihm laut genug hinterher, daß nicht nur er allein sich umdrehte, um sie anzusehen. Es war wunderbar, verwegen zu sein, dachte sie. »Ich will, daß Sie mich noch einmal küssen.«

Nun blieb er stehen, wandte sich um, ignorierte das Blinzeln und die aufmunternden Worte eines Mannes in einem geblümten Hemd und stolperte wie ein Blinder zu ihr zurück. »Ich bin nicht sicher, ob ich richtig verstanden habe«, meinte er.

»Dann sage ich es eben noch einmal.« Sie überwand auch den letzten Rest lächerlichen Stolzes, den sie empfand. »Ich möchte, daß Sie mich mit zu sich nach Hause nehmen, Joseph. Und ich möchte, daß Sie mich noch einmal küssen. Und wenn ich bezüglich unserer Gefühle nicht vollkommen schiefgewickelt bin, möchte ich, daß Sie mit mir schlafen.« Sie trat einen letzten Schritt auf ihn zu. »Haben Sie mich jetzt verstanden und meinen Sie, daß das in Ordnung geht?«

»In Ordnung?« Er umfaßte ihr Gesicht und starrte sie an. »Sie sind ja vollkommen übergeschnappt. Oh, Gott sei Dank.« Lachend zog er sie an seine Brust. »Es ist mehr als in Ordnung, Patricia. Viel mehr als das.«

14. Kapitel

Den Kopf auf die Arme gelegt, schlief Maggie an ihrem Küchentisch.

Der Morgen war die Hölle gewesen.

Ihre Mutter hatte sich pausenlos über alles vom Regen bis hin zu den von Brianna in die Vorderfenster ihres neuen Hauses gehängten Vorhängen beschwert. Aber das Elend des Tages hatte sich gelohnt, denn endlich hatte Maeve ihr eigenes Heim. Maggie hatte ihr Wort gehalten, und Brianna war frei.

Trotzdem hatte sich Maggie überraschenderweise schuldig gefühlt, als Maeve während des Umzugs plötzlich das Gesicht in den Händen vergraben hatte und in einen wahren Sturzbach von Tränen ausgebrochen war. Nein, sie hatte nicht erwartet, so etwas wie Schuld oder Mitleid zu empfinden gegenüber der Frau, von der sie noch wenige Minuten vor dem schluchzenden Zusammenbruch verflucht worden war.

Am Ende war es Lottie gewesen, die ihnen in der ihr eigenen brüsken, unerschütterlichen Fröhlichkeit zu Hilfe gekommen war. Sie hatte sowohl Brianna als auch Maggie aus dem Haus gescheucht und ihnen erklärt, sie bräuchten sich keine Sorgen zu machen, nein, daß ein kleiner Tränenausbruch ebenso natürlich wie ein kurzer Regenschauer war. Und was für ein wunderbares Heim dieses Haus doch war, hatte sie weiter gesagt und die beiden freundlich, aber bestimmt zur Tür hinausgedrängt. Wie eine Puppenstube und auch genauso aufgeräumt. Sie kämen bestimmt problemlos zurecht. Sie würden es sich gemütlich machen wie zwei faule Katzen vor einem warmen Kamin.

Fast hätte sie die beiden jungen Frauen noch in Maggies Kombi gehievt.

Und nun war es vollbracht, und es war gut, auch wenn sie das Öffnen der Champagnerflasche auf unbestimmte Zeit verschoben hatten.

Maggie hatte zur Stärkung einen Whiskey gekippt, war auf einen der Küchenstühle gesunken und beim Trommeln des Regens, der in der trüben Abenddämmerung auf ihr Hausdach schlug, eingedöst.

Das fordernde Klingeln des Telefons hörte sie nicht, aber Rogans Stimme drang durch ihren erschöpften Schlaf an ihr Ohr.

»Ich erwarte, daß du morgen früh bei mir auf der Matte stehst, denn ich habe weder die Zeit noch die Geduld, um vorbeizukommen und dich persönlich abzuholen.«

»Was?« Mit verschlafenen Augen sah sie sich in dem halbdunklen Zimmer um. Himmel, sie hätte schwören können, daß er direkt vor ihr stand.

Verärgert, weil ihr Schläfchen unterbrochen worden war und weil die Unterbrechung sie daran erinnerte, daß sie hungrig war, daß der Kühlschrank jedoch höchstens noch eine Kinderportion an Eßbarem enthielt, schlug sie mit der Faust auf den Tisch.

Am besten ginge sie zu Brie und machte sich über deren Vorräte her, dachte sie. Außerdem wäre für sie beide ein wenig Gesellschaft nicht schlecht.

Gerade als sie nach ihrer Mütze griff, fiel ihr das ungeduldige Blinken des Anrufbeantworters auf. »Verdammtes Ding«, murmelte sie, doch dann spulte sie die Kassette zurück und hörte sich die Nachrichten an.

»Maggie.« Wieder wurde der Raum von Rogans Stimme erfüllt, und lächelnd dachte sie, daß sie sich doch nicht eingebildet hatte, von ihm geweckt worden zu sein. »Warum zum Teufel gehst du nie ans Telefon? Es ist Mittag. Ich will, daß du mich anrufst, sobald du mit deiner Arbeit fertig bist. Ich meine es ernst. Es gibt etwas, über das ich mit dir reden muß. Tja – ich vermisse dich. Verdammt, Maggie, ich vermisse dich.«

Die Nachricht endete, doch ehe Maggie Zeit hatte, allzu selbstgefällig zu sein, fing eine weitere Nachricht an.

»Bildest du dir ein, ich hätte nichts Besseres zu tun, als mit dieser verdammten Maschine zu reden?«

»Nein«, antwortete sie. »Aber schließlich hast du selbst sie hier aufgestellt.«

»Es ist halb vier, und ich muß in die Galerie. Vielleicht habe ich mich nicht klar genug ausgedrückt. Ich muß mit dir reden, und zwar heute noch. Ich bin bis sechs in der Galerie, und anschließend triffst du mich zu Hause an. Es ist mir total egal, wie sehr du mit deiner Arbeit beschäftigt bist. Zur Hölle mit dir dafür, daß du am anderen Ende des Landes bist.«

»Dieser Mann bringt den Großteil seiner Zeit damit zu, daß er mich verflucht«, murmelte sie. »Also bitte, Sweeney, du bist genausoweit von mir entfernt wie ich von dir.«

Wie zur Antwort wurde nochmals seine Stimme laut. »Du verantwortungsloses, idiotisches, gefühlloses Wesen. Hoffst du vielleicht, ich würde mir jetzt Sorgen machen, weil ich denke, du hast dich mit deinen Chemikalien in die Luft gesprengt oder dir die Haare versengt? Dank deiner Schwester, die wenigstens ab und zu ans Telefon geht, weiß ich ganz genau, daß du zu Hause bist. Es ist jetzt kurz vor acht, und ich habe eine Verabredung zum Abendessen. Jetzt hör mir zu, Margaret Mary. Sieh zu, daß du so bald wie möglich nach Dublin kommst, und bring deinen Paß mit. Ich vergeude jetzt nicht noch mehr Zeit damit, daß ich dir erkläre, worum es geht, also tu einfach, was ich sage. Wenn du keinen Flug bekommst, schikke ich dir die Maschine. Ich erwarte, daß du morgen früh bei mir auf der Matte stehst, denn ich habe weder die Zeit noch die Geduld, um vorbeizukommen und dich persönlich abzuholen.«

»Mich *abzuholen*? Als könntest du das so einfach tun.« Einen Moment lang starrte sie stirnrunzelnd den Anrufbeantworter an. Sie sollte nach Dublin kommen, ja? Nur weil es ihm so einfiel. Kein Bitte oder Könntest-du-wohl, sondern die schlichte Erwartung, daß sie tat, was er von ihr forderte.

Eher würde die Hölle gefrieren, als daß sie ihm einen derartigen Gefallen täte, dachte sie und stürmte, ohne noch an ihren Hunger zu denken, die Treppe hinauf. Sie sollte nach Dublin kommen, tobte sie. Der Kerl hatte Nerven, wenn er sich einbildete, daß sie sich derart herumkommandieren ließ.

Sie zerrte ihren Koffer aus dem Schrank und hievte ihn aufs Bett.

Dachte er etwa, sie wäre so versessen darauf, ihn zu sehen, daß sie alles stehen- und liegenließ, nur, um für ihn zur Stelle zu sein? Er würde noch merken, daß es so nicht ging. O ja, dachte sie, als sie ein paar Kleider in den Koffer warf. Sie würde ihm sagen, daß es sich anders verhielt, und zwar persönlich, mitten ins Gesicht.

Auch wenn sie bezweifelte, daß sie dafür jemals irgendeinen Dank erfuhr.

»Eileen, ich brauche noch vor heute abend die korrigierten Zahlen aus Limerick.« Rogan saß hinter seinem Schreibtisch, strich eine Reihe auf seiner Liste durch und rieb sich seinen steifen Nacken. »Und dann möchte ich den Bericht über die Bauarbeiten sehen, sobald er durch die Leitung kommt.«

»Er wurde bis Mittag zugesagt!« Eileen, eine gepflegte Brünette, die bei der Leitung des Büros ein ebensolches Talent wie beim Management ihres Mannes und ihrer drei Kinder bewies, machte sich eine kurze Notiz. »Um zwei Uhr haben Sie eine Verabredung mit Mr. Greenwald. Es geht um die Veränderungen im Londoner Katalog.«

»Verstanden. Dann möchte er sicher zunächst einen Martini.«

»Wodka«, sagte Eileen. »Mit zwei Oliven. Soll ich eine Käseplatte hereinschicken, damit er am Schluß der Besprechung nicht auf die Straße wankt?«

»Das wäre nett.« Rogan trommelte mit den Fingern auf der Tischplatte herum. »Haben Sie keinen Anruf aus Clare gekriegt?«

»Heute morgen nicht.« Sie bedachte ihren Chef mit einem schnellen, interessierten Bliick. »Aber sobald Miss Concannon anruft, gebe ich Ihnen Bescheid.«

Der Laut, der über seine Lippen drang, kam einem Schulterzucken gleich. »Na, dann verbinden Sie mich jetzt bitte mit der Galerie in Rom.«

»Sofort. Oh, auf meinem Schreibtisch liegt der Entwurf des Schreibens nach Inverness. Vielleicht sehen Sie ihn sich, wenn es Ihnen paßt, einmal an.«

»In Ordnung. Und denen in Boston schicken wir am besten ein Telegramm. Wieviel Uhr ist es dort im Augenblick?« Er senkte den Kopf, um auf seine Uhr zu sehen, als plötzlich etwas Buntes durch die Tür geschossen kam. »Maggie.«

»Allerdings. Maggie.« Mit einem Ruck stellte sie ihren Koffer ab, stemmte die Fäuste in die Hüfte und bedachte ihn mit einem zornigen Blick. »Ich habe mit Ihnen zu reden, Mr. Sweeney.« Sie riß sich gerade lange genug zusammen, um der Frau zuzunicken, die sich von dem Stuhl vor Rogans Schreibtisch erhob. »Sie sind sicher Eileen.«

»Ja. Ich freue mich, Sie endlich kennenzulernen, Miss Concannon.«

»Nett, das zu hören. Ich muß sagen, Sie sehen bemerkenswert fit aus für eine Frau, die für einen Tyrannen arbeiten muß.«

Um Eileens Mundwinkel herum zuckte es, doch sie räusperte sich und klappte entschlossen ihren Notizblock zu. »Nett, daß Sie das sagen. Gibt es sonst noch etwas, Mr. Sweeney?«

»Nein. Und bitte stellen Sie im Augenblick keine Gespräche durch.«

»Sehr wohl, Sir.« Eileen verließ den Raum und schloß diskret die Tür.

»Du hast also meine Nachricht erhalten.« Rogan lehnte sich in seinem Sessel zurück und klopfte sich mit dem Füller in die Handfläche.«

»Allerdings.«

Sie ging quer durch den Raum. Nein, dachte Rogan, sie stapfte durch den Raum, die Hände nach wie vor in die Hüften gestemmt und mit einem zornigen, blitzenden Blick.

Er schämte sich nicht, sich einzugestehen, daß ihm bei ihrem Anblick das Wasser im Mund zusammenlief.

»Wer in aller Welt bildest du dir ein zu sein?« Sie knallte ihre Handflächen mit einer solchen Wucht auf den Tisch, daß sein Schreibgerät zu klappern begann. »Ich habe mich vertraglich verpflichtet, dir meine Arbeiten auszuhändigen, Rogan Sweeney, und ja, ich habe mit dir geschlafen – was mir auf ewig leid tun wird. Aber weder das eine noch das andere gibt dir das Recht, mich herumzukommandieren oder mich mit regelmäßigen Beschimpfungen zu bombardieren.«

»Ich habe seit Tagen nicht mehr mit dir gesprochen«, erinnerte er sie. »Wie kann ich dich dann also beschimpft haben?«

»Über diese gräßliche Maschine – die ich heute morgen in den Mülleimer geworfen habe, falls es dich interessiert.«

Gelassen machte er sich eine Notiz.

»Fang nicht schon wieder damit an.«

»Ich habe mir lediglich aufgeschrieben, daß du einen neuen Anrufbeantworter brauchst. Wie ich sehe, hast du problemlos einen Flug bekommen.«

»Problemlos? Seit dem Augenblick, in dem du zum ersten Mal in mein Atelier gekommen bist, hast du mir ständig irgendwelche Probleme gemacht. Du bildest dir ein, du bekämst nicht nur meine Arbeit – was schon schlimm genug ist –, sondern obendrein noch mich. Ich bin gekommen, um dir zu sagen, daß das nicht möglich ist. Ich lasse mich nicht – wo zum Teufel willst du hin? Ich bin noch nicht fertig.«

»Das habe ich auch nicht gedacht.« Er ging zur Tür, schloß sie ab und kam zu ihr zurück.

»Schließ die Tür wieder auf.«

»Nein.«

Die Tatsache, daß er lächelte, trug nicht gerade zu ihrer Beruhigung bei. »Rühr mich nicht an.«

»O doch. In der Tat werde ich jetzt etwas tun, was ich noch nie gemacht habe in den zwölf Jahren, seit ich hier eingezogen bin.«

Ihr Herz pochte ihr bis zum Hals. »O nein.«

Aha, dachte er, nun hatte er sie endlich einmal schockiert. Er beobachtete, wie ihr Blick zur Tür glitt, und dann packte er sie. »Du kannst weitertoben, wenn ich mit dir fertig bin.«

»Wenn du mit mir fertig bist?« Noch während sie herumfuhr, drückte er seine Lippen auf ihren Mund. »Nimm deine Pfoten weg, du Tier!«

»Ich weiß, daß du meine Pfoten magst.« Er zog ihren Pullover hoch. »Das hast du selbst gesagt.«

»Das ist eine Lüge. Rogan, laß mich los.« Aber ihr Protest endete in einem Stöhnen, denn inzwischen wurde ihr Hals von heißen Küssen bedeckt. »Ich schreie das ganze Haus zusammen«, stieß sie hervor, nachdem sie wieder zu Atem gekommen war.

»Bitte sehr.« Er biß ihr nicht unbedingt sanft ins Dekolleté. »Ich mag es, wenn du schreist.«

»Zur Hölle mit dir«, murmelte sie, doch als er sie auf den Boden zog, gab sie bereitwillig nach.

Fast ebenso schnell, wie sie begonnen hatte, war die heiße Paarung auch schon vorbei. Doch das Tempo dämpfte nicht die Kraft, und einen Augenblick später hatten sie sich mit zitternden Gliedern aneinandergeschmiegt, und Rogan gab ihr einen sanften Kuß.

»Nett von dir, daß du gekommen bist, Maggie«, sagte er.

Sie sammelte ihre verbleibende Kraft und versetzte ihm einen Hieb. »Runter von mir, du Rohling.« Sie hätte ihn fortgeschoben, aber er war schneller als sie, drehte sich auf den Rücken und zog sie mit, so daß sie rittlings auf ihm saß.

»Besser?«

»Als was?« Sie grinste, doch dann erinnerte sie sich daran, daß sie wütend auf ihn war. Sie rappelte sich auf, setzte sich auf den Teppich und zupfte an ihren Kleidern herum. »Du hast wirklich Nerven, Rogan Sweeney.«

»Weil ich dich flachgelegt habe?«

»Nein.« Sie schnappte sich ihre Jeans. »Ich wäre eine Närrin, wenn ich das behaupten würde, wenn es doch offensichtlich ist, daß es mir gefallen hat.«

»Sehr offensichtlich.«

Sie bedachte ihn mit einem strengen Blick, als er sich erhob und ihr die Hand reichte, um ihr beim Aufstehen behilflich zu sein.

»Aber darum geht es nicht. Wer bildest du dir eigentlich ein, der du bist, mich einfach so herumzukommandieren und mir vorzuschreiben, was ich tun und lassen soll, als wäre ich ein kleines Kind?«

Er beugte sich zu ihr herab und zog sie hoch. »Du bist hier, oder nicht?«

»Ich bin hier, du Schwein, aber nur, um dir zu sagen, daß ich mir deinen Ton nicht gefallen lasse. Es ist fast einen Monat her, seit du einfach so aus Clare verschwunden bist, und…«

»Du hast mich vermißt.«

Sie stieß einen verächtlichen Zischlaut aus. »Habe ich nicht. Ich hatte mehr als genug zu tun. Oh, rück diese dämliche Krawatte zurecht. Du siehst wie ein alter Säufer aus.«

Er befolgte ihren Befehl. »Du hast mich vermißt, Margaret Mary, obwohl du dir nie die Mühe gemacht hast, es zu erwähnen, wenn du tatsächlich mal ans Telefon gekommen bist.«

»Ich kann am Telefon nicht reden. Wie soll ich

mit jemandem reden, den ich nicht sehen kann? Außerdem weichst du mir aus.«

»Inwiefern?« Gemütlich an seinen Schreibtisch gelehnt stand er da.

»Ich lasse mir keine Befehle erteilen. Ich bin keiner deiner Bediensteten, also schlag dir das aus dem Kopf. Oder falls du eine Erinnerung brauchst, schreib es dir am besten in dein kleines ledergebundenes Buch. Aber erzähl mir nie wieder, was ich tun soll und was nicht.« Sie atmete befriedigt aus. »So, jetzt habe ich alles gesagt, was ich sagen wollte, und jetzt kann ich wieder gehen.«

»Maggie, wenn du nicht bleiben willst, warum hast du dann einen Koffer gepackt?«

Er hatte sie durchschaut, aber geduldig wartete er ab, während sie ihn erst mit erbosten, dann mit enttäuschten und schließlich mit verwirrten Blikken maß.

»Vielleicht will ich ja einfach ein oder zwei Tage in Dublin verbringen? Ich kann schließlich kommen und gehen, wann ich will, oder nicht?«

»Mmm. Hast du deinen Paß mitgebracht?«

Sie sah ihn argwöhnisch an. »Was wäre, wenn ja?«

»Das wäre gut.« Er umrundete seinen Schreibtisch und setzte sich in den Sessel, der hinter dem imposanten Möbel stand. »Das würde Zeit sparen. Ich dachte, du wärst vielleicht so starrsinnig gewesen und hättest ihn nicht mitgebracht. Es wäre ziemlich lästig gewesen, extra zurückzufahren, um ihn zu holen.« Lächelnd lehnte er sich zurück. »Warum setzt du dich nicht? Soll ich Eileen bitten, einen Tee zu bringen?«

»Ich will mich nicht setzen, und ich will auch keinen Tee.« Sie kreuzte die Arme vor der Brust, wandte sich ab und starrte zornig auf das Gemälde von Georgia O'Keeffe an der Wand. »Warum bist du nicht wiedergekommen?«

»Es gab mehrere Gründe. Zum einen hatte ich hier alle Hände voll zu tun. Es gab einige Dinge, die ich erledigen wollte, um hinterher endlich einmal länger frei zu sein. Und zum anderen wollte ich dich eine Weile nicht sehen.«

»Ach ja?« Immer noch starrte sie die kühnen Farben an. »Tatsächlich?«

»Ich wollte nicht zugeben, wie sehr ich mich danach sehnte, mit dir zusammenzusein.« Er wartete ab, und dann schüttelte er den Kopf. »Aha, du antwortest mir nicht. Kein Ich-wollte-auch-mit-dir-zusammen-Sein.«

»Doch, das wollte ich. Obwohl ich auch so mit meinem Leben zufrieden war. Aber es gab ein paar Momente, in denen ich mich über deine Gesellschaft gefreut hätte, das gebe ich zu.«

Damit mußte er offenbar zufrieden sein. »Dann nimmst du meinen Vorschlag sicher an. Würdest du dich jetzt bitte setzen, Maggie? Es gibt ein paar Dinge, über die ich mit dir reden muß.«

»Also gut.« Sie wandte sich ihm wieder zu und nahm ihm gegenüber an seinem Schreibtisch Platz. In seinem Chefsessel wirkte er einfach perfekt, dachte sie. Würdevoll, verantwortungsbewußt und kompetent. Nicht im geringsten wie ein Mann, dem der Sinn nach wilden Spielen auf dem Teppich seines Arbeitszimmers stand. Bei dem Gedanken lächelte sie.

»Was ist?«

»Ich habe mich nur gefragt, was deine Sekretärin jetzt vielleicht denkt.«

Er zog eine Braue hoch. »Ich bin sicher, daß sie annimmt, wir führen ein zivilisiertes geschäftliches Gespräch.«

»Ha! Sie hat auf mich keinen sonderlich naiven Eindruck gemacht, aber denk du nur, was du willst.« Zufrieden mit dem flackernden Blick, den er in Richtung der Bürotür warf, schob sie ihren Fußknöchel über ihr Knie. »Also, über was für Geschäfte reden wir?«

»Ah – du hast uns in den letzten paar Wochen eine Reihe von außergewöhnlichen Arbeiten geschickt. Wie du weißt, haben wir von der ersten

Ausstellung zehn Stück zurückbehalten, um sie während des nächsten Jahres in unseren anderen Galerien auszustellen. Ein paar deiner neuen Werke würde ich gern hier in Dublin behalten, aber der Rest ist bereits nach Paris unterwegs.«

»Das hat mir deine hypereifrige und hypervernünftige Eileen bereits erzählt.« Sie klopfte mit den Fingern auf ihrem Fußknöchel herum. »Aber nur um mir das zu erzählen, hast du mich ja wohl kaum extra nach Dublin bestellt. Und ebensowenig glaube ich, daß ich von dir herzitiert worden bin, damit du mich auf dem Teppich deines Büros vögeln kannst.«

»Du hast recht. Ich hätte dich lieber am Telefon über meine Pläne informiert, aber du hast es ja nicht für nötig gehalten, mich zurückzurufen.«

»Ich war nur selten im Haus. Du magst die Exklusivrechte an meiner Arbeit haben, aber nicht an mir, Rogan. Ich führe mein eigenes Leben, das habe ich ja wohl inzwischen deutlich gemacht.«

»Oft genug.« Abermals wallte Zorn in ihm auf. »Und in dein Leben mische ich mich auch nicht ein. Ich kümmere mich einzig um deine Karriere, und genau zu diesem Zweck fliege ich in Kürze nach Paris, um bei den Vorbereitungen für die dortige Ausstellung nach dem Rechten zu sehen.«

Paris. Sie war kaum eine Stunde hier, und schon dachte er daran, sie zu verlassen. Das Herz sank ihr in die Knie, und sie sprach in barschem Ton. »Wenn du alles persönlich überwachen mußt, ist es ein Wunder, daß dein Geschäft derart floriert, Rogan. Ich hätte angenommen, daß du Leute beschäftigst, die sich um solche Dinge kümmern können, ohne daß du ihnen dabei ständig über die Schulter blicken mußt.«

»Ich versichere dir, ich habe sehr kompetente Leute engagiert. Aber zufällig habe ich ein ziemliches Interesse an deiner Arbeit, und ich habe das Bedürfnis, diese Dinge selbst zu erledigen. Ich will, daß alles perfekt wird.«

»Das heißt, du willst, daß es deinen Vorstellungen entspricht.«

»Genau. Und außerdem will ich, daß du mit mir kommst.«

Der sarkastische Kommentar, der ihr bereits auf den Lippen lag, glitt unausgesprochen in ihren Hals zurück. »Mit dir? Nach Paris?«

»Mir ist klar, daß du bestimmt ein paar künstlerische oder vielleicht moralische Bedenken gegen eine derartige Förderung deiner Arbeit hast, aber auf der Dubliner Vernissage hast du dich ziemlich gut gemacht. Und wenn du dich, egal wie kurz, auch auf deiner ersten internationalen Ausstellung zeigen würdest, könnte das nur von Vorteil für uns sein.«

»Auf meiner ersten internationalen Ausstellung«, wiederholte sie verblüfft. »Ich – ich kann kein Französisch.«

»Das ist kein Problem. Du brauchst dir nur die Pariser Galerie anzusehen, ein bißchen Charme zu versprühen, und den Rest der Zeit hast du ganz für dich.« Er wartete auf eine Antwort, doch sie starrte ihn nur sprachlos an.

»Und?« fragte er.

»Wann?«

»Morgen.«

»Morgen.« Ein Anfall von Panik schnürte ihr regelrecht die Kehle zu. »Du willst, daß ich morgen mit dir nach Paris fliege?«

»Es sei denn, du hättest schon etwas anderes vor.«

»Nein, habe ich nicht.«

»Dann ist es also abgemacht.« Die Erleichterung traf ihn wie ein Hieb. »Und wenn wir sichergegangen sind, daß die Ausstellung in Paris erfolgreich verläuft, möchte ich, daß du mit mir in den Süden fährst.«

»In den Süden?«

»Ich habe eine Villa am Mittelmeer. Ich möchte mit dir alleine sein, Maggie. Ohne Ablenkung, ohne Störung, nur wir zwei.«

Sie sah ihn an. »Während der freien Zeit, die du dir in den letzten Wochen erarbeitet hast?«

»Genau.«

»Hättest du mir das früher erklärt, hätte ich dich nicht so angeschnauzt.«

»Ich mußte mir erst selber darüber klarwerden. Und, kommst du mit?«

»Ja, ich komme mit.« Sie lächelte. »Jetzt, wo du mich so nett darum gebeten hast.«

Eine Stunde später stürmte sie in die Galerie, wo sie vor Anspannung zitternd warten mußte, bis Joseph mit einem Kundengespräch fertig war. Während er eine Frau becircte, die alt genug war, seine Mutter zu sein, wanderte Maggie im Hauptraum umher und sah sich die Metallskulpturen an, durch die die Sammlung indianischer Kunstwerke ersetzt worden war. Von den Formen fasziniert, vergaß sie völlig, daß sie in Eile war.

»Ein deutscher Künstler«, sagte Joseph hinter ihr. »Diese Arbeit hier zum Beispiel empfinde ich als tiefschürfend und fröhlich zugleich. Eine Huldigung der elementaren Kräfte der Natur.«

»Erde, Feuer, Wasser, und in der Auffederung des Kupfers auch noch die Andeutung von Wind«, sagte sie in einer perfekten Imitation seines vornehmen Tons. »In seiner Größe kraftvoll und zugleich von einer subtilen Boshaftigkeit, die die satirische Absicht des Künstlers verrät.«

»Und Sie bekommen das Stück bereits für lächerliche zweitausend Pfund.«

»Ein Schnäppchen, wenn ich so sagen darf. Nur bedauerlich, daß ich ohne einen Penny gekommen bin.« Lachend drehte sie sich zu ihm um und küßte ihn. »Sie sehen prächtig aus, Joseph. Wie viele Herzen haben Sie gebrochen, seit ich abgefahren bin?«

»Nicht ein einziges. Schließlich gehört mein Herz Ihnen allein.«

»Ha! Es ist ein Glück für uns beide, daß ich weiß, daß Sie ein unverbesserlicher Schmeichler sind. Haben Sie vielleicht eine Minute für mich Zeit?«

»Tage, Wochen.« Er küßte ihre Hand. »Jahre.«

»Eine Minute reicht vollkommen aus. Joseph, was brauche ich für Paris?«

»Einen engen schwarzen Pullover, einen kurzen Rock und extrem hohe Absätze.«

»Sie sind meine Rettung. Nein, wirklich, ich soll Hals über Kopf nach Paris, und ich habe keinen Schimmer, was man dort trägt. Ich habe schon versucht, Mrs. Sweeney zu erreichen, aber sie ist heute unterwegs.«

»Also bin ich nur Ihre zweite Wahl. Ich bin am Boden zerstört.« Er winkte einem der Angestellten, die Betreuung der Kunden zu übernehmen.

»Im Grunde brauchen Sie für Paris nur ein romantisches Herz.«

»Wissen Sie, wo ich eins kaufen kann?«

»Sie haben schon eins. Das können Sie nicht vor mir verbergen, denn schließlich habe ich Ihre Arbeit gesehen.«

Sie verzog das Gesicht, doch dann hakte sie sich bei ihm ein. »Hören Sie, ich gebe es nur ungern zu, aber ich bin noch nie im Leben verreist. In Venedig habe ich mich nur um meine Ausbildung gekümmert und nichts getragen, was leicht entflammbar war. Davon abgesehen hat mich nur noch die regelmäßige Bezahlung meiner Miete interessiert. Wenn ich jetzt nach Paris reisen soll, habe ich keine Lust, mich zu blamieren.«

»Das werden Sie auch nicht. Ich nehme an, Sie sind mit Rogan unterwegs, und er kennt Paris wie ein Einheimischer. Sie brauchen nur ein bißchen arrogant und ein bißchen gelangweilt zu tun, und schon passen Sie dort hervorragend ins Bild.«

»Aber was ziehe ich dort nur an? Es ist mir peinlich, es zu sagen, aber so wie jetzt laufe ich dort wohl besser nicht herum. Nicht, daß ich mich unbedingt wie ein Model herrichten will, aber ebensowenig möchte ich, daß die Leute denken, ich wäre Rogans Cousine vom Land.«

»Hmm.« Joseph nahm die Frage ernst, schob

sie auf Armeslänge von sich fort und unterzog sie einer eingehenden Musterung. »Ich finde, daß Ihr Aussehen gar nicht so übel ist, aber…«

»Aber?«

»Kaufen Sie sich eine Seidenbluse, figurbetont, aber weich. Leuchtende Farben, mein Mädchen, Pastelltöne stehen Ihnen nicht. Und eine Hose, die dazu paßt. Sehen Sie zu, daß das Grün Ihrer Augen zur Geltung kommt. Am besten durch irgendeinen farblichen Gegensatz. Und der kurze Rock ist ein Muß. Haben Sie Ihr schwarzes Kleid dabei?«

Sie schüttelte den Kopf, und wie eine jungfräuliche Tante stieß er einen mißbilligenden Schnalzton aus. »Sie sollten immer auf alles vorbereitet sein. Also gut, dann nehmen Sie dieses Mal irgendeinen Glitzerstoff. Etwas, das das Auge des Betrachters verwirrt.« Er klopfte auf die Skulptur neben sich. »Metallfarben stünden Ihnen sicher gut. Nehmen Sie nichts Klassisches, sondern wählen Sie lieber etwas Verwegenes.« Zufrieden nickte er. »Was meinen Sie?«

»Ich bin verwirrt. Und außerdem schäme ich mich, weil mir so etwas wichtig ist.«

»Es gibt keinen Grund, deshalb beschämt zu sein. Ich finde, daß sich jeder Mensch so gut darstellen sollte, wie es ihm möglich ist.«

»Das mag sein, aber ich wäre Ihnen trotzdem

dankbar, wenn Sie Rogan nicht erzählen würden, daß ich zu Ihnen gekommen bin.«

»Betrachten Sie mich als Ihren verschwiegenen Beichtvater, meine Liebe.« Er blickte über ihre Schulter, und mit einem Mal nahm Maggie ein freudiges Blitzen in seinen Augen wahr.

Patricia kam herein und zögerte kurz, doch dann überquerte sie die glänzenden Fliesen, bis sie neben ihnen stand. »Hallo, Maggie. Ich wußte gar nicht, daß Sie wieder in Dublin sind.«

»Ich bin selbst überrascht.« Maggie sah Patricia verwundert an. Die schattenverhüllte Traurigkeit, die zerbrechliche Reserviertheit hatten einer unbekannten Lebendigkeit Platz gemacht. Doch es dauerte nur einen Moment, bis Maggie die Veränderung der anderen Frau verstand. Der leuchtende Blick, mit dem sie Joseph maß, war Erklärung genug, und Maggie dachte, aha. Daher also weht der Wind.

»Es tut mir leid, wenn ich störe. Ich wollte Joseph nur sagen...« Patricia unterbrach sich. »Das heißt, ich kam gerade zufällig vorbei, und da fiel mir die Sache ein, über die wir gesprochen hatten. Du weißt doch, der Siebenuhrtermin.«

»Ja.« Joseph schob die Hände in die Hosentaschen, damit er Patricia nicht automatisch in seine Arme zog. »Sieben Uhr.«

»Ich fürchte, daß ich erst um halb acht kommen kann, und ich wollte nur sichergehen, daß das deine Pläne nicht allzusehr durcheinanderbringt.«

»Kein Problem.«

»Gut. Sehr gut.« Sie stand einen Augenblick da und starrte ihn an, ehe sie sich an Maggie und an ihre gute Erziehung erinnerte. »Werden Sie für längere Zeit in Dublin sein?«

»Nein. Morgen reise ich schon wieder ab.« Die Luft war derart spannungsgeladen, daß es Maggie wunderte, daß noch keine der Metallskulpuren geschmolzen war. »So, und jetzt gehe ich.«

»O nein, bitte bleiben Sie. Ich muß sowieso wieder gehen.«

Patricia bedachte Joseph mit einem weiteren sehnsüchtigen Blick. »Ich habe noch Termine. Ich wollte nur – tja, auf Wiedersehen.«

Sie machte kehrt, und Maggie stieß Joseph verstohlen an. »Wollen Sie sich nicht vernünftig von ihr verabschieden?« raunte sie.

»Hmm? Was? Entschuldigen Sie mich.« Innerhalb von zwei Sekunden war er an der Tür, und Maggie sah, wie Patricia glücklich lächelte, ehe sie sich ihm in die Arme warf.

Das romantische Herz, von dem Maggie nicht glaubte, daß sie es besaß, schwoll in ihrer Brust, und sie wartete, bis Patricia davongeeilt war und

Joseph nicht mehr wie vom Donner gerührt auf der Schwelle stand.

»Soso, Ihr Herz gehört also mir allein.«

Sein träumerischer Blick wurde klar. »Sie ist wunderschön, finden Sie nicht?«

»Das läßt sich nicht leugnen.«

»Ich liebe sie schon seit einer Ewigkeit. Ich habe sie schon geliebt, noch ehe sie überhaupt mit Robbie verheiratet war. Aber ich hätte nie gedacht, nie geglaubt...« Er stieß ein verwundertes Lachen aus. »Ich dachte immer, sie wäre in Rogan verliebt.«

»Das dachte ich auch. Aber es ist nicht zu übersehen, daß sie mit Ihnen glücklich ist.« Sie küßte ihn auf die Wange. »Ich freue mich für Sie.«

»Es ist – wir versuchen, es geheimzuhalten. Zumindest bis... nun, im Augenblick. Ihre Familie... ich bin sicher, daß ihre Mutter mit mir nicht einverstanden ist.«

»Zur Hölle mit ihrer Mutter.«

»Das hat Patricia auch gesagt.« Die Erinnerung zauberte ein Lächeln in sein Gesicht. »Aber ich möchte nicht der Grund für irgendwelche Streitigkeiten sein. Also wäre ich froh, wenn Sie niemandem davon erzählen würden.«

»Auch Rogan nicht?«

»Ich arbeite für ihn, Maggie. Er ist ein Freund, aber trotzdem ist er zugleich mein Chef. Patricia ist die Witwe seines ältesten Freundes, eine Frau, mit der er selbst regelmäßig ausgegangen ist. Viele Leute dachten, die beiden würden eines Tages ein Paar.«

»Ich glaube, Rogan selbst hat das nie gedacht.«

»Sei es, wie es will, ich sage es ihm lieber selbst, wenn der richtige Zeitpunkt gekommen ist.«

»Das ist allein Ihre Angelegenheit, Joseph. Ihre und Patricias. Und dafür, daß Sie mich nicht verraten, schweige ich ebenfalls wie ein Grab.«

»Wofür ich Ihnen äußerst dankbar bin.«

»Das brauchen Sie nicht. Sollte Rogan tatsächlich ein solch arroganter Fatzke sein, daß er mit Ihrer Beziehung nicht einverstanden ist, dann hat er es verdient, daß man ihn zum Narren hält.«

15. Kapitel

Paris war heiß, schwül und voll. Der Verkehr war grauenhaft. Autos, Busse und Motorräder rasten kreischend und schwankend über die Straßen, als lieferten sich sämtliche Fahrer ein endloses Duell. Auf den Gehwegen war eine farbenfrohe Parade zahlloser Fußgänger zu sehen. Sämtliche Frauen liefen in den von Joseph offenbar heiß geliebten kurzen Röcken herum, und sie alle wirkten schlank und gelangweilt und ungeheuer chic. Die ebenfalls modisch gekleideten Männer saßen an kleinen Cafétischen, tranken Rotwein oder starken schwarzen Kaffee und beobachteten sie.

Die Stadt wirkte wie von einem Blumenmeer überschwemmt – Rosen, Gladiolen, Ringelblumen, Löwenmäulchen, Begonien ergossen sich aus den Ständen der Blumenhändler, sonnten sich an den Ufern der Seine, zierten die Arme junger Mädchen, deren in modische Strümpfe gehüllte Beine man bei jedem ihrer Schritte im Sonnenlicht blitzen sah.

Jungen auf Skateboards rauschten mit meterlangen, goldenen Broten vorbei. Unzählige Touristen richteten ihre Kameras wie Gewehre auf jedes sich ihnen bietende Ziel.

Überall waren Hunde zu sehen, zerrten an ihren Leinen, schlichen in dunklen Gassen herum, flitzten an offenen Ladentüren vorbei, und selbst der räudigste Köter kam Maggie in dieser Umgebung exotisch, herrlich fremd und arrogant französisch vor.

Das alles sah sie von ihrem Fenster hoch über der Place de la Concorde.

Sie war tatsächlich in Paris. Die Luft war voller Geräusche, voller Düfte, voll grellen Lichts. Und ihr Liebhaber lag hinter ihr im Bett und schlief wie ein Murmeltier.

Dachte sie.

Doch er betrachtete sie seit geraumer Zeit. Sie hatte sich aus dem großen Fenster gelehnt, ohne darauf zu achten, daß ihr dabei das Baumwollnachthemd verführerisch über die linke Schulter geglitten war. Bei der Ankunft am Vorabend hatte sie getan, als ließe die Stadt sie vollkommen kalt. Zwar hatte sie sich mit großen Augen im luxuriösen Foyer des Hotel de Crillon umgesehen, aber während sie sich in die Gästeliste eingetragen hatten, hatte sie keinen Ton gesagt.

Auch beim Betreten der feudalen, eleganten Suite hatte sie kaum eine Bemerkung gemacht, und als Rogan den Kofferträger mit einem Trinkgeld entließ, hatte sie sich schweigend abgewandt.

Als er sie gefragt hatte, ob sie mit den Räumlichkeiten zufrieden war, hatte sie lediglich mit den Schultern gezuckt und gesagt, es wäre o. k.

Daraufhin hatte er sie lachend aufs Bett gezerrt.

Doch nun war sie weit weniger blasiert, stellte er fest. Er bemerkte beinahe die Erregung, die sie empfand, während sie auf die Straße sah und das lebendige Treiben der Stadt genoß. Sie ahnte gar nicht, wie sehr es ihm gefiel, mit ihr zusammen in Paris zu sein.

»Wenn du dich noch weiter rauslehnst, verursachst du bestimmt einen Stau.«

Sie fuhr zusammen, strich sich eine Haarsträhne aus dem Gesicht und blickte sich um. Gemütlich lag er auf dem zerwühlten Laken inmitten eines wahren Kissenbergs.

»Selbst eine Bombe hielte diesen Verkehr nicht auf. Warum nur haben es hier offenbar alle darauf abgesehen, sich gegenseitig umzubringen?«

»Es ist eine Frage der Ehre. Und, wie gefällt dir die Stadt bei Tageslicht?«

»Hier herrscht ein noch schlimmeres Gedränge als in Dublin.« Dann grinste sie. »Es ist einfach wunderbar, Rogan. Paris erinnert mich an ein altes, übellauniges Weib, das immer noch seine Höflinge um sich schart. Da unten steht ein Blumenverkäufer, der in einem Meer von Blüten zu ertrinken scheint. Jedesmal, wenn jemand stehen bleibt, um sich die Blumen anzusehen oder welche zu kaufen, tut er so, als wäre es unter seiner Würde, sich mit ihm abzugeben. Aber dann nimmt er das Geld und zählt jede einzelne Münze zweimal nach.«

Sie krabbelte ins Bett zurück und schob sich neben ihn. »Ich weiß genau, wie er sich fühlt«, murmelte sie. »Es gibt nichts Schlimmeres, als das zu verkaufen, was man liebt.«

»Wenn er die Blumen nicht verkaufen würde, würden sie sterben.« Er umfaßte ihr Kinn und zwang sie, ihn anzusehen. »Und wenn du nicht verkaufen würdest, was du liebst, wäre das ebenfalls der Tod eines Teils von dir.«

»Nun, auf jeden Fall des Teils, der essen muß. Was meinst du, rufst du einen dieser geschniegelten Kellner rauf und bestellst uns ein Frühstück?«

»Was hättest du denn gern?«

In ihren Augen blitzte es begierig auf. »Oh, alles. Angefangen mit dem hier…«

Sie zerrte die Decke fort und warf sich über ihn.

Eine ganze Weile später trat sie aus der Dusche und hüllte sich in einen flauschigen, weißen Bademantel, der hinter der Tür an einem Haken hing. Rogan saß mit einer Tasse Kaffee und einer Zeitung an einem Tisch unter dem Fenster im Salon.

»Das ist ja eine französische Zeitung.« Sie roch an einem Korb mit frischen Croissants. »Du liest also nicht nur italienisch, sondern auch französisch?«

»Mmm.« Mit gerunzelter Stirn überflog er den Wirtschaftsteil. Am besten riefe er gleich bei seinem Makler an.

»Und was sonst noch?«

»Wie, was sonst noch?«

»Was für Sprachen liest – sprichst du außer Englisch, Französisch und Italienisch noch?«

»Ein bißchen Deutsch. Und mit meinem Spanisch komme ich notfalls geradeso durch.«

»Gälisch?«

»Nein.« Auf der Suche nach Nachrichten über Kunstauktionen blätterte er die Seite um. »Du?«

»Die Mutter meines Vaters hat Gälisch gesprochen, und von ihr habe ich ein bißchen gelernt.« Sie strich Marmelade auf ein dampfendes Croissant. »Aber ich nehme an, außer, wenn man fluchen will, nutzt es einem nicht allzuviel. Auf jeden

Fall bekommt man damit nicht unbedingt den besten Tisch in einem französischen Restaurant.«

»Es ist wertvoll, besonders, da bereits ein beachtlicher Teil unseres kulturellen Erbes verlorengegangen ist.« Was eine Sache war, die ihn oft beschäftigte. »Es ist schade, daß man die irische Sprache nur noch an so wenigen Orten in Irland zu hören bekommt.« Er erinnerte sich an eine Idee, mit der er schon seit längerem spielte, und so legte er die Zeitung fort. »Sag etwas auf gälisch.«

»Ich esse gerade.«

»Sag etwas in der alten Sprache, Maggie. Tu es für mich.«

Sie stieß einen ungeduldigen Seufzer aus, doch dann sagte sie etwas, das in seinen Ohren so melodiös, exotisch und fremd wie Griechisch klang.

»Was hast du gesagt?«

»Daß du ein Gesicht hast, das man morgens gerne sieht.« Sie lächelte. »Weißt du, es ist eine Sprache, die nicht nur für Flüche, sondern ebensogut für Schmeicheleien geeignet ist. Und jetzt sag etwas auf französisch zu mir.«

Er tat mehr. Er lehnte sich vor, gab ihr einen sanften Kuß und murmelte: *»Me réveiller à côté de toi, c'est le plus beau de tous les rêves.«* Ihr Herz machte einen Satz.

»Was heißt das?«

»Neben dir aufzuwachen ist der allerschönste Traum.«

Sie senkte verlegen den Blick. »Tja. Französisch scheint für derartige hübsche Phrasen besser als Englisch geeignet zu sein.«

Ihre spontane, ungeplante weibliche Reaktion amüsierte und faszinierte ihn. »Du bist gerührt. Weshalb nur habe ich es nicht eher mit Französisch probiert?«

»Red keinen Quatsch.« Seine Aussage hatte sie tatsächlich berührt, doch statt dieser Schwäche nachzugeben, machte sie sich erneut über ihr Frühstück her. »Was esse ich da gerade?«

»Benedikteneier.«

»Sie sind gut«, sagte sie mit vollem Mund. »Ein bißchen mächtig, aber gut. Und was stellen wir heute so alles an, Rogan?«

»Du wirst ja ganz rot.«

»Werde ich nicht.«

Sie kniff die Augen zusammen und bedachte ihn mit einem herausfordernden Blick. »Ich wüßte nur gerne, welches deine Pläne sind. Ich nehme doch wohl an, heute besprichst du dich mit mir, statt mich hinter dir herzuzerren wie einen blöden Hund.«

»Allmählich habe ich deine spitze Zunge richtig gern«, sagte er gut gelaunt. »Was vielleicht ein

Zeichen für meine allmähliche geistige Umnachtung ist. Aber bevor du mir weiter irgendwelche Seitenhiebe verpaßt, kläre ich dich lieber darüber auf, daß ich dachte, du sähest vielleicht gerne etwas von der Stadt. Du hättest doch bestimmt Lust, dich einmal im Louvre umzusehen. Also habe ich für heute morgen nichts geplant, so daß wir auf Besichtigungstour gehen können oder einkaufen oder was du sonst gerne willst. Und heute nachmittag müßten wir kurz in die Galerie.«

Die Vorstellung, durch das großartigste der Pariser Museen zu spazieren, sagte ihr durchaus zu. Sie trank eilig Rogans Kaffee aus und hob ihre Tasse Tee an den Mund. »Ich nehme an, es wäre ganz nett, sich die Stadt anzusehen. Und was Einkäufe angeht, so hätte ich gern ein Geschenk für Brie.«

»Du solltest auch etwas für Maggie kaufen.«

»Maggie braucht nichts. Und außerdem ist sie blank.«

»Das ist ja wohl lächerlich. Du hast durchaus ein, zwei Geschenke verdient. Und außerdem schwimmst du momentan im Geld.«

»Davon ist nichts mehr da.« Sie sah in ihre Tasse und verzog angewidert das Gesicht. »Haben sie tatsächlich den Nerv und nennen das Gebräu hier Tee?«

»Was soll das heißen, davon ist nichts mehr da?« Er legte seine Gabel auf den Tisch. »Ich habe dir erst vor einem Monat einen Scheck über eine sechsstellige Summe ausgestellt. Es ist ja wohl unmöglich, daß du das ganze Geld verjubelt hast.«

»Verjubelt?« Sie fuchtelte zornig mit dem Messer vor seiner Nase herum. »Sehe ich so aus, als würde ich alles Geld verjubeln, das mir in die Finger kommt?«

»Großer Gott, nein.«

»Was willst du dann sagen? Daß ich weder den Geschmack noch den Stil habe, um mein Geld auf eine Weise auszugeben, die auch in deinen Augen vernünftig ist?«

Er hob besänftigend die Hand. »Es heißt, was ich gesagt habe. Nein. Aber falls du das Geld, das ich dir gegeben habe, tatsächlich bereits zur Gänze verbraten hast, dann wüßte ich gerne wofür.«

»Ich habe keinen einzigen Penny verbraten, aber im Grunde geht dich das gar nichts an.«

»Und ob. Du gehst mich etwas an, und falls du nicht mit Geld umgehen kannst, kümmere ich mich vielleicht besser von nun an darum.«

»Das wirst du nicht. Denn schließlich, du aufgeblasener Pfennigfuchser, ist es mein Geld, um das es geht, oder nicht? Und ein Großteil dieses Geldes ist nun einmal weg. Also sieh zu, daß du meine Arbeiten verkaufst, damit neues Geld in die Kasse kommt.«

»Genau das werde ich tun. Also, was hast du mit dem ganzen Geld gemacht?«

»Ich habe es ausgegeben.« Wütend und verlegen zugleich sprang sie von ihrem Stuhl. »Ich hatte eben Unkosten. Ich brauchte ein paar Vorräte, und dann war ich so verwegen und habe mir ein Kleid gekauft.«

Er faltete die Hände auf dem Tisch. »Du hast also innerhalb eines Monats fast zweihunderttausend Pfund für Vorräte und ein Kleid ausgegeben, ja?«

»Außerdem hatte ich noch Schulden zu begleichen«, knurrte sie. »Aber was geht dich das eigentlich an? In deinem verdammten Vertrag steht nichts darüber, wie ich mein Geld ausgeben soll.«

»Der Vertrag hat nichts damit zu tun«, sagte er geduldig, denn er sah, daß weniger Zorn als vielmehr Scham ihr die Röte in die Wangen trieb. »Ich habe dich gefragt, wo das Geld geblieben ist, aber natürlich bist du in keiner Weise verpflichtet, mir diesbezüglich Rede und Antwort zu stehen.«

Durch seinen vernünftigen Ton wurde ihre Verlegenheit noch verstärkt. »Ich habe meiner Mutter ein Haus gekauft, auch wenn sie mir niemals dafür danken wird. Und dann mußte ich es ihr einrichten, denn sonst hätte sie Brianna noch das letzte Sofakissen geraubt.« Sie raufte sich frustriert das Haar, bis es in wilden Strähnen in alle Richtungen stand. »Und dann mußte ich Lottie engagieren und dafür sorgen, daß sie einen Wagen bekommt. Lottie bekommt jede Woche ihr Gehalt, also habe ich Brie genug gegeben, damit sie sie sechs Monate lang bezahlen kann. Dann war da noch die Hypothek auf Bries Haus, obwohl meine liebe Schwester bestimmt wütend ist, wenn sie erfährt, daß sie getilgt worden ist. Aber da Dad die Hypothek aufgenommen hat, um mir die Ausbildung in Venedig zu finanzieren, war es auch an mir, sie zu begleichen. Ich habe mein Wort gehalten und meine Schulden abgetragen, und ich werde nicht zulassen, daß du mir erzählst, was ich mit meinem Geld tun soll oder nicht.«

Während sie gesprochen hatte, war sie zornig auf- und abgestampft, und nun trat sie vor den Tisch, an dem Rogan noch ebenso ruhig und gelassen wie zu Beginn ihrer Auseinandersetzung saß.

»Wenn ich also zusammenfassen dürfte«, sagte er, »dann hast du deiner Mutter ein Haus gekauft, es eingerichtet, ihr einen Wagen finanziert und eine Gesellschafterin engagiert. Dann hast du eine Hypothek abgetragen, was deiner Schwester mißfallen wird, aber es war nun einmal deine Pflicht. Darüber hinaus hast du Brianna genug Geld gegeben, um deine Mutter sechs Monate lang auszuhalten, und außerdem hast du ein paar Vorräte gekauft. Und den Rest hast du in den Kauf eines Kleides für dich selbst investiert.«

»Genau. Genau das habe ich gesagt.«

Zornbebend stand sie da und blitzte ihn kampflustig an. Er könnte ihr sagen, dachte er, daß er ihre unglaubliche Großzügigkeit und ihre Loyalität gegenüber ihrer Familie bewunderte, doch er bezweifelte, daß er durch diese Aussage in ihren Augen Gnade fand.

»Das erklärt so einiges.« Er schenkte sich eine zweite Tasse Kaffee ein und hob sie an den Mund. »Ich werde dafür sorgen, daß du einen Vorschuß bekommst.«

Sie war sich nicht sicher, daß sie einen Ton herausbrächte, und als sie sprach, kam ihre Stimme einem gefährlichen Zischen gleich. »Ich will deinen verdammten Vorschuß nicht. Ich werde mir verdienen, was für meinen Unterhalt erforderlich ist.«

»Das tust du bereits – und zwar ziemlich gut. Aber der Vorschuß ist weder als edle Spende noch auch nur als Darlehen gemeint. Es wäre eine geschäftliche Transaktion, mehr nicht.«

»Zur Hölle mit deinen Geschäften.« Vor Scham war sie inzwischen puterrot. »Aber ich nehme nicht einen Penny, ehe er nicht von mir verdient worden ist. Ich habe nicht meine Schulden beglichen, nur um neue Verbindlichkeiten einzugehen.«

»Himmel, was bist du stur.« Er trommelte mit den Fingern auf der Tischplatte herum, während er versuchte, ihre leidenschaftliche Reaktion zu verstehen. Da ihr so verzweifelt viel an der Wahrung ihres Stolzes zu liegen schien, würde er dafür sorgen, daß seine Hilfe diesem Stolz keinen Abbruch tat. »Also gut, dann gehen wir die Sache eben anders an. Wir haben diverse Angebote für *Unterwerfung* bekommen, aber ich habe sie alle abgelehnt.«

»Abgelehnt?«

»Mmmm. Das letzte Angebot betrug, glaube ich, dreißigtausend Pfund.«

»Pfund!« brach es aus ihr heraus. »Man hat mir dreißigtausend Pfund dafür geboten, und du hast das Angebot abgelehnt. Bist du wahnsinnig? In deinen Augen ist das vielleicht ein lächerlicher Betrag, Rogan Sweeney, aber ich wäre mit diesem Geld über ein Jahr lang alle Sorgen los. Wenn das die Art ist, in der du meine Werke…«

»Sag nichts.« Die Worte kamen in einem so beiläufigen Ton, daß es ihr tatsächlich die Sprache verschlug. »Ich habe das Angebot abgelehnt, weil ich die Absicht hatte, das Stück selbst zu kaufen, wenn es wieder in Irland ist. Aber nun kaufe ich es eben schon jetzt und stelle es als Teil meiner persönlichen Sammlung aus. Ich zahle dir fünfunddreißigtausend Pfund.«

Er sprach die Zahl aus, als handele es sich um Kleingeld, das lose auf seinem Schreibtisch lag.

Etwas in ihrem Innern zitterte wie das Herz eines verängstigten Vögelchens. »Warum?«

»Es widerspräche meiner geschäftlichen Ethik, wenn ich denselben Preis bezahlen würde, den ein Kunde geboten hat.«

»Nein, ich meine, warum willst du das Stück so unbedingt?«

Er unterbrach seine Überlegungen und sah sie an. »Weil es eine wundervolle, intime Arbeit ist. Und weil ich jedesmal, wenn ich sie ansehe, daran denke, wie ich zum ersten Mal mit dir ins Bett gegangen bin. Du wolltest sie nicht verkaufen. Hast du dir etwa eingebildet, das hätte ich dir an dem Tag, als du sie mir gezeigt hast, nicht angesehen? Hast du wirklich geglaubt, ich verstünde nicht, daß dein Herz bei dem Gedanken, dich von diesem Stück zu trennen, geblutet hat?«

Unfähig, etwas zu sagen, schüttelte sie den Kopf und wandte sich ab.

»Aber das Werk gehörte mir, Maggie, noch ehe es überhaupt vollendet war. Ich denke, es gehörte ebenso mir wie dir. Und niemand wird es bekommen außer mir. Ich hatte niemals die Absicht, es jemand anderem zu überlassen, egal, zu welchem Preis.«

Immer noch schweigend trat sie ans Fenster und sah hinaus. »Ich will nicht, daß du mich dafür bezahlst.«

»Mach dich nicht lächerlich...«

»Ich will dein Geld nicht«, sagte sie schnell. »Du hast recht – das Stück war etwas ganz Besonderes für mich, und ich wäre dankbar, wenn du es als Geschenk annehmen würdest.« Sie atmete hörbar aus und sah auf die Straße hinaus. »Ich würde mich freuen, wenn ich wüßte, daß es von nun an dir gehört.«

»Uns«, sagte er in einem Ton, der sie zwang, ihn wieder anzusehen. »Ich denke, daß es uns beiden gehören sollte.«

»Also gut, dann eben uns.« Sie seufzte. »Und wie soll ich jetzt noch länger wütend auf dich sein?« fragte sie. »Wie kann ich jetzt noch weiter gegen das ankämpfen, was du mit mir anstellst?«

»Das kannst du nicht.« Vielleicht hatte er recht – was ein beängstigender Gedanke war. Aber zumindest in einer anderen Sache gäbe sie nicht nach. »Ich bin dir dankbar, daß du mir einen Vorschuß angeboten hast, aber ich will ihn nicht. Es ist mir wichtig, nur das Geld zu nehmen, das ich verdiene. Und im Augenblick habe ich noch ein paar Reserven, mit denen ich zurechtkommen werde, bis der nächste Verkauf erfolgt. Mehr will ich nicht. Was getan werden mußte, habe ich getan, und von nun an gehört alles, was ich verdienen werde, mir allein.«

»Es ist nur Geld, Maggie.«

»Das sagt sich leicht, wenn man mehr davon hat, als man jemals brauchen wird.« Die Schärfe in ihrer Stimme, die der ihrer Mutter so ähnlich war, erschreckte sie. Sie atmete tief ein und fuhr leiser fort. »Bei uns war Geld immer wie eine offene Wunde – der Mangel an Geld, die Unfähigkeit meines Vaters, mit Geld umzugehen, das ständige Nörgeln meiner Mutter, weil nicht genügend Geld in der Haushaltskasse war. Ich möchte nicht, daß mein Glück davon abhängt, wieviel Pfund auf meinem Konto sind, Rogan. Und es macht mir angst und beschämt mich, daß es vielleicht doch so ist.«

So, dachte er, während er sie musterte, dies war also der Grund, weshalb sie, wenn es um Geschäfte ging, so widerspenstig war. »Hast du mir nicht einmal erzählt, du dächtest bei deiner Arbeit nie an den Gewinn?«

»Ja, aber…«

»Und, denkst du jetzt daran?«

»Nein, Rogan…«

»Du fichst Schattenkämpfe aus, Maggie.« Er stand auf und trat neben sie. »Dabei hast du bereits beschlossen, daß die Zukunft ganz anders als die Vergangenheit aussehen wird.«

»Ich kann nicht mehr zurück«, murmelte sie. »Selbst, wenn ich es wollte, könnte ich es nicht.«

»Nein, das könntest du nicht. Du wirst immer jemand sein, der vorwärts strebt.« Er küßte sie sanft auf die Stirn. »Und, meinst du, daß du dich jetzt anziehen kannst? Ich möchte mir endlich zusammen mit dir Paris ansehen.«

Beinahe eine Woche wurde ihr Paris zu Füßen gelegt. Alles, was die Stadt zu bieten hatte, zeigte er ihr, von der prächtigen Kathedrale Notre-Dame bis hin zum dämmrigsten, kleinsten, intimsten Café. Jeden Morgen kaufte er ihr Blumen von dem schmallippigen Straßenverkäufer, bis es in der Suite wie in einem Garten roch, und eines Nachts spazierten sie im Mondschein am Ufer der Seine entlang, Maggie mit den Schuhen in der Hand und einem von der sanften Brise geröteten Gesicht. Sie tanzten in Clubs zu schlecht gespielter amerikanischer Musik und ergötzten sich an einem feudalen Dinner bei Maxim.

Sie beobachtete, wie er, immer auf der Suche nach einem weiteren ungeschliffenen Diamanten, die Bilder der Straßenkünstler besah, und als er beim Anblick eines von ihr erworbenen, zweifellos grauenhaften Gemäldes des Eiffelturms zusammenfuhr, erklärte sie ihm lachend, daß Kunst eine Frage des Herzens und nicht immer der perfekten Ausführung war.

Und die Stunden in der Pariser Galerie waren ebenso aufregend für sie. Unter Rogans wachsamen Augen wurden ihre Arbeiten so arrangiert, daß jedes einzelne Stück aufs Vorteilhafteste zur Geltung kam.

Er hatte ehrliches Interesse an ihrem Werk, hatte er gesagt, und es ließ sich nicht leugnen, daß er in diesem Zusammenhang auch ihre Interessen aufs beste vertrat. Während der Nachmittage widmete er sich ihrer Kunst mit derselben leidenschaftlichen Aufmerksamkeit wie während der Nächte ihrem Körper.

Als alles fertig war und auch das letzte Stück im Licht der Lampen zu strahlen begann, dachte sie, daß die Ausstellung ebensosehr ein Ereignis seiner Bemühungen wie der ihren war.

Aber eine Partnerschaft war nicht unbedingt gleichbedeutend mit Harmonie.

»Verdammt, Maggie, wenn du noch länger trödelst, kommen wir zu spät.« Zum dritten Mal in ebenso vielen Minuten klopfte Rogan an die verschlossene Schlafzimmertür.

»Und wenn du mich weiter störst, kommen wir noch später«, rief sie zu ihm hinaus. »Geh weg. Oder noch besser, fahr einfach schon mal vor. Ich komme dann nach, sobald ich fertig bin.«

»Man kann dir nicht trauen«, murmelte er, aber sie hatte ein gutes Gehör.

»Ich brauche keinen Wächter, Rogan Sweeney.« Atemlos kämpfte sie mit dem Reißverschluß ihres Kleides. »Ich habe noch niemanden erlebt, der ein größerer Pünktlichkeitsfanatiker wäre als du.«

»Und ich habe noch niemanden erlebt, dem Pünktlichkeit so egal wäre wie dir. Würdest du jetzt bitte die Tür aufmachen? Es nervt mich, daß ich die ganze Zeit schreien muß.«

»Also gut.« Indem sie sich fast den Arm ausrenkte, kam sie schließlich an den Reißverschluß heran. Ihre Füße zwängte sie in lächerlich hohe, bronzefarbene Pumps, verfluchte sich, weil sie auf Josephs Ratschlag eingegangen war, und endlich öffnete sie die Tür. »Wenn Frauenkleider ebenso praktisch geschnitten wären wie Männerkleider, dann hätte ich nicht so lange gebraucht. Bei euren Sachen kommt man doch noch mit gebrochenen Armen an die Reißverschlüsse heran.« Sie blieb stehen und zupfte ein letztes Mal am kurzen Saum ihres Kleides herum. »Und? Nimmst du mich so mit?«

Statt etwas zu sagen, bedeutete er ihr, sich im Kreis zu drehen, und obgleich sie mit den Augen rollte, tat sie es.

Das Kleid war träger- und auch beinahe rückenlos, mit einem Rock, der kaum bis zur Mitte ihrer Schenkel ging. Es glitzerte in Bronze, Kupfer und Gold und schien bei jedem Atemzug seiner Trägerin Tausende strahlender Funken zu versprühen. Maggies Haar verströmte denselben schimmernden Glanz, so daß sie ihm wie eine schlanke, leuchtende Kerzenflamme erschien.

»Maggie. Du siehst einfach atemberaubend aus.«

»Die Näherin hat ziemlich mit dem Stoff gegeizt.«

»Ich bewundere ihre Sparsamkeit.«

Als er sie immer noch anstarrte wie vom Donner gerührt, zog sie spöttisch die Brauen hoch. »Hast du nicht gesagt, daß wir in Eile sind?«

»Ich habe es mir anders überlegt.«

Als er sich ihr näherte, zog sie ihre Brauen noch weiter hoch. »Ich warne dich. Wenn du mir dieses Kleid ausziehst, zwängst du mich auch wieder rein.«

»Auch wenn das Angebot durchaus verlockend klingt, fürchte ich, daß dieser Versuch noch warten muß. Ich habe ein Geschenk für dich, und offenbar hat mir das Schicksal die Hand geführt. Ich glaube, es paßt recht gut zu deinem Kleid.«

Er griff in die Tasche seiner Smokingjacke und zog eine schmale Samtschatulle heraus.

»Du hast mir doch schon ein Geschenk gemacht. Die riesige Flasche Parfüm.«

»Das war eher für mich.« Er beugte sich vor und sog den Duft ihrer Schulter ein. Es war, als hätte man das rauchige Parfüm speziell für sie kreiert. »Und das hier« – er hielt ihr die Schachtel hin – »ist eher für dich.«

»Nun, da es zu klein ist, um ein Anrufbeantworter zu sein, nehme ich es an.« Doch als sie den Deckel von der Schatulle nahme, erstarb ihr Kichern. Viereckige, flammende Rubine glitzerten neben weißglühenden Diamanten in einer dreireihigen, engen Kette, die mit schimmernden goldenen Spiralen zusammengehalten war. Dies war keine zarte Spielerei, sondern ein verwegener Blitz aus Farben, Hitze und Glas.

»Etwas zur Erinnerung an Paris«, sagte Rogan, während er das Schmuckstück aus der Schachtel nahm, so daß sich die Kette wie eine Kaskade aus Wasser und Blut über seine Finger ergoß.

»Diamanten, Rogan. Ich kann unmöglich Diamanten tragen.«

»Und ob du das kannst.« Er hob das Geschmeide an ihren Hals und machte es fest. »Vielleicht nicht allein«, sagte er und sah sie an. »Diamanten allein sind kalt. Und das paßt nicht zu dir. Aber zusammen mit anderen Steinen...« Er trat einen Schritt zurück und unterzog sie einer eingehenden Musterung. »Ja, genau. Du siehst wie eine heidnische Göttin aus.«

Unweigerlich griff sie sich an den Hals und tastete vorsichtig an den Edelsteinen herum. Sie lagen warm auf ihrer Haut. »Ich weiß nicht, was ich sagen soll.«

»Sag einfach danke, Rogan. Die Kette ist wirklich schön.«

»Danke, Rogan.« Langsam breitete sich ein Lächeln auf ihren Zügen aus. »Aber die Kette ist mehr als schön. Sie ist einfach umwerfend.«

»Genau wie du.« Er beugte sich vor, küßte sie und tätschelte ihr liebevoll das Hinterteil. »Und jetzt los, sonst kommen wir tatsächlich noch zu spät. Wo ist deine Stola?«

»Ich habe keine.«

»Typisch«, murmelte er und zog sie in den Korridor hinaus.

Maggie fand, daß sie ihre zweite Vernissage wesentlich gelassener als die erste bestritt. Ihr Magen zog sich nicht zusammen, und auch ihre Nerven flatterten weniger stark. Wenn sie ein- oder zweimal wehmütig daran dachte, dem Treiben zu entfliehen, so verbarg sie dieses Verlangen sehr gut.

Und wenn sie sich nach etwas sehnte, das es für sie nicht gab, dann sagte sie sich, daß es eben manchmal genügen mußte, erfolgreich zu sein.

»Maggie.«

Sie drehte dem in kaum verständlichem Englisch brabbelnden Franzosen, dessen Blick an ihrem Dekolleté zu kleben schien, den Rücken zu und starrte verwirrt ihre Schwester an.

»Brianna?«

»Allerdings.« Lächelnd nahm Brianna Maggie in den Arm. »Ich wäre schon vor einer Stunde hier gewesen, aber am Flughafen gab es eine Verzögerung.«

»Aber wie… wie in aller Welt bist du hierhergekommen?«

»Rogan hat mir sein Flugzeug geschickt.«

»Rogan?« Verblüfft suchte Maggie den Raum nach ihm ab, doch als sich ihre Blicke begegneten, lächelte er nur und wandte sich sofort wieder einer voluminösen Frau in einem fuchsienfarbenen Rüschenkleidchen zu. Also zerrte Maggie ihre

Schwester mit sich in eine Ecke, in der gerade niemand anderes stand. »Du bist in Rogans Flugzeug gekommen?«

»Ich dachte schon, ich müßte dich abermals im Stich lassen, Maggie.« Der Anblick von Maggies Arbeiten inmitten eines glitzernden Saals voller fremder Menschen überwältigte Brianna, und sie griff haltsuchend nach Maggies Hand. »Ich habe die ganze Zeit überlegt, wie ich es anstellen soll. Mutter ist bei Lottie bestens aufgehoben, und ich wußte, daß ich Con bei Murphy lassen kann. Ich habe sogar Mrs. McGee gefragt, ob sie sich ein oder zwei Tage um die Pension kümmern kann. Aber dann wußte ich einfach nicht, wie ich es anstellen sollte, hierherzukommen. Schließlich ist Paris ein gutes Stück von zu Hause entfernt.«

»Du wolltest kommen«, sagte Maggie im Flüsterton. »Du wolltest tatsächlich kommen.«

»Natürlich. Es war mein größter Wunsch, bei deiner ersten internationalen Ausstellung dabeizusein. Aber daß es so beeindruckend sein würde, hätte ich nicht gedacht.« Brie starrte den weiß befrackten Kellner an, der mit einem Silbertablett voller Champagnergläser vor sie trat. »Danke.«

»Ich dachte, es wäre dir egal.« Vor lauter Rührung war Maggies Kehle wie zugeschnürt, und so nahm sie einen großen Schluck aus ihrem Glas.

»Eben noch habe ich hier gestanden und mir gewünscht, du hättest wenigstens ein bißchen Interesse an meinem Erfolg.«

»Ich habe dir doch schon mal gesagt, wie stolz ich auf dich bin.«

»Aber ich habe es nicht geglaubt. O Gott.« Hinter ihren Augen stiegen Tränen auf, und eilig blinzelte sie.

»Du solltest dich schämen, daß du mir so wenig traust«, schalt Brianna sie.

»Du hast mir nie gezeigt, daß du dich für meine Arbeit interessierst«, schoß Maggie zurück.

»Ich habe es dir gezeigt, so gut es mir möglich war. Ich verstehe nicht, was du tust, aber das heißt nicht, daß ich nicht stolz auf deine Arbeit bin.« Mit einem Zug leerte Brie ihr Glas. »Oh«, murmelte sie. »Wunderbar. Wer hätte gedacht, daß es so etwas Köstliches gibt?«

Lachend gab Maggie ihrer Schwester einen Kuß. »Himmel, Brie, was machen wir hier nur? Wir beide in Paris, mit Champagnerkelchen in der Hand.«

»Ich für meinen Teil habe die Absicht, mich zu amüsieren. Ich muß mich noch bei Rogan bedanken. Meinst du, daß ich ihn kurz stören kann?«

»Erst möchte ich, daß du mir den Rest der Geschichte erzählst. Wann hast du ihn angerufen?«

»Gar nicht. Er war derjenige, der sich bei mir gemeldet hat. Vor einer Woche.«

»Er hat dich angerufen?«

»Ja, und noch ehe ich guten Morgen sagen konnte, hatte er mir bereits erklärt, wie ich nach Paris kommen kann.«

»Typisch Rogan.«

»Er sagte, er würde mir sein Flugzeug schikken, und dann würde ich von seinem Chauffeur am Pariser Flughafen abgeholt. Ich versuchte, etwas zu erwidern, aber er ging einfach nicht darauf ein. Meinte, der Chauffeur brächte mich direkt ins Hotel. Hast du je zuvor etwas Ähnliches gesehen, Maggie? Es ist der reinste Palast.«

»Ich habe mich kaum in die Eingangshalle getraut. Aber jetzt erzähl weiter.«

»Dann sollte ich mich frisch machen, und anschließend brächte mich der Fahrer hierher. Was er auch tat, obwohl ich mir sicher war, daß er mich mit seinem Fahrstil umbringen würde. Ich kam also in mein Hotelzimmer, und dort lag dieses Ding« – sie strich vorsichtig über die matte blaue Seide des Abendanzugs, den sie trug – »mit der Bitte, es anzuziehen. Ich hätte es nicht angenommen, aber Rogan hat seine Bitte derart formuliert, daß ich das Gefühl gehabt hätte, unhöflich zu sein, hätte ich es nicht getan.«

»In diesen Dingen ist er wirklich gut. Und du siehst in dem Anzug einfach phantastisch aus.«

»Ich *fühle* mich auch phantastisch darin. Ich gebe zu, daß mir immer noch ganz schwindlig ist von dem Flugzeug, dem Wagen und all den anderen Dingen. All das hier«, wiederholte sie und sah sich um. »All diese Leute, Maggie, sind nur deinetwegen hier.«

»Ich bin froh, daß *du* hier bist. Soll ich dich ein wenig herumführen, damit du die anderen Leute mit deinem Charme betören kannst?«

»Sie sind bereits allein von euer beider Anblick betört.« Rogan trat neben sie und ergriff Briannas Hand. »Es ist mir ein Vergnügen, Sie wiederzusehen.«

»Ich bin Ihnen wirklich dankbar, daß Sie es mir ermöglicht haben, hier zu sein. Ich weiß gar nicht, was ich sagen soll.«

»Am besten nichts. Es macht Ihnen doch hoffentlich nichts aus, wenn ich Sie mit ein paar anderen Gästen bekannt mache? Dort drüben, das ist zum Beispiel Monsieur LeClair – der recht grell gekleidete Herr, der neben Maggies *Mahnmal* steht. Er hat mir gerade anvertraut, er hätte sich in Sie verliebt.«

»Dann scheint er recht leicht entflammbar zu sein, aber ich unterhalte mich gern mit ihm. Außerdem würde ich gern ein wenig herumlaufen. Ich habe Maggies Werke noch nie in einer solchen Umgebung gesehen.«

Nur wenige Minuten später nahm Maggie Rogan abermals zur Seite, und ehe er protestieren konnte, sagte sie: »Erzähl mir nicht, daß ich mich unter die Gäste mischen soll. Erst habe ich dir etwas zu sagen.«

»Dann mach lieber schnell. Daß ich die Künstlerin derart mit Beschlag belege, gehört sich nicht.«

»Also gut. Ich wollte nur sagen, daß das das Netteste war, was je von einem Menschen für mich getan worden ist. Das vergesse ich dir nie.«

Er ignorierte das französische Geplapper einer Frau hinter sich und küßte Maggies Hand. »Ich wollte nicht, daß du noch einmal so unglücklich bist, und Brianna hierherzuholen war die einfachste Sache der Welt.«

»Vielleicht.« Sie erinnerte sich an den zerlumpten Künstler, der von ihm die elegante Treppe seiner Dubliner Galerie hinaufgeleitet worden war. Auch das mochte einfach gewesen sein. »Aber deshalb ist es nicht weniger nett. Und um dir zu zeigen, was mir diese Geste bedeutet, bleibe ich nicht nur hier, bis der letzte Gast den Raum verläßt, sondern ich führe auch mit jedem einzelnen von ihnen irgendein Gespräch.«

»Ein nettes Gespräch?«

»Ein nettes Gespräch. Egal, wie oft mir das Wort *tiefschürfend* zu Ohren kommt.«

»So ist's recht.« Mit einem Kuß auf ihre Nasenspitze wandte er sich von ihr ab. »Und nun an die Arbeit, mein Schatz.«

16. Kapitel

Wenn sie bereits von Paris hingerissen gewesen war, so kam ihr Südfrankreich mit seinen ausgedehnten Stränden und den schneebedeckten Bergen wie das reinste Wunder vor. Kein Straßenlärm drang zu Rogans prächtiger Villa hinauf, von der aus man über das leuchtendblaue Wasser des Mittelmeers blickte, und auch die von Touristen überlaufenen Geschäfte und Cafés waren angenehm weit entfernt.

Die Menschen, von denen der Strand belagert war, stellten lediglich einen Teil des Bildes von Wasser und Sand, schaukelnden Booten und einem endlosen, wolkenlosen Himmel dar.

Von einer der zahlreichen Terrassen der Villa blickte Maggie auf ordentliche, viereckige, von Steinmauern umgebene Felder hinaus, ähnlich denen vor ihrer eigenen Haustür in Clare. Aber hier hatte die Landschaft terrassenförmige Hänge geformt, mit sonnigen Obstgärten und grünen Wäldern, über die hinweg man bis zu den majestätischen Ausläufern der Alpen sah.

Rogans Grundstück war von duftenden Kräutern, exotischen Olivenbäumen, üppigen Blumen und Buxbaum überwuchert, und einzig die Schreie von Möwen und die Musik der plätschernden Springbrunnen unterbrachen die Ruhe. Mehr als zufrieden lungerte Maggie mit ihrem Skizzenblock in einem der gepolsterten Liegestühle herum.

»Ich dachte mir, daß ich dich hier finden würde.« Rogan trat auf die Terrasse und hauchte einen freundschaftlichen und zugleich intimen Kuß auf ihr Haar.

»An einem so herrlichen Tag im Haus zu bleiben ist ein Ding der Unmöglichkeit.« Sie blinzelte, und er nahm die Sonnenbrille, die auf dem Tisch lag, und setzte sie auf. »Hast du deine Geschäfte erledigt?«

»Für den Augenblick, ja.« Er nahm so neben ihr Platz, daß er ihr nicht die Sicht verdarb. »Es tut mir leid, daß es so lange gedauert hat, aber ein Anruf hat zum nächsten geführt.«

»Macht nichts. Ich bin gern allein.«

»Das habe ich bereits bemerkt.« Er warf einen Blick auf ihren Block. »Ein Seestück?«

»Die Umgebung ist einfach wunderschön. Ich dachte, ich mache ein paar Bilder, damit Brie sie sehen kann. Die Zeit mit ihr in Paris war einfach wunderbar.«

»Es tut mir leid, daß sie nur einen Tag bleiben konnte.«

»Einen wunderbaren Tag. Ich kann es kaum glauben, daß ich mit meiner Schwester am Ufer der Seine entlangflaniert sein soll. Die Concannon-Schwestern in Paris.« Bei der Erinnerung brach sie in fröhliches Lachen aus. »Es war ein unvergeßliches Erlebnis für sie.« Maggie schob sich den Bleistift hinter das Ohr und griff nach Rogans Hand. »Genau wie für mich.«

»Aber inzwischen habt ihr beide euch genug bei mir dafür bedankt. Obwohl mein Beitrag zu diesem Tag einzig aus ein paar Telefonanrufen bestand. Apropos Telefonanrufe, einer der Anrufe eben kam aus Paris.« Rogan nahm sich eine süße Traube aus dem Obstkorb neben sich. »Der Comte de Lorraine hat ein Angebot für dich.«

»De Lorraine?« Maggie versuchte, sich daran zu erinnern, wer der Comte gewesen war. »Ah, der dürre alte Mann mit dem Stock, der immer nur im Flüsterton gesprochen hat.«

»Genau.« Es amüsierte Rogan, daß sie einen der wohlhabendsten Männer Frankreichs als dürren alten Mann beschrieb. »Er möchte, daß du ein Geschenk für die Hochzeit seiner Enkelin im Dezember machst.«

Instinktiv runzelte sie die Stirn. »Ich führe keine Auftragsarbeiten durch, Rogan. Das habe ich von Anfang an gesagt.«

»Allerdings.« Rogan nahm eine zweite Traube und schob sie Maggie in den Mund. »Aber es ist meine Pflicht, dich über jedes Angebot zu informieren. Ich sage nicht, daß du es annehmen sollst, doch um meiner Verantwortung als dein Manager gerecht zu werden, muß ich dir erklären, daß ein solcher Auftrag weder für dich noch für Worldwide von Pappe ist.«

Maggie aß die Traube und bedachte ihn mit einem argwöhnischen Blick. Sein Ton, so fiel ihr auf, war ebenso süß wie die Frucht. »Trotzdem nehme ich ihn nicht an.«

»Das bleibt natürlich dir überlassen.« Er winkte lässig ab. »Soll ich uns etwas Kühles zu trinken bestellen? Eine Limonade oder einen Eistee vielleicht?«

»Nein.« Maggie griff nach ihrem Bleistift und schlug damit auf ihren Block. »Ich habe einfach kein Interesse an Auftragsarbeiten gleich welcher Art.«

»Weshalb solltest du auch?« erwiderte er in ruhigem Ton. »Deine Ausstellung in Paris stand, was den Erfolg betrifft, der in Dublin in nichts nach, und ich bin mehr als zuversichtlich, daß es dir in Rom und den anderen Städten genauso ergehen wird. Du bist auf dem besten Weg, eine Berühmtheit zu werden, Margaret Mary.« Er beugte sich vor und küßte sie.

»Übrigens hatte der Comte gar keine Auftragsarbeit im Sinn. Den Entwurf und die Ausführung überließe er ganz dir.«

Vorsichtig rückte Maggie ihre Sonnenbrille nach unten und blickte ihn über den Rand hinweg an. »Du versuchst, mich dazu zu überreden, es doch zu tun.«

»Wohl kaum.« Doch natürlich hatte er genau das im Sinn. »Obgleich ich vielleicht hinzufügen sollte, daß sich der Comte, ein anerkannter Kunstkenner, was die Bezahlung betrifft, gewiß nicht lumpen läßt.«

»Ich bin nicht interessiert.« Sie schob ihre Brille vor die Augen zurück und äußerte einen wenig damenhaften Fluch. »Wieviel bezahlt jemand, der sich nicht lumpen läßt?«

»Einen Betrag von umgerechnet bis zu fünfzigtausend Pfund. Aber ich weiß, wie unerbittlich du in diesen Dingen bist, also denk am besten nicht weiter drüber nach. Ich habe ihm erklärt, daß du wohl kaum Interesse hast. Hättest du Lust, an den Strand zu gehen? Oder eine Spazierfahrt zu machen und dir die Umgebung anzusehen?«

Ehe er sich erheben konnte, hatte Maggie ihn

am Kragen gepackt. »Oh, du bist ein ganz gerissener Hund, nicht wahr, Sweeney?«

»Wenn es erforderlich ist.«

»Ich könnte machen, was ich will? Was mir in den Sinn kommt, was mir gefällt?«

»Genau.« Er strich mit einem Finger über ihre nackte Schulter, die durch die Sonne langsam die Farbe eines reifen Pfirsichs bekam. »Außer…«

»Aha.«

»Was die Farbe betrifft«, sagte Rogan und sah sie grinsend an. »Er will etwas in Blau.«

»In Blau?« Sie brach in amüsiertes Lachen aus. »Vielleicht noch in einem bestimmten Blau?«

»In demselben Blau wie die Augen seiner Enkelin. Er behauptet, daß sie so blau wie der Sommerhimmel sind. Die Kleine scheint sein besonderer Liebling zu sein, und nachdem er deine Arbeiten gesehen hat, ist er der Überzeugung, daß ihrer kein Geschenk würdig ist außer einem Werk, das du mit deinen wunderbaren Händen geschaffen hast.«

»Hat er das gesagt oder du?«

»Wir beide«, sagte Rogan und bedachte eine dieser wunderbaren Hände mit einem Kuß.

»Ich werde darüber nachdenken.«

»Das hatte ich gehofft.« Nun war es ihm egal, daß er ihr die Sicht versperrte, und er beugte sich vor und nagte begehrlich an ihren Lippen herum. »Aber sei so gut und denk später darüber nach.«

»Excusez-moi, monsieur.« Mit regloser Miene, die Hände an die Hosensäume gelegt und den Blick diskret zum Meer gewandt, trat der Butler aus dem Haus.

»Oui, Henri?«

»Vous et mademoiselle, voudriez-vous déjeuner sur la terrasse maintenant?«

»Non, nous allons déjeuner plus tard.«

»Très bien, monsieur.« Lautlos verschwand Henri im Haus.

»Was hat er gesagt?« fragte Maggie Rogan, als sie wieder mit ihm allein war.

»Er wollte wissen, ob wir zu Mittag essen wollen, und ich habe gesagt, jetzt noch nicht.« Als Rogan sich abermals über sie beugte, wehrte Maggie ihn ab.

»War dir das nicht recht?« murmelte er. »Ich kann ihn auch zurückrufen und sagen, wir wären doch schon jetzt bereit.«

»Ich will nicht, daß du ihn rufst.« Der Gedanke an Henri oder an irgendeinen anderen der Angestellten, der in einer Ecke herumlungerte und darauf wartete, ihnen zu Diensten zu sein, gefiel ihr nicht. Sie erhob sich von ihrem Stuhl. »Hast du nie das Bedürfnis, mal ganz alleine zu sein?«

»Wir sind allein. Genau deshalb wollte ich mit dir hierher.«

»Allein? Hier werkeln mindestens sechs Leute herum. Bisher habe ich einen Gärtner, einen Koch, einen Butler und drei Mädchen gezählt, und ich bräuchte nur mit dem Finger zu schnippen, und schon käme mindestens einer oder eine von ihnen angerannt.«

»Was genau die Absicht ist, wenn man Dienstboten hat.«

»Nun, ich will sie nicht. Weißt du, daß eins der Mädchen sogar meine Unterwäsche auswaschen wollte?«

»Das liegt daran, daß es ihre Aufgabe ist, sich um dich zu kümmern, und nicht, daß sie in deinen Sachen herumschnüffeln will.«

»Ich kann mich selbst um mich kümmern, Rogan, ich möchte, daß du sie fortschickst. Sie alle.«

Er starrte sie entgeistert an. »Du willst, daß ich sie rauswerfe?«

»Um Himmels willen, nein. Ich bin doch kein Monster, das unschuldige Leute auf die Straße setzt. Ich möchte, daß du sie fortschickst, das ist alles. Gib ihnen bezahlten Urlaub oder wie du es sonst nennen willst.«

»Natürlich kann ich ihnen einen Tag freigeben, wenn du es willst.«

»Nicht einen Tag, sondern eine Woche.« Angesichts seiner Verwirrung schnaubte sie. »Für dich macht das keinen Sinn, und warum sollte es auch. Du bist so an sie gewöhnt, daß du sie noch nicht einmal mehr siehst.«

»Der Butler heißt Henri, der Koch Jacques und das Mädchen, das sich erdreistet hat, deine Wäsche waschen zu wollen, heißt Marie.« Oder vielleicht Monique, dachte er.

»Ich wollte keinen Streit anfangen.« Sie trat vor ihn und ergriff seine Hände. »Ich kann mich einfach nicht so wie du entspannen, solange all diese Leute in der Nähe sind. Ich bin es einfach nicht gewöhnt – und ich denke, ich will es auch gar nicht sein. Tu es für mich, Rogan, bitte. Gib ihnen ein paar Tage frei.«

»Warte einen Moment.«

Er ging, und sie blieb mit dem Gefühl, sich lächerlich gemacht zu haben, auf der Terrasse zurück. Hier hing sie in einer Villa am Mittelmeer herum, wo alles, was das Herz begehrte, in Reichweite war. Und immer noch verspürte sie eine gewisse Unzufriedenheit.

Sie war nicht mehr die alte. In den wenigen Monaten, seit sie Rogan zum ersten Mal begegnet war, hatte sie eine Veränderung durchgemacht. Nicht nur, daß sie sich mehr wünschte, sondern auch, daß sie das, was sie nicht besaß, stärker vermißte als zuvor. Sie wollte das leichte Leben und die Vergnügungen, die man für Geld bekam, nicht nur für ihre Familie, sondern für sich selbst.

Sie hatte Diamanten getragen und in Paris getanzt.

Und sie wollte es wieder tun.

Doch tief in ihrem Inneren verspürte sie immer noch das bescheidene und zugleich brennende Verlangen, nur sie selbst und von nichts und niemandem abhängig zu sein.

Und wenn sie dieses Verlangen verlor, dachte sie panisch, dann verlor sie alles, was je von Bedeutung gewesen war.

Sie schnappte sich ihren Skizzenblock, blätterte die Seiten um, und während eines furchtbaren Augenblicks war ihr Hirn so leer wie das Blatt, auf das sie sah. Dann allerdings flog ihr Stift mit einer gewaltsamen Intensität über das Papier, die wie ein Sturm aus ihrer Seele brach.

Sie zeichnete sich selbst, zeichnete die beiden einst verschlungenen Teile, die momentane Zerrissenheit und den verzweifelten Versuch, wieder zusammenzuführen, was früher eins gewesen war. Aber wie sollte dieser Versuch gelingen, wenn die eine Seite ihrer Seele der anderen so vollkommen entgegenstand?

Kunst um der Kunst willen. Einsamkeit, damit sie nicht den Verstand, und Unabhängigkeit, damit sie nicht den Stolz verlor – und auf der anderen Seite Ehrgeiz, Verlangen und Bedürfnisse nie gekannter Art.

Sie starrte auf die Skizze, und mit einem Mal fühlte sie sich eigenartig ruhig. Vielleicht hatten gerade diese beiden einander entgegenstehenden Kräfte sie zu dem gemacht, was sie heute war? Und vielleicht wäre sie, würde ihr jemals wahrer innerer Frieden zuteil, weniger, als ihr in ihrer Zerrissenheit möglich war?

»Sie sind fort.«

Verwirrt blickte sie zu Rogan auf. »Was? Wer ist fort?«

Lachend schüttelte er den Kopf. »Das Personal. Das war es doch, was du wolltest, oder nicht?«

»Das Personal? Oh.« Langsam kehrte sie in die Gegenwart zurück. »Du hast sie fortgeschickt? Alle?«

»Allerdings, obwohl ich mich frage, was es in den nächsten Tagen für uns zu essen geben wird. Trotzdem...« Als sie sich ihm in die Arme warf, unterbrach er sich, schwankte und bremste gerade noch rechtzeitig ab, ehe sie durch die facettierte Glastür fielen und stürzte dafür mit ihr beinahe über das Geländer.

»Du bist ein wunderbarer Mann, Rogan. Ein regelrechter Prinz von einem Mann.«

Er zog sie an sich und blickte argwöhnisch in den Abgrund unter sich. »Es hätte nicht viel gefehlt, und du hättest es mit einem toten Mann zu tun gehabt.«

»Wir sind also allein? Ganz allein?«

»Allerdings, und obendrein hat mir die unvermittelte Dienstbefreiung die unendliche Dankbarkeit des gesamten Personals beschert. Das Mädchen hat vor Freude sogar geweint.« Was seiner Meinung nach nur richtig war, denn schließlich hatte er ihr und den anderen sogar noch einen Urlaubsbonus ausbezahlt. »Sie sind unterwegs zum Strand, aufs Land oder wohin sonst ihr Herz sie führt. Und wir haben das Haus ganz für uns.«

Sie küßte ihn hart auf den Mund. »Und wir werden jeden Winkel nutzen, angefangen mit dem Sofa in dem Zimmer gleich hinter der Tür.«

»Ach ja?« fragte er, doch er protestierte nicht, als sie sein Hemd aufzuknöpfen begann. »Du bist heute ziemlich anspruchsvoll, Margaret Mary.«

»Die Sache mit dem Personal war eine Bitte. Das Sofa ist ein Befehl.«

»Die Liege ist näher.«

»Allerdings.« Lachend ließ sie zu, daß er sie auf das Polster schob. »Allerdings.«

Während der nächsten paar Tage sonnten sie sich auf der Terrasse, spazierten am Strand entlang oder drehten zur Musik der Springbrunnen gemütliche Runden im lagunengleichen Pool. Sie bereiteten sich notdürftige Mahlzeiten zu oder fuhren in der Gegend herum.

Doch unglücklicherweise gab es immer noch die Möglichkeit der Telekommunikation.

Es hätte ein ruhiger Urlaub sein können, aber Rogan war nie weiter als ein Telefon oder ein Faxgerät von seinen Geschäften entfernt. Entweder ging es um eine Fabrik in Limerick, um eine Auktion in New York oder um irgendein nicht näher benanntes Gebäude als Sitz einer möglichen weiteren Filiale von Worldwide Galleries.

Vielleicht hätte seine Rastlosigkeit sie verärgert, hätte sie nicht inzwischen eingesehen, daß seine Arbeit ebenso ein Teil von ihm war wie ihre Arbeit ein Teil von ihr. Und sie durfte sich wohl kaum beschweren, weil er sich täglich für ein, zwei Stunden in seinem Büro verkroch, wenn ihm ihre Verliebtheit in ihre Skizzenmalerei nicht das geringste auszumachen schien.

Hätte sie an die Möglichkeit der lebenslangen Harmonie zwischen zwei Menschen geglaubt, dann hätte sie vielleicht gedacht, daß sie ihr mit Rogan gegeben war.

»Laß mich sehen, was du geschafft hast.«

Mit einem zufriedenen Gähnen reichte sie ihm ihren Block. Die untergehende Sonne hatte den westlichen Himmel in flammende Farben getaucht. Zwischen ihnen stand in einem silbernen Eimer mit Eisrand die Flasche Wein, die Rogan aus dem Keller geholt hatte. Maggie hob ihr Glas an die Lippen, nippte daran und lehnte sich gemütlich in ihrem Sessel zurück. Sie genoß ihren letzten Abend in Frankreich, ehe es morgen wieder nach Irland ging.

»Du wirst alle Hände voll zu tun haben, wenn du wieder zu Hause bist«, sagte Rogan, während er sich die Skizzen besah. »Aber wie willst du entscheiden, womit du anfangen sollst?«

»Nicht ich suche mir die Arbeit aus, sondern die Arbeit kommt zu mir. Und so sehr ich das Nichtstun genossen habe, freue ich mich schon darauf, bald wieder an meinem Ofen zu stehen.«

»Ich könnte die Bilder, die du für Brianna gezeichnet hast, rahmen lassen, wenn du willst. Für einfache Bleistiftskizzen sind sie ziemlich gut. Vor allem gefällt mir…« Er verstummte, als er weiterblätterte und auf etwas gänzlich anderes als eine Landschaftszeichnung stieß. »Und was haben wir hier?«

Zu faul, um sich zu bewegen, blickte sie zu ihm

auf. »Ach, das. Ich zeichne nur selten Menschen, aber in diesem Fall konnte ich der Versuchung einfach nicht widerstehen.«

Das Bild zeigte ihn selbst, auf dem Bett ausgestreckt, den Arm über den Rand geschoben, als strecke er ihn nach etwas aus. Oder vielleicht auch nach – ihr. Überrascht und nicht unbedingt erfreut, runzelte er die Stirn. »Das hast du gemalt, als ich geschlafen habe«, sagte er.

»Tja, ich wollte dich nicht aufwecken, denn das hätte das Stilleben sicher zerstört.« Um ihr Grinsen zu verbergen, setzte sie die Sonnenbrille auf. »Du warst wirklich süß. Ich dachte mir, daß du es vielleicht in deiner Galerie in Dublin aufhängen willst.«

»Ich bin nackt.«

»Da es sich um ein Kunstwerk handelt, sagen wir lieber, daß es eine *Akt*zeichnung ist. Und du bist ein hervorragendes Aktmodel, Rogan. Siehst du, ich habe das Bild extra signiert, damit du einen hübschen Preis dafür bekommst.«

»Wohl kaum.«

Sie sah ihn an. »Als mein Manager hast du die Pflicht, meine Werke zu vermarkten. Das hast du selbst immer wieder betont. Und dies hier ist eins meiner gelungensten Porträts. Sicher ist dir schon das Spiel des Lichts auf deinem…«

»Allerdings«, sagte er in ersticktem Ton. »Genau wie es jedem anderen Betrachter auffallen wird.«

»Nur keine falsche Bescheidenheit. Du bist bestens in Form. Aber ich denke, auf dem anderen Bild habe ich dich noch besser erwischt.«

Er stand da wie vom Donner gerührt. »Auf dem anderen Bild?«

»Ja. Laß mich sehen.« Sie streckte die Hand aus und blätterte selbst in dem Block herum. »Hier. Ich finde, der Kontrast zwischen Hell und Dunkel kommt besser zur Geltung, wenn du stehst. Und außerdem kommt etwas von deiner Arroganz mit durch.«

Unfähig etwas zu sagen, starrte er Maggie an. Sie hatte ihn gezeichnet, wie er, eine Hand hinter sich auf das Geländer gestützt, die andere um ein Brandyglas gelegt, auf der Terrasse stand. Er stand da, ein selbstgefälliges Lächeln im Gesicht und... splitterfasernackt.

»Dafür habe ich nie Modell gestanden. Und ebensowenig habe ich mich jemals nackt mit einem Glas Brandy auf die Terrasse gestellt.«

»Künstlerische Freiheit«, sagte sie, erfreut, daß er so vollständig aus der Fassung geraten war. »Ich kenne deinen Körper gut genug, um ihn aus der Erinnerung zeichnen zu können. Und Kleider haben zu dem Thema einfach nicht gepaßt.«

»Zu was für einem Thema?«

»Der Herr des Hauses. Ich dachte, daß das ein passender Titel für die beiden Bilder ist. Vielleicht bietest du sie deinen Kunden am besten gemeinsam an.«

»Ich werde sie nicht verkaufen.«

»Und warum nicht? Schließlich hast du verschiedene andere Bilder von mir verkauft, die nicht halb so gut waren wie die beiden hier. Ich wollte nicht, daß du die anderen Bilder verkaufst, aber weil ich sie signiert hatte, hast du es trotzdem einfach getan. Diese beiden Porträts hingegen habe ich extra angefertigt, um sie zu verkaufen.« Sie sah ihn mit blitzenden Augen an. »Und ich glaube, vertraglich gesehen habe ich das Recht, auf ihrem Verkauf zu bestehen.«

»Dann kaufe ich sie eben selbst.«

»Wieviel bietest du? Mein Manager sagt, daß der Preis für meine Werke am Steigen ist.«

»Das, was du da machst, ist Erpressung, Maggie.«

»Meinetwegen.« Sie griff nach ihrem Glas, prostete ihm zu und trank einen Schluck. »Auf jeden Fall erwarte ich, daß du meine Forderungen erfüllst.«

Nach einem letzten Blick auf die Skizze klappte er den Block entschieden zu. »Und wie sehen diese Forderungen aus?«

»Laß mich überlegen... Tja, ich denke, wenn du mich die Treppe hinaufträgst und mich mindestens, bis der Mond aufgeht, liebevoll verwöhnst, kommen wir ins Geschäft.«

»Alle Achtung, du bist wirklich gewieft.«

»Was nicht weiter schwierig ist. Schließlich habe ich meine Verhandlungspraktiken bei einem Meister seines Faches gelernt.« Sie wandte sich zum Gehen, doch kopfschüttelnd zog er sie an seine Brust.

»Bei diesem Geschäft will ich lieber auf Nummer Sicher gehen, und ich glaube, eine der Bedingungen war, daß du von mir die Treppe hinaufgetragen wirst.«

»Ganz richtig.« Sie wickelte eine Locke seines Haares um ihre Finger, als er sie von der Terrasse zur Treppe trug. »Und du weißt natürlich, daß das Geschäft auch dann nichtig ist, wenn du die andere Bedingung nicht zu meiner Zufriedenheit erfüllst.«

»Keine Angst.«

Am oberen Ende der Treppe blieb er stehen und küßte sie, und wie immer sorgte ihre spontane, überwältigende Reaktion auf seine Liebkosung dafür, daß sein Blut in Wallung geriet. Eilig betrat er das Schlafzimmer, durch dessen Fenster das weiche Licht der untergehenden Sonne zu fließen schien. Nicht mehr lange, und das Grau der

Dämmerung bräche über sie herein, doch sie sollten ihre letzte gemeinsame Nacht nicht im Dunkeln zubringen.

Mit diesem Gedanken legte er sie auf das Bett, aber als sie begehrlich die Hände nach ihm ausstreckte, entglitt er ihr, zündete die im Raum verteilten und auf verschiedene Tiefen abgebrannten Kerzen an und tauchte ihre auf dem Bett kniende Gestalt in züngelndes, goldenes Licht.

»Wie romantisch.« Eigenartig gerührt lächelte sie. »Offenbar hat sich mein Erpressungsversuch durchaus gelohnt.«

Ein brennendes Streichholz zwischen den Fingern, blieb er stehen. »Habe ich dir bisher so wenig Romantik geboten, Maggie?«

»Ich habe nur einen Scherz gemacht.« Sie warf ihr von der abendlichen Brise zerzaustes Haar über die Schultern zurück. Sein ernster Tonfall gefiel ihr nicht. »Außerdem brauche ich keine Romantik. Ehrliche Lust ist vollkommen ausreichend für mich.«

»Ist es das, was uns verbindet?« Nachdenklich hielt er das Streichholz an den Kerzendocht. »Lust?«

»Wenn du aufhörst, im Zimmer umherzuwandern, und dich endlich hierherbequemst, zeige ich dir, was uns verbindet.« Lachend streckte sie die Arme nach ihm aus.

Eingehüllt in den sanften Schimmer der Kerzen und in das letzte sich durch die Fenster zu beiden Seiten des Bettes ergießende Tageslicht sah sie einfach bezaubernd aus. Ihr Haar schien zu lodern, ihre Haut war sonnengebräunt, und sie bedachte ihn mit einem wachsamen, spöttischen und zugleich ungemein einladenden Blick.

An anderen Tagen oder in anderen Nächten wäre er ihrer Einladung ohne zu zögern gefolgt, hätte er den Feuersturm genossen, der jedesmal, wenn sie zusammen waren, zu entbrennen schien, doch heute trat er langsam vor sie, fing ihre Hände in einem festen Griff und bedachte sie mit einem nachdenklichen Blick.

»So war es nicht abgemacht, Margaret Mary. Du hast gesagt, daß ich dich liebevoll verwöhnen soll, und ich denke, es ist höchste Zeit, daß das passiert.« Er drückte ihre Arme nach unten, beugte sich über sie und küßte sie auf die Lippen. »Es ist höchste Zeit, daß du dich endlich einmal von mir verwöhnen läßt.«

»Was redest du da für einen Unsinn?« Ihre Stimme zitterte. Er küßte sie, wie er sie zuvor nur einmal geküßt hatte – langsam, sanft und mit größter Konzentration. »Du hast ja wohl unzählige Male viel mehr als das für mich getan.«

»Vielleicht, aber bisher habe ich dich noch kein

einziges Mal verwöhnt.« Er spürte, wie sie sich ihm zu entziehen begann. »Fürchtest du dich etwa vor Zärtlichkeiten, Maggie?«

»Natürlich nicht.« Sie hatte das Gefühl zu ersticken, doch gleichzeitig hörte sie, daß sie langsam und schwer nach Atem rang. Ihr ganzer Körper prickelte, dabei hatte er sie bisher noch kaum berührt, und sie hatte das Gefühl, daß ihr ein Teil der Kontrolle über die Geschehnisse entglitt. »Rogan, ich will nicht…«

»Verführt werden?« Er löste seine Lippen von ihrem Mund und ließ sie langsam über ihr Gesicht wandern.

»Nein.« Doch als sein Mund über ihren Hals zu gleiten begann, warf sie unweigerlich den Kopf zurück.

»Und trotzdem verführe ich dich jetzt.«

Er ließ ihre Hände los, zog sie dichter an seine Brust, und statt von fiebriger Erregung wurde sie von dem unentrinnbaren Verlangen, sich ihm hinzugeben, erfaßt. Sie empfand ihre Arme als unglaublich schwer, als sie sie um seinen Nakken schlang, und sie hing hilflos an seinem Hals, als er ihre Haare und ihr Gesicht mit federleichten Berührungen zu liebkosen begann.

Er verschloß ihre Lippen in einem feuchten, tiefen, üppigen Kuß, dessen Endlosigkeit sie in seinen Armen zu Wachs werden ließ. Er hatte sie beide betrogen, dachte Rogan, als er sie sanft aufs Bett gleiten ließ. Indem er bisher ausschließlich im Feuer ihrer beider Leidenschaft aufgegangen war, hatte er verhindert, daß einer von ihnen die warmen Tiefen der Zärtlichkeit empfand.

Doch heute nacht würde es anders sein.

Heute nacht würde sie von ihm durch ein Labyrinth aus Träumen geführt, ehe er sie mit sich in die lodernden Flammen zog.

Seine Berührungen drangen durch ihre Haut, verblüfften sie, überwältigten sie mit ihrer Zärtlichkeit. Die Gier, die bisher immer ein bedeutender Teil ihrer beider Lust gewesen war, hatte einer geduldigen Langsamkeit Platz gemacht, der zu widerstehen oder sich zu verweigern unmöglich war. Lange ehe er ihre Bluse öffnete und mit seinen weichen, geschmeidigen Fingerspitzen über ihre nackte Haut fuhr, schwebte sie bereits.

Ihre Hände glitten schlaff von seinen Schultern herab, sie hielt den Atem an und keuchte auf, als seine Zunge auf der Suche nach ihren verborgenen Aromen genießerisch über ihre Brüste fuhr. Sie trieb in gemächlicher Wohligkeit dahin, spürte jede Stelle ihres Körpers, die er berührte, und empfand tief in ihrem Inneren ein langsames, ruhiges Ziehen. Ganz anders und wesentlich zerstörerischer als jede Explosion.

Sie murmelte seinen Namen, als er ihren Kopf umfaßte und ihren schmelzenden Körper an sich zog.

»Du gehörst mir, Maggie. Niemand anders wird dich je so besitzen wie ich.«

Sie hätte protestieren sollen, doch sie konnte nicht, denn sein Mund setzte seine Reise mit einer Ruhe fort, als hätte er für die Erforschung ihres Leibes Jahre, nein Jahrzehnte Zeit.

Mit schweren Lidern nahm sie das verträumte Flackern der Kerzen wahr, sie roch den Duft des Straußes, der erst am Morgen von ihr gepflückt und in einer blauen Vase unter dem Fenster arrangiert worden war, und sie vernahm die von Blütendüften und Meeresrauschen erfüllte Brise der mittelmeerischen Nacht. Unter seinen Fingern und Lippen wurde ihre Haut weich, und ihre Muskeln zitterten.

Weshalb nur hatte er bisher nicht erkannt, wie groß und wie zärtlich sein Verlangen nach ihr war? Statt in lodernde Flammen war er in glühende Scheite und schwelenden Rauch gehüllt. Hilflos und unfähig, etwas anderes zu tun, als zu nehmen, was er gab, als zu folgen, wohin er ging, lag sie unter ihm, und auch wenn er in Hirn und Lenden ein schmerzliches Pochen empfand, verharrte er in seiner streichelnden Zärtlichkeit, wartete auf sie, beobachtete, wie sie von einem schmelzenden Gefühl ins nächste überglitt.

Als sie erschauderte, als ein erneutes seufzendes Stöhnen über ihre Lippen drang, nahm er abermals ihre Finger, hielt sie fest in seiner Hand und drängte sie über den ersten Klippenrand.

Sie bäumte sich auf, ihre Lider flatterten, und er sah, wie ihr der erste samtige Hieb den Atem nahm. Dann wurde sie wieder weich, matt und schlaff, und ihre Lust drang durch seine Haut und wallte in seinem Inneren auf.

Die Sonne versank im Meer, die Kerzen brannten herunter, und wieder führte er sie in bisher unbekannte Höhen hinauf, hin zu einem Gipfel, dessen Erreichen sie aufschreien ließ. Der Schrei ebbte zu Schluchzen und leisem Seufzen ab, und als sie meinte, daß auch ihr übervolles Herz zu schluchzen begänne, glitt er in sie hinein und nahm sie mit aller Zärtlichkeit, derer er mächtig war. Währenddessen erhob sich über den Wellen des Meeres silbrig schimmernd der Mond.

Vielleicht schlief sie, auf alle Fälle träumte sie, und als sie erneut die Augen öffnete, drang das Licht des Mondes durch die Fenster des Raumes, in dem sie alleine war. Wie eine faule Katze überlegte sie, ob sie nicht vielleicht einfach gemütlich weiterschlafen sollte, doch noch während sie den Kopf in den Kissen vergrub, wußte sie, daß sie ohne ihn neben sich nicht mehr zur Ruhe kam.

Also stand sie auf, wobei ihr war, als schwebe sie, als hätte sie zu häufig an dem köstlichen französischen Wein genippt. Sie fand einen Morgenmantel, einen Hauch aus Seide, der ihr von Rogan geschenkt worden war, und das Kleidungsstück lag glatt und weich auf ihrer Haut, als sie das Zimmer verließ, um nach ihm zu sehen.

»Ich hätte wissen sollen, daß du hier bist.« Er hatte sich mit bloßem Oberkörper vor dem Herd in der strahlend sauberen, schwarzweißen Küche aufgebaut. »Hat dich etwa dein knurrender Magen geweckt?«

»Ich nehme an, genau wie dich, mein Kind.« Er stellte die Flamme unter der Pfanne kleiner und wandte sich zu ihr um. »Ich habe uns ein paar Eier in die Pfanne gehauen.«

»Was sonst?« Weiter als bis zu Eiern reichte ihrer beider Kochkünste nicht. »Wahrscheinlich kehren wir morgen gackernd wie die Hühner nach Irland zurück.« Sie verspürte eine ungewohnte Verlegenheit, und so fuhr sie sich ungelenk durchs Haar. »Du hättest mich wecken und mir sagen sollen, daß du Hunger hast. Dann hätte ich uns was gemacht.«

»Ach.« Er nahm zwei Teller aus dem Schrank. »Seit wann läßt du dir von mir irgendwelche Befehle erteilen?«

»Das habe ich nicht gemeint. Aber ich hätte dir schon was gekocht, denn schließlich habe ich vorhin schon nichts getan.«

»Vorhin?«

»Oben. Im Bett. Dort hast du die ganze Arbeit gemacht.«

»So war es ja wohl abgemacht.« Er ließ die Eier auf die Teller gleiten. »Und aus meiner Sicht hast du deine Sache durchaus gut gemacht. Zu beobachten, wie du langsam, aber sicher dahinzuschmelzen begannst, war ein unglaubliches Vergnügen für mich.« Ein Vergnügen, das möglichst bald eine Wiederholung fände, ginge es nach ihm. »Aber warum setzt du dich nicht und ißt? Die Nacht ist noch lange nicht vorbei.«

»Wohl nicht.« Ein wenig gelöster setzte sie sich neben ihn an den Tisch. »Und vielleicht kriege ich auf diese Weise ein wenig Energie zurück. Weißt du«, sagte sie mit vollem Mund, »ich hatte keine Ahnung, daß Sex so schwach machen kann.«

»Es war nicht nur Sex.«

Bei seinem Ton verharrte ihre Gabel auf halbem Weg in der Luft. Neben Verärgerung hörte sie eine ungewohnte Verletztheit heraus, und es tat ihr leid, daß sie die Ursache dafür gewesen war. Ebenso wie es sie verwunderte. »So unpersönlich habe ich es nicht gemeint, Rogan. Wenn zwei Menschen einander mögen…«

»Ich mag dich nicht nur, Maggie. Ich liebe dich.«

Die Gabel glitt ihr aus den Fingern und fiel klappernd auf den Tisch. Panik schnürte ihr die Kehle zu. »Tust du nicht.«

»O doch.« Er sagte es mit ruhiger Stimme, obgleich er sich dafür verfluchte, daß ihm diese Erklärung in der grell erleuchteten Küche über schlecht zubereiteten Rühreiern über die Lippen gekommen war. »Und du liebst mich.«

»Tue ich nicht – ich frage mich, woher du so etwas wissen willst.«

»Einer von uns muß es ja wohl sehen, wenn du schon zu blind dazu bist. Was zwischen uns ist, ist viel mehr als körperliche Anziehungskraft, und wenn du kein solcher Dickschädel wärst, gäbst du das auch zu.«

»Ich bin kein Dickschädel.«

»Bist du doch, aber ich habe festgestellt, daß das eins der Dinge ist, die ich an dir mag.« Inzwischen hatte er wieder einen klaren Kopf, und es freute ihn, daß der Augenblick der Schwäche vorüber war. »Wir hätten all das unter romantischeren Umständen besprechen können, aber wie ich dich kenne, ist dir das ziemlich egal. Ich liebe dich, und ich möchte, daß du mich heiratest.«

17. Kapitel

HEIRATEN? Sie wagte nicht, das Wort zu wiederholen, denn sicher wäre sie daran erstickt.

»Du bist ja wohl vollkommen übergeschnappt.«

»Glaube mir, dieser Gedanke ist mir selbst schon gekommen.« Er griff nach seiner Gabel und schob sie sich äußerlich gelassen in den Mund. In seinem Inneren jedoch empfand er einen unerwarteten, rohen Schmerz. »Du bist starrsinnig, häufig unhöflich, noch häufiger ganz auf dich fixiert und so ziemlich der launischste Mensch, der mir je begegnet ist.«

Einen Augenblick lang schnappte sie wie ein Guppy nach Luft. »Ach ja?«

»Ach ja. Und wenn ein Mann für den Rest seines Lebens mit einer solchen Frau zusammensein will, muß er ja wohl leicht wahnsinnig sein. Aber« – er schenkte frisch aufgebrühten Tee in zwei Becher ein – »so ist es nun mal. Ich glaube, es ist üblich, daß man sich in der Kirche der Braut trauen läßt, also heiraten wir eben in Clare.«

»Üblich? Zum Teufel mit dem, was üblich ist, Rogan, und mit dir ebenfalls.« War es Panik, was ihr da eiskalt über den Rücken kroch? O nein, dachte sie, sicher war es Zorn über seine Unverfrorenheit. Zu fürchten hatte sie nichts. »Ich heirate weder dich noch sonst irgend jemanden. Niemals.«

»Das ist absurd. Natürlich wirst du mich heiraten. Wir passen erstaunlich gut zueinander, Maggie. Das weißt du ganz genau.«

»Eben erst hast du gesagt, daß ich starrsinnig, launisch und unhöflich bin.«

»Das bist du auch. Und genau so gefällst du mir.« Ohne auf ihren Widerstand zu achten, nahm er ihre Hand und küßte sie. »Von daher kommt mir eine Ehe mit dir gerade recht.«

»Nun, mir nicht. Vielleicht stört mich deine Arroganz weniger als zu Beginn unserer Bekanntschaft, Rogan, aber das kann sich jederzeit wieder ändern. Versteh mich richtig.« Mit einem Ruck entzog sie ihm ihre Hand. »Ich heirate niemanden.«

»Niemanden außer mir.«

Sie fluchte, doch als sie sein selbstzufriedenes Grinsen sah, verstummte sie. Eine Auseinandersetzung, dachte sie, mochte für den Augenblick unbefriedigend sein, doch am Ende wurde dadurch nichts gelöst. »Deshalb hast du mich hierhergebracht, nicht wahr?«

»Nein. Eigentlich wollte ich mehr Zeit verstreichen lassen, ehe ich dir meine Gefühle offenbare.« Langsam schob er seinen Teller fort. »Schließlich wußte ich genau, daß du mir meine Offenheit nicht gerade danken würdest.« Er sah sie an. »Du siehst, Margaret Mary, inzwischen kenne ich dich ziemlich gut.«

»Das tust du nicht.« Ihr Zorn und die Panik, die sie sich nicht hatte eingestehen wollen, ebbten ab, und mit einem Mal empfand sie eine ungeahnte Traurigkeit. »Es gibt Gründe dafür, daß ich mir von niemandem das Herz brechen lassen will, Rogan, ebenso wie es Gründe dafür gibt, daß ich nicht heiraten will.«

Es besänftigte ihn, daß es nicht der Gedanke an eine Ehe mit ihm, sondern an die Ehe im allgemeinen war, der sie derart zu erschrecken schien. »Und was für Gründe sind das, wenn ich fragen darf?«

Sie senkte den Blick auf ihren Becher, gab nach kurzem Zögern drei Stücke Zucker in ihren Tee und rührte nachdenklich in der heißen Flüssigkeit herum. »Du hast deine Eltern verloren.«

»Ja.« Er runzelte die Stirn. Die Wendung des Gesprächs überraschte ihn. »Vor beinahe zehn Jahren.«

»Es ist schlimm, wenn man einen Teil der Familie verliert. Es raubt einem die grundlegende Sicherheit, konfrontiert einen mit der Tatsache, daß alle Menschen sterblich sind. Hast du sie geliebt?«

»Sehr. Maggie…«

»Nein, ich wüßte gern, was du dazu zu sagen hast. Es ist wichtig für mich. Haben sie dich geliebt?«

»Ja, das haben sie.«

»Woher wußtest du das?« Sie nahm die Tasse in beide Hände und führte sie an ihren Mund. »Wußtest du es, weil sie dir ein schönes Leben geboten haben, ein luxuriöses Heim?«

»Mit materiellen Dingen hatte es nichts zu tun. Ich wußte, daß sie mich liebten, weil ich es spürte, weil sie es mir zeigten. Ebenso wie sie zeigten, daß es Liebe war, die sie beide miteinander verband.«

»Es gab also Liebe in eurem Haus. Und Fröhlichkeit, Rogan? Gab es bei euch auch Fröhlichkeit?«

»Allerdings.« Er erinnerte sich noch allzugut an das häufige Gelächter, von dem das Haus erfüllt gewesen war. »Als sie starben, war ich am Boden zerstört. Ihr Tod kam so plötzlich, er erschien mir so brutal…« Seine Stimme wurde dünn, doch dann hatte er sich wieder in der Gewalt. »Aber nach einer Weile, nachdem der schlimmste Schmerz verklungen war, war ich froh, daß sie gemeinsam gestorben waren. Ohne den jeweils anderen hätte für jeden von ihnen das Leben nur noch den halben Sinn gemacht.«

»Du hast keine Ahnung, was für ein Glück du hast, was für ein Geschenk es ist, wenn man in einer liebevollen, glücklichen Familie aufwachsen darf. Ich habe so etwas nie gekannt. Und ich werde es nie kennen. Bei uns gab es Zorn und Vorwürfe und Schuld und Pflicht, aber Liebe gab es nicht. Kannst du dir vorstellen, wie es ist, wenn man in einem Haus aufwächst, in dem es zwischen den beiden Menschen, die deine Eltern sind, nicht die geringste Zuneigung gibt? In dem diese beiden Menschen nur leben, weil ihre Ehe ein Gefängnis ist, aus dem zu entrinnen ihnen von ihrem Gewissen und von den Gesetzen und von den Gesetzen der Kirche verboten wird?«

»Nein, das kann ich mir nicht vorstellen.« Er legte seine Finger auf ihre Hand. »Und es tut mir leid, daß du es kannst.«

»Bereits als Kind habe ich mir geschworen, daß ich mich niemals in ein derartiges Gefängnis würde einsperren lassen.«

»Die Ehe muß kein Gefängnis sein, Maggie«,

sagte er sanft. »Für meine eigenen Eltern war sie das Paradies.«

»Und vielleicht schaffst du dir eines Tages das gleiche Paradies. Aber ich nicht. Jeder Mensch imitiert, was er kennt, Rogan. Man kann nicht ändern, wodurch man in seiner Kindheit geprägt worden ist. Und ich wurde nun einmal durch den Haß meiner Mutter geprägt.«

Er hätte ihr widersprochen, aber sie redete in einem so nüchternen Ton, daß es ihm einfach die Sprache verschlug.

»Bereits vor meiner Geburt hat sie mich gehaßt. Die Tatsache, daß ich in ihr wuchs, hat ihr Leben ruiniert, und das reibt sie mir so oft wie möglich unter die Nase. All die Jahre habe ich nie gewußt, wie tief ihr Haß und ihre Verzweiflung wirklich gingen, aber dann hat mir deine Großmutter erzählt, daß das Ziel meiner Mutter, ehe sie meinem Vater begegnete, eine eigene Karriere war.«

»Eine Karriere?« Er versuchte, sich zu entsinnen, was seine Großmutter gesagt hatte. »Die Singerei? Aber was hat die mit dir zu tun?«

»Alles. Was hatte sie denn für eine andere Wahl, als ihre Karriere aufzugeben, als sie schwanger war? Was für eine Karriere hätte sie als alleinerziehende Mutter in einem Land wie dem unseren schon vor sich gehabt? Keine.« Sie zitterte und atmete unsicher aus. Es schmerzte, diese Dinge zu sagen, sie so laut auszusprechen, daß jemand anderes sie vernahm.

»Sie wollte etwas Eigenes, und das verstehe ich. Ich weiß, wie es ist, wenn man Ehrgeiz hat. Und ich kann mir nur allzugut vorstellen, wie es sein muß, wenn mit einem Mal jede Hoffnung zunichte gemacht wird. Ohne mich hätten die beiden nie geheiratet. Ein Augenblick der Leidenschaft, des Verlangens, mehr war es nicht. Mein Vater war über Vierzig und sie über Dreißig. Ich nehme an, sie träumte von einer Romanze, und er sah in ihr einfach eine bezaubernde Frau. Sie war wirklich hübsch. Ich habe Bilder von ihr gesehen. Sie war hübsch, ehe sich ihr die Verbitterung ins Gesicht gegraben hat. Und ich war die Saat ihres Elends, ein Siebenmonatsbaby, das ihr Schande machte und all ihre Träume begrub. Und seine auch. Ja, seine auch.«

»Du kannst dir ja wohl kaum Vorwürfe machen, weil du geboren bist, Maggie.«

»Oh, das weiß ich auch. Meinst du nicht, daß ich das weiß? Hier oben?« Sie klopfte sich gegen die Stirn. »Aber in meinem Herzen – kannst du das denn nicht verstehen? In meinem Herzen weiß ich, daß allein durch meine Existenz und durch jeden Atemzug, den ich mache, das Leben zweier

Menschen zerstört worden ist. Ich bin eine Frucht bloßer Leidenschaft, und jedesmal, wenn sie mich ansieht, wird sie daran erinnert, daß sie gesündigt hat.«

»Das ist nicht nur lächerlich, sondern vollkommen schwachsinnig.«

»Vielleicht. Mein Vater sagte, er hätte sie einst geliebt, und vielleicht stimmt das sogar.« Sie konnte sich lebhaft vorstellen, wie er in O'Malley's Pub geschlendert und wie er bei Maeves Anblick und beim Klang ihrer Stimme in Verzückung geraten war.

Doch diese Verzückung hatte nicht lange gewährt. Weder für ihn noch für sie.

»Ich war zwölf, als sie mir erzählte, daß ich außerhalb der Ehe empfangen worden war. So hat sie es ausgedrückt. Vielleicht begann sie zu sehen, daß ich kein kleines Kind mehr war. Weißt du, ich begann, mich nach den Jungen umzudrehen. Flirtete ein bißchen mit Murphy und ein, zwei anderen Jungen aus dem Dorf herum. Sie hat mich erwischt, wie ich mit Murphy hinter dem Heuschober stand und meinen ersten Kuß bekam. Einen einfachen Kuß, mehr nicht, an einem warmen Sommernachmittag, von einem Jungen, der ebenso unerfahren und neugierig war wie ich. Es war wunderbar – sanft und schüchtern und harmlos.«

»Und sie hat uns überrascht.« Maggie schloß die Augen, und wieder sah sie die Szene vor sich, als wäre alles erst gestern geschehen. »Sie wurde kreidebleich, schrie und tobte und zerrte mich ins Haus. Ich wäre verrucht, sagte sie, und sündig, und weil mein Vater nicht zu Hause war, um sie aufzuhalten, ging sie auf mich los.«

»Auf dich los?« Vor Entsetzen sprang er auf. »Willst du damit etwa sagen, sie hätte dich geschlagen, nur weil du von einem Jungen geküßt worden bist?«

»Sie hat nicht nur wie sonst die flache Hand benutzt«, fuhr Maggie tonlos fort, »sondern sie hat einen Gürtel geholt und auf mich eingedroschen, als wollte sie mich umbringen. Und die ganze Zeit hat sie Bibelzitate geschrien und gebrüllt, was für eine elende Sünderin ich doch sei.«

»Sie hatte nicht das Recht, dich so zu behandeln.« Er kniete sich vor sie und umfaßte sanft ihr Gesicht.

»Nein, dazu hat wohl niemand das Recht, aber trotzdem hat sie es getan. In jenem Augenblick sah ich Haß in ihrem Blick, aber auch Angst. Angst, ich könnte so enden wie sie, mit einem Baby im Bauch und einem Herzen, in dem es keine Liebe gibt. Ich hatte immer gewußt, daß sie mich nicht so liebte, wie eine Mutter ihr Kind lieben soll. Ich wußte, daß sie Brie gegenüber ein wenig sanfter war. Aber bis zu jenem Tag hatte ich nicht gewußt, weshalb.«

Sie stand auf und ging durch die Tür in einen kleinen, mit Steinen ausgelegten Innenhof, der mit Tontöpfen voll leuchtender Geranien bestanden war.

»Du brauchst nicht weiter darüber zu sprechen, wenn du nicht willst«, sagte Rogan hinter ihr.

»Ich möchte, daß du auch das Ende erfährst.« Der Himmel war mit Sternen übersät, und in den Bäumen flüsterte ein leiser Wind. »Sie sagte, ich wäre gebrandmarkt. Und sie schlug mich, damit die Schande auch äußerlich sichtbar würde, damit ich verstünde, was für eine Last der Frau aufgebürdet ist, nur weil sie diejenige ist, die die Kinder bekommt.«

»Das war abscheulich von ihr, Maggie.« Unfähig, seine eigenen Gefühle zu unterdrücken, drehte er sie zu sich herum, umfaßte ihre Schultern mit einem harten Griff und blitzte sie zornig an. »Du warst noch ein Kind.«

»Falls ich noch ein Kind war, dann nur bis zu jenem Tag. Denn da verstand ich, daß es ihr ernst war mit dem, was sie von sich gab.«

»Es war eine Lüge, eine elende Lüge.«

»Nicht für sie. Für sie war es die reine Wahrheit. Sie sagte, ich wäre ihre Strafe, Gott hätte sie für ihre Nacht der Sünde mit mir gestraft. Sie war der felsenfesten Überzeugung, daß es so war, und jedesmal, wenn sie mich ansah, rief das die Erinnerung an ihr Fehlverhalten wach. Ihrer Meinung nach waren selbst der Schmerz und das Elend, mich zu gebären, nicht genug. Meinetwegen war sie in einer Ehe gefangen, die sie haßte, an einen Mann gebunden, den sie nicht lieben konnte, und Mutter eines Kindes, das nie gewollt gewesen war. Und, wie ich erst jetzt herausgefunden habe, habe ich alles ruiniert, was ihr je wichtig gewesen ist. Vielleicht alles, was sie selbst jemals war.«

»Sie ist diejenige, die die Schläge verdient hätte, nicht du. Niemand hat das Recht, ein Kind derart zu mißhandeln, oder, schlimmer noch, irgendeine verschrobene Vorstellung von Gott als Rechtfertigung zu benutzen, wenn er es tut.«

»Seltsam, mein Vater hat fast dasselbe gesagt, als er nach Hause kam und sah, was sie getan hatte. Ich dachte, er ginge auf sie los. Es war das einzige Mal, daß ich erlebt habe, daß er vollkommen außer sich war. Sie hatten einen furchtbaren Streit, und ihnen zuzuhören war beinahe schlimmer als die Schläge, mit denen ich zuvor traktiert worden war. Ich ging in mein Zimmer, um dem allem zu entgehen, und Brie kam mit Salbe zu mir herauf.

Sie hat sich wie eine kleine Mutter um mich gekümmert und die ganze Zeit irgendwelchen Unsinn geredet, während von unten pausenlos Gebrüll und Gefluche zu hören war. Ihre Hände haben entsetzlich gezittert.«

Sie wehrte sich nicht, als Rogan sie in seine Arme zog, aber ihre Augen blieben trocken und ihre Stimme ruhig. »Ich dachte, er würde gehen. Sie sagten so häßliche Dinge zueinander, daß ich dachte, hinterher wäre es ihnen unmöglich, weiter unter einem Dach zu leben. Ich dachte, wenn er uns nur mitnähme, wenn Brie und ich mit ihm gehen könnten, egal wohin, wäre alles gut. Aber dann hörte ich, wie er sagte, auch er bezahle für jene Nacht. Auch er bezahle dafür, daß er je geglaubt hatte, er liebe und begehre sie. Bezahle dafür bis zu seinem Tod. Und natürlich ging er nicht.«

Mit diesen Worten löste sich Maggie von Rogan und trat einen Schritt zurück. »Er blieb noch mehr als zehn Jahre, und sie hat mich nie wieder angerührt. Aber keiner von uns hat jenen Tag je vergessen – ich glaube, wir wollten es auch nicht. Er versuchte, das, was geschehen war, wieder wettzumachen, indem er mir noch mehr Liebe gab, aber das war unmöglich. Wenn er sie verlassen hätte, wenn er uns mitgenommen hätte an einen Ort, wo sie nicht war, dann hätten sich die Dinge verändert. Aber das konnte er nicht, und so lebten wir weiter in unserem Haus wie ein Haufen Sünder, der auf ewig in der Hölle gefangen war. Und ich wußte, egal wie sehr er mich liebte, gab es Augenblicke, in denen er gedacht haben muß, wenn es *mich* nicht gäbe, wäre er frei.«

»Gibst du allen Ernstes dem Kind die Schuld, Maggie?«

»Die Sünden der Väter…« Sie schüttelte den Kopf. »Das ist einer der Lieblingssprüche meiner Mutter. Nein, Rogan, ich gebe nicht dem Kind die Schuld. Aber es ändert nichts an dem, was aus mir geworden ist.« Sie atmete tief ein. Es war gut, endlich einmal alles losgeworden zu sein. »Das Risiko, ähnlich gefangen zu sein, gehe ich niemals ein.«

»Du bist zu intelligent, um zu glauben, daß das, was deinen Eltern widerfahren ist, jedem widerfährt.«

»Nicht jedem, nein. Nun, da sie nicht länger an meine Mutter gefesselt ist, sucht sich Brie bestimmt einen Mann, den sie heiraten kann. Sie ist eine Frau, der die Familie sehr wichtig ist.«

»Dir hingegen nicht.«

»Nein«, sagte sie, doch das Wort klang hohl. »Ich habe meine Arbeit und das Bedürfnis, allein zu sein.«

Er umfaßte ihr Kinn und zwang sie, ihn anzusehen. »Du hast Angst.«

»Wenn es so ist, habe ich wohl auch das Recht dazu.« Sie schüttelte ihn ab. »Was für eine Frau oder Mutter würde ich mit meinem Hintergrund wohl sein?«

»Aber du sagst, daß deine Schwester die geborene Frau und Mutter ist.«

»Unsere Kindheit hat sich auf sie anders ausgewirkt. Für sie sind eine Familie und ein Zuhause so wichtig, wie mir meine Ruhe ist. Du hattest Recht, als du sagtest, ich wäre starrsinnig und unhöflich und es ginge mir immer nur um mich.«

»Vielleicht mußtest du so werden. Aber das sind nicht alle Seiten an dir, Maggie. Darüber hinaus bist du mitfühlend und loyal und liebevoll. Ich habe mich nicht nur in einen Teil von dir, sondern in den ganzen Menschen verliebt, und ich möchte für den Rest meines Lebens mit dir zusammensein.«

Etwas in ihrem Inneren erzitterte, zerbrechlich wie Kristall, das von einer achtlosen Hand ins Wanken gebracht worden war. »Hast du mir überhaupt zugehört?«

»Allerdings. Und jetzt weiß ich, daß du mich nicht nur liebst, sondern auch brauchst.«

Sie fuhr sich mit beiden Händen durchs Haar

und zerrte frustriert an ein paar Strähnen herum. »Ich brauche niemanden.«

»Natürlich tust du das. Du hast Angst, es zuzugeben, aber das verstehe ich.« Von ganzem Herzen bedauerte er das Kind, das sie gewesen war, doch er durfte nicht zulassen, daß dadurch sein Plan für die Frau ins Wanken geriet. »Du hast dich selbst in ein Gefängnis gesperrt, Maggie, aber sobald du dir einmal deine Bedürfnisse eingestehst, öffnet sich die Tür.«

»Ich bin zufrieden mit meinem Leben, wie es ist. Warum sollte ich es also ändern?«

»Weil ich mehr als ein paar Tage im Monat mit dir verbringen will. Weil ich ein gemeinsames Leben und Kinder mit dir will.« Er strich ihr über das Haar und legte ihr sanft die Hand an den Hals. »Weil du die erste und einzige Frau bist, die ich je geliebt habe. Weil ich dich nicht verlieren will. Und weil ich nicht zulassen werde, daß du mich verlierst.«

»Ich habe dir alles gegeben, was ich geben kann, Rogan.« Ihre Stimme zitterte, aber sie gab nicht nach. »Mehr, als ich je zuvor einem Menschen gegeben habe. Sei zufrieden mit dem, was ich geben kann, denn wenn du es nicht bist, müssen wir aufhören, einander zu sehen.«

»Ist das so leicht?«

»Egal, ob es leicht ist, auf jeden Fall muß es sein.«

Sein Griff wurde fester, doch dann ließ er von ihr ab. »Du bist wirklich starrsinnig«, sagte er, wobei er seinen Schmerz hinter einem Ton der Belustigung verbarg. »Aber das bin ich auch. Ich kann warten, bis du zu mir kommst. Nein, sag nicht, daß du nicht kommen wirst«, fuhr er fort, denn sie öffnete protestierend den Mund. »Das würde es nur schwerer für dich machen, wenn du kommst. Wir lassen alles so, wie es ist, Maggie. Mit einem Unterschied.«

Ihre Erleichterung machte neuem Argwohn Platz. »Welchem?« fragte sie.

»Mit dem Unterschied, daß du jetzt weißt, daß ich dich liebe.« Er zog sie in seine Arme und bedeckte ihre Lippen mit seinem Mund. »Woran du dich am besten möglichst schnell gewöhnst.«

Sie war froh, zu Hause zu sein. Zu Hause konnte sie die Ungestörtheit genießen, das Alleinsein und die langen, langen Tage, an denen das Licht bis zehn Uhr abends am Himmel hing. Zu Hause brauchte sie an nichts zu denken als an ihre Arbeit, und wie zum Beweis verbrachte sie die Tage ohne jede Störung in ihrem Atelier.

Sie schaffte viel und freute sich über die Ergebnisse, die sie im Kühlofen erkalten sah. Doch zum ersten Mal, seit sie denken konnte, empfand sie eine gewisse Einsamkeit.

Das war allein seine Schuld, dachte sie, während sie beobachtete, wie das abendliche Zwielicht langsam in eine wunderbare Nacht überging. Er hatte sie dazu gebracht, daß sie seine Gesellschaft, das Treiben in den Städten, die Vielzahl von Menschen genoß. Er hatte sie dazu gebracht, daß sie mit dem, was sie hatte, nicht mehr zufrieden war.

Er hatte sie dazu gebracht, daß sie ohne ihn nicht mehr zufrieden war.

Doch zumindest hatte er in ihr nicht den Wunsch geweckt, verheiratet zu sein, dachte sie, während sie die Dinge, die sie Brianna mitbringen wollte, vom Küchentisch nahm. Und sie war sicher, daß er ihre beharrliche Weigerung, ließe sie ihm etwas Zeit, verstand. Wenn nicht…

Sie trat aus dem Haus und schloß die Tür. Am besten sie sorgte sich nicht weiter darüber. Schließlich war Rogan ein durchaus vernünftiger Mann.

Langsam spazierte sie in Richtung von Briannas Haus, und allmählich senkte sich die Nacht über sie, zu ihren Füßen stieg ein leichter Nebel auf, und über ihrem Kopf wehte eine überraschend kühle Brise durch das Baumgeäst.

Wie von einem einladenden Leuchtturm strahlte das Licht aus Briannas Küche in die Nacht hinaus. Maggie rückte die gerahmten Skizzen unter ihrem Arm zurecht und beschleunigte ihren Schritt.

Als sie näher kam, drang ein leises Knurren aus dem Schatten der Platane, doch auf ihren leisen Ruf hin wurde sie durch ein freudiges Bellen begrüßt. Con sprang aus der Dunkelheit durch den Nebel und hätte seine Liebe und Ergebenheit zu ihr durch einen kühnen Sprung gegen ihre Brust bezeugt, hätte sie ihn nicht vorsorglich abgewehrt.

»Vielen Dank, aber es ist mir lieber, wenn du mich auf den Beinen läßt.« Sie rieb ihm den Kopf und den Hals, während sein wedelnder Schwanz den dünnen Nebel in schmale Fetzen riß. »Und, paßt du auch gut auf deine Prinzessin auf? Laß uns mal gucken, wo sie ist.«

Maggie öffnete die Küchentür, und Con schoß in einem Wirbel aus Fell und Muskeln an ihr vorbei und blieb hechelnd und mit klopfendem Schwanz vor der Tür zum Wohnzimmer stehen.

»Ach, da ist sie?« Maggie legte die Skizzen beiseite und folgte dem Hund. Durch die Salontür drang eine leise Stimme, ein britischer Akzent zu ihr in den Flur. »Sie hat Gäste«, sagte sie zu Con und enttäuschte ihn, indem sie, statt den Raum zu betreten, wieder in die Küche ging. »Und da wir sie nicht stören wollen, bleibst du besser hier bei mir.« Damit dem Hund die Aussicht, mit ihr allein zu sein, nicht allzu betrüblich erschien, ging sie an den Schrank, in dem Cons Hundekuchenvorrat lag. »Und, welches Kunststück führst du mir heute abend vor, alter Junge?«

Con beäugte den Hundekuchen, den sie hielt, und schob begierig die Lefzen zurück. Bemüht würdevoll trottete er zu ihr hinüber, setzte sich und legte ihr eine Pfote in den Schoß.

»Fein gemacht.«

Sobald er die Köstlichkeit zwischen den Zähnen hielt, tapste er zum Teppich vor dem Küchenherd, den er dreimal umrundete, ehe er sich mit einem wohligen Seufzer auf ihm niederließ.

»Ich könnte selbst etwas vertragen«, stellte Maggie fest, und nach einigem Suchen entdeckte sie ein halbes Ingwerbrot, das unter einem Tuch verborgen gewesen war. Sie aß eine Scheibe, während das Wasser zu kochen begann, setzte sich dann mit einer zweiten Scheibe und einer gemütlichen Tasse Tee an den Tisch und piekte gerade die letzten Krumen auf, als Brianna den Raum betrat.

»Ich habe mich schon gefragt, wann du wohl mal vorbeikommst.« Brianna tätschelte den Hund, der aufgestanden war und sich an ihren Beinen rieb.

»Wenn ich gewußt hätte, daß es bei dir Ingwerbrot gibt, wäre ich schon eher aufgetaucht. Wie ich sehe, hast du Gäste im Haus.«

»Ja, ein Paar aus London, einen Studenten aus Derry und zwei süße Damen aus Edinburgh. Wie war dein Urlaub am Mittelmeer?«

»Die Villa war wunderbar, tagsüber war es sonnig und heiß, nachts angenehm warm. Ich habe ein paar Skizzen gemacht, damit du es selbst sehen kannst.« Sie wies auf die gerahmten Bilder auf dem Tisch.

Brie sah sich die Zeichnungen an, und ihr Gesicht fing vor Freude an zu glühen. »Oh, sie sind wunderbar.«

»Ich dachte, sie würden dir besser gefallen als Postkarten.«

»Allerdings. Danke, Maggie. Und ich habe ein paar Zeitungsartikel über deine Ausstellung in Paris für dich.«

Maggie war ehrlich überrascht. »Wie bist du denn daran gekommen?«

»Ich habe Rogan gebeten, sie mir zu schicken. Würdest du sie vielleicht gerne sehen?«

»Nicht jetzt, nein. Dann würde ich nur nervös, und im Augenblick komme ich einfach zu gut mit meiner Arbeit voran.«

»Wirst du nach Rom fliegen, wenn die dortige Ausstellung eröffnet wird?«

»Darüber habe ich noch nicht nachgedacht. Dieser Teil meiner Arbeit erscheint mir immer noch weit entfernt.«

»Wie ein Traum.« Seufzend setzte sich Brianna an den Tisch. »Ich kann es kaum glauben, daß ich tatsächlich in Paris gewesen bin.«

»Du kannst doch jetzt öfter reisen, wenn du willst.«

»Mmm.« Bestimmt gäbe es noch viele andere interessante Orte zu sehen, aber ihr Zuhause hielt sie einfach fest. »Alice Quinn hat einen Jungen bekommen. David. Gestern war die Taufe, und er hat während des ganzen Gottesdienstes geweint.«

»Und Alice ist wahrscheinlich wie ein aufgeregtes Vögelchen herumgeflattert.«

»Nein, sie hatte David auf dem Arm, und als ihre Versuche, ihn zu beruhigen, nichts nützten, ist sie mit ihm rausgegangen und hat ihn gestillt. Die Ehe und das Kind haben sie ganz schön verändert. Man sollte nicht meinen, daß sie noch dieselbe Alice ist.«

»Die Ehe verändert jeden.«

»Oft zum Besseren.« Doch Brianna sah Maggie ihre Gedanken an. »Mutter kommt sehr gut zurecht.«

»Ich habe nicht nach ihr gefragt.«

»Nein«, sagte Brianna in ruhigem Ton. »Aber trotzdem erzähle ich es dir. Lottie zwingt sie dazu, daß sie sich jeden Tag in den Garten setzt und daß sie sogar hin und wieder spazierengeht.«

»Spazieren?« Auch wenn sie es nicht wollte, war Maggie mit einem Mal doch interessiert. »Sie bringt Mutter dazu, daß sie spazierengeht?«

»Ich weiß nicht, wie sie es macht, aber Lottie hat eine ganz eigene Art, mit ihr umzugehen. Als ich das letzte Mal bei ihnen war, hielt Mutter Wolle und Lottie wickelte sie zu einem Knäuel. Als ich reinkam, warf sie alles auf den Boden und fing an zu jammern, diese Frau brächte sie noch ins Grab. Behauptete, sie hätte Lottie bereits zweimal rausgeworfen, aber Lottie ginge einfach nicht. Und die ganze Zeit, während Mutter jammerte, saß Lottie lächelnd in ihrem Schaukelstuhl und wickelte an ihrem Knäuel herum.«

»Wenn diese Frau Lottie vertreibt…«

»Nein, laß mich zu Ende erzählen.« Brianna beugte sich mit blitzenden Augen vor. »Ich stand da, habe tausend Entschuldigungen gestottert und mich auf das Schlimmste gefaßt gemacht. Und nach einer Weile hörte Lottie tatsächlich zu schaukeln auf. ›Maeve‹, hat sie gesagt, ›hören Sie auf, das Mädchen zu quälen. Sie sind eine elende Nörglerin.‹ Dann hat sie ihr die Wolle wieder in die Hand gedrückt und mir erklärt, sie brächte Mutter das Stricken bei.«

»Sie brächte ihr – oh, das möchte ich sehen.«

»Mutter hat die ganze Zeit weiter herumgezankt, aber offenbar hat ihr das Ganze ziemlichen Spaß gemacht. Du hattest recht, was ihr eigenes Haus betraf, Maggie. Vielleicht weiß sie es noch nicht, aber sie ist dort glücklicher, als sie es hier je gewesen ist.«

»Und vor allem bist du sie los.« Maggie erhob sich und ging rastlos in der Küche auf und ab. »Ich will nicht, daß du denkst, ich hätte es aus reiner Herzensgüte getan«, sagte sie.

»Aber genau das hast du«, war Briannas ruhige Erwiderung. »Und wenn es außer mir niemand wissen soll, dann ist das deine Sache und geht mich nichts an.«

»Ich bin nicht hierhergekommen, um mich über sie zu unterhalten, sondern weil ich wissen wollte, was du so treibst. Bist du schon in das Zimmer neben der Küche gezogen?«

»Ja. Auf diese Weise habe ich oben noch ein Zimmer für Gäste frei.«

»Und du bist relativ ungestört.«

»Genau. Ich habe sogar Platz für einen Schreibtisch, so daß ich auch meinen Papierkram hier unten erledigen kann. Es gefällt mir, daß man durch das Fenster direkt in den Garten sieht. Murphy hat gesagt, wenn ich wollte, könnte man auch eine Tür einbauen, so daß ich kommen und gehen kann, ohne daß ich jedesmal durchs ganze Haus laufen muß.«

»Gut.« Maggie nahm ein Glas eingemachter Johannisbeeren vom Tisch und stellte es wieder hin. »Hast du genug Geld für diese Tür?«

»Ich habe genug. Es war ein guter Sommer, Maggie, willst du mir nicht erzählen, was dich bedrückt?«

»Mich bedrückt nichts«, erwiderte Maggie in schroffem Ton. »Mir geht nur viel im Kopf herum.«

»Hast du mit Rogan Streit gehabt?«

»Nein.« Ein Streit war es wohl kaum gewesen, dachte sie. »Weshalb glaubst du, es ginge um ihn?«

»Weil ich euch zusammen gesehen habe und weil mir nicht verborgen geblieben ist, wie sehr ihr euch mögt.«

»Was mehr als genug ist, findest du nicht?« fragte Maggie erbost. »Ich mag ihn, und er mag mich. Unsere gemeinsamen Geschäfte sind erfolgreich und werden es hoffentlich auch weiterhin sein. Das ist ja wohl mehr als genug.«

»Ich weiß nicht, ob es genügt. Liebst du ihn?«

»Nein.« Niemals. »Er denkt, daß ich ihn liebe, aber für seine Gedanken kann ich nichts. Und ich bin bestimmt nicht bereit, mein Leben zu ändern, weder für ihn noch für sonst irgendwen. Die Veränderungen, die mein Leben durch ihn bereits erfahren hat, reichen mir.« Sie schlang die Arme um ihren Leib, denn mit einem Mal fröstelte sie. »Und, zur Hölle mit ihm, ich kann schon jetzt nicht mehr zurück.«

»Zurück zu was?«

»Zurück zu dem Menschen, der ich war, der ich dachte zu sein. Er hat das Verlangen nach mehr in mir geweckt. Ich weiß, ich wollte schon immer mehr, aber er hat mich dazu gebracht, es mir und anderen einzugestehen. Es reicht mir nicht mehr, allein von meiner Arbeit überzeugt zu sein, ich brauche es, daß er ebenfalls denkt, ich wäre gut. Er hat sich zu einem Teil meiner Arbeit gemacht, und wenn ich versagte, versage ich nicht allein. Ebensowenig wie mir die Befriedigung über meinen Erfolg allein gehört. Und ich denke, indem ich ihm einen Teil von mir, den besten Teil von mir, ausgeliefert habe, habe ich mich kompromittiert.«

»Sprichst du von deiner Kunst, Maggie, oder geht es um dein Herz?« Brianna sah ihre Schwester fragend an.

Geschlagen setzte sich Maggie zurück an den Küchentisch. »Für mich gibt es das eine ohne das andere nicht. Also habe ich ihm wohl ein Stück von beidem vermacht.«

Dieses Geständnis hätte Rogan überrascht. Er hatte lange nachgedacht und beschlossen, sein Verhältnis zu Maggie wie jede Geschäftsfusion mit einer eher zögerlichen Partnergesellschaft zu sehen. Er hatte sein Angebot gemacht, und nun war es an der Zeit, zurückzutreten und aus der Distanz zuzusehen, wie die andere Partei ihre Möglichkeiten erwog.

Es gab keinen geschäftlichen Grund, um sie zu kontaktieren. Die Ausstellung in Paris dauerte noch zwei Wochen und zöge erst dann in die römische Filiale um. Die Stücke waren ausgesucht, der Grundstein gelegt.

In nächster Zeit hätte sie ihre Arbeit, und er hätte ebenfalls mehr als genug zu tun. Jeden geschäftlichen Kontakt nähme er durch seine Angestellten zu ihr auf. Anders ausgedrückt, sollte sie schmoren, wenn sie meinte, daß es erforderlich war.

Es war wichtig für seinen Stolz und seine Pläne, sie nicht wissen zu lassen, wie sehr sie ihn mit der Ablehnung seines Angebots getroffen hatte. Getrennt sähen sie ihre Zukunft in einem objektiveren Licht. Zusammen endeten sie sicher wie immer im Bett. Und das reichte ihm nicht mehr.

Was jetzt erforderlich war, waren Geduld und eine feste Hand. Und wenn Maggie auch nach Ablauf einer angemessenen Frist starrsinnig bliebe, würde er sich jedes Mittels bedienen, das ihm zur Verfügung stand.

Rogan stand vor dem Haus seiner Großmutter und klopfte brüsk an die Tür. Sie waren nicht verabredet, aber nachdem er bereits seit einer Woche zurück in Dublin war, brauchte er verwandtschaftlichen Trost.

Die Tür wurde geöffnet, und er nickte dem Mädchen zu. »Ist meine Großmutter da?«

»Ja, Mr. Sweeney. Sie ist im vorderen Salon. Ich werde ihr sagen, daß Sie gekommen sind.«

»Das ist nicht nötig.« Er ging den Flur hinab und durch die offenen Türen des Salons. Als Christine ihn erblickte, erhob sie sich eilig von ihrem Platz und breitete glücklich die Arme aus.

»Rogan! Was für eine wunderbare Überraschung.«

»Einer meiner Termine wurde abgesagt, und da dachte ich, ich käme kurz vorbei, um zu sehen, wie es dir geht.« Er hielt sie ein Stück von sich weg und musterte sie. »Du siehst außergewöhnlich gut aus.«

»Ich fühle mich auch außergewöhnlich gut.« Lachend führte sie ihn zu einem Stuhl. »Möchtest du vielleicht einen Drink?«

»Nein. Ich habe nicht viel Zeit, und ich bin nur gekommen, weil mir der Sinn nach deiner Gesellschaft stand.«

»Ich habe gehört, wie gut es in Paris gelaufen ist.« Christine setzte sich neben ihn und strich den Rock ihres Leinenkleides glatt. »Letzte Woche habe ich Patricia zum Essen getroffen, und sie sagte, die Ausstellung wäre ein rauschender Erfolg.«

»Ist sie auch. Obgleich ich dir nicht sagen kann, woher Patricia das schon weiß.« Bei dem Gedanken an die Freundin wallten leichte Schuldgefühle in ihm auf. »Geht es ihr gut?«

»Sehr gut sogar. Sie ist regelrecht aufgeblüht, könnte man sagen. Und ich glaube, sie sagte, Joseph hätte ihr von der Pariser Ausstellung erzählt. Sie arbeitet sehr hart am Aufbau ihrer Kindertagesstätte, und Joseph scheint ihr dabei ein wenig behilflich zu sein.«

»Gut. Ich fürchte, ich selbst hatte in der letzten Woche leider keine Zeit dazu. Die Erweiterung der Fabrik in Limerick erfordert meine ganze Konzentration.«

»Und wie läuft die Sache so?«

»Ziemlich gut. Obwohl es ein paar Komplikationen gibt, deretwegen ich in Kürze runterfahren muß.«

»Aber du bist doch gerade erst zurück.«

»Es dürfte nicht länger als ein, zwei Tage dauern.« Er legte den Kopf auf die Seite und beobachtete, wie seine Großmutter an ihrem Rock zupfte und über ihre Haare strich. »Ist etwas nicht in Ordnung?« fragte er.

»Nein, nein.« Sie setzte ein strahlendes Lächeln auf und zwang ihre Hände zur Ruhe. »Alles in Ordnung, obwohl es etwas gibt, das ich mit dir besprechen möchte. Weißt du...« Sie unterbrach sich und schalt sich, daß sie ein elender Feigling sei. »Wie geht es Maggie? Hat es ihr in Frankreich gefallen?«

»Ich denke schon.«

»Dies ist genau die richtige Jahreszeit für Ferien in der Villa. Hattet ihr schönes Wetter?«

»Allerdings. Aber ich denke kaum, daß du mit mir über das Wetter sprechen wolltest, Großmutter, habe ich recht?«

»Nein, ich wollte nur – bist du sicher, daß du nichts trinken willst?«

Nun war er ehrlich alarmiert. »Wenn etwas nicht in Ordnung ist, möchte ich, daß du es mir auf der Stelle erzählst.«

»Es ist alles in Ordnung, mein Schatz. Alles in Ordnung.«

Zu seiner Überraschung errötete sie wie ein Schulmädchen bei seinem ersten Rendezvous. »Großmutter…«

Plötzlich wurden auf der Treppe draußen Schritte laut, und eine unbekannte Stimme rief: »Chrissy? Wo steckst du, mein Mädchen?«

Rogan erhob sich langsam von seinem Platz, und im selben Augenblick schoß ein älterer Mann durch die Tür des Salons. Er war stämmig, vollkommem kahl und trug einen schlecht sitzenden Anzug in Ringelblumengelb. Sein rundes, runzliges Gesicht strahlte wie das von einem Honigkuchenpferd.

»Da bist du ja, mein Schatz. Ich dachte schon, du hättest dich aus dem Staub gemacht.«

»Ich wollte gerade nach dem Tee klingeln.« Die Röte auf Christines Wangen vertiefte sich, als der Mann den Salon betrat und ihre zitternden Hände an seine Lippen hob.

»Rogan, das ist Niall Feeney. Niall, mein Enkel Rogan.«

»Das also ist der berühmte Enkelsohn.« Rogans Hände wurden gepackt und heftig geschüttelt. »Es ist mir eine Freude, dich endlich kennenzulernen. Chrissy hat mir alles von dir erzählt, mein Junge.

Vor allem, daß du ihr ein und alles bist.«

»Ich bin – nett, Sie kennenzulernen, Mr. Feeney.«

»Also bitte, keine Förmlichkeit zwischen uns. Nicht, wo wir doch fast eine Familie sind.« Er blinzelte und hielt sich vor Lachen den wackelnden Bauch.

»Eine Familie?« fragte Rogan mit schwacher Stimme.

»Allerdings, wo ich doch kaum ein paar Meter von unserer guten Chrissy entfernt aufgewachsen bin. Großer Gott, das ist fünfzig Jahre her, und jetzt hat das Schicksal dafür gesorgt, daß du all die hübschen Glassachen vermarktest, die meine Nichte macht.«

»Ihre Nichte?« Die Erkenntnis, wen er da vor sich hatte, traf Rogan wie ein Hieb. »Sie sind Maggies Onkel?«

»Allerdings.« Niall schien sich wie zu Hause zu fühlen, denn er fläzte sich so gemütlich aufs Sofa, daß sein beachtlicher Bauch über den Gürtel quoll. »Und ich bin verdammt stolz auf das Mädchen, obwohl ich keinen blassen Schimmer habe von dem, was sie da treibt. Ich muß mich auf Chrissys Wort verlassen, daß das, was sie macht, in Ordnung ist.«

»Chrissy«, krächzte Rogan halb erstickt.

»Ist es nicht wunderbar, Rogan?« Christines Gesicht wurde durch ein nervöses Lächeln verzerrt. »Anscheinend hat Brianna nach Galway geschrieben und Niall erzählt, daß Maggie und du geschäftlich verbunden seid. Natürlich hat sie auch erwähnt, daß du mein Enkel bist. Niall hat wiederum mir geschrieben, und so hat eins zum anderen geführt. Und nun besucht er mich sogar.«

»Besucht dich? In Dublin?«

»Eine nette Stadt.« Niall klatschte mit einer seiner Pranken auf der zerbrechlichen Sofalehne herum. »In der es die hübschesten Mädchen von ganz Irland gibt.« Er blinzelte Christine zu. »Obwohl ich nur Augen für eine von ihnen habe, wenn ich ehrlich bin.«

»Also bitte, Niall.«

Rogan starrte die beiden Turteltauben entgeistert an. »Ich glaube, jetzt möchte ich doch einen Drink«, sagte er. »Einen Whiskey, wenn es möglich ist.«

18. Kapitel

Es war ein sehr nachdenklicher Rogan, der das Haus seiner Großmutter verließ, um kurz nach Ladenschluß in der Galerie vorbeizuschauen. Er wollte einfach nicht glauben, daß das, was er gesehen hatte, tatsächlich geschehen war. Aber genau wie Maggie einmal gesagt hatte, sandte ein verliebtes Paar unübersehbare Signale aus.

Seine Großmutter, Gott stünde ihm bei, flirtete mit Maggies mondgesichtigem Onkel aus der Provinz.

Nein, beschloß er, als er die Galerie betrat, der Gedanke war einfach absurd. Vielleicht hatten die zwei Signale ausgesandt, aber zweifellos hatte er sie falsch interpretiert. Schließlich war seine Großmutter eine über siebzigjährige Frau mit einem tadellosen Geschmack, einem einwandfreien Charakter und einem ausgeprägten Sinn für Stil.

Niall Feeney hingegen war ein…

Himmel, er war einfach unbeschreiblich.

Was Rogan brauchte, waren ein paar Stunden des Friedens und der Ruhe in seinem Büro – weit weg von Menschen und Telefonen und allem, was auch nur im entferntesten persönlich zu nennen war.

Kopfschüttelnd ging er den Korridor hinab. Er fand, daß er eindeutig zu sehr wie Maggie klang.

Noch ehe seine Hand auf dem Knauf seiner Bürotür lag, blieb er beim Klang der erhobenen Stimme stehen. Zwischen den beiden Menschen hinter der Tür war offenbar ein lautstarker Streit entbrannt. Seine guten Manieren rieten ihm, sich diskret zurückzuziehen, doch dann gewann seine Neugier die Oberhand, er trat lautlos ein und sah Joseph und Patricia vor sich stehen.

»Ich sage dir, benutz endlich einmal deinen Verstand«, brüllte Joseph sie an. »Ich will nicht schuld an deiner Entfremdung zwischen dir und deiner Mutter sein.«

»Es ist mir vollkommen egal, was meine Mutter denkt«, brüllte Patricia zurück, und Rogan blieb vor Überraschung der Mund offenstehen. »Das Ganze hat mit ihr nicht das geringste zu tun.«

»Die Tatsache, daß du das sagst, beweist nur, daß meine Behauptung richtig ist. Offenbar denkst du einfach nicht nach. Sie ist – Rogan.« Joseph sah seinen Freund und Arbeitgeber mit versteinerter Miene an. »Ich hatte Sie nicht erwartet.«

»Das ist wohl offensichtlich.« Rogan blickte

vorsichtig zwischen Joseph und Patricia hin und her. »Anscheinend bin ich in einem unpassenden Augenblick hereingeplatzt.«

»Vielleicht kannst du ihn ja dazu bewegen, daß er endlich seinen elenden Stolz aufgibt.« Mit blitzenden Augen warf Patricia ihr Haar über die Schultern zurück. »Ich kann es jedenfalls nicht.«

»Rogan hat mit der Sache nichts zu tun.« Josephs Stimme war leise, doch sie enthielt einen unüberhörbaren warnenden Unterton.

»Stimmt, und schließlich ist es von größter Bedeutung, daß niemand etwas erfährt.« Zornig wischte Patricia die erste Träne fort. »Lieber schleichen wir weiter wie zwei Einbrecher umeinander herum. Aber von all der Heimlichtuerei habe ich endgültig die Nase voll, Joseph. Ich liebe dich, und es ist mir egal, wer es weiß.«

Sie wirbelte zu Rogan herum. »Nun? Was hast du dazu zu sagen?«

Er hob eine Hand, als suche er verzweifelt nach seinem Gleichgewicht. »Ich denke, ich lasse euch beide besser allein.«

»Nicht nötig.« Sie nestelte an ihrer Handtasche herum. »Er hört einfach nicht auf mich. Es war mein Fehler, daß ich dachte, er würde es tun. Daß ich dachte, wenigstens er würde sich für das, was ich zu sagen habe, wirklich interessieren.«

»Patricia.«

»Sprich nicht in diesem Ton mit mir«, fuhr sie Joseph an. »Mein Leben lang haben mir immer andere Leute erzählt, was ich tun und lassen soll. Was anständig ist, was akzeptabel ist, und nun habe ich endgültig genug davon. Ich habe die Kritik an meinen Plänen für die Kindertagesstätte ertragen und die anmaßende, wenn auch unausgesprochene Überzeugung meiner Freunde und meiner Familie, daß das Vorhaben sowieso mißlingen wird. Nun, das wird es nicht.« Abermals fuhr sie zu Rogan herum, als hätte er etwas gesagt. »Hast du gehört, es wird nicht mißlingen. Ich werde genau das machen, was ich will, und ich werde es gut machen, ihr werdet sehen. Und ebensowenig wie die Kritik an meinen Plänen für die Tagesstätte dulde ich irgendeine Kritik an der Auswahl meiner Liebhaber. Nicht von dir, nicht von meiner Mutter und erst recht nicht von dem Mann, der von mir als Liebhaber ausgesucht worden ist.«

Mit tränenfeuchten Augen, doch erhobenem Kopf wandte sie sich wieder Joseph zu. »Wenn du mich nicht willst, dann sei so ehrlich und sag es mir. Aber wag ja nicht, mir zu erzählen, was das beste für mich ist.«

Joseph machte einen Schritt auf sie zu, doch sie stürzte bereits zur Tür. »Patty! Verdammt.« Am besten ließe er sie gehen, sagte er sich. Vielleicht käme sie auf diese Weise zur Vernunft. »Es tut mir leid, Rogan«, sagte er steif. »Ich hätte die Szene vermieden, wenn ich gewußt hätte, daß wir nicht alleine sind.«

»Da ich aber nun einmal Zeuge dieser Auseinandersetzung geworden bin, erklären Sie mir vielleicht, worum es geht.« Ebenso steif umrundete Rogan seinen Schreibtisch und nahm in möglichst autoritärer Haltung Platz. »In der Tat muß ich sogar auf einer Erklärung bestehen.«

Ohne mit der Wimper zu zucken registrierte Joseph Rogans Verwandlung vom Freund zum Chef. »Es ist wohl offensichtlich, daß es zwischen Patricia und mir eine Beziehung gibt.«

»Ich glaube, sie hat die Bezeichnung umeinander herumschleichen gewählt.«

Endlich kehrte ein wenig Farbe in Josephs Wangen zurück. »Wir – ich hielt es für das beste, in der Sache möglichst diskret zu sein.«

»Ach ja?« Rogans Augen blitzten zornig auf. »Eine Frau wie Patricia wie eine heimliche Liebschaft zu behandeln entspricht also Ihrer Vorstellung von Diskretion.«

»Daß wir mit Ihrer Mißbilligung rechnen müßten, Rogan, hatte ich mir bereits gedacht.« Unter seinem maßgeschneiderten Jackett nahm Joseph eine starre Haltung an. »Ich habe nichts anderes erwartet.«

»Damit hatten Sie durchaus recht«, stellte Rogan mit ruhiger Stimme fest.

»Genau wie ich die Reaktion ihrer Mutter erwartet hatte, nachdem Patricia mich dazu überredet hatte, gestern abend mit ihr und ihren Eltern essen zu gehen.« Er ballte die Fäuste. »Der Geschäftsführer einer Galerie ohne einen Tropfen blauen Blutes. Sie hätte es ebensogut laut sagen können, so deutlich hat man ihr ihre Gedanken angesehen. Ihrer Meinung nach hätte ihre Tochter etwas Besseres verdient. Und bei Gott, das hat sie wohl. Aber ich werde nicht länger hier stehenbleiben und mir anhören, daß das, was sich zwischen uns abspielt, nichts weiter als eine heimliche Liebschaft ist.«

»Was ist es dann?«

»Ich liebe sie. Ich liebe sie, seit ich ihr vor beinahe zehn Jahren zum ersten Mal begegnet bin. Aber damals war da Robert… und dann kamen Sie.«

»Ich habe niemals irgendeine derartige Rolle in Patricias Leben gespielt.« Verblüfft fuhr sich Rogan mit den Händen übers Gesicht. War denn die ganze Welt übergeschnappt? überlegte er. Seine Großmutter und Maggies Onkel, er und Maggie und nun auch noch Joseph und Patricia. »Wann hat es angefangen?«

»In der Woche, bevor Sie nach Paris geflogen sind.« Joseph erinnerte sich an jene schwindelerregenden Stunden, jene wunderbaren Tage und Nächte, ehe er in die Realität zurückgeworfen worden war. »Ich hatte es nicht geplant, aber das hat nichts geändert. Sie werden nun wohl umdisponieren.«

Rogan ließ die Hände sinken. »Inwiefern umdisponieren, wenn ich fragen darf?«

»Sicher suchen Sie sich jetzt lieber einen anderen Geschäftsführer für die Galerie.«

Er brauchte keinen neuen Geschäftsführer, dachte Rogan, sondern sein Zuhause und ein paar Aspirin. »Warum?« fragte er matt.

»Ich bin Ihr Angestellter.«

»Das sind Sie, und ich hoffe, daß es noch lange so bleiben wird. Ihr Privatleben hat mit Ihrer Arbeit hier nichts zu tun. Großer Gott, sehe ich etwa wie ein Monster aus, das Sie feuern will, nur weil Sie behaupten, Sie lieben eine Freundin von mir?« Seine Schläfen pochten, und einen Moment lang rieb er mit Daumen und Zeigefinger an seinen müden Augen herum. »Ich komme arglos hier hereinspaziert – in mein eigenes Büro, falls ich Sie daran erinnern darf – und finde Sie und Patricia vor, wie Sie einander anblaffen wie zwei wild gewordene Terrier. Und ehe ich überhaupt

Luft holen kann, fährt Patricia mich an, ich hielte sie für unfähig, eine Kindertagesstätte zu leiten.« Er schüttelte den Kopf, und abermals sanken seine Hände schlaff herab. »Ich habe sie bisher noch nie für unfähig gehalten, egal, worum es ging. Sie ist eine der intelligentesten Frauen, denen ich jemals begegnet bin.«

»Sie sind einfach zwischen zwei Fronten geraten«, murmelte Joseph und gab dem verzweifelten Verlangen nach einer Zigarette nach.

»Den Eindruck habe ich auch. Natürlich haben Sie das Recht, mir zu erklären, es ginge mich nichts an, aber als jemand, der Sie seit über zehn Jahren und der Patricia noch länger kennt, habe ich ein begründetes Interesse an Ihrer beider Wohlergehen. Worum in aller Welt ging es bitte bei diesem Streit?«

Joseph blies eine dichte Rauchwolke aus. »Sie will mit mir durchbrennen.«

»Durchbrennen?« Wenn Joseph gesagt hätte, Patricia hätte nackt auf dem St. Stephen's Square getanzt, hätte ihn das nicht mehr überrascht. »Patricia?«

»Sie hat irgendeinen verrückten Plan entwickelt, demzufolge ich mit ihr nach Schottland fahren soll. Anscheinend hatte sie einen Streit mit ihrer Mutter und kam dann direkt hierhergestürmt.«

»Ich habe Patricia noch nie irgendwohin stürmen sehen. Nun, ich nehme an, daß ihre Mutter der Beziehung kritisch gegenübersteht.«

»Das ist noch milde ausgedrückt.« Joseph setzte ein schwaches Lächeln auf. »Um die Wahrheit zu sagen, sie denkt immer noch, daß Patricia sich weiter um Sie bemühen soll.«

Diese Neuigkeit überraschte Rogan keineswegs. »Dann kommt sie wohl um eine Enttäuschung nicht herum«, sagte er. »Ich habe nämlich anderes im Sinn. Falls es der Sache dienlich ist, mache ich ihr das gerne klar.«

»Zumindest würde es wohl nicht schaden.« Joseph zögerte, doch dann nahm er wie gewöhnlich auf der Kante von Rogans Schreibtisch Platz. »Sie haben also nichts dagegen? Es stört Sie also nicht?«

»Warum sollte es? Und was Anne betrifft, so bringt Dennis sie schon zur Vernunft.«

»Das hat Patricia auch gesagt.« Joseph studierte die zwischen seinen Fingern glimmende Zigarette, zog seinen kleinen aufklappbaren Aschenbecher hervor und drückte sie darin aus. »Sie scheint sich einzubilden, wenn wir einfach davonrennen und heiraten, wäre ihre Mutter bald der festen Überzeugung, sie selbst hätte als erste die Idee gehabt.«

»Da gehe ich jede Wette ein. Von Robbie war sie anfangs auch nicht allzu begeistert.«

»Ach nein?« Joseph hatte den Blick eines Mannes, der langsam Licht am Ende des Tunnels sah.

»Sie war sich nicht sicher, daß er gut genug für ihre wunderbare Tochter war.« Rogan wippte nachdenklich mit seinem Schreibtischstuhl. »Aber es hat nicht lange gedauert, bis sie ihn förmlich angebetet hat. Natürlich hatte er keinen Knopf im Ohr.«

Grinsend zupfte Joseph an seinem Ohrläppchen herum. »Patty gefällt er.«

»Hmm«, war Rogans einziger Kommentar. »Das dürfte Anne ein wenig anders sehen.« Josephs rüdes Schnauben ignorierte er. »Aber am Ende ist sie einzig am Glück ihrer Tochter interessiert. Und wenn Sie derjenige sind, der sie glücklich macht, dann wird bald auch Anne ganz vernarrt in Sie sein. Wissen Sie, wir kommen bestimmt auch eine Weile ganz gut allein zurecht, falls Ihnen der Sinn nach einer plötzlichen Schottlandreise steht.«

»Das kann ich nicht machen. Es wäre ihr gegenüber einfach nicht fair.«

»Das ist natürlich Ihre Sache. Aber...« Rogan lehnte sich gemütlich zurück. »Ich habe den Eindruck, daß in den Augen einer Frau eine wilde Flucht über die Grenze, eine Zeremonie in einer modrigen Kapelle und eine Hochzeitsreise in die Highlands vielleicht der Inbegriff von Romantik ist.«

»Ich möchte nicht, daß sie es hinterher bedauert«, meinte Joseph, wobei seine Stimme verriet, daß er sich seiner Sache inzwischen weniger sicher war.

»Die Frau, die eben hier hinausgestürmt ist, schien mir recht genau zu wissen, was sie will.«

»Das tut sie auch, und darüber hinaus weiß sie inzwischen auch allzu genau, welches meine Wünsche sind.« Er drückte sich vom Schreibtisch ab. »Vielleicht mache ich mich besser auf die Suche nach ihr.« In der Tür blieb er stehen und drehte sich noch einmal grinsend um. »Rogan, kommen Sie tatsächlich eine Woche ohne mich zurecht?«

»Auch zwei. Und küssen Sie die Braut von mir.«

Das Telegramm, das Rogan drei Tage später von dem glücklichen Ehepaar Mr. und Mrs. Joseph Donahoe erhielt, bewies ihm, daß er kein hartherziger alter Knochen war. In der Tat sonnte er sich in dem Glauben, daß er seinen Teil dazu beigetragen hatte, daß dem Glück der beiden Liebenden nichts mehr im Wege stand. Aber es gab zwei andere Liebende, an deren gemeinsamem Glück ihm deutlich weniger lag, und es verging kein Tag, an dem er nicht überlegte, wie sich Niall Feeney am besten nach Galway zurückverfrachten ließ.

Zu Beginn versuchte Rogan so zu tun, als hätte er von der Liebelei der beiden Senioren nichts bemerkt, doch als Niall nach über einer Woche immer noch nicht aus Christine Sweeneys Haus verschwunden war, war er am Ende seiner Geduld. Wie lange ließ sich eine Frau mit dem Geschmack und der Empfindsamkeit seiner Großmutter von einem wenig charmanten, aufdringlichen, bäurischen Hochstapler wohl an der Nase herumführen?, fragte er sich.

Nach zwei Wochen beschloß er, daß der Zeitpunkt für ein klärendes Gespräch gekommen war.

Rogan wartete im Salon – dem Salon, der den Stil und die gute Erziehung einer eleganten, vernünftigen und großherzigen Frau widergab.

»Nun, Rogan.« Christine glitt in den Raum und wirkte, wie ihr Enkel fand, für ihr Alter wesentlich zu attraktiv. »Was für eine schöne Überraschung. Ich dachte, du wärst auf dem Weg nach Limerick.«

»Das bin ich auch. Ich bin unterwegs zum Flughafen und habe nur noch einen kurzen Abstecher gemacht.« Er küßte sie auf die Wange und warf über ihre Schulter einen Blick in Richtung der Tür. »Du bist… allein?«

»Ja. Niall macht ein paar Besorgungen. Hast du Zeit, einen Happen zu essen, bevor du weitermußt? Die Köchin hat wunderbare Törtchen gebacken. Niall hat sie mit seinem Charme becirct, und nun serviert sie uns täglich irgendeine Köstlichkeit.« Christine setzte sich, und Rogan rollte die Augen himmelwärts.

»Becirct?«

»Allerdings. Er schaut immer mal wieder in der Küche vorbei, um ihr zu sagen, was für eine köstliche Suppe, was für eine phantastische Ente oder was sonst für ein kulinarisches Wunder sie zubereitet hat. Und nun überschlägt sie sich regelrecht für ihn.«

»Er sieht auch nicht gerade wie ein Kostverächter aus.«

Christines Mund wurde von einem nachsichtigen Lächeln umspielt. »Oh, er liebt sein Essen, unser Niall.«

»Ich bin sicher, daß er es vor allem liebt, wenn er es umsonst bekommt.«

Ob dieser Bemerkung sah Christine ihren Enkel mit hochgezogenen Brauen an. »Soll ich einem Freund vielleicht seine Mahlzeit in Rechnung stellen, Rogan?«

»Natürlich nicht. Aber inzwischen ist er schon recht lange hier«, versuchte er es auf einem anderen Weg. »Ich bin sicher, daß er sein Zuhause und seine Arbeit vermißt.«

»Oh, er ist pensioniert. Wie Niall sagt, ist wohl kaum ein Mann für lebenslange Arbeit gemacht.«

»Wenn er überhaupt jemals gearbeitet hat«, knurrte Rogan erbost. »Großmutter, ich bin sicher, daß es nett für dich ist, einen Freund aus deiner Kindheit wiederzusehen, aber…«

»Allerdings. Es ist wunderbar. Ich fühle mich wieder richtiggehend jugendlich.« Sie lächelte. »Wie ein junges Mädchen. Erst gestern abend waren wir zusammen tanzen. Ich hatte ganz vergessen, was für ein guter Tänzer Niall immer gewesen ist. Und wenn wir erst in Galway sind…«

»Wir?« Rogan wurde kreidebleich. »Wenn *wir* erst in Galway sind?«

»Ja, wir haben für die nächste Woche eine gemütliche Fahrt in den Westen geplant. Dadurch werden bestimmt zahlreiche Erinnerungen wieder wach. Und natürlich interessiert es mich, Nialls Zuhause zu sehen.«

»Aber das ist unmöglich. Vollkommen absurd. Es geht ja wohl nicht an, daß du einfach so mit diesem Mann nach Galway fährst.«

»Warum denn wohl nicht?«

»Weil es – weil du, um Gottes willen, meine Großmutter bist. Ich lasse nicht zu, daß du…«

»Daß ich was?« fragte sie in gefährlich ruhigem Ton.

Ihre Stimme, die einen bisher nur selten gegen ihren Enkel gerichteten Zorn verriet, sorgte dafür, daß er innehielt. »Großmutter, mir ist klar, daß du von dem Mann, von den Erinnerungen regelrecht überwältigt bist, und ich bin sicher, das ist nicht weiter schlimm. Aber die Vorstellung, daß du mit einem Mann, den du seit über fünfzig Jahren nicht mehr gesehen hast, durch die Gegend kutschierst, ist einfach lächerlich.«

Wie jung er doch ist, dachte Christine. Und was für ein erbärmlicher Tugendbold. »Ich denke, daß mir in meinem Alter ein wenig Lächerlichkeit durchaus gefällt. Obgleich ich nicht unbedingt der Ansicht bin, daß eine Reise an den Ort meiner Kindheit mit einem Mann, den ich sehr gerne mag, einem Mann, den ich schon kannte, lange, ehe du auch nur geboren warst, in die Kategorie des Lächerlichen fällt. Aber vielleicht bist du der Ansicht«, sagte sie und hob, als er den Mund öffnete, abwehrend die Hand, »daß eine Beziehung, eine erwachsene, befriedigende Beziehung zwischen mir und Niall etwas Lächerliches hat.«

»Du willst mir doch wohl nicht erzählen – du meinst ja wohl nicht – du hast doch wohl nicht tatsächlich…«

»Mit ihm geschlafen?« Christine lehnte sich zurück und trommelte mit ihren sorgsam manikürten Nägeln auf die Sessellehne. »Das ist ja wohl ausschließlich meine Angelegenheit, meinst du nicht? Und auf keinen Fall brauche ich deine Zustimmung dazu.«

»Natürlich nicht.« Er merkte, daß er vor Verlegenheit zu stottern begann. »Aber ebenso natürlich mache ich mir nun mal gewisse Sorgen um dich.«

»Deine Sorge wurde registriert.« Mit der Eleganz einer Königin erhob sie sich. »Es tut mir leid, daß dich mein Benehmen schockiert, aber das ist nun mal nicht zu ändern.«

»Ich bin nicht schockiert – verdammt, natürlich bin ich schockiert. Du kannst doch wohl nicht…« Er brachte die Worte einfach nicht über die Lippen. Nicht hier, in ihrem Salon. »Großmutter, ich weiß nichts über diesen Mann.«

»Aber ich. Wir wissen noch nicht genau, wie lange wir in Galway bleiben werden, aber auf jeden Fall schauen wir unterwegs bei Maggie und ihrer Familie vorbei. Soll ich sie von dir grüßen?«

»Offenbar hast du dir das Ganze noch nicht reiflich überlegt?«

»Ich weiß offenbar besser, was ich will, als du denkst. Und jetzt, Rogan, wünsche ich dir einen guten Flug.«

Derart unverblümt entlassen, blieb Rogan keine andere Wahl, als seine Großmutter auf die Wange zu küssen und zu gehen. Sobald er allerdings in seinem Wagen saß, griff er nach dem Hörer seines Telefons. »Eileen, verschieben Sie Limerick auf morgen… Ja, es gibt ein Problem«, murmelte er. »Ich muß unbedingt sofort nach Clare.«

Als die erste kühle Herbstluft durch die Fenster drang und sich das Laub der Bäume golden zu färben begann, schien es Maggie keine Sünde zu sein, wenn sie den Wechsel der Jahreszeit ausgiebig genoß. Nach zwei Wochen harter Arbeit genehmigte sie sich einen freien Tag. Den Vormittag brachte sie in ihrem Garten zu, und der Elan, mit dem sie Unkraut jätete, hätte selbst Brianna mit Stolz erfüllt. Und als Lohn für die Mühe führe sie mit dem Rad zu einem späten Mittagessen ins Dorf.

Inzwischen wehte ein beißender Wind, und die dichte Wolkendecke im Westen wies auf kommenden Regen hin. Maggie zog sich ihre Mütze in die Stirn, pumpte den halbplatten Hinterreifen auf und schob ihr Rad ums Haus und durch das Tor.

In gemütlichem Tempo machte sie sich auf den Weg und blickte verträumt auf die abgeernteten Felder hinaus. Trotz des drohenden frühen Frosts hingen von den Fuchsien immer noch tränenförmige Blüten herab, doch sobald der Winter anbräche, verlöre die Landschaft, auch wenn sie ihre Schönheit behielt, jede Farbigkeit. Die Abende würden länger, und die Menschen würden an die heimischen Kamine gedrängt. Und zusammen mit dem tosenden Wind, der über den Atlantik peitschte, käme eine dichte Regenwand.

Sie freute sich bereits auf die eisigen Monate und auf die Arbeit, die während dieser Zeit vor ihr lag.

Gleichzeitig überlegte sie, ob sich Rogan wohl auch im Winter zu einem Besuch überreden ließ, und falls ja, ob er das Klappern der Fensterläden und das rauchende Feuer wohl ebenso gemütlich fand wie sie. Sie hoffte es. Und wenn er endlich wieder der alte wäre, hoffte sie, sie könnten so weitermachen, wie es vor jener letzten Nacht in Frankreich gewesen war.

Er würde Vernunft annehmen, sagte sie sich und beugte sich tief über den Lenker ihres Rads. Sie würde dafür sorgen, daß er es tat. Sie würde ihm sogar seine Überheblichkeit verzeihen, sein übergroßes Selbstvertrauen und seine manchmal diktatorische Art. Sobald sie wieder zusammen wären, wäre sie ruhig und gelassen und zuckersüß. Sie würden diesen lächerlichen Streit bereinigen und…

Mit einem erschrockenen Schlenker lenkte sie ihr Rad in die Hecke am Wegesrand, als plötzlich ein Wagen um die Kurve geschossen kam. Bremsen quietschten, das Auto schleuderte, und Maggie landete unsanft in einem Schlehdornbusch.

»Jesus, Maria und Josef, welcher blinde, bescheuerte Trottel fährt denn da so einfach unschuldige Leute um?« Sie schob ihre Mütze hoch, die ihr über die Augen gerutscht war, und blickte sich zornig um. »Oh, natürlich. Wer sonst?«

»Bist du verletzt?« Innerhalb einer Sekunde war Rogan aus dem Wagen gesprungen und neben ihr. »Beweg dich nicht.«

»Und ob ich mich bewege, du Idiot.« Sie schlug seine tastenden Hände fort. »Weshalb kommst du überhaupt mit einer so entsetzlichen Geschwindigkeit angerast? Dies ist keine Rennstrecke, falls es dir bisher noch nicht aufgefallen ist.«

Sein Herz, das bei ihrem Anblick vor Schreck beinahe stehengeblieben war, fing laut zu pochen an. »Ich bin nicht gerast. Du bist mitten auf der Straße gefahren. Offenbar hast du vor dich hin geträumt. Wenn ich eine Sekunde früher um die

Kurve gebogen wäre, hätte ich dich platt gemacht wie ein Kaninchen.«

»Ich habe nicht geträumt. Ich habe einfach nicht erwartet, daß irgendein Idiot in einem teuren Auto um die Kurve geschossen kommt.« Sie klopfte sich ihre Hose ab und trat zornig gegen ihr Rad. »Jetzt guck dir nur an, was du angerichtet hast. Der Reifen ist platt.«

»Du hast noch Glück, daß nur der Reifen platt ist und nicht du selbst.«

»Was machst du da?«

»Ich lege dieses armselige Transportmittel in den Kofferraum.« Sobald das erledigt war, wandte er sich ihr wieder zu. »Komm, ich fahre dich nach Hause.«

»Ich war nicht auf dem Nachhauseweg. Besäßest du auch nur den geringsten Orientierungssinn, dann hättest du bemerkt, daß ich in Richtung des Dorfes gefahren bin, wo ich Mittag essen will.«

»Das wird warten müssen.« Er nahm ihren Arm auf die besitzergreifende Art, die sie nicht unbedingt erheiternd fand.

»Ach ja? Nun, entweder fährst du mich ins Dorf oder nirgendwohin. Ich habe nämlich Hunger.«

»Ich fahre dich nach Hause«, wiederholte er. »Ich habe etwas mit dir zu besprechen. Wenn ich dich heute morgen erreicht hätte, hätte ich dir sagen können, daß ich komme, und hätte dich nicht mit deinem Fahrrad mitten auf der Straße erwischt.«

Mit diesen Worten schlug er die Wagentür hinter ihr zu und ging entschlossenen Schrittes um die Motorhaube herum.

»Wenn du mich heute morgen erreicht hättest und wenn du da auch schon so übler Laune gewesen wärst, hätte ich dir gesagt, daß du dir die Mühe zu kommen sparen kannst.«

»Ich habe einen schweren Vormittag hinter mir, Maggie.« Am liebsten hätte er seine Hände gegen seine pochenden Schläfen gepreßt. »Also geh lieber nicht zu weit.«

Sie wollte gerade etwas erwidern, als sie sah, daß seine Aussage offenbar der Wahrheit entsprach. Sein Blick verriet ihr, daß er ehrlich in Sorge war. »Ein geschäftliches Problem?«

»Nein. Obwohl es bezüglich eines Projekts in Limerick ein paar Komplikationen gibt. Ich bin gerade auf dem Weg dorthin.«

»Also bleibst du nicht.«

»Nein.« Er sah sie an. »Ich bleibe nicht. Aber bei dem, was ich mit dir besprechen will, geht es nicht um die Erweiterung der Fabrik.« Vor ihrem Gartentor hielt er an und stellte den Motor des

Wagens ab. »Wenn du nichts zu essen hast, fahre ich schnell ins Dorf und besorge uns was.«

»Schon gut. Ich komme auch so zurecht.« Sie gab ihrem Verlangen, ihn zu berühren, so weit nach, daß sie ihre Hand über seine Finger schob. »Ich freue mich, dich zu sehen, auch wenn du mich fast über den Haufen gefahren hättest.«

»Ich freue mich ebenfalls, dich zu sehen.« Er hob ihre Hand an seinen Mund. »Auch wenn du mir fast vors Auto gejuckelt wärst. Warte, ich hole dein Rad.«

»Stell es einfach vors Haus.« Sie ging den Weg zur Tür hinauf und drehte sich zu ihm um. »Kriege ich dann vielleicht einen anständigen Kuß?«

Es war schwer, ihrem kurz aufblitzenden Lächeln oder ihrer Umarmung zu widerstehen. »Ob anständig oder nicht, einen Kuß habe ich bestimmt für dich.«

Es war leicht, ihre Hitze aufzusaugen, ihre Energie. Schwierig hingegen war es, dafür zu sorgen, daß sein Verlangen nach ihr, das dringende Bedürfnis, sie durch die Tür zu schieben und zu nehmen, nicht die Oberhand gewann.

»Vielleicht habe ich vorhin doch ein bißchen geträumt«, sagte sie, während sie verführerisch mit den Zähnen an seiner Unterlippe zog. »Ich habe an dich gedacht und überlegt, wie lange du mich wohl noch bestrafen willst.«

»Inwiefern bestrafen?«

»Indem du mich nicht besuchen kommst.« Ihre Stimme war fröhlich, und sie schob ihn eilig durch die Tür.

»Ich habe dich nicht bestraft.«

»Na, dann bist du eben einfach so nicht aufgetaucht.«

»Ich habe mich ein wenig distanziert, damit du Zeit zum Nachdenken bekommst.«

»Zeit, um dich zu vermissen.«

»Zeit, um mich zu vermissen. Und um es dir anders zu überlegen.«

»Ich habe dich vermißt, aber ich habe es mir nicht anders überlegt. Warum setzt du dich nicht? Ich hole nur noch etwas Torf für den Kamin.«

»Ich liebe dich, Maggie.«

Sie blieb stehen und schloß kurz die Augen, ehe sie den Kopf drehte, um ihn anzusehen. »Ich glaube, daß du mich vielleicht liebst, Rogan, aber obwohl du mir ebenfalls alles andere als gleichgültig bist, ändert das nichts.« Mit diesen Worten eilte sie hinaus.

Er war nicht gekommen, um sie anzuflehen, es sich anders zu überlegen, erinnerte er sich. Er war gekommen, um sie zu bitten, ihm in einer ganz anderen Sache behilflich zu sein. Obgleich er angesichts ihrer Reaktion zu glauben begann, daß sich bereits mehr verändert hatte, als sie sich selbst oder ihm eingestand.

Er ging zum Fenster, trat vor das verschlissene Sofa und kehrte in die Mitte des Raums zurück.

»Setzt du dich vielleicht endlich mal irgendwo hin?« fragte sie, als sie, die Arme voller Torf, erneut den Raum betrat. »Du nutzt den Fußboden ab. Worum geht's überhaupt in Limerick?«

»Es gibt ein paar Komplikationen, das ist alles.« Er beobachtete, wie sie vor dem Kamin in die Knie ging und die Torfbrocken geschickt übereinanderschichtete, und ihm kam der Gedanke, daß er gerade zum ersten Mal einen Menschen ein Torffeuer schüren sah. Ein beruhigender Anblick, dachte er, der einen Mann dazu brachte, näher zu treten, damit er in den Genuß der wohligen Wärme kam. »Wir bauen die Fabrik weiter aus.«

»Oh, und was wird in dieser Fabrik hergestellt?«

»Porzellan. Überwiegend billiges Porzellan, wie es für die Herstellung von Andenken verwendet wird.«

»Andenken?« Sie hielt in ihrer Arbeit inne und hockte sich auf ihre Fersen. »Du meinst, Andenken, wie man sie in den Touristenläden bekommt? Kleine Glocken und Teetassen und so?«

»Diese Dinge sind teilweise durchaus hübsch gemacht.«

Sie warf den Kopf in den Nacken und brach in übermütiges Gelächter aus. »Das ist toll. Ich habe mich einem Mann ausgeliefert, der kleine Teller mit Kleeblättern vertreibt.«

»Hast du eine Vorstellung davon, zu welchem Prozentsatz unsere Wirtschaft vom Tourismus abhängt? Vom Verkauf kleiner Teller mit Kleeblättern drauf, von handgestrickten Pullovern, von Leinendecken mit Spitzenbesatz, von Postkarten und ähnlichem Kram?«

»Nein.« Hinter der vorgehaltenen Hand brach sie in belustigtes Prusten aus. »Aber ich bin sicher, daß du es mir auf den Penny genau sagen kannst. Sag mir, Rogan, bist du vielleicht auch mit Gipskobolden oder Plastikschlehdornknütteln im Geschäft?«

»Ich bin nicht hierhergekommen, um dir gegenüber meine Geschäfte zu rechtfertigen oder um die Tatsache mit dir zu besprechen, daß die Erweiterung der Fabrik – die die Herstellung mit dem feinsten in Irland produzierten Porzellan möglich macht – mehr als hundert neue Arbeitsplätze schafft, und zwar in einem Teil unseres Landes, der diese Arbeitsplätze dringend braucht.«

Sie hob abwehrend die Hand. »Es tut mir leid,

ich wollte dich nicht beleidigen. Ich bin sicher, es gibt einen ständig wachsenden Bedarf an Fingerhüten und Aschenbechern und Tassen, auf denen ›Erin Go Bragh‹ zu lesen ist. Nur weißt du, es fällt mir eben schwer, einen Mann, der immer wunderbare Anzüge trägt, als Besitzer einer Fabrik, die diese Dinge produziert, zu sehen.«

»Nur aufgrund der Tatsache, daß ich der Besitzer einer solchen Fabrik bin, ist es möglich, daß Worldwide alljährlich eine ganze Reihe von Künstlern unterstützt. Auch wenn diese Künstler zu große Snobs sind, um diese Verbindung zu sehen.«

Sie rieb sich die Nase. »Jetzt hast du mich beschämt. Und da ich keine weitere Zeit mir irgendwelchen sinnlosen Streitereien vergeuden will, sage ich am besten gar nichts mehr dazu. Setzt du dich nun endlich hin oder willst du stehenbleiben und weiter wütend auf mich sein? Nicht, daß du nicht selbst mit gerunzelter Stirn eine Augenweide für mich bist.«

Er atmete hörbar aus. »Und, kommst du mit deiner Arbeit gut voran?«

»Sehr gut sogar.« Sie setzte sich mit gekreuzten Beinen auf den Teppich vor dem Kamin. »Ich zeige dir, was ich bisher gemacht habe, falls noch genug Zeit ist, bevor du wieder gehst.«

»In der Galerie hinken wir momentan mit der Arbeit ein bißchen hinterher. Joseph und Patricia sind nämlich miteinander durchgebrannt.«

»Ich weiß. Sie haben mir eine Karte geschickt.«

Er legte den Kopf auf die Seite und sah sie fragend an. »Du wirkst kein bißchen überrascht.«

»Bin ich auch nicht. Schließlich waren die beiden hoffnungslos ineinander verliebt.«

»Ich meine, mich daran zu erinnern, daß du behauptet hast, Patricia wäre hoffnungslos in mich verliebt.«

»O nein. Ich habe gesagt, sie wäre *unsterblich* in dich verliebt, und das dachte ich auch. Ich nehme an, sie wollte in dich verliebt sein – schließlich hätte es ihrer Mutter wunderbar ins Konzept gepaßt. Nun, statt dessen hat sie sich eben in Joseph verguckt. Aber das ist es wohl nicht, weshalb du gekommen bist, oder?«

»Nein. Ich gebe zu, ich war einigermaßen überrascht, aber es stört mich nicht. Mir ist klargeworden, daß ich Josephs Fähigkeiten als Geschäftsführer der Galerie immer als gegeben hingenommen habe, ohne das ganze Ausmaß seiner Leistung zu sehen. Morgen kommt er zurück, wofür ich wirklich dankbar bin.«

»Wenn es also nicht um die beiden geht, worum geht es dann?«

»Hast du in letzter Zeit etwas von deinem Onkel Niall gehört?«

»Brianna ist diejenige, der er schreibt, da sie auch diejenige ist, von der er eine Antwort auf seine Briefe bekommt. Er hat ihr geschrieben, daß er nach Dublin wollte und daß er auf dem Rückweg versuchen würde, bei uns hereinzuschauen. Hast du ihn in Dublin vielleicht gesehen?«

»Gesehen?« Mit einem erbosten Schnauben sprang Rogan von dem Stuhl, auf den er gerade erst gesunken war. »Ich komme überhaupt nicht mehr in die Nähe meiner Großmutter, ohne daß ich dabei ständig über ihn stolpere. Er hat sich vor zwei Wochen bei ihr einquartiert, und nun müssen wir überlegen, was dagegen zu unternehmen ist.«

»Warum sollten wir überhaupt etwas dagegen unternehmen?«

»Hast du mir überhaupt zugehört, Maggie? Sie leben zusammen unter einem Dach. Meine Großmutter und dein Onkel…«

»Großonkel, um genau zu sein.«

»Was auch immer. Auf jeden Fall ist zwischen den beiden eine leidenschaftliche Affäre entbrannt.«

»Ach ja?« Maggie brach in beifälliges Gelächter aus. »Das ist ja wunderbar.«

»Wunderbar? Es ist vollkommen verrückt. Sie führt sich auf, als wäre sie ein frisch verliebter Teenager, sie geht tanzen, treibt sich nächtelang herum, teilt ihr Bett mit einem Mann, der Anzüge in der Farbe von Spiegeleiern trägt.«

»Du hast also etwas gegen seinen Farbgeschmack?«

»Ich habe etwas gegen ihn. Und ich habe etwas dagegen, daß er einfach so bei meiner Großmutter hereinspaziert und es sich in ihrem Wohnzimmer gemütlich macht, als gehöre er dorthin. Ich weiß nicht, was er im Schilde führt, aber daß er ihre Großherzigkeit und ihre Verwundbarkeit ausnutzt, lasse ich nicht zu. Wenn er sich einbildet, er bekäme auch nur einen einzigen Penny von ihrem Geld…«

»Moment.« Sie sprang auf wie eine gereizte Tigerin. »Vergiß nicht, daß du von einem meiner Blutsverwandten sprichst, Sweeney.«

»Dies ist wohl kaum der richtige Zeitpunkt, um übermäßig empfindlich zu sein.«

»Übermäßig empfindlich.« Sie stach ihm einen Finger in die Brust. »Hört, hört. Du bist doch nur eifersüchtig, weil deine Oma außer dir noch einen anderen Menschen gefunden hat, der ihr wichtig ist.«

»Das ist einfach lächerlich.«

»Es ist die Wahrheit. Meinst du etwa, ein Mann könnte kein anderes Interesse an ihr haben als nur an ihrem Geld?«

Nun hatte sie seinen Stolz auf seine Familie verletzt. »Meine Großmutter ist eine schöne, intelligente Frau.«

»Da widerspreche ich dir nicht. Und mein Onkel Niall ist kein Mitgiftjäger, falls du das meinst. Er hat mit seinen Geschäften genug Geld gemacht. Vielleicht hat er keine Villa am Mittelmeer, und vielleicht trägt er auch keine Anzüge, die irgendein verdammter Brite für ihn maßgeschneidert hat, aber er ist durchaus wohlhabend, so daß er es bestimmt nicht nötig hat, den Gigolo zu spielen, nur damit ihm irgendeine Frau ihr Vermögen vermacht. Ich lasse es nicht zu, daß du in meinem eigenen Haus derart über einen meiner Verwandten sprichst.«

»Ich wollte dich nicht beleidigen. Ich bin gekommen, weil wir als ihre Angehörigen unbedingt etwas tun müssen. Die beiden haben eine Fahrt nach Galway geplant, und da sie unterwegs bei dir vorbeischauen wollen, hatte ich gehofft, daß du dann vielleicht mal mit ihm sprichst.«

»Natürlich werde ich mit ihm sprechen. Schließlich ist er ein Verwandter von mir, nicht wahr? Da kann ich ihn wohl kaum ignorieren. Aber ich mische mich bestimmt nicht in sein Privatleben ein. Du bist ein elender Snob, Rogan, und prüde obendrein.«

»Prüde?«

»Die Vorstellung, daß deine Großmutter ein ausgefülltes und befriedigendes Sexualleben hat, stößt dich ab.«

Er fuhr zusammen, als hätte sie ihm einen Hieb versetzt. »Also bitte. Das stelle ich mir lieber gar nicht erst vor.«

»Das solltest du auch nicht, denn es geht dich nicht das geringste an.« Ein versonnenes Lächeln umspielte ihren Mund. »Obwohl…«

»Tu es nicht.« Vollkommen ermattet sank er auf seinen Stuhl zurück. »Wenn es etwas gibt, was ich mir lieber nicht vorstelle, dann das.«

»In der Tat kann ich es mir ebensowenig vorstellen. Aber wäre es nicht witzig, wenn die beiden heiraten würden? Dann wären wir beide auf einmal Cousine und Cousin.« Als er erstickt zu husten begann, schlug sie ihm lachend ins Kreuz. »Brauchst du vielleicht einen Whiskey, mein Lieber?«

»Ich glaube, ja.« Er holte mühsam Luft. »Maggie«, rief er ihr nach, denn sie war auf der Suche nach etwas Trinkbarem in die Küche spaziert. »Ich möchte nicht, daß ihr weh getan wird.«

»Das weiß ich.« Sie kam mit zwei Gläsern zurück. »Nur deshalb habe ich dir keine blutige Nase verpaßt, als du so von Onkel Niall gesprochen hast. Deine Großmutter ist eine tolle Frau, Rogan, und weise obendrein.«

»Sie ist…« er räusperte sich, doch schließlich fuhr er fort. »Sie ist alles, was mir von meiner Familie geblieben ist.«

Maggies Blick wurde sanft. »Du wirst sie nicht verlieren, das verspreche ich dir.«

Er starrte in sein Glas. »Ich nehme an, daß du mich für einen furchtbaren Trottel hältst.«

»Nein – nicht ganz.« Als er sie ansah, lächelte sie. »Es ist wohl zu erwarten, daß ein Mann ein wenig nervös wird, wenn seine Oma mit einem neuen Freund nach Hause kommt.«

Rogan zuckte zusammen, doch sie lachte nur.

»Warum gönnst du ihr nicht einfach ihr neues Glück? Wenn es dich beruhigt, verspreche ich dir, daß ich die beiden genau im Auge behalten werde, wenn sie vorbeikommen.«

»Das ist immerhin ein schwacher Trost.« Er stieß mit ihr an, und sie leerten ihre Gläser jeweils in einem Zug. »Und jetzt muß ich gehen.«

»Du bist doch gerade erst gekommen. Warum begleitest du mich nicht noch in den Pub und ißt etwas mit mir? Oder« – sie schlang die Arme um seinen Hals – »wir bleiben einfach hier und hungern noch ein bißchen länger.«

Nein, dachte er, als er seinen Mund auf ihre Lippen legte. Hungern würden sie nicht, selbst wenn es in ihrem Haus nicht eine Krume zu essen gab.

»Ich kann nicht.« Er stellte sein leeres Glas auf den Tisch und zog sie an seine Brust. »Wenn ich bliebe, gingen wir nur wieder miteinander ins Bett. Aber dadurch würde unser Problem auch nicht gelöst.«

»Das braucht es doch auch nicht. Warum nur machst du immer alles so furchtbar kompliziert? Wir kommen doch auch so wunderbar miteinander zurecht.«

»Allerdings.« Er umfaßte zärtlich ihr Gesicht. »Wunderbar. Und das ist nur einer der Gründe, weshalb ich den Rest meines Lebens mit dir verbringen will. Nein, bleib hier. Nichts, was du mir erzählt hast, ändert etwas an dem, was zwischen uns möglich ist. Sobald dir das klar wird, wirst du kommen. Und so lange warte ich.«

»Du gehst also einfach und kommst nicht zurück? Ich habe also die Wahl, dich zu heiraten oder dich nie wieder zu sehen?«

»Du wirst mich heiraten.« Er küßte sie. »Und dann siehst du mich jeden Tag. Ich werde fast eine Woche lang in Limerick sein. Das Büro weiß, wo ich dort zu erreichen bin.«

»Ich rufe dich bestimmt nicht an.«

Er fuhr mit dem Daumen die Konturen ihrer Lippen nach. »Aber du wirst es wollen. Und das ist für den Augenblick genug.«

19. Kapitel

»Du bist starrsinnig, Maggie.«

»Weißt du, allmählich bin ich es wirklich leid, daß mir das jeder erzählt.« Eine Schutzbrille auf der Nase, experimentierte Maggie mit einer neuen Arbeitstechnik herum. Seit fast einer Woche hatte sie keins ihrer mundgeblasenen Stücke mehr zufriedengestellt, und um das Schmelztempo zu beschleunigen, hatte sie an jeder Seite ihrer Arbeitsbank drei Schweißbrenner befestigt und machte nun im Kreuzfeuer der Flammen eine Glasröhre heiß.

»Nun, wenn es dir jeder erzählt, ist vielleicht etwas Wahres dran«, schoß Brianna zurück. »Schließlich ist es ein Familienessen. Da hast du doch wohl mal einen einzigen Abend Zeit.«

»Es ist keine Frage der Zeit.« Doch noch während sie dies sagte, hatte Maggie das Gefühl, als ob ihr gerade die Zeit wie ein knurrender Hund im Nacken saß. »Ich weiß nicht, warum ich mir ein Familienessen mit ihr antun soll.« Mit zusammengezogenen Brauen begann sie, das weiche Glas zu ziehen und zu drehen. »Ich habe nicht die geringste Lust dazu. Ebensowenig wie sie.«

»Mutter ist ja nicht die einzige, die kommen wird. Onkel Niall und Mrs. Sweeney kommen ebenfalls. Und natürlich Lottie. Es wäre unhöflich von dir, wenn du nicht erscheinen würdest, vor allem, da du Mrs. Sweeney als einzige von uns allen kennst.«

»Daß ich unhöflich bin, wurde mir ebenfalls bereits des öfteren erzählt.« Wie alles andere, das sie in den letzten paar Tagen in die Hand genommen hatte, weigerte sich das Glas, die Form anzunehmen, die sie vor ihrem geistigen Auge sah. Und selbst die Vision begann zu verschwimmen, was sie gleichermaßen ängstigte, wie es sie zornig werden ließ. Nur der reine Trotz hielt sie davon ab, daß sie das Rohr einfach in die Ecke warf.

»Du hast Onkel Niall seit der Totenwache von Dad nicht mehr gesehen. Und dann bringt er auch noch Rogans Großmutter mit. Um Himmels willen, du hast doch gesagt, du hättest sie gern.«

»Habe ich auch.« Verdammt, was war nur mit ihren Händen, was war nur mit ihrem Herzen los? Sie verschmolz zwei Glasstäbe miteinander, löste sie wieder, verschmolz sie erneut, trennte sie ein zweites Mal. »Vielleicht ist es ja gerade einer der Gründe, weshalb ich nicht kommen will, daß sie keins unserer glücklichen Familientreffen miterleben muß.«

Maggies Sarkasmus war ebenso heiß wie die Flamme des Bunsenbrenners, den sie in den Händen hielt, doch Brianna begegnete ihm mit eisiger Gelassenheit. »Es wird dich nicht viel kosten, wenn du deine Gefühle einen Abend lang für dich behältst. Wenn Onkel Niall und Mrs. Sweeney sich schon die Mühe machen, auf ihrer Fahrt nach Galway bei uns hereinzuschauen, dann nehmen wir sie auch freundlich auf. Und zwar wir alle, auch du.«

»Hör auf, mich zu bedrängen, ja? Du hackst wie eine verdammte Ente auf mir herum. Siehst du nicht, daß ich beschäftigt bin?«

»Da du ständig beschäftigt bist, muß ich dich wohl stören, wenn ich mit dir reden will. Sie werden bald hier sein, Maggie, und falls du nicht kommst, entschuldige ich dich nicht.« Mit einem Starrsinn, der dem ihrer Schwester durchaus ähnlich war, kreuzte Brianna die Arme vor der Brust. »Ich bleibe so lange hier stehen und rede auf dich ein, bis du tust, was von dir erwartet wird.«

»Himmel. Dann komme ich eben zu diesem verdammten Essen, wenn es dir so wichtig ist.«

Brianna setzte ein zufriedenes Lächeln auf. Daran, daß sie ihre Schwester herumbekäme, hatte sie nie auch nur den geringsten Zweifel gehabt. »Halb acht. Meinen Gästen serviere ich ihr Essen früher, damit wir ganz in Familie sind.«

»Na wunderbar. Ich bin mir sicher, es wird für uns alle ein Riesenspaß.«

»Es wird schon werden, wenn du mir versprichst, daß du die Klappe hältst. Mehr verlange ich ja gar nicht von dir.«

»Ich werde lächeln, ich werde höflich sein, und ich werde auch nicht mit den Fingern essen, falls es dich beruhigt.« Mit einem verbitterten Seufzer schob Maggie ihre Schutzbrille hoch und zog die Form am Ende der Röhre aus der Flamme heraus.

»Was hast du da?« Neugierig trat Brianna einen Schritt näher an das Kunstwerk heran.«

»Nichts Besonderes.«

»Es ist hübsch. Ein Einhorn oder so?«

»Allerdings, ein Einhorn – es fehlt nur noch ein bißchen Gold auf dem Horn.« Lachend drehte sie die mythische Figur in der Luft. »Es ist nur als Scherz gedacht, Brie, als schlechter Scherz. Über mich selbst. Ich bin sicher, als nächstes kommen Schwäne dran. Oder diese kleinen Hunde mit Wattebäuschen als Schwanz.« Sie legte die Arbeit zur Seite und drehte entschieden die Schweißbrenner aus. »Tja, ich nehme an, das war's. Da ich heute wohl kaum noch was Vernünftiges hinkriegen werde, komme ich eben zu deinem Familienfest. Gott steh uns bei.«

»Warum ruhst du dich vorher nicht noch ein wenig aus, Maggie? Du siehst furchtbar müde aus.«

»Vielleicht mache ich das noch, aber erst packe ich noch eins der Stücke ein.« Sie warf die Schutzbrille fort, rieb sich das Gesicht und merkte, daß sie tatsächlich hundemüde war. »Keine Sorge, Brie. Ich habe gesagt, daß ich komme, also komme ich auch.«

»Wofür ich dir wirklich dankbar bin.« Brianna drückte ihrer Schwester die Hand. »Und jetzt muß ich zurück und sehen, was noch alles vorzubereiten ist. Also vergiß nicht, Maggie, halb acht bei mir.«

»Ich weiß.«

Sie winkte ihre Schwester hinaus, und um nicht nachdenken zu müssen, nahm sie eine der selbstgezimmerten Kisten und legte sie mit Holzwolle aus. Anschließend breitete sie mit Luftblasen gefülltes Zellophan auf der Tischplatte aus und wandte sich den an der Rückwand des Ateliers befindlichen Regalen zu, auf denen sich ein einziges Stück befand, das letzte, das vor Rogans Besuch fertig geworden war.

Groß und kräftig, mit einem nach oben ragenden Stamm, dann jedoch geschwungen, mit schlankem, geschmeidigem Geäst, das sich fließend, beinahe schwankend nach unten ergoß. Das Stück glich tatsächlich dem Weidenbaum, von dem sie inspiriert worden war. Und auch wenn es biegsam und nachgiebig war, bliebe es sich selbst doch immer treu. Das Kunstwerk erstrahlte in einem tiefen, reinen Blau, das vom Sockel bis zu den zarten Spitzen hinauf sanft zu verblassen schien.

Sie packte das Stück vorsichtig ein, denn es war mehr als eine Skulptur. Es war die letzte Arbeit, die direkt aus ihrem Herzen gekommen war. Nichts, was sie seither in Angriff genommen hatte, hatte die von ihr gewünschte Gestalt angenommen, und Tag für Tag hatte sie sich abgemüht, nur um dann alles wieder im Ofen einzuschmelzen. Und Tag für Tag nahm ihre Panik zu.

Das war allein seine Schuld, sagte sie sich, während sie den Deckel der Kiste schloß. Es war seine Schuld, denn er hatte sie mit Versprechungen von Ruhm und Reichtum in Versuchung geführt, hatte ihre Eitelkeit durch einen raschen, verblüffenden Erfolg genährt, so daß sie nun blockiert und ausgetrocknet war. So hohl wie die Glasröhren, die von ihr in ein Einhorn verwandelt worden waren.

Er hatte das Verlangen nach mehr in ihr geweckt. Er hatte das Verlangen nach ihm in ihr geweckt. Und dann war er gegangen, damit sie sah, wie es war, wenn sie nichts von alledem besaß.

Aber sie gäbe weder auf noch nach. Sie behielte zumindest ihren Stolz. Das spöttische Dröhnen des Ofens im Ohr, setzte sie sich in ihren Arbeitsstuhl und spürte seine vertraute Form.

Sicher hatte sie einfach zuviel gearbeitet. Sicher hatte sie sich zu sehr unter Druck gesetzt und mit jedem Stück mehr von sich verlangt. Der Zwang zum Erfolg hatte sie blockiert, und auch jetzt kam ihr unweigerlich der Gedanke, daß man ihre Werke an den nächsten Ausstellungsorten sicher als armselig empfand. Daß man *sie* als armselig empfand.

Daß sie nie wieder nur zu ihrem Vergnügen nach der Glasmacherpfeife griff.

Rogan hatte dafür gesorgt, daß sich alles veränderte. Er hatte, wie von ihr prophezeit, dafür gesorgt, daß *sie* sich veränderte.

Doch wie kam es, fragte sie sich und schloß die Augen, wie kam es, daß ein Mann eine Frau dazu brachte, ihn zu lieben, indem er sie einfach verließ?

»Es scheint dir prächtig zu gehen, meine Liebe.«

Niall, der wie ein fröhliches Würstchen in einem seiner grellen Anzüge zu stecken schien, strahlte Brianna an. »Aber ich habe ja schon immer gesagt, daß du ein cleveres Mädchen bist. Kommt ganz nach meiner Schwester, unsere Brianna, Chrissy, das sage ich dir.«

»Sie haben ein wunderbares Heim.« Christina ergriff das von Brianna angebotene Glas. »Und Ihr Garten ist einfach atemberaubend schön.«

»Vielen Dank. Ich habe auch viel Freude daran.«

»Rogan hat mir erzählt, wie sehr er seinen kurzen Aufenthalt hier genossen hat.« Angesichts des wärmenden Feuers und des anheimelnden Lampenlichts stieß Christine einen wohligen Seufzer aus. »Und ich verstehe, warum.«

»Sie hat einfach ein Gespür für solche Dinge.« Niall zog Brianna so fest an seine Brust, daß man hätte meinen können, er zerquetsche sie. »Weißt du, das liegt ihr im Blut, jawohl, im Blut.«

»Den Eindruck habe ich auch. Ich habe Ihre Großmutter sehr gut gekannt.«

»Chrissy war ständig bei uns im Haus.« Niall blinzelte. »Obwohl sie mir nie aufgefallen ist. Sie war einfach zu schüchtern.«

»Wohingegen du wahrscheinlich kaum weißt, wie man das Wort Schüchternheit überhaupt schreibt«, stellte Christine lachend fest. »Ich war dir einfach lästig, sonst nichts.«

»Falls es so war, habe ich es mir inzwischen anders überlegt.« Er beugte sich zu ihr hinüber und gab ihr unter Briannas neugierigem Blick einen herzhaften Kuß auf den Mund.

»Und dafür hast du über fünfzig Jahre gebraucht.«

»Mir kommt es wie gestern vor.«

»Nun…« Brianna räusperte sich. »Ich nehme an, ich sollte… oh, ich glaube, das sind Mutter und Lottie«, fuhr sie fort, als sie aus dem Korridor laute Stimmen vernahm.

»Sie fahren wie eine Blinde«, beschwerte sich Maeve. »Eher gehe ich zu Fuß nach Ennis zurück, als daß ich noch einmal zu Ihnen in den Wagen steige.«

»Wenn Sie es besser können, dann fahren Sie doch selbst. Das gäbe Ihnen wenigstens ein gewisses Gefühl der Unabhängigkeit.« Offenbar ungerührt kam Lottie ins Wohnzimmer spaziert, wobei sie einen dicken Schal von ihrem Hals zu wikkeln begann. »Es ist ziemlich frisch heute abend«, verkündete sie lächelnd, und ihre geröteten Wangen verrieten, daß dies noch eine Untertreibung war.

»Und nachdem ich von Ihnen durch diese Kälte

gezerrt worden bin, liege ich bestimmt eine Woche lang krank im Bett.«

»Mutter.« Brianna straffte die Schultern und nahm Maeve ihren Mantel ab. »Ich möchte dir Mrs. Sweeney vorstellen. Mrs. Sweeney, das sind meine Mutter, Maeve Concannon, und unsere Freundin Lottie Sullivan.«

»Es freut mich, Sie beide kennenzulernen.« Christine erhob sich und gab den beiden Frauen die Hand. »Ich war eine Freundin Ihrer Mutter, Mrs. Concannon. Wir haben als junge Mädchen zusammen in Galway gelebt. Damals hieß ich noch Christine Rogan.«

»Sie hat ab und zu von Ihnen erzählt«, war Maeves knappe Erwiderung. »Angenehm.« Ihr Blick fiel auf ihren Onkel, und sie sah ihn mit zusammengekniffenen Augen an. »Onkel Niall. Du hast uns ja schon eine Ewigkeit nicht mehr mit deinem Besuch beehrt.«

»Es wärmt mir das Herz, dich zu sehen, Maeve.« Er zog sie in seine Arme und tätschelte ihr mit seiner fleischigen Hand das starre Kreuz. »Ich hoffe, die Jahre waren freundlich zu dir.«

»Warum sollten sie das gewesen sein?« Sobald er sie aus seiner Umarmung entließ, setzte sich Maeve auf einen Stuhl neben dem Kamin. »Der Kamin zieht nicht richtig, Brianna.«

Er zog wunderbar, aber trotzdem ging Brianna hinüber und machte den Rauchfang einen Millimeter weiter auf.

»Mach dir keine unnötige Mühe«, winkte Niall lässig ab. »Der Kamin zieht phantastisch. Wir alle wissen doch, daß Maeves einziger Lebenszweck das Herumjammern ist.«

»Nicht wahr?« mischte sich Lottie fröhlich ein, während sie die Stricknadeln aus dem mitgebrachten Handarbeitskorb nahm. »Mir ist das egal. Aber ich nehme an, nachdem ich vier Kinder großgezogen habe, bin ich so einiges gewöhnt.«

Unsicher, in welche Richtung sich das Gespräch bewegte, wandte sich Christine Lottie zu. »Was für herrliche Wolle, Mrs. Sullivan.«

»Vielen Dank. Ich finde sie ebenfalls sehr schön. Haben Sie eine angenehme Fahrt von Dublin hierher gehabt?«

»Allerdings. Ich hatte ganz vergessen, wie schön dieser Teil unseres Landes ist.«

»Nichts als Felder und Kühe«, stieß Maeve aus, verärgert, weil ihr das Gespräch aus den Händen glitt. »Es ist sicher schön, wenn man in Dublin lebt und an einem milden Herbsttag hier herüberkommt. Aber im Winter fänden Sie es sicher nicht mehr so wunderbar.« Sie hätte sich bestimmt noch länger über dieses Thema ausgelassen, doch in diesem Augenblick kam Maggie herein.

»Aber hallo, Onkel Niall, wie er leibt und lebt.« Lachend schmiegte sie sich an seine Brust.

»Die kleine Maggie, mit einem Mal ganz groß.«

»Und das bereits seit einiger Zeit.« Abermals lachend trat sie einen Schritt zurück. »Tja, inzwischen bist du sie bald alle los.« Zärtlich rieb sie ihm den kahlen Kopf.

»Weißt du, ich habe eben einen so schönen Schädel, daß der liebe Gott keine Veranlassung mehr sieht, ihn länger mit Haaren zu bedecken. Ich habe gehört, wie gut du deine Arbeit machst, mein Schatz. Ich bin furchtbar stolz auf dich.«

»Das hat Mrs. Sweeney dir sicher nur erzählt, damit sie ein bißchen mit ihrem Enkel angeben kann. Es freut mich, Sie zu sehen«, sagte sie an Christine gewandt. »Aber ich hoffe, daß der alte Schurke nicht zu anstrengend für Sie ist.«

»Ich habe festgestellt, daß meine Kondition ebensogut wie die seine ist.« Christine sah Niall mit einem vergnügten Lächeln an, ehe sie weitersprach. »Ich hatte gehofft, falls es Ihnen passen würde, daß ich mir morgen vor der Weiterfahrt noch Ihr Atelier ansehen kann.«

»Aber gern. Hallo, Lottie, geht es Ihnen gut?«

»Bin fit wie ein Turnschuh.« Ihre Nadeln klapperten einen fröhlichen Takt. »Ich hatte gehofft, Sie kämen mal vorbei und würden uns von Ihrer Frankreichreise erzählen.«

Maeve begann vernehmlich zu schnauben. Mit regloser Miene drehte sich Maggie zu ihr um. »Mutter.«

»Margaret Mary. Wie ich sehe, hast du wie immer zuviel mit dir selbst zu tun.«

»Das habe ich.«

»Brianna findet zweimal die Woche Zeit, um bei uns vorbeizuschauen und zu fragen, ob es mir vielleicht an irgend etwas fehlt.«

Maggie nickte. »Dann brauche ich das ja nicht auch noch zu tun.«

»Falls alle bereit sind, trage ich jetzt das Essen auf«, mischte sich Brianna ein.

»Zum Essen bin ich jederzeit bereit.« Niall griff nach Christines Hand und drückte Maggie die Schulter, als sich die kleine Gesellschaft ins Eßzimmer hinüberbegab.

Der Tisch war mit einer Leinendecke und frischen Blumen geschmückt, die Anrichte war in warmes Kerzenlicht getaucht, das Essen war reichlich und wunderbar, und es hätte ein netter, fröhlicher Abend werden sollen – aber natürlich wurde nichts daraus.

Maeve stocherte lustlos in ihrem Essen herum, und je fröhlicher sich die Gesellschaft gab, um so finsterer wurde ihr Gesicht. Sie beneidete Christine um ihr feines, gutgeschnittenes Kleid, um die schimmernde Perlenkette an ihrem Hals, um den unaufdringlichen, doch teuren Duft ihrer Haut. Und um die Haut selbst, weich und verwöhnt, wie es nur durch Reichtum möglich war.

Die Freundin meiner Mutter, dachte sie. Ihre Spielkameradin, mit der sie in eine Klasse gegangen war. Das Leben, das Christine Sweeney zuteil geworden war, hätte sie selbst gern geführt. Und sie hätte es auch geführt, hätte sie nicht den einen großen Fehler gemacht. Hätte sie nicht Maggie auf die Welt gebracht. Sie hätte weinen können vor Zorn und Scham. Wegen des schrecklichen, unabänderlichen Verlusts.

Um sie herum perlte die Unterhaltung wie teurer Wein, man sprach überschäumend und vergnügt über Blumen und alte Zeiten, über Dublin und Paris… und dann wandte sich die Unterhaltung auch noch Kindern zu.

»Wie wunderbar für Sie, eine so große Familie zu haben«, sagte Christine an Lottie gewandt. »Ich habe es immer bedauert, daß Michael und ich nicht mehr Kinder haben konnten. Unser Sohn war immer das Wichtigste für uns und jetzt ist es mein Enkel Rogan für mich.«

»Ein Sohn«, murmelte Maeve. »Ein Sohn vergißt seine Mutter nicht.«

»Das stimmt, es ist eine ganz besondere Beziehung, die eine Mutter zu ihrem Sohn genießt.« Christine lächelte, denn sie hoffte, Maeves harter Mund würde ein wenig weicher durch ihre Freundlichkeit. »Aber wenn ich ehrlich bin, habe ich mir immer eine Tochter gewünscht. Und Sie sind gleich mit zweien gesegnet, Mrs. Concannon.«

»Sie sind wohl weniger ein Segen als vielmehr ein Fluch.«

»Probieren Sie doch mal die Pilze, Maeve«, sagte Lottie, während sie ihr bereits einen Löffel voll auf den Teller gab. »Sie sind genau auf den Punkt fritiert. Sie sind einfach eine begnadete Köchin, Brianna, wenn ich es mal so sagen darf.«

»Das habe ich von meiner Großmutter gelernt«, setzte Brianna an. »Ich habe immer so lange herumgenörgelt, bis sie mir eins ihrer Rezepte verraten hat.«

»Und mir hast du ständig Vorwürfe gemacht, weil ich keine Lust hatte, den ganzen Tag am Herd zu stehen.« Maeve warf trotzig den Kopf zurück. »Ich fand einfach keinen Gefallen daran. Ich wette, Sie bringen ebenfalls nicht allzuviel Zeit in der Küche zu, Mrs. Sweeney.«

»Ich fürchte, das ist wahr.« Christine spürte, daß ihre Stimme merklich kühler klang, und bemühte sich um einen freundlicheren Ton. »Und ich muß zugeben, daß keiner meiner Versuche je an das herangekommen ist, was Sie uns heute abend servieren, Brianna. Rogan hatte ganz recht, als er Sie für Ihre Kochkünste in den Himmel gehoben hat.«

»Schließlich verdient sie sich ihren Lebensunterhalt dadurch, daß sie Fremde bei sich aufnimmt und sie auch noch bekocht.«

»Laß sie in Frieden.« Maggies Stimme klang ruhig, aber ihr Blick war so tödlich wie ein Schuß. »Schließlich hat sie dich weiß Gott lange genug ebenfalls beherbergt und verpflegt.«

»Wie es ihre Pflicht gewesen ist. Es sitzt wohl niemand hier am Tisch, der leugnen würde, daß es die Pflicht einer Tochter ist, sich um ihre Mutter zu kümmern, wenn diese leidend ist. Was mehr ist, als du je getan hast, Margaret Mary.«

»Oder als ich je tun werde. Also dank dem lieben Gott dafür, daß Brianna dich so lange ertragen hat.«

»Ich wüßte nicht, wofür ich dem lieben Gott danken sollte, nachdem ich von meinen eigenen

Kindern aus meinem eigenen Haus hinausgeworfen worden bin. Und jetzt sitze ich in einer fremden Umgebung, krank und allein.«

»Seit ich für Sie arbeite, waren Sie nicht einen einzigen Tag lang krank, Maeve«, stellte Lottie fröhlich fest. »Und wie können Sie allein sein, wenn ich Tag und Nacht bei Ihnen bin?«

»Wofür man Sie schließlich bezahlt. Es sollte mein eigen Fleisch und Blut sein, das mich umsorgt, aber nein. Meine Töchter wenden mir den Rücken zu, und auch meinem Onkel, der ein schönes Haus in Galway besitzt, bin ich vollkommen egal.«

»Nun, zumindest achte ich noch gut genug auf dich, um festzustellen, daß du dich kein bißchen verändert hast, Maeve.« Niall betrachtete sie mit einem mitleidigen Blick. »Chrissy, ich möchte mich für das schlechte Benehmen meiner Nichte entschuldigen.«

»Ich denke, den Nachtisch serviere ich im Salon.« Blaß, doch ansonsten äußerlich ruhig, erhob sich Brianna von ihrem Platz. »Wenn ihr vielleicht schon vorgeht, dann komme ich gleich nach.«

»Dort drüben ist es viel gemütlicher«, pflichtete Lottie ihr bei. »Warten Sie, Brianna, ich helfe Ihnen.«

»Falls du und Mrs. Sweeney mich bitte entschuldigen wollt, Onkel Niall, dann wechsle ich noch schnell ein paar Worte mit meiner Mutter, ehe ich mich zu euch geselle.« Maggie blieb sitzen und wartete, bis außer ihr und Maeve niemand mehr im Eßzimmer war. »Warum tust du das?« fragte sie. »Warum verdirbst du ihr den Abend? Wäre es so schwer für dich gewesen, ihr nur ein paar Stunden lang die Illusion zu lassen, daß wir eine Familie sind?«

Vor Verlegenheit wurde Maeves Zunge noch spitzer als zuvor. »Ich habe keine derartigen Illusionen, und ich habe nicht das Bedürfnis, Mrs. Sweeney aus Dublin zu beeindrucken.«

»Du hast sie beeindruckt – auf eine denkbar negative Art. Und das fällt auf uns alle zurück.«

»Meinst du, du wärst etwas Besseres als wir anderen, Margaret Mary? Nur weil du deine Zeit in Venedig und Paris verbringst?« Maeves Knöchel traten weiß hervor, so fest umklammerte sie den Tisch. »Meinst du, ich wüßte nicht, was du und der Enkel dieser Frau so treibt? Meinst du, ich wüßte nicht, daß du dich ihm ohne die geringste Scham wie eine Hure hingegeben hast? Er sorgt dafür, daß du das Geld und den Ruhm bekommst, auf den du immer so versessen gewesen bist, und dafür hast du ihm deinen Körper und deine Seele verkauft.«

Maggie faltete die Hände unter der Tischplatte, damit ihre Mutter ihr Zittern nicht sah. »Ich verkaufe ihm meine Arbeit, und vielleicht verkaufe ich ihm dadurch auch einen Teil meiner Seele. Aber mein Körper gehört immer noch alleine mir. Ihn bekommt Rogan umsonst.«

Nun, da sich ihr Verdacht bestätigte, wurde Maeve kreidebleich. »Und du wirst dafür genauso bezahlen, wie ich es getan habe. Ein Mann mit seinem Hintergrund will von einer Frau wie dir doch nichts außer dem, was sie ihm im Dunkeln zu bieten hat.«

»Du hast keine Ahnung. Du kennst ihn nicht.«

»Aber ich kenne dich. Und was wird aus deiner wunderbaren Karriere, wenn du feststellst, daß du schwanger bist?«

»Wenn ich ein Kind bekäme, dann würde ich zu Gott beten, daß ich es besser behandle, als du mich je behandelt hast. Ich würde nicht alles aufgeben und mich und das Kind für den Rest meines Lebens in Sack und Asche hüllen, als hätten wir beide etwas Furchtbares getan.«

»Du weißt einfach nicht, wie es ist«, stellte Maeve mit scharfer Stimme fest. »Aber mach nur so weiter, dann wirst du es ja sehen. Dann wirst du sehen, wie es ist, zuzusehen, wie dein Herz bricht und dein Leben zu Ende geht.«

»Es hätte nicht zu Ende sein müssen. Andere Musikerinnen haben auch eine Familie.«

»Meine Stimme war ein Geschenk.« Zu Maeves Leidwesen stiegen Tränen in ihr auf. »Und weil ich so arrogant war, wie du es bist, wurde es mir genommen. Seit dem Augenblick, in dem ich dich empfangen habe, hatte ich keine Musik mehr in mir.«

»Aber es wäre weiterhin möglich gewesen«, sagte Maggie im Flüsterton. »Du hast es nur nicht genug gewollt.«

Nicht genug gewollt? Noch jetzt spürte Maeve die alte Narbe, von der ihr Herz verunziert war. »Was hat man schon davon, daß man etwas will?« fragte sie. »Dein Leben lang hast du eine Karriere gewollt, und nun setzt du sie aufs Spiel, nur weil du einen Mann zwischen deinen Beinen spüren willst.«

»Er liebt mich«, hörte Maggie sich sagen.

»Im Dunkeln ist so etwas leicht gesagt. Aber du wirst niemals glücklich sein. Du bist in Sünde geboren, du lebst als Sünderin, und du stirbst als Sünderin. Allein. Genauso allein wie ich.«

»Du hast es dir zur Lebensaufgabe gemacht, mich zu hassen, und diese Aufgabe erfüllst du ziemlich gut.« Langsam und unsicher erhob sich Maggie von ihrem Platz. »Weißt du, was mir angst macht? Furchtbare Angst? Du haßt mich, weil du dich selbst in mir siehst. Aber Gott stehe mir bei, wenn ich wirklich so bin wie du.«

Mit diesen Worten floh sie aus dem Raum in die Dunkelheit der Nacht hinaus.

Die bitterste Pille, die es gab, war, sich zu entschuldigen, und Maggie vermied es, sie zu schlucken, indem sie zunächst mit der Führung durch ihr Atelier begann. Im kühlen Vormittagslicht wirkte das häßliche Ende des Vorabends bereits etwas weniger schlimm, und sie lenkte sich von der Erinnerung ab, indem sie ihren Besuchern ausführliche Erklärungen zu den verschiedenen Werkzeugen und Techniken gab und Niall sogar beim Blasen seiner ersten Glaskugel behilflich war.

»Das ist keine Trompete.« Als er das Rohr über seinen Kopf zu heben begann, drückte sie es entschieden nach unten zurück. »Wenn du so angibst, erreichst du dadurch nur, daß dir heißes Glas auf die Backen tropft.«

»Ich glaube, ich spiele lieber weiter Golf.« Blinzelnd gab er ihr das Rohr zurück. »Eine Künstlerin in der Familie ist genug.«

»Und Sie machen tatsächlich Ihr eigenes Glas.« In einer maßgeschneiderten Hose und einer eleganten Seidenbluse wanderte Christine durch das Atelier. »Aus Sand.«

»Und ein paar anderen Dingen. Sand, kohlensaurem Natrium, Kalk, Feldspat, Dolomit. Ein bißchen Arsen.«

»Arsen.« Christine riß die Augen auf.

»Und dies und das«, schloß Maggie die Aufzählung lächelnd ab. »Ich hüte meine Formel wie eine Hexe ihren Zauberspruch. Abhängig von der Farbe, die man erzielen will, fügt man noch ein paar andere Chemikalien hinzu. Je nach Glassorte werden verschiedene Farbstoffe verwandt. Kobalt, Kupfer, Mangan. Und dann gibt es noch die Karbonate und die Oxyde. Arsen ist ein hervorragendes Oxyd.«

Christine bedachte die ihr von Maggie gezeigten Chemikalien mit einem zweifelnden Blick. »Man sollte meinen, gebrauchtes oder fertiges Glas einzuschmelzen wäre einfacher.«

»Aber es ist nichts Eigenes, nicht wahr?«

»Ich wußte gar nicht, daß man auch Chemikerin sein muß und nicht nur Künstlerin.«

»Unsere Maggie war schon immer ein ziemlich heller Kopf.« Niall legte einen Arm um ihre Schulter. »Sarah hat mir immer geschrieben, was für eine gute Schülerin unsere Maggie und was für ein süßes Mädchen unsere Brianna war.«

»Genauso war's«, pflichtete ihm Maggie lachend bei. »Ich war schlau, und Brie war süß.«

»Sie hat gesagt, Brie wäre ebenfalls schlau«, nahm Niall seine jüngere Großnichte umgehend in Schutz.

»Aber ich wette, sie hat nie behauptet, ich wäre ebenfalls süß.« Maggie vergrub ihr Gesicht in seiner Jacke. »Ich bin so froh, dich wiederzusehen. Ich wußte gar nicht, wie sehr du mir gefehlt hast in all der Zeit.«

»Seit Toms Tod habe ich dich vernachlässigt, Maggie Mae.«

»Nein. Jeder von uns hat sein Leben gelebt, und Brie und ich wußten, daß Mutter es dir nicht leichtmachte, bei uns vorbeizuschauen. Was das betrifft…« – sie trat einen Schritt zurück, atmete tief ein und sah ihren Onkel an – »so möchte ich mich für den gestrigen Abend entschuldigen. Ich hätte sie nicht provozieren sollen, und auf keinen Fall hätte ich einfach gehen dürfen, ohne mich wenigstens zu verabschieden.«

»Es besteht keine Notwendigkeit, dich bei uns zu entschuldigen. Ebenso wie ich vorhin auch schon zu Brianna gesagt habe, daß sie sich für nichts entschuldigen muß.« Niall tätschelte Maggie die Wange. »Maeve war schon bei ihrer Ankunft schlecht gelaunt. Du hast sie in keiner Weise provoziert. Dich trifft keine Schuld an der Art, wie sie durchs Leben geht, Maggie.«

»Egal. Auf jeden Fall tut es mir leid, daß es ein so unschöner Abend war.«

»Ich finde, er war ziemlich aufschlußreich«, sagte Christine in ruhigem Ton.

»Das war er wohl«, pflichtete Maggie ihr bei und sah abermals ihren Onkel an. »Hast du sie jemals singen hören, Onkel Niall?«

»Allerdings. Lieblich wie eine Nachtigall, jawohl. Und rastlos wie eine der Wildkatzen, die man in den Zoos in zu kleinen Käfigen hält. Sie war immer schon schwierig, Maggie, nur zufrieden, wenn die Leute still waren und zuhörten, wie sie sang.«

»Und dann kam mein Vater.«

»Dann kam Tom. Nach allem, was man mir erzählt hat, waren die beiden außer füreinander für alles blind und taub. Das heißt, vielleicht waren sie sogar füreinander blind und taub.« Er strich ihr mit seiner Pranke über das Haar. »Es könnte sein, daß keiner der beiden, ehe sie unlösbar aneinander gebunden waren, je das Innere des anderen wahrnahm. Als sie einander dann in die Herzen sahen, entsprach das, was sie dort fanden, nicht ihren Erwartungen. Und Maeve hat zugelassen, daß diese Erkenntnis sie verbitterte.«

»Meinst du, wenn die beiden einander nicht begegnet wären, wäre sie nicht so geworden wie jetzt?«

Lächelnd strich er ihr abermals übers Haar.

»Wir alle werden von den Stürmen des Schicksals durchs Leben geweht, Maggie Mae. Aber am Ende machen wir uns selbst zu dem, was wir sind.«

»Sie tut mir leid«, sagte Maggie in leisem Ton. »Obwohl ich nie gedacht hätte, daß in mir auch nur eine Spur von Mitleid für sie ist.«

»Du bist ihr immer eine gute Tochter gewesen.« Er küßte Maggies Stirn. »Und jetzt ist es an der Zeit, daß du endlich einmal dich selbst zu sehen beginnst.«

»Ich arbeite daran.« Sie lächelte. »Und zwar sehr hart.«

Christine fand, daß dies genau der richtige Zeitpunkt für ihre Einmischung war. »Niall, bist du so lieb und läßt Maggie und mich einen Augenblick allein?«

»Frauengespräche, ja?« Sein rundes Gesicht wies eine Reihe gutmütiger Lachfältchen auf. »Laßt euch nur Zeit. Ich sehe mir derweil ein bißchen die Umgebung an.«

»Nun«, begann Christine, sobald die Tür hinter Niall ins Schloß gefallen war. »Ich muß Ihnen etwas gestehen. Ich bin gestern abend nicht direkt ins Wohnzimmer gegangen, sondern zurückgekommen, weil ich dachte, ich könnte Ihnen vielleicht ein wenig zur Seite stehen.«

Maggie senkte den Blick. »Ich verstehe.«

»Und dann habe ich unhöflicherweise gelauscht. Ich mußte mich sehr beherrschen, denn am liebsten wäre ich in den Raum gestürmt gekommen und hätte Ihrer Mutter ordentlich die Meinung gesagt.«

»Das hätte alles nur noch schlimmer gemacht.«

»Deshalb habe ich mich ja auch beherrscht – obwohl es mir ein Vergnügen gewesen wäre, ihr zu erklären, was für ein undankbares, jämmerliches Geschöpf sie ist.« Christine packte Maggie bei den Armen und schüttelte sie sanft. »Sie hat ja keine Ahnung, was sie an Ihnen hat.«

»Vielleicht weiß sie es nur allzugut. Ich habe einen Teil dessen, was ich bin, verkauft, weil ich genau wie sie das Bedürfnis habe, immer mehr zu erreichen.«

»Sie haben auch mehr verdient.«

»Ob ich es verdient habe oder ob es ein Geschenk ist, ist egal. Ich wollte immer mit dem, was ich hatte, zufrieden sein, Mrs. Sweeney. Ich wollte es so sehr, denn andernfalls hätte ich mir eingestehen müssen, daß mir das, was ich bekommen hatte, nie genug gewesen war. Daß wir von meinem Vater nicht genug bekommen haben, wo er uns doch gegeben hat, was er nur konnte. Und ehe Rogan kam, war ich zufrieden oder habe mir zumindest eingeredet, ich könnte es sein. Aber er hat mir die Tür zum Erfolg geöffnet, und ich habe festgestellt, wie sehr mir der Erfolg gefällt. Und zugleich habe ich seit über einer Woche keine anständige Arbeit mehr hingekriegt.«

»Und woran liegt das Ihrer Meinung nach?«

»Er hat mich in die Ecke gedrängt. Ich arbeite nicht mehr nur für mich selbst. Ich bin nicht mehr ich selbst. Er hat alles verändert. Ich weiß nicht mehr, was ich machen soll. Und dabei habe ich es bisher immer gewußt.«

»Ihre Arbeit kommt aus Ihrem Herzen. Das kann selbst ein Blinder sehen. Und vielleicht verschließen Sie im Augenblick Ihr Herz.«

»Falls das so ist, dann muß ich es tun. Ich werde nicht denselben Fehler wie sie oder mein Vater begehen. Ich werde weder die Ursache noch das Opfer meines eigenen Elends sein.«

»Meine liebe Maggie, ich denke, daß Sie bereits das Opfer sind. Sie lassen zu, daß Sie Schuldgefühle haben, weil Sie erfolgreich und vor allem weil Sie ehrgeizig sind. Und ich denke, Sie weigern sich, auf Ihr Herz zu hören, denn wenn Sie es täten, gäbe es kein Zurück. Obwohl Sie gerade, weil Sie es nicht tun, unglücklich sind. Sie lieben Rogan, nicht wahr?«

»Falls ich ihn liebe, so ist das seine eigene Schuld.«

»Ich bin sicher, daß er damit hervorragend zurechtkäme.«

Maggie wandte sich ab und rückte irgendwelche Werkzeuge auf ihrer Arbeitsbank zurecht. »Er ist ihr noch nie begegnet. Ich denke, ich habe dafür gesorgt, daß er sie nicht zu sehen bekommt, damit er nicht merkt, daß ich genauso bin. Launisch, bösartig und von einer beständigen Unzufriedenheit erfüllt.«

»Einsam«, flüsterte Christine, wodurch sie Maggie zwang, sie wieder anzusehen. »Sie ist eine einsame Frau, Maggie, durch ihre eigene Schuld. Und wenn Sie ebenfalls einsam sind, dann ist das ebenso Ihre eigene Schuld.« Sie trat einen Schritt vor und umfaßte Maggies Hände mit einem sanften Griff. »Ihren Vater habe ich nie kennengelernt, aber ich bin sicher, daß auch von ihm ein Teil in Ihnen steckt.«

»Er hatte Träume. Genau wie ich.«

»Auch von Ihrer Großmutter haben Sie etwas geerbt, von Ihrer Großmutter, die intelligent und aufbrausend war. Und von Niall, mit seiner wunderbaren Lebenslust. Von all diesen Menschen haben Sie etwas in sich, keiner von ihnen macht die ganze Maggie aus. Niall hat ganz recht. Es ist Zeit, daß Sie sich selbst endlich einmal sehen.«

»Ich dachte, das hätte ich bereits. Ich dachte,

ich wüßte genau, wer ich bin und was ich will. Aber jetzt bin ich vollkommen verwirrt.«

»Wenn Ihnen Ihr Kopf keine Antworten auf Ihre Fragen gibt, dann lauschen Sie am besten dem, was Ihr Herz zu sagen hat.«

»Die Antwort, die es mir gibt, gefällt mir nicht.«

Christine lachte fröhlich auf. »Dann, mein liebes Kind, können Sie absolut sicher sein, daß seine Antwort die richtige ist.

20. Kapitel

Schließlich war Maggie wieder allein, setzte das Rohr an den Mund, und zwei Stunden später warf sie das geblasene Gefäß zum erneuten Einschmelzen in den Ofen zurück.

Sie brütete über ihren Skizzen, verwarf sie, probierte andere Entwürfe aus. Sie musterte mit gerunzelter Stirn das Einhorn, das auf einem der Regale stand, und schließlich stellte sie die Schweißbrenner an. Kaum allerdings hatte sie das Rohr in der Hand, schwand die Vision bereits dahin. Sie beobachtete, wie sich die Spitze des Glasstabs in die Länge zu ziehen begann, wie sie schmolz, wie sie schlaff über der Arbeitsplatte hing. Ohne darüber nachzudenken, was sie tat, tropfte sie Stückchen geschmolzenen Glases in einen Topf, der kaltes Wasser enthielt.

Einige der Stückchen brachen, andere hingegen behielten ihre Form. Sie nahm eins von ihnen in die Hand und sah es genauer an. Obgleich es von Feuer geformt worden war, kam es nun einer kühlen Träne gleich. Ein Prinz-Rupert-Tropfen, nicht unbedingt eine Neuheit auf dem Gebiet der Glasbläserkunst, etwas, das selbst einem Kind gelang.

Dennoch rieb sie den Tropfen zwischen ihren Fingern und legte ihn dann unter ihr Polariskop. Durch die Linse erkannte sie, daß durch die innere Spannung des Glases ein verwirrender Regenbogen verschiedenster Farben erzeugt worden war. So viel, dachte sie, in einem so kleinen Ding. Sie schob den Tropfen in die Tasche und fischte ein paar weitere gläserne Tränen aus dem Topf. Anschließend stellte sie die Öfen aus, und zehn Minuten später trat sie durch Briannas Küchentür.

»Brianna. Was siehst du, wenn du mich anguckst?«

Brianna blies sich eine lose Strähne aus der Stirn und blickte auf, ohne daß sie beim Kneten ihres Brotteigs innehielt. »Meine Schwester, was sonst?«

»Nein, nein. Versuch wenigstens einmal, nicht so praktisch zu sein. Was siehst du in mir?«

»Eine Frau, die immer kurz vor einem großen Umbruch zu stehen scheint. Eine Frau mit genügend Energie, um mich mürbe zu machen. Und Zorn.« Brianna senkte ihren Blick. »Zorn, der mich traurig und mitleidig macht.«

»Egoismus?«

Überrascht hob Brianna abermals den Kopf. »Nein, keinen Egoismus. Den nicht. Egoismus ist eine Schwäche, die mir an dir noch nicht aufgefallen ist.«

»Aber andere Schwächen schon?«

»Mehr als genug. Was ist, strebst du neuerdings nach Perfektion?«

Maggie fuhr zusammen, als sie den abweisenden Ton in der Stimme ihrer Schwester vernahm. »Du bist immer noch wegen gestern abend böse auf mich.«

»Auf dich bin ich nicht böse, nein.« Mit neuer Energie machte sich Brianna über ihren Brotteig her. »Auf mich, auf die Umstände, auf das Schicksal, wenn du so willst. Aber nicht auf dich. Es war nicht deine Schuld, und du hast mich weiß Gott eindringlich genug vor dem drohenden Fiasko gewarnt. Aber ich wünschte, du würdest nicht ständig für mich in die Bresche springen, wenn Mutter auf mir herumzuhacken beginnt.«

»Ich kann nicht anders.«

»Ich weiß.« Brianna formte den Teig zu einem Klumpen und warf ihn in die Schüssel zurück. »Nachdem du weg warst, hat sie sich ein bißchen besser aufgeführt. Ich denke, daß ihr die ganze Sache ein wenig peinlich war. Ehe sie ging, hat sie noch gesagt, das Essen hätte ihr gut geschmeckt. Nicht, daß sie viel davon probiert hätte, aber wenigstens hat sie es gesagt.«

»Wir haben schon schlimmere Abende erlebt.«

»Das stimmt. Maggie, sie hat noch etwas gesagt.«

»Sie sagt viel, wenn der Tag lang ist. Und ich bin nicht gekommen, um mir das alles anzuhören.«

»Es ging um die Kerzenständer«, fuhr Brianna fort, und Maggie zog überrascht die Brauen hoch.

»Was ist mit ihnen?«

»Die Kerzenständer, die auf der Anrichte stehen. Die, die du mir letztes Jahr geschenkt hast. Sie sagte, sie wären wirklich hübsch.«

Lachend schüttelte Maggie den Kopf. »Das hast du bestimmt geträumt.«

»Ich war hellwach und stand mitten in meinem eigenen Flur. Sie hat mich angesehen und gesagt, die Kerzenständer wären wirklich hübsch. Und dann hat sie sich immer noch nicht gerührt und mich angesehen, bis ich verstand, daß sie es einfach nicht über sich bringt, es dir selbst zu sagen, aber daß sie möchte, daß du es weißt.«

»Warum sollte sie wollen, daß ich es weiß?« fragte Maggie mit unsicherer Stimme.

»Ich glaube, es war eine Art Entschuldigung für

das, was zwischen euch beiden vorgefallen war. Die beste Entschuldigung, die ihr möglich war. Als sie sah, daß ich verstanden hatte, fing sie einen neuen Streit mit Lottie an, und die beiden sind ebenso gegangen, wie sie gekommen sind. Mit lautstarkem Gezetere.«

»Tja.« Maggie hatte keine Ahnung, wie sie reagieren sollte, und auch über ihre Gefühle war sie sich nicht klar. Rastlos glitten ihre Finger in ihre Hosentasche und spielten mit den glatten Glastropfen herum.

»Es ist ein kleiner Schritt, aber wenigstens ein Schritt.« Brianna bestäubte ihre Hände mit Mehl und nahm das nächste Stück Brotteig vom Tisch. »Sie ist glücklich in dem Haus, das du ihr gegeben hast, auch wenn sie es noch nicht weiß.«

»Vielleicht hast du recht.« Maggie atmete hörbar aus. »Ich hoffe es. Aber in nächster Zeit lädst du mich besser nicht noch mal zu einem Familienessen ein.«

»Keine Angst.«

»Brianna...« Maggie zögerte und sah ihre Schwester hilflos an. »Ich fahre heute noch nach Dublin.«

»Oh, dann hast du einen langen Tag. Wirst du in der Galerie gebraucht?«

»Nein, ich werde zu Rogan gehen. Und entweder sage ich ihm, daß ich ihn nie wieder sehen will oder daß ich ihn heirate.«

»Daß du ihn heiratest?« Brianna fiel der Teig aus der Hand. »Hat er dir etwa einen Heiratsantrag gemacht?«

»An unserem letzten Abend in Frankreich. Ich habe seinen Antrag abgelehnt, und ich habe es ernst gemeint. Vielleicht lehne ich seinen Antrag noch immer ab, aber im Grunde weiß ich nicht mehr, was ich will. Ich hoffe, auf der Fahrt wird mir klar, was das Beste ist, denn ich habe erkannt, daß es nur noch ein Entweder-Oder für mich gibt.« Sie tastete abermals an den Glastropfen in ihrer Tasche herum. »Ich wollte nur, daß du es weißt.«

»Maggie...« Die Hände voller Teig, blickte Brianna auf die zufallende Hintertür.

Das Schlimmste war, daß er nicht zu Hause war – und daß sie wußte, sie hätte ihm besser gesagt, daß sie kam. Er wäre in der Galerie, hatte sein Butler gesagt, aber als sie dort ankam, war er bereits wieder fort. Sie hatte ihn um höchstens fünf Minuten verpaßt, sagte man ihr, doch nun wäre er auf dem Weg zum Flughafen, zu seiner Maschine nach Rom. Am besten riefe sie ihn in seinem Wagen an.

Nein, dachte Maggie, eine der wichtigsten Entscheidungen ihres Lebens träfe sie bestimmt nicht am Telefon, und am Ende stieg sie wieder in ihren Wagen und machte sich auf den langen, einsamen Rückweg nach Clare.

Was für eine Närrin bin ich doch, dachte sie. Aber vielleicht war es besser, daß er nicht dagewesen war. Von der stundenlangen Fahrerei erschöpft, sank sie auf ihr Bett und schlief durch bis zum nächsten Tag.

Dann versuchte sie sich an einem neuen Projekt.

»Ich möchte, daß der *Suchende* ganz nach vorn und daß die *Triade* genau in die Mitte kommt.«

Rogan stand im sonnendurchfluteten Ausstellungssaal der römischen Worldwide-Galerie und sah seinen Angestellten beim Aufbau von Maggies Werken zu. Die Skulpturen machten sich sehr gut inmitten des vergoldeten Rokoko-Dekors. Eingehüllt in den schweren roten Samt, den er als Verkleidung der Podeste und Tische ausgesucht hatte, wirkte das Ensemble geradezu königlich elegant. Maggie hätte sich sicher über die pompöse Umgebung beschwert, aber er hatte die Erfahrung gemacht, daß den Besuchern dieser Worldwide-Filiale üppige, fast wuchtige Eleganz stets gut gefiel.

Er sah auf seine Uhr und fluchte leise in sich

hinein. In zwanzig Minuten hatte er einen Termin. Es ließ sich nicht ändern, dachte er und wies einen der Angestellten an, eine winzige Veränderung der Position einer der Skulpturen vorzunehmen, durch die diese noch an Leuchtkraft gewann. Er käme zu spät. Was offenbar an Maggies unseligem Einfluß lag. Sie hatte seinen Sinn für Pünktlichkeit korrumpiert.

»Die Galerie öffnet in fünfzehn Minuten«, erinnerte er das Personal. »Am besten machen Sie sich auf den Besuch einiger Reporter gefaßt. Und sorgen Sie dafür, daß jeder von ihnen einen Katalog bekommt.» Er warf einen letzten Blick auf die Stükke und das Dekor, und mit einem »Gut gemacht« trat er in die strahlende italienische Sonne hinaus.

»Ich komme zu spät, Carlo«, sagte er an seinen Fahrer gewandt, während er sich mit bereits geöffneter Aktentasche auf den Rücksitz des wartenden Wagens schob.

Carlo grinste, zog sich seine Chauffeurmütze tiefer ins Gesicht und spielte mit seinen Fingern wie ein Konzertpianist bei der Vorbereitung eines Arpeggios. »Keine Sorge, Signore, ich regele das schon.«

Zu Rogans Ehre sei gesagt, daß er kaum eine Braue verzog, als der Wagen wie ein Tiger vom Bordstein auf die Straße schoß und die anderen

Autos zähnefletschend und knurrend von der Fahrspur vertrieb. Er schob sich lediglich ein wenig tiefer in den Sitz und wandte seine Aufmerksamkeit dem Geschäftsbericht der römischen Filiale zu.

Es war ein erfolgreiches Jahr gewesen, dachte er. Nicht zu vergleichen mit den schwindelerregenden Umsätzen Mitte der Achtziger, aber dennoch ziemlich gut. Vielleicht war es gar nicht verkehrt, daß die Zeit, in der man auf einer Auktion für ein einziges Gemälde Hunderte von Millionen Pfund bekommen hatte, vorüber war. Erzielte Kunst einen derart hohen Preis, so wurde sie oft in irgendwelchen Kellergewölben versteckt, bis sie so seelenlos wie ein Haufen Goldbarren geworden war.

Aber dennoch hatten sie im vergangenen Jahr einiges an Profit erzielt. Genug, dachte er, daß sich sein Traum von der Eröffnung einer weiteren, kleineren Worldwide-Filiale verwirklichen ließe, in der es einzig die Werke irischer Kunstschaffender zu sehen und zu kaufen gab. Die Idee hatte er bereits vor ein paar Jahren gehabt, aber erst in letzter Zeit war sie zu einem Herzenswunsch herangereift.

Eine kleine, gemütliche, jedermann zugängliche Galerie, in der vom Dekor bis hin zur Kunst selbst alles irisch war. Ein Ort, der zum Verweilen einlud, an dem es qualitativ hochwertige Kunst zu erschwinglichen Preisen gab.

Ja, dachte er, der Zeitpunkt war perfekt. Absolut perfekt.

Mit quietschenden Reifen kam der Wagen zum Stehen, und es hätte nicht viel gefehlt, da hätte er sich wie ein wilder Hengst aufgebäumt. Carlo öffnete Rogan die Tür. »Sie sind pünktlich, Signore.«

»Und Sie, Carlo, sind ein Zauberer.«

Rogan brachte dreißig Minuten mit dem Leiter der römischen Galerie und zweimal so lange in einer Vorstandssitzung zu, anschließend gab er ein paar Interviews in seiner Rolle als Organisator der Concannon-Tournee, und hinterher waren ein paar Stunden für die Betrachtung möglicher Erwerbsprojekte und für Gespräche mit Künstlern und Künstlerinnen reserviert.

Für den Abend war der Weiterflug nach Venedig, Maggies nächstem Ausstellungsort, geplant, doch die Maschine flog erst in einer Weile ab, so daß Rogan noch Zeit für ein paar Anrufe in Dublin blieb.

»Joseph.«

»Rogan, wie ist es in Rom?«

»Sonnig und warm. Es ist alles fertig, und spätestens um sieben sollte ich in Venedig sein. Wenn Zeit ist, besuche ich noch heute abend die dortige Galerie. Ansonsten fahre ich morgen früh gleich als erstes hin.«

»Ich habe hier einen Plan. Sie kommen also in einer Woche zurück?«

»Wenn möglich, schon früher. Hat sich seit meinem Abflug irgendwas ereignet, was für mich von Interesse ist?«

»Aiman war hier. Ich habe ihm zwei Skizzen abgekauft. Sie sind ziemlich gut.«

»Das ist schön. Ich habe so eine Ahnung, daß wir ab dem nächsten Jahr mehr von ihm verkaufen können.«

»Wieso das?«

»Ich habe etwas im Sinn, über das ich mit Ihnen sprechen werde, wenn ich wieder in Dublin bin. Sonst noch was?«

»Ich habe den Freund Ihrer Großmutter kennengelernt, ehe die beiden nach Galway gefahren sind.«

Rogan stöhnte vernehmlich auf. »War sie etwa mit ihm in der Galerie?«

»Wie er sagte, wollte er Maggies Arbeiten einmal in der passenden Umgebung sehen. Er ist ein ziemliches Original, wenn ich so sagen darf.«

»Allerdings.«

»Oh, da wir gerade von Maggie sprechen, sie war Anfang der Woche hier.«

»Wo? In Dublin? Warum?«

»Das hat sie nicht gesagt. Sie kam nur kurz vorbei und stürzte sofort wieder los. Ich habe noch nicht einmal mit ihr sprechen können. Außerdem hat sie eine neue Lieferung geschickt, zusammen mit einer Nachricht für Sie.«

»Mit was für einer Nachricht?«

»Es ist blau.«

Rogan blätterte nicht länger in seinem Notizbuch herum. »Blau?«

»Die Nachricht lautet ›Es ist blau‹. Ein prächtiges Stück, zart und geschmeidig. Offenbar dachte sie, Sie wüßten, was sie damit meint.«

»Allerdings.« Er lächelte in sich hinein. »Das Stück ist für den Comte de Lorraine in Paris bestimmt. Ein Hochzeitsgeschenk für seine Enkelin. Am besten geben Sie ihm umgehend Bescheid.«

»Mache ich. Oh, außerdem scheint Maggie bei Ihnen zu Hause gewesen zu sein. Ich nehme an, sie hat Sie aus irgendeinem Grund gesucht.«

»So sieht's aus.« Er überlegte einen Augenblick, und dann entschied er instinktiv. »Joseph, könnten Sie mir wohl einen Gefallen tun? Rufen Sie in Venedig an und sagen Sie, ich käme erst in ein paar Tagen bei ihnen vorbei.«

»Kein Problem. Gibt es dafür einen bestimmten Grund?«

»Das erkläre ich Ihnen später. Grüßen Sie Patricia von mir. Wir bleiben in Kontakt.«

Maggie trommelte mit den Fingern auf einem der Tische bei O'Malley's herum, wippte mit dem Fuß und stieß einen frustrierten Seufzer aus. »Tim, machst du mir bitte ein Buchmacher-Sandwich zu meinem Bier? Mit leerem Magen halte ich die verdammte Warterei auf Murphy nicht länger aus.«

»Aber gerne doch. Habt ihr beide vielleicht ein Rendezvous?« Grinsend zog der Barmann die Brauen hoch.

»Ha. Der Tag, an dem ich ein Rendezvous mit Murphy Muldoon haben werde, wird der Tag sein, an dem ich verrückt geworden bin. Er sagte, er hätte im Dorf zu tun und käme hinterher in den Pub.« Sie klopfte auf den neben ihr stehenden Karton. »Er hat bei mir ein Geburtstagsgeschenk für seine Mutter bestellt.«

»Du hast ihr also etwas Schönes gemacht?«

»Allerdings. Und wenn er, bis ich mit dem Essen fertig bin, nicht erscheint, nehme ich es wieder mit.«

»Alice Muldoon«, sagte David Ryan, der, eine

Zigarette im Mundwinkel, an der Theke saß. »Sie lebt jetzt unten in Killarney, stimmt's?«

»Genau«, sagte Maggie. »Seit mindestens zehn Jahren, glaube ich.«

»Ich habe sie auch schon seit einer Ewigkeit nicht mehr gesehen. Nachdem Rory Muldoon gestorben ist, hat sie noch mal geheiratet, nicht?«

»Genau«, griff Tim die Frage auf. »Colin Brennan, einen reichen Arzt.«

»Einen Verwandten von Daniel Brennan«, mischte sich ein weiterer Pub-Besucher ein. »Wißt ihr, der Typ, der das kleine Lebensmittelgeschäft in Clarecastle hat.«

»Nein, nein.« Tim schüttelte den Kopf, während er Maggie ihr Sandwich über den Tresen schob. »Er ist nicht mit Daniel Brennan, sondern mit Bobby Brennan aus Newmarket on Fergus verwandt.«

»Ich glaube, da irrst du dich.« David fuchtelte mit seinem Zigarettenstummel in der Luft herum.

»Ich wette zwei Pfund, daß es so ist.«

»Abgemacht. Wir fragen Murphy, wenn er kommt.«

»Falls er jemals kommt«, murmelte Maggie, ehe sie in ihr Sandwich biß. »Man könnte meinen, ich hätte nichts Besseres zu tun, als hier herumzusitzen und Däumchen zu drehen.«

»Ich kannte mal einen Brennan«, sagte der alte Mann am Ende der Theke und blies einen dicken Rauchring in die Luft. »Frankie Brennan, aus Ballybunion, wo ich gelebt habe, als ich noch ein kleiner Junge war. Eines Nachts ist er vom Pub nach Hause gewankt. Hatte ziemlich viel Porter getrunken, was er einfach nicht vertragen hat.«

Er stieß einen zweiten Rauchkringel aus, und die Zeit verging, doch niemand sprach ein Wort. Eine Geschichte war im Entstehen.

»Also ist er die Straße runtergewankt und hat den Weg über eins der Felder abgekürzt. Auf dem Feld gab es einen Feenhügel, und besoffen, wie er war, ist er mittenrein gelatscht. Ob besoffen oder nicht, ein Mann sollte wissen, daß man nicht so einfach ungestraft auf einen Feenhügel tritt, aber als der liebe Gott den Verstand verteilt hat, hat Frankie Brennan offenbar gepennt. Tja, und um ihm gutes Benehmen und Respekt beizubringen, haben ihm die Feen all seine Kleider ausgezogen, als er weiterging. Als er nach Hause kam, hatte er außer seinem Hut und einem Schuh nichts mehr an.« Der Alte machte abermals eine Pause und lächelte. »Der zweite Schuh ist nie mehr aufgetaucht.«

Maggie brach in beifälliges Gelächter aus und stellte ihre Füße auf einen leeren Stuhl. Zum Teufel mit Paris und Rom und all den anderen Städten, dachte sie. Sie war an dem Ort, an dem sie zu Hause war.

Und dann kam Rogan hereinspaziert.

»Guten Tag. Was kann ich für Sie tun?« fragte Tim.

»Ein Guinness, bitte.« Während Tim den Zapfhahn betätigte, lehnte sich Rogan rückwärts an die Bar und lächelte Maggie an. »Guten Tag, Margaret Mary.«

»Was machst du denn hier?«

»Nun, ich habe mir gerade ein Bier bestellt.« Immer noch lächelnd legte er ein paar Münzen auf die Bar. »Du siehst gut aus.«

»Ich dachte, du wärst in Rom.«

»War ich auch. Deine Ausstellung wird sicher wieder ein großer Erfolg.«

»Sie müssen Rogan Sweeney sein.« Tim schob Rogan das Glas über den Tisch.

»Allerdings.«

»Ich bin Tim O'Malley, der Besitzer dieses Pubs.« Tim wischte sich die Finger an der Schürze ab und gab Rogan die Hand. »Ich war ein guter Freund von Maggies Vater. Er hätte sich über das, was Sie für sie tun, sicher sehr gefreut. Er hätte sich gefreut und wäre stolz auf sie gewesen, jawohl. Wir haben schon ein Album für die ganzen Zeitungsartikel angelegt, meine Deirdre und ich.«

»Ich kann Ihnen versprechen, daß es in Zukunft eine Menge zu sammeln geben wird, Mr. O'Malley.«

»Falls du gekommen bist, um zu sehen, ob es neue Arbeiten gibt«, rief Maggie zu ihm hinüber, »dann machst du dich besser auf eine Enttäuschung gefaßt. Ich habe noch nichts gemacht. Und wenn du mir ständig im Nacken sitzt, ändert sich daran wohl auch nichts.«

»Ich bin nicht gekommen, um nach deiner Arbeit zu sehen.« Mit einem Nicken in Tims Richtung ging Rogan hinüber an Maggies Tisch. Er setzte sich neben sie, griff nach ihrem Kinn und gab ihr einen sanften, langen Kuß. »Ich bin deinetwegen hier.«

Sie hatte gar nicht gemerkt, daß sie die Luft angehalten hatte, doch nun atmete sie vernehmlich aus. Der finstere Blick, den sie zum Tresen warf, sorgte dafür, daß die neugierige Beobachterschar sich eilig anderen Dingen zuzuwenden begann. Oder daß sie zumindest so tat.

»Damit hast du dir ganz schön Zeit gelassen.«

»Zeit genug, damit du merkst, daß du mich vermißt.«

»Ich habe kaum gearbeitet, seit du gefahren

bist.« Dieses Geständnis fiel ihr nicht gerade leicht, und so starrte sie, statt ihn anzusehen, auf ihr Glas. »Ich habe jeden Tag angefangen und alles wieder eingeschmolzen, weil einfach nichts so geworden ist, wie es meiner Vorstellung entsprach. Das Gefühl gefällt mir nicht, Rogan. Ich muß sagen, daß es mir ganz und gar nicht gefällt.«

»Welches Gefühl?«

Sie sah ihn regelrecht verlegen an. »Ich habe dich vermißt. Ich war sogar in Dublin, um dich zu sehen.«

»Ich weiß.« Er spielte mit einer Strähne ihres Haars herum. Es war gewachsen, merkte er und überlegte, wie lang es wohl noch würde, ehe sie wieder einmal mit der Schere daran herumzufuhrwerken begann. »War es denn so schwer, zu mir zu kommen, Maggie?«

»Ja, das war es. Schwerer als alles, was ich je vorher getan habe. Und dann warst du zu allem Überfluß noch nicht einmal da.«

»Aber jetzt bin ich hier.«

Das war er. Und sie war sich nicht sicher, ob sie noch ein Wort herausbrächte, denn die Aufregung schnürte ihr die Kehle zu. »Es gibt etwas, was ich dir sagen will. Ich...« Sie unterbrach sich, denn in diesem Augenblick trat Murphy durch die Tür. »Oh, er kommt gerade im richtigen Augenblick.«

Murphy winkte Tim, ehe er Maggies Tisch ansteuerte. »Wie ich sehe, hast du schon was zum Essen bestellt.« Mit einer lässigen Geste zog er sich einen Stuhl heran und schnappte sich einen von Maggies Pommes frites. »Und, hast du es mitgebracht?«

»Was meinst du, weshalb ich gekommen bin? Und zum Dank für meine Mühe hänge ich noch den halben Tag hier herum.«

»Es ist gerade mal eins.« Mit einem argwöhnischen Blick in Rogans Richtung nahm sich Murphy abermals von Maggies Pommes frites. »Sie müssen Sweeney sein.«

»Genau.«

»Das habe ich an Ihrem Anzug erkannt«, klärte Murphy sein Gegenüber auf. »Maggie sagte, Sie liefen jeden Tag wie Sonntag herum. Ich bin Maggies Nachbar, Murphy Muldoon.«

Der erste Kuß, erinnerte sich Rogan und gab Murphy vorsichtig die Hand. »Nett, Sie kennenzulernen.«

»Finde ich auch.« Murphy lehnte sich gemütlich zurück und unterzog den Fremden einer eingehenden Musterung. »Man könnte fast sagen, daß ich so was wie ein Bruder für Maggie bin. Schließlich kümmert sich ja sonst kein Mann um sie.«

»Weil sie keinen braucht«, stieß Maggie erbost

hervor. Am liebsten hätte sie Murphy den Stuhl unter dem Hintern weggetreten, hätte er sich nicht eilends wieder nach vorn gebeugt. »Ich kann sehr gut für mich alleine sorgen, vielen Dank.«

»Das hat sie mir schon oft genug erzählt«, sagte Rogan an Murphy gewandt. »Aber trotzdem hat sie einen Mann, ob sie ihn nun braucht oder nicht.«

Die Botschaft verhallte nicht ungehört, und nach einem Augenblick der Überlegung nickte Murphy mit dem Kopf. »Dann ist es ja gut. Maggie, hast du das Ding nun mitgebracht oder nicht?«

»Ich habe doch schon gesagt, daß ich extra deshalb gekommen bin.« Mit einer ungeduldigen Bewegung hob sie den Karton vom Boden auf und stellte ihn vor Murphy auf den Tisch. »Wenn ich deine Mutter nicht so gerne hätte, würde ich ihr das Ding über den Kopf hauen.«

»Sie wird dir für deine Beherrschung sicher dankbar sein.« Während Tim ein weiteres Bier über den Tresen schob, öffnete Murphy den Karton. »Sehr hübsch, Maggie. Sie wird sich sicher freuen.«

Das dachte Rogan ebenfalls. Die blaß rosafarbene Schale schimmerte flüssig wie Wasser, und die in sanften Wellen ansteigenden Seitenwände waren wie von zarten Kämmen gekrönt. Das Glas war so dünn, so zerbrechlich, daß er dahinter noch die Schatten von Murphys Händen sah.

»Gratulier ihr zum Geburtstag von mir.«

»Mache ich.« Murphy strich mit einem schwieligen Finger über das Glas und schob es dann wieder in den Karton zurück. »Fünfzig Pfund, hatten wir gesagt.«

»Allerdings.« Maggie hielt ihm offen die Hand hin, damit er ja nicht zu bezahlen vergaß. »Und zwar in bar.«

Murphy sah sie mit gespieltem Widerwillen an. »Kommt mir für eine kleine Schale 'n bißchen teuer vor, Maggie Mae – schließlich ist das Ding noch nicht mal gut, um was draus zu essen. Aber meine Mutter ist nun mal verrückt nach so sinnlosem Zeug.«

»Red nur so weiter, Murphy, dann geht der Preis bestimmt noch ein bißchen rauf.«

»Fünfzig Pfund.« Kopfschüttelnd zog Murphy seinen Geldbeutel hervor und zählte ihr die einzelnen Scheine in die ausgestreckte Hand. »Für das Geld hätte ich 'n ganzes Service für sie gekriegt. Und vielleicht noch eine schöne, neue Pfanne dazu.«

»Die hätte sie dir bestimmt mit Vergnügen auf den Kopf gehauen.« Zufrieden steckte Maggie die Scheine ein. »Keine Frau will je eine Pfanne als Geburtstagsgeschenk, und jeder Mann, der sich einbildet, daß er ihr damit eine Freude macht, hat es verdient, wenn sie ihm damit eins überbrät.«

»Murphy.« David Ryan rutschte unruhig auf seinem Hocker hin und her. »Wenn du mit deinen Geschäften fertig bist, haben wir mal eine Frage an dich.«

»Dann komme ich besser rüber zu euch.« Sein Bier in der Hand erhob sich Murphy von seinem Stuhl. »Einen wirklich schönen Anzug haben Sie da, Mr. Sweeney.« Mit diesen Worten begab er sich an den Tresen, wo es immer noch um die verwandtschaftlichen Beziehungen der verschiedenen Brennans ging.

»Fünfzig Pfund?« murmelte Rogan und nickte in Richtung des Kartons, der von Murphy stehengelassen worden war. »Wir beide wissen genau, daß du noch mehr als das Zwanzigfache dafür bekommen hättest können.«

»Na und?« Trotzig schob sie ihr Glas über den Tisch. »Es ist meine Arbeit, und ich verlange dafür, was ich will. Und selbst wenn du mich aufgrund deiner verdammten Exklusivrechte an meinen Werken verklagst, kriegst du die Schale nicht.«

»Ich...«

»Ich habe es Murphy versprochen«, schnaubte sie. »Und ich habe mit ihm ein Geschäft gemacht. Wenn du willst, gebe ich dir deine verdammten fünfundzwanzig Prozent von den fünfzig Pfund. Aber wenn ich etwas für einen Freund mache…«

»Es sollte keine Beschwerde sein« – er legte seine Hand auf ihre Faust –, »sondern ein Kompliment. Du bist ein wahrhaft großzügiger Mensch, Maggie.«

Nun, da ihr so erfolgreich der Wind aus den Segeln genommen war, seufzte sie. »Laut Vertrag hat alles, was ich mache, an dich zu gehen.«

»Laut Vertrag ist das so«, pflichtete er ihr bei. »Aber ich nehme an, daß du weiterhin darüber fluchen wirst und daß du weiterhin, wann immer du willst, Geschenke für deine Freunde machst.« Sie wirkte so schuldbewußt, daß er lautstark zu lachen begann. »In den letzten paar Monaten hätte ich bestimmt schon ein- oder zweimal Gelegenheit zu einer Klage gehabt. Aber statt dessen schlage ich dir einen kleinen Handel vor. Ich verzichte auf meinen Anteil an den fünfzig Pfund, und dafür kreierst du für meine Großmutter ein schönes Weihnachtsgeschenk.«

Sie nickte und wandte den Blick von ihm ab. »Es geht nicht nur um Geld, nicht wahr? Manchmal fürchte ich, daß es so ist, daß ich vom Geld abhängig geworden bin. Denn weißt du, mir gefällt das Geld. Das Geld und alles, was damit zusammenhängt.«

»Es geht nicht nur um Geld. Es geht nicht nur um Ausstellungen, auf denen es Champagner zu trinken gibt, um Zeitungsartikel oder um irgendwelche Partys in Paris. Das ist alles nur Beiwerk. Das, worum es wirklich geht, ist in dir, und dein ganzes Wesen geht in die Schaffung schöner, einzigartiger und verblüffender Dinge ein.«

»Weißt du, ich kann nicht mehr zurück. Ich kann nicht mehr zu meinem alten Leben zurück, in die Zeit, ehe es dich gab.« Endlich hob sie den Kopf und sah ihm ins Gesicht. »Machst du eine kleine Spazierfahrt mit mir? Es gibt da etwas, was ich dir zeigen will.«

»Mein Wagen steht vor der Tür. Dein Rad habe ich bereits in den Kofferraum gelegt.«

»Das hätte ich mir denken sollen.« Doch noch während sie ihn schalt, lächelte sie.

Durch den herbstlichen Wind und zwischen den leuchtenden Bäumen und Hecken hindurch fuhren sie die schmale Straße zum Loop Head hinauf. Links und rechts des gewundenen Weges sahen sie ein abgeerntetes Feldermeer und das tiefe, süße Grün, das es wohl nur in Irland gab. Auch die halbverfallenen, steinernen Unterstände gab es noch, an denen Maggie vor fast fünf Jahren vorbeigefahren war. Das Land und auch die Sorge der Menschen um dieses Land blieben wohl für alle Zeiten gleich.

Als sie das Rauschen des Meeres vernahm und ihr die erste salzige Brise in die Nase stieg, machte ihr Herz einen Satz. Sie schloß die Augen, öffnete sie und las das Schild.

LETZTER PUB VOR NEW YORK.

Wie sieht's aus Maggie? Segeln wir rüber nach New York und trinken dort ein kleines Bier?

Als der Wagen hielt, stieg sie schweigend aus, wandte ihr Gesicht der kalten Brise zu, nahm Rogans Hand und lief mit ihm den ausgetretenen Pfad zur Steilküste hinab. Immer noch schlugen die Wellen in einem wohl ewigen Krachen und Zischen gegen den Fels, und in dem weichen, grauen Nebel wirkte die Grenze zwischen Meer und Himmel wie ausgelöscht.

»Es ist fast fünf Jahre her, seit ich zum letzten Mal hiergewesen bin. Ich hätte nicht gedacht, daß ich überhaupt noch einmal kommen würde.« Sie preßte die Lippen zusammen und wünschte, der Druck seiner eisernen Faust, von der ihr Herz umgeben war, ließe ein wenig nach. »Mein Vater ist hier gestorben. Wir waren hierhergefahren, nur er und ich. Es war Winter und bitterkalt, aber er liebte diesen Flecken mehr als jeden anderen. Vorher hatten wir bei O'Malley's gefeiert, denn ich hatte an jenem Tag ein paar Stücke an einen Händler in Ennis verkauft.«

»Du warst mit ihm allein?« Rogan war ehrlich entsetzt, und da er nicht wußte, was er sagen sollte, zog er sie dicht an seine Brust. »Es tut mir leid, Maggie. Es tut mir so leid.«

Sie spürte die weiche Wolle seines Mantels an ihrem Gesicht, roch seinen Duft und fuhr fort, ohne ihn anzusehen. »Wir haben über meine Mutter gesprochen, über die Ehe der beiden, darüber, weshalb er nicht schon längst gegangen war. Ich habe ihn nicht verstanden, und vielleicht verstehe ich ihn nie. Aber er war von einer unbestimmten Sehnsucht erfüllt, und er wollte, daß ich und Brianna bekämen, was ihm nie zuteil geworden war. Ich glaube, ich habe dieselbe Sehnsucht wie er, aber vielleicht habe ich die Chance, dafür zu sorgen, daß sie sich erfüllt.«

Sie trat einen Schritt zurück und sah ihm ins Gesicht. »Ich habe etwas für dich.« Sie nahm einen der Glastropfen aus der Tasche und legte ihn auf ihre flache Hand.

»Es sieht wie eine Träne aus.«

Sie wartete, während er den Tropfen ans Licht hielt, um ihn sich genauer anzusehen.

Er strich mit dem Daumen über das glatte Glas.

»Willst du damit sagen, daß du mir deine Tränen schenkst?«

»Vielleicht.« Sie zog einen zweiten Tropfen hervor. »Das entsteht, wenn heißes Glas in kaltes Wasser tropft. Ein paar Stücke zerspringen sofort, aber andere halten die Spannung aus und werden hart und fest.« Sie bückte sich nach einem Stein und schlug mit aller Kraft auf den Tropfen ein. »Siehst du, er hält. Er macht einen kleinen Satz und schimmert wie zuvor. Aber wenn man das dünne Ende nimmt, reicht es, wenn man einmal achtlos daran dreht.« Sie nahm das schmale Ende zwischen die Finger, und schon zerfiel das Glas zu Staub. »Siehst du, es ist weg. Als hätte es niemals existiert.«

»Eine Träne ist etwas, das aus dem Herzen kommt«, sagte Rogan. »Beides hat eine sorgsame Behandlung verdient. Und ebensowenig, wie du je mir das Herz brechen wirst, Maggie, breche ich je dir das Herz. Das verspreche ich.«

»Nein, das Herz brechen wir einander wohl nicht.« Sie holte Luft. »Aber aufeinander einschlagen werden wir häufig genug, denn wir sind so verschieden wie kaltes Wasser und heißes Glas.«

»Wodurch, wie du mir soeben bewiesen hast, etwas sehr Beständiges entstehen kann.«

»Das mag sein. Aber ich frage mich, wie lange du es in einem einsamen Cottage in Clare aushältst oder ich in deinem Haus in Dublin, in dem man wegen des ganzen Personals nie alleine ist.«

»Vielleicht siedeln wir uns irgendwo in der Mitte an«, sagte er, und sie lächelte. »In der Tat habe ich genau darüber bereits ausführlich nachgedacht. Und ich denke, Maggie, daß sich durch geduldiges Verhandeln bestimmt ein Kompromiß finden lassen wird.«

»Ah, da spricht der Geschäftsmann, selbst in einem solchen Augenblick.«

Er ging über ihren Sarkasmus hinweg, als hätte er ihn nicht bemerkt. »Ich habe die Absicht, in Clare eine Galerie zu eröffnen, die ausschließlich irischen Kunstschaffenden vorbehalten ist.«

»In Clare?« Sie schob sich die windzerzausten Haare aus dem Gesicht und starrte ihn verwundert an. »Eine Filiale von Worldwide hier in Clare? Das würdest du für mich tun?«

»Allerdings. Obwohl ich befürchte, daß ich in einem weniger heldenhaften Licht dastehen werde, wenn ich gestehe, daß mir diese Idee bereits lange vor meiner ersten Begegnung mit dir gekommen ist. Nicht das Konzept, sondern nur der Ort hat mit dir, oder vielleicht sage ich besser, mit uns etwas zu tun.« Der Wind wurde stärker, und so zog er ihre Jacke zusammen und knöpfte sie zu.

»Ich glaube, einen Teil des Jahres halte ich es hier in einem Cottage aus, ebenso wie du bestimmt einen Teil des Jahres in einem Haus mit Bediensteten leben kannst.«

»Du hast bereits alles genau durchdacht.«

»Das habe ich. Wobei natürlich über bestimmte Aspekte unseres Zusammenlebens noch gesprochen werden muß.« Noch einmal sah er den Glastropfen an, ehe er ihn in seine Tasche schob. »In einer Sache allerdings gehe ich keine Kompromisse ein.«

»Und die wäre?«

»Wir machen einen Ehevertrag, und ich bekomme die lebenslangen Exklusivrechte an dir als meiner Frau, ohne daß es irgendein Hintertürchen für dich gibt.«

Die eiserne Faust schloß sich noch enger um ihr Herz. »Du bist ein zäher Verhandlungspartner, Sweeney.«

»Ich weiß.«

Wieder blickte sie auf das unablässig gegen das Ufer klatschende Wasser, auf den unbezwingbaren Fels hinaus, wieder dachte sie an die magische Verbindung, die es zwischen beidem gab. »Ich war glücklich allein«, sagte sie in ruhigem Ton. »Ich wollte niemals von einem anderen Menschen abhängig sein oder einen anderen Menschen derart mögen, daß er mich unglücklich machen kann. Aber von dir bin ich abhängig, Rogan, weil du mich bereits durch deine Abwesenheit unglücklich machen kannst.« Sie hob die Hand und strich ihm sanft über das Gesicht. »Denn ich liebe dich.«

Die Süße dieser Worte bewegte ihn, und er küßte zärtlich ihre Hand. »Ich weiß.«

Und endlich lockerte sich die Faust, von der ihr Herz bisher so fest umschlossen gewesen war. »Du weißt es«, lachte sie und schüttelte den Kopf. »Immer recht zu haben ist sicher schön.«

»Es ist nicht nur schön, sondern wunderbar.« Er nahm sie in die Arme, wirbelte sie herum und bedeckte ihre Lippen mit einem glückseligen Kuß. »Wenn ich dich unglücklich machen kann, Maggie, dann kann ich sicher auch dafür sorgen, daß du glücklich bist.«

Von dem nach Meer duftenden Wind erfaßt, schlang sie die Arme um seinen Hals. »Wenn nicht, mache ich dir das Leben zur Hölle, das schwöre ich. Gott, schließlich wollte ich nie die Frau irgendeines Mannes sein.«

»Aber jetzt bist du meine Frau und bist froh darüber.«

»Ja, jetzt bin ich deine Frau.« Sie hob ihr Gesicht in den Wind und sah ihn an. »Und bin froh darüber.«

Für Amy Berkower,
dafür, daß sie sich während der letzten zehn Jahre
um meine Angelegenheiten gekümmert hat.

Die Autorin

»Nora Roberts brachte in den USA mit ihren Romanen schon mehr als 25 Millionen Leser zum Träumen.« *(Entertainment Weekly)*
Die große Irland-Trilogie, deren erster Band »Töchter des Feuers« ist, stellt für sie selbst den Höhepunkt ihrer erfolgreichen Karriere dar, denn es ist die schriftstellerische Heimkehr in das Land ihrer Vorfahren, in dem sie sich, wie sie selbst sagt, schon bei ihrem ersten Besuch wie zu Hause fühlte.

Die Autorin

»Nora Roberts brachte in den USA mit ihren Romanen schon mehr als 25 Millionen Leser zum Träumen.« *(Entertainment Weekly)*
Die große Irland-Trilogie, deren erster Band »Töchter des Feuers« ist, stellt für sie selbst den Höhepunkt ihrer erfolgreichen Karriere dar, denn es ist die schriftstellerische Heimkehr in das Land ihrer Vorfahren, in dem sie sich, wie sie selbst sagt, schon bei ihrem ersten Besuch wie zu Hause fühlte.